힘의 포획

힘의 포획 감응의 시민문학

초판 1쇄 발행 2015년 6월 15일

지은이 오길영
펴낸이 강수걸
편집장 권경옥
편집 양아름 손수경 문호영
디자인 권문경 박지민
펴낸곳 산지니
등록 2005년 2월 7일 제14-49호
주소 부산광역시 연제구 법원남로15번길 26 위너스빌딩 203호
전화 051-504-7070 | 팩스 051-507-7543
홈페이지 www.sanzinibook.com
전자우편 sanzini@sanzinibook.com
블로그 http://sanzinibook.tistory.com

ISBN 978-89-6545-293-5 03810

산지니평론선 • 13

힘의 포획

감응의 시민문학

오길영 평론집

산지니

비평, 예술의 마지막 방어선

1.

20세기 전반부가 낳은 탁월한 비평가·문화이론가인 벤야민은 비평의 역할에 대해 이런 인상적인 언급을 남겼다. "칭찬하는 일이 지닌 위험성은 비평가가 자신의 신용을 잃게 된다는 데 있다. 모든 칭찬은 전략적으로 볼 때 백지수표이다."(발터 벤야민, 「문학비평에 대하여」) 여기저기서 비평의 위기론이 출몰한다. 하도 많이 언급되어서 식상한 느낌까지 주지만, 나는 벤야민의 발언을 되새기며 '비평의 위기'에 관해 두 가지 생각을 한다. 첫째, 비평은 예전처럼 읽히지 않는다. 비평의 위상은 추락되었다. 한때 비평, 특히 문학비평이 단지 작품의 해석과 평가에 그치는 것이 아니라 문화비평이자 사회비평이었던 때도 있다. 그때 문학비평은 어떤 사회과학이론이나 논문보다 더 당대 현실의 핵심적 사안들에 주목하면서 그 의미를 밝히려고 노력했다. 나는 그런 비평을 읽으며 문학을 공부했고 사회와 역사를 보는 안목을 키웠다. 그런데 이제 그런 문학비평의 위엄은 사라졌다.

두 번째 위기는 벤야민이 말한 "신용"의 위기와 관련된다. 내가 보기에 지금 비평은 거의 대부분 "칭찬"의 비평이다. 물론 비평에서 정당한 평가와 칭찬은 필요하다. 하지만 전제조건이 있다. 비평이 다루는 대상이 그럴 만한 가치가 있어야 한다. 만약에 그렇지 못한 대상에 대해 함부로 칭찬을 남발하면 비평은 신용을 잃고, 결국 파산의 위험에 처한다. 칭찬의 비평은 다양한 종류의 포장으로 나타난다. 공감의 비평, 작품의 속살을 어루만지는 비평, 작품과 하나 되는 비평, 훈계가 아니라 대화를 나누는 비평 등. 그때 공통적으로 언급되는 덕목이 섬세한 텍스트 읽기다. 십분 공감할 수 있는 지적이다. 특히 좀 더 깊이 있는 작품비평을 많이 하지 못해온, 비평공간의 경계인인 나에게 강한 자의식을 갖게 만드는 주장이다. 텍스트에 대한 세밀한 읽기는 비평의 기본이다. 하지만 이런 '공감의 비평'에는 그 공감의 대상이 정확히 무엇인가에 대한 고민이 미흡하다. 비평의 일차적 대상은 분명 텍스트지만, 비평이 텍스트만을 중시하는 '작품물신주의'에 빠질 때 비평의 시야는 협소해진다. 작품의 생산과 수용을 둘러싼 다층적인 사회적 문화적 맥락에 대한 고찰이 빠진 비평들의 생산. 비평의 위기는 비평이 이런 맥락을 조망하는 시야를 잃어버렸다는 데도 원인이 있다. 그런 시야를 잃게 되었을 때 비평은 무엇을 할 수 있는가? 이 책의 여러 글들이 다루는 대상과 주제는 다양하지만, 이 질문의 답을 찾으려는 시도들이다.

2.

내가 좋아하는 비평가 중에는 문학평론가만이 아니라 영화평론가도 있다. 정성일이 그중 한 명이다. 어느 팟캐스트 방송에서 언급한 비평가의 운명에 대한 그의 지적이 기억에 남는다. 좀 길지만 인용할 가치가 있다. "비평의 죽음에 대해서는 이미 오래전부터 얘기되어 왔습니다. 벤야민이 쓴 비평가의 테제 중에서 열세 번째가, 비평가는 모든 대중을 적으로 삼고, 그리고 동시에 그들의 대변자가 되도록 하라, 라고 얘기하지 않았습니까? 아마도 우리 시대의 정체를 알 수 없는 대중들은 단지 비평가를 적으로만 생각하는 것 같습니다. 그리고 비평가도 그들을 적으로 생각하고 있습니다. 하지만 물론, 비평가를 적으로 생각하는 사람들 중에는 영화감독들도 있었습니다. 그래서 비평가들이 그들의 영화를 비평했을 때에, (감독들이) 얘기했었습니다. 영화는 그렇게 심각한 게 아니에요. 왜 그렇게 심각하게 보세요? 굉장히, 비평가들을 공격하고는 했었죠. 그래서 비평가들이 거의 죽었습니다. 몰살당하다시피 했죠. 그러고 났더니 그 다음에, 영화감독들이 장사꾼들에게 사지절단 당하고 있지요. 말하자면 이 얘기를 하고 싶은 겁니다. 감독들에게도, 혹은 대중들에게도. 당신들에게, 비평가들이 마지막 방어선이라는 사실을 몰랐단 말입니까? 말하자면 이 비평가들이 한편으로는 매우 거추장스러운 존재겠지만, 매우 불편한 존재겠지만. 그러나 이 사람들이 사실은 당신이 누리고 있는 바로 이 예술의 마지막 방어선이라는 생각을 한다라는 겁니다. 비평가에 대해서 제가 읽었던 가장 아름다운 구절은, 롤랑 바르트가 베르나르 앙리 레비를 만났을 때, 레비가 했었던 질문에 대한 대답이었습니다. 레비가 바르트에게 질문합니다. '선생님, 비평가란 뭡니까?' 그러자 바르트가 대답했습니다. '쓰레기죠. 하지만 이 쓰레기는 역사의 쓰레기죠.' 즉, 이들은 역사가 지나간 다음 항상 뒤에 남는 존재들입니다. 그런데 이 쓰레기들은 전염병이 있어서 무섭죠. 그러므로 이 쓰레기들을 조심해야 됩니다. 저는 이것이 비평가의 역할이라고 생각합니다."

비평가는 "예술의 마지막 방어선"을 지키는 사람들이다. 그 방어선이 무너지면 문학도, 예술도 무너진다. 비평이 대중과 소통해야 한다는 말들이 있다. 대중의 감식안을 존중해야 한다는 말도 있다. 나도 동의한다. 비평가와 대중 사이에 넘을 수 없는 만리장성은 없다. 하지만 동시에 새겨야 할 사실. 작품에 대한 수많은 읽기와 해석이 가능하지만, 그들 사이에 좀 더 정확하고, 설득력을 지닌 읽기와 그렇지 않은 읽기의 상대적 차이는 존재한다.(유의하시라! 절대적 차이가 아니라 상대적 차이다.) 이 차이를 무시할 때 무조건적인 읽기의 상대주의, 혹은 비평의 크메르루지즘을 낳게 된다. 그 결과는 파국적이다. "어느 나라에서나 평론은 주로 평론가와 평론가 지망생, 인텔리들끼리 읽는다. 식민종주국이라고 다르지 않다. 차이가 있다면, 식민종주국에서는 평론의 독자층이 좀 더 넓고, 평론 자체를 적대시하는 무식한 계층은 존재하지 않는다는 데에 있다. 인민주의적 반(反)엘리트 선동은 그러잖아도 척박한 이 땅의 문화수준을 바닥으로 끌어내릴 뿐이다. 인텔리라는 기생계층을 박멸해버림으로써 일거에 혁명적 구석기시대로 되돌아간 크메르루주처럼."(진중권) 비평가의 겸허함은 짐짓 겸손한 척하는 태도나 겸양의 문제가 아니다. 자신의 감식안을 걸고 최대한 주어진 텍스트(그것이 작품이든 다른 비평이나 이론, 혹은 어떤 글이든지)를 가능한 정확히, 면밀히 읽고, 그것을 명료하게 표현하는 것이다. 입장의 명료함과 겸허함은 상충되지 않는다. 비평가는 대중의 감식안을 무시하지 않지만, 그 감식안을 무조건적으로 추종지도 않는다. 그것이 누구의 비평적 판단이든 그 감식안의 정확성과 타당성을 파고든다. 이 책의 김현론에서 지적했듯이, 그런 입장은 주어진 초월적 객관성을 참칭하는 태도와는 거리가 멀다. 하나의 비평적 주장은 다양한 읽기의 공론장, 비평의 공론장에서 검증됨으로써 더 고양된 객관적 읽기로 이어지는 객관화를 지향할 뿐이다. 비평에 미리 주어진 객관성은 없다. 비평의 객관성은 객관화의 지속적인 과정일 뿐이다. 이 책의 글들이 갖고 있는 또 다른 문제의식이다.

3.

벤야민의 에세이 「보들레르의 몇 가지 모티프에 관하여」에는 예술작품의 의미에 대한 시인 발레리의 흥미로운 주장이 인용된다. "우리는 예술작품을 다음과 같은 점에서 인식한다. 즉 그 작품이 우리에게 일깨우는 어떤 이념도, 우리에게 암시하는 어떤 행동 방식도 그 작품을 완전히 설명해내거나 완전히 이해된 것으로 여기지 못하게 한다는 점에서 말이다.

사람들은 향기가 있다고 생각되는 어떤 꽃에서 원하기만 한다면 언제까지라도 그 향기를 맡을 수 있다. 그러나 우리 내면에서 욕망을 불러일으키는 그 향기를 없앨 수 없다. 그리고 그 어떤 기억도, 어떤 사상도, 어떤 행동방식도 그 향기의 영향력을 지워버릴 수 없으며, 그 향기가 우리에게 미치는 힘에서 우리를 떼어놓을 수 없다. 예술 작품을 만들고자 하는 사람은 이와 동일한 것을 추구한다." 이에 대한 벤야민의 논평. "발레리의 이 고찰방식에 따를 것 같으면 한 편의 그림은 그것을 바라볼 때 아무리 바라보아도 싫증이 나지 않는 어떤 것을 재현한다. 그 원천으로 투영되는 소망을 충족해주는 무엇인가가 그림 안에 들어 있다면 이 무엇은 바로 이 소망을 끊임없이 키워낸다." 나는 발레리와 벤야민의 견해가 작품의 가치에 대한 중요한 문제제기를 한다고 판단한다. 비평적 통념과는 달리 예술을 이해하는 것은 작품의 "이념"이나 "행동방식"이 아니다. 발레리가 말하는 행동방식이 무엇인지는 애매하다. 아마도 작품이 독자/관객에게 제시하는 삶의 태도이리라. 오히려 예술의 본질은 그것이 전하는 "향기"에 있다. "향기의 영향력"이 중요하다. 예술의 향기는 독자/관객에게 "욕망을 불러일으"킨다.

그렇다면 "향기가 우리에게 미치는 힘"은 어떻게 만들어지는가? 그것과 예술이 전하는 "기억, 사상, 행동방식"은 어떤 관계에 있는가? 무엇보다 예술의 향기는 무엇인가? 향기는 객관적으로 작품 안에 이미 존재하는가? 아니면 독자나 관객이 "향기가 있다고 생각"할 때 비로소 발생하는 건가? 우리는 왜 위대한 작품을 되풀이 읽고, 보고, 듣는가? 그때마다 왜 새로운 느낌을 얻는가? 그것들이 전하는 이념이나 사상, 행동방식을 배우기 위해서인가? 물론 그런 것도 있겠다. 하지만 그게 다는 아니다. 걸작들은 되풀이 읽어도, 되풀이 보고 들어도 사라지지 않는 어떤 향기를 전한다. 그런 향기의 영향력이 오래 미치는 작품이 걸작이다. 이것은 분명 동어반복이다. 하지만 이렇게밖에 설명할 수 없다. 그리고 이 점에서 대중예술과 본격예술은 갈라진다. 되풀이해서 읽고 싶은 대중문학작품은 거의 없다. 따라서 벤야민의 지적대로 "한 편의 그림은 그것을 바라볼 때 아무리 바라보아도 싫증이 나지 않는 어떤 것을 재현한다." 여기서 재현되는 것은 무엇인가? 그 재현행위 속에서 어떻게 향기가 만들어지는가? 향기는 재현의 원본에 있는 건가? 아니면 예술적 재현행위에서 사후적으로 생성되는가? 벤야민의 이어지는 설명. "그 원천으로 투영되는 소망을 충족해주는 무엇인가가 그림 안에 들어 있다면 이 무엇은 바로 이 소망을 끊임없이 키워낸다." 여기서 소망은 곧 독자/관객의 욕망이다. 예술 작품 안에 이미 존재하는 "무엇인가"가, 계속해서 향기의 영향력을 전하는 그 "무엇"이, 독자나 관객의 욕망을 "키워낸다." 발레리와 벤야민이 말하는 향기의 영향력을 나는 작품의 감응(affect)이나 글쓰기의 유물론이라는 개념으로 이 책에서 설명하려고 했다. 다만 그런 감응의 예술론·문학론을 체계적으로 설명하지 못한 점이 아쉽다. 시간과 능력의 부족 탓이다. 이에 대해서는 따로 준비 중인 재현과 감응에 관한 이론비평 연구서에서 좀 더 깊이 천착할 것이라는 다짐으로 아쉬움을 대신한다.

4.

이 책은 크게 4부로 나뉜다. 1부에서는 한국문학공간에서 제기되는 쟁점들을 다룬다. 특히 민주주의 이념의 아포리아, 문학의 정치론, 새로운 시민문학의 구상 등이 글들을 관류하는 열쇠말이다. 나는 전근대와 근대, 탈근대와 혼란스럽게 착종된 한국의 상황은 정치적·경제적 근대화의 미흡함만이 아니라 정치경제적 근대화에 조응하지 못하는 문화적 근대화의 심각한 지체현상, 성숙한 시민사회와 시민문화의 빈곤함이 더욱 중요한 원인으로 작용한다고 판단한다. 그런 점에서 민주주의의 위기가 운위되는 우리 시대에 요구되는 새로운 문학적 규제이념은 갱신된 시민문학론이라고 판단한다. 2부에서는 한국문학과 세계문학의 관계를 살펴본다. 한국문학의 세계화는 노벨상 수상 같은 국제적 인증을 받는 '금메달 따기'가 아니라 세계체제와 세계문학공간의 역학을 정확히 인식하면서 수준 높은 한국적 시민문학을 창조할 때 비로소 가능하다는 것이 2부를 관통하는 핵심주장이다. 3부는 문화론이다. 건강한 시민문학과 예술은 그것을 가능케 하는 시민사회와 시민문화의 풍요로운 토양에서만 꽃피운다. 성숙한 시민문화에 도달하기 위해서 필요한 일들, 그 도달을 가로막는 문제들이 무엇인지를 살펴보려는 시도들이다. 끝으로 4부는 신문 칼럼 및 단평이다. 앞서 지적했듯이, 명색이 비평집을 표방하는 이 책에 본격적인 작가론·작품론이 많지 않다는 것이 뼈아프게 느껴지는데, 그런 아쉬움을 조금이나마 덜어보려는 글들이다. 다양한 작품과 쟁점을 다루었지만, 시민문학론과 감응의 예술론이라는 시각에서 작품들을 읽고, 그것을 사회문화적 맥락에서 조망하려고 했다는 점은 밝혀두고 싶다. 그런 의미에서 각 글의 뒤에 발표연도를 병기했다.

이 책의 글들은 대체로 문제를 제시하고 쟁점을 예각화하려는 '논쟁적' 성격을 띤다. 되풀이 말해, 나는 비평의 본령인 텍스트의 분석, 해석, 평가를 소홀히 하거나 무시하지 않는다. 텍스트의 내적 논리를 무시하고 섣불리 비판하는 것은 텍스트에 대한 폭력이라고 생각하는 편에 가깝다. 이 책의 글들이 행여 터무니없는 오독과 견강부회의 폭력을 행사한 것이 아닐까 은근히 걱정스럽다. 다만, 좁은 의미의 텍스트만을 비평의 대상으로 여기면서, 텍스트를 둘러싼 (사회적, 역사적, 문화적) 맥락을 소홀히 하는 것처럼 보이는 현 단계 한국문학비평의 어떤 공백지점을 나 나름대로 지적하고 싶은 마음이 책 전체에 스며 있다는 점도 더불어 밝혀둔다. 지금 비평계에 열띤 논쟁이 사라진 데는 어떤 이유가 있다고 나는 판단한다. 이 책이 사라진 논쟁의 불씨를 당기는 데 조금이나마 기여할 수 있기를 기대한다.

5.

책의 서문은 저자의 변명이 허락되는 유일한 공간이라는 말이 있다. 그 말을 믿고 이런저런 변명을 적었지만, 위에 언급한 여러 생각이나 문제의식이 이 책의 글들에 얼마나 제대로 구현되었는지는 물론 별개 문제다. 눈 밝은 독자의 날카로운 질정을 바라며, 이 책을 비평의 공론장에 밀어 넣는다. 점점 상황이 나빠지는 인문사회출판시장에서 상업성과는 거리가 멀 것이 분명한 이 비평집의 출간을 선뜻 맡아주신 산지니 출판사의 강수걸 대표와 세심하게 원고를 살펴주신 손수경/양아름 편집자께 감사드린다. 이제는 다른 곳에서는 거의 명맥이 끊기다시피 한 상황에서, 나도 몇 편의 글을 기고했던 비평전문지 『오늘의 문예비평』을 지속적으로 출판하면서 지역출판운동의 터전을 꿋꿋이 지키고 있는 '작지만 강한 출판사' 산지니와 좋은 인연을 맺게 되어서 기쁘다. 그리고 여기 실린 많은 글들을 쓰게 해준 자극을 주었던 비평공동체 '크리티카' 동인들께도 감사의 인사를 전하고 싶다.

　누구에게나, 어느 가정에나 삶의 고비가 닥친다고 한다. 지금 내 가족이 그런 삶의 한 고비를 넘고 있다. 가족 모두가 각자의 자리에서 그 고비를 잘 넘기를 늘 기도한다. 그런 마음을 담아 이 책을 아내와 아이들에게 바친다.

2015년 봄
오길영

차례

1부

민주주의의 위기와 새로운 시민문학

민주주의의 위기와 문학의 정치

1. 들어가며

아프리카와 중동에서 민주주의 혁명이 진행 중이다. 튀니지에서 시작된 재스민 혁명은 이집트로 옮겨가서 수십 년 독재를 무너뜨렸다. 그리고 이제는 40년 독재의 리비아에서 시민혁명이 진행 중이다. 민주주의의 변방지역인 중동과 아프리카가 일약 민주주의의 시험대가 되고 있다. 지금 우리가 목격 중인 아프리카와 중동의 민주주의 혁명은 주권자인 민중을 억압하는 독재체제는 결국은 무너지고 만다는 철칙을 확인시켜준다. 나는 이들 민주혁명을 보면서 새삼 한국 민주주의의 현황을 떠올리게 된다. 지금 아프리카와 중동에서 진행 중인 민주주의 혁명을 한국의 1987년 시민혁명과 연결해 그 의미를 살펴보려는 시각도 눈에 띈다. 장기독재에 맞서는 대중운동과 시민혁명, 이어지는 과도적 시기, 그리고 어렵게 쟁취한 형식적 민주주의와 실질적 민주주의의 괴리 등이 그런 연결을 떠올리게 하는 단어들이다. 그리고 이런 단어들은 87년 이후 민주주의의 최대위기를 맞고 있는 한국에서 민주주의의 갱신과 재발명의 의미를 성찰하게 만든다. 개혁정권 10년 만에 권력을 되찾은 수구 '실용'(sic!) 세력의 실상이 무엇인지를, 지금 끝 간 데를 모르고 후퇴하는 한국민주주의의 몰골에서 씁쓸하게 확인한다. 그런 씁쓸함을 넘어서 민주주의의 갱신을 하려면 1987년 6월 항쟁, 7~8월 노동자대투쟁으로 시작된 민주화의 의미와 한계에 대한 정확한 점검과 평가가 요구된다. 이 글은 한국 민주주의의 쟁점들을 깊이 다루지 않는다. 그 작업은 한국정치와 민주주의의 역사와 현황에 대한 폭넓은 시야와 안목을 요구한다. 이 글은 민주주의의 기본원리와 이념을 살펴보고, 그와 관련하여 새롭게 제기되는 문학의 정치론의 의미를 고찰한다.

2. 공허한 민주주의

한국 민주주의 현황에 대해 어느 문예지에서 읽은 구절이다. "마키아벨리는 『군주론』에서 지도자를 그 능력에 따라 세 가지로 분류했다. 첫째 분류는 무슨 일이든 스스로 이해하고, 둘째 분류는 다른 사람이 설명해주어야 이해하고, 셋째 분류는 스스로 이해하지 못할 뿐만 아니라 남이 설명해도 이해하지 못한다. 첫째는 매우 탁월한 인물이고, 둘째는 우수한 인물이며, 셋째는 무능한 인물이다. 우리의 지도자는 어디에 속하는가. 내 의식은 우리나라가 자유민주주의의 정점이었던 순간에서 한 치도 내려가지 않았다. 그래서 얼마나 빨리 강이 파괴되고, 얼마나 빨리 자본주의가 활개를 치고, 자유민주주의가 퇴보하고 있는지 더 실감이 되지 않는다."[1] 현 단계 한국사회의 실상에 조금이라도 관심이 있다면 쉽게

---

1) 박주영, 「소리 소문 없이 사라질 수 있다. 이야기가, 사람이, 강이」, 『문학동네』 64호 (2010 가을) 25면.

동의할 만한 지적이다. 나는 "우리의 지도자는 어디에 속하는가"라는 물음에는 답하지 않겠다. 자명한 질문이다. 눈길을 끄는 대목은 "자유민주주의가 퇴보"하고 있다는 언급이다. 그런 퇴보는 시민들의 말을 도무지 들으려고 하지 않는 "지도자"의 태도에서 여실히 드러난다. 원래 독재자(dictator)는 남의 말을 듣지 않고 자기 혼자 떠드는(dictate) 사람이다. 그러나 문제는 좀 더 심층적이다. 한국민주주의의 위기가 단지 최고지도자를 잘못 선출한 데서 발생하는 것일까? 물론 뒤에 살펴보겠지만 민주사회에서도 지도자는 중요하다. 더욱이 한국처럼 제왕적 대통령제를 채택한 국가에서는 더욱 그렇다. 그러나 민주주의의 위기를 지도자를 제대로 선출하는 것으로 극복할 수 있을까? 혹은 대의민주주의의 시스템만 잘 작동하면 민주주의의 위기는 사라지는가? 이런 질문들은 다시 근본적인 의문으로 이어진다. 한국이 표방하는 '민주공화국'의 실체는 무엇인가? 주권은 국민에게 있다는 것이 헌법조문이다. 국가권력을 구성하는 행정부, 사법부, 입법부는 주권자인 인민이 위임한 권력을 대리 행사할 뿐이다. 여기서 시민주권과 국가주권 사이의 괴리가 생긴다. 형식적으로는 인민[2]이 국가의 주권자이나 실질적으로는 권력의 대행자들이 국가권력을 행사한다. 대의민주주의에서 발생하는 권력 형식과 내용의 불일치. 위의 인용문에서 개탄하는 한국 자유민주주의의 쇠퇴를 이해하려면 그것의 쇠퇴 여부를 따지기 이전에 자유민주주의의 내용과 형식을 먼저 파악해야 한다.

　도발적인 발언처럼 들리겠지만 민주주의는 공허한 개념이다. 민주주의는 형식상 데모스demos와 통치kratos의 결합, 곧 '인민/시민의 통치'이다. 시민이 스스로를 다스리는 정치체제만이 민주주의에 부합한다. 그런 점

---

2) 근대 민주주의에서 인민(people)은 곧 시민(citizen) 개념과 등치된다. 이때 시민은 좁은 의미의 부르주아만이 아니라 주권자로서의 시민개념을 함축한다. 이하에서는 인민을 시민으로 통칭한다.

에서 현재 지구상에 존재하는 '민주국가'들에서 이 개념에 정확히 들어맞는 국가는 없다. 시민은 스스로 통치하지 못하고 주권을 대리인들에게 위임한다. 시민의 주권은 선거 때 표를 던지는 것으로만 잠시 확인된다. 민주주의를 규정하는 유일한 원리인 시민의 통치는 다른 정치형태들인 귀족정, 과두정, 참주정과 대립된다. 그러나 민주주의는 민주주의와 연관되는 것으로 여겨지는 다른 개념들인 대의, 입헌, 심의, 참여, 자유시장, 권리, 보편성 혹은 평등을 자동적으로 포함하지 않는다. 민주주의의 원리는 단 하나이다. 시민이 자기 자신을 통치한다. 시민의 일부나 어떤 대타자가 아니라 시민 모두가 정치적으로 주권자이다.[3] 민주주의의 원리에는 단지 "시민의 통치"라는 '형식'적 규정만이 있다. 그것의 구체적 '내용'은 빈곤하다. 민주주의는 그것의 형식과 내용을 새롭게 채워야 하는 미완의 기획이다. 민주주의 정치론의 난점이다. 민주주의는 하나의 주어진 형태(예컨대 대의민주주의)가 아니다. 민주주의는 시민의 통치가 실행되기 위해서 어떻게 권력을 위임하고 나눠야 하는지, 이 통치가 어떻게 조직되어야 하는지, 위임된 권력은 어떻게 시민에 의해 통제되는지 등에 대해서는 구체적으로 언급하지 않는다. 또한 그런 통치를 가능케 하는 물질적 테두리로서 경제적 민주주의의 조건, 삶의 양식으로서 문화적 민주주의에 대해서도 민주주의 개념은 구체적인 것을 말해주지 않는다. 그 결과 추상적인 원리로서 시민의 통치는 거의 모든 '민주공화국'에서 껍데기로만 남는다. 대의민주주의에서 시민은 형식적으로는 통치자이나 실질적으로는 피통치자가 된다. 민주주의의 역설이다. 이 역설을 어떻게 극복할 것인가? 우리 시대 민주주의의 난제이다.

---

3) 랑시에르 외, 김상운 외 옮김, 『민주주의는 죽었는가?』(난장 2010) 87면.

3. 누가 통치하는가?

민주주의 사회에서 통치자는 누구인가? 형식적으로는 시민 혹은 국민이다. 대한민국 헌법도 그렇다. "헌법 1조 ①대한민국은 민주공화국이다. ②대한민국의 주권은 국민에게 있고, 모든 권력은 국민으로부터 나온다." 국헌으로 민주공화국을 표방하는 국가라면 이의를 제기할 수 없는 문구다. 그러나 이 법조문은 공허하다. 들뢰즈의 지적대로 개념의 의미는 그것이 놓여 있는 맥락들과 어떻게 연결되고 배치되는가에 따라 달라진다. 다시 말해 "대한민국은 민주공화국이다"라는 말은 민주공화국의 이념적인 토대인 자유, 평등, 연대 같은 원리들이 현실에서 실질적으로 시민들의 삶 속에서 구현되지 않는 한 공허하다. 헌법 1조 2항도 마찬가지이다. 시민의 통치인 민주주의에서 주권자는 시민이다. 그러나 다양한 정치, 경제, 문화적 차이를 지니고 있는 시민은 자신을 총체적으로 통치할 수 없다. 아니, 어떤 존재도 시민들 안의 수많은 차이를 넘어선, 통치의 초월적 위치에 있지 않다. 더욱이 현대민주주의처럼 고도로 분화된 정치행위와 행정이 요구되는 시대에 주권자인 시민은 주권을 온전히 행사할 여력과 역량이 모자란다. 유감스러운 일이지만 아직 시민 대중은 자신을 주권자로서 현실적으로 대표하는 방법을 찾지 못했다. 그 대안으로 나온 것이 대의민주주의이다. 시민이 자신의 주권을 대표/대변(representation)할 대리인들을 선출하고 그들에게 권력을 위임한다. 행정, 입법, 사법의 대리인들이 시민에게 주권을 위임받아 국가권력을 행사한다. 그리고 이렇게 성립된 국가권력은 자신의 탄생배경을 잊고 자립적으로 존재한다. 각 국가권력, 특히 행정권력의 최고책임자가 통치자, 실질적 주권자로서 등장한다. 시민의 대리인이 주권자인 시민을 다스리는 역설이 민주주의 사회에서 발생한다. 그 역설을 시민이 용인한다.

현대민주주의는 대중민주주의이다. 대중민주주의이기에 대중은 통치행위에서 소외된다. 그러나 냉정하게 말해서 민주주의를 포함한 어떤 제도를 막론하고 인류는 아직 지도자 없는 정치제도를 발명하지 못했다. "역사는 개개의 인간 때문에 바뀌는 것은 아니라고 역사학자들은 말한다. 나도 절반쯤은 동의한다. 하지만 나머지 절반 정도는 바뀔 가능성도 있지 않을까. 지금도 나는 오래전 이탈리아의 경제학자가 쓴 책에 나온 구절을 잊을 수 없다. 오늘날까지 인류는 온갖 정치체제를 생각해냈다. 왕정, 귀족정이라고도 불리는 과두정, 민주정, 그리고 공산주의 체제. 하지만 지도자 없는 정치체제만은 생각해내지 못했다."[4] 시민의 통치가 온전하게 제 모습을 드러내는 사회를 민주주의자들은 기대한다. 그러나 현실적으로 모든 정치체제는 대의제에 기반을 둔다. 과두정이나 귀족정 혹은 왕정의 경우도 사정은 다르지 않다. 이들 정치체제도 자신들의 통치를 정당화하기 위해서는 그 권력의 이념적 토대를 밝혀야 하고 자신들이 그 토대를 대변하고 있다는 걸 반복적으로 내세워야 한다. 그 토대가 신이든, 지배이념이든, 혈통이든 상관없다. 이런 정치체제와 구별되는 민주주의의 난점은 대한민국 헌법이 명시적으로 밝히고 있듯이 형식적 주권자인 시민을 대변한다는 것이 현실적으로 불가능하다는 점이다.[5] 여기서 민주주의 정치의 균열이 벌어진다. 형식적 주권자인 시민과 실질적 주권자인 지도자 사이의 균열.[6] 실질적 통치자인 지도자가 민주주의 사

---

4) 시오노 나나미, 김석희 옮김, 『로마 멸망 이후의 지중해세계(하권)』(한길사 2009) 433면.

5) 최근 논란이 되고 있는 민중주의(populism)도 이와 관련된다. 모든 정치가들은 자신만은 '국민의 뜻'을 대변한다고 주장한다. 남들이 같은 말을 하면 민중주의자가 된다. 허구적인 주장이다. 국민의 뜻을 온전하게 대변하는 정치나 법은 현실적으로 불가능하다. 다만 그렇게 하고 있다고 믿을 뿐이다. 그런 면에서 현대대중민주주의는 시민주권을 정치가들이 온전하게 대변하고 있다고 정치가나 대중이 서로 믿고 있는 '믿음의 체계'에 불과하다.

6) 그런 균열은 소위 '사회주의 정치체제'에서도 확인된다. 1953년 6월 동베를린에서 노동자들이 봉기를 일으키자 당시 동독 사회주의정부는 이들을 무력으로 진압했고, 사회주의 정권에 반대하는 시민의 어리석음을 성토했다. 그에 대해 브레히트는 '해결 방법'이라는 시를 써서 사회주의 정권을 조롱한다. "6월17일 봉기 뒤에/ 작가동맹 서기는/ 스탈린가

회에서 더 중요해지는 이유가 여기 있다. 민주주의 사회에서 국가권력의 쟁취가 핵심적인 이유이다. 최근의 정치, 외교, 국방, 남북관계의 파탄은 결국 민주주의의 위기에서 비롯된다.

그럴 때 제기되는 질문. 서구사회와는 다른 정치적 현실, 민주주의의 취약한 토대를 지닌 한국에서 랑시에르식의 치안과 정치의 구분은 현실성이 있는가? 미시정치가 거시정치(국가권력)를 대신할 수 있는가? 비단 랑시에르만이 아니라 서구이론을 수용하는 입장 중 일부는 정치를 국가권력의 쟁취로 보는 견해를 케케묵은 '근대적' 견해로 치부한다. 그러면서 내세우는 게 미시정치, 일상의 정치, 일상의 파시즘, 감성의 재분할 따위의 새로운 탈근대정치론이다. 권력의 대의라는 민주주의의 기본원리조차 제대로 이해하지 못하는 정치지도자들 때문에 한동안 잊고 지내던 전쟁위험이 피부로 느껴지는 시대에 이런 말들은 공허하다. 어느 인터뷰에서 읽은 구절이다. "냉전해체기인 노태우 정부부터 시작해서—김영삼 정부때 예외적 시기가 있었지만—이명박 정부 전까지 정부는 남북한 사이의 갈등과 대결의 시대를 종식하고 화해협력 시대로 나아간다는 목표 아래 노력해왔다. 남북 간 체제경쟁이 끝났기 때문이다. 그런데 정권 하나 바뀌었다고 20여 년간의 노력이 사라지고 전쟁을 이야기하는 상황이 되었다."(《오마이뉴스》 기사) 정권 하나 바뀌었다고, 지도자 하나 잘못 뽑으니 나라꼴이 이렇게 된다.[7) "20여 년간의 노력"이 물거품이 되는 상황이

에 전단을 배포케 했다/ 거기 씌어 있기를/ '시민이 어리석게도 정부의 신뢰를 잃어버렸으니/ 이것은 오직 두 배의 노동을 통해서만/ 되찾을 수 있다나/ 차라리 정부가 시민을 해체하고/ 다른 시민을 선출하는 것이/ 더 간단하지 않을까?" MB정권이 국민 대다수의 반대에도 불구하고 밀어붙이는 4대강 사업의 원대한 의미를 이해하지 못하는 국민, 광우병 파동, 구제역 파동에서도 정부의 '홍보'보다는 '괴담'에 놀아나는 국민의 어리석음을 개탄하면서 혹시 한국의 정치 지도자들도 비슷한 생각을 하고 있지 않을까? 할 수만 있다면 "정부의 신뢰"를 잃어버린 "시민을 해체하고/ 다른 시민을 선출"하고 싶다는 생각. 대의민주주의의 전도현상은 이렇게 코믹하게도 나타난다.

7) 그러나 잘못 뽑힌 지도자는 자신의 수많은 아바타들을 정치, 경제, 사회, 문화 곳곳의 힘

다. 한국민주주의의 토대는 이렇게 허약하다. 주권자인 시민이 실질적 통치권을 행사할 수 없으며, 시민의 대변자인 권력자들에게 위임된 권력을 효과적으로 통제할 수 있는 수단을 갖고 있지 못하기 때문이다. 국가권력의 쟁취가 정치의 핵심이 아니라고 주장하는 이들은 한국 민주주의의 몰락을 지켜보면서 지금 무슨 생각을 하는지 궁금하다. 미시정치, 감각의 재분배, 치안과 정치의 구분. 좋은 말들이다. 그러나 그런 수입 용어들이 정치의 본령인 국가권력의 중요성을 대체할 수는 없다. 이런 끔찍한 상황을 타파하려면 국가권력을 바꿔야 한다. 거시정치를 고민해야 한다. 국가권력 따위는 별개 아니라고, 일상의 정치가 중요하다고 헛된 폼 잡기에 만족해서는 곤란하다. 한국사회는 지금 수십 년 전 개발독재시대의 감수성과 시대인식을 갖고 있는 정권 때문에 심하게 고통 받고 있다. 민주주의 정치의 핵심은 여전히 실질적 통치권을 행사하는 국가권력의 획득과 통제이다.

4. 법과 폭력

시민주권과 대의정치의 괴리는 선거 때 선명하게 확인된다. 주권자들이 선출한 권력, 심지어는 선출하지도 않은 권력(사법권력)이 국가 주권을 행사한다. 시민은 "통치역량을 행사하고 법을 제정하면서도 바로 자기

쓰는 자리에 낙하산으로 심는다. 현 정부의 주요보직만이 아니라 언뜻 눈에 들어오지 않는 자리들까지 철저하게 논공행상식으로 배분이 이뤄지고 있다. 이 모든 절차는 법적으로는 합법이다. 그러나 대의민주주의의 맹점을 보여주는 부분이기도 하다. 선출된 한 명이 선출되지 않은 권력들을 측근들에게 임의로 나눠줄 수 있게 보장해주는 맹점. 이 점에서 한국민주주의는 최고지도자가 선출된다는 점 하나만 빼놓고는 왕정과 매우 가깝다. 한국민주주의는 내실을 논하기 이전에 형식에서도 심각한 결함을 지닌다. 그 결함의 해결책은 권력의 선출직을 가능한 한 늘리고, 그 자리들에 대한 시민의 통제를 어떻게 확보할 것인가에서 찾아야 한다.

자신이 제정자인 이런 법과 명령에 스스로 복종하기도 하는 주권자이면서 동시에 신민인 어떤 집합체"[8]가 된다. 시민은 법과 명령의 "제정자"이다. 그러나 단지 형식적인 측면에서만 그렇다. 입법권은 시민의 대표자들인 국회에 양도된다. 형식적으로는 국회가 시민을 대신하여 법을 제정한다고 되어 있다. 그러나 법은 실질적으로 국회의 자의적 판단에 따라, 계급과 계층의 다양한 역학관계에 따라 만들어진다. 예컨대 한국사회의 미디어법, 사립학교법, 각종 조세관련법을 둘러싼 논란이 좋은 예이다.

1987년에 정점에 이른 민주화운동의 여파로 얻은 반독재민주화 운동과 대통령 직선제 개헌 이후 한국사회에서 형식적 민주주의는 완성되었다고 많은 사람들이 믿었다. 이른바 '87년 민주주의 체제'의 성립이다. 그 믿음이 공허하다는 것을 지금 많은 사람들이 깨닫는 중이다. 완성되었다고 믿었던 민주주의의 '형식'은 무엇인가? 이제 형식적으로는 완성된 민주주의라는 틀에 부합하는 '내용'을 채우면 된다고 생각해온 것이 아닐까? 민주주의를 논하면서 형식과 내용은 분리되어 다뤄졌다. 그러나 문학에서 형식과 내용이 분리될 수 없듯이 민주주의에서 형식과 내용은 분리될 수 없다. 내용의 빈곤은 형식의 빈곤에 따른 것이고 그 역도 마찬가지이다. "즉 형식은 결코 '형식에 불과한 것'이 아니며 사회적 삶의 물질성에 흔적을 남기는 그 자체의 역할을 지니고 있다는 논리는 전적으로 타당하다. 노동조합운동에서 페미니즘에 이르는 '물질적인' 정치적 요구와 실천의 과정을 출범시킨 것은 부르주아적인 '형식적 자유'였던 것이다. 그것을 어떤 별개의 실제를 은폐하는 환영에 불과한 것으로 격하하려는 냉소적 유혹은 거부해야 마땅하다. 이는 '한갓 형식적인' 부르주아적 자유를 조롱했던 옛 스탈린주의의 위선의 덫에 걸리는 꼴이다."[9] 우

---

8) 에티엔 발리바르, 진태원 옮김, 『우리, 유럽의 시민들: 세계화와 민주주의의 재발명』 (후마니타스 2010) 344면.

9) 슬라보예 지젝, 김성호 옮김, 『처음에는 비극으로 다음에는 희극으로』 (창비 2010) 137-

리시대의 민주주의가 위기라면 그것은 단순히 내용의 빈곤 때문만이 아니다. 정당민주주의로 표상되는 대의민주주의라는 형식이 문제이다. 민주주의는 정당민주주의, 대표자를 선출하는 선거제로만 환원되지 않는다. 이런 시각은 민주주의를 실질적으로 과두제나 귀족정으로 축소시킨다. 민주주의의 성패를 판단하는 유일한 준거점은 시민의 통치라는 원칙뿐이다. 공허해 보이지만 동시에 강력한 민주주의의 유일 테제를 민주주의를 표방하는 사회를 테스트하는 시금석으로 삼아야 한다. 물어야 할 질문은 이렇다. 당신들의 민주주의는 얼마나 시민의 통치에 부합하는가? 현실에서 이런 질문에 만족스러운 답을 내놓을 사회는 거의 없다. 그 점에서 민주주의는 불가능한 정치적 기획에 가깝다. 따라서 민주주의는 언제나 재창조되고 재발명되어야 한다. 민주주의의 종결점은 없다. 민주주의가 완성되었다고 믿는 순간 민주주의는 죽는다. '87년 민주주의 체제'의 위기를 맞고 있는 한국사회가 좋은 예이다.

시민의 통치라는 원리만을 유일한 토대로 지니기에 민주주의는 취약하다. 그래서 민주주의는 선출된 소수가 지배하는 과두정으로 변질된다. 민주주의 정치는 행정이나 통치로 축소된다. 시민의 정치는 대리인들을 선출하는 선거참여로만 협소해진다. 오늘날 시민주권은 그 실질적 의미를 차츰 상실해버렸으며 행정과 치안이 압도적으로 지배한다. 서구식 민주주의가 아무런 조건 없이 수용했던 철학적 유산의 대가를 치르고 있기 때문이다. 통치를 단순한 행정(부)으로 파악하는 오해는 서구 정치사에 초래된 결론들 가운데 가장 심각한 오류이다. 서구의 근대성에 대한 정치적 성찰이 법, 일반의지, 시민주권 같은 텅 빈 추상 개념 뒤에서 방황할 뿐 정작 모든 점에서 볼 때 결정적인 문제에 대해서는 묵묵부답이었

178면.

다. 결정적인 문제는 통치, 그리고 통치와 주권자의 절합이다.[10] 법의 이름으로 포장된 행정권력과 치안이 정치를 대신한다. 정치는 국가 경제를 위한다는 명목으로 경제권력과 손잡는다. 시민주권은 텅 빈 추상개념이 된다.

통치와 주권자의 절합은 사라지고 행정과 치안의 앙상한 뼈만 남아 시민의 정치를 대체한다. 행정권력과 치안의 시각에서 볼 때 시민은 차별화된다. 시민은 계급적으로, 성적으로, 무엇보다 국적에 따라 나뉜다. 예컨대 '용산사태'에서 자신들의 권리를 주장하며 '여기 사람이 있다'고 외쳤던 시민들의 외침은 주권자의 요구가 아니라 범법자의 말로 묵살된다. 그들은 주권자인 국민, 시민의 자격을 박탈당한다. 용산철거민들은 법적으로 보호받을 수 없는 존재였다. 그들은 시민이 아니었다. 그들은 합법적인 철거집행을 거부하고 불법적인 거주를 자행한 불법 체류자였을 뿐이다. 그들은 아감벤이 말한 호모 사케르였다. 무제한적인 폭력의 희생양이 되지만 신성하지 않은 인간, 그들에게 가해지는 폭력에 대해서는 아무런 책임도 묻지 않는 법 바깥의 인간들이었다.[11] 대의권력이 행사하는 무제한적인 폭력은 합법적인 법집행의 가면을 쓴다. 대의권력만이 폭력을 독점한다. 이른바 '공권력'(sic!)이다. 공권력은 정당하지만 시민의 저항폭력은 불법적이다. 법과 폭력의 결합이다. 시민주권과 법의 폭력 사이의 공백. 법은 폭력과 어떤 관계를 맺는가? "우리는 이제 막 법은, 그 기원과 목적, 그 정초와 보존에서, 직접적이든 간접적이든 현전적이든 재현적이든 간에 폭력으로부터 분리될 수 없다는 것을 살펴보았다."[12] 법과 폭력은 분리될 수 없다. '합법적' 법과 '불법적' 폭력을 대립시키는 것은 법의 본질을 외면한 해석이다. 법은 자신을 위협하는 폭력을 배제하

---

10) 발리바르, 앞의 책, 24면.

11) 박정수, 「맑스의 코뮨주의적 인간학」, 『부커진 R3: 맑스를 읽자』(그린비 2010) 65면.

12) 자크 데리다, 진태원 옮김, 『법의 힘』(문학과지성사 2004) 108면.

려고 한다. 그러나 신의 질서를 위협하는 개별 폭력들을 배제하려고 하는 것은 법에게는 정상적인 것이며, 동시에 법의 이해관계의 본성에 속하는 것이기도 하다. 법이 폭력의 의미에서, 곧 권위로서의 폭력이라는 의미에서 폭력을 독점하려고 하는 것은 자신의 이해관계 때문이다. 폭력을 독점하려는 법의 이해관계가 존재한다. 이러한 독점은 이러저러한 정당하고 합법적인 목적들이 아니라 법 자체를 보호하는 데 목적이 있다.[13] 법치주의의 한계지점이다. 법이 표방하는 보편성, 공정성, 객관성은 허구이다. 법은 그것이 탄생하는 순간부터 자신의 질서를 지키려고 한다. 법의 탄생은 사회적 역학관계에 종속된다.

민주주의의 위기는 사회적 역학관계에서 시민주권의 원리가 상시적으로 위협받는다는 데 있다. 법은 "권위로서의 폭력"이다. 대리권력인 행정과 치안이 권위를 독점한다. 법은 법의 제정자인 시민에게서 분리되고, 법 자체를 지키기 위해 폭력을 독점한다. 법은 정당하고 합법적인 목적을 따르지 않는다. 법의 맹목지점이다. 법과 시민주권이 분리될 때 법은 신성한 것이 된다. 폭력은 법질서에 외재적이지 않다. 폭력은 법의 내부로부터 법을 위협한다. 민주주의에서 행정권력의 폭력 혹은 치안적 폭력은 은밀하고 갑작스럽게 법을 만들어 내면서 자신의 원천인 시민주권의 정신을 부정한다. 그렇다면 우리는 법의 본성을 다시 사유해야 한다. '법적 주체'를 넘어서는 시민권의 가능성을 사유해야 한다. 법적인 주체는 곧 시민권을 지닌 주체이다. 근대민족국가에서 시민은 곧 국민이다. 시민권을 박탈당하면 인권도 없다. 법의 한계지점이다. 법의 토대이고 법의 주권자인 시민이 역으로 '법의 힘'에 의해 억압되고 배제된다. 시민이 법의 힘에 굴복하는 이유는 무엇일까? 여기에 근대민주주의 정치의 비밀이 숨어 있다. 주권자인 시민은 국적에 따른 '국민=법적 주체'의 등식

---

13) 자크 데리다, 같은 책, 79면.

으로 환원된다. 시민의 통치가 유일원리인 민주주의는 시민들의 보편적인 평등과 자유, 권리의 실현을 요구한다. 시민은 국적, 성별, 인종, 종교, 재산 유무 등에 따라 차별받지 않는다. 시민은 동등한 권리를 갖는다. 이권리는 동등한 투표권으로 한정되지 않는다. 교육, 복지, 노동 등의 사회적 권리(사회권)에서도 시민의 무조건적인 권리는 보장되어야 한다. 그러나 제도화된 민주주의 행정과 통치는 민주주의의 보편성, 시민의 권리를 제한하려고 한다. 법적 주체라는 개념에 따라 시민은 차별적으로 구획된다. 민주주의의 역사는 한정과 배제의 경향에 맞서 투쟁해온 역사이다. 민주주의가 모든 영역에서 평등과 시민권에 대한 접근을 확장시키려 애써야 하는 이유? 시민 개념이 고정되거나 불변의 것이 아니기 때문이다. 시민도, 국민도 재발명되어야 한다. 현대국가는 일부를 제외하고는 모두 민주주의를 표방한다. 그러나 시민주권 없이는 어떤 가능한 민주주의도 존재하지 않는다. 그렇다면 민주주의의 주권자인 시민(데모스demos)은 어디에 있는가? 민주주의 국가에서 주권의 문제설정이 직면한 난관의 징후들은 시민주권의 의미와 관련된다. 현대민주주의에서 시민은 종족(에트노스ethnos) 내지는 공동체적 동일성으로 환원된다. 그러나 시민은 고정된 실체가 있는 존재가 아니다. 시민은 구성적이고 제헌적 정치권력이다.[14] 시민은 자신이 주권자임을 매순간 확인하고 구성해야 한다. 그렇지 않으면 시민의 통치권은 임의로 '국민의 뜻'을 내세우는 권력의 대리인들에게 빼앗긴다.

---

14) 발리바르, 앞의 책, 357면.

5. 대중운동과 민주주의

최근 아프리카와 중동에서 벌어지고 있는 민주주의 혁명에서 다시 확인하는 것은 민주주의의 요체는 대중운동이라는 것이다. 정당이나 행정, 입법, 사법권력은 시민의 직접통치를 대변하는 데 근본적인 한계를 지닌다. 모든 정치제도들은 성립되는 순간 자신들의 권력을 재생산하는 데 관심이 있지 자신들의 권력이 누구로부터 위임된 것인지에 대해서는 관심이 없다. 국가권력의 재생산 메커니즘이 작동한다. 현대민주주의의 핵심이자 맹점인 관료주의의 문제도 여기 있다. 관료주의는 관료들의 권력과 이익을 재생산한다. 한국의 경제관료들의 일차적 관심사가 국가경제라기보다는 자신들이 누리는 경제권력의 재생산에 있다는 것은 공공연한 비밀이다. 시민의 대중운동만이 '아무나의 권력'인 민주주의의 정신에 가장 충실하다. 이런 이유 때문에 대중운동과 민중주의(populism)에 대한 국가권력과 그에 결탁한 수구언론의 공세가 나타난다. 그러나 민주주의는 기본적으로 민중주의이다. 단지 민중주의의 방향이 문제일 뿐이다. 민주주의는 그만큼의 위험성을 지닌다. 민주주의는 권력을 행사할 어떤 자격도 갖지 않은 자들의 권력이기에 원리적으로 반(反)엘리트주의, 반권력적이다. 따라서 민주주의의 행로는 미리 결정되어 있지 않다. 국가권력은 그런 민주주의의 유목성, 주권자인 시민의 유목주의를 용납하지 못한다. 자신들이 규정한 특정한 홈을 파놓고 그 안에 대중을 몰아넣기를 원한다. 시민의 권력, 권력을 행사할 어떤 특수한 자격도 갖지 않은 자들의 권력을 뜻하는 민주주의는 정치를 사유할 수 있게 해주는 토대이다. 권력이 더 똑똑하고 더 강하고, 더 부유한 자들의 소관이라면 굳이 민주주의를 말할 이유가 없다. 민주주의가 힘 있는 자들의 과두제에 불과하다면, 오직 강한 자들만이 권력을 행사하는 것이라면 그런 권리는 그들에게 그냥 부과되면 그뿐이다. 그것이 귀족정이고 왕정이다. 그러나 민주주의의 핵심은 평등테제이다. 이미 과두제로 변질된 현대민주주의조차도 민주주의의 평등테제를 외면할 수 없다. 민주주의에는 비판적 기능이 있다. 그것은 지배구조에 박아 넣은 평등의 쐐기이다. 이것 때문에 민주주의 정치는 단순히 치안으로 변형되지 않는다.[15]

그러나 현실정치에서 아무나의 권력은 특정한 자격을 가진 자들의 과두적 체계로 변질된다. 민주주의의 꽃이라는 선거가 좋은 예이다. 선거에 입후보하고 선거운동을 하는 행위에서 이미 선별과 배제의 원리가 작동한다. 선거에는 아무나 입후보할 수 없다. 입후보할 만한 '자격'이 있어야 하고, 선거운동을 무리 없이 진행할 '재력'이 필요하다. 민주주의는 특정한 자격을 갖춘 '그들만의 리그'가 된다. 시민은 민주주의의 구경꾼으로 전락한다. 이런 대의민주주의가 현대 대중민주주의에서 현실적으로 가능한 유일무이한 제도인가? 현 단계 민주주의 정치는 정당정치인가?

---

15) 랑시에르 외, 『민주주의는 죽었는가?』 132-133면. 민주주의의 핵심인 평등테제는 최근 한국에서도 논란이 되고 있는 경제적 민주주의나 복지문제에 대한 제대로 된 접근의 단서를 제공한다. 정치적 민주주의는 경제적 민주주의와 관련된다. 시장주의자들은 국가의 개입이나 복지를 민주주의의 '자유'테제에 근거해 반대한다. 그러나 모든 경제체제는 규제를 필요로 한다. 문제는 규제의 방향이다. 복지는 이런 규제를 통해 시민전체의 경제적 평등, 인간적인 삶을 보장하기 위한 방안이다. "일부러 제한적인 규칙을 만들어 우리의 선택을 의도적으로 한정하고, 그렇게 해서 우리의 환경을 단순화시키지 않는 한 인간의 제한된 합리성으로는 세상의 복잡성에 대처해 나갈 수 없다. 우리에게 규제가 필요한 이유는, 정부가 당사자인 경제주체들보다 관련 상황을 반드시 더 잘 알기 때문이 아니다. 규제의 필요성을 받아들이는 것은 우리의 제한된 정신적 능력에 대한 겸허한 인정인 것이다." (장하준, 『그들이 말하지 않는 23가지』 [부키 2010] 236면 예컨대 복지정책의 핵심인 가난한 사람들을 위한 소득재분배는 시장주의자들의 오해와는 달리 경제성장까지 촉진한다. 저소득 가계에 복지지출을 늘리는 식으로 정부가 정책을 펴면 부자들에게 감세해주는 것보다 국가적으로 더 효율적이다. 소득이 적을수록 쓸 수 있는 소득에서 더 많은 몫을 지출해야 하기 때문이다. 더 많은 임금과 사회적인 복지를 누리게 되면 노동자들은 추가소득이나 여유시간을 교육이나 환경에 투자할 수 있다. 그 결과 노동생산성과 경제성장이 촉진된다. 사회적으로도 소득분배가 평등해지면 파업이나 범죄가 줄어들면서 사회적 평화가 이뤄진다. 갈등이 적은 사회에서 투자가 더 촉진된다.(소위 한반도 전쟁 리스크 때문에 출렁이는 경제를 보라.) 소득불평등이 낮으면서 빠른 경제성장이 이루어졌던 자본주의의 황금기는 이 같은 메커니즘 덕분이다.(장하준, 같은 책, 196면 참조)

대의민주주의의 현실적인 불가피성을 주장하는 입장에서는 '그렇다'고 답한다.

현실정치에서 제도 내지 일상적 담론구조를 통해 제기될 수 없는 문제를 드러내고, 그것을 사회의 공적 의제로 만드는 것은 운동이지만, 이를 정치의 일상 속에서 구현하는 것은 제도화된 정당이라는 사실 때문에 거기에는 언제나 괴리와 긴장, 갈등이 있기 마련이라고 생각합니다. 정당으로의 제도화는 운동에서 제기되는 문제를 언제나 불만족스럽게 대표하고 실현할 수밖에 없는 한계가 있습니다. 그럼에도 불구하고 운동은 운동대로, 오래 지속할 수 없고 일상 속에서 정책으로 전환될 수 있는 수단을 갖지 못하기 때문에 한계가 있다고 봅니다. (중략) 정치의 현실주의자로서 나는 민주주의 제도가 허용하는 경계를 끊임없이 넓히려는 시도와 함께, 정당이라는 중심 수단을 활성화하는 문제에 관심을 가지며, 현실의 삶 속에서 발생하는 문제를 정치의제로 전환하여 실천하는 정치의 과정이 확대되고 발전되어야 한다고 믿습니다. (중략) 정치에서 최대 강령적 목표를 얻으려고 할 때는 다른 가치를 희생시키거나 너무 많은 비용/대가를 지불해야 하기 때문에 현실적으로 조정된 최소 강령적 목표를 실현하고자 노력하는 것이 필요하다고 봅니다.[16]

최장집은 시민주권의 표현인 "운동"과 그런 운동을 정치의 일상 속에서 구현하는 "제도화된 운동"을 대립시킨다. 그에게 정치는 필연적으로 정당정치이다. 운동이 정책으로 전환되려면 반드시 정당이라는 매개체 혹은 대리자를 필요로 한다. 왜 그래야 할까? 왜 "운동은 운동대로, 오래 지속할 수 없고 일상 속에서 정책으로 전환될 수 있는 수단을 갖지 못하

---

16) 최장집,『민주주의의 민주화』(후마니타스 2006) 44-45면.

기 때문"이라고 단정할까? 어떤 근거로 다양한 사회적 이해관계를 조정
하고 조율하는 정당정치만이 시민의 통치를 제대로 표현할 수 있는 유일
한, "현실주의"적 방안이라고 주장하는가?[17]

나는 여기서 대의민주주의의 장단점을 논하지 않겠다. 다만, 민주주의
의 유일 원리인 "시민의 통치"와 대의민주의나 정당정치 사이의 거리
를 손쉽게 좁혀버리고, 시민주권을 "운동"으로 협소하게 만들어서 정당
정치로 변환하려는 시각이 지닌 문제점만은 지적하고 싶다. 최장집은
"정치의 현실주의"를 말한다. 그러나 그런 현실주의가 지금 현실에 존재
하는 특정한 정치적 형태(정당정치)를 절대화하는 것이라면 곤란하다. 대

---

17) 지젝의 발언은 최장집이 강조하는 정당정치 중심주의의 공박으로 읽힌다. "사회-정치적
관점에서 배제된 자들의 문제를 인정하는 자유주의자들은 자신들의 목표를, 목소리를 내
지 못하는 자들의 포함이라고 정식화한다―모든 입장이 경청되어야 하고, 모든 이해관계
가 고려되어야 하고, 모든 이의 인권이 보장되어야 하고, 모든 방식의 삶과 문화와 실천이
존중되어야 하고 등등. 이러한 민주주의적 담론의 강박관념은 모든 종류의―문화적, 종
교적, 성적 등등 그 모든 종류의―소수자에 대한 보호다. 민주주의의 공식은 참을성 있는
협상과 타협이다. 여기서 놓치고 있는 것은 프롤레타리아적 입장, 배제된 자에 체현된 보
편성의 입장이다"(지젝, 『한번은 비극으로』 204-205면). 대의민주주의와 정당정치의 토
대는 "참을성 있는 협상과 타협이다." "정치의 현실주의자"들이 강조하는 개념이다. 이들
이 놓치는 지점은 그런 추상적 보편성이 아니라 "배제된 자에 체현된 보편성의 입장"에 대
한 고민이다. 다시 말해 '아무나의 정치'로서 민주주의의 본성에 대한 고민이다. "민주주
의적 선거를 경멸할 필요는 없다. 요는 다만 그 선거가 그 자체로 진리의 표지는 아님을
주장하는 것이다. 그렇기는커녕 대개 민주주의적 선거는 주도적 이데올로기에 의해 결정
되는 지배적 억견(doxa)을 반영하는 경향이 있다"(지젝, 같은 책 272면). 데리다도 비슷한
문제의식을 드러낸다. "따라서 의회주의는 권위의 폭력에, 그리고 이상의 포기에 있다. 그
것은 말과 토론, 비폭력적인 토의, 요컨대 자유 민주주의를 작동시킴으로써 정치적 갈등
을 해결하는 데 실패한다"(데리다, 앞의 책, 107면). 이와 관련해 최근 제기되는 '시민권
력' 개념은 대의정치의 틀을 넘어설 대안으로 주목할 만하다. 물론 시민정치와 시민권력
은 같지 않다. 행정권력이나 치안권력, 그리고 경제권력에 맞설 만한 시민권력의 역량을
한국의 시민정치가 지니고 있는가는 여전히 남는 의문이다. 그러나 민주주의 정치를 정당
정치나 대의정치로 손쉽게 환원시키는 "정치의 현실주의자"들에 맞서 '아무나의 권력'인
민주주의의 정신을 복원하려는 시도로 시민권력 개념은 주목할 만하다. 이에 대해서는 경
향신문 64주년 창간특집인 '시민권력의 시대' 관련기사를 참조. 〈http://news.khan.co.kr/
kh_news/khan_art_view.html?artid=201010052230555&code=940100〉.

의민주주의의 현실성을 인정할 수 있다. 하지만 대의민주주의라는 특정한 정치형태는 시민주권의 극히 제한된 대리형태라는 것을 동시에 고려해야 한다. 권력의 대리인들과 주권자인 "민중사이의 재-현을 위한 공간을 최소화"하는 방도를 고민해야 한다. 추상화된 국민을 주권자인 시민으로 생성해야 한다. 정치인들이 곧잘 언급하는 '국민의 뜻'이나 '침묵하는 다수'가 허구적인 이유이다. 이런 허구적인 개념들은 시민이 스스로 말하지 못하고, 누군가에 의해 대변될 수밖에 없을 때 나타난다.

  정당민주주의만을 민주주의 정치의 유일한 형태로 보는 '현실주의자'들은 사회변혁의 포괄적 기획을 유토피아적인 것이라고, 비현실적 몽상이라고 비판한다. 이른바 반(反)유토피아적 태도. 이런 태도는 실질적으로 과두제로 전락한 현대민주주의에서 지배이데올로기가 작동하는 방식이다. 이들은 소위 현실적이고 '성숙'한 태도를 취하는 양 하면서 실질적으로는 근본적 사회변동의 상상을 가로막는다. 이런 공격에 맞서는 두개의 길이 있다. "그것은 지배적인 자유민주주의적 지평(민주주의, 인권과 자유)을 받아들이고 그 안에서 헤게모니 투쟁에 참여하거나 아니면 바로 그 용어들을 거부하고, 어떤 근본적 변화의 전망을 제기하든 그것은 전체주의로 나아가는 길을 닦을 뿐이라는 오늘날의 자유주의적 협박을 단호하게 기각하는 반대의 몸짓을 감행하는 것이다. 현실주의자가 되자, 불가능한 것을 요구하자는 68년의 낡은 구호는 여전히 유효하다는 게 나의 굳은 확신이자 정치적-실존적 전제다."[18] 한국 민주주의의 실상도 마찬가지이다. '고소영'들과 '강부자'들의 지배로 상징되는 한국 민주주의는 실질적으로 소수가 지배하는 과두제로 전락했다. 민주주의는 아무나의 권력이 아니라 중간계급과 상층계급이 효율적으로 지배적인 지위를 차지하게 보호해주는 선거를 통해서 합의와 정당성을 창출하는 메

---

18) 지젝, 「자리를 점유하기」, 슬라보예 지젝 외, 박대진·박미선 옮김, 『우연성, 헤게모니, 보편성』(도서출판 b 2009) 441면.

커니즘으로 변질된다. 선출되었다는 이유만으로 시민주권의 대리인들은 합의와 정당성을 획득하였다고 자임한다. 그들의 자임은 그들이 만들어 내고(입법) 집행(행정)하는 법의 지배로 표현된다.[19] 여기서 민주주의의 핵심원리인 다수의 지배가 문제가 된다. 다수당이 선거일에 얻은 다수표가 그들의 집권기간 내내 유효하다고 생각할 때, 그 결과 시민들의 마음의 시계가 돌아가는 것도 보지 않을 때 다수의 독재가 시작된다. 힘으로 밀어붙이기, 날치기가 자행된다. 그리고 다수결의 원칙을 민주주의의 핵심인 양 내세운다. 그때 대의민주주의는 한계를 드러낸다. 민주주의에서 다수결의 원칙이 채택된 이유는 그것이 최선이기 때문이 아니라 최소의 선, 혹은 필요악이기 때문이다. 수많은 정치적, 경제적, 문화적 차이가 존재하는 현대대중사회에서 시민의 다양한 의견, 차이들을 총체적으로 '대변'하는 것은 현실적으로 불가능하다. 따라서 어느 순간에는 정책의 방향을 결정해야 한다. 그것의 제도적 형태가 선거이다. 그러나 선거에서 다수당이 되었다는 것이 자신들의 정책이 정당하다는 보증은 아니다. 시민의 지지는 다양한 변수들에 의해서 선거당일에만 유효하게 표현되었을 뿐이다. 선거일의 지지가 자신들이 위임받은 대리권력의 행사기간 내내 유효하다고 착각해서는 곤란하다. 다수가 진리라는 보증이 없기 때문에 민주주의 사회에서 다수파는 항상 소수파의 의견을 경청하고 존중

---

19) 국민 대다수가 반대하는 4대강 사업을 '정당'하게 선출 된 행정권력과 입법권력의 권력 행사라는 명분만으로 밀어붙이는 것이 좋은 예이다. 여기에 선출되지 않은 권력인 사법권력이 동조하는 순간 시민의 통치는 법의 근원적 제정자인 시민에게 칼날을 겨누는 '법의 지배'로 완성된다. 법에 따라 사는 것이 민주주의의 핵심이라면, 법원들의 협치는 민주주의의 전복이다. 이런 협치는 시민주권의 토대인 입법에 대한 사법의 본질적 종속을 뒤집은 것이자, 선출되지 않은 제도에 권력을 주고 그것을 정치화한 것이다. 기형화된 법의 지배는 사법에 대한 입법의 종속으로 나타난다. 예컨대 '정치'적으로 해결해야 할 문제들을 선출되지 않은 권력인 헌법재판소의 판결로 최종 결정지으려는 모습들이 그렇다. "법원들의 협치"의 바람직하지 못한 모습을 우리는 탄핵 심판이나 행정수도 이전 심판에서 확인한 바 있다.

해야 한다. 소수가 옳을 수도 있기 때문이다. 소수를 묵살하는 다수의 일방적 지배와 파시즘의 거리는 멀지 않다. 그러므로 민주주의 정치에서 대화와 타협은 '포즈'가 아니라 반드시 거쳐야 할 관문이다. 이런 민주주의의 기본 상식조차 없는 정치인들이 다수의 지배를 떠드는 것도 한국민주주의가 처한 위기를 보여주는 징후이다.

민주주의는 법의 지배도 아니고 민주적 통치형태도 아니다. 이런 시각은 민주주의의 형식과 내용을 분리하고, 민주주의를 형식이나 통치형태의 문제로 앙상하게 만든다. 그러나 현실에서 대중들은 공안체제라는 억압적이고 폭력적인 통치를 종종 용인한다. 용산사태에 대한 대중들의 무관심과 침묵은 좋은 예이다. 왜 이런 일이 생기는가? 대중은 국가권력이 '불법'이라고 규정하는 소요상태가 불러일으키는 공포에 사로잡히기 때문이다. 그럴 때 무질서보다는 공안통치가 그나마 나은 대안이라는 인식이 확산된다. 사회가 혼란스러워 보일 때 행정과 치안권력은 예외상태를 선포한다. 소요사태와의 전쟁을 선포한다. '광주'와 '용산'이 좋은 예이다. 통치권력이 소요사태를 두려워하는 이유는 통치권력이 자신의 한계를 경험하게 되는 무질서를 두려워하기 때문이다. 그래서 가혹한 탄압이 이뤄진다. 통치권력이 느끼는 대중정치에 대한 공포에 시민이 동조할 때, 덧붙여 시민 자신을 주권자가 아니라 '법적 주체'인 '국민'으로 인식할 때, 시민은 자신을 대리하는 통치권력의 폭력에 굴복한다. 지배해야 할 시민이 지배당하는 민주주의의 역설이 발생한다. 관료주의와 파시즘이 탄생하는 지점이다. 국가권력은 대중들의 참여와 개입에 대한 뿌리 깊은 불신을 공공연하게 드러낸다. 과두제가 민주주의를 대신할 때, 시민의 통치인 민주주의의 경험이 빈약할 때, 대중은 자기 자신의 역량을 두려워하는 역설에 빠진다. '대중의 공포'라는 이 역설을 돌파할 때 민주주의의 새로운 경지가 열릴 것이다.

되풀이 말하지만, 민주주의의 원리는 내용적으로도 형식적으로도 공허하다. 그러므로 민주주의 사회의 주권자인 시민은 시민의 통치를 유일 테제로 삼고 있는, 민주주의의 공허한 내용과 형식을 매순간 새롭게 채워야 한다. 민주주의를 재발명해야 한다. 물론 이런 과정은 힘들다. 그러나 그런 어려움을 외면할 때 민주주의는 '그들만의 민주주의'인 과두제나 파시즘으로 전락한다. 민주주의는 시민에게 언제나 주권자다울 것을 요구한다. 민주주의는 시민의 피를 먹고 자란다는 끔찍한 비유의 의미를 나는 이렇게 이해한다.

6. 민주주의의 위기와 문학의 정치

한국 민주주의가 심대한 위기에 처하게 되면서 문학과 정치의 관계가 다시 주목받는다. '문학의 정치성'을 새롭게 사유하려는 여러 시도가 나온다. 특히 랑시에르가 많이 언급된다. 불과 얼마 전까지는 들뢰즈 열풍이더니 그것도 잠깐이고,[20] 이제는 랑시에르가 상한가이다. 새로운 이론을 수용하는 것은 필요하다. 현실을 해석하기 위해 이론은 필요하고 연구해야 한다. 어떤 면에서는 해석이 곧 실천이다. 들뢰즈의 지적대로 이론은 개념의 발명과 관련된다. 개념은 불명료한 대상을 명료하게 포착하도록 도와준다. 개념은 세상을 향한 사유의 창이다. 창이 없으면 세상을 인식할 수 없다. 그런 점에서 문학과 민주주의, 문학과 정치, 혹은 '정치적인 것'의 개념이 다시 논의되는 것은 의미 있다. 당연시 여겨온 이들 개념들이 명확하게 이해될 때 제대로 된 이론의 토론 공간이 열린다. 그런데 이론을 '활용'한다는 것은 무엇인가? 들뢰즈의 답변이다. "하나의 이론이란 정확히 하나의 도구상자와도 같다. (중략) 그것은 유용해야 한다. 그것은

---

20) 한국에서의 들뢰즈 수용의 여러 문제에 대해서는 졸고, 「들뢰즈를 어떻게 이용할 것인가」, 『이론과 이론기계: 들뢰즈에서 진중권까지』 (생각의나무 2008) 참조.

기능해야 한다. 그리고 이론 자신을 위해서만 기능해서는 안 된다. 이론가 자신으로부터 시작해 아무도 그것을 사용하지 않는다면 (그럴 때 이론가는 더 이상 이론가가 아닐 텐데) 그 이론은 가치가 없거나 때가 적절하지 않은 것이다. 우리는 한 이론을 고치기보다는 새로운 이론들을 만들어야 한다."[21] 나는 들뢰즈의 제언이 랑시에르라는 새로운 이론-기계가 수용되는 이곳의 맥락에서 새삼 새겨들을 말이라고 생각한다. 랑시에르든 누구든 이론은 "하나의 도구상자"이다. 이론은 이용해야 하는 도구이지 성전에 고이 모셔놓아야 하는 "성경"이 아니다. 항상 주어진 맥락에서 그것의 "유용"함을 견주고 평가해야 하는 도구. 따라서 우리는 랑시에르의 이론을 이곳의 맥락에서 "사용"해야 하고 그것을 "고치기보다는" 그로부터 "새로운 이론들을 만들어야 한다." 다시 말해 이론-기계로서 랑시에르를 이용해야 한다. 그런 이용에서 민주주의의 위기와 문학의 정치를 생산적으로 사유할 가능성이 열린다.

랑시에르를 이론-기계로 이용한다는 것은 그의 개념을 훈고학적으로 해석하는 것과는 아무 상관이 없다. "계보는 책이 말하는 내용이며, 영토는 책이 말해지는 장소이다. 그래서 해석의 기능은 완전히 달라진다. 또는 일말의 변화, 첨가, 주석도 금지하는 순수한 글자 암송을 위해 해석은 완전히 사라진다. (중략) 어떤 경우 해석은 살아남지만 책 자체의 내부에 있게 되며, 책 자체는 바깥의 요소들과 순환적 기능을 잃는다. (중략) 독특한 책, 총체적인 작품, 책 내부에서 가능한 모든 조합들, 나무-책, 우주-책. 책과 책의 바깥과의 관계를 끊어버리는, 아방가르드에게 귀중한 이 모든 진부한 개념들은 기표의 노래보다 훨씬 더 나쁘다. 물론 이 개념들은 전적으로 혼합된 기호계와 얽혀 있다. 하지만 사실상 그것들은 특별히 경건한 기원을 가지고 있다. 바그너, 말라르메, 조이스, 맑스, 프

---

21) Deleuze and Foucault, "Intellectuals and Power" *Language, Counter-Memory, Practice* (Ithaca: Cornell UP, 1977) 208면.

로이트. 이들은 여전히 성서들이다."[22] 들뢰즈에게 책은 배치된 관계에서 어떻게 기능하는가에 따라 규정되는 책-기계이다. 책-기계로 활용되지 못하는 책 읽기는 "일말의 변화, 첨가, 주석도 금지하는 순수한 글자 암송을 위해 해석"도 배제하는 읽기, 훈고학적 주석달기가 된다. 책은 경배해야 하는 "성서들"이 된다. 들뢰즈의 조언은 랑시에르의 수용에도 적용된다. 문학의 정치를 새롭게 사유하기 위해 랑시에르를 끌어들이면서, 그가 새롭게 규정한 '정치', '정치적인 것', '치안', '감각적인 것의 재분배' 등이 많이 언급되고 활용된다. 이들 개념을 어떻게 이해하고 해석할 것인가라는 문제, '해석의 타당성'을 둘러싼 열띤 논의가 벌어진다. '정치'와 '치안'에 대한 랑시에르의 구분이 한 예이다. 작품읽기이든 이론읽기이든 다루는 대상의 개념과 문맥을 정확히 파악하는 것은 긴요하다. 그러나 그것이 이론수용의 전부는 될 수 없다. 이론은 지금, 이곳에서 '차이'로서 '반복'될 때만 가치를 지닌다.

하나의 예를 들어보자. 문학과 정치의 관계를 새롭게 사유할 필요성을 제기하면서 최근 문단에서 논의를 촉발시킨 진은영은 새로운 논의의 진전을 위해 시인 김수영에 다시 기댄다. "그러한 시인의 자리에서 김수영은 정치적으로 특정 이데올로기를 옹호하거나 선전하는 방식과는 거리를 두지만, '정치적인 것'의 다양한 영역들, 국회의 부정선거, 언론의 부자유, 문학에서의 권위적인 관행에 대한 문제제기, 이북 작가들의 작품 출판 및 연구에 대한 정책 제안에 이르기까지 언어를 통해 기성세계의 합의된 질서에 불일치를 제기하는 모든 활동을 문학적 활동이라고 외치며 자신의 미학적 정치성을 입증하고자 했다."[23] 진은영이 인용한 김수영의 지적은 여전히 깊은 울림이 있다. 문학의 정치성을 문학의 허구적

---

22) Gilles Deleuze and Felix Guattari, *A Thousand Plateaus*, trans. Brian Massumi (Minneapolis: U of Minnesota P, 1987) 127면.

23) 진은영, 「한 진지한 시인의 고뇌에 대하여」, 『창작과비평』 148호 (2010년 여름) 24면.

인 자율성, 혹은 미학적 자율성과 등치하려는 입장에 김수영은 일침을 놓는다. 문학자율주의자들의 주장대로 문학인은 근본적으로 작품을 통해 '말'한다. 그러나 그게 다는 아니다. "'정치적인 것'의 다양한 영역들, 국회의 부정선거, 언론의 부자유, 문학에서의 권위적인 관행에 대한 문제제기"가 모두 문학의 정치와 관련된다. 문학의 말은 문학작품 안의 말만이 아니라 밖의 말들, '세상의 모든 말'들에 관여한다. 예컨대 '용산참사' 뒤에 나온 문학인들의 6·9선언이나 관련 글을 모은 『다음에 내리실 역은 용산역입니다』에서 기록된 말들은 어떤 문학작품의 말보다 문학적이고 동시에 정치적이다. 김수영의 지적대로 문학인들은 거리의 행동을 통해서도 말한다. 상황이 요구한다면 문학은 말의 텍스트를 벗어나 거리로 나갈 수 있다. 아니, 그래야 한다. 문학의 '자율'과 '정치'를 등치하는 문학주의자, 문학자율주의자들의 곡해와는 달리 문학은 '자율적'일수록 정치적인 것이 아니다. 사이드의 지적대로 문학은 언제나, 이미 비자율적이다. 문학은 좋든 싫든 특정한 세상 속에 놓여 있다. 그것이 문학의 세속성(worldliness)이다.[24] 사르트르의 지적대로 "문제는 시대를 선택하는 것이 아니라, 시대 속에서 자신을 선택해야 하는 것이기 때문이다."[25] 어떤 문학인도 자신이 놓인 "시대"와 상황을 벗어날 수 없다. 문학이 지닌 본래적 정치성이다. 문학은 그만의 방식으로 자기가 놓인 시대와 상황에 개입한다. 그것이 문학의 미학적 자율성이다. 그러나 미학적 자율성이 문학의 세속성을 초월할 수는 없다. 이 둘의 관계를 혼동할 때 허구적인 문학자율주의가 탄생한다.

---

24) Edward Said, "The Secular Criticism," *The World, the Text, and the Critic* (Cambridge: Harvard UP, 1983).

25) 장 폴 사르트르, 정명환 옮김, 『문학이란 무엇인가』 (민음사 1998) 316면.

7. 전위는 누구인가?

그러나 진은영의 지적은 또한 비판적으로 읽어야 한다. "항상 시인은 시와 시론, 그리고 그의 모든 언어를 통해 매번 '너무나 자유가 없다'고 외치는 자, 달리 말하면 불화의 정치학을 수행하는 자라고 믿는다"(진은영, 앞글 27면). 기본적으로 공감한다. 시인은 기본적으로 "불화의 정치학"을 수행하는 이단자이다. 훌륭한 시인은 태생적으로 아방가르드, 전위주의자이다. 김수영은 40여 년 전에 자신 만의 방식으로 시대와 불화하는 문학의 정치를 수행했다. 말만이 아니라 행동을 통해, 문학의 안팎에서 "불화의 정치학"을 수행했다. 물론 지금도 김수영에게 "불화"의 정신을 배워올 수는 있다. 그러나 그것이 김수영을 지금, 이곳에서 활용할 수 있는 문학-기계로, 비평-기계로 제대로 이용하는 길일까? 김수영의 현재성을 논한다는 것이 그를 반복적으로 불러내 되풀이하는 데 있을까? 들뢰즈에 기대 말하면, 반복 없는 창조는 없고, 창조 없는 반복도 없다. 김수영 문학의 전위성도 마찬가지이다. 그의 전위성에서 배울 것이 있다면 그 배움은 김수영을 "변화 없이 연장"하고 반복하거나 복원하는 데서 가능한 것이 아니다.

  요는 우리시대 민주주의와 정치의 개념을 구체화하고, 그를 위한 문학의 전위성을 새롭게 벼리는 데 있다. 전위는 곧 "불화의 정치학"이고 전복, 파괴, 혁명, 비타협과 서로 공명한다. 사회의 주어진 지배적인 감각체계, 이념, 가치관 등에 동의하지 않는 것이 전위의 정신이다. 전위적인 작가의 '전위성'은 형식과 기법의 혁신에 그치지 않는다. 모든 내용은 형식화된 내용이니 형식과 기법의 전위성은 곧 내용과 주제의 전위성과 결합된다. 아니, 결합이라는 말도 옳지 않다. 그들은 뗄 수 없는 동전의 양면이다. 그렇지 않다면 그것은 가짜 형식이요 기법 실험이다. 관건은 전위 작가들의 전위 정신, 혁신의 정신, 체제비판의 정신을 '현재화'하는 방식에 있다. 어떤 작가의 전위정신을 현재화하는 것이 그 작가의 작품을 '성경'으로 모시고 주해를 달고 꼼꼼하게 읽고, 재평가하는 것은 아니다. 예컨대 김수영을 하나의 틀에 가둬놓고, 혹은 제단에 모셔놓고 기리는 것이 아니라, 그의 전위 정신을 배워서, 변형시켜, 차이를 만들어, 지금, 이곳에서 실천하는 것, 그리고 지금, 이곳에서 각자의 방식으로 김수영이 되는 것이 중요하다. 그렇게 각자의 방식으로 다른 김수영들이 되어야 한다. 그래서 1960년대의 김수영이라는 동일성의 반복이 아니라, 21세기 한국의 김수영들, 차이를 만드는 김수영들이 되어야 한다. 이것이 전위정신의 현재화이다. 문학의 정치성이다. 그리고 시대와 불화하기 위해서는 그 시대가 어떤지를 예민하게 파악해야 한다. 그 파악에 당연히 정치의 문제가 들어가며, "감각적인 것의 나눔"[26]인 치안과 그것을 해체하고 재분배하는 정치의 본성을 파악해야 한다. 이런 점에서도 작가나 비평가는 결코 '자율적'일 수 없다. 그의 삶과 사유 자체가 이미 주어진 "감각적인 것의 나눔" 안에 배치되어 있기 때문이다. 차이는 그 배치관계를 지각하는가, 아닌가에 있을 뿐이다.

랑시에르가 말하는 정치와 정치적인 것을 우리가 수용할 때도 그 개념들의 훈고학적 이해가 아니라 그것들의 활용가능성이 중요하다. 랑시에르는 그의 맥락, 좀 더 구체적으로는 프랑스와 유럽의 맥락에서 정치와 치안을 말한다. 그러나 우리의 현실은 그의 현실과 다르다. 따라서 개념들을 정치적이며 문화적으로 '번역'하는 것이 필요하다.[27] 문학과 정

---

26) 자크 랑시에르, 『정치적인 것의 가장자리에서』(길 2008) 247면. 앞으로 이 책의 인용은 면수만 병기.

27) 민주주의와 정치의 문제를 새롭게 사유하기 위해 랑시에르와 더불어 자주 언급되는 사상가가 발리바르이다. 발리바르는 주목할 만한 민주주의 연구서인 『우리, 유럽의 시민들?』에서 유럽민주주의의 당면 과제는 장구한 투쟁을 통해 얻은 사회권(교육, 의료, 복지 등의 권리를 보장하는 사회적 권리)이 신자유주의의 공세로 약화되고 박탈되는 것에 맞서 싸우는 데 있다고 주장한다. 한국은 사정이 다르다. 한국은 아직 발리바르가 말하는,

치 논의가 답보상태인 이유는 개념의 혼동 때문이다. '문학의 정치'를 '현실의 정치'와 혼동하는 데 있다. 더 정확히 말하면 둘을 뒤섞고 싶은 욕망에 있다. 문학을 하면서 동시에 정치를 실천하고 싶다는 자기만족감을 누리고 싶은 문학인들의 은밀한 욕망. 그래서 랑시에르에 기대 '정치'와 '정치적인 것'을 구분하면서 문학의 정치를 구출하려는 시도가 나타난다. 시인 심보선의 구분이다. "정치를 이야기할 때 정치(Politics)와 정치적인 것(the Political)의 구별을 해야 할 것 같아요. 정치는 쉽게 말하자면 우리가 아는 정치제도에서 벌어지는 행동들이고, 정치적인 것은 아주 넓게 이야기하면 행동하기(ways of doing)와 말하기(ways of speaking)를 포괄하죠. 이 말은 아주 일상적인 행동과 언어활동에서도 질서의 재조직화가 이루어질 수 있다는 이야기죠."[28] 모든 개념은 쓰기 나름이므로 이런 구분법 자체는 문제가 아니다. 문제는 둘 사이의 관계를 사유하는 시각이다. 정치는 "우리가 아는 정치제도에서 벌어지는 행동들"이다. 심보선은 정치를 "정치제도"의 문제와 등치한다. 행정, 입법, 사법으로 대표되는 국가권력과 제도와 관련된 행동들이 정치이다. 어떤 행동들? 정치제도 안에서 권력을 쟁취하고 보존하고 확대하려는 행동들이다. 현재 민주주의 사회의 지배적인 정치제도인 대의민주주의에서 정치가 문제되는 이유는 민주주의(democracy)의 원리인 시민의 통치(demos+kratos)와 그것의 현실적 존재형태인 국가권력 사이에 심대한 간극이 있기 때문이다. 앞서 지적했듯이, 현대민주주의는 시민의 대리인들이 통치하는 과두체제로 변질되었다. 그 결과 국가권력과 시민 사이에는 항구적인 긴장관계가 성립한다. 그 권력을 둘러싼 긴장관계는 국가권력과 시민들의 대립으로, 혹은

사회권이 획득되고 확장되어온 유럽식 '국민사회국가'가 아니며 사회권조차 제대로 누리고 있지 못하는 실정이다. 한국 민주주의의 과제는 사회권의 방어가 아니라 사회권의 쟁취와 확산이다.

28) 좌담 「감각적인 것과 정치적인 것 사이에서」, 『문학동네』 58호 (2009년 봄) 384면.

권력자들과 피권력자들의 다양한 갈등, 특히 계급적 갈등으로 나타난다. 여기서 초점은 정치는 기본적으로 집단적인 관계라는 것이다. 명확히 해야 할 개념규정이다.

물론 위의 주장처럼 '정치적인 것'을 '정치'와 구분하면서 '정치적인 것'을 넓게 이해하여 "행동하기(ways of doing)와 말하기(ways of speaking)를 포괄"하는 것으로 보고, "질서의 재조직화"와 연결시킬 수도 있다. 랑시에르도 비슷한 지적을 한다. "정치란 보이지 않았던 것을 보게 만드는 것, 그저 소음으로만 들릴 뿐이었던 것을 말로서 듣게 만드는 것, 특수한 쾌락이나 고통의 표현으로 나타났을 뿐인 것을 공통의 선과 악에 대한 느낌으로서 나타나게 만드는 데 있었다"(253면). 랑시에르에게 정치는 곧 심보선이 말하는 정치적인 것이다. 정치는 치안과 달리 감각적인 것의 나눔, 특정한 주체화 형태들의 출현과 분리의 조건과 관련된다.

그러나 랑시에르가 표나게 강조하는 '감각적인 것의 나눔'으로서의 정치 개념은 조심스럽게 이해되어야 한다. 이 개념은 짝패가 있다. 많은 논자들이 짝패에는 관심이 없고 세련되어 보이는 개념인 '감각적인 것의 나눔'에만 초점을 맞춘다. 랑시에르에게 감각적인 것의 배분은 그가 되풀이 강조하는 민주주의의 평등테제와 더불어 살펴야 한다. 랑시에르에게 정치는 '몫 없는 자들'에게 그들의 빼앗긴 몫을 찾아주는 집단적 행위이다. 감각적인 것의 재배분은 이 행위를 이끌어내기 위한 경로이다. 현실을 흔드는 정치로서 '감각적인 것의 재배분'이 문제가 된다면 재배분 이전에 지금의 감각은 어떻게 배분되어 있는지를 먼저 따져야 한다.[29]

---

29) 이와 관련하여 심보선의 발언은 주목할 만하다. "지금은 미학의 감각적 분배가 자본의 감각적 분배체계 안에서 이루어지고 있어요. 최근에는 자본이야말로 가장 감각적이고 미학적이지 않은가 싶어요"(앞의 「좌담」 375-376면). 현재 대중의 감각체계는 정치권력만이 아니라 경제권력(자본)과 손잡은 문화권력에 의해 지배된다. 우리시대의 정치는 곧 국가권력만이 아니라 "자본의 감각적 분배체계"를 문제 삼아야 한다. 문학인들이 문학만이 아니라 "자본의 감각적 분배체계"를 아우르는 자본주의의 광대한 세계를 알아야 하는 이

랑시에르에 따르면 치안은 출생, 부, 능력이 통치하기 위해 가리키는 방향에 따라 각자에게 각각의 자리를 부여하는 것이다. 그러나 정치는 치안의 틈들에 존재한다. 그 틈은 모두의 평등한 능력을 긍정하며, 지배를 위한 어떤 토대로 존재하지 않음을 긍정한다.

랑시에르가 치안과 정치를 굳이 구분하는 이유는 그 사이에 넘을 수 없는 만리장성을 세우기 위해서가 아니다. 치안은 감각의 주어진 나눔 체계에 기반한다. 주어진 감각의 체계와 그것을 지탱하는 과두 체제를 해체할 수 있는 토대, 모두의 평등한 능력을 긍정하고 지배와 피지배를 나누는 토대는 존재하지 않는다는 걸 강조하는 것이 민주주의 평등테제이다. 랑시에르에게 정치는 언제나 시민의 통치인 민주주의 정치이며, 시민에게 몫을 찾아주는 투쟁이다. "평등의 고유함은 자연스럽다고 가정된 질서들을 결합하는 것이라기보다 그것을 흐트러뜨리고 해체하여 결국 그것을 분할의 논쟁적 형상들로 대체하는 것이다"(95면). 랑시에르에게 합의는 정치가 아니다. 정치는 "분할의 논쟁적 형상"들을 몫 없는 자들의 이름으로 내세우는 투쟁의 과정이다.

8. 비약의 위험성

한국 지식계에서 수용되고 있는 랑시에르의 정치론은, 그것이 지닌 사나운 송곳니인 민주주의의 평등테제는 빼버린 이빨 빠진 호랑이다. 랑시에르가 말하는 민주주의의 평등테제는 몫 없는 자들의 몫을 찾아주고 그들의 목소리를 복원하는 투쟁이다. 지금 민주주의의 위기를 겪고 있는 한국사회에서 필요한 것은 '감성의 재분배' 운운이 아니라 랑시에르의

유이다. 문학은 자율적일수록 정치적이라는 궤변이 통할 수 없는 또 다른 이유이다.

민주주의 정치론이다. 랑시에르는 삶의 감성화가 정치의 핵심적 문제라는 걸 부인하지 않는다. "민주주의적 경험은 이처럼 정치의 어떤 감성론에 대한 경험이다"(119면). 그러나 랑시에르에게는 감성화의 토대인 감각의 나눔의 물질적 근거와 민주주의 정치에 대한 명확한 문제의식이 동시에 있다. 감각의 나눔에 개입되는 권력과 힘의 관계, 몫을 누리는 자들과 그렇지 못한 자들의 관계에 대한 냉철한 인식. 이런 냉철한 인식이 사라지고, 삶의 감성화를 정치라고 단순화시킬 때, 현실의 모든 것이 '정치적인 것'이 되어버린다. 정치는 알맹이 없는 공허한 개념으로 변질된다.

이 지점에서 '문학의 정치'가 문제가 된다. 문학은 기본적으로 집단적 주체가 아니라 개별 주체와 관련된다. 작가도 독자도 개별주체이다. 따라서 문학은 자신의 한계에 유념해야 한다. 문학이 가져올 수 있는 감성의 충격과 변화, 낯설게 하기를 통한 현실의 새로운 인식은 물론 문학만의 소중한 역할이다. 그러나 그런 역할을 집단적 주체가 행하는 현실의 정치로 착각해서는 곤란하다. 범주를 뒤섞어서는 안 된다. 그런 점에서 굳이 문학의 '정치'라는 말을 쓰는 것이 온당한지 의문이다. 모든 훌륭한 문학은 그것의 양식이 리얼리즘이든, 모더니즘이든, 포스트모더니즘이든 삶과 현실의 새로운 충격과 각성을 독자에게 불러일으킨다.[30] 랑시에르의 지적대로 "문학은 낯섦의 경험이다"(211면). 그가 말하는 "낯섦의 경험"에 굳이 '정치'라는 말을 붙이는 것이 필요할까?[31] 나는 문학이 할 수

---

30) 그런 점에서 문학의 '정치'가 오직 '리얼리즘'에서만—그것이 협소한 사실주의 양식과는 구별된다고 하더라도—가능한 것처럼 이해하는 시각은 그 문제의식을 이해 못할 바는 아니나 무리한 주장이다. "반면에 리얼리즘은 환경과 인물의 전형성을 중시하기 때문에 현실의 핵심이 무엇인지 물을 수밖에 없고 이 과정에서 치안의 경계를 넘어 정치의 영역에 개입할 가능성이 열린다"(한기욱, 「문학의 새로움과 소설의 정치성」, 『창작과비평』 149호 [2010년 가을] 393면). 이렇게 손쉽게 문학의 '정치'를 현실에서 벌어지는 "정치의 영역"으로 연결시키는 것 또한 문학의 과대망상의 한 예가 아닐까?

31) 서동욱은 랑시에르가 말하는 문학의 정치를 정확히 요약한다. "그런데 이 기능의 네트워크에서 우리를 떼어놓는 것, 사물의 기능에 입각해 그 사물을 사용할 때 망각하고 있던

있는 것과 없는 것을 분명히 구분하지 못하고, 문학의 역할을 과도하게 설정하는 것이 지금 논의되는 문학의 정치론의 문제라고 판단한다. 그런 과도한 욕망이 문학에게는 과부하를 일으키고, 정치의 의미를 왜곡시킨다. 정신분석학에서 우리가 배워야 할 것 중 하나. 사람들이 어떤 문제에 대해 호들갑을 떨고 있다면 논의되는 문제가 실은 그렇게 열띠게 논의할 만한 실질적인 역할을 못하고 있다는 점을 역설적으로 드러낸다는 것이다. 지금 새삼스럽게 문학의 '정치'가 운위되고, '정치적인 것'이 주목받는다면 그것은 민주주의 정치가 위기에 처했다는 징후이다. 많은 이들이 언급하듯이 지나간 어떤 시대, 예컨대 1980년대의 문학은 굳이 정치를 말하지 않아도 이미 정치적이었다. 문학은 그렇게 시대와 연결되어 있다. 문학의 '정치'가 호들갑스럽게 들먹여진다는 사실 자체가 정치의 억압과 쇠퇴를 보여주는 징후라는 것이다. 따라서 랑시에르식으로 "도래할 삶의 물질적 틀과 감각적 형태들의 발명"으로서 미학적 아방가르드의 가치를 높이 평가하면서, 그것이 지닌 잠재성이 정치적 아방가르드에 강한 영향

사물의 존재함 자체에 대해 질문을 던지게 해주는 것이, 기능이 없음으로 인해서 낯선 대상, 바로 예술작품입니다. 예술작품과의 마주침을 통해 일상적으로 통용되던 정보의 중지가 일어나는 것이죠. 랑시에르식으로 바꾸어 쓰면 우리에게 익숙하게 유통되는 감각과 다르게 감각할 수 있는 기회가 예술을 통해 주어지는 것이죠"(앞의 좌담, 380면). 여기서 잊지 말아야 할 것은 "우리에게 익숙하게 유통되는 감각과 다르게 감각할 수 있는 기회"를 문학이 제공하지만 그것을 문학의 정치라고 부르는 것이 타당한 것인가라는 문제이다. 플로베르의 예를 들면서 서동욱이 지적하듯이, "언어를 순수하게 무상한 것으로 만드는 것과 정치적 효과 사이를 아무런 비약 없이 연결 지을 수 있느냐는 것"(앞의 좌담, 383면)이 여전히 남는 문제이다. 문학의 정치를 논할 때는 항상 이런 "비약"의 위험성에 민감해야 한다. 그렇지 않으면 다음의 예처럼 아무것에 대해서나 정치의 훈장을 달아주는 일이 벌어진다. 한기욱은 박민규의 장편소설 『죽은 왕녀를 위한 파반느』를 논하면서 "이것은 정확히 랑씨에르적 의미의 정치적인 작업이자 아감벤적인 의미의 있는 그대로의 독자성을 성취하는 문제"이며, "우리가 가장 비정치적 영역으로 여기기 쉬운 남녀관계와 사랑이야기야말로 가장 정치적일 수 있다는 점"(한기욱, 앞의 글, 409면-410면)을 보여주는 사례로 꼽는다. 물론 "남녀관계와 사랑이야기"도 때로는 "정치적"일 수 있다. 문제는 여기서 언급되는 "정치적"인 것의 의미와 한계를 유념하는 것이다.

을 미쳤다고 보는 것은 무리이다.[32] 여기서 랑시에르가 말하는 정치적 아방가르드가 정확히 무엇을 뜻하는지는 애매하다. 그의 말대로 정치적 아방가르드에 미학적 아방가르드가 기여한 면도 있을 것이다. 그러나 정치적 아방가르드와 미학적 아방가르드는 같지 않다. 여기서도 문학이나 미학이 자신의 역할을 과도하게 평가하고 있다는 비판이 가능하다. 따라서 "어떻게 문학이 미학적인 동시에 정치적인 것이 되도록 하느냐의 문제"(진은영, 앞의 글, 27면)가 중요하다는 말은 그럴 듯하지만, 역시 공허한 질문이다.

　문학은 그것이 '문학'이라면 본디 미학적이고 정치적이되, 여기서 정치적인 것의 의미를 과도하게 평가해서는 안 된다. 문제는 그것이 지닌 미학성과 정치성의 동시적 깊이다. 문학의 정치는 범박하게 말해 독자가 느끼는 개별적인 "낯섦의 경험"이다. 독자들은 그런 낯섦의 경험을 통해 자신이 갖고 있는 감성의 배치를 해체하고 새로운 재배치를 할 수 있다. 그러나 그로부터 현실의 대중정치까지의 거리는 매우 멀다. 그 먼 거리를 문학이 애써 외면해서는 곤란하다. 따라서 문학의 '정치'를 큰소리로 떠들기 이전에 먼저 문학의 자기성찰을 요구해야 한다. 문학은 무엇을 할 수 있고, 할 수 없는가를 되물어야 한다. 문학은 말을 통해 말과 얽혀 있는 세상을 바라보는 감성과 인식에 균열을 만든다. 그런 균열을 만드는 작업에 굳이 문학의 '정치'라는 거창한 이름을 붙여야 하는지 의문이다. 설령 그렇다고 해도 문학은 언제나 우회적이고 간접적인 방식으로만 정치와 만난다. 문학이 정치를 짝사랑하는 것은 문제가 아니다. 그러나 그런 짝사랑이 미약하나마 어떤 결실을 거두려면 현실의 정치를 알아야한다. 문학은 자율적일 수 없으며 세속적이기 때문이다. 그리고 자신의 세속성을 성찰하는 그 만큼만 문학은 정치적이다.

---

32) 자크 랑시에르, 『감성의 분할』 (도서출판 b 2008) 39면.

9. 문학 없는 세계?

어쩌면 지금 문학의 '정치'를 논하는 이들에게 필요한 것은 어깨에 들어간 힘을 빼고 문학 따위는 없어도 그만이라는 태도를 갖는 것이 아닐까. 사르트르가 오래 전에 아래와 같이 충고한 것처럼 말이다.

> 아무 것도 문학의 불멸이라는 것을 보장해주지는 못한다. 문학의 가능성, 오늘날의 그 유일한 가능성은 곧 유럽과 사회주의와 민주주의와 평화의 가능성과 결부되어 있다. 그 가능성에 걸어야 한다. 만약 이 내기에 진다면 우리들 작가로서는 유감스러운 일이다. 그러나 또한 사회로서도 유감스러운 일이다. 내가 지적한 것처럼 한 집단은 문학을 통해서 반성과 사유의 길로 들어서며, 불행 의식을 갖추고 자신의 불안정한 모습을 알게 되어, 부단히 그것을 바꾸고 개선해 나가려고 하는 것이다. 요컨대 글쓰기의 예술은 어떤 변함없는 신의 보호를 받고 있는 것이 아니다. 그것은 인간이 만들어 나가는 것이며, 인간은 자신을 선택하면서 그것을 선택하는 것이다. 만일 글쓰기가 단순히 선전이나 오락으로 전락하게 된다면, 사회는 무매개적인 것의 소굴 속으로, 다시 말해서 날파리나 연체동물과 같은 기억 없는 삶 속으로 빠져들 것이다. 하기야 이런 것은 별로 중요한 이야기가 아닐지도 모른다. 세계는 문학이 없어도 넉넉히 존속할 테니 말이다. 아니, 인간이 없으면 더욱더 잘 존속할 테니 말이다.(사르트르, 앞의 책, 388면)

여기서 사르트르가 언급한 "유럽과 사회주의와 민주주의와 평화"라는 말에 집착할 필요는 없다. 사르트르는 그의 시대가 제기했던 현실의 정치적 과제들에 민감하게 반응했을 뿐이다. 우리시대는 그와는 다른 과제를 갖고 있다. 하지만 사르트르의 조언 중에는 지금도 새겨들을 대목이 적지 않다. 특히 문학의 자율성을 옹호하면서 문학이 현실의 정치를 외면할수록 문학은 오히려 더 정치적으로 된다는 궤변을 펼치는 문학자율주의자에게는 더욱 그렇다. 왜냐하면 사르트르의 시대와 마찬가지로 우리시대에도 "만일 글쓰기가 단순히 선전이나 오락으로 전락하게 된다면, 사회는 무매개적인 것의 소굴 속으로, 다시 말해서 날파리나 연체동물과 같은 기억 없는 삶 속으로 빠져들 것"이 명확하기 때문이다.

문학은 인간다운 삶의 의미를 어떤 인류의 발명품보다 더 심층적이고 입체적으로 캐묻는다. 하지만 잊지 말아야 할 전제가 있다. 문학이 "단순한 선전이나 오락으로 전락하"지 않아야 한다는 전제. 문학의 정치가 굳이 문제가 된다면, 선험적으로 규정된 미학적 아방가르드와 정치적 아방가르드를 어떻게 연결할 것인가라는 방법을 고민해야 하기 때문이 아니다. 중요한 것은 문학이 "선전"이나 "오락"을 넘어서려면 문학을 둘러싼 세상의 이치, 세상의 정치를 꿰뚫는 안목이 문학에게 있어야 한다는 것이다. 우리가 지나간 80년대의 문학에서 배우고 지금, 여기서 새로운 차이를 만들면서 반복해야 하는 것도 그런 안목이다. 그런 안목이 지금 한국문학과 비평에 없다면, 그들은 '종언'을 맞아도 무방하다. 사르트르의 말대로, "세계는 문학이 없어도 넉넉히 존속할 테니 말이다." 어느 시인의 말대로 "삶과 정치가 실험되지 않는 한 문학은 실험될 수 없다."[33] 문학은, 혹은 문학의 정치는 문학인들에게 소중한 대상이지만 그것이 현실의 "삶과 정치"보다 더 소중할 수는 없다. 그것이 내가 이해하는 세상의 이치이다.[34] (2010)

---

33) 진은영, 「감각적인 것의 분배」, 『창작과비평』 142호 (2008년 겨울) 84면.
34) 추기: 이 글을 쓴 지 몇 년의 시간이 흘렀지만 한국 민주주의의 위기는 더욱 심해진 양상이다. 이 글에서 제기한 민주주의의 위기와 문학의 정치론에 대한 논의가 아직 시효성을 잃지 않았다는 것은 한편으로 다행이지만, 다른 한편으로는 그만큼 위기가 심화되었다는 뜻이기에 매우 씁쓸한 느낌이다.

새로운 시민문학론을 위하여

—백낙청의 「시민문학론」 다시 읽기

1. 「시민문학론」의 현재성

이 글의 목적은 백낙청의 「시민문학론」(1969)을 다시 읽는 것이다. 모든 읽기는 그 읽기가 이뤄지는 현재의 상황과 맥락을 벗어날 수 없다. 그렇다면 약 40년 전에 나온 백낙청의 이 글을 다시 읽을 때도 지금의 문화적, 사회적 맥락이 개입될 수밖에 없다. 그 개입의 맥락을 설명하는 몇 가지 질문들은 이렇다. 왜 민족문학론이 아니라 시민문학론인가? 시민문학론은 민족문학론을 제기하면서 백낙청 자신이 '폐기'한 개념이 아닌가? 지금 다시 '시민문학론'을 논하는 것의 현재적 의미는 무엇인가? 시민문학론은 그것의 전제가 되는 개념들인 시민, 시민정치, 시민사회와 어떻게 연결되는가? 특히 시민문학론은 지금 다시 문제가 되고 있는 '문학의 정치'론에 어떤 성찰을 제공하는가? 21세기의 시민문학론은 어떤 의미를 지니는가? 우리 시대의 시민문학론은 백낙청의 시민문학론에서 무엇을 배우고 버릴 것인가? 이 글에서 모든 질문에 답할 수는 없다. 질문들의 답을 찾기 위한 실마리를 모색할 뿐이다.

먼저 우리시대의 상황진단. 시인 심보선의 분석에 따르면 현재 한국사회는 여전히 「시민문학론」에서 기대했던 성숙한 시민사회와는 거리가 멀다. 전쟁상태이다.

민주주의가 나름대로, 어느 정도 이루어진 것으로 보고 물질적 풍요와 삶의 질 운운하며 행복과 자기계발을 추구하는 삶이야말로 사회적 연대의 실패를 정확하게 보여주는 지점이다. (중략) 그리하며 모든 구성원들은 동물화된다. 심지어 자유와 평등 같은 민주주의적 가치들, 자율성과 주체성 같은 문화적 가치들조차 개체보존의 먹을거리로 변절되고 마는 것이 작금의 극한 상황이다. 이때 동물화는 두 가지를 동시에 의미한다. 하나는 먹을거리를 뺏긴 궁지에 몰린 사나운 동물들의 탄생. 다른 하나는 충분한 먹을거리를 공급받으며 길들여지는 동물들의 탄생.[1]

우리시대는 "동물화"의 시대이다. "자유와 평등 같은 민주주의적 가치들, 자율성과 주체성 같은 문화적 가치들조차 개체보존의 먹을거리로 변절되고 마는 극한 상황." 문학의 정치는 "동물화"의 본성을 통찰하고 동물들의 왕국이 아니라 성숙한 시민정신이 지배하는 공화국을 꿈꾼다. 동물화된 사회와 시민공화국의 거리는 멀다. 그 거리를 좁히는 것이 시민문학의 과제다. 동물들은 오직 먹이를 위해 다투고 때로는 협력한다. 그러나 시민문학은 먹을거리를 둘러싼 쟁투를 넘어선 사회적 연대의 가능성을 모색한다. "자유와 평등 같은 민주주의적 가치들, 자율성과 주체성 같은 문화적 가치들조차 개체보존의 먹을거리로 변절되고 마는 극한 상황"을 인정하는 데서 그치는 것이 아니라, 그런 "변절"의 양상을 구체적

---

1) 심보선, 「불편한 우정: 어떤 공동체의 발견」, 『문학과사회』 87호 (2009년 가을) 487면 각주 6번.

으로 포착하고, 동물들의 사회가 아닌 시민사회를 사유한다. 시민정신은 당장 현실화될 수 있는 이념이라기보다는 주어진 현실의 의미를 조망하는 규제적 이념이다. 그 규제적 이념은 민주주의적 가치들과 문화적 가치들에 근거한다. 동물의 사회는 먹을 것을 두고 다투는 사회이고 우리 시대의 먹을 것은 돈으로 대표된다.

한국사회를 지배하는 시장주의, 경쟁주의, 신자유주의의 힘은 모든 사회문화적 가치를 돈이라는 척도로 환원시킨다. 그럴 때 시민정신은 질식한다. 심지어는 대학도 예외는 아니다. 시민정신을 기르는 최후의 보루라 할 대학도 자본에게 포획된다.[2] 이제 젊은이들은 자본에 맞서는 자유가 아니라 자본에게 착취될 자유를 위해 '스펙' 쌓기에 여념이 없다. 시민정신의 위기이다. 시민문학은 이런 위기를 직시한다. "이때 소통이란 오히려 어떤 도저한 찢김을 적나라하게 드러내는 것이며 따라서 아우슈비츠는 이 찢김의 이름에 다름 아니다. 아우슈비츠는 깨어지는 개념이자 뚜렷해지는 빛이며 벌어지는 틈으로서 우리에게 제시된다"(심보선 488면). 작가는 우리시대의 아우슈비츠에 끈질기게 대면해야 하며, 그것을 "글과 말로 끝없이 채워 넣"는 존재이다. 되풀이 말하자면 문학의 정치는 말의 정치이되 텍스트에 갇힌 말의 정치가 아니다. "동물화"의 말이 세상을 지배한다면 문학의 정치는 "텍스트 위에 고착되려는 욕망과는 무관하게 출현하고 사라지는 사건들"을 증언하는 말의 정치이다. 문학의 정치는 "텍스트 위에 고착되려는 욕망"이나 말과는 아무 상관이 없다. 문학 앞에는 자신을 바라보길 요구하는 시대의 아우슈비츠들이 출몰한다. 시대의 유령들이다. 문학은 유령들과 "대면"해야 하고, 대화하고, 소통해야

2) 자본에 포획된 한국대학의 현실에 대해서는 김누리, 「주식회사 유니버시티: 대학의 기업화와 학문공동체의 위기(Ⅰ)」, 『안과밖: 영미문학연구』 27호 (2009년 하반기); 김누리, 「영혼을 팔아버린 대학: 대학의 기업화와 학문공동체의 위기(Ⅱ)」, 『안과밖: 영미문학연구』 28호 (2010년 상반기) 참조.

한다. 데리다에 기대 말하면 문학의 유령학이 필요하다. 문학의 정치학은 곧 문학의 유령학이다. 문학의 유령학은 "일반화된 개념, 법칙, 규범, 가치를 따르지 않는 책임의 강제"라는 점에서 문학의 정치와 연결된다.

2. 민족문학과 시민문학

한국의 문학담론에서 "문학에 대한 윤리적, 정치적 강제"를 대표해온 개념은 민족문학론이었다. 민족문학 개념은 그 주요한 주창자인 백낙청도 예전처럼 표 나게 강조해서 사용하지 않는다. 그것은 백낙청의 주관적이고 자의적 선택이라기보다는 이런 개념들을 요구하지 않는 시대의 힘에 그 또한 떠밀린 탓이다. 하지만 백낙청은 여전히 민족문학론의 유효성을 의심하지 않는다. "한국문학에 국한된 담론으로서 민족문학론이 분단체제론의 전개에 따라 얼마간 상대화된 반면, '한국문학만이 아닌 한민족전체의 문학'이라는 민족문학 개념의 지시적 차원은 근년에 와서 점점 더 중요해지는 형세다."[3] 이 글에서 민족문학론의 현재적 의미나 유효성을 자세히 논하지는 않겠다. 그러나 민족문학론이 예전 같은 영향력을 더 이상 발휘하지 못하게 된 이유는 그것이 "분단체제론의 전개에 따라 얼마간 상대화"되었기 때문이 아니다. 그보다는 한국사회의 여러 문제를 설명하는 틀로서 설득력이 떨어졌기 때문이다. 같은 이유로 "한민족전체의 문학'이라는 민족문학 개념의 지시적 차원은 근년에 와서 점점 더 중요해지는 형세"라는 판단도 분단체제론을 주장하는 백낙청의 시각에서는 가능한 주장이지만 여러 반론이 가능한 주장이다. 지금 한국사회의 문제점을 분단체제론으로 온전히 설명할 수 있는가? 한국사회에 요

---

3) 백낙청, 「민족문학, 세계문학, 한국문학」, 『통일시대 한국문학의 보람』 (창비 2006) 22-23면.

구되는 문학이 "한민족전체의 문학이라는 민족문학 개념"인가? 아니면 여전히 미완의 상태에 머물러 있는 민주적 시민사회와 시민문화, 시민문학의 형성인가? 백낙청은 남한 사회만의 독자적인 시민사회와 시민문화의 형성은 분단체제하에서는 기형적인 형태로밖에 드러나지 않을 것이라는 주장을 펴온 바 있다. 그렇기에 분단체제를 혁파하는 것과 민주주의적 시민사회의 형성은 별개의 과제가 아니라고 주장할 것이다. 타당한 주장이지만 내가 제기하는 질문의 요점은 일의 선후가 무엇인가에 있다. "또한 현실논의나 문학논의에서 '민족'을 깡그리 제거한다고 해서 민족이 어디로 가버리지도 않는다. 분단체제가 끊임없이 만들어내는 민족주의의 동력이 사라지는 것은 더욱이나 아니다. 민족주의는 분단을 거부하는 성향을 가지면서도 분단체제 재생산의 동력으로 작용하기도 하는데, 우리는 이 역설적인 현실을 투시하여 민족주의에도 적절한 배분을 할당하는 복합적인 전략을 구사해야 하는 것이다"(앞글 21면).

  민족주의의 양가성을 지적하며 "민족주의에도 적절한 배분을 할당하는 복합적인 전략을 구사"해야 한다는 말은 온당하다. 그리고 백낙청의 민족문학론은 4·19혁명을 계기로 폭발하였던, 그리고 그 이후 지속될 수밖에 없었던 민족주의의 혁명적 열기를 1970년대의 상황에서 수용하여 시민문학론을 급진화 했던 시도로도 평가할 수 있다. 그에게 민족문학은 복고적 국민문학이 아니라 혁명적 민족문학이고, 민족문학의 '민족'은 미숙한 상태에 있던 시민정신을 급진화하고 성숙하게 만드는 당대의 역사적 과제를 반영한 면도 있다. 다시 말해 '민족'이 '시민'을 강화하는 역설이 존재했다. 그러나 그런 역설 또한 역사적으로 평가되어야 한다. 지금도 민족문학이 시민문학의 급진적 표현일 수 있을까? 민족주의의 폐해를 '건강한' 민족주의로 극복할 수 있을까? 오히려 모든 민족주의는 그 본성상 성숙한 시민사회의 정신과 배치되는 측면이 있지 않은가. 시민권과 민족국가, 민족주의의 관련성에 대한 최근의 연구들이 보여주듯,

민족국가와 민족주의는 기본적으로 경계짓기와 배타성을 전제로 한다. "국가와 민족이라는 두 개념은 시티즌십이 가진 배타적 특성의 기조가 되는데, 이는 민족국가라는 개념으로 하나가 되었다."[4]

시민정신이 국가와 민족의 개념에 포섭될 때 시민은 민족-국가의 구성원으로 축소된다. "개인들이나 특히 난민이나 이민자들의 경우 시티즌십의 우선적인 문제는 종종 사회구성원 지위의 문제였다. 현대 세계에서 이는 국가의 구성원을 의미한다. 국가가 사회적 자원의 핵심적인 분배자인데, 국가의 시티즌십을 박탈당하는 것은 곧 다른 권리의 토대를 빼앗기는 것이다. 이것이 UN세계인권선언 15조 1항에 시티즌십에 대한 권리를 다른 권리들의 전제가 되는 근본적인 인간의 권리로서 포함한 이유이다"(포크 16면). 민족-국가(nation-state) 체제에서 시민권은 "국가의 시티즌십"의 문제로 축소된다. 민족-국가가 여전히 힘을 행사하는 한 민족주의의 문제는 손쉽게 제거될 수 없다는 백낙청의 주장은 분명 설득력이 있다. 그러나 동시에 민족주의는 시민권을 "국가의 시티즌십"으로 환원시키며 국민의 권리를 넘어선 "근본적인 인간의 권리"를 사유할 지평을 닫는다. 역사적으로 보더라도 근대시민혁명의 분수령이라 할 프랑스 혁명에서도 이미 배타적 공동체로서의 민족-국가와 보편적 지위로서의 (세계)시민 사이의 갈등은 일어났다. 프랑스 혁명은 보편적 인권과 시민의 관계를 제기한 선구적인 시민혁명이지만 동시에 이들 개념을 국가나 국민의 문제로 협소화시켰다. 협소화된 시민권 개념에서 시민은 국민으로 동질화되며 계급적, 성적, 인종적 차이들은 제대로 고려되지 못한다. "민족은 종족적이고 젠더화된 용어로 정의되어 왔다. 따라서 근대적 시티즌십이 만들어지는 분수령은 1789년의 프랑스혁명이었다. 왜냐하면

---

4) 키이스 포크, 이병천 외 옮김, 『시민정치론 강의: 시티즌십』 (아르케 2009) 39면. 시민 개념의 역사적 변천에 대해서는 신진욱, 『시민』 (책세상 2008) 참조.

이 사건이 국가와 민족을 하나로 융합시켰기 때문이다"(포크 38).[5]

근대시민혁명의 전범이라 할 프랑스 혁명은 그 정치적 토대로서 민족-국가의 형성과 밀접한 관련이 있다. 프랑스 혁명은 한편으로는 보편적 인권과 시민권의 문제를 역사상 가장 예리한 형태로 부각시키면서도 시민권의 문제를 "국가와 민족", 국민, 민족주의의 문제로 '영토화'한다(들뢰즈). "그러나 프랑스 혁명에서 시민계급이 부르짖던 〈자유, 평등, 우애〉의 이상이 실제로는 시민계급의 자유, 시민계급의 평등, 그리고 프랑스 시민의 우애를 의미했던 것"이다(포크 12면). 결과적으로 프랑스 혁명은 시민의식을 온전히 키워 참다운 민주적 시민사회를 완성하지는 못했다. 근대시민정치나 시민사회론, 그리고 이들을 뒷받침하는 자유주의 이데올로기의 착종 관계는 여기서 비롯된다. 백낙청도 지적하듯이 시민혁명은 여전히 미완의 상태이며, 새롭게 시민혁명, 시민정치, 시민사회, 시민문학론을 논의할 이유가 여기에 있다. 민족-국가, 민족주의, 국민의 틀에서 시민정치와 시민사회론을 다시 구출하여 지금의 맥락에서 역사화하는 것이 필요하다. 백낙청이 시민문학을 급진화하여 제시했던 민족문학의 틀이 아니라 새로운 세계시민사회와 세계시민문학의 지평에서 우리 시대의 시민문학을 다시 사유하는 것이 필요한 때가 되었다.[6]

---

5) 프랑스 혁명에서 제기된 시민권과 인권 사이의 길항 관계에 대해서는 Etienne Balibar, "'Rights of Man' and 'Rights of Citizen': The Modern Dialectic of Equality and Freedom," *Masses, Classes, Ideas: Studies on Politics and Philosophy Before and After Marx* (New York: Routledge, 1994) 참조.

6) 이런 지적이 현실적으로 존재하는 민족-국가들의 체제인 세계체제의 틀을 부인하는 것은 아니다. 민족-국가들의 관계는 구체적으로 분석해야 한다. "물론 국가 주권의 고수나 국내 민주주의의 진작이 세계시장에 내속하는 민족 간의 불균등 발전과 불평등, 종족갈등, 침략전쟁, 강대국의 횡포, 환경재앙, 난민 등에 대한 최종적 답은 아니다. 이러한 문제들에 있어 민족국가들이 보여주는 태생적 무능력 또는 무의지는 의심할 수 없다. 그러나 세계시민적 책임의식은 국가를 무력으로 제어할 단일한 정치조직을 창출하려는 조급증으로는 제대로 구현될 수 없다. 국가권력 및 국제권력과 길항하고 때로 협조하는 세계적 시민연대의 힘을 강화하는 한편 각국 내의 민주주의와 세계시민적 참여를 드높여 세계적

3. 새로운 시민문학론의 필요성

백낙청의 시민문학론은 갑자기 평지돌출한 입론은 아니다. 이 글을 발표하기 전에 백낙청은 『창작과비평』 창간 권두논문인 「새로운 창작과 비평의 자세」(1966)에서 시민문학론에 전개될 핵심적 개념을 이미 제기한다. 첫째는 자유의 문제이다. "무엇보다 먼저 작가는 언론의 자유를 위한 싸움이 자기 싸움임을 알아야 한다. 사상의 자유, 학문, 예술의 자유를 물론 포함해서다."[7] 40여 년 전에 나온 이런 발언이 지금의 한국사회에도 여전히 어떤 울림이 있다면 그것은 현재 한국 민주주의 수준이 그 절차적 수준에서조차 그만큼 퇴보했기 때문이리라. 더 근본적으로는 문학행위의 본질이 말하기라는 것, 문학의 정치는 말의 정치이며, 말의 정치는 말을 자유롭게 할 수 있는 자유의 문제라는 발상이 깔려 있다. 이런 자유의 추구는 보편적 인권 혹은 시민권의 문제와 연결된다. "따라서 오늘의 작가는 구체적 자유에 대한 구체적 투쟁을 벌이는 수밖에 없다. 단순히 작가 자신이나 어느 특정 계층의 특권으로서 자유를 요구하든가, 아니면 폭넓은 자유가 실현되는 사회에 대한 구체적 이상과 포부를 갖고 그 실현의 일부로서 자신의 자유를 주장하고 쟁취하든가"(앞글 346면). 백낙청은 명시적으로 언급하지 않지만 여기서 그가 말하는 "폭넓은 자유가 실현되는 사회"가 그가 구상한 시민사회, 혹은 우리시대에 새롭

시민연대의 대표성을 꾸준히 강화해 나가는 끈기와 유연함이 필요하지 않을까."(김성호, 「세계시민성의 재구성: 다문화주의 이후의 세계시민주의」, 『비평과이론』 25호 [2009년 하반기] 17면). 다시 말해 "세계적 시민연대의 힘을 강화"하는 과제는 각 민족-국가들이 성숙한 시민사회를 이뤄가는 일과 맞물린다. 그러나 이런 시민사회가 이룩해야 할 "민주주의와 세계시민적 참여"가 혁명적 민족주의의 지평에서 가능할까. 이것이 나의 질문이다. 그런 지평은 세계시민적 사유, 다시 말해 각 민족-국가에서 벌어지는 민주주의를 위한 투쟁과 시민사회의 건설을 "세계적 시민연대의 대표성"이라는 더 넓은 시야에서 조망할 때에만 가능하지 않을까. 시민문학은 그런 조망에 기여하는 것을 목표로 한다.

7) 백낙청, 『민족문학과 세계문학 1』 (창비 1978) 345면.

게 탐구해야 할 미완의 시민사회인 것은 분명하다. 자유로운 시민사회가 좁은 의미의 자유주의 이데올로기에 근거한 시민사회가 아니라는 것도 분명하다. 우리시대의 성숙한 시민사회의 토대인 "폭넓은 자유"는 '자유민주주의'가 강조하는 '자유'의 형식이나 절차적 측면만이 아니라 '자유'의 내용, 그 내포와 외연에 대한 깊은 사유를 동시에 요구한다.

둘째, 백낙청은 근대시민사회의 물질적 근거로서 근대화의 가치를 인정하지만, 그것은 성숙한 시민사회를 위한 필요조건에 불과하다고 본다. "근대화를 지향하는 사회가 작가의 이상을 외면하고 맹목적인 부의 축적이나 독단적 교리의 실현을 위해 인간의 소외를 심화시키는 데로 기울면 기울수록, 참된 근대화의 기수로서 작가의 사명이 더욱 커질 뿐이며 이때에 전근대사회로의 복귀나 역사로부터의 절연을 찾는다는 것은 허망한 꿈에 그칠 뿐이다"(앞글 353면). 이 대목은 지금의 한국사회에도 호소력이 있다. 절차적 민주주의를 넘어서 실질적 민주주의가 가능하리라고 믿었던 순진한 기대가 속절없이 무너지는 중이다. 경제 이데올로기로서 시장주의, 무한경쟁주의가 득세한다. 그 결과 "맹목적인 부의 축적이나 독단적 교리의 실현을 위해 인간의 소외를 심화시"키고 있는 것이 목하 한국사회의 모습이다. 그럴 때 "참된 근대화의 기수로서 작가의 사명"이 문제가 된다. 작가가 구상할 대안은 과거로의 복귀나 사회나 역사로부터의 도피로는 해결될 수 없다. 여기서 백낙청이 말하는 "참된 근대화"가 '근대화론자'나 '발전론자'의 주장처럼 경제적 차원의 서구화나 발전론, 근대화를 가리키는 것은 아니다. 성숙한 시민사회의 건설을 위해 경제적 '근대화'나 '발전'은 필요하다. 그러나 그것은 필요요건일 뿐이다. 참다운 시민사회의 구상과 그를 위한 실천에서 "참된 근대화의 기수로서 작가"나 시민문학의 역할이 그래서 중요해진다.

셋째, 한국의 문학인은 그가 속한 역사적 단계의 사회상황을 외면할 수 없다는 점을 백낙청은 강조한다. 문학과 문학인은 어떤 경우에도 자율적일 수 없는데 "한국 문학인의 역할과 가능성은 역사적으로 규정된 것"
(앞글 356면)이기 때문이다. 성숙한 시민사회 건설에서 문학은 어떤 의미
에서든 정치적일 수밖에 없다. 문학의 정치는 선택의 문제가 아니라 이
미 상황에 의해서 주어진 것이다. 백낙청이 사르트르의 참여문학론을 재
해석한 것도 이와 관련된다. "한국에 관한 한 민중의 저항을 가로막고 근
대화를 위한 가장 보편적인 이상을 제시하며 또 실천하는 역사의 주동적
역할을 작가와 지식인이 맡아야 한다는 데에 딴 말이 있기 어렵다. (중략)
'문제는 자신의 시대를 선택하는 것이 아니라 주어진 시대에서 자신을
선택하는 것이다'라는 사르트르의 말을 다시 한번 되새길 필요가 있다"
(앞글 356면).

백낙청은 "근대화를 위한 가장 보편적인 이상을 제시"하는 과정에서 시
민문학론을 내세웠다가 1970년대 중반부터 민족문학론으로 넘어간다.
나는 백낙청의 비평적 여정을 뒤집어 지금 한국사회에 필요한 것은 민족
문학론을 넘어선 갱신된 시민문학론이라고 주장하고 싶다. 사르트르에
기대 백낙청이 지적했듯이 문학은 자신의 시대를 선택하지 못한다. 문학
은 언제나 이미 특정한 역사적, 사회적 상황에 놓여 있다. 문학은 이미 세
속적이다. 그렇다면 문학과 문학인이 놓여 있는 사회와 시대에 대한 성
찰이 필요하다. 백낙청이 보기에 우리시대는 "삶의 근거와 참모습이 망
각되고 사람들은 그것을 망각했다는 사실마저 망각하고 〈이성〉과 〈사
랑〉과 〈민주주의〉의 승리를 구가하면서 파국으로 줄달음치는 시대"[8]이
다. 백낙청의 진단은 양가적이다. 한편으로 우리시대는 "〈이성〉과 〈사
랑〉과 〈민주주의〉의 승리를 구가"하는 시대이다. 정확히 말하면 그렇게
보이는 시대이다. 시민사회를 지탱하는 이들 개념은 백낙청이 되풀이해
서 성찰하는 개념이다. 시민사회에서 작가들은 이성, 사랑, 민주주의를

---

8) 백낙청, 「시민문학론」, 『민족문학과 세계문학 1』 (창비 1978) 34면. 앞으로 인용은 면수
만 병기.

말한다. 그런 개념들이 알맹이가 있는 개념인가? 민주주의의 요체를 이루는 개념들이 껍데기만 남을 때 시민사회는 존재의 근거를 상실한다. 말의 정치에 얽혀 있는 문학은 말들의 정제된 형태인 개념을 해체하고 다시 구성하는 끊임없는 작업을 한다. "이 시대는 시민문학이 완성될 기반이 없는 시대요 소시민의식과 소시민적 현실이 엄연히 지배하는 시대"(70면)이다.

백낙청의 시민문학론이 제기된 전후에 그의 주장에 대한 다양한 비판이 제기된다. 핵심쟁점은 시민과 소시민의 관계이다. 김주연의 비판이 대표적이다.

> 소시민문학이란 그것이 자체로서는 기뻐할, 혹은 비판받아야 할 아무런 규준의 속에 있지 않다. 다만 밖의 현실에 대한 허위의 진단이나 안의 의식 속에서 부프르기 쉬운 허세와 같은 그릇된 사실파악을 배제한다는 점에서 다만 문학사적인 의미를 가진다. 소시민의식은 상대적으로 상황의식에 대한 새로운 준비이다. 아마도 그것이 낭만주의의 기초토양이 될런지도 모른다.[9]

비판의 핵심논지는 백낙청의 시민문학론이 1960년대 현실에 존재하는 소시민이나 소시민의식을 외면하고 이상적 형태로서 시민과 시민사회를

---

9) 김주연, 「60년대의 시인의식」, 『사상계』 (1968년 10월호) 264면. 다음의 비판도 대동소이하다. "새 시대 문학의식의 기본 심리가 되고 있는 소시민의식은 여기서 현대문학이 지향하는 개성적 인간의 현현이라는 이념과 순조롭게 연결된다. (중략) 문제가 되는 것은 작가의 의식층 밑을 흐르고 있는 것이 바로 소시민의식이라는 사실을 짐짓 발견해내려는 태도 자체다. 그것은 사실과는, 논리의 소박한 함수관계를 벗어난 문학현실로서의 문제인 것이다."(『김주연 문학평론선』 [문학사상사 1992] 45면, 원발표지는 『아세아』 1969년 2월호); "어떻든 소시민의식은 출발의 단서이며 외면할 수 없는 현실 속의 방법론이다"(김주연, 「계승의 문학적 인식: 소시민의식 파악이 갖는 방법론적 의미」, 『월간문학』 1969년 8월호, 58면).

내세우고 있다는 것이다. 백낙청의 문제의식을 곡해한 비판이다. 사실판단과 가치판단을 구분하지 못한다. 사실판단 차원에서 백낙청은 우리시대가 "소시민의식과 소시민적 현실이 엄연히 지배하는 시대"라는 점을 인정한다. 김주연의 표현대로 소시민은 "문학현실로서의 문제"이다. 그러나 가치판단 차원에서 소시민문학이 "현실 속의 방법론"이 될 수 있거나 되어야 하는지는 별개의 문제다. 백낙청이 문제 삼는 지점도 여기 있다. 규제이념으로서의 시민문학론의 문제의식을 이해하지 못할 때 다음과 같은 비판이 나온다.

> 「시민문학론」에서의 〈시민〉이란 무엇인가? 백낙청에 의하면 그것은 bourgeois가 아니라 citoyen이다. citoyen으로서의 시민은 역사적 시민계급의 어떤 특정시기에의 특수한 상태이다. 즉, 그것은 구체적으로 프랑스혁명기 시민계급의 의식을 일컫는 것이다. 그런데 혁명 후 시민계급이 소수의 부르주아와 대다수의 프티 부르주아로 분화함으로써 citoyen의 의식은 소시민 의식으로 퇴조했다. (중략) citoyen으로서의 시민개념만을 따로 분리해내는 일은 하나의 이념형을 만들어내는 일에 다름 아니며, 필경 시민적 이데올로기로의 수렴으로 귀착되게 된다.[10]

백낙청의 관심사는 "citoyen으로서의 시민개념만을 따로 분리해내"거나 고정된 "하나의 이념형을 만들어내는" 데 있지 않다. "시민적 이데올로기"를 제안하는 것도 아니다. 앞서 지적했듯이, 그의 관심사는 시민의 역사적 변화를 살펴보면서 그를 통해 우리 시대의 시민문화와 시민문학의 역할을 탐색하는 것이다. 백낙청은 bourgeois는 계급적 이해관계에 관심이 있는 부정적 시민으로 규정하고, citoyen은 진보계급의 역할을 담당하

---

10) 성민엽, 「민중문학의 논리」, 성민엽 엮음, 『민중문학의 논리』 (문학과지성사 1984) 148-149면.

고 있을 때의 긍정적 시민으로 구분하는 루카치적인 시각과도 거리를 둔다. 백낙청에게 시민혁명은 어떤 특정계급, 즉 부르주아 혁명으로 환원되지 않는다. 백낙청에게 시민문학론은 일종의 규제이념(칸트)이다. 규제이념을 곧바로 현실 속에서 구체화할 수 있다고 믿는다면 관념적이지만, 규제이념은 주어진 현실을 비판적인 차원에서 조명할 수 있는 틀을 제공한다.[11] 시민문학론은 여전히 미완의 과제이기에 지금 존재하는 다양한 문학들, "끊임없는 현상에 대한 비판으로서 계속 존재"한다. 송승철도 비슷한 지적을 한다.

> 이는 근대를 사회구성체 개념보다 시민의식이라는 정치문화를 기준으로 구획하고 있기 때문이지만, 그보다 글의 주제에 해당하는 시민의식 자체의 개념적 애매함에 기인하는 바도 적지 않다. 백낙청은 시민의식을 한편으로는 서구 부르주아에 의해 만들어진 특정한 역사적 산물로 보면서도, 동시에 '우주창조 및 인류 탄생 자체에 이미 작용'해온 초거대 서사 담론의 자기표현에 해당하는 것으로 설정하고 있기 때문이다. 전자를 후자의 구도 속에 밀어 넣는 특유한 전개방식 때문에 서구 근대의 경험이 일회성을 특징으로 하는 역사적 사건이라는 측면이 종종 약화된다.[12]

이 지적은 백낙청의 시민문학론에 내재된 모순적 시각을 잘 짚는다. 백낙청에게 시민문학론은 한편으로는 특정한 역사적 단계에 출현한 시민

---

11) 가라타니 고진의 설명대로 세계시민주의는 일종의 규제적 이념으로 존재할 수밖에 없다. "따라서 규제적 이념과 구성적 이념의 구별이 필요한 것입니다. 규제적 이념은 결코 달성되지 않기 때문에 끊임없는 현상에 대한 비판으로서 계속 존재합니다." 가라타니 고진, 조영일 옮김, 『세계공화국으로』(도서출판b 2007) 188면.

12) 송승철, 「시민문학론에서 근대극복론까지」, 설준규·김명환 엮음, 『지구화시대의 영문학』(창비 2004) 249-250면.

계급의 역사적 문학이지만, 다른 한편으로는 역사적 규정을 넘어서는 규제이념이다. "즉 처음부터 'citoyen'과 'bourgeoisie'를 따로 설정해서 집단의 한계를 명백히 하기보다는, 근대자본주의 형성을 주도하고 산업혁명을 거치면서 정치적 지배집단으로 성장한 시민계급이 역사적 맥락 속에서 진보성을 최고도로 획득한 시점의 시민계급의 의식을 '시민의식'이라는 일종의 이념형으로 설정하고 이에 못 미치는 현실적 한계를 비판하는 방식이다"(송승철, 251면). 시민문학론과 소시민문학론의 대립구도는 문학의 정치, 문학의 주체와 관련된 문제이다. "4·19혁명으로 인해 비로소 근대적 시민문학이 다시 창출될 수 있는 공간이 열렸다고 할 때, 시민의식과 소시민의식의 대립은 곧 1960년대 문학의 정치적 주체를 형성하는 방향성을 놓고 벌어진 대립이라고 할 수 있다."[13] 이때 "문학의 정치적 주체"는 당연히 시민혁명, 시민정치의 주체와 연결된다. 시민혁명의 주체는 누구인가? 지식인인가? 엘리트인가? 대중인가? 벌거벗은 자들인가?

이 글에서 자세하게 논의할 수 없지만 시민문학론과 소시민문학론의 대립, 문학의 주체와 시민정치의 주체를 둘러싼 대립은 새로운 형태로 우리시대 한국문학에도 나타난다. 박민규, 천명관, 전성태, 김숨, 김애란, 황정은 등을 비롯한 젊은 작가들이 포착하는 우리시대의 현실은 1960년대보다 더욱 첨예한 형태로 계급분화가 이뤄지고 있다. 중간계층이 대거 소시민이나 하층계급으로 전락하는 중이다. 한국은 양극화 사회로 변모한다. 새로운 시민문학론이 요구되는 이유는 사회적 변화, 계급적 분화의 양상과 관련된다. 그 밑에는 1960년대보다 훨씬 전면화된 전지구적 자본주의와 그것을 뒷받침하는 시장주의, 무한경쟁주의, 약육강식의 이데올로기가 깔려 있다. 여전히 "시민혁명의 달성과 시민문학의 형성이 곧 우리 문학의 당면과제"가 된다.[14] 4·19 혁명이 있었지만 미완의 혁명

---

13) 조현일, 「자유주의와 우울: 김승옥론」, 『민족문학사연구』 통권 30호 (2006) 297면.
14) 백낙청, 「민족문학개념의 정립을 위해」, 『민족문학과 세계문학 1』 131면.

으로 끝났다.[15] 4·19 혁명 뒤 여러 문학적 실험이 있었지만 시민문학의 형성과는 거리가 멀다. 무엇이 문제인가. 이 글에서 백낙청은 정치혁명으로서 4·19 혁명의 의미를 사회경제적 토대와의 관계에서 분석하지는 않는다. 백낙청의 주요 관심사는 정치와 시민의식의 관계로 쏠린다. 백낙청이 소시민의식을 비판하는 이유는 그것이 참다운 시민정신에 확연히 못 미치기 때문이다.

> 엄연히 시민계급의 일원이면서도 시민의 제반 지배적 결정에는 참여하지 못하고 그런데도 자신이 지배계급의 구성원이요 자립자족적인 시민이라는 환상을 끝내 고집하고 있으며, 바로 그러한 자가당착적 처지와 자기이해의 결핍 때문에 극도로 무책임한 개인주의와 극도로 감정적인 집단주의 사이를 무정견하게 방황하면서 해소할 길 없는 원한과 허무감과 피해망상증에 시달리고 있는 현사회의 수많은 시민들.(13면)

이들이 소시민이다. 이런 소시민의 감정구조는 우리시대에도 여전히 발견된다. 먼저 정치적인 상황. 참다운 시민사회가 되지 못할 때 시민들은 "시민의 제반 지배적 결정에는 참여하지 못하"게 된다. 거기서 원한의 감정이 싹튼다. 형식적인 차원에서는 민주주의가 이뤄진 것처럼 보이지만

---

15) 4·19 혁명이 보여준 '혁명의 문법'의 의미와 한계를 주로 젠더 정치의 관점에서 조명하는 논의로는 권명아, 「죽음과의 입맞춤: 혁명과 간통, 사랑과 소유권」, 『문학과 사회』 89호 (2010년 봄) 참조. 예컨대 이런 지적. "이러한 혁명의 문법에서 청년의 열정은 정치적으로 올바른 것이지만 여성, 미성년, 무지한 대중의 열정은 과잉되거나 부족한, 혹은 훼손되거나 결여된 것으로 간주된다. 따라서 혁명이란 자유나 민주주의의 경계를 둘러싼 각축장일 뿐만 아니라 열정들, 혹은 열정의 주체들이 그 '정당성'을 둘러싸고 벌이는 전장이기도 하다. 그런 점에서 4월 혁명에 관한 청년들의 사랑의 서사에서 나타나는 분열과 환멸은 혁명의 실패에 따른 좌절감의 표명일 뿐 아니라 열정을 둘러싼 현실적인 갈등의 반영이기도 하다" (295면). 1960년대 (소)시민문학이나 좀 더 구체적으로는 시민혁명적 유산을 각자의 방식으로 계승하려고 했던 이른바 '창비'와 '문지' 문학 진영에도 심대한 영향을 미쳤던 4·19에 대한 현재적 평가는 시민문학론을 다시 사유하는 문제와도 밀접히 연결된다.

실질적 차원에서 시민들이 민주주의의 과정에 참여하지 못할 때 시민은 소시민이 된다. 시민계급 안에서 다시 세부적인 계급분화가 이뤄진다. 소수의 시민들이 사회적 부를 독점하고 정치적 결정을 좌우하면 다수의 시민들은 배제된다. 그 뒤에는 자본주의의 독점화경향이나 계급적 분화경향이 깔려 있다. 그 결과가 소시민의식으로 나타난다. "무책임한 개인주의와 극도로 감정적인 집단주의," "해소할 길 없는 원한과 허무감과 피해망상증" 등. 1960년대의 한국문학에서만이 아니라 지금의 우리문학에서도 쉽게 발견되는 모습이다. 그리고 어떤 비평가들은 이런 소시민적 표현들을 옹호한다. "원한과 허무감과 피해망상증"을 드러난 형태로 즉자적으로 '긍정'하는 건 쉬운 일이다. 요는 그것들이 어떤 점에서 긍정적인가를 밝히는 것이며, 긍정적이지 않다면 이런 감정의 형태들을 만들어내는 사회문화적 메커니즘을 해명하는 것이다. 더 나아가 소시민의식의 '정치성'을 규명하는 작업이 필요하다. 시민문학은 사회의 '근본적 적대성'(지젝)을 외면하지 않는다. 잘못된 통념과는 달리, 적대와 연대는 모순되지 않는다. 적대의 메커니즘을 해명할 때 연대의 가능성이 열린다. 어떻게 사회가 적대적 대립관계로 구성되어 있는가? 그런 관계에서 "원한과 허무감과 피해망상증", 증오와 우울증 등의 사회적 감정구조는 어떻게 발생하는가? 누가 시민에서 정치적으로 배제되는가? 이런 질문을 탐색하는 작업은 곧 시민사회와 시민정신의 근거를 규명하는 작업이다. 그런 작업에서만 성숙한 시민사회의 민주주의적이고 정치적인 감정의 실체가 밝혀질 것이다.

　백낙청은 소시민과 시민의 관계를 역사적으로 이해한다. "오늘의 소시민이 결국 어제의 시민의 후예이고 어제의 시민은 또 아득한 옛적부터의 무수한 원시인과 야만인과 귀족과 농민과 천민의 자손이며 내일의 새로운 세계시민의 씨가 바로 오늘의 소시민의 피와 살을 받아서 나올 수도 있을 것"(13-14면)이다. 백낙청의 시민문학론이 다른 (소)시민문학론들과 갈라지는 지점이다. 소시민은 시민으로부터 역사적으로 분화되어 나온 "시민의 후예"이다. 그리고 앞으로 나오게 될 "새로운 세계 시민의 씨"도 허공에서 떨어지는 것이 아니라 지금의 주어진 현실, "오늘의 소시민의 피와 살을 받아서"만 싹튼다. 그렇다고 자동적으로 새로운 세계시민이나 시민문학이 가능한 것은 아니다. 과거의 현실은 오늘의 현실, 미래의 현실과 같지 않다. 역사적 관점이 요구된다.

> 시민다운 시민은 무엇보다도 소시민의 존재와 의식이 그것 나름으로 역사의 산물이며 역사는 돌이킬 수 없는 것임을 알지 않으면 안 된다. 이것은 또 시민계급의 영웅적인 시대에 구체화되었던 시민의식이라는 것도 그대로는 되살릴 수 없고 되살리려 해서도 안 된다는 말이 되기도 한다. 18세기적 계몽주의나 프랑스혁명의 정신이 아무 변화 없이 연장되기를 요구하는 것이야말로 역사의식이 결여된 〈소시민적 반동〉의 한 형태이며 현대의 역사적 현실에 대한 〈소시민적 원한〉의 한 표현이라 하겠다.(14면)

시민문학론의 문제의식을 요약하는 대목이다. 우리시대에 요구되는 새로운 시민문학론이 1960년대 '시민문학론'을 그대로 반복할 수는 없다. "프랑스 혁명의 정신"이나 "계몽주의"로 표현된 자유주의 이데올로기, 4·19 혁명, 혹은 그 이후에 전개된 시민운동, 사회운동도 마찬가지이다. 매 시기의 시민운동과 시민의식은 "그것 나름으로 역사의 산물"이기에 과거의 어느 시대에 "구체화되었던 시민의식이라는 것도 그대로는 되살릴 수 없고 되살리려 해서도 안 된다."

백낙청에게 시민문학의 정신은 조금은 생소하게 '사랑'으로 표현된다. 이때의 사랑은 시민의식의 요체로서의 사랑이며 우리가 이룩해야 할 새로운 민주주의적 시민사회의 핵심으로서의 사랑이다. "〈사랑〉을 〈시민의식〉의 정확한 동의어로 쓸 수 있는 날을 우리는 적어도 내다볼 수는 있게 된 것이며 그날이 오면 모든 시민문학이 바로 세계의 문학, 인류의 문학으로 되고 인류만이 아닌 〈일체중생〉을 완성으로 이끌고자 태고부터 움직여온 사랑의 작업이었음이 드러나리라는 것이다"(76면). 백낙청에게 시민문학은 곧 사랑의 문학이다. 역으로 지금 우리가 내세우는 사랑이 "시민의식의 정확한 동의어"가 되지 못할 때 그 사랑은 공허하게 된다. 사랑의 의미를 제대로 탐색하지 못하는 시민문학이 공허하기도 마찬가지이다.[16] "우리는 진정한 시민문학의 원리로서의 이성은 고정된 합리성이 아니며 오히려 기존의 합리성에 대한 끊임없는 도전을 의미하는 것임을 보았다. 문제는 그 도전이 이제까지의 역사에서 이성이 실현된 성과에 얼마나 착실히 뿌리박고 있으며 〈사랑〉의 동의어로서의 시민의식을 얼마나 확대시키는 것인가에 있다"(32면).

이 대목에서 드러나듯이 백낙청에게 사랑은 이성의 반대말이 아니다. 사랑과 이성은 공히 "진정한 시민문학의 원리"이며 주춧돌이다. 시민문

---

16) 백낙청의 「시민문학론」과 거의 비슷한 시기에 쓰인 글에서 김우창도 비슷한 지적을 한다. "사회는 마땅히 사랑의 공간으로 성립해야 한다"(김우창, 「나와 우리: 문학과 사회의 관계에 대한 한 고찰」, 『궁핍한 시대의 시인: 김우창전집1』 [민음사 2006] 409면). 이때의 사회가 시민다운 시민의 사회인 것은 분명하다. "그러나 신이 아니라도 두 사람의 관계에는 늘 그것을 매개하는 제3의 바탕이 있다. 이 바탕은, 가장 간단한 차원에서는, 이해관계일 수도 있고 다시 그것은 이익의 질서일 수도 있다. 그런데 그 전체성의 질서가, 사랑의 질서일 때 그것은 개별자에 대한 깊은 관심을 가지고 있는 전체성의 질서를 이룬다. 그것에 기초할 때, 두 사람의 관계도 그 안에서 개인을 초월하면서도 개인을 깊이 생각하는 관계가 된다. 되풀이하여 말하건대, 이것이 사랑의 질서(ordo amoris)이다. 정의의 질서도 참으로 인간적인 사회를 위한 원리가 되려면, 궁극적으로 사랑의 질서에 일치하는 것으로 자기변용을 이루어야 한다"(김우창, 『정의와 정의의 조건』 [생각의나무 2008] 100면). 시민의식의 동의어로서의 사랑에 기반한 사회는 개별자를 배제하지 않으면서 어떤 동질성을 강요하지 않는 사회이고, 전체성의 질서와 개별자에 대한 깊은 관심이 배치되지 않는 사회이다. 한마디로 "사랑의 질서"가 다스리는 사회이고 "정의의 질서"를 아우르는 사회이다. 문제는 이런 "정의의 질서"와 "사랑의 질서"가 언제나 정치의 질서라는 토대에서만 가능하다는 것이다. 전체성의 질서는 곧 정치의 질서이다. 이점을 놓칠 때 사랑의 질서는 손쉽게 추상화된다. 정의와 사랑은 언제나 정치라는 형제를 동반한다.

학의 이성은 기존의 합리성을 넘어선 이성이고 사랑과 동의어인 이상이다. 다시 말해 정치적인 이성이고 정치적인 사랑이다. 따라서 자유, 평등, 연대라는 시민정치의 내포와 외연을 재해석하고 확장하는 문제와 사랑의 문제는 하나가 된다. 백낙청이 "자유와의 동의어로서의 시민의식"(35면)을 강조하고, "우리의 한국연구도 자유, 평등, 우애의 정신에서 출발해야 할 것"(36면)이라는 진단을 내리는 것도 이해할 수 있다. 이제 왜 백낙청에게 소시민의식이 문제가 되는지 분명해진다. 소시민문학도 이성, 사랑, 민주주의를 말한다. 그러나 소시민문학은 이들 개념의 역사적 의의와 한계를 규명하지 못하고, 즉자적으로 주어진 현실을 인정하는 데서 머문다. 간단히 말해 소시민문학에게는 규제이념으로 작동하는 시민문학의 정신, "자유와의 동의어로서의 시민의식"이 없다. 백낙청이 보기에 당대에 시민문학의 정신을 보여주는 거의 유일한 전형은 김수영이었다. "우리시대의 시민시인으로는 작년에 아깝게 잃은 김수영 하나를 꼽을 수 있을 뿐이"(57면)라고 높이 평가한다. "우리시대의 가장 성실한 증언과 미래의 시민의식·시민문학을 위한 가장 보람 있는 지표"(70면)라고 김수영을 자리매김한다. 왜냐하면 "가장 높은 의미의 시민의식을 〈사랑〉이란 말로써 즐겨 표현한 것도 바로 김수영"(75면)기 때문이다.

4. 시민혁명과 시민문학

되풀이 말해, 백낙청이 구상하는 시민혁명과 시민정신은 규제이념이고 미완의 과제이다. "우리가 〈소시민〉과 대비시켜 우리의 미래를 위한 이상으로 내걸려는 〈시민〉이란, 프랑스혁명기 시민계급의 시민정신을 하나의 본보기로 삼으면서도 혁명 후 대다수 시민계급의 소시민화에 나타난 역사적 필연성은 필연성대로 존중해주고, 그리하여 그러한 필연성을 기반으로 하여 (중략) 우리가 쟁취하고 창조하여야 할 미지, 미완의 인간 상인 것이다"(14면). 4 · 19혁명 이후 지금까지도 다양한 시민운동이 있었 지만 "아직도 그 완성을 위해 우리 모두의 노력이 요구되는 한국적 시민 혁명"은 여전히 미완의 과제이다. 백낙청에게 한국적 시민혁명의 요체는 새롭게 창조해야 할 "미완의 인간상"의 문제이며 시민문학의 과제도 여 기에 있다. 백낙청이 이성, 사랑, 민주주의의 문제에 착목하는 배경이다. "우주 내에서 플라톤의 〈설득〉의 원칙으로서의 〈이성〉,[17] 그 움직임의 추 진력으로서의 〈사랑〉(플라톤 철학의 Eros), 그리고 그러한 이성과 사랑의 역사적 구체화로서의 〈시민의식〉"(38면)이 백낙청이 구상하는 시민문학 론을 지탱하는 기둥이다. 한국적 시민혁명은 정치적 주체로서의 시민, 시 민의식, 그들이 만들어내는 시민사회, 시민문화, 시민문학의 문제와 관련 된다. 예컨대 근대시민혁명의 개념인 자유, 평등, 연대의 정신은 한국시 민사회에서 어느 정도 구체화되었는가. 한국사회는 여전히 사회적 연대 의 정신이 태부족하다. 그런 점에서 겉으로 드러나는 절차적 민주주의의 완성도와는 달리 자유주의적 시민정치조차 제대로 자리 잡지 못한 상태 이다. '용산'에서 잘 나타났듯이, 여전히 다수의 시민들은 다른 이들의 고 통을 외면한다. 노동자 파업을 개인적 불편함의 문제로만 이해한다. 노 동자와 시민을 대립구도로 설정하는 보수언론의 문제틀에 여전히 갇혀 있다. 우리에게는 사회적 연대의 경험이 여전히 부족하고 그나마 있었던 연대의 정신이나 기억도 거의 사라졌다. 거기에 지역주의, 연고주의, 혈

---

17) 김우창이 지적하듯이 문학의 이성은 합리성을 뛰어넘는 것이다. "여기에서 이성은 사람
   의 삶과 사람이 사는 세계를 안으로부터 맺어주는 내부의 원리이다. (중략) 그러니까 여
   기에 이성이 있다면 그것은 단순히 이론적인 것도, 현실적인 것도, 또는 도구적인 것도 아
   니다. 그것은 인간의 가능적 삶의 전체화의 원리이다. 이것은 이론적으로 추상화된 전체
   적인 구도의 원리로서보다 그때그때의 삶의 과정의 전체로서 성립한다"(김우창, 「문학과
   유토피아」, 『시인의 보석: 김우창전집3』[민음사 2006] 298면). 시민문학은 이런 문학적
   이성에 기반하며 그 함양에 기여한다.

연주의 등의 전근대적인 이데올로기가 지배한다. 그런 점에서 한국사회는 복합적 사회이다. 경제적으로는 근대와 탈근대의 사회라 할 만하지만, 시민정신, 시민정치의 수준은 다분히 전근대와 근대가 뒤섞인 상태이다.

백낙청이 '시민문학론'을 표 나게 강조하는 이유는 "새로운 시민사회의 형성과정에서 작가와 지식인이 또한 핵심적 역할을 맡고 있음"(15면)을 보기 때문이다. 작가는 누구보다도 예리하게 "프랑스 혁명의 시민적 이상이었던 〈자유, 평등, 우애〉를 현대의 역사의식에 준해 우리의 구체적 현실에 맞게 재해석하는 작업"(15면)을 하는 사람이며, "인류자체가 미완(未完)의 종(種)이요 우리가 아는 인류역사는 생명의 보다 높은 단계, 인간 각자가 보다 더 인격화되면서 하나의 사회로서 전체화되는 단계를 향한 진화의 첫걸음에 지나지 않는다"(16면)는 걸 깨달은 존재이다. 우리시대 작가의 상황은 백낙청이 이 글을 쓴 상황과도 많이 다르다. 주지의 사실이지만, 작가의 위상은 급격히 위축되고 있다. "시민적 이상"이라는 거창한 주제를 다루는 작가들이 촌스럽다고 여겨진다. 따라서 백낙청의 조언을 우리시대에 바로 적용할 수는 없다. 그러나 그가 말하는 시민문학의 정신은 유효하다. 괴테와 실러의 고전주의를 평가하면서 지적하듯이, "시민사회 건설의 직접 담당자였던 프랑스 시민계급으로서는 아직 투시할 수 없었던 여러 문제점을 심화된 역사의식과 인간에 대한 가장 원대한 이상에 비추어 비판하고 작품화하는 작업을 수행했던 것이"(22면) 위대한 시민문학이 가능한 이유였다. 시민문학의 요체는 "심화된 역사의식과 인간에 대한 가장 원대한 이상"이다. 물론 그런 역사의식과 이상은 고정된 것이 아니다. 매 시대의 시민문학은 앞선 시민문학이 보여준 역사의식과 이상을 재점검하고 해체하고 다시 구성한다.

백낙청이 시민문학론과 리얼리즘을 연결시키는 이유도 여기 있다. "19세기 전반의 리얼리즘 문학은 비록 부분적으로나마 실현된 시민사회의

〈산물〉인 것이다. 우리는 앞서 혁명 당시 시민계급의 높은 시민의식이 그 후의 부르조아지에게서 퇴조했음을 지적했다"(23면). 이런 관점은 이 글에서 명백하게 드러나지는 않지만 루카치의 관점과 유사하다. 시민사회가 건강하고 성숙할 때 그에 걸맞은 시민문학이 탄생한다. 루카치가 되풀이 강조하듯이, 위대한 시민문학의 리얼리즘은 "소재의 성격이나 자연주의적 기법의 문제만으로 규정할 수는 없다." 리얼리즘의 본질은 "사회와 인간을 보는 어떤 〈원숙한 관점〉과 이에 수반하는 〈균형〉"이다. 진정한 리얼리즘 작품에서는 "사회가 단순히 개인관계 탐구의 배경을 이루고 있는 것만도 아니고 개인이 순전히 생활양식의 어떤 국면을 예시하는 수단으로서만 존재하는 것도 아니다." 다시 말해 "개인을 무시한 전체화도 아니고 전체화를 외면한 개인주의도 아닌, 떼야르가 말하는 〈인격화하는 전체화〉(personalizing totalisation)와 눈길을 같이하는 것"(25-26면)이다. 백낙청은 개인과 전체화의 관계를 양자택일의 관점이 아니라 '인격화하는 전체화'로 요약하지만, 굳이 강조점을 두자면 개인에 두는 것이 온당하다. 시민문학의 출발점은 개인이다. 사회도 결국은 개인들의 관계이다. 따라서 "사회 성원의 개개인에게 유일한 진실은 그에게 절실한 개인적인 체험일 수밖에 없다." 문학의 출발은 "절실한 개인적인 체험"일 수밖에 없는데, "예술 특히 문학의 한 기능은 한 사회가 추상적인 가치개념으로 고착시키는 그 사회의 전체성을 구체적인 개인적 실존과의 함수관계에서 검토하는 일"이다. 사회의 전체성은 구체적인 개인적 실존과의 관계에서만 의미를 지닌다. 그 개인적 실존은 닫힌 실존이 아니라 다른 실존들에게 열린 실존이다. "문학이 우리에게 일깨워 주는 교훈은 사람이 개인으로 있으면서 또 보다 큰 전체 속에 있다는 것이다"(김우창, 「나와 우리」 395면). 진정한 우리다움이나 사회성은 어떤 공동체적 강요나 제도, 법률에 의한 것이 아니다. 가라타니 고진이 지적했듯이 시민사회는 공동체가 아니라 사회이다.[18] 시민정신은 외부로부터 주어지는 강요나 제도에서 생기지 않는다. 사회는 제도라든지 법칙이라든지 이러한 외부적인 제약이 아닌 고유성의 사회이다. 문학은 이 고유성에 관여한다.

시민문학은 개인과 전체를 동시에 사유한다. 그러나 그 출발점은 개인이다. 개인에서 출발하여 다른 개인들로 나아간다. 연대의 문제가 시민문학에서 외면할 수 없는 과제인 이유이다. 연대는 '당위'의 요청이라기보다는 실존의 조건의 문제이고 곧 정치의 문제이다. 문학이 탐구하는 자아는 고정된 점이 아니라 관계 속에서 움직인다. 정치는 곧 관계의 탐색이다. 여기서 문학과 정치는 만난다. 모두 관계의 탐색이고 자아의 원근법, 혹은 자아의 기하학을 따진다. 자아의 기하학은 관계를 전제한다. 이것이 시민정신의 핵심인 연대의 기초이며 "이 원근법은 사실 우리가 내면화하는 〈타자〉의 관점이다. 따라서 타자는 늘 〈의미의 공동수립자〉가 된다"(김우창 398면). 문학은 개인들의 실존적 결속의 각성이나 회복에 간여한다. 문학은 "안으로부터의 호소"의 가장 유력한 수단이다. 문학은 개별적 삶의 공통적 근거에 기반한다. 사회적 삶은 본질적으로 연결되어 있기에 공통적 근거를 갖지만, 그런 연결은 동시에 적대적이다. 여기에서 사회적 연대와 적대의 이율배반적인 관계가 성립한다. 사회적 연대와 적대가 맺는 이율배반적 관계의 탐구. 이것이 우리 시대 시민문학이 천착해야 할 과제이다. 시민문학은 사회의 허구적인 공통적 근거를 문제삼고 해체한다. 사회적 적대를 드러낸다. 원한과 증오, 동물적인 생존이 지배하는 사회에서 어떻게 사회적 연대가 가능한가를 적대의 정치라는 시각에서 고민한다.

정치는 이 불가능성에 의문을 던질 때에야 비로소, 자기 일 외에는 다른

---

18) 이에 대해서는 졸고, 「근대와 근대문학의 자명성을 의심하기: 가라타니 고진 읽기」, 『이론과 이론기계』(생각의나무 2008) 59-71면 참조.

것을 살필 시간이 없는 사람들이 분노하고 고통 받는 동물이 아니라 공동체에 참여하면서 말하는 존재라는 것을 입증하기 위해 자기들에게 없는 시간을 가질 때에야 비로소 시작된다. 시간들과 공간들, 자리들과 정체성들, 말과 소음, 가시적인 것과 비가시적인 것 등을 배분하고 재배분하는 것은 내가 말하는 감성의 분할을 형성한다. 정치행위는 감성의 분할을 새롭게 구성하게 하고 새로운 대상들과 주체들을 공동 무대 위로 오르게 한다. 또한 정치행위는 보이지 않았던 것을 보이게 하며, 킁킁대는 동물로 취급되었던 사람을 말하는 존재로 만든다.[19]

문학은 "감성의 분할"에 관계하지만, 그 방식은 하나로 고정되지 않는다. 앞서 말했듯이 문학인은 작품의 말들로, 작품 밖의 말들로, 행동이라는 말로 다양한 방식으로 감성의 새로운 분할에 개입한다. 그리하여 "보이지 않았던 것을 보이게 하며, 킁킁대는 동물로 취급되었던 사람을 말하는 존재로 만든다." "감성의 분할을 새롭게 구성"하는 데 있어서 미리 주어진 '문학적' 표현은 없다. 주어진 상황에서 때로는 뉴스의 클로징 멘트가 시가 된다. "그러나 아마도 진짜 시는 그날 망루에 타오른 불 자체일 것이다."[20] 신형철의 지적대로 "화염병은 시가 될 수 있지만 시는 화염병이 될 수 없다. 이 긴장을 포기하면 시는 사라지고 만다." 시는 현실에 직접적으로, 물리적으로 개입하는 화염병은 아니다. 시는 언제나 말을 매개로 현실에 개입한다. 그러므로 시는 역설적으로 '말의 화염병'이 될 수는 있다. 그리고 '말의 화염병'을 제조하는 방법은 미리 정해져 있지 않다. 시가 전하는 말들이 독특한 의미의 물리적인 힘으로 변모하는 비약의 순간이 존재한다. 그때 시는, 글은, 말은 물질적이고 정치적인 힘으로

---

19) 자크 랑시에르, 유재홍 옮김, 『문학의 정치』 (인간사랑 2009) 11-12면.

20) 신형철, 「용산참사에 부치는 두 편의 글」, 작가선언 6.9 엮음, 『지금 내리실 역은 용산참사역입니다』 (실천문학사 2009) 164면.

전환된다. 요는 '말의 화염병'을 제조하는 작업에서 요구되는 "긴장"을 늦추지 않는 것이다. 그것이 문학의 정치가 지닌 한 면모이다.

훌륭한 시민문학이 나오려면 성숙한 시민사회와 시민정신이 있어야 한다. 시민혁명의 성격은 고정되지 않는다. "당면과제인 시민혁명의 실질적인 필요에 따라 어떤 주어진 작품의 시민의식을 가늠해야 한다"(79면). 백낙청의 입장은 명료하다. 시민혁명의 필요성에 대한 자각이 작품의 시민의식을 평가하는 잣대이다. "문학이 이처럼 참다운 시민의식·민중의식의 각성에 힘입을 뿐 아니라 그러한 의식의 성장과 승리에 직접적으로 기여한다는 사실"(119면)이 중요하다. 서구문학의 의미와 한계에 대한 백낙청의 평가도 여기서 나온다. "디킨즈 문학의 소시민성이 보여주는 것은 세계적 제국의 통치자가 되는 것과 진정한 세계시민이 되는 것은 다르다는 교훈이다. 진정한 민주시민은 남의 노예가 되지 않을 뿐 아니라 남을 노예로 삼기도 거부한다는 유명한 말이 있거니와 이 말은 국경을 넘는 관계에도 해당되는 진리다"(29-30면). 백낙청은 "세계시민이 되는 것"의 의미를 깊이 탐구하지 않는다. 시민문학론 이후 그의 관심사는 민족문학론으로 넘어간다. 내가 보기에 시민문학론에서 민족문학론으로 넘어가는 도정에서 세계시민의 문제와 민족주의, 민족문학 사이의 긴장 관계는 덮여 버린다. 민족문학 앞에 어떤 수사를 붙이든 '민족'이라는 경계를 설정하는 이상, 세계시민의 문제의식은 흐려진다. 이런 주장이 현실적으로 존재하는 민족-국가의 의미와 그것과 결부된 민족주의, 민족문학의 의의를 외면하는 것은 아니다. 백낙청이 1970년대 중반에 민족문학론으로 문학적 입장을 선회한 것도 납득할 만하다. 이 글의 문제의식은 그런 선회에서 무엇이 실종되었는지를 따져보는 것이다.

백낙청은 우리가 지향해야 할 시민문학의 과제로 서양시민계급의 의식을 비판하고 극복하는 과제를 제시한다. "정직성과 온전성이 역사적으로 거의 불가능하게 된 서구의 세계지배적 문명에 대해 충분히 극단적이고 충분히 근거 있는 비판을 할 수 있는 문학만이 시민문학으로서 존립할 수 있음도 당연한 이치라 하겠다"(31면). 그렇다면 그 과제의 해결이 민족문학으로 가능할까. 오히려 새로운 차원의 세계시민의식의 사유와 세계시민문학이 필요한 것이 아닐까.

> 그보다 이미 전 세계 거의 모든 인민의 삶이 자본주의 세계체제와 불가분하게 맞닿아 있는 공동운명체를 형성해버렸고 우리 민족 역시 그로부터 벗어날 수 없기 때문에, 이제는 어느 국지적 지역의 문제들도 직간접적으로 상호 연관되어 있기 때문에, 그리하여 이제는 민족의 일 성원으로서가 아니라 곧 '민족'의 매개 없이도 세계 시민으로서 사유해야 할 필요가 대두하고 있기 때문에, 세계문학의 가능성이 주어지고 있다고 생각합니다.[21]

---

21) 신승엽, 「20세기 민족문학론의 패러다임에 대한 몇 가지 반성」, 『크리티카 No.1』(이가서 2005) 89-90면. 다음의 지적도 새겨들을 만하다. "우리는 지역과 세계를 함께 사유하되 그들의 평화로운 '다층적' 공존이 아니라 그들 사이의 위태로운 긴장에 더 주의를 기울여야 한다. 즉 지역과 세계가 한 주체 안에 각기 자기 영역을 가지고 서식하기보다 서로의 흔적을 지우려고 다투는 가운데 서로를 오히려 완결된 정체성에서 해방시키는 변증법적 과정을 보아야 한다. 그럴 때 그들의 '사이'는 소통(번역) 불가능한 지점도, 또한 소통(번역)이 불필요한 초지역적 공통분모도 아니고, 예측되지 않은 새로운 '세계'의 탄생을 경험하는 창조로서의 소통(번역)이 시작되는 공간으로 드러날 것이다. 이 '창조로서의 소통(번역)'은 '원전의 부재'와 '번역의 본래적 불가능성'에 집착하는 '창조적 번역'과 같지 않다. 창조로서의 소통은 '세계시민'의 개념이 미완성인 한 언제나 미완성일 '세계시민적 연대'와 그에 의한 집단적 실천의 기초가 될 것이며 그 실천 속에서 다시 자신의 지평을 확대해나갈 것이다. 실천이 현실정치를 뒤좇는, 다시 말해 민족국가의 분명한 경계와 주권의 개념에 집착하는 것일 필요는 없다"(김성호 24-25면). 우리 시대 시민문학은 "민족국가의 분명한 경계와 주권의 개념에 집착하는 것일 필요는 없다." 요는 "언제나 미완성일 '세계시민적 연대'와 그에 의한 집단적 실천"을 사유하는 시민정신이다. 이런 사유를 관념론적이라고 한다면 그런 비판이야말로 "지역과 세계", 혹은 민족-국가와 세계시민사회 사이의 "위태로운 긴장"을 외면하는 관념론이라고 말할 수 있다. 시민문학은 이런 긴장이 만들어내는 "창조로서의 소통"을 통해 새로운 '세계'의 탄생을 제시한다.

백낙청에게 문학적 가치평가의 기준은 작품에 구현된 "정당한 문학관, 정당한 시민의식"(46면)이다. 무엇이 "정당"한 것인가라는 물음에 정답은 없다. 하지만 무엇이 정당한 시민의식인가를 끊임없이 성찰하는 문학이 훌륭한 시민문학의 요건 중 하나임은 분명하다. 백낙청이 한용운을 높이 평가하는 것도 이 때문이다. "여인의 사랑 자체가 〈사람의 일〉이 정말 어떤 것인가를 터득하고 절망과 자학과 〈쓸데없는 눈물〉을 결연히 배제한 시민다운, 종교인다운 성격을 띠고 있기 때문이다"(52면). 1960년대 한국 문학의 평가도 시민혁명의 성공과 실패에 기인한다. "1960년대 한국사회·한국문학의 적극적 성과의 대부분이 4·19 시민의식의 소산인 동시에 60년대의 온갖 좌절이 4·19의 빈곤과 실패에 기인한다"(58면). 결과적으로 "4·19가 한국적 시민의식의 일차적인 완성도 채 못 되었다는 사실은 그것이 시민문학다운 문학을 통한 준비를 갖지 못했었다는 사실과도 이어진다"(59면). 4·19 시민혁명의 좌절이 시민문학을 빈곤하게 만들었지만, 그런 시민문학이 없었다는 사실이 시민혁명의 좌절에 영향을 끼쳤다.

　백낙청의 고민은 우리시대에도 깊은 울림이 있다. 한국의 시민혁명은 어느 수준에 와 있는가. 시민혁명의 주체는 누구인가. "시민혁명의 짐은 국내외 시민계급의 변질로 더욱 고립무원해진 민중의 어깨에 전적으로 지워지게 된다"(「민족문학의 개념」 132면)는 주장은 여전히 타당한가. "시민계급의 변질"은 무슨 뜻인가? 시민문학을 평가하는 기준은 무엇인가? 시민문학의 정치성은 문학내적인 가치들, 심지어는 문학자율주의를 포장하기 위한 '문학의 정치'로 환원될 수 있는가. 이런 질문들이 가능하다. 이 질문들에 뾰족한 답은 내게 없다. 두 사람의 말을 빌려 두 가지만 답한다. 먼저 정치사회학자 랄프 다렌도르프의 말. "새로 정치기관들을 만드는 데는 6개월이 걸리지만 절반쯤 생존가능성이 있는 경제체제를 창조하는 데는 6년, 하나의 시민사회를 창조하는 데는 60년이 걸린다."

시민문학은 60년이 걸리는 "시민사회의 창조" 작업 위에서만 꽃핀다. 그리고 지젝의 말. "유럽적 유산의 방어가 연대와 인권이라는 위협받는 유럽적 민주주의 전통의 방어에 국한된다면 전투는 이미 패배한 것이다. 유럽의 유산이 방어되기 위해서는 유럽이 스스로를 재창안해야 한다. 방어의 행위 속에서 우리는 방어해야만 하는 그 무엇을 재창안해야 한다." 우리시대의 시민문학의 과제는 물려받은 "연대와 인권이라는 유럽적 민주주의 전통의 방어에 국한"되지 않는다. 그렇다면 "전투는 이미 패배한 것이다." 시민문학의 "유산이 방어되기 위해서는" 시민문학은 "스스로를 재창안해야 한다.[22] 방어의 행위 속에서 우리는 방어해야만 하는 그 무엇을 재창안해야 한다." 우리 시대 시민문학론의 "재창안" 작업에 백낙청이 수십 년 전에 제기했던 '시민문학론'은 여전히 도움이 되는 '오래된 연장통'이다. 이 글은 '오래된 연장통'의 쓸모를 환기하는 데서 일단 멈춘다. (2010)

---

22) 슬라보예 지젝, 이성민 외 옮김, 『이라크: 빌려온 항아리』 (도서출판b 2004) 51면.

깊은 주관성과 공감의 비평

―김현 비평의 뿌리

1. 게으른 정신과 분석 종합하는 정신

얼마 전 출간된 비평집에서 읽은 구절이다. "외국문학과 외국작품을 우리 문단에 유효적절하게 소개하면서, 또한 우리 문화의 현장에 대해서도 발언을 할 수 있는 외국문학 전공 비평가들의 존재는 궁극적으로 우리 문학을 좀 더 다채롭게 만들 것이다. 김현, 백낙청, 김화영, 김성곤 등을 비롯한 외국문학 전공 비평가들의 외국문학 작품 및 이론에 대한 적절한 소개와 비판적 수용은 당대의 우리 문학을 한결 풍요롭게 살찌운 소중한 계기였다. (중략) 외국문학 이론가와 외국문학 전공 비평가들이 한국문학 전공 비평가들과 유의미한 대화를 전개할 수 있을 때, 한국문학 전공 일색의 비평가들에게 새로운 '타자성'을 제공할 수 있는 비평가들이 존재할 때, 바로 그만큼 우리 문학은 성숙해지고 풍성해질 것이다."[1] 나

---

1) 권성우, 「자유와 타자, 그리고 비평」, 『낭만적 망명』(소명 2008) 75-76면.

는 이 대목을 읽으면서 문학 연구의 '안과 밖'에 대해 생각했다. 많은 연구자들이 느끼고 있듯이, 지금 한국문학 연구와 외국문학 연구는 소통하지 못한다. 그들 사이의 생산적인 "대화"는 찾기 힘들다. 한국문학 비평은 한국문학 전공자, 그것도 현대문학 전공자만의 활동영역으로 간주된다. 외국문학 전공 비평가들은 찾기 힘들다. 사정이 그렇게 된 데는 여러 가지 이유가 있으리라. 우선 제도적 이유가 있겠다. 등재학술지로 상징되는 국가의 학문연구관리 시스템 구축은 주어진 자기 전공 이외의 다른 분야에 관심을 돌리지 못하게 만든다. 이제 대학에서도 강요되는 경쟁논리에서 살아남기 위해 다른 분야에 눈을 돌릴 수 없게 된다.

그러나 그것이 이유의 전부는 아니겠다. 범박하게 말해, 문학연구와 비평의 존재근거에 대한 물음, 비평의 '존재론'에 관한 물음이 거의 사라졌다는 것이 더 큰 이유이다. 자신이 속한, 주어진 학문영역인 한국문학 혹은 외국문학 연구의 안팎을 연구자들은 균형 있게 사유하지 못한다. 각자가 주어진 연구영역의 '안'에서만 사유한다. '안'에서만 이뤄지는 연구는 협소해지고 새로운 것을 생성하지 못한다. 들뢰즈의 지적대로, 새로운 사유는 오직 낯선 것, "새로운 타자성"과의 만남에서만 가능하다. 자기 전공의 '밖'을 사유할 때만이 자기 전공의 '안'이 지닌 의미와 한계가 드러난다. 안팎의 경계에 선 연구에서 생기를 띤 새로운 사유를 촉발하는 연구나 비평이 가능하다. 그런 점에서 "외국문학 이론가와 외국문학 전공 비평가들이 한국문학 전공 비평가들과 유의미한 대화를 전개"해야 한다는 주장은 단지 그랬으면 좋겠다는 희망사항이 아니라 한국문학과 외국문학이 서로 깊어질 수 있는 길이 된다.[2] 밖을 사유해야만 자기를

---

2) 이것이 단지 한국문학과 외국문학 사이의 '비교문학'적 연구가 좀 더 활성화되어야 한다는 뜻으로 좁게 해석되어서는 안 된다. 물론 비교문학적 연구는 필요하다. 하지만 비교문학적 연구도 한국문학과 외국문학을 주어진 고정된 것으로 간주하고 그들 사이의 평면적인 텍스트 비교와 대조를 하는 차원에서 머물러서는 곤란하다. 비교문학 연구에도 자국문학과 외국문학 사이에 존재하는 역학 관계, 그리고 그런 역학관계에서 작동하는 모방

돌아볼 수 있다. "문화적 배타주의나 문화적 인종 차별주의는 자기 문화에 대한 과신에서 시작한다. 그것은 자기 외의 것에 대한 모멸로 나타난다. 그 과신이 언제나 긍정적인 것은 아니어서, 때로는 자기 것에 대한 열등감의 표현일 수도 있다."[3]

외국문학 연구자이자 비평가인 김현, 백낙청, 김우창을 비롯한 이른바 4·19세대 비평가들이 거둔 비평적 성취가 한결같이 "자기 문화에 대한 과신"이나 "자기 외의 것에 대한 모멸"을 넘어 외국문학 연구와 한국문학 비평의 깊이 있는 대화에서 나왔다는 것은 새길 만하다. 이들의 문학적 관점이나 비평적 입장은 그들이 만났던 낯선 타자들, 특히 유럽 비평 이론이나 외국 작품에 대한 지치지 않는 독서와 사유의 토대 위에 세워졌다. 요는 낯선 타자들과 만나는 태도이다. 이 어려운 물음에 대해, 성실한 프랑스 문학 연구자이자 탁월한 한국문학 비평가였던 김현은 이렇게 답한다. "그런 비평계의 모습과 관련하여 내 생각으로 제일 중요하게 제기돼야 할 문제는 분석 정신의 해이이다. 분석 정신이란 자료를 모아 그것을 분석 정리하는 정신을 뜻한다. 이론은 그 분석 정신의 자료 이해과정에 지나지 않는다. 이론은 자료의 밖에서 선험적으로 주어지는 것이 아니라, 자료를 이해하고 분석 종합하는 과정 자체가 바로 이론이다. 이론을 밖에서 주어지는 체계라고 생각할 때 자료는 그 이론의 연습장에 지나지 않게 된다. 새 이론에 대한 맹목적 추수가 생겨나는 것은 바로 그 때이다. 그러나 자료를 모으고, 그것을 분석 종합하는 과정 자체가 이론

과 차이 만들기라는 구체적인 관계의 양상을 분석하는 데로 나아가야 한다. 최근 출간된 주목할 만한 비교문학 방법론 연구서에서 카자노바(Pascale Casanova)가 지적하듯이, 한 민족-국가의 자국문학은 내재적으로만 발전하는 것이 아니라 언제나 힘의 불균형 관계에 놓여 있는 다른 나라 문학과의 헤게모니 관계에서 만들어지고 변화한다. 세계문학공간은 다양한 '민족문학'들 사이의 힘의 관계가 역동적으로 표현되는 장이다. Pascale Casanova, *The World Republic of Letters*, trans. M. B. Deboise (Cambridge: Harvard UP, 2007).

3) 김현, 『폭력의 구조/시칠리아의 암소: 김현문학전집 10』 (문학과지성사 1992) 301면.

이라는 것을 깨닫게 되면, 자료 밖에 있는 이론이란 참고사항이지, 절대적인 설명체계가 아니라는 것을 깨달을 수 있게 된다. 자료를 모으고 그것을 분석 정리하는 것은 단순 노동적인 작업이 아니라, 바로 그 이론 자체이기 때문에 자료를 모으고 그것을 정리하는 데 게으른 정신은 자신도 모르는 사이에 사실과 동떨어진 이론을 내세우기가 쉽다."[4]

김현의 '전공' 분야였던 프랑스 문학이나 비평이론의 가치는 그에게 어떤 의미를 지녔을까? 깊이 천착할 문제지만, 김현에게 밖의 이론은 그 자체로 가치를 지닌다기보다는 그가 애정을 갖고 힘을 쏟았던 한국문학과 문화 '안'의 쟁점을 해명하려는 이론-기계였다. 김현은 한국문학과 외국문학 사이를 오가는 헤르메스였다. 그러나 그는 정보의 단순한 전달자나 이론의 수입상이 아니었다. 김현이 누누이 경계했던 문제, 즉 외국문학이나 비평이론을 수용하는 태도에서 빠지기 쉬운 오류인 '새 것 콤플렉스'는 그의 글에서도 간간이 발견된다. 그것은 어쩌면 외국문학이나 이론을 공부하는 이들의 숙명이리라. 그러나 적어도 김현에게 이론은 단지 "밖에서 주어지는 체계"가 아니었다. 문제는 외부에서 주어지는 이론을 대하는 "분석 종합하는 정신"이다. 분석 종합의 정신에서 새로운 사유와 글쓰기의 가능성이 열린다. 김현이 한국문학이론이나 서구비평이론 수용사에 남긴 중요한 기여 중 하나. 그가 유럽비평 "이론"들과 한국문학의 "자료"사이에 벌어지는 길항 관계를 외면하지 않았다는 점이다. 그는 드러내놓고 '주체적' 외국문학 연구를 주장하지는 않았다. 하지만, 그에게 주체성은 단지 목청 높여 외치는 구호가 아니라 밖에서 주어진 "이론"과 한국문학이라는 "자료"사이의 긴장된 마주침을 응시하고 거기에서 새로운 사유를 끌어내는 것이다. 김현에게 한국문학 읽기와 비평이론 수용은 뗄 수 없는 하나의 과정이었다. 한국문학의 현장과 외부에서 들여

4) 김현, 「문학은 소비상품일 수 없다」, 『우리시대의 문학/두꺼운 삶과 얇은 삶: 김현문학전집 14』 (문학과지성사 1993) 291면.

온 이론 사이의 긴장 관계에서 김현은 이론을 하나의 "절대적인 설명체계"로 보는 "사실과 동떨어진" 이론주의나 "게으른 정신"을 넘어설 실마리를 찾는다. 한국문학은 그에게 외국 "이론의 연습장"이 아니라 그런 이론의 타당성을 구체적으로 시험해보고 사유를 이끌어주는 실험의 터전이었다. 그리고 더 중요한 것은 발을 딛고 선 터전이다. 훈고학적으로 이론의 내적 의미를 탐구하는 것은 김현의 본질적 관심사가 아니었다. 그는 누구보다 이론 자체의 훈고학적 주석 달기나 실증주의적 텍스트 읽기에 충실했다. 그는 성실하고 치밀한 프랑스 문학과 이론의 소개자이자 연구자였다. 하지만 김현은 이론의 소개와 수용의 단계를 넘어서 이론과 자료 분석이 하나가 되는 단계, "자료를 모으고, 그것을 분석 종합하는 과정 자체가 이론"이라는 통찰로 나아갔다. 관건은 "분석 종합"하는 정신이다. 나는 이 글에서 외국문학 수용에서 김현이 표나게 강조하는 "분석 종합"하는 정신의 의미가 무엇인가를 그가 쓴 두 권의 외국문학연구서를 통해 살펴보겠다.[5]

---

5) 외국문학 이론을 대하는 김현의 입장에 대한 총체적인 점검은 다른 글을 요구한다. 이 글에서 검토하는 『행복의 시학/제강의 꿈: 김현문학전집 9』(문학과지성사 1991)은 프랑스 문학 연구자로서 김현이 개척한 지적 영토의 한 모퉁이에 불과하다. 예컨대 김현은 『문학사회학』에서 문학과 사회의 관계, 문학의 고유한 영역을 다루는 문학사회학의 다층적 의미를 세밀히 분석한다. 그 밖에도 다음과 같은 연구서를 길지 않은 삶에서 김현은 남겼다. 아직까지도 프랑스 비평사 연구에서 독보적인 성취로 간주되는 『프랑스비평사(근대/현대)』, 폭력의 기원을 해명하려는 문제의식으로 르네 지라르를 깊이 있게 탐구한 연구서인 『폭력의 구조』, 푸코 연구에서 빼놓을 수 없는 연구서인 『시칠리아의 암소』, 프랑스 문학과 비평 연구의 다양한 면모를 소개하고 평가한 그의 최초 평론집 『존재와 언어』와 후속 연구서인 『현대비평의 양상』과 『현대프랑스 문학을 찾아서』, 그리고 프랑스 문화와 예술의 현황을 점검한 에세이 모음인 『김현예술기행』 등. 이들 연구서에 대한 심층적 분석과 평가는 연구자들의 이후 과제이다. 한국문학 비평계에서도 김현이 이룩한 외국문학과 이론 수용의 양상을 깊이 있게 연구할 필요성을 환기시키는 목소리가 나온다. "김현의 외국문학이론 수용이나 문학사 탐구, 에세이적 글쓰기 등등에 대한 심화된 논의가 절실하게 요청된다"(권성우, 「만남의 글쓰기, 혹은 에세이의 매혹」, 앞의 책, 288면). 이 글은 이 중에서 "김현의 외국문학이론 수용"이라는 제안에 답하려는 한 시도이다.

2. 객관성에서 객관화의 방법으로

한국에서 출간된 바슐라르 연구 중 빼놓을 수 없는『행복의 시학: 바슐라르의 원형론 연구』(1976)는 김현이 비평이론 수용의 준거점으로 삼은 "분석 종합하는 정신"이 잘 드러나는 예이다. 바슐라르라는 낯선 타자와의 만남에서 김현은 그의 비평작업을 이끌어갈 문제의식의 실마리를 찾는다. 그 작업은 '대가'의 이론을 한국문학이라는 '자료'에 적용하는 문제가 아니다. 그가 바슐라르에게서 배운 것은 비평행위의 기본적 전제들을 바라보는 시각이다. 바슐라르는 인식 행위의 객관성 문제에 날카롭게 주목한다. 인식의 객관성은 가능한가? 과학적 인식이 그렇지 않은 인식과 다른 점은 어디인가? 김현이 바슐라르와의 만남에서 던지는 질문이다. 이런 질문은 비평의 객관성에 관한 김현의 탐구와 관련된다. 김현에게 바슐라르는 그의 사유와 분리된 바슐라르가 아니라 그 안에 있는 그만의 바슐라르이다.[6] "바슐라르가 그의 초기 저작물에서 후기 저작물에 이르기까지 과학적 지식의 객관성을 강력하게 주장한 것은 사실이다. 그러나 그에게 있어서 과학적 지식은 객관적이어야 하는 것이지, 그 자체가 객관적인 것은 아니다."[7] 과학적 지식은 오류를 가능한 배제하려 한다. 그러나 오류의 배제는 단숨에 이루어지지 않는다. 객관성은 당위의

---

6) 유럽 비평이론을 김현은 자신의 것으로 내면화한다. 그러나 그 내면화는 언제나 비판적 성찰을 동반한 내면화이지 무비판적인 추종이 아니다. "객관성이란 주관적 오류가 최소 한도로 줄어든 것에 다름 아니며, 추상적인 객관성이란 존재하지 않는 것처럼 생각된다. 그것은 내가 분석한 비평가들이지, 객관적으로 존재하는 비평가는 아닐 수도 있다는 것을 뜻한다. 내 비평가라는 말에 나는 이제 아무런 저항감도 느끼지 않는다. 그들은 그들이며 동시에 나다. 더 정확히 말하면 그들은 내 속에 투영된 그들이다"(김현,『존재와 언어/현대 프랑스 문학을 찾아서: 김현문학전집 12』[문학과지성사 1992] 474면). 이 대목에서도 주어진 객관성이 아니라 탐구되는 객관성 혹은 객관화의 방법을 강조하는 바슐라르 인식론의 영향이 강하게 드러난다.

7) 김현,「바슐라르의 문학비평」,『프랑스 비평사 근대/현대편: 김현문학전집 8』(문학과지성사 1991) 191면.

요구이지 현실의 진술이 아니다. 다시 말해 과학적 지식조차도 절대적으로 객관적이지 않다.

그렇다면 문학적 지식은 어떤가? 문학적 지식의 형태인 문학연구나 비평은 얼마나 객관적일 수 있는가? 이 물음이 바슐라르의 인식론으로 김현을 이끌며, 동시에 대상과 의식의 관계, 주관성과 객관성의 관계를 새롭게 정초하려 했던 제네바 학파의 현상학적 비평으로 그를 이끈다. 인식이나 지식의 객관성은 오류와 대립되지 않는다. 오히려 오류가 있기에 객관성이 가능하다. 문제는 오류를 교정하는 과정이다. "과학적, 객관적 지식이라고 알려진 것이 항상 교정되듯이, 철학적 주장 역시 항상 교정된다. 그럼에도 불구하고 과학자나 철학자는 그들이 제시하는 것이 항상 옳다고 생각한다. 그들의 세계에 의해 모든 것이 설명되고 이해될 수 있기 때문이다. 그러나 항상 그 체계 밖에 위치하는, 체계를 벗어나는 어떤 것이 있기 마련이고, 문제가 되는 것은 바로 그것이다."[8] 바슐라르가 문제 삼는 것은 과학의 객관성이다. 현대 물리학이나 자연과학이 밝혀주고 있듯이 과학성이나 객관성은 주어진 체계를 전제로 한다. 그리고 체계는 체계를 구성하는 주체를 전제한다. 가장 객관적이라고 간주되는 자연과학에서도 주관성과 얽혀 있지 않은 객관성은 없다. 객관성은 주어진 체계 안에서의 객관성이다. 인식은 체계를 구성하려고 시도하나 "항상 그 체계 밖에 위치하는, 체계를 벗어나는 어떤 것이 있기 마련"이다. 따라서 객관성은 이미 오류의 가능성을 열어둔다. 모든 것을 포괄하는 인식의 체계는 불가능하다. 알튀세르의 지적대로, 과학철학이 요구될 때는 체계의 위기가 느껴지는 때이다. 위기가 올 때 과학은 자신의 한계를 성찰하고 자신 밖에 존재하는 것이 무엇인가를 사유하기 시작한다. 그런 사유를 통해 기존의 체계는 해체되고 재구성된다. 아니 정확히 말하

---

8) 김현, 『행복의 시학/제강의 꿈: 김현문학전집 9』(문학과지성사 1991) 16-17면. 앞으로 이 책에서 인용은 면수만 병기함.

면 새로운 체계에 의해, 바슐라르의 표현을 빌리면, "감싸여진다." 바슐라르의 주요 개념 중 하나인 '인식의 단절'은 날카로운 절단의 칼질이 아니다. 그것은 이전의 것을 새로운 것 안으로 끌어들여 변용시키는 연속과 단절의 이중 작용을 가리킨다.

　김현이 종종 사용했던 "감싸 안기"나 "오류의 교정" 등의 개념은 바슐라르에 빚진 것이다. 김현은 바슐라르의 개념을 끌어들이면서 외부에서 들어온 새로운 이론과 한국문학 전통 사이의 대화를 시도한다. 그들 사이에는 '이식과 창조의 변증법'이 작동한다.[9] 한국문학의 '전통'과 외부에서 주어진 '새것'은 대립되지 않는다. 전통의 가치는 새로운 것과의 만남을 통해 확장된다. 새것은 한국문학의 지형에 수용되면서 전통을 감싼다. 또한 전통은 새것을 역으로 감싸면서 변형된다. "바슐라르의 이성은 데카르트적 이성의 활성화인 것이다. 바슐라르의 비데카르트적 인식론이 데카르트 인식론의 '감싸기'라는 것이 거기에서 뚜렷하게 드러난다" (41면). 바슐라르의 인식론은 과거의 것을 반대하지만 그것을 완전히 배제하지 않고 감싸 안는다. 그리고 다시 새로운 것에 의해 감싸인다. 감쌈과 감싸임의 지속적인 과정을 통해 오류의 지속적인 교정이 가능해진다. 객관성은 단번에 주어지지 않는다. 객관화의 끝없는 과정만이 있을 뿐이다. 김현이 주어진 객관성이나 답을 전제한 비평적 태도에 강한 거부감을 보인 이유가 여기 있다. 비평의 객관성은 자임한다고 주어지지 않는다. 비평은 비평가의 주관적 의견의 개진이다. 제시된 그 의견은 다른 의견들에 의해 감싸일 것이다. 그런 감싸이는 과정을 통해 더 깊어진 객관성의 지평이 열린다. 문제는 객관성이 아니라 객관화의 방법이다. "객관

---

9) 한 국가의 자국문학의 생성과 변화는 내적 전통의 단절과 감싸기라는 복합적 작용을 통해 이루어진다. 그 과정에서 외국문학과의 마주침은 필연적이다. '이식과 창조의 변증법'으로 표현될 수 있는 이런 사유는 김현만이 아니라 임화에게서도 발견된다. 신승엽, 「이식과 창조의 변증법」, 『민족문학을 넘어서』 (소명 1999) 참조.

화의 방법이 없는 한 객관성에 도달할 수는 없다"(48면).[10]

  문학연구나 비평은 '정답'의 제시가 아니라 오류를 안에 품고 있는 의견의 개진이다. 하지만 개진된 의견에서 드러나는 오류를 교정할 준비가 되어 있는 개진이다. 오류는 객관성과 대립항을 이루지 않는다. 오류는 객관성의 필수불가결한 구성요소이다. "어떤 생각의 객관성은 그것이 오류를 바탕으로 나타나는 그만큼 더 명백하고 분명하게 될 것이다. 도달하려면 방황해야 한다"(50면). 김현이 바슐라르에게 기대는 분석정신의 요체이다. "틀리지 않는다고 생각하는" 비평가가 가장 많이 틀린다. 그는 오류의 교정에 닫혀 있다. "오류의 교정은 그[바슐라르―인용자]를 심리주의로 이끌어간다. 그에 의하면 주체의 정신적 활동의 가장 근본적 기능은 틀리는 것이다. 그 틀림은 그의 경험을 보다 더 풍부하게 해준다. 자기는 틀리지 않는다고 생각하는 사람이 더 틀리는 것이다"(51면). 우리는 틀리도록 만들어졌다. 우리 각자는 '나'의 주관적 인식을 초월할 수 없다. 문학을 공부하는 것은 오류와 진실 사이의 변증법적 관계를 인식하는 것이다. 문학은 오류에 빠질 수밖에 없는 주관성 혹은 내면의 탐색이며, 그런 탐색을 통해 우리의 삶과 인식에서 무엇이 잘못되어 있는가를 어떤 인류의 발명품보다도 더 풍부하고 구체적으로 드러낸다.

  과학적 지식의 탐구나 문학비평에서 하나의 입장을 절대화해서는 안 되는 이유는 입장이 관계에 의해 주어지기 때문이다. 데리다의 지적대로 정체성은 관계나 맥락 안에서만 성립된다. 관계가 없으면 정체성도 없

----

10) 객관성이 아니라 "객관화의 방법"을 모색하는 것이 비평의 과제라고 보는 태도는 김현에 기대면서 동시에 그와는 다른 비평적 기획을 시도하는 김현 이후 세대, 이른바 '문지 2기' 비평가에서도 발견된다. "비평은 어느 한 항목을 객관적 기준으로 놓고 다른 것들을 그에 맞추는 것이 아니라, 여러 주관성들의 동등한 만남과 상보적 상호침투를 통한, 그것들의 동시적 객관화를 향해 나가야 한다. 삶은 미리 부여된 '성질'이 아니라, 끊임없이 변모하는 '과정'이다. 근거할 '객관성'이 아니라 추구할 '객관화'가 필요한 것이다. 비평행위 역시 객관성을 추구하는 하나의 주관성, 다시 말해 여타의 다른 삶들과 복합적으로 관련을 맺고 싶어 하는 구체적이고 개별적인 삶이다"(정과리, 『문신공방 하나』 [역락 2005] 258면).

다. "그[바슐라르—인용자]의 가능성의 수학은 무엇보다도 미리 주어지는 결정론적 이유를 싫어한다. 우연의 작용이야말로 그가 유물론적 변증법과 다른 의미로 사용하고 있는 변증법인 것이다"(37면). 다양한 대상들, 특히 인간의 사회적 관계들이 투명하게 드러나지 않는 까닭이 여기 있다. 관계에서 한 대상을 떼어내어 보면 그것의 정체성이 분명한 것처럼 보인다. 사실은 그렇지 않다. 떼어내어 분석한 대상의 정체성은 그런 정체성을 드러내는 수많은 관계들의 일면에 불과하다. 인식은 언제나 일면적이고 불투명하다. 전체를 한 번에 꿰뚫는 통찰은 불가능하다. 전체에 대한 통찰은 비평의 목표이지만 그것에 단숨에 이르는 지름길은 없다. "그러나 현대 물리학에서는 따로 하나의 요소를 제시하는 것은 아무런 중요성도 갖지 않는다. 모든 것은 관계 속에서 인지되기 때문이다. 관계 속에서 인지된다는 것은 동시에 그것이 직접적으로 인지될 수 없다는 것을 뜻한다. 어떤 것을 고립시켜 인지할 수 없는 한, 모든 것은 간접적으로 인지될 수밖에 없다"(39면). 좋은 독자나 비평가는 대상의 진리, 혹은 작품의 진리를 "관계 속에서 인지"한다. 그리고 자신의 읽기가 불투명하다는 걸 성찰한다.

김현이 비평행위를 둘러싼 다양한 측면들, 독자-작가-작품-현실 등을 가능한 한 입체적으로 사유하고, 그것들을 욕망이라는 키워드로 묶으려고 시도했던 것도 인식의 필연적인 간접성을 돌파하려는 시도이다. 작품의 의미는 단번에 파악되지 않는다. 의미는 작품을 둘러싼 수많은 관계들을 최대한 종합적으로 사유하려는 노력에 의해서만, 그런 객관화의 방법을 통해서만 조금씩 모습을 드러낼 뿐이다. 문학은 객관화의 방법론을 깊이 있게 배우는 장이다. 문학은 자기를 되돌아보게 하고, 자기를 둘러싼 관계를 되돌아보게 하고, 결국은 "이미 만들어진 생각"을 되돌아보게 한다. "그[바슐라르—인용자]가 대중의 의견과 학교의 산물인 잘 만들어진 머리를 공격하고 있는 것은 그것 때문이다. 그들은 다 같이 생각하지 않고, 이미 만들어진 생각을 지키려고 애를 쓴다. 그것이 기본적으로 오류의 교정을 막는다"(60면). 인식은 이미 주어진 것을 인식하는 것이 아니라 새로운 것을 생성하는 것이다. 인식은 재현이 아니라 창조이다. "인식하는 행위는 언제나 형성하려는 힘 위에 기초해 있지, 지키려는 힘에 기초해 있는 것이 아니다. (중략) 그러나 과학적 인간은 바뀌지 않는 것을 고통스러워하는 인간이 되어야 한다."[11] 요컨대 과학적 인간은 문학적 인간이다. "형성하려는 힘"의 사유가 구체적으로 드러나는 대표적인 인식의 공간이 문학이다. 바슐라르가 문학적 이미지가 진짜 이미지라고 본 이유이다.

문학적 이미지는 형성하려는, 생성하려는 이미지이지 주어진 대상의 재현이나 표현이 아니다. 비평은 "바뀌지 않는 것을 고통스러워하는" 인식의 행위이다. 비평이 비판이고 자기비판인 이유이다. "감시의 결여"가 정신을 딱딱하게 만든다. 비판정신은 손쉬운 "일반화"가 아니라 구체적 상황의 구체적 분석을 목표로 한다. 하나의 텍스트에 설득력 있게 적용된 읽기의 '방법'을 손쉽게 일반화해서는 안 된다. 다른 텍스트는 읽기의 다른 방법을 요구한다. "원초적 경험, 일반적 인식, 단일적 실용주의 인식의 근거를 이루고 있는 것은 비판, 다시 말해서 감시의 결여이다. 비판의 결여는 모든 것을 쉽게 판단하게 만든다. 전과학적 정신, 다시 말해서 비객관적 정신은 쉬운 판단에 근거한 일반화의 희생물이다"(62면). 바슐라르는 "모든 것을 쉽게 판단하게 만드는 전과학적 정신이나 비객관적 정신을 비판"한다. 그것들이 바로 비평의 적수이다.

---

11) 김현, 『프랑스비평사』 197면.

3. 이미지와 사유

많은 이들이 지적하듯이 김현의 시 비평은 날카로우면서도 섬세하다. 특히 시의 이미지 분석이 그렇다. 그러나 김현에게 이미지 분석은 작품의 형식적이고 기교적인 측면만을 드러내는 작업이 아니다. 김현은 협애한 형식주의자가 아니다. 이미지는 사유의 표현이다. 그가 굳은 이미지와 "힘 있는 이미지"를 되풀이해서 구분하는 것도 좋은 이미지는 역동적 심리의 표현이기 때문이다. "역동적인 성격이 창조적이라는 것은 형태적인 성격은 곧 습관과 결부되어 그 독창성을 잃기 때문이다. 습관은 상상하여 창조하려는 심리적 힘을 막아버린다. 그리고 그것은 이미지를 형태로 만들어버리는데 그 형태란 시적 개념이지, 독자들에게 상상할 수 있게 해주는 힘 있는 이미지가 아닌 것이다"(79면). "형태"로 굳어진 이미지는 시적 이미지가 아니라 "개념"이 된다. 힘 있는 이미지는 시인이 갖고 있는 "습관"의 표현이 아니다. 좋은 이미지는 시인 자신의 "습관"적 사유에 충격을 가한다. 좋은 시인은 "상상하여 창조하려는 심리적 힘"과 자신의 "습관" 사이에서 투쟁한다. 앞의 것이 이길 때 좋은 이미지가 생산되고 그런 이미지는 "독자들"에게 충격을 준다. 김현 비평의 표제어가 된 '공감의 비평'은 이런 충격과 만남의 과정을 잘 표현한다.

시의 리듬도 시의 형식적 장치로만 그치지 않는다. 좋은 시는 주어진 리듬이나 "균형"을 해체한다. "질이 리듬 속에서, 리듬에 의해서 존재한다는 생각은 균형을 전제로 한 생각이다. 균형은 대상의 부정적 성격보다는 긍정적 성격에 초점을 맞추었을 때 얻어진다"(81면). 좋은 시는 경직된 리듬을 파괴하고 주어진 "균형"을 무너뜨린다. 굳은 리듬은 "습관"

적 사유의 표현이다.[12] 길항하는 시의 이중적 리듬은 단지 형식적 장치가 아니라 "상상하여 창조하려는 심리적 힘"의 표현이다. "시인에게는, 대상은 벌써 이미지이며, 대상은 상상력의 가치이다. 실제 대상은 그것이 원형에서 받아들이는 정열적인 관심에 의해서만 시적 힘을 갖는다"(122면). 좋은 시인은 "정열적인 관심"을 가진 이이고, 그런 관심에서만 대상은 제모습을 드러낸다. 시인에게 대상은 곧 이미지이다. 이미지는 대상의 재현이 아니다. 오히려 시인이 만들어낸 이미지를 통해 대상의 가치가 비로소 드러난다. 시인의 상상력은 시인의 "의지"이다. 시인의 의지는 재현의 의지가 아니라 새로운 이미지를 창조하는 의지이다. "상상력이란 이미지를 재현하는 텅 빈 구멍이 아니라 상상하려는 의지라고 생각한다. 상상력과 의지는 같은 심오한 힘의 두 국면이다. 상상할 줄 아는 자는 원할 줄 안다. 의지를 밝혀주는 상상력에 상상하려는 의지, 상상하는 것을 사는 의지가 결합된다."[13] "대상은 상상력의 가치"라는 바슐라르의 통찰은 작품의 의미와 독자의 의미부여 사이의 관계를 탐구하는 제네바 학파에 대한 관심으로 김현을 이끈다.

그렇다면 "상상하여 창조하려는 심리적 힘"은 어디서 나올까? 그것은 즐거움에서 나온다. 예컨대 『한국문학의 위상』에서 깊이 있게 개진된 김현 비평의 몇 가지 핵심적 주제는 바슐라르의 문제의식을 수용한다. 문학은 유용하지 않기에 억압하지 않으며, 억압 없는 사회를 꿈꾸게 해준다. "무용한 것은 인간에게 즐거움을 준다. 그 즐거움은 완전한 자유를 느끼는 떠돌이의 즐거움이다. 사회 제도의 여백에서 완전한 자유를 누리

---

12) 김지하의 시 「무화과」를 분석한 김현의 평론인 「속꽃 핀 열매의 꿈」은 시적 이미지와 리듬의 관계를 깊이 있게 분석하는 김현의 시 읽기를 보여주는 좋은 예이다. 이 글에서 김현은 시의 의미론적 리듬과 음악적 리듬의 길항관계가 어떻게 작품의 깊은 의미를 낳는가를 섬세하게 분석한다. 김현, 「속꽃 핀 열매의 꿈」, 『분석과 해석/보이는 심연과 안 보이는 역사 전망에 대하여: 김현문학전집 7』(문학과지성사 1992) 57-67면 참조.

13) 김현, 『프랑스비평사』 204면.

는 떠돌이의 즐거움을, 무용한 것은 인간에게 부여한다. 예술이 자유로운 것은, 그것이 본질적으로 무용한 것이기 때문이다. 장식이 되어버려 제도적 자유 속에 합류된 예술은 이미 힘 있는 진정한 예술이 아니다. 진정한 예술은 본질적으로 무용한 것이며, 그래서 인간에게 완전한 자유를 누릴 수 있는 유일한, 그러나 유일한이 지나친 표현이라면, 가장 바람직한 장치로 작용한다. 바슐라르의 완전히 승화되어 억압이 전연 없는 순수 이미지라는 개념이나, 마르쿠제의 완전한 억압이 없는 자유로운 문명이라는 개념은, 내가 보기에는 자유로운 예술의 세계라는 개념에 다름 아니다. 예술이야말로 억압 없는 세계의 징표 그 자체인 것이며, 그것이 바로 억압 있는 세계에서 생존하는 인간을 예술이 고문하는 이유인 것이다. 예술 작품을 듣거나 보거나 읽을 때, 인간은 행복하다. 그는 떠돌이의 자유를 그때 느낄 수 있기 때문이다."[14] 떠돌이의 자유는 그가 주어진 현실과 체계의 논리를 벗어났다는 뜻이다. 그런 벗어남의 방도가 몽상이다. 작가나 비평가는 즐거움을 상상하는 몽상가이다.

엄숙주의가 지배했던 김현 당대의 한국문학공간에서 몽상이나 즐거움은 한때 금기어였다. 세상이 살벌한데 무슨 몽상이고 즐거움인가? 김현의 답변은 이렇다. 문학은 몽상과 즐거움을 편하게 말하지 못하게 만드는 사회의 억압성을 추문으로 만든다. 왜 우리는 몽상과 즐거움을 말하면 안 되는가? 문학이 던지는 질문은 그것이다. "몽상가의 상상력은, 그러나 그가 되풀이하여 표현하고 있듯이, 필요성·유용성과 결부되어 있는 것이 아니라 즐거움과 결부되어 있다"(80면). 따라서 다음의 발언은 김현 자신에게 그대로 적용된다. "그[바슐라르-인용자]가 사회적인 것을 비판한 것은 그것에 의해 결정된 개인의 심리적 반응이 부정적인 측면을 갖고 있기 때문이다. 그러나 그에 의하면 인간은 '잘 숨쉴 수 있도록 만

---

14) 김현, 『현대비평의 양상: 김현문학전집 11』 (문학과지성사 1991) 205-206면.

들어져' 있으며, 그런 의미에서 고통은 인위적인 것에 지나지 않는다"(91면). 인간은 행복하게 살도록 되어 있다. 그런데 왜 인간은 불행하고 고통스러울까? 이 질문에 대한 답은 여러 가지가 가능하다. 바슐라르나 김현이 "개인의 심리적 반응"에 깊은 관심을 기울인 이유는 그곳에서 억압적인 "사회적인 것"이 잘 드러나기 때문이다. 문학은 그런 드러남이 일어나는 공간이다. 문학은 "개인의 심리적 반응"을 입체적으로 드러낸다. 문학은 구체적인 "개인적 상처"에 관심을 기울인다. 개인적 상처에서 사회적인 것이 모습을 드러낸다. "바슐라르와 융의 콤플렉스는 프로이트의 결정주의적이고 비관적인 콤플렉스를 문화적이고 낙관적인 차원으로 승화시킴으로써 콤플렉스를 이미지를 산출하는 힘, 상징력으로까지 높인다. 그래서 개인적 상처에 사회적 의미를 부여한다"(112면). 그렇게 비평은 "개인적 상처"에 "사회적 의미"를 부여한다.

저명한 바슐라르 연구자인 망슈이의 설명에 기대면, "그[바슐라르-인용자]는 영향을 받되, 그에게 영향을 준 사람에게 압도되지 않는다. 그는 그에게 영향을 준 사람을 슬쩍 비켜가며 그의 사상 체계를 새롭게 세운다. 소위 열린 정신이다. 그가 사용하는 용어의 개념이 원래의 그것과 많이 상충된다는 연구가들의 지적은 그의 열린 정신을 역으로 선명하게 보여준다. 그의 암중모색·주저·과장·감탄·감동은 그의 오류의 역동적 표현이다"(139면). 이 문장의 주어를 김현으로 바꿔도 크게 무리가 없다. 김현은 "열린 정신"을 지닌 드문 비평가였다. 김현은 바슐라르에게서 "오류의 역동적 표현"이 무엇인가를 배웠다. 하지만 그 배움은 일방적인 수용이 아니라 "그에게 영향을 준 사람을 슬쩍 비켜가며 그의 사상 체계를 새롭게 세"우는 배움이다.

4. 작가의 의식과 비평가의 의식

김현은 '새것 콤플렉스'의 혐의를 받을 정도로 당대 유럽의 비평이론에 민감했다. 그 중에서 김현 비평의 원천을 이루는 것은 무엇일까? 앞서 언급한 바슐라르의 이미지 연구와 객관화의 방법론, 프로이트의 욕망이론,[15] 그리고 세계와 의식의 관계를 탐구한 제네바 학파를 주요한 원천으로 꼽을 수 있다. 세 가지 이론의 원천은 김현이라는 저수지에서 뒤섞여 새로운 사유의 흐름을 형성한다. 『제네바 학파 연구: 제강의 꿈』(1986)은 김현 비평에 큰 영향을 미친 제네바 학파 연구서이다. 제강은 중국의 신화서인 『산해경』에 나오는 전설 속의 신이다. "이곳의 어떤 신은 그 형상이 누런 자루 같은데 붉기가 빨간 불꽃 같고 여섯 개의 다리와 네 개의 날개를 갖고 있으며 얼굴이 전연 없다. 가무를 이해할 줄 아는 이 신이 바로 제강이다"(171면). 책 제목은 김현의 문제의식을 요약한다. 왜 '제강의 꿈'이라는 제목을 붙였을까? 마지막 문장이 단서를 제공한다. 제강은 "가무를 이해할 줄" 아는 신이다. "가무를 이해"한다는 부분을 "문학을 이해"한다는 표현으로 바꿔보자. 문학을 "이해"한다는 것은 무슨 뜻인가? 그런 이해의 '객관성'은 가능할까? 통상 현상학적 비평으로 간주되는 제네바 학파가 다양한 차이들에도 불구하고 공통적으로 갖고 있는 문제의식이 여기 있다. 작품을 분석하고 해석하고 평가하는 행위는 무엇을 지향하는가? 비평행위의 객관성은 가능할까? 가능하다면 그 준거점은 무엇일까? 김현 비평을 관류하는 질문들은 제네바 학파

---

15) 프로이트 정신분석학이나 욕망이론에 대한 김현의 이해는 의외로 단순한 데가 있다. 예컨대 이런 지적. "한 인간의 심리적 외상을 이해하기 위해서는 그의 가족 환경을 분석해보아야 한다. 심리적 억압은 가족 정황에서 생겨나 무의식 깊숙이 가라앉는 법이기 때문이다"(182면). 프로이트 욕망이론을 "가족환경"의 분석에 한정하는 가족주의적 해석론은 라캉의 새로운 정신분석학 해석을 언급하지 않더라도 지나치게 단순한 이해이다. 억압은 단지 "가족 정황"으로 환원시켜 해명될 수 없다.

와 맞닿아 있다.

제네바 학파는 "레이몽을 정점으로 하는 베겡, 풀레, 루세, 스타로벵스키, 리샤르의 제네바 그룹"(221면)이다. 김현은 제네바 학파를 현상학적 비평으로 단정하는 입장에 거리를 둔다. 김현은 현상학적 비평보다는 '주제비평'으로 제네바 학파의 성격을 규정한다. 하지만 제네바 학파의 사유가 대상과 주체의 관계를 새롭게 사유했던 후설의 현상학에 기대고 있음은 분명하다. 현상학적 비평은 신비평이 목표로 했던 '객관주의' 비평에 강하게 반기를 든다. 작품의 의미는 어디에 있는가? 이 질문에 대한 신비평의 답은 명확하다. 의미는 오직 작품 안에 있다. 광맥에 묻혀 있는 석탄이나 다이아몬드를 캐내듯이 비평은 작품에 '객관적'으로 내재한 의미를 캐내면 된다. 신비평의 '꼼꼼한 읽기'의 대상은 작품 자체이다. 작가와 독자의 고유한 위상을 신비평은 인정하지 않는다. 대상과 주체의 관계는 근대철학의 근본 관심사이다. 후설이 제기한 현상학은 대상과 주체 사이의 저울추를 주체 쪽으로 기울인다. 대상의 의미는 대상 자체에 존재하지 않는다. 작품의 의미도 작품 자체에 있지 않다. 대상의 의미는 대상을 대하는 주체에게 달려 있다. "의식이란 언제나 대상을 갖고 있으며 의식은 어떤 것에 대한 의식"(202면)이다. 의식이 지향하거나 정립하지 않은 대상은 존재하지 않는 셈이다. 현상학적 비평에서 대상의 재현이나 반영은 중요하지 않다. 작품의 현실은 작가의 의식에 비춰진 현실이다. 소설을 쓰고 읽는 과정에서도 작가와 독자의 현실 변형과 해석은 끼어든다. 작가가 만들어낸 작품의 세계는 작품 바깥의 세계와는 관련이 없다. 좀 더 정확히 말하면, 관련이 없다기보다는 작품의 세계와 '객관 현실' 사이에 상응이나 재현관계는 성립되지 않는다. 레이몽의 말대로 "본질적인 것은 불확실하며, 가장 찬란한 아름다움은 잴 수 없는 법이며, 가장 드높은 진리는 증명의 대상이 아니다"(209면). 작품의 진리는 객관적으로 "증명"될 수 없다. 이 점에서 제네바 학파는 작품 바깥의 현실을 작품 평가의 준거점으로 삼는 맑스주의 비평과는 날카롭게 갈라진다. "그[풀레-인용자]가 보기에 문학이란 저자의 사유가 말로 표현된 어떤 것이었다"(218면). 비평이 밝혀야 할 대상은 작품에 표현된 "저자의 사유"이다. 이때 저자의 사유는 실제 작가가 갖고 있는, 혹은 그렇다고 여겨지는 작가의 세계관이나 의식이 아니다. 전기적 비평(biographical criticism)은 금지된다.

제네바 학파의 문제의식은 이렇게 요약된다. "제네바학파의 구성원들이 폭넓게 합의하고 있는 것은 i)문학은 경험이다; ii)장르 구분은 문학적 경험에서 그리 중요한 것이 아니다; iii)작가의 작품은 작가의 문학적 경험의 단편들이다; iv)비평이 탐구해야 하는 것은 문학 작품 내의 주제와 충동의 내적 유형이다"(229-230면). 그런데 문학적 경험의 단편들은 흩어진 단편이 아니라 작가의 의식으로 통일성을 이룬 단편들이다. 비평은 작품에 표현된 작가의 "경험", 작가의 주관적 경험으로 창조된 작품 내 세계의 "조리정연함"을 따진다. 그 구체적 방법론이 작품에 반복적으로 드러나는 이미지, 모티프, 주제의 분석이다. "주제 분석의 주관적 성격에 대해 비난할 수 있으나, 모든 이해는 언제나 주관적이며, 내부에서 작업해야 동화될 수 있다는 반론을 제시할 수 있다. 문학에서의 객관성이란 내적 조리정연함일 뿐이다"(253면). 이해의 주관성은 비평가도 벗어날 수 없다. 작가가 세계를 주관적으로 이해할 수밖에 없다면, 작가의 경험이 표현된 작품을 읽는 비평가의 읽기 역시 주관적이다.

남는 질문. 어떻게 비평가는 작품에 표현된 작품 안으로 들어가 "내부에서 작업"하고 "동화"할 수 있는가? 흔히 '공감의 비평'으로 정리되는 김현 비평의 문제의식은 이 지점에서 제네바 학파와 통한다. "장르 구분은 문학적 경험에서 그리 중요한 것이 아니"라는 두 번째 정의는 주제비평과 관련된다. "리샤르의 질문적이고 전체적인 방법론의 핵심은 주제라는 개념이다. 제네바 학파의 등록 상표가 되다시피 한 주제라는 개념은 매우 막연하고 모호한 개념이다. 리샤르가 사용하고 있는 주제는, 말라르메가 사용하고 있는 말-뿌리에 가까운 개념이다. 말들이 일상적인 삶에서 벗어나 뼈와 힘줄로 축소되어, 그들의 비밀한 친족 관계를 보여주는 문자나 자음의 집합이라고 말라르메는 뿌리를 규정하고 있는데, 리샤르는 그 규정을 이어받아 세계를 구성하는 구체적인 구성 원칙, 고정적인 도식이나 대상을 주제라 규정한다"(252면). 작품은 작가가 변형시킨 세계의 구성이다. 그런 구성은 언제나 말에 의해서만 가능하다. 주제는 일종의 "말-뿌리"이다. 말-뿌리는 소설에서는 "구체적인 구성 원칙, 고정적인 도식이나 대상"으로 나타나며, 시에서는 전체 시를 이끄는 몇 개의 반복되는 이미지로 나타난다. "그[리샤르-인용자]가 시도하는 것은 '특정 작가의 모든 작품 간에 혹은 한 작품의 모든 영역(심각함, 비극, 형이상학, 소중함, 사랑, 미학, 경박함 등) 간에 필연적으로 그들을 상호 밝혀줄 수 있는 총체적 관계를 성립시켜주는 일'이다. 그러한 작업을 자신은 '거미줄을 뜨는 작업' 혹은 '공명상자 축조'에 비유하고 있다. 그리하여 작가 특유의 언어로 짜여진 천과 상상적 질료로부터 모티브를 추출해낸다. 예를 들어 말라르메의 작품에서는 그가 좋아하는 질료(예: 거울, 불, 가재, 크림, 연기, 거품, 구름, 투명한 물 등), 좋아하는 형태(언덕, 분수, 화관, 손톱, 약동의 절정이나 하강), 반복되어 몽상되는 움직임(분출, 고동, 반사, 왕복운동) 등, 한마디로 우리가 감지할 수 있고 또 그의 문학세계를 구성하고 있는 〈본질적 태도〉를 포착하려 하고 있다."[16]

제네바 학파의 비평방법으로서 주제비평은 작가가 만들어놓은 작품의 구성이나 논리를 수동적으로 따르지 않는다. 작품의 내적 논리를 무시할 수는 없다. 다만 작품 하나하나의 내적 논리보다는 작가의 작품들 전체를 묶어주는 다양한 요소들을 관류하는 어떤 "본질적 태도" 혹은 작가

---

16) 이형식, 「주제비평」, 『현대문학비평의 방법론』 (서울대 출판부 1981) 45-46면.

의 정신에 현상학적 비평은 초점을 둔다. 현상학적 비평은 "한마디로 뜨개질과 같은 작업이다. 즉, 얼핏 보기에 전혀 상관없는 듯한 요소들 간의 내밀한 관계를 찾아 관련을 맺어주며, 암시된 지평을 모색하며, 주로 기억에 의존하며, 작품의 흐름에 자신을 맡기며, 새로운 생명체계를 부여하는 독서이다."[17] 작품에 생명을 부여하는 것은 작가가 아니라 비평가이다. 작품에 나타난 작가의 의식이나 욕망은 그것을 읽는 독자의 의식이나 욕망과의 부딪침에서만 드러난다. 마주침이 없으면 의미도 생성되지 않는다. 바슐라르에게서 김현이 배운 이미지의 현상학을 김현은 독자의 현상학으로 해석한다. "그[바슐라르-인용자]는 독자의식의 현상학을 문제로 삼고 있다. 그가 주목하고 있는 것은 시적 이미지를 산출하는 정신의 현상학이 아니다. 그가 주목하는 것은 미래를 향해 투기하고, 새로운 것을 창조하여 초현실주의자들이 쓰는 의미의 새로운 이미지를 산출하는 창조자의 의식을 분석하는 현상학이 아니라, 그 이미지의 '특수한 실재'를 찾아내는 독자의 의식의 현상학이다. 그의 '의미를 부여하는 의식의 행위' 역시 독자의 그것이다."[18] 작가는 새로운 이미지를 창조하지만, 이미지의 "특수한 실재" 혹은 그 이미지가 표현하는 작가 정신의 "본질적 태도"를 발견하는 것은 독자와 비평가이다. 비평은 창작의 보조자가 아니라 거의 창작과 대등한 위치를 차지한다. 작품을 만든 작가의 의식과 작품을 읽고 의미를 부여하는 비평가나 독자의 의식 사이에 선험적인 우열관계는 없다.

주제비평의 탐구대상은 "문학 작품 내의 주제와 충동의 내적 유형"이다. 시 비평에서 김현이 집중적으로 관심을 기울인 이미지 분석은 단순히 형식탐구가 아니라 제네바 학파가 부각시킨 주제비평과 이어진다. 작품의 내용과 형식은 분리될 수 없다. 프루스트 작품에서 반복적으로 나

17) 이형식, 같은 글, 47면.
18) 김현, 『프랑스 비평사』 212-213면.

타나는 시공간의 문제, 특히 시간의 공간화라는 '주제'로 그의 작품을 분석하는 풀레의 비평이 좋은 예이다. "모든 사물들은 존재하며 서로의 곁에서 생존을 영위하는 걸로 만족한다. 그것들은 밀어내지도 끌어당기지도 않는다. 그런 사물들의 나란히 놓기를 실현하는 것은 한 사람의 행위자 혹은 한 사람의 저자이다. 프루스트의 나란히 놓기는 '같은 행위자와 같은 저자의 현존에 의해 통합된 다양성이지, 어떤 박물관이나 미술관의 벽에 아무렇게나 걸려 있는 그림들의 나란히 놓기가 아니다"(241면). 주제비평에서 작가는 작품을 주관하고 통일성을 부여하는 주체이다. 작품에 드러난 작가의 의식은 겉으로 보기에 다양하고 산만하게 드러나는 작품의 이미지나 주제를 묶어준다. 비평은 이런 작가 의식의 "통합된 다양성"을 해명해야 한다. 비평은 작가의 의식과 비평가나 독자의 의식의 만남이다. 의미는 의식의 만남에서 사후적으로 생성되는 것이지 객관적으로 미리 주어져 있는 것이 아니다. "레이몽과 마찬가지로 베갱 역시 진정한 문학비평이란 주석자가 저자가 창조한 세계의 내부에 자리를 잡아야만 가능하다고 주장한다. 비평가는 시인의 정신적 모험과 일치하여야 한다."[19]

비평은 작가의 의식에 자기의 의식을 합치려는 욕망의 표현이다. 작가의 원초적 경험에 닿으려는 비평가의 욕망이 작동한다. 리샤르의 비평관은 김현의 '공감의 비평'론을 요약한다. 비평가가 파악하려고 하는 것은 "작품의 내적 움직임이다. 그 움직임을 파악하기 위해서는 그 텍스트에 대한 비평가의 공감이 있어야 한다. 그 기준은 매우 주관적인데, 사실 비평은 주관적이어야 한다. 비평 행위의 시초에는 하나의 순수한 공감의 태도—읽는 사람의 것인 하나의 독창성이 작가의 것인 다른 하나의 독창성에 절대적으로 결합되는 그런 공감의 태도가 있어야 한다. 비평 작

---

19) 김현, 같은 책, 314면.

업의 토대는 그런 내면적이며 감탄을 토대로 한 접촉이다."[20] 내적 세계의 가치는 어떻게 평가할 수 있을까? 두 개의 사유가 "창조적으로 부딪"친다고 할 때 창조성의 성격은 무엇일까? 깊은 주관주의로 요약되는 제네바 학파의 문제의식에는 십분 공감이 가면서도, 자칫 이런 식의 주관주의가 비평의 상대주의로 이어질 수 있겠다는 의문은 남는다. 제네바 학파를 대표했던 비평가였던 풀레의 고민도 여기 있다. "비평은 불완전하고 인상주의적인 것으로 그[풀레-인용자]에게 나타났다. 그렇다면 작품을 작품의 흐름에 따라 이해해야 할 것인가, 아니면 자신의 사유에 의해 인위적인 질서를 부여해야 할 것인가? (중략) 그 계기를 이뤄준 사람들이 제네바 학파의 대부들이라 할 수 있는 레이몽, 베갱 등이었다. 그는 그들에게서 저자의 사유와 비평가의 사유가 창조적으로 부딪쳐 새로운 내적 세계를 이루는 것을 직관적으로 체득한 것이었다"(218면).

5. 굳어진 객관성을 넘어서기

비평의 객관적 척도가 없다면 읽기와 비평은 "불완전하고 인상주의적"일 수밖에 없다. 그렇다면 비평이 감상과 다른 점이 좀 더 섬세한 읽기나 논리의 구사여부에만 있는 것일까? 비평가가 자신을 자극하는 어떤 작품을 제대로 읽는다는 것은 무슨 뜻일까? 비평가는 자신을 끌어당기는 작품 읽기에서 깊은 공감이나 충격을 느낀다. 비평가의 공감이나 충격은 주관적이다. 비평가의 주관적 읽기가 다른 독자들에게 '객관적'인 설득력을 발휘하는 근거는 무엇일까? 예컨대 김현 비평의 한 정점이라 할만한 글인 「속꽃 핀 열매의 꿈」이 나를 비롯한 독자들에게 발휘하는 힘은 어

---

20) 김현, 같은 책, 326면.

디에서 나오는 것일까? 김현은 김지하의 시를 읽으면서, 시인이 만들어 낸 시의 세계에 숨겨진 작가의 무의식을 밝히고 싶은 욕망을 느낀다. 김현은 이 글에서 "글 쓰고 싶다는 내 욕망을 자극하는" 시란 무엇인가를 묻는다. "내 마음의 움직임과 내 마음을 움직이게 한 글을 쓴 사람의 마음의 움직임은 한 시인이 '수정의 메아리'라고 부른 수면의 파문처럼 겹쳐 떨린다."[21] 비평은 비평가의 내면을 자극하는 글에 반응하고 싶은 욕망의 표현이다. 텍스트에 드러난 작가의 마음이 왜 자신의 마음의 움직임을 이끄는가? 이 질문에 답하기 위해 김현은 시에 드러난 시인의 의식, 혹은 욕망을 분석한다. 그래서 시인의 욕망을 분석하고 싶어 하고, 시의 어떤 대목에 불편해하거나 공감하는 김현 자신의 무의식을 들여다보고 싶어 한다. 먼저 김현은 반복되는 혹은 강조된 이미지의 주제비평적 분석을 통해 작가의 의식을 밝힌다. "세계는 고통스러운 곳이다. 그 속에는 그러나 꽃이 있다라는 화해로운 인식이 이뤄지는 대신, 아니 그 인식이 계속 유예되면서 검은 마술의 세계가 갑작스럽게 제시되는 이 시는, 그것 때문에 오히려 시적 긴장을 획득한다. 왜냐하면 화해로운 인식이 이뤄지는 순간에, 말이나 말로 이뤄지는 시의 세계는 이미 거추장스러운 걸리적거림의 대상이 되기 때문이다. 계속 시를 쓰기 위해서는 그 인식이 계속 유예되어야 한다. 해소는 유예되고 그 해소에 대한 그리움만이 남아야 시를 쓸 수 있다."[22] 최종적이며 완결적인 세계인식은 없다. 인식은 유예된다.

김현의 시 분석에서 바슐라르의 이미지 연구와 객관화의 인식론과 제네바 학파의 주제비평은 완미하게 결합된다. 그렇지만 시 읽기에서 가치평가의 문제는 여전히 남는다. 어떤 시가 좋은 시인가? 비평가나 독자의 내면의 욕망을 자극하는 작품인가? 작품에 드러난 작가의 의식이나 욕

---

21) 김현, 「속꽃 핀 열매의 꿈」 57면.
22) 김현, 같은 글, 66면.

망이 작품을 읽는 독자나 비평가의 의식이나 욕망을 되돌아보게 만드는 작품이 좋은 작품인가? 김현은 그렇다고 답한다. 이런 식의 비평관을 손쉽게 주관주의나 심리주의라고 비판할 수 있을까? "그러나 그 앎만으로 충분하지 않다. 나는 왜 2련에서 특히 몇몇 말들을 강조하여 읽었을까? 그것은 내가 여성성에 무의식적으로 침잠해 있기 때문이 아닐까? 무의식적으로 나는 갈등이 해소되어 편안해진 상태, 노자가 박명의 상태라고 부른 상태를 희구하고 있었던 것이 아닐까? 나의 무의식은 검은 마법의 세계에 대해 겁을 내고 있는 것이 아닐까? 나는 무릎 꿇고 내 마음을 들여다보기 시작한다. 컴컴하다. 편안치 않다."[23] 김현의 시 분석은 정치하고 설득력이 있다. 그렇게 김현의 시 분석에는 "저자의 사유와 비평가의 사유가 창조적으로 부딪쳐 새로운 내적 세계를 이루"는 장관이 펼쳐진다. 그래도 질문은 남는다. 두 개의 의식이 부딪쳐 만드는 "내적 세계"에서 읽기의 객관성은 어떻게 확보되는가? 혹은 이런 질문 자체가 잘못 제기된 질문인가? 어떤 면에서 읽기와 비평은, 제네바 학파의 날카로운 지적대로 주관성의 덫을 벗어날 수 없다. 바슐라르의 지적대로 문제는 객관성이 아니라 객관화의 방법이다. 그렇다면 주관적 경험의 표현인 문학의 경우 평가의 객관적 기준은 존재할 수 없는가? 이 질문에 김현은 명확한 답을 내놓지는 않는다. 이 문제를 대하는 제네바 학파의 입장에 대한 김현의 설명에서 해답의 실마리를 얻을 수는 있다. 제네바 학파의 입장을 요약하면 "문학은 좋다 나쁘다라고 판단할 수 있는 미적 대상이 아니라, 인간의 경험이 드러나 있어, 그것을 읽는 자의 경험과 합치되기를 바라는 마주침의 자리이다."[24]

김현 비평의 준거점은 주관적이나 단지 주관성에 머물지 않고 그것을 넘어서려는 성찰의 깊이에 있다. 심리주의 비평으로 자신을 자리매김하

---

23) 김현, 같은 글, 67면.
24) 김현, 『프랑스 비평사』 309면.

는 시각에 반대하면서 김현은 자신의 비평을 '분석적 해체주의'라고 규정했다. "분석적 해체주의란 문학이 우리가 익히 하는 경험적 현실의 구조 뒤에 숨어 있는, 안 보이는 현실의 구조를 밝히는 자리라고 믿는 세계관을 뜻한다."[25] 김현이 바슐라르에게 기대어 강조하듯이, 우리는 "경험적 현실의 구조"를 넘어서기 쉽지 않다. 그만큼 우리의 인식은 주관적이다. 하지만 텍스트 읽기와 비평은 읽기를 자극하는 주어진 텍스트의 읽기, 그리고 다른 읽기들과의 '생산적 대화'를 통해서 우리 자신이 시도한 애초의 읽기와 생각을 되돌아보게 한다. 되돌아보기를 통해 "안 보이는 현실의 구조"가 조금씩 모습을 드러낸다. 이것이 김현이 스스로를 분석적 해체주의자라고 자리매김한 이유다. 다른 입장만이 아니라 자신의 입장을 분석하고 해체하는 분석적 해체주의자인 김현의 비평에 나는 공감의 한 표를 던진다. (2008)

---

25) 김현, 「비평의 유형학을 향하여」, 『분석과 해석/보이는 심연과 안 보이는 역사전망』 234면.

소설은 왜 읽는가

—김현의 소설론

1. 김현 비평의 유형학

이 글은 욕망이론에 근거한 김현 비평의 문제의식을 일목요연하게 보여주는 글인 「소설은 왜 읽는가」를 중심으로, 그리고 그와 관련된 몇 편의 김현 비평문을 연결해 읽으면서 김현 비평의 현재성을 가늠해본다. 4·19세대의 일원으로서 김현 비평의 문학사적 의미에 대해서는 여러 분석이 있어왔다. 특히 외국문학이론을 창조적으로 수용하여 한국문학에 적용하려 했던 김현의 작업은 주목할 만하다. 이런 점은 같은 4·19세대 비평가라 할 김우창이나 백낙청과도 통하는 점이다. 통상 '공감의 비평'으로 지칭되는 김현 비평의 이론적 근원은 범박하게 정리하면 정신분석비평, 현상학적 비평, 그리고 이미지(주제) 비평으로 요약할 수 있다. 김현이 그 나름의 시각으로 정립한 이런 비평론은 비평의 욕망이론으로 정리되며, 이후의 비평가들에게 큰 영향을 미친다. 외국 이론을 무비판적으로 추종하는 것이 아니라 그런 이론들을 한국의 현실에 맞춰서 변용하면서, 한국비평사에서 그 나름의 명확한 이론체계를 갖고 비평을 했던 김현의 작업은 큰 의의를 지닌다. 이 글에서 다시 읽어보려는 비평문인 「소설은 왜 읽는가」는 이런 김현 비평의 이론적 원천이 무엇인지를 에세이적 문체로 명료하면서도 설득력 있게 보여준다. 특히 김현 비평에서 정신분석학적 욕망이론과 현상학적 주제비평이 어떻게 완미하게 결합되어 나타나는가를 예시한다.

작가도 그렇지만 비평가는 통시적(역사적) 맥락과 공시적(상황적) 조건을 고려하면서 자신의 글쓰기 활동을 조감한다. 그런 자의식이 없이 좋은 작가나 비평가가 되기는 힘들다. 비평은 곧 되묻기이며 그 반성에는 다른 사람들의 글을 '비평'하는 비평가 자신도 포함된다. 한글로 사유하고 글쓰기를 했던 제1세대 비평가로 자임했던, 그리고 4·19 시민혁명의 자장 아래 있었던 김현에게 글쓰기의 성찰은 거의 강박적으로 그의 작업에서 드러난다. 김현은 자신을 포함한 당대의 비평가들의 유형을 이렇게 나눈다. "내가 비평가들을 세 범주로 나눈 것은, i)모든 비평은 비평가의 문학관의 개진이다 ii)비평가의 문학관은 그의 세계관의 표현이다라는 생각에 의해서이다. 그 세 범주란 문화적 초월주의, 민중적 전망주의, 분석적 해체주의이다. 문화적 초월주의란 문학이 현실 세계를 초월하는 가치를 갖고 있다라고 믿는 세계관을 뜻하며, 민중적 전망주의란 문화란 민중에 의한 세계 개조의 실천의 자리이며 도구이다라고 믿는 세계관을 뜻하며, 분석적 해체주의란 문학이 우리가 익히 아는 경험적 현실의 구조 뒤에 숨어 있는, 안 보이는 현실의 구조를 밝히는 자리이다라고 믿는 세계관을 뜻한다. 같은 분석이지만, 문화적 초월주의에 있어서는 분석은 가치 판단이며 민중적 전망주의에 있어서는 실천 행위이며, 분석적 해체주의에 있어서는 해체-구축이다. 작품은 물론 가치 판단을 가능케 하는 동적 존재이며, 실천 행위를 고취하는 움직임이며, 숨은 구조가 드러나는 자리이다."[1]

여기에는 김현 비평의 문제의식이 적절하게 요약되어 있다. 김현은 자신을 "분석적 해체주의"에 자리매김한다. 문학에서 중요한 것은 "경험적 현실의 구조"가 아니다. 작가들은 세계의 경험적 구조를 그 나름의 방식으로 변용해 작품에 표현한다. 비평은 작품이 표현하는 일상세계의 구조를 분석하는 데 그치지 않는다. 그리고 그런 차원에 머문 작품은 훌륭한 작품이 될 수 없다. 분석적 해체주의는 눈에 보이는 세계만이 아니라 작품이 보여주는 "안 보이는 현실의 구조"에 관심을 둔다. 훌륭한 작품이 투박해진 일상적 인식과 언어로는 파악하지 못하는 세계의 숨은 구조와 진실을 표현하듯이, 좋은 비평은 그런 작품이 보여주는 비가시적 세계에 주목한다. "안 보이는 현실의 구조"가 정신분석비평의 대상인 무의식, 욕망의 뿌리, 혹은 사회적 구조이다. 따라서 분석적 해체주의는 해체-구축의 비평이다. 보이는 세계의 구조를 해체하면서 그 밑에 숨은 현실의 구조를 재구성한다. 그렇게 해체와 구축은 하나가 된다. 그렇게 되면 보이는 세계는 분석 이전의 세계가 아니라 비평행위에 의해 재구축된 구조물이 된다. 초기 김현 비평에서 일관되게 나타나는 것은 세계의 해체와 재구성에서 욕망과 인식이 어떻게 개입되는가라는 질문에 대한 답을 찾으려는 시도다. 이 글의 검토대상인 「소설은 왜 읽는가」를 살펴보기 전에 김현 비평의 원형인 그의 초기비평의 세계를 잠시 살펴봐야 할 이유이다.

---

1) 김현, 「비평의 유형학을 향하여」, 『분석과 해석/보이는 심연과 안 보이는 역사 전망에 대하여: 김현문학전집 7』 (문학과지성사 1992) 233-234면.

2. 만남의 문학

김현의 첫 비평집 『존재와 언어』[2]는 1964년 자비로 출판되었다. 만 22세 때 나온 책이다. 말 그대로 약관의 저서이다. 그런 만큼 이 책은 치기 어린 구석이 적지 않다. 논리는 덜 가다듬어져 있고 문체 또한 서투른 인상을 준다. 이 평론집은 한국문학 비평이 아니라 불문학 연구논문모음이다. 그러나 동시에 이 책에는 김현 비평의 원형질이 담겨 있다. 단연 눈길을 끄는 것은 욕망에 대한 김현의 지속적인 관심이다. 「소설은 왜 읽는가」에서도 나타나듯이, 김현은 바슐라르의 꿈과 욕망이론에 기대 그만의 독특한 욕망이론과 비평을 실천하게 되는데 첫 평론집에도 그런 사유의 단초가 드러난다. "시인의 위치도 이와 같다. 시인의 마음속에 소용돌이치고 있는 하나의 욕망, 릴케가 그의 서한 속에서 '쓰지 않고는 견딜 수 없게끔'이라고 시인의 마음 상태에 대해 말하였을 때의 그것을 일으킨 욕망이 그의 마음속에 내재하고 있는 것이다. 이것은 인간 공유의 어떤 욕망이다. 태어나면서부터 인간이 가지고 있는 욕망이다"(12면).

  김현이 보기에 글쓰기의 욕망, 시 쓰기의 욕망은 본래적으로 주어진 것이다. 그것은 "인간 공유의 어떤 욕망"이다. "태어나면서부터 인간이 가지고 있는 욕망"이다. 그러면 작가나 시인이 보통 사람들과 다른 점은 무엇일까? 글쓰기의 욕망은 자기표현의 욕망이다. 하지만 그 욕망은 자연스럽게 주어진 욕망이 아니다. 설령 타고난 욕망이라 할지라도 그것이 발현되기 위해서는 다른 것들이 필요하다. 시인의 글쓰기 욕망은 어떤 조건에서 싹을 틔우는가? "길거리에서 '그대(상상적)'가 '나(현실적)'를 만났을 때 이야기하려는 욕망이—서로의 세계에 대해서—있으되 말을 하지 않는다는 것은 그들이 그들 사이에 존재하고 있는 심연을 보았기 때

---

2) 김현, 『존재와 언어/현대 프랑스 문학을 찾아서: 김현문학전집 12』 (문학과지성사 1992). 이하 이 책의 인용은 면수만 병기.

문이다. 그 심연은 그것을 보지 못하는 사람에게는 아주 연약할 수 있다. 그것은 그것을 모르는 자에게는 하나의 '작위'이며 '거짓'일 수 있다"(18면). 김현 비평에 있어서 중요한 열쇠말은 만남과 공감이다. 한 존재가 다른 존재와 만난다는 것은 무엇인가? 공감한다는 것은 무엇인가? 그것은 다양하게 변주된다. '나'라는 존재자체도 분열된다. 나는 "그대(상상적)"이며 동시에 '나(현실적)'이다. '나'와 내가 읽는 '텍스트'의 거리가 생긴다. 그 간극에서 "이야기하려는 욕망"이 나타난다.

이런 이야기의 욕망을 극한적으로 표현한 시인으로 김현은 말라르메와 보들레르를 꼽는다. 먼저 말라르메의 경우. "이런 병자들만이 가득 차 있는 세계는 말라르메에게는 견딜 수 없는—그리하여 거기에서 벗어나려는 느낌을 강렬하게 던져주는 것이다. 이러한 세계의 발견은 다시 말하자면 정신(이상)과 육체(현실)의 이원성을 인지하기 시작했음을 말하는 것이다"(91면). 현실이 끔찍하고 세계가 병자들만이 가득 차 있을수록 "정신"은 그 "현실"에서 벗어나려고 한다. 그런 벗어남이 단순한 현실 초월이나 도피는 아니다. 요는 정신과 현실의 거리를 냉철하게 인식하는 것이며, 현실의 추함을 가능한 그대로 보여주는 것이다. 그런 점에서 보들레르와 말라르메의 시는 교화나 가르침의 시가 아니다. 그들의 시는 보여줄 뿐이다. 하지만 그 보여줌에서 어떤 강렬한 힘이 나온다. 김현에게 좋은 시와 문학은 정답을 가르치는 것이 아니라 강렬하게 보여주는 문학이다. "그[말라르메-인용자]의 시는 우리에게 인간이 무 앞에서 얼마나 무력한가를 아르켜준다. 다만 그의 시는 '어떻게 살아라'를 말하지 않을 뿐이다. 그러나 삶이란 사르트르가 말한 대로 저마다 사는 것이다. (중략) 당신[말라르메-인용자]의 시는 우리를 '어떻게' 살라고 가르쳐주지 않는다. 다만 그런 문제를 제기시켜줄 뿐이며, 우리는 거기에서 말할 수 없는 감사를 느끼는 것이다"(105면). 이 대목은 김현 비평에서 지속적으로 드러나는 특징을 요약한다. 말라르메의 시가 보여주듯이, 문학은 삶에 대한 정답을 제시하지 않는다. 그리고 우리에게 "'어떻게' 살라고 가르쳐주지 않는다." 왜냐하면 삶에는 정답이 없고, 사람들은 각자의 삶을 "저마다 사는 것이"기 때문이다. 그 수많은 삶을 통약할 수 있는 초월적 정답은 없다.

초기 김현의 문제의식은 「소설은 왜 읽는가」에서 비슷하게 반복된다. 세계의 객관적 물질성은 있다. 그러나 그 물질성이 자신을 있는 그대로 드러내는 법은 없으며, 세계는 언제나 각 주체의 언어와 사유에 의해 굴절되고 해석된 프리즘을 통해 수용된다. 세계의 정답을 찾으려는 시도는 다른 학문들이 한다. 문학은 섣부른 객관화와 추상적 진리의 확정을 경계하면서, 개별성의 진실에 주목한다. 각자의 삶이 제대로 된 삶인지, 혹시 다른 삶의 가능성은 없는지, 그런 문제를 제기시켜줄 뿐이다. 문학은 부드럽게, 하지만 근원적으로 사람들에게 자기를 '돌아보기'를 권한다. 김현이 평생 동안 욕망이라는 화두를 포기할 수 없었던 이유도 '돌아보기'로서의 문학 혹은 비평이라는 그의 문제의식이 작용했던 까닭이다.

김현 비평의 표제어처럼 된 '공감의 비평은' 초기 비평문에서는 '만남'이라는 말로 표현된다. "내가 발견한 하나의 열쇠—그것은 '만남'의 열쇠이었다. '사랑은 너와 나 사이에 있다'는 부버의 명제에서 불발한 '만남'은 시간이 감에 따라 '영과 혼'이라는 말라르메, 쥘리앙 그린적인 명제로, '나와 세계'라는 사르트르, 하이데거적인 명제로 옮아가고 있다. 이 유동이, 이 흔들림이 어디서 끝나는지 나는 모른다. 그러므로 여기서 시도하고 있는 존재와 언어의 상관관계도 하나의 흔들림, 나의 영원한 흔들림에 불과한 것이다. 내가 확실히 말할 수 있는 것은 다만 고정되어 응결하고 썩어 냄새나는 안정성을 내가 제일 싫어한다는 그것뿐이다"(199-200면). 김현에게 문학은 '나'와 타자의 만남을 사유할 수 있는 가장 의미 있는 행위 중 하나다. '만남'이라는 키워드는, 만남 속에서 성찰되는 각 존재의 자기성찰과 관련된다. 들뢰즈가 지적한 대로, 인간의 모든 사유는

'나'를 자극하는 낯선 기호들에 부딪침으로서만 작동한다. 만남이 없으면 사유도 없다. 인간의 상징행위에서 만나는 대상들, 사람, 작품, 이미지, 넓은 의미의 세계는 모두 '나'를 자극하는 낯선 기호들이다. 인간은 그런 '만남'을 통해서만 뭔가를 배운다. 만남이 없으면 '나'의 인식은 "다만 고정되어 응결하고 썩어 냄새나는 안정성"에 결박된다. 안정성은 문학적 사유의 가장 큰 적이다.

3. 소설은 왜 읽는가?

평문 「소설은 왜 읽는가」[3]는 앞서 설명한 김현 비평의 문제의식을 집약해서 보여준다. 이 글은 그 형식과 문체에서도 김현 비평의 특장을 드러낸다. 말년으로 갈수록 김현은 비평의 본원적 성격인 에세이 스타일에 매혹되었다. 그는 명료하고 압축적으로 자신의 생각을 표현하는 단장형식을 선호하게 되는데 이 글도 그런 변모의 일단을 보여준다. 김현은 먼저 이야기를 듣기를 원하는 본원적 욕망에 주목한다. 김현에게 인간은 이야기에 사로잡힌 서사적 인간이다. "어린애였을 때의 나의 삶은 말타기 · 자치기 · 구슬치기 · 제기차기 · 흙먹기 등의 놀이의 공간과 그 이야기의 공간으로 이루어져 있었던 것 같다. 이야기의 공간 속에서 나를 끝내 놔주지 않은 것은 호기심이었다. 내가 살고 있는 그 좁은 공간 밖에 무엇이 있을까 하는 호기심을 옛날이야기들은 끊임없이 자극하고 있었다. 이야기를 아무리 들어도 그 호기심은 채워지지 않는다. 호기심은 채워지지 않지만 이야기를 듣다 보면, 내가 살고 있는 삶과는 다른 어떤 삶이 있는 것은 분명하게 느껴졌다. 호기심은 이야기를 들을 때의 그 만족 혹

---

3) 김현, 「소설은 왜 읽는가」, 『분석과 해석』. 이하 이 글의 인용은 면수만 병기.

은 행복의 느낌과 교묘하게 융합하여 삶의 공간을 부드럽게 만들고 있었다. 그렇다면 그 호기심은 어디에서 생겨나는 것일까"(216면). 인간은 "이야기의 공간"에 산다. 인간의 삶에는 언제나 이야기가 있었다. 그것이 설화적 형태의 "옛날이야기"인가 혹은 소설이나 시인가는 중요하지 않다. 인간에게는 이야기를 듣고 싶어 하는 본원적 욕망이 있기에 그 이야기를 해줄 사람이 필요해진다. 그들이 이야기꾼 혹은 작가이다. 여기에는 인식과 감성의 형성에서 직간접적 체험이 지니는 역할에 대한 김현의 강조가 작용한다. 경험 없이 인간은 성장하지 못한다. 그런데 인간이 할 수 있는 직접적인 경험의 폭은 언제나 제한된다. 우리의 경험은 가정과 학교와 사회에서 교육과 독서와 문화적 교양의 습득으로 획득된 간접적 경험에 의해 대부분 형성된다.

김현에게 이야기와 문학은 그런 간접적 경험을 통한 새로운 세계인식을 가능하게 해주는 유력한 수단이다. 이야기는 "내가 살고 있는 삶과는 다른 어떤 삶"의 존재, 나와 다른 인식과 감성의 존재를 깨닫게 해준다. 그럴 때 '나'와 다른 존재들은 어떻게 만나야 하는가. 여기서 김현 초기 비평부터 지속적으로 강조되는 '만남'의 문제가 제기된다. 타자와의 만남은 다시 왜 '나'와 그들은 이렇게 다른가라는 호기심, 혹은 세계에는 얼마나 다른 존재들과 인식들과 감성들이 있는가라는 호기심을 낳는다. 이런 호기심의 뿌리는 무엇인가? "그 호기심의 심리적 자리를 끝까지 파헤쳐 본 정신분석학은 그 자리가 욕망이라고 말한다. 사람의 마음은 편하고 즐겁게 살고 싶다는 생득적 욕망을 갖고 있다. 그러나 자기 하고 싶은 것을 다 하고 살 수는 없다. 그래서 사람들이 무리를 이뤄살게 된 후에, 그 욕망을 최소한으로 규제하려는 시도가 생겨나게 된다. 정신분석학에서는, 자기 하고 싶은 대로 하고 싶어 하는 욕망을 쾌락원칙이라고 부르고 그것을 규제하는 법규들을 현실원칙이라고 부른다. 쾌락원칙이 현실원칙에 의해 적절하게 규제되지 않으면 사회는 성립될 수 없다. 그 현실원칙 중에서 제일 중요한 것은, 아버지는 딸과 동침해서는 안 되며, 어머니는 아들과 성적 관계를 맺어서는 안 된다는 금기이다. 그 금기 때문에 욕망은 억압되고 억압된 욕망은 원래의 욕망을 변형시켜 그 모습을 드러낸다. 이야기는 바로 그 욕망을 변형시켜 드러낸 것이어서 사람들의 한없는 호기심을 자극한다. 이야기에서 사람들은 자기욕망의 시원의 모습을 감지할 수 있다"(216면). 이 대목은 김현이 한국문학비평의 현장으로 생산적으로 받아들이고 적용한 욕망이론의 문제의식을 집약한다.

김현이 가족 안에서 벌어지는 욕망의 문제를 '가족 로맨스'로 단순하게 이해하는 것도 사실이고, 근친상간 금지에 관한 오이디푸스 콤플렉스의 의미를 라캉적인 이해, 즉 상상계-상징계-현실계의 사회문화적 지평 속에서 폭넓게 조명하지 못하는 것도 눈에 띈다. 하지만 그런 디테일의 문제를 떠나서, 김현에게 중요한 것은 욕망과 이야기, 서사를 연결지으려는 비평적 태도이다. 김현에게 이야기는 억압된 욕망의 승화된, 혹은 굴절된 표현이다. 욕망이론에 기대어 김현은 감춰진 욕망을 품고 있는 존재로 인간을 규정한다. 그리고 욕망을 "변형"시키는 이야기의 힘에 주목한다. "이야기를 하는 사람이나 이야기를 듣는 사람이나, 그 마음의 뿌리는 쾌락의 원칙에 가능하면 가까이 가, 현실원칙의 금기를 이겨 보려는 욕망이다. 쾌락원칙이 현실원칙을 이길 수는 없다 쾌락원칙이 현실원칙을 이길 때, 사회는 유지될 수 없다. 사회는 그래서 쾌락원칙을 쫓는 사람들을 감옥이나 정신병원으로 보낸다. 이야기는 그 감옥이나 정신병원에 들어가지 않기 위해 쾌락원칙이 현실원칙을 피해 자신을 드러내는 자리이다. 아니다. 이야기는 쾌락원칙이 자신을 드러내는 자리가 아니라, 현실원칙이 쾌락원칙을 어떻게 억압하고 있으며, 그것은 올바른 것인가 아닌가를 무의식적으로 반성하는 자리이다"(218면). 이야기를 읽고 해석하면서 우리는 각자의 감춰진 욕망을 마주하게 되고, 그 수많은 욕망들의 동일성과 차이를 알게 된다. 이야기는 그 이야기를 말하고, 쓰고, 듣고, 읽는 이들이 자신과 타자의 욕망에 대해 "무의식적으로 반성하는 자리"이다. 이야기가 제공하는 욕망의 동일성에서 우리는 위로를 얻고, 욕망의 차이에서 그 차이를 해명하고 싶은 호기심을 느끼게 된다. 그래서 우리는 계속해서 이야기를 욕망하고 읽는다.

작품 비평에서도 김현의 이런 관점은 일관되게 나타난다. 그 좋은 예가 김현이 아꼈던 작가인 김원일을 다룬 비평인 「이야기의 뿌리, 뿌리의 이야기」[4]이다. 이 글에서 김현은 "이야기의 심리적 기원"을 해명하려는 비평적 욕망을 드러낸다. "이야기하는 주체는 심지어 수다를 통해서도, 무의식적으로 이야기하지 않으면 견딜 수 없는 어떤 것을 밖으로 드러내려 하며 그 드러남은 흔히 감춰진, 혹은 변형된 드러남이라는 것을, 단순한 형태의 이야기이건, 복잡한 형태의 이야기이건, 이야기의 종류에 관계없이, 따져보려 한다. 그 따짐은 그러니까 이야기의 심리적 기원을 따지는 것이지, 이야기 내의 형식적 구조를 따지는 것이 아니다"(「이야기」 311면). '소설은 왜 읽는가'에서 표명된 이야기하기와 이야기듣기의 욕망학을 정확히 반복하면서 김현은 "변형된 드러남"은 이야기하는 자의 욕망 때문이라는 것을 밝힌다. 욕망들은 우선 가족관계에서 작동한다. "그 구체성은 그 소설들에 있어서 가족 관계라는 이름을 갖고 있다. 하나의 사건을 둘러싼 가족들의 여러 형태의 반응이 이야기를 풍부하게 만들고 구체적으로 만든다. [김원일이 쓴—인용자] 그 다섯 편의 소설에 다 같이 나타나는 가족은, 아버지·어머니·나·동생·누나 등인데, 화자가 깊은 관심을 갖고 뒤쫓고 있는 것은 거의 언제나 어머니와 동생(혹은 튼튼치 못한 형제·자매)이다. 이야기하는 주체가 언제나 연민의 정으로 되돌아보는 것은 성치 못한 형제(자매)이며, 어머니를 보는 그의 눈초리엔 애증이 겹쳐 있다"(「이야기」 313면).

---

4) 김현, 「이야기의 뿌리, 뿌리의 이야기」, 『분석과 해석』. 이 글의 인용은 「이야기」로 약칭하고 면수만 병기.

욕망은 관계가 있어야만 발생한다. 그래서 가족관계의 구조적 분석이 중요해진다. 그 관계에서 작동하는 정서적 태도인 연민, 애증 등의 정서적 뿌리를 파악해야 한다. "관계를 이해하려면, 우선 관계항을 알아야 한다. 관계항의 첫머리는 언제나 아버지이다. 그 아버지는 부재하는 아버지이어서 관계의 숨은 원리로 작동하지 드러난 원리로 작동하지는 않는다"(「이야기」 313면). 여기서 숨은 아버지는 정신분석학적 비유가 아니라 수많은 숨은 아버지들이 존재했던 한국현대사의 역사적 질곡과 관련된다. 드러난 원리가 아니라 숨은 원리이기에 아버지의 의미를 분석하는 게 관건이 된다. 아버지는 왜 숨어야 했는가? 혹은 왜 사라질 수밖에 없었나? 이 질문에서 가족로맨스로서 소설은 가족을 넘어선 사회역사적 맥락과 조우한다. "드러난 원리"를 이해하려면 겉으로 드러난 이야기에만 집착해서는 안 된다. 원리는 반복되는 이미지들, 정서들을 통해 파악된다. "그 정황을 이해하기에 이르는 과정은 느리고 완만하지만, 그 계기는 경련적이고 충격적이다. 죽음·매질·다짐·울음 등의 계기를 통해 화자는 서서히 자기가 세계의 중심, 가족의 중심임을 깨닫기 시작한다"(「이야기」 319면).

김원일 작품에서 반복되는 이미지나 모티프에 김현은 주목한다. 김현 비평의 또 다른 축인 현상학적 주제비평의 영향이 나타난다. 반복되는 모티프 분석을 통해 김현은 아버지-어머니-아들 사이의 숨겨진 관계를 드러낸다. 김원일의 경우에 그 모티프들은 "죽음, 매질, 다짐" 등이다. 인물들이 보여주는 행위와 말, 그리고 그 행위와 말에서 표현되는 죽음의 반복적 제시가 김원일 소설이 감추고 있는 작품의 욕망들이다. "부재하는 아버지는 비현실이며, 곁에 있는 어머니는 현실이다. 부재하는 아버지를 놓고, 나와 어머니는 새 관계, 아버지-아들, 아내-어머니의 관계를 구축한다. 부재하는 아버지가 심리적 질곡으로 작용하지는 않는다. 부재하는 아버지는 가족들의 결속을 다져주는 긍정적 역할을 맡는다. 다시 말해 이야기하는 화자에겐 외디푸스 콤플렉스가 없다. 옛날에 아버지가 있었다, 그 아버지는 죽고, 내가 곧 아버지가 되었다. 외디푸스 콤플렉스는 아버지가 되려는 심리적 움직임이다"(「이야기」 321면). 김현은 아버지-어머니-자식 관계가 만들어내는 욕망의 삼각형을 가족 관계 밖의 더 넓은 현실인 한국 현대사의 비극과 연결시킨다. 아버지의 부재는 단지 상징적 부재가 아니다. 아버지는 실제로 없다. 그는 이념 갈등의 희생자로 사라졌다.

하지만 아버지가 부재하기에 외디푸스 콤플렉스가 없다는 김현의 분석은 소박한 해석에 머문다. 라캉이 예리하게 지적했듯이, 정신분석학에서 아버지는 단지 생물학적 아버지가 아니다. 그는 상징적 아버지이자 자식들의 삶을 규율하는 언어, 문화, 이데올로기, 혹은 사회적 규율이다. 대타자 아버지의 존재가 문제가 된다. 아버지가 사라졌기에 아들은 상징적 아버지, 가짜 아버지가 되어야 한다. "그 변덕의 진짜 의미는 나는 내식으로 마음대로 살고 싶어요이지만, 그는 어머니 때문에 어쩔 수 없이 가짜 아버지가 된다. 그것을 우리는 성숙이라고 부른다. 성숙한 의식은 가짜 아버지의 의식이다. 그것을 사회화라고 불러야 할까, 자기 기만이라고 불러야 할까? 아노마 상태의 사회에서는 그것이 자기 기만이겠지만, 안 그런 사회에선 사회화일 것이다"(「이야기」 324면). 김현은 한국현대소설에서 주인공이 보여주는 성숙, 교양의 의미를 묻는다. 그것은 성숙이라기보다는 자기 기만에 가깝다. 김원일 소설이 전형적으로 보여주듯이, 한국소설에서 인물들의 심리적 뿌리를 파헤치면 그 뿌리는 곧 사회적 뿌리와 연결된다. 김현은 이 두 뿌리의 연결에 대해 더 깊은 천착을 보여주지는 않는다. 그러나 소설의 심리적 분석과 사회적 분석이 사실은 동전의 양면임을 파헤친 데 김현 비평의 미덕이 있다.

4. 욕망들의 세계

정신분석비평과 함께 김현비평의 골간을 이루는 방법론은 현상학적 비평이다. 김현은 독자나 비평가의 의식과 욕망에 굴절될 수밖에 없는 세계의 수용을 깊이 천착한 현상학적 비평에 강하게 영향을 받았다. 20세기 초반부 세계전쟁과 경제적 혼란, 근대과학주의와 기술주의적 인식론에 대한 강한 환멸을 배경삼아 탄생한 현상학의 기본적 문제의식은 주체가 세계와 맺는 관계, 비평적으로 표현하자면 주체의 세계 재현의 양상에 대한 관점 전환에 있다. 객관주의, 과학주의는 배격된다. 이런 배격은 현상학만이 아니라 현대물리학의 작업에서도 확인된다. 실험하는 과학자의 주체성을 고려하지 않는 과학적 객관성은 존재하지 않는다. 심지어 과학의 경우에도 주체의 인식과 태도가 실험의 결과에 영향을 미친다. 욕망하는 주체들의 관계에 대한 김현의 관심은 곧 그 욕망하는 주체들은 각기 세계를 어떻게 받아들이는가라는 현상학적 질문으로 이어진다. 우리들의 욕망이 모두 동일하다면 갈등과 분열은 존재할 수 없다. 욕망이 모두 다르기에 욕망의 부딪침과 투쟁이 벌어진다. '나'의 욕망은 당신의 욕망과 다른가라는 현상학적 질문이 제기된다. 주체의 의식이 지향하거나 정립하지 않은 대상은 존재하지 않는다. 현상학적 비평에서 대상의 재현이나 반영은 중요하지 않다. 작품의 현실은 작가의 의식에 비춰진 현실이다.

소설을 쓰고 읽는 과정에서도 작가와 독자의 현실 변형과 해석은 끼어든다. 작품의 세계는 작품 바깥의 세계를 재현한 것이 아니다. 작품 바깥의 '현실'에서 작품을 평가하는 근거를 찾아서는 안 된다. 재현론에 입각한 비평에서는 훌륭한 작품은 객관현실을 가능한 한 총체적으로, 충실하게 반영한 작품이다. 작품평가의 기준, '진리치'는 외부현실에 있다. 하지만 현상학적 비평의 관점에서는 외부현실을 객관적으로 혹은 총체적으로 파악할 수 있는 비평가는 없다. 모든 인식은 언제나 주관적이다. 비평가의 세계인식도 마찬가지다. 비평은 이미 비평가의 고유한 인식, 편견, 감성의 (무)의식으로 오염되어 있다. 작가가 그 나름의 세계인식의 스크린에 투영된 세계의 "현상"만을 포착하듯이 비평가도 그렇다. 선험적으로 작가보다 더 우월한 인식을 지닌 비평가는 없다. 문학은 작가의 경험과 욕망이 표현된 공간이다. 작품의 세계는 작가가 직간접적으로 경험한 세계의 변형된 형태이다. 여기서 강조점은 변형된 형태라는 데 놓인다. 작가가 직간접적으로 경험하지 않은, 날것 그대로의 객관현실 세계는 현상학적 비평의 관심사가 아니다. 따라서 김현의 현상학적 비평에서 문제가 되는 것은 실제 세계가 아니라 '생활세계(Lebenswelt)'이다. "우리는 [작품의-인용자] 심층구조들을 파악하면서 작가가 그의 세계를 '살아간' 방식, 주체로서의 작가와 객체로서의 세계 사이의 현상학적 관계들을 파악하게 된다. 작품의 '세계'는 객관현실이 아니라, 독일어로 표현하면 '생활세계(Lebenswelt)'이다. 생활세계는 한 개별주체가 실제로 조직하고 경험한 현실이다."[5]

김현이 '판관'으로서의 비평에 거리를 두고, 작품, 작가와 같은 눈높이에서 대화를 나누는 '공감의 비평'을 강조한 데는 이런 현상학적 비평의 주관성에 대한 공감이 작용한다. 이야기의 구체성은 이야기꾼의 생생한 개별성에 연유한다. 이야기의 세계는 언제나 체험되고 해석된 현실이다. "현실이나 꿈은 삶이지 이야기가 아니다. 이야기는 현실과 꿈 사이에 있다. 현실과 꿈 사이에 있는 이야기를 정제하여 줄글로 옮겨놓은 것이 소설이다. 모든 이야기가 다 소설이 될 수 있는 것은 아니다. 구태여 장르별로 가르자면, 어떤 것은 소설이 되고, 어떤 것은 자서전-회고록이 되고, 어떤 것은 수필이 된다"(219면). 경험과 이야기 사이에는 메울 수 없

---

5) Terry Eagleton, *Literary Theory: An Introduction* (Blackwell 1996; 2nd edition) 51면.

는 심연이 있다. 그 거리를 미학적으로 매개하는 게 이야기하는 주체(작가)의 욕망이다. 소설의 미덕은 그 욕망들을 단일한 주체가 아니라 수많은 등장인물들의 관계와 욕망으로 입체적으로 보여준다는 데 있다.

소설의 이야기는 하나의 단일한 주체로 환원되지 않는다. 소설 속 인물들의 욕망은 작가의 욕망으로 귀속되지 않는다. 캐릭터들 각각은 자신들만의 삶을 작품에서 산다. 그 점이 김현이 보기에 소설이 수필이나 자서전보다 뛰어난 이유다. "소설은 수필이나 자서전과 다르게, 쓰는 사람이 읽거나 보고 들은 것을 나의 입장에서가 아니라 소설 속의 인물들의 입장에서 서술하는 이야기이다. 콩트·단편소설 등은 이야기를 단편적으로, 삽화적으로 다루는 경향이 있으며, 중편소설·장편소설은 유기적으로 다루는 경향이 있다"(220면). 소설에서 객관화의 문제를 김현은 새롭게 제기한다. 인물들과 '나', 서술자의 관계가 문제가 된다. 인물들의 욕망과 서술자, 혹은 작가의 욕망을 구분해야 한다. "소설 속의 사건이 현실의 사건을 변형시킨 것은 그런 의미에서이다. 그때의 변형은 해석에 가까운 의미를 갖고 있다. 그것이 어떤 이야기이든, 객관적으로 있는 그대로 사건을 재현할 수는 없다. 사건은 어떤 형태로든지 해석되어야 변형되어 전달될 수 있다. 해석 없는 전달은 있을 수 없다. 바로 여기에서, 나는 다시 욕망이라는 개념과 만난다. 사물을 해석하는 힘의 뿌리가 욕망이다"(220면). 이렇게 해석과 욕망은 연결된다. 해석의 뿌리가 욕망이다. 비평은 수많은 해석들이 어떤 욕망들에서 비롯되는가를 분석한다.

그러나 분석은 평가와는 다르다. 김현 비평의 영향을 강하게 받은 비평들에서 작품에 대한 엄정한 평가가 사라진 이유다. 현상학적 비평을 밀고나가면 분석과 해석은 가능하지만, 평가는 불가능해진다. 세계를 해석하는 수많은 욕망들 사이에 좋고 나쁨을, 우열을 나눌 수 있는 객관적 기준은 없다. 가능한 일은 작품의 욕망들에 대한 분석과 해석뿐이다. 김현이 생전에 남긴 마지막 비평집의 제목이 '분석과 해석'인 것은 그 점에서 징후적이다. 다음 대목이 김현의 이런 시각을 잘 보여준다. "그 세계는 세계를 욕망하는 자의 변형된 세계이다. 이야기는 그 변형의 욕망이 말이 되어 나타난 형태다. 소설의 세계는 그런 의미에서 작가의 욕망에 따라 변형된 세계이다. 그 세계는 작가가 해석하고 바꿔놓은 세계이다. 그 세계가 살 만한 세계인가 아닌가 하는 것은 작가에게 중요하지 않다. 작가에게 중요한 것은 그 세계가 자기의 욕망이 만든 세계라는 사실이다. 세계는 세계를 욕망하는 사람들에 의해 더욱 생생해지고 활기 있게 된다. 소설은 그 욕망의 세계를 구체적으로 드러낸다. 그것은 시처럼 감정의 세계만을 보여주는 것도 아니고 철학처럼 세계관만을 보여주는 것도 아니다. 그것은 세계를 구체적으로, 욕망의 대상으로 제시한다. 소설은 그 어떤 다른 예술보다도 구체적으로 그리고 전체적으로 세계를 보여준다"(221면). 작가의 욕망이 만들어놓은 작품의 세계가 살 만한 세계인가 아닌가 하는 것은 작가에게 중요하지 않다. 이 세계가 객관세계의 모습을 제대로 그렸는지 여부도 중요하지 않다. 중요한 것은 작가에게 "그 세계가 자기의 욕망이 만든 세계라는 사실이다." 작품들의 세계는 작가들의 욕망에서 발원한 해석의 산물이다. 그 해석이 어떤 욕망에서 발원하는가를 비평은 분석, 해석할 수는 있지만, 그 욕망들 사이의 위계를 세울 수는 없다. 현상학적 비평에서 평가의 문제가 제기되기 힘든 이유다. 문학은 어떤 예술보다도 "구체적으로 그리고 전체적으로 세계를 보여"주지만 그때의 구체성과 전체성은 객관적인 것이 아니다. 굳이 표현하자면 개인적 구체성과 전체성이다. 근대철학은 세계의 객관적 진리를 제시하려하지만 현상학적 비평에서 볼 때 문학은 그런 거대한 욕망을 품지 않는다. 가능한 것은 개별적인 작가와 비평가들이 그들만의 경험과 욕망에서 그려내고 쓰고 읽을 수 있는 개별성의 세계이다. 따라서 수많은 분석과 해석만이 있을 뿐이다.

김원일 소설 분석에서 김현은 그 점을 분명히 밝힌다.『마당깊은 집』

은 이야기하는 화자가 왜 자기는 가족에 대한 소설을 계속 쓸 수밖에 없는가를 보여주는, 화자의 욕망의 뿌리를 보여주는 희귀한 소설이다. "나는 진짜 아들이면서 가짜 아버지이다. 어머니는 진짜 어머니이면서 가짜 아내이다. 가짜 아버지와 가짜 아내가 만들어내는 이야기는 끝이 없다. 해석은 새 해석을 부르고, 새 해석은 새 사실을 부른다. 가족들은 조금씩 조금씩 신분을 달리하며 그 한없는 이야기를 구성하는 데 도움을 준다. 아버지와 어머니를 마음 내키는 대로 변용할 수 있다면 무슨 변용인들 불가능하겠는가. 무의식의 밑바닥에서 이야기하는 화자의 변덕스런 욕망에 의해 변용된 가짜 사실들은, 의식의 표면으로 진짜처럼 나타난다. 그 진짜처럼 나타나는 것이 과연 진짜일까?"(「이야기」325면). 소설의 인물들은 자신의 입장에서 발언하고 행동한다. 그리고 인물들의 관계 속에서 자신의 위치를 재점검한다. 모두 욕망의 결과들이다. 그런데 욕망들은 서로 어긋난다. 어긋나기에 "해석은 새 해석을 부르고, 새 해석은 새 사실을 부른다." 그때 새 사실은 객관적 사실이 아니라 이미 (재)해석된 사실이다. 그것들은 "화자의 변덕스런 욕망에 의해 변용된 가짜 사실"이다. 문제는 그런 가짜 사실들과 진짜 사실들을 명료하게 구분할 수 있는 초월적 위치는 작품 안에 존재하지 않는다는 점이다. 작가도, 혹은 비평가도 초월적 위치를 점할 수는 없다. 그들 또한 자신의 개별성에 갇힌 존재이기 때문이다. 그래서 우리는 계속 묻게 된다. "그 진짜처럼 나타나는 것이 과연 진짜일까?" 이런 물음에서 다시 새로운 해석의 욕망과 그로 인한 독서와 비평이 가능해진다.

작품은 작가의 욕망, 작품의 욕망, 그리고 독자의 욕망이 부딪치고 길항하는 욕망들의 공간이다. "소설 속에는 세 개의 욕망이 들끓고 있다. 하나는 소설가의 욕망이다. 소설가의 욕망은 세계를 변형시키려는 욕망이다. 자기 욕망의 소리에 따라 세계를 자기 식으로 변모시키려고 소설가는 애를 쓴다. 두번째의 욕망은 소설 속의 주인공들의 욕망이다. 소설

속의 인물들 역시 소설가의 욕망에 따라, 혹은 그 욕망에 반대하여 자신의 욕망을 드러내고 자신의 욕망에 따라 세계를 변형하려 한다. 주인공, 아니 인물들의 욕망은 서로 부딪쳐 다채로운 모습을 드러낸다. 마지막의 욕망은 소설을 읽는 독자의 욕망이다"(221면). 이런 욕망들의 길항관계에서 "욕망의 윤리학"이 태어난다. 소설은 그 소설을 읽는 독자로 하여금 자신의 삶을, 자신이 살고 있는 세계의 이유와 타당성과 가치를 입체적이고 심층적으로 사유하게 만드는 인류의 뛰어난 발명품이다. "그 질문은 이 세계는 살 만한 세계인가, 이 세계의 현실 원칙은 쾌락 원칙을 어떻게 억누르고 있는가라는 질문과도 같다. 그 질문을 통해, 여기 내 욕망이 만든 세계가 있다라는 소설가의 존재론이, 이 세계는 살 만한 세계인가라는 읽는 사람의 윤리학과 겹쳐진다. 소설은 소설가의 욕망의 존재론이 읽는 사람의 욕망의 윤리학과 만나는 자리이다. 모든 예술 중에서, 소설은 가장 재미있게, 내가 사는 세계는 살 만한 세계인가 아닌가를 반성케 한다. 일상성 속에 매몰된 의식에 그 반성은 채찍과도 같은 역할을 맡아 한다. 이 세계는 과연 살 만한 세계인가. 우리는 그런 질문을 던지기 위해 소설을 읽는다"(222면).

김현 비평은 "이 세계는 과연 살 만한 세계인가"를 끊임없이 되물으면서, 그 세계가 살 만한 세계가 아니라면 왜 그런지를, 그리고 그 세계를 살 만한 세계로 만들기 위해서는 무엇을 해야 하는지를 사유하려는 고민의 모색으로 요약된다. 비평가로서 김현은 그 당대의 작가들을 그런 고민을 나누는 사유의 동반자로 삼았다. 비평가는 자신이 읽는 작품을 매개로, 작품 안에서 벌어지는 욕망들의 관계를 분석, 해석하면서 고민한다. 김현의 비평이 지금도 우리에게 호소력을 지닌다면, 언제나 작가와 작품을 동반자로 삼았던 김현의 '공감의 비평'이 그 공감을 가능케 하는 욕망의 윤리학을 누구보다도 더 깊이 고민했기 때문이리라. (2015)

베스트셀러와 비평의 위기

―신경숙론

1. 정실비평

신경숙 작품을 논의하기 전에 이 작품을 왜 읽게 되었는지에 대해서 먼저 몇 마디. 한때 한국문학에 관심을 갖고 어줍은 평론 비슷한 것을 몇 편 쓴 적도 있지만, 몇 년 전까지만 해도 나는 한국문학에는 관심이 없었다. 문학비평이론과 현대영미소설을 주로 가르치는 대학선생이 되었고 내게 주어진 선생으로서의 여러 일들을 감당하기에도 정신이 없었던 게 가장 큰 이유였다. 하지만 나 나름의 판단으로 한국문학의 활기가 사라졌다고 느꼈던 것도 곁들인 이유였다. 활기를 잃어버린 한국문학을 읽고 싶은 욕망이 별로 들지 않았다. 한국문학은 그렇게 내게는 '너무 멀어진 당신'이 되었다. 그러다가 몇 년 전부터 다시 문학연구모임 비스무레한 활동에 참여하게 되었고 한국문학을 좀 더 가까이하게 되었다. 한국문학 전공자들과 나 같은 외국문학 전공자들이 섞여 있는 모임의 성격상 한국문학을 바라보는 여러 시각이 그야말로 중구난방격으로 쏟아져 나오는 모임이다. 그러나 나는 그런 중구난방 속에서 소위 한국문학 전공자들이나 비평가들은 언급하지 않는, 혹은 못하는 한국문학의 징후들을 깨닫게 되었다.

여러 얘기가 가능하겠지만 그동안 많이 언급되어온 '주례사비평' 혹은 '정실비평'의 폐해를 실감하게 된 게 그중 하나이다. 나는 여기서 '주례사 비평'의 이론적 의미 따위를 논하고 싶지 않다. 그것은 한국문학 비평가들이나 연구자들이 따져야 할 몫이리라. 다만, 외국문학이긴 하지만 어쨌든 작품과 비평이론을 가르치는 문학선생인 내가 보기에도 말도 안 되는 작품들이 평론가들에 의해 높이 평가받고 있다는 것이 도무지 이해가 되지 않았다. 나는 여기서 하나의 예만 먼저 들고 싶다. 현기영 장편소설 『누란』이다. 나는 어지간하면 읽기 시작한 작품은 끝까지 읽는 편이다. 그러나 이 작품은 끝까지 읽기가 고통스러웠다. 그만큼 엉망이었다. 현기영이 중견작가이기에 그만큼 더 환멸감이 컸다. 여러 말이 가능하겠지만 내가 읽은 소감 몇 마디만 적자. 이 작품은 소설이 아니다. 여기 등장하는 캐릭터들은 작가의 목소리를 그대로 전해주는 '인형'들이다. 살아 있는 인물들이 아니다. 그러니 사건도 필요 없다. 사건이 있어 보이지만 있으나 마나 한 사건들이다. 사건의 필연성이나 서사의 필연성도 없다. 그리고 작품의 주제의식에서 뭔가 새로운 인식을 얻지도 못한다. 작가가 각 등장인물들, 특히 주인공 허무성을 통해 하는 얘기들이 독자에게 새로운 인식의 지평을 넓혀주는 것도 아니다. 꼼꼼하게 읽지 않더라도 대충 아는 얘기들이다. 어떤 부분은 읽기가 민망할 정도로 상투적이다. 인물들이 하는 말들이 내용이 없다는 뜻이 아니다. 굳이 작가가 할 말을 그런 인물을 통해 얘기해야 하는 서사적 논거가 작품에 전혀 없으며, 그 말들이 새로운 인식이나 깨달음을 주지도 않는다.

혹시 작가는 1970년대 혹은 1980년대를 경험했던 나 같은 중년층이 아니라 그 시절을 모르는 지금의 젊은 세대에게 '훈계'의 말씀을 전해주고 싶은 것인지도 모른다. 실제로 작품에는 허무성과 학생들이 나누는 지루한 대화 혹은 논쟁이 길게 실려 있다. 역시 재미없다. 그렇다고 해도 문제는 마찬가지이다. 각 시대는 각 시대 나름의 시대경험의 양상이 있다. 그걸 무시하고, '너희는 왜 그렇게 사는가'라고 떠들어봐야 작품에 나온 표현대로 "꼰대"짓에 불과하다. 작가가 "꼰대"가 되어서는 곤란하며, 하물며 그걸 자랑스럽게 생각해서는 더 곤란하다. 오히려 작가는 "꼰대"질의 냉철한 비판자가 되어야 한다. 작가는 이렇게 적는다. "절망은 절망으로 끝나지 않을 것이다. 철저하게 절망하여 그 밑바닥에 닿으면 거기에서 새로운 정신, 새로운 자아가 탄생하고 그때 우리는 바닥을 걷어차고 힘차게 수면 위로 떠오르게 될 것이다"(현기영, 『누란』 [창비 2009] 300면). 멋진 말이다. 그러나 이 작품에서 보여주는 정도의 "절망"으로는 어림도 없다. 그런 절망을 통해 "새로운 정신, 새로운 자아가 탄생"할 걸로 여긴다면 야무진 착각이다. 나는 이런 수준의 작품을 출판한 것은 작가의 큰 실수라고 생각한다. 내가 읽은 실감은 이런데도 작품의 뒤에 붙인 추천의 말씀들은 읽기 민망할 정도이다. 이 소설이 "오래 아픈 사람들에게 깊은 안식을 줌은 물론 좋은 약이 될 것이 틀림없"단다. 나로서는 작품을 읽고서나 쓴 추천사인지 의심스럽다. 조심스러운 짐작이지만, 이런 질 낮은 작품을 나름의 명망을 지닌 출판사에서 낸 것은 작품의 '질'에 대한 엄격한 판단이 아니라 그동안 출판사와 작가가 쌓아온 '정실' 때문이리라. 한마디로 '좋은 게 좋은 것'이라는 '정실주의'가 문학판에도 자리 잡은 탓이라고 나는 판단한다. 이런 판단이 부디 오해이길 바란다.

2. 비평의 객관성?

이런 나의 독서 실감이 틀릴 수도 있다. 전문적으로 한국문학을 읽고 분석하는 현장비평가들은 다른 평가를 할 수도 있다. 그들이 보기에는 『누란』이 훌륭한 작품일 수도 있다. 필요한 것은 그렇게 평가하는 근거일 뿐이다. 그리고 단지 한 편의 작품만을 갖고 한국문학계의 '정실주의' 운운하는 것은 무리라는 것도 사실이다. 나는 그런 식의 단정을 내리고 싶은 생각은 없다. 엄밀히 말해 비평의 객관성은 없다. 모든 읽기와 비평은 주관적이다. 비평의 객관성은 독자와 비평가들이 표현하는 다양한 주관적 견해들 사이의 대화와 논의를 통해 서서히 형성된다. 영문학자로서 내가 신뢰하는 비평가 중 한 명인 리비스(F. R. Leavis)가 비평의 키워드로 내세운 '공동의 모색(the common pursuit)' 개념을 나는 그렇게 이해한다. 비평의 객관성은 시민적 양식을 지니고 독서의 훈련을 거친(그래서 인문교육이 중요하다) 독자대중과 비평가들의 주관성들이 만나 어떤 객관성, 그러나 고정되어 있지 않고 항상 변화하고 새롭게 형성되는 객관성을 형성하는 '공동의 모색'이다. 그러나 이런 공동의 모색에는 전제가 있다. 비평가가 비평가다워야 한다. 이 말은 분명 동어반복이다. 그러나 나의 독서실감과 너무나 판이한 판단을 내리는 적지 않은 작품평을 읽으면서 지금의 문학비평이 비평의 본령인 엄정한 해석과 비판의 정신을 잃어버리고 있는 것이 아닌가, 라는 느낌을 받는 것도 사실이다. 내가 평소에 신뢰해온 비평가들조차 그런 모습을 보인다면 거기에는 어떤 이유가 있기 때문일 것이다. 한국문학에 나름의 관심과 애정을 지닌 독자이자 외국문학 연구자로서 나는 그 점이 궁금하다.

3. 베스트셀러와 작품의 질

신경숙 소설에 대한 내 생각을 말하기까지 서두가 길었다. 먼저 이 작품을 읽고 든 단상을 적겠다. 그리고 내가 앞서 언급한 비평가들의 '정실주의'와 '주례사 비평'의 몇 가지 사례를 다뤄보겠다. 그리고 왜 그런 '정실주의'가 작동하는지 그 이유를 나름대로 '추리'해보겠다. 나는 신경숙의 『엄마를 부탁해』(이하 『엄마』)와 『어디선가 나를 찾는 전화벨이 울리고』(이하 『전화벨』)를 앞서 언급한, 내가 참여하는 어느 문학연구모임에서 읽었다. 이 작품들이 모임에서 추천된 이유는 두 가지였다. 하나는 그 이유가 무엇이든 대중들의 관심을 모으는 베스트셀러라는 것. 둘째로 작가가 한국문학을 대표하는 작가 중 한 명으로 꼽히는 신경숙이라는 것. 내 소감을 미리 말하자. 두 작품 모두 나는 실망스럽다고 느꼈다. 무엇보다도 나는 이 두 작품을 읽으면서 내가 좋게 평가해온 작가가 '성숙'의 길이 아니라 '퇴락'의 길을 걷는 게 아닌가라는 인상을 받았다. 이 두 편의 작품을 그가 쓴 다른 장편들인 『외딴 방』이나 『깊은 슬픔』과 비교해도 그렇다. 나는 그 이유가 궁금해졌다. 그래서 몇 편의 관련 평론을 찾아 읽었다. 그러나 그런 평론들은 내 궁금증을 해명해주기는커녕 오히려 부채질했다.(그 이유에 대해서는 '정실비평'의 문제와 관련하여 뒤에 다시 논의하겠다.) 내가 보기에 신경숙은 본격문학과 대중문학의 경계(그 경계의 근거에 대해서는 여기서 논하지 않겠다)에서 이제 대중문학으로 완연하게 넘어갔다. 이것은 가치판단이 아니라 사실판단이다. 나는 대중문학을 폄하하지 않는다. 대중문학의 가치를 십분 인정하며 실제로 대중문학의 다양한 장르문학들을 즐겨 읽는다. 다만, 둘은 각자의 소임이 다를 뿐이다. 하지만 작가가 실제로는 대중문학을 하면서 자신이 본격문학을 하고 있다고 착각해서는 곤란하다. 그 점에서 일본문학계에 던졌던 가라타니 고진의 아래와 같은 조언은 지금의 한국소설계에도 유효하다. 그렇게 한국은 일본을 따라가고 있다.

> 나는 작가에게 '문학'을 되찾으라고 말하거나 하지 않습니다. 또 작가가
> 오락작품을 쓰는 것을 비난하지는 않습니다. (중략) 열심히 잘 써서 세
> 계적인 상품을 만들어주시기 바랍니다. 만화가 그런 것처럼 말입니다.
> 실제 그것이 가능한 작가는 미스터리계 등에 상당히 있습니다. 한편 순
> 수문학이라고 칭하고 일본에서만 읽히는 통속적인 작품을 쓰는 작가가
> 잘난 척을 해서는 안 됩니다.(가라타니 고진, 『근대문학의 종언』, 도서출판
> b, 65-66면)

나는 가라타니의 지적을 이렇게 비틀고 싶다. "순수문학이라고 칭하고
한국에서만 읽히는 통속적인 작품을 쓰는 작가가 잘난 척을 해서는 안"
된다. 신경숙의 많은 애독자들은 신경숙 문학을 대중문학으로 폄하한다
고 반론을 제기할 수도 있다. 그러나 내가 보기에 『엄마』나 『전화벨』은
분명 본격문학보다는 대중문학에 가깝다.
  대중문학과 본격문학 사이에 만리장성이 놓인 것은 아니다. 그러나 분
명한 차이점도 있다. 그 중 하나. 대중문학은 대중이 좋아할 만한 감수성
에 호소하고 영합한다. 그러나 본격문학은 대중의 감수성에 충격을 주고
불편하게 만든다. 작가가 의식하든 의식하지 못하든, 대중의 감수성에
충격을 주고 변화시키는 것이 아니라 어느 순간 대중의 감수성에 영합할
때, 그래서 얄팍한 인기를 얻고 책이 많이 팔리는 것에 만족할 때 작가는
통속작가가 된다. 본격문학과 대중문학 사이에 만리장성이 없다는 말은
그런 뜻이다. 작가가 항상 긴장을 잃어서는 안 되는 이유이다. 내가 보기
에 신경숙은 그런 긴장을 잃고 있다. 나는 무라카미 하루키의 말을 빌려
한국의 베스트셀러 작가들에게 던지는 나의 까칠한 투정에 대한 변명을
삼고 싶다.

『노르웨이의 숲』이 베스트셀러가 되었을 때는, 이것은 내가 진짜로 하고 싶은 이야기가 아니라는 생각 때문에 상상을 넘어선 판매고에 나름 스트레스를 받았지만,『1Q84』는 내가 진정으로 원했던 작업이고, 내용에 보람도 있었습니다. (중략) 소설에게 가장 중요한 점은 시간에 의해 검증받는 것입니다. 시간의 혹독한 세례를 받는 것.(「인터뷰: 하루키를 말하다」,『문학동네』64호 [2010 가을] 533면)

간단히 말해 훌륭한 본격문학 작가는 자신의 작품이 많이 팔린다면 그것을 기뻐하지 않는다. 오히려 혹시 자신의 작품이 대중의 감수성에 충격을 주기는커녕 영합하는 것이 아닌가라고 자문한다. 거기서 작가의 길이 갈린다.

4. 본격문학과 대중문학

본격문학과 대중문학의 경계를 나누는 근거가 무엇인지 굳이 말하지 않겠다고 했지만 내가 보기에 그런 근거 중 하나는, 역시 애매한 말이지만 현실과 삶을 바라보는 시선의 냉정함, 무자비함, 냉철함이다. 내가 이해하는 글쓰기의 '유물론'이다. 작가가 견지하는 시선의 냉철함은『엄마』나『전화벨』에서도 유감없이 발휘되는 신경숙 소설의 전매특허인 아름답게 포장된 미문의 감상주의와는 거리가 멀다. 문체는 곧 사유의 표현이다. 신경숙의 '아름다운 문장'은 그가 세상을 대하는 태도의 표현이다. 신경숙 소설은 기본적으로 '천사표'이다. 생활인으로서 작가가 '천사'인 것은 좋은 일이다. 그러나 작품에 드러나는 작가의 정신이 천사의 시각에 머문다면 심각한 문제이다. 그리고 현상학적 비평이론에 따르면, 비평의 대상은 작품에 드러난 작가의 정신일 뿐이다. 생활인으로서의 작가는 비평의 대상이 아니다. 내가 아는 훌륭한 작가들은 적어도 그들의 작품에서는 천사가 아니라 악마에 가깝다. 우리의 삶에서 일상적으로 느끼는 일이지만, 인간의 삶은 천사가 아니라 악마에 가깝다. 삶은 때로 아름답지만, 훨씬 더 자주 추하고, 혐오스럽고, 잔인하고, 역겹고, 위선적이고, 동물적이다. 그래서 작가는 인간의 그런 악마적 심성, 혹은 마성에 친숙해야 한다. 그걸 모르고서는 훌륭한 작가가 될 수 없다.

되풀이 말하지만, 이런 판단은 생활인으로서의 작가가 아니라 작품에 드러난 작가에 대해서 하는 말이다. 나는 작가 개인의 성품이 천사표인지 악마표인지에 대해서는 아무런 관심이 없다. 그런데 신경숙 소설에는 진정한 의미에서 악인과 악에 대한 정확한 묘사가 없다. 모두가 선하다. 이것은 비단 신경숙 소설만의 문제는 아니다. 내가 읽은 최근의 한국소설에서 나는 제대로 된 악한을 만난 적이 없다.(오히려 최근 한국영화에서 그나마 악한들을 만난다.) 나는 이 점이 한국소설이 처한 곤경을 드러내는 하나의 징후라고 판단한다. 인간은 모순적이고 균열적이고 위선적이다. 아무리 선해 보이는 인간도 그 내면에는 악마가 살고 있고, 아무리 악해 보이는 인간도 그 내면에는 한 줌의 선함이 존재한다. 그게 인간이다. 그리고 애초에 '선'과 '악'의 구분조차 그렇게 칼로 자르듯이 선명하게 나뉘지 않는다. 일급의 작가들은 주어진 '선'의 가치를 무비판적으로 옹호하지 않는다. '선'이라고 주어진 것들이 과연 선한 것인지를 좋은 작가들은 따지고 되묻는다.

5. 재현의 진리

『전화벨』은 후일담 소설이다. 작품의 시간은 1980년대이고, 공간은 대학과 그 언저리이다. 이 작품의 공간과 시간은 나에게 낯익다. 나는 그 시대에 대학을 다녔다. 이 작품에 등장하는 인물들인 윤이와 단이와 미루와 명서, 미래 등에 다른 누구보다 나는 공감을 할 만한 위치에 있다고 나는 믿는다. 그러나 작품을 읽으면서 등장인물들에 대해 나는 거의 공감하지 못했다. 작가는 이 작품을 후일담 문학이 아니라 일종의 성장소설, 혹은 "청춘소설"로 썼다고 말한다. 하지만 후일담 문학이든 청춘소설이든 관건은 그들이 겪는 고통, 방황, 죽음, 성장의 깊이이다. 이 소설을 읽고 나서 아름답게 찍은 '예술사진'이 떠올랐다. 고통스러운 삶의 모습을 찍어 멋진 사진틀에 넣어서 우아한 공간에서 전시되는 예술사진. 대개 그런 예술사진들을 볼 때 많은 사람들은 감동을 받는다고 한다. 그러나 내 생각에 그것은 반응의 한 측면에 불과하다. 어떤 관객은 그런 예술사진을 볼 때 마음이 불편해진다. 그런 사진들이 보여주는 내용과 형식의 부조화에서 재현(representation)의 윤리가 쟁점이 될 수 있다. 다른 사람들의 고통스러운 삶을 사진작가가 아름답게 재현하는 것은 어디까지 용인될 수 있는가? 더 강하게 표현하면, 그런 재현 행위는 어느 선까지 문학과 예술의 이름으로 용서될 수 있는가? 그런 재현을 하지 말라는 뜻이 아니라 그 재현 행위에 대한 성찰이 필요하다는 뜻이다. 훌륭한 작품들은 그런 성찰을 표현한다. 문학도 마찬가지다.

나는 여기서 재현의 불가능성을 옹호하는 게 아니다. 신경숙이든 누구든 그만의 방식으로 그들이 겪은, 불같은 청춘시절을 회고하고 재현할 수 있다. 여러 현대비평이론이 밝혔듯이, 모든 예술적 재현행위는(그것이 문학이든, 사진이든, 그림이든) 그 본성상 불가능한 시도이다. 어떤 예술작품이 실제 현실에서 고통 받는 이들의 고통을 '있는 그대로' 재현할 수 있는가? 하지만 훌륭한 예술작품은 재현의 불가능성을 외면하지 않고 직시한다. 그래서 냉철해진다. 자신이 묘사하고 서술하는, 고통받는 대상에 대해서나 그런 대상을 바라보는 자신의 시선에 대해서나 한 치의 감상도 없이 무자비할 정도로 냉정하다. 그런 냉철함에 감상성이나 센티멘털리즘이 끼어들 여지는 없다. 내가 아는 어떤 훌륭한 예술 혹은 문학 작품도 감상주의에 사로잡힌 작품은 없다. 나는 리얼리즘의 정신을 이런 무자비한 냉철함으로 우선 이해한다. 모든 위대한 작품들은 무자비한 냉철함의 리얼리즘을 표현한다. 이때 리얼리즘의 정신은 양식의 문제가 아니다. 삶과 현실을 대하는 태도의 문제다. 그것이 문예양식으로 사실주의이든, 모더니즘이든, 포스트모더니즘이든 마찬가지다. 문제는 냉철한 리얼리즘, 혹은 유물론의 정신이다. 신경숙의 『엄마』나 『전화벨』은 그런 작품인가?

6. 감상적 문체의 위험성

『전화벨』은 신경숙 소설의 미덕으로 흔히 꼽혀온 요소들이 냉철한 악마적 현실감각에 의해 뒷받침되지 않을 때 어떻게 작품을 해칠 수 있는가를 전형적으로 보여준다. 신경숙은 그만의 고유한 문체를 가진 드문 작가이다. 그런 문체의 가치를 나는 십분 인정한다. 문학은 무엇보다 글의 예술이다. 그의 문체는 서정적이고 섬세하다. 그래서 때로는 감상성의 위험에 빠진다. 감상적 문체가 그가 그리는 대상에 대해 냉정하고 냉철한 거리를 유지하지 못할 때, 현실을 관념과 그 관념을 전달하는 아름다운 문체로 덮어버리게 된다. 미문의 위험성이다. 아름답고 감상적인 문체가 효과적일 때도 있다. 하지만 항상 그런 것은 아니다. 이 작품에 많은 고통이 그려지지만 많은 묘사들이, 적어도 내가 읽기에는 실감 나는 고통으로 느껴지지 않는 이유가 여기 있다. 신경숙은 고통을 고통스럽지 않게, 아름답게만 그린다. 내용과 문체의 깊은 괴리가 있다.

나는 하나의 예로 언니 미래의 '투신'을 길게 묘사하는 미루의 설명을 들겠다.(『전화벨』 227-229면을 보라) 나는 이 소설을 읽으면서 그 점이 가장 불편했다. 이들의 고통스러운 삶을 이렇게 아름답게, 똑같은 서정적 톤으로 묘사하는 게 온당한가? 한마디로 신경숙은 천사의 눈으로만 현실을 본다. 그러니 그가 그리는 네 명의 주인공들의 삶, 고통 속으로 작가의 시선이 깊이 들어가지 못하고 표면만을 그린다. 그러니 작중 화자는 다양해 보이지만 사실은 모두 작가의 목소리만을 전한다. 독자들도 작품을 읽으면서 실험해볼 수 있다. 작품의 등장인물 이름을 가리고 그가 하는 말이 누가 하는 말인지를 맞혀보시라. 쉽지 않을 것이다. 인물은 각기 달라 보이지만 모두 작가의 스피커에 불과하다. 인물들은 작가의 복화술을 전하는 인형의 역할을 한다. 각 등장인물은 그들의 고유한 면모를 지니지 못하고, 작가의 감상과 회고를 전달하는 매개체에 머문다. 그 매개체들을 통해 표피적으로 전달되는 고통에 대한 연민, 동정, 눈물의 정서. 그런 감상성이 대중소설의 미덕이다. 이 작품이 베스트셀러가 된 데는 다 그럴 만한 이유가 있는 셈이다.

신경숙은 '작가후기'에서 이렇게 적는다. "청소년기를 앙드레 지드나 헤세와 함께 통과해온 세대가 있었다면 90년대 이후엔 일본 작가들의 소설이 청년기의 사랑의 열병과 성장통을 대변하는 것을 보며 뭔가 아쉬움을 느꼈습니다. 한국어를 쓰는 작가로서 우리말로 씌어진 아름답고 품격 있는 청춘소설이 있었으면 했습니다"(374면). 신경숙 본인이나 베스트셀러가 된 이 소설을 읽는 독자들이 이 작품을 "우리말로 씌어진 아름답고 품격 있는 청춘소설"이라고 믿는다면 그건 그들의 자유이다. 나는 그 판단을 존중한다. 하지만 나는 그런 판단은 제대로 된 "품격 있는 청춘소설"에 대한 모독이라고 생각한다. 작품의 아름다움은 미려한 문체로만 얻어지는 게 아니다. 고통을 그릴 때는 거기에 걸맞은 끔찍할 정도로 냉정하고 냉철한 문체를, 아름다운 대상을 그릴 때는 거기에 걸맞은 고양된 문체를 적절하게 선별하여 부릴 줄 아는 작가가 좋은 작가이다. 좋은 문체는 다만 아름다운 문체(美文)가 아니다. 대상의 진실을 정확하게 포착하는 문체가 좋은 문체다. 그렇게 작품에서 내용과 형식, 주제와 문체는 분리될 수 없다. 아무 대상에 대해서나 미문을 쓰면 된다고 생각하면 곤란하다. 그런 점에서 신경숙은 아마도 그녀가 자부심을 지니고 있을 그녀의 유려하고 서정적인 문체에 대해서도 깊이 고민하는 것이 필요해 보인다. 그녀는 지금 자기복제의 위험에 빠져 있다.

7. 출판시장과 비평

지금까지 나는 『엄마를 부탁해』와 『전화벨』이 내가 읽기에 훌륭한 소설이 아니라고 말해왔다. 그렇다면 이 작품들은 왜 베스트셀러가 되었는가? 혹시 내 읽기와 판단이 잘못된 것은 아닌가? 이 질문의 답을 찾아보려고 몇 편의 관련 평론을 구해 읽었다. 그러나 여전히 궁금증은 해소되지 못했다. 오히려 이 작품들을 다루는 평론들이 1990년대 이후 한국비평계의 고질병으로 지칭되어온 주례사비평과 정실비평의 좋은 예가 아닐까, 라는 생각을 다시 했다. 그중 하나의 기억. 『엄마』가 출간되고 나서 베스트셀러가 될 기운이 보이자, 작품 판매를 독려하려는 듯이 이 소설을 낸 출판사에서 내는 계간지에는 이 작품을 한껏 띄워주는 평론이 실렸다. 나는 지금도 묻고 싶다. 꼭 그렇게까지 해야 했을까? 설령 『엄마』가 그 평론의 상찬대로 뛰어난 작품일지라도 그런 식의 자화자찬형 호평은 면구스러운 일이다. 내가 보기에는 많은 문제가 있는 작품에 대한 호들갑은 아무리 먹고 사는 게 중요한 자본주의 출판시장이고 그 출판사에 종속된 비평가라지만 정도를 넘어선 일이다. 내가 읽은 두 편의 평론을 다시 살펴보면서 그런 정실비평의 문제를 가늠해보겠다.

먼저 계간지 『창작과비평』의 편집위원이었던 임규찬이 쓴 『전화벨』론인 「청춘을 향한 공감과 연민의 인간학」(『창작과비평』 149호[2010 가을])을 보자. 임규찬은 『전화벨』은 "『엄마를 부탁해』와 함께 작가가 오랫동안 품고 있다가 때가 되어 차례로 탄생시킨 이란성 쌍둥이 같았다. 무엇보다 '어머니'와 '청춘'이라는 식상하기 쉬운 소재에 남다른 소설적 육체와 창조적 생기를 불어넣은 것이야말로 신경숙의 능력을 말해주는 것이 아닌지"(449면)라고 높게 평가한다. 『엄마』에 대해서는 뒤에 언급할 신형철의 글에서 논의하겠다. 질문은 이렇다. 과연 『전화벨』이 "'청춘'이라는 식상하기 쉬운 소재에 남다른 소설적 육체와 창조적 생기를 불어넣은" 작품인가? 그렇게 판단하는 이유는 무엇인가? 임규찬은 이야기의 구조와 예의 서정적 문체를 근거로 든다. "이 책은 확실히 문학적 수완이 돋보이는 신경숙 미학의 한 성채다. 작품의 모든 언어는 그만의 문체로 직조되었고, 이야기는 미학적으로 구조화되었다. 정윤과 명서의 사랑을 축으로 하여 이들에게 가족과 다름없는 친구 단과 미루의 이야기를 끌어안고 있는 단순한 구조지만, 구체적 전개과정은 복잡하다"(450면) 운운. 핵심은 마지막 문장에 있다. 소설의 전체구조는 단순하다. 그 단순함은 앞서 내가 지적했듯이, 소설의 구조를 지탱하는 인물들의 이야기가 입체적이지 못하고 작가의 감상적 세계인식을 전달하는 도구에 머문다는 데 있다.

그런데 임규찬은 이들이 펼치는 이야기의 "구체적 전개과정은 복잡하다"고 토를 단다. 묻는다. 무엇이 복잡한가? 내가 보기에 그들의 이야기는 그들과 같은 시대에 젊은 시절을 보냈던 내가 보기에는 진부하고 상투적이다. 임규찬도 이 소설이 소설의 문법에서 벗어나 있다는 것을 외면하지는 않는다. 그의 지적대로 이 소설은 소설이 아니라 에세이이다.

"대개의 소설이 다양한 인물들을 통해 어떤 하모니를 만들어내고자 하는데 비해, 신경숙은 확실히 공감과 연민의 인간학으로 하나의 멜로디를 지향하고 있음이 이 작품에서도 여실히 나타난다"(452면). 임규찬은 이런 지적을 칭찬으로 하고 있지만 앞서 지적했듯이 이런 지적은 비판으로 읽혀야 한다. 『전화벨』은 "다양한 인물들을 통해 어떤 하모니를 만들어내"지 못하고 작가가 전달하려는 "공감과 연민의 인간학으로 하나의 멜로디를 지향하고 있"다. 이 소설이 에세이에 가까운 이유이다. 다시 말해 이 작품은 인물과 상황의 서사인 소설로서는 실패했다. 그런데 임규찬은 오히려 그런 실패를 성공의 이유로 든다. 이해하기 힘들다. 임규찬의 결론이다. "어쨌든 낯익은 청춘소설을 거부하며 이렇게 대중적인, 어떤 의미에서 통속적이기조차 한 요소에 품격을 부여해, 적극적으로 우리말의 무늬를 새기고자 하는 교양소설의 면모에서, 그리고 그의 연이은 문학적 성취를 생각하면 바야흐로 신경숙의 진경시대가 열리고 있는 것은 아닌지"(453면). 나는 임규찬이 안목이 있는 비평가라고 생각해왔다. 그런데 이 글을 읽으면서 실망했다. 정말 임규찬이 이렇게 생각하고 썼다면 그의 비평가적 안목을 다시 생각하게 되고, 그렇게 생각하지 않으면서 쓴 것이라면 비평가적 정직성이 자못 의심스럽다.

8. 연민의 문학

두 번째 평론으로 신형철이 쓴 「누구도 너무 많이 애도할 수 없다: 신경숙의 소설과 애도의 윤리학」(『문학동네』 64호 [2010 가을])을 살펴보자. 미리 말해두자. 나는 신형철 평론을 즐겨 읽는 애독자이다. 나는 그의 평론집 『몰락의 에티카』를 근년에 읽은 가장 인상적인 문학평론집이라고 평가한다. 그는 작품의 결을 세심하게 살피고, 독자와 대화를 나눌 줄 아는 안목을 지닌 좋은 비평가다. 작품을 정확히 읽으려고 노력하는 비평가라고 생각한다. 그런 기대를 안고 그가 쓴 신경숙론을 읽었다. 그런데 그가 쓴 신경숙론은 실망스러웠다. 먼저 『엄마』에 대한 그의 분석을 보자. 신형철은 『엄마』를 비판하는 비평들을 언급하면서 "이들 비판적인 논평들은 이 소설이 모성을 신비화하면서 모성으로부터 위안을 얻으려는 퇴행성을 보여준다고 지적한다"고 반박한다. 이런 비평들은 "교과서적이어서 따분한 논법"(86면)에 갇혀 있다는 것이다. 신형철은 예의 "무수한 대중들의 소박한 항변"(86면)을 내세운다. 그러나 그도 잘 알겠지만, 대중들의 소박한 항변이 엄격한 분석과 판단을 해야 하는 비평의 역할을 대신할 수 없다는 것을 영화 『디 워』를 둘러싼 논쟁에서 이미 예증된 바 있다. 엄정한 비평적 판단은 "대중의 소박한 항변"과는 별개의 문제다. 그렇다면 신형철은 왜 『엄마』를 높이 평가하는 걸까? 신형철의 독서실감은 이렇다. "한국 특유의 가부장제 가족구조가 근대화, 산업화 과정과 만나면서 어머니라는 존재의 고유한 내면성을 말소해온 맥락과 그 결과를 냉정하게 반영하고 있다는 게 독서의 실감이다"(87면). 과연 그런가?

이런 정도의 답변은 한국문학의 어머니상을 재해석하려는 다양한 시도들에서 이미 제기된 것이다. 간단히 말해 우리의 어머니들도 그들만의 내밀한 삶이 있었다는 것. 그런데 이 작품이 모성에 대한 어떤 새로운 인식과 통찰을 독자에게 제공하는가? 이 질문의 답을 신형철은 이렇게 에둘러 제시한다. "어머니의 실종 앞에서 [가족들이 드러내는—인용자] 이 사소한 기억들은 거대한 죄의식으로 되돌아온다. 바로 여기가 핵심이다. 만약 이 소설을 읽고 모성에 대한 향수에 젖거나 모종의 위안을 얻는 독자가 있다면 그것은 거의 불가사의할 일로 보인다. 무엇보다도 먼저 압도적인 죄의식에 사로잡히기 때문이다"(87면). 신형철이 내세우는 "무수한 대중들의 소박한 항변"은 바로 이 모성이 제공하는 "향수"나 "위안", 그리고 "죄의식"과 관련된다. 신형철은 애써 부인하려 들지만 대중은 그들이 간직하고 있는 소박한, 그러나 이제는 사라져가는 모성에 대한 향수가 있기에 역으로 "죄의식"을 느끼는 것이다. 신형철이 자주 기대는 정신분석학적 언어로 말하자. 향수와 죄의식은 손쉽게 분리되지 않는다. 이 점이 『엄마』와 영화 〈워낭소리〉가 대중에게 호소력을 지녔던 이유이다. 그러나 『엄마』는 모성에 대한 어떤 새로운 인식도 독자나 관객에게 주지 않는다.

여기서 상세하게 논의할 수는 없지만, 굳이 비교하면 봉준호 감독의 영화 〈마더〉가 모성에 대한 충격적인 새로운 인식을 관객에게 제공한다. 이 영화는 모성을 신비화하려는 다양한 태도들을 냉정하게 해체한다. 많은 평자들이 『엄마』에서 재현된 모성성이 퇴행적이라고 한 이유가 여기 있다. 『전화벨』을 신형철은 애도의 시각에서 읽는다. 그답게 날카로운 분석이 엿보인다. 그러나 신형철은 이 작품이 지닌 회고의 의미를 애도와 깊이 연결하지 않는다. 신형철은 애도의 (불)가능성을 잘 보여주는 예로 『전화벨』을 읽는다. 그러나 나는 이 작품의 애도는 실패했다고 본다. 애도가 제대로 이뤄지지 않으면 과거로의 퇴행, 과거의 신비화가 일어난다. 애도를 해야 하는 이유는 죽은 이들은 그들의 세계로, 산 사람은 삶의 세계로 각자 가야 하기 때문이다. 애도는 필연적인 결별을 위한 과정이다. 그리고 애도행위의 목적은 언제나 살아야 하는 사람을 위하는 것이다. 고통스러워도 산 사람은 살아야 한다.

과거를 회고하는 '후일담 문학'의 문제도 여기 있다. 회고되는 과거가 문제가 아니라 회고하는 현재가 문제이다. 현재를 회피하는 수단으로 과거가 신비화될 때 애도는 실패한다. 과거를 과거로 떠나보내지 못하게 된다. 그래서 현재의 삶도 제대로 살지 못하게 된다. 많은 후일담 문학이 비판받는 이유이다. 『전화벨』도 예외는 아니다. 작품을 "애도의 서사"로 규정한 신형철도 이 점을 의식한다. 신형철의 지적대로 이 작품은 "애도의 서사"에 머물고, "애도의 윤리학"(95면)에 이르지 못한다. 굳이 지나간

80년대의 "청춘"을 회고하는 작업이 지금, 이곳의 작가나 독자들에게 갖는 의미를 작품은 반추하지 못한다. 신형철도 그 점을 비판한다. "두 가지 정도의 질문을 더 질기게 물어야만 애도의 서사가 애도의 윤리학에 도달할 수 있겠다는 생각을 했다. 첫째, 애도 작업은 주체를 어떻게 변화시키는가. 둘째, 그 주체를 위해 공동체는 무엇을 해야 하는가. 이런 맥락에서 보면 『전화벨』은 뭔가를 더 물어야 하는 그 순간 멈춘 것은 아닌가 하는 생각이 들기도 한다"(96면). 날카로운 분석이다. 그런데 신형철은 더 "질기게" 묻지 않고 중단한다. 아쉽다. 그러나 신형철은 그가 쓴 김훈론에서 이 두 가지 질문이 어떤 방향으로 가야 하는지를 이미 언급한 바 있다.

> 인간적인 것의 한 가운데에는 지극히 비인간적인 어떤 것이 있다. 그것과 고통스럽게 대면하지 않는 모든 윤리학은 허위다, 라는 것이 정신분석학적 윤리의 공리다. 이런 논점들은 김훈의 반인간주의도 얼마간 공유하는 것들이다. 그는 '한국문학의 거의 대부분은 인간에 대한 연민의 바탕 위에서 놓여진 것'이라고 말한다. 이 말이 사실인지는 알 수 없으나, 그가 연민의 문학을 거절하는 까닭은 이해할 수 있을 것 같다. 인간을 명철하게 인식하기 위해서는 인간에 대한 아름다운 통념들을 과감히 포기해야 한다. 인간을 믿지 않고 연민하지 않을 때 역설적이게도 인간에 대한 사랑이 가능해진다, 라고 그는 말한다. 그렇기 때문에 그의 반인간주의는 역설적인 인간주의가 된다.(신형철, 「속지 않는 자가 방황한다」, 『몰락의 에티카』 52면)

"자기변명을 늘어놓지 않는 것이야말로 유물론에 대한 유일한 정의"라는 알튀세르의 유명한 언명을 인용하며, 신형철은 이것이 "김훈의 유물론"(60면)이라고 요약한다. 나도 공감한다. 그는 김훈 소설의 핵심을 정확히 짚는다. 질문은 이것이다. 그렇다면 신경숙 소설은 얼마나 "반인간주의"에 가까운가? 신경숙 소설은 김훈이 비판하는 "연민의 바탕 위에서 놓여진" 소설의 좋은 예가 아닌가? 신경숙 소설은 "인간에 대한 아름다운 통념들을 과감히 포기"하기는커녕 그에 공모하고 있지 않은가? 결론적으로 신경숙 소설은 "인간적인 것의 한 가운데에는 지극히 비인간적인 어떤 것이 있다. 그것과 고통스럽게 대면하지 않는 모든 윤리학은 허위다, 라는 것이 정신분석학적 윤리의 공리"라는 것에 둔감하며, 그래서 "유물론"적 글쓰기에 매우 미달한 작품이 아닌가? 그런데도 어떻게 『엄마』와 『전화벨』이 좋은 소설인가?

9. 비평의 위기

안목 있는 비평가라고 항상 공감할 만한 글을 쓸 수는 없다. 그리고 임규찬이나 신형철이 제기한 문제의식을 내가 제대로 이해하지 못하거나 오독한 대목이 있을 수도 있다. 그러나 나의 읽기가 크게 잘못된 것이 아니라면 이런 의문을 품게 된다. 내가 신뢰할 만한 비평가라고 여겨온 비평가들조차 납득할 만한 글을 못 쓰는 이유가 혹시 작품 외적인 데 있는 것은 아닐까? 임규찬이 편집위원을 지냈던 출판사에서 베스트셀러 『엄마』를 냈고, 역시 신형철이 편집위원으로 일하는 출판사에서 후속 베스트셀러 『전화벨』을 냈다는 사실은 그들의 납득할 수 없는 신경숙론과는 아무 상관이 없는 것일까? 나는 여기서 비평의 위기를 느낀다. 한국문학비평에서 제대로 된 비판, 혹은 예리한 독설이 사라진 지 오래라는 말을 나도 종종 들었지만, 이번에 신경숙 소설을 나 나름대로 읽고 관련 비평을 읽으면서 그 점을 실감한다. 많은 비평가들이 공감의 비평을 말한다. 좋은 말이다. 그러나 이들에게 전해주고 싶은 작가 로런스(D. H.

Lawrence)의 충고. "비평은 흠잡기가 아니다. 균형 잡힌 의견이다." 로런스의 말은 이렇게도 읽어야 한다. "비평은 주례사가 아니다. 균형 잡힌 의견이다." 균형 잡힌 의견을 개진하려면 아무 작품에나 공감을 표명해서는 안 된다. 공감할 수 없는 태작에 대해서는 내장을 후벼 파는 독설도 때로는 필요하다.

말이 좋아 공감의 비평이지 실상은 정실비평 혹은 주례사비평이 계속 비평의 이름으로 생산된다면 앞으로 한국문학비평은 위기를 넘어서 죽음을 맞이할 것이다. 독자에게 신뢰를 주지 못하는 비평이 무슨 필요가 있는가. 자기가 관계를 맺고 있는 출판사에 나온 작품은 아무 작품이나 좋다고 하는 비평을 어디까지 신뢰해야 하나? 이 눈치 저 눈치 봐가면서 쓰는 비평은 이미 자신의 존재이유를 망각한 것이다. 되풀이 말하지만 비평(criticism)은 곧 비판(critique)이다. 공감과 비판 사이의 균형을 잃은 비평은 쓸 이유도, 읽을 이유도 없다. 이쯤 되면 이제 한국문학 비평계에서도 알맹이 없는 고담준론이 아니라 자신의 감식력을 걸고, 툭 까놓고 작품에 대한 평가의 별표 매기기부터 해야 되는 게 아닌가. 그 정도의 서비스는 독자들에게 해줘야 최소한 비평의 의미가 있는 게 아닌가. 허튼소리 그만두고 이런 기본적인 서비스부터 비평가들은 해야 하지 않을까.

다시 묻는다. 우리시대의 비평가들, 당신들은 누구인가? 세간에 떠도는 말대로 출판자본에 종속되어 수준도 안 되는 작품을 예쁘게 포장해주는 문학코디네이터인가? 아니면 목에 칼이 들어와도 할 말은 하는 비평가인가? 신경숙 소설을 읽으면서 뜬금없이 드는, 한 까칠한 독자의 질문이다. (2010)

글쓰기의 유물론

—김훈 소설 단상

1. 견딤의 윤리학

한국문학공간에서 에세이는 좋은 대우를 받지 못하는 편이다. 그런 이유로 좋은 에세이스트도 드물다. 지금은 소설가로서 더 인정받고 있지만 김훈을 나는 좋은 에세이스트로 먼저 기억한다.[1] 훌륭한 에세이스트가 좋은 소설가가 될 확률이 얼마나 되는지 모르지만, 김훈은 그 두 영역 모두에서 득의의 영역을 개척했다. 나는 그의 소설이 지닌 어떤 면은 좋아하지 않는다. 때로 그의 작품에서 읽히는 나쁜 의미의 현실(추수)주의가 불편하게 느껴질 때도 있다. 그러나 그의 소설집 『강산무진』과 장편 『칼의 노래』는 좋다. 두 작품 모두 대단한 걸작이라고 호들갑을 떨 정도는 아니지만, 분명한 미덕을 지닌 작품들이다. 그 미덕이 무엇인지를 밝혀보고 싶다.

---

1) 에세이스트로서 김훈의 면모에 대해서는 졸고 「더 깊은 개인주의로-김훈의 에세이 읽기」, 『이론과 이론기계』(생각의나무 2008) 참조.

2. 묘사의 힘

두 작품은 소설에서 묘사의 힘이 어떤 가치를 지니는가를 잘 보여준다. 루카치는 그가 쓴 유명한 평문에서 '묘사냐 서사냐'는 질문을 던진 바 있다. 리얼리스트 루카치의 입장은 명확하다. 그는 자연주의적 묘사보다는 리얼리즘적 서사를 선호한다. 묘사와 서사를 칼로 자르듯 나누는 이분법 자체도 지금은 문제가 되지만 말이다. 루카치도 묘사 없는 서사는 있을 수 없다는 것을 잘 안다. 문제는 묘사를 엮고 조망하는 서사적인 총체적 시각이라는 걸 루카치는 강조한다. 그가 서사로서의 리얼리즘을 묘사에 치중하는 자연주의 문학보다 높이 평가하는 이유다. 내가 보기에 김훈의 작품은 묘사-서사의 잘못된 위계에 도전한다. 때로 파편적으로 보이는 묘사의 축적이 하나의 중심으로 수렴되는 서사를 넘어서 진실을 전달할 수 있다는 것을 이들 작품은 보여준다. 김훈의 에세이들이 그렇듯이, 김훈이 구사하는 묘사는 생경한 관념을 앞세우지 않는다. 그는 가능한 사실에 즉하려는 태도, 사실의 진술(statement)이 곧 주장(argument)이라는 것을 섬세하게 표현한다. 묘사와 서사는 명확하게 구분되지 않는다. 강하게 표현하면 묘사가 곧 서사이다. 이것이 김훈이 신문기사나 에세이 같은 산문에서만이 아니라 그의 소설에서도 여전히 견지하는 글쓰기의 자세이다. 그래서 그의 문체는 단문체가 될 수밖에 없다. 사실의 묘사는 호흡이 길 수 없다. 호흡이 길어지는 순간 글쓴이의 주관이 더 많이 개입된다. 그래서 이런 묘사가 나온다.

  i) 장수식품은 문을 닫았고, 직원들은 흩어졌다. 김장수는 팔다 남은 게장을 떠나는 직원들에게 나누어주었다. 윤애가 결혼해서 라오스로 갔다는 소식을 김장수는 우연히 승객으로 만난 옛 장수식품 직원에게서 들었다.(「배웅」, 『강산무진』 20면)

ii) 아내의 똥은 멀건 액즙이었다. 김 조각과 미음 속의 낟알과 달걀 흰
자위까지도 소화되지 않은 채로 쏟아져 나왔다. 삭다 만 배설물의 악취
는 찌를 듯이 날카로웠다. 그 악취 속에서 아내가 매일 넘겨야 하는 다
섯 종류의 약들의 냄새가 섞여서 겉돌았다.(「화장」 45면)

김훈에 따르면 삶은 어떻게든 견디어야 하는 세목들의 축적이다. 삶은
거창한 이데올로기나 관념의 집적으로 설명할 수 없다. 그것은 철학자가
다룰 영역이지 작가의 영역이 아니다. 작가에게 삶은 고상하고 아름답다
기보다는 추하고 더러운 것이 더 많은 세목들의 저장고다. 진실은 항상
디테일에 있다. 묘사는 그 디테일에 주목한다. 삶의 추함을 덮기 위해 여
러 가지를 꾸며대지만 그렇다고 삶의 추함이 사라지지는 않는다. 그것
들이 삶의 배면에 깔린 진실이다. 김훈은 삶의 추하지만 현실적인 세목
들을 외면하지 않고 보여준다. 그래서 다음의 구절에 눈길이 머문다. "난
잘 지내. 겨우 견디지. 다들 견디니까"(「배웅」 24면). 김훈이 이 작품들에
서 보여주는 인물들의 주된 정조는 신산스러운 삶을 묵묵히 견디는 견
인주의다. 작품 속의 인물들은 대개 자신들의 고통을 호들갑스럽게 늘어
놓지 않는다. 그들은 고통을 속으로 삭인다. 고통이나 죽음 뒤에도 죽은
이들을 떠나보내고 나서, 살아남은 사람은 또 살아가야 하는, 그렇게 견
뎌야 하는 어떤 것이다. 『강산무진』의 단편들은 문장의 힘으로, 묘사의
응축된 에너지로 삶의 정조와 인물들의 감응을 전달한다. 그래서 김훈의
문장은 때로 칼처럼 날카롭고, 때로 망치처럼 묵직하게 읽는 이에게 전
해진다. 그는 문장으로 논리가 아니라 감응을 전달하는 작가다.

그런 점에서 『강산무진』의 주요 인물들이 삶의 황혼기에 접어드는 사
람들이라는 것이 흥미롭다. 적어도 이 작품집에서 작가와 화자의 거리
는 거의 없다. 여성인물들의 경우에도 김훈의 목소리가 들린다. 그렇다

고 그들이 작가의 복화술 인형이라는 뜻은 아니다. 김훈은 그의 목소리로 수렴되는 여러 인물들을 통해 삶과 세상에 대한 그의 견해를 우회하지 않고 드러낸다. 이점을 전통적 소설에서 요구해온 '객관화'의 부족이라고 탓할 수 있겠으나, 적어도 김훈의 작품들에서는 그게 단점보다는 장점으로 작용한다. 이 점 역시 뛰어난 에세이스트로 김훈의 미덕이 긍정적으로 작용하는 사례이다. 물론 단편 「화장」처럼 아내의 죽음과 화장의 묘사와 추은주라는 여자직원에 대한 이해할 수 없는 애정/감정의 표현이 부자연스럽게 이어져 독자를 헷갈리게 할 때도 있다. 이것은 작가의 관념이 인물들의 심리와 의식 속에 충분히 객관화되어 묘사되지 못했기 때문으로 읽힌다. 소설집의 해설자는 이점에 대해 "뇌종양으로 투병하는 아내의 육체의 마멸과정과 회사 동료인 추은주의 육체에 대한 매혹이 화자의 직업세계의 업무처리와 더불어 세 겹으로 전개되고 있"(360면)기 때문이라고 설명한다. 설득력이 부족해 보인다. 우선 추은주에 대한 '나'의 끌림이 "추은주의 육체에 대한 매혹"인지부터 의심스럽다. 오히려 그것은 딱히 뭐라고 꼬집어 말할 수 없는 '나'의 마음을 섬세하게 드러내지 못한 묘사의 미흡함 때문이다. 이 경우에는 묘사의 객관화가 제대로 이뤄지지 못한 탓이다. 추은주에 대한 '나'의 정서가 추은주를 떠올리는 '나'의 기억에서 설득력 있게 묘사되고 있지 못하다는 뜻이다. 또 다른 문제는 이야기들이 "세 겹으로 전개되고 있"는 과정이 부자연스럽다는 것이다. 특히 아내와 추은주에 대해서 '나'가 보여주는 감정의 표현은 혼란스럽다. 주인공의 내면이 혼란스러운 것 자체가 문제가 아니라 그 혼란의 이면이 제대로 독자에게 전달되지 않는다는 점이 아쉽다. 굳이 긍정적으로 독해하자면, 죽어가는 아내 앞에서도 삶의 표현인 사랑은 여전히 강하게 작동하고 있다는 것을 작품은 보여주고 싶은 것이겠다.

이 단편들을 관류하는 정조는 죽음과 허무이다. 아내의 죽음(「화장」), 나의 임박한 죽음(「강산무진」). 그러나 의외로, 아니 김훈 작품의 경우에는 역시 그답게 화자/주인공은 담담하다. 한 사람이 죽어도 살아남은 사람, 그의 가족은 또 그들의 삶을 살아야 한다. 살아내야 한다. 죽어가는 사람은 죽기 전에 자잘한 일상의 일들을 처리해야 한다. 여기에는 어떤 감상도 작용할 수 없다. 삶의 냉정한 논리다. 살아남은 사람은 죽은 사람이 남긴 것들을 정리해야 한다. 무엇보다 자신의 마음을 정리해야 한다. 시한부 인생을 선고받은 '나'는 냉정하게 사태를 판단해서 자신과 가족들에게 가장 유리한 재정적 실리를 취한다. 그게 살아남은 사람들에게 해주는 선물이다. 김훈이 이해하는 삶의 냉혹한 진실이다.

> 의사는 주변을 정리하라고 말했는데, 오십 년 전의 색깔과 냄새를 불러들이는 것이 '정리'에 해당하지는 않을 것이다. 나는 필터까지 타들어간 담배를 재떨이에 버렸다. 담배는 여섯 개비가 남아 있었다.(「강산무진」 321면)

그래서 이 단편들에 호들갑을 떠는 화자는 없다. 그 점이 작품의 미덕인지 단점인지 논란의 여지가 있겠지만, 나는 그런 견인주의자들의 모습들에 이끌린다. 김훈은 적어도 감상주의와는 거리가 먼 작가다. 카프카는 어느 글에선가 "당신과 세계의 싸움에서 언제나 세계의 편을 들어야 한다"고 적었다. 여러 가지로 해석될 수 있는 말이지만, 나는 자기/자아를 넘어 세계를 가능한 한 있는 그대로(the world as it is) 수용하라는 뜻으로 이 말을 이해한다. 우리는 자기 편의대로, 자기 선입견이나 감정에 따라 세상의 이치를 해석하고 싶어 한다. 그러면 잠시 마음이 편하니까, 그러면 위안이 되니까. 하지만, 세상은 내 마음대로 굴러가지 않는다. 세계는, 그리고 삶은 그 나름의 견고한 이치를 지닌다. 세상의 '유물론적' 이치는 당신과 '나'의 관념, 주관, 편견, 감상보다 강하다. 따라서 '나'를 세상의 이치에 맞춰야 한다. 그렇게 하지 않을 때 감상주의가 탄생한다. 언제나 세계는, 삶은 '나'보다 힘이 세다. 이것은 주어진 현실의 논리를 무조건 받아들이라는 현실추수주의와는 거리가 멀다. 현실의 논리를 있는 그대로 인정하려는 유물론적 사유를 뜻한다. 현실의 논리를 제대로 이해할 때 그 현실이 어디서 잘못되어 있는가를 깨닫게 된다. 세계를 있는 그대로 이해하려고 노력할 때 우리는 쉽게 절망하고, 근거 없는 희망을 품는 어리석음의 미망에서 조금은 벗어날 수 있게 된다.

　김훈의 작품들은 카프카가 말한 세상의 냉엄한 이치를 그만의 방식으로 보여준다. 삶은 그 본성이 공허하고 쓸쓸한 것이지만, 그래도 우리는 그 삶을 꿋꿋하게 살아야 한다는 진실. 김훈은 삶의 냉정한 유물론을 이해하는 작가다. 아내는 죽고 마음에 두었던 여자는 떠난다. 그래도 화자인 '나'는 살아야 한다. 나오지 않는 오줌을 빼러 병원에 가야만 하고 기르던 개는 대신 돌봐줄 이가 없기에 안락사시킨다. 그리고 그가 맡고 있는 광고일을 계속 처리해야 한다. 산 사람은 그렇게 살아야 한다. 그리고 자야 한다. "그날 밤, 나는 모처럼 깊이 잠들었다. 내 모든 의식이 허물어져 내리고 증발해버리는, 깊고 깊은 잠이었다"(88면).

3. 구체성의 미학

김훈의 눈길이 오래 머무는 대상은 일상성의 미학, 밥의 미학이다.

　　부처가 금강경을 설하던 날도 똑같은 일상이 반복되었다. 밥 때가 되자 맨발의 부처는 밥을 구걸해서 절로 돌아왔고 얻어온 밥으로 아침을 먹었고, 빈 밥그릇을 닦아서 제자리에 가져다 놓았고, 더러워진 발을 씻었고, 그리고 자리를 깔고 편안히 앉아서 설법을 시작했다. 그것은 일상의 반복일 뿐이다. 도올 김용옥은 『금강경강해』(통나무, 1999)에서 이 대목을 해설하면서 금강경이 부처와 그 무리들의 평범하고도 일상적인 하루의 일과 속에서 말하여지고 알아들어졌다는 사실에 감격하고 있었다. 나는 도올의 글을 읽으면서 그처럼 상례적인 일상의 구체성에 감격하는 그의 놀라운 놀라움이 놀라웠다.(「뼈」 132면)

여기서 주인공/화자는 도올의 놀라움에 다시 흠칫 놀란다. 하지만 화자/김훈의 놀라움은 도올과 다르다. 이 단편은 그런 "일상의 구체성에 감격" 할 필요가 없다는 것, 그러니까 놀랄 게 없다는 것을 드러낸다. 설법이든 죽음이든 모두 일상의 구체성의 표현일 뿐이다. 내가 읽기에 이 소설집 에서 가장 인상적인 작품인 「언니의 폐경」도 일상의 구체성에 주목할 때 드러나는 이야기의 힘을 보여준다. 남편의 불륜도, 새로운 남자가 생긴 이제 오십 세가 된 중년여성인 주인공/화자인 본인의 사랑도 그래서 호들갑 떨 일이 못 된다. "왜 함께 살아야 하는지를 대답할 수 없었으므로 왜 헤어져야 하는지를 물을 수가 없었다"(246면). 그게 삶이다.

그러니 도올처럼 놀랄 필요가 없다. 이 점에서 화자/김훈과 도올은 갈라진다. 그만큼 김훈 작품들의 주인공/1인칭 화자들은 대개 김훈 자신의 모습과 겹친다. 그의 소설은 좋은 의미든 나쁜 의미든 에세이적인 지식인 소설이다. 김훈 작품의 서술시점이 모두 주인공이 서술하는 주인공 일인칭 시점인 것도 납득이 된다. 「엄마의 폐경」의 경우 여성 화자가 등장하지만 그 또한 김훈의 목소리와 겹친다. 그들의 삶은 열정이 아니라 쓸쓸한 황혼의 삶이다. 그리고 그런 삶을 바라보는 시선은 차분하고, 목소리는 가라앉아 있다. 김훈 소설은 젊은이의 문학이 아니라 지금 한국문학에 보기 드문 중년의 문학이다. 내가 김훈의 소설에 마음이 가는 유력한 이유 중 하나는 나도 이제 중년에 접어들었기 때문이기도 하리라.

언니는 내 머플러에 붙은 앙고라 털 몇 개를 떼어주었다. 언니의 삶은 사소하고 하찮은 것들로 가득차 있었다. 그 하찮은 것들이 늘 언니의 삶을 짓누르고 언니는 거기에 걸려서 헤어나지 못했지만 언니가 내 머플러에 붙은 앙고라 털을 떼어줄 때 나는 그 하찮은 것들의 무게를 생각했다.(「언니의 폐경」 230면)

인물의 내면을 평가하는 서술자는 없다. 단지, 사실의 진술을 통해 인물의 내면을 짐작케 할 뿐이다. 되풀이 말하지만, 김훈은 리얼리즘 문학에서 강조했던 총체적 조망이나 전체적 서사의 틀이 아니라 디테일의 축적된 묘사가 갖는 힘을 강조하는 작가다. 그는 "하찮은 것들의 무게"를 재는 작가다. 어떤 점에서 김훈은 놀랍게도 자연주의적이다. 좋은 의미의 자연주의. 루카치는 묘사가 아니라 서사를 옹호했지만 김훈은 리얼리즘적 서사가 아니라 자연주의적 묘사의 힘을 보여준다.

그가 쓴 에세이나 소설에서 김훈이 되풀이 말하는 것은 먹는 것, 밥벌이의 지겨움과 고통이다. 그만큼 밥벌이는 중요하다. 그래서 그는 밥벌이의 논리를 가장 잘 보여주는 택시기사들을 작품의 주인공으로 종종 등장시킨다.

달려드는 취객들은 무서웠다. 차고지와 방향이 맞지 않으면 태울 수가 없었고, 술에 취해 몸을 가누지 못하는 자들을 태울 수는 없었다. 한 방향으로 네 명의 승객을 모아 가려면 도로변에서 정차 위치를 이동시켜야 했다. 나는 달려드는 취객을 피해서 중앙선과 사차선 사이를 갈팡질팡 하면서 헤치고 나갔다. 늦고 지친 시간에 택시로 달려드는 취객들은 때로는 내 어머니의 미즈코들처럼 보이기도 했다. 취객들은 차도 안까지 내려와서 길을 막았고 나는 중앙선을 넘어서 취객들을 피했다.(214면)

때로는 밥벌이보다 이념이나 비전이 중요할 때도 있다. 하지만 그 경우에도 밥벌이는 누군가 해야 한다. 한 사람이 혁명을 하기 위해서도 밥은 먹어야 한다. 누군가 밥은 해야 한다. 김훈이 세상을 바라보는 기본적인 관점은 개혁도, 보수도 아니다. 밥벌이의 지겨움과 소중함을 누가 더 제대로 이해하는가? 김훈은 이 질문을 되풀이해서 던진다. 나는 그가 던지는 질문에 공감한다. 그런 점에서, 그는 동의하지 않겠지만, 김훈은 독특한 의미에서 관념론자가 아니라 철저한 유물론자이다. 김훈의 소설들은, 아니 김훈의 글 전체는 "내가 혼자서 가야 할 가없는 세상과 시간의 풍경"(「강산무진」 339면)에 눈길을 떼지 않으면서 뚜벅뚜벅 자신의 길을 걸어가는 견인주의, 혹은 허무주의자의 글이다. 깊은 허무주의는 삶의 진정성과 통한다. 모든 작가가 삶의 허무함을 견디는 견인주의, 삶의 의미를 회의하는 허무주의를 천착할 이유는 없겠지만, 그런 작가가 몇 명은 있어도 좋지 않겠는가.

4. 견인주의의 감응

장편 「칼의 노래」의 메시지는 이렇게 요약할 수 있다. 말과 생각은 어수선할 수 있지만, '칼의 노래'는 어수선할 수가 없다는 것. 한마디로 칼의 논리를 다룬 작품이다. 칼의 논리는 단순하고, 정확하고, 무자비하다. 거기에는 베임과 베어짐의 두 길만이 존재한다. 어중간한 절충이나 제 3의 길은 없다. 나는 이 소설을 읽으면서 명료한 칼의 논리를 느낀다. 김훈의 문장은 칼의 힘을, 칼로 베고 베이는 육체의 감응을 전한다. 최근 한국소설에서는 좋은 의미에서의 '남성성'이 거의 소실되었다. 이 소설의 매력은 그런 남성성을 다루는 데 있다. 이 소설은 칼의 냉정함과 정직함이 한 무인에게 던져주는 매혹을 다룬다. 그 매혹에 독자들도 이끌린다. 강호의 세계에서는 오직 칼의 내공, 무협의 내공으로만 승패가 정해진다. 강호에도 사술을 쓰는 사파가 있다. 하지만, 그런 사술은 곧 실체가 드러나고 무너진다. 사술이 내공의 깊이를 이길 수는 없다. 현실에서는 사파가 정파를 이기는 경우가 더 많지만 강호의 세계에서는 그렇지 않다. 그것이 강호의 세계를 다루는 무협물이 대중을 사로잡는 이유 중 하나다. 말과 글은 사람을 속인다. 교언영색이 가능하다. 그러나 칼은 그렇지 않다. 칼의 찌름과 베임은 속일 수 없다. 내가 상대를 찌르고 베거나 아니면 상대방의 칼에 그렇게 당한다. 칼은 그렇게 유물론적이다. 거기에 관념의 자리는 없다. 김훈이 '칼의 노래'에 매혹된 이유다.

무협물만이 아니라 그것의 현대적 변용물인 웨스턴물, 갱스터물, 전쟁물, 혹은 스포츠 등이 사람들을 끄는 이유도 비슷하다. 그것들은 무협의 칼이 보여주는 정직함의 다양한 변용이다. 말과 글에는 거짓이 있어도 몸과 행동은 거짓이 없다. 무협물에서는 칼의 정직함 혹은 강호의 도리를 위협하는 정치의 거짓, 말의 거짓이 대비된다. 정치와 세속은 그 나름의 논리가 있다. 그 논리는 강호와는 달리 더럽고, 이기적이고, 탐욕적이고, 거짓과 협잡의 정치논리가 지배한다. 눈에 보이는 칼이 아니라 눈에 보이지 않는 것들이 지배한다. 강호를 둘러싼 현실 정치에서 강호의 도리는 유치한 것으로 치부된다. 그래서 강호의 고수들은 정치논리에 의해 희생되거나 이용된다. 칼의 정직함이 정치의 현실에서는 통하지 않는다.

『칼의 노래』는 칼의 정직함과 말의 거짓됨, 강호의 도리와 정치의 교활함의 관계를 그린다. 이 소설에서 이순신이 보여주는 모습이 기존의 '영웅주의'와 다른 이유는 거기에 한 사내, 한 무인의 내면이 드러나 있기 때문이다. 기본적으로 칼의 세계는 남자, 사내의 세계이다. 김훈은 기본적으로 사내의 세계에 친숙하다. 이 작품이 인기를 끈 이유는 김훈이 끌리는 사내의 정서와 이 작품의 정서가 잘 통하기 때문이다. 작품의 매력이 거기서 생긴다. 그의 소설집 『강산무진』에 그려지는 여성인물들의 형상화가 어딘지 어색한 것과 비교해보면 더 그렇다. 칼의 논리를 다루는 이 소설은 칼의 외면이 아니라 그 칼을 든 무사 이순신에 더 관심을 기울인다. 그런 점에서 이 작품은 소설이라기보다는 내면일기에 가깝다. 이순신이 남긴 여러 기록들을 동원해 복원한 한 무인의 내면일기. 이순신의 내면일기에는 김훈 자신이 삶과 세계를 바라보는 시각이 겹쳐진다. 그런 대목이 눈길을 끈다.

> 나는 울음을 우는 포로들의 얼굴을 하나씩 하나씩 들여다보았다. 포로들은 모두 각자의 개별적인 울음을 울고 있었다. 그들을 울게 하는 죽음이 그들 모두에게 공통된 것이었다 하더라도 그 죽음을 우는 그들의 울음과 그 울음이 서식하는 그들의 몸은 개별적인 것으로 보였다. 그 개별성 앞에서 나는 참담했다. 내가 그 개별성 앞에서 무너진다면 나는 나의 전쟁을 수행할 수 없을 것이었다. … 그러므로 나의 적은 적의 개별성이었다. 울음을 우는 포로들의 얼굴을 들여다보면서 나는 적의 개별성이야말로 나의 적이라는 것을 알았다.(300면)

전쟁에서 적과 싸우고 적을 죽이려면 "적의 개별성"이 눈에 들어와서는 안 된다. 다시 말해 적이 사람으로 보이면 안 된다. 적은 추상적인 '적' 일반이 되어야 한다. 적이 개별적인 인물로 다가오면 그를 죽일 수 없다. 그렇지 않으면, "내가 그 개별성 앞에서 무너진다면 나는 나의 전쟁을 수행할 수 없을 것이었다." 이 소설에는 수많은 죽임과 죽음이 나온다. 그들은 대개 전쟁에 강제로 동원된 하급군인들, 농민들, 어민들, 여인들, 아이들이다. 그들의 "개별성"은 전쟁의 논리에서 삭제된다. 김훈의 질문은 그 점에 닿는다. 이 전쟁은 누구를, 무엇을 위한 전쟁인가? 이 전쟁이 수많은 "개별성"들, "울음을 우는 포로들"의 개별성보다 더 가치 있는가? 그러나 전쟁을 하기 위해서는 "적의 개별성이야말로 나의 적이라는 것을 알"아야 한다. 고뇌하는 무인은 필요하지 않다. 어쩌면 이순신은 고뇌했기에 죽었다. 적의 칼에 베일 것인가. 아니면 적을 벨 것인가. 그것만이 중요하다. 김훈에 따르면, 그 점에서 이순신의 죽음은 필연적이다. "적의 개별성"을 사유하는 무인은 정치와 전쟁의 논리에서는 필요하지 않다. 무인에게 사유하는 영혼은 필요 없다. 무인은 무자비한 칼-기계, 전쟁-기계가 되어야 한다. 이순신은 그런 칼-기계와는 다른 인물로 그려진다.

> 나는 강화협상이라는 말을 이해할 수 없었다. 백골로 뒤덮인 강토에 쑥부쟁이가 우거졌고, 도성은 잿더미가 되었다. 적이 나의 강토와 연안을 내습했으므로, 적이 전쟁을 끝내기를 원한다면 군대를 거두어 돌아가면 될 일이었다. 그리고 온 국토를 갈아엎고 돌아가는 적을 온전히 살려서 돌려보낼 것인지, 종자를 박멸해서 시체로 바다를 덮을 것인지는 적이 아니라 나와 내 함대가 결정할 일이었다. 적은 귀로의 바다 위에서 죽음을 통과해야만 돌아갈 수 있을 것이었고, 그 바다에서 적의 죽음과 나의 죽음은 또 한 번 뒤엉킬 것이었다. 이 세계에서는 그토록 단순하고 자명한 일이 단순하지도 자명하지도 않았다.(308면)

이 소설에서 흥미로운 대목은 칼과 정치의 대립구도이다. 김훈의 입장은 명료하다. 그는 이순신이 대표하는 칼의 세계를 편든다. 이순신의 비극은 그의 칼로는 오직 눈에 보이는 것만을 벨 수 있다는 점이다. 눈에 보이지 않는 적들은 벨 수 없다. 그런데 더 무서운 적은 눈에 보이지 않는 적이다. 현실에서 더 힘이 센 것은 눈에 보이는 칼이 아니라 눈에 보이지 않는 정치와 권력의 논리다. 왕은 무인이 뛰어나도, 혹은 뛰어나지 않아도 죽인다. 뛰어난 무인은 뛰어나서 권력에 위협이 되기에, 뛰어나지 않은 무인은 쓸모가 없기에 제거되어야 한다. 소설에서 그려지는 의병장 김덕령의 비극적 죽음이 대표적이다. 죽지 않으려면 곽재우처럼 현실을 떠나야 한다.

칼의 세계는 단순하고 자명하다. 그러나 "이 세계에서는 그토록 단순하고 자명한 일이 단순하지도 자명하지도 않았다." 역시 이순신이 전쟁터에서 죽을 수밖에 없는 이유이다. 김훈은 이순신이 그런 죽음을 예견했다는 걸 되풀이해서 강조한다. 자신이 죽을 곳, 죽어야 할 곳은 오직 전쟁터일 뿐이라는 것. 그러므로 작품의 끝이 이렇게 맺어지는 것은 자연스럽다.

> 세상의 끝이 … 이처럼 … 가볍고 … 또 … 고요할 수 있다는 것이 … 칼로 베어지지 않는 적들을 … 이 세상에 남겨 놓고 … 내가 먼저 … 관음포의 노을이 … 적들 쪽으로 … (388면)

5. 몰락한 신화의 세계

무사 이순신의 비극은 "칼로 베어지지 않는 적들"을 칼로 맞서야 했다는 것이다. 강호의 고수들은 칼의 논리에서는 고수이다. 그러나 그들은 "칼로 베어지지 않는 적들"이 지배하는 현실의 세계, 정치의 세계에서는 무력하다. 아니, 무력하다는 말도 정확하지 않다. 강호인들은 현실의 세계에 어울리지 않는다. 그들의 세계는 신화의 세계이다. 선과 악이 분명하고, 세상의 논리가 명확하게 드러나고, 게임의 규칙은 속임이 없고, 사술이 통하지 않는 세계. 현실의 세계는 그와 반대이다. 칼이 아니라 눈에 보이지 않는 권력, 사기, 거짓, 협잡이 득세한다. 그런 세계에서 강호인들, 무인들이 살 수 없는 것은 당연하다. 김훈이 매혹된 사내의 세계, 무인의 세계, 칼의 세계는 그렇게 사라져버렸다.[2] 이 소설이 사람들을 끌어당긴 이유는 이제 사라져버린 세계의 내면을 최대한 냉철하게, 칼의 무자비함을 연상시키는 문체로 보여주기 때문이다. 모든 작가들이 칼의 세계를 보여줄 필요는 없다. 그러나 그런 세계에 매혹된 작가가 몇 명 있는 것도 나쁘지 않다.

김훈은 사내의 세계를 제대로 보여주는 드문 작가다. 작가의 뛰어남은 어떤 세계를 보여주는가에 있지 않다. 그것은 나쁜 의미의 '소재주의'다. 작가는 어떤 소재든 다룰 수 있다. 다만, 어떤 세계를 그리든 얼마나 제대로, 냉철하게, 그 세계를 포착하는가가 문제일 뿐이다. 세계의 포착은 눈에 보이는 세계의 외적 묘사라기보다는 눈에 안 보이는, 세계가 품고 있는 감응의 전달이다. 작가의 역량은 대상을 다루는 표현의 능력에서 확인된다. 교과서적인 얘기이지만, '무엇'이 아니라 '어떻게'가 작가에게는 중요하다. 김훈은 '어떻게'에 힘을 쏟는다. 나는 그의 방식이 마음에 든다. 아마도 내 마음 깊은 곳에서 김훈이 그리는, 마초와는 거리가 먼, 참다운 의미에서 강인한 사내의 세계를 동경하고 있기 때문이리라. 김훈은 이제는 한국문학에서 찾기 힘들게 된, '사내다움'의 감응을 제대로 전할 줄 아는 작가이다. 『칼의 노래』가 좋은 증거이다. (2013)

---

2) 왕가위 감독이 오랜만에 내놓은 영화 〈일대종사〉는 이와 비슷한 인식을 보여주는 작품이다. 이 영화는 왕가위의 걸작이자 무협영화의 한 정점인 〈동사서독〉의 계보에 있다. 이 영화에서 무술은 예술의 다른 이름이다. 그렇기에 예술이 그렇듯이 무술은 삶의 표현이 된다. 영화는 시간의 흐름 속에 이제는 서서히 사라져가는 아름다운 것들, '화양연화'의 시대를 상징하는 강호와 강호인들의 몰락과 죽음을 다룬다. 이제 강호의 시대는 끝났다. 그 끝남의 의미를 이 영화는 깊이 살핀다. 이 영화를 평범한 무협영화로 분류할 수 없는 이유이다. 문학과 예술과 무술의 세계는 그렇게 서로 통한다.

2부

세계문학공간의 한국문학

세계문학공간과 한국문학

1. 세계문학공간과 민족문학

새로운 문학담론으로 세계문학론이 언급되고 있다. 결론을 당겨 말하면 지금 논의되는 세계문학론은 뜬금없다. 한국의 문학비평담론에서 지배적 발언권을 행사해온 것은 민족문학론이었고, 그 담론의 위세는 예전과 같지 않다. 사정이 그렇게 된 것은 현실의 변화 때문이다. 이제 민족문학은 철 지난 개념으로 치부된다. 그래서 한국문학이 운위되고 있다. 그 개념의 상대개념으로 세계문학이 주목받는다. 한국문학이나 세계문학 개념 모두 논란의 대상이다. 개념의 내포와 외연을 확정하는 작업의 난점 때문이다. 민족문학론은 그 개념의 가치를 인정하고 안 하고를 떠나서 단지 서술적 개념이 아니라 한국문학의 이념과 전망이 담긴 가치평가적 개념이었고, 더 나아가서는 규제이념이었다. 때로는 그 개념이 행사하는 규제적 성격이 억압적으로 느껴지기도 했지만, 그만큼 하나의 문학이념이자 담론으로서 민족문학 개념은 위력적이었다. 그렇다면 민족문학의 대체재로서 한국문학과 세계문학은 가치평가적 혹은 규제이념적 개념이 될 수 있는가. 세계문학론이 민족문학론을 대체할 수 있는 한국문학의 비전을 밝히는 개념이 될 수 있는가. 이 글은 세계문학론 자체를 정면으로 다루기보다는 최근 한국문학담론에서 다양하게 논의되는 세계문학론을 비판적으로 점검하는 우회로를 통해, 세계문학과 한국적 시민문학 사이의 생산적 대화의 가능성을 탐색한다.

모든 문학개념이 그렇지만 세계문학론도 개념의 다양성을 논의의 전제로 우선 고려해야 한다. 누가, 어떤 근거로 세계문학론을 논의하고 있는가. 이 점을 분명히 해야 한다. 이현우가 요령 있게 정리하듯이 세계문학론은 크게 세 가지로 구분된다.[1] 첫째, 세계문학은 세계 각국의 문학을 아울러서 한국문학과 상대하여 이르는 개념으로 사용된다. 이때의 세계문학은 해외문학, 외국문학 등의 동의어이며 가장 넓은 범주의 문학을 지칭한다. 이런 세계문학 개념에 대해서는 더 이상의 논의가 필요하지 않다. 한국문학이 아닌 모든 외국문학은 세계문학이기 때문이다. 둘째, 세계문학은 오랜 시간에 걸쳐 인류에게 읽혀온 문학을 가리킨다. 간단히 말해, 세계문학은 세계명작(고전)을 뜻한다. 세계문학전집의 그 '세계문학'이다. 이 개념은 서술적 개념이 아니라 가치평가가 들어간 개념이다. 누가 어떤 기준으로 명작이나 고전을 규정하는가. 명작을 구분하는 미적 평가 기준은 무엇인가. 이런 질문들이 제기된다. 세계문학전집의 구성과 편집에서 어떤 작가의 작품을 넣고 뺄 것인가에 대한 미적 판단기준이 문제가 된다. 단수로 된 명칭에도 불구하고 세계문학은 다수의 국민/민족국가(nation-state)가 생산한 문학들로 구성되며 엄청나게 다양하고 복합적인 문학적 생산들로 이루어진다.[2] 따라서 세계문학을 구성하는 각 민족문학의 다양성은 그들 사이의 우열을 가늠하는 미적·예술적 판단

---

1) 이현우, 「세계문학 수용에 관한 몇 가지 단상」, 『세계문학론』 (창비 2010) 212면.
2) 백낙청, 「지구화시대의 민족과 문화」, 『세계문학론』 39면.

기준을 전제로 한다. 그리고 이런 기준은 단지 미적·예술적 판단만이 아니라 정치적 판단까지 함축하는 복합적 기준이다. 고전을 가르는 기준의 문제는 세 번째 세계문학개념에서도 문제가 된다. 이때의 세계문학 개념은 개별 국가의 민족문학 속에서 보편적인 인간성을 추구한 문학, 곧 괴테가 정의한 세계문학이 된다. 말하자면 민족문학이면서 동시에 세계적인 보편성과 호소력을 겸비한 문학을 가리킨다. 이때 세계문학을 구성하는 개별 민족문학의 특수성과 보편성의 관계가 문제가 된다.

탈식민주의 이론이 날카롭게 문제제기를 해왔듯이, 세계문학의 '보편성'과 '객관성' 자체가 유럽중심주의라는 혐의에서 자유롭지 못하다. 괴테가 염두에 둔 세계문학은 각 민족이나 국가의 문학과 작가들이 경계를 넘어서 소통하고 교류하면서 문학을 통해서 인류의 보편적 가치를 지키고 세워나가야 한다는 일종의 국제운동적 성격을 지니고 있었다. 문제는 인류의 보편적 가치라는 것이 무엇인가라는 데 있다. 최고의 문학적 성취를 얻기 위해서라도 개별 민족국가의 테두리를 넘어서서 인류의 삶을 전체적으로 파악하고 표현하는 세계문학의 공간을 새로이 상상하고 구축하자는 문학적 연대의 촉구가 괴테가 구상한 세계문학론에 담겨 있었던 점은 부인하기 힘들다.[3] 그러나 이것은 쉽지 않은 과제이다. 작가는 자신에게 천부적으로 주어진 개별 민족언어와 문화의 테두리를 넘어서기 어렵다. 작가는 자신이 놓인 민족국가의 구체적 현실에서 출발할 수밖에 없다. 뒤에 살펴보겠지만, 조이스(James Joyce) 같은 세계문학의 대가도 그가 작품에서 다뤘던 현실은 철저하게 아일랜드 더블린의 삶이었다. 문제는 그 삶에 담기는 내용의 폭과 넓이고 그 내용을 전달하는 형식의 다양성과 깊이다.

세계문학공간은 괴테가 구상한 소통하고 교류하는 평화적인 대화의

---

3) 정홍수, 「세계문학의 지평에서 생각하는 한국문학의 보편성」, 『세계문학론』 115면.

공간이 아니다. 카자노바(Pascale Casanova)가 예리하게 간파했듯이 세계문학공화국 혹은 세계문학제국은 민족문학들 사이의 역학관계가 작동하는 상징투쟁의 공간이다.[4] 작가들은 상징자본을 둘러싼 투쟁의 세계문학공간에서 자신의 영토를 차지하기 위해 분투한다. 부르디외(Pierre Bourdieu)의 개념에 기대면, 작가는 그의 주관적 믿음과는 상관없이 특정한 문학 장(field)의 맥락 안에 존재한다. 그리고 개별 장은 개별 작가에게 강력한 영향력을 행사한다. 민족문학이 활동하는 민족국가의 현실도 장이며, 세계문학의 외연을 구성하는 세계체제도 그렇다. 그렇다면 우리는 문학 장을 구성하는 공간 속에서 작가의 상황을 다시 포착한다는 조건에서만 작가의 시각을 포착하고 이해할 수 있다. 문학 장과 작가의 고유한 아비튀스(habitus) 사이의 길항 관계를 포착하는 것이 관건이다. 그럴 때 작품의 세계가 지닌 생생함이 되살아난다. 세계문학공간에 놓인 작가를 제대로 이해하기 위해서는 그가 놓였던 세계문학공화국의 구체적 상황을 파악해야 한다. 카자노바가 제기한 세계문학공화국은 장과 아비튀스 개념에 기반해 부르디외가 제기한 예술의 과학론을 세계체제의 영역으로 확장한다. 비교문학연구의 새로운 방법론을 제시한 것으로 평가되는 『세계문학공화국』에서 카자노바는 종래의 비교문학 연구방법론이 지닌 단순하고 평면적인 비교연구의 문제점을 조목조목 비판한다. 그는 비판의 대안으로 세계문학공간(world literary space)을 제기한다. 그리고 각 민족문학이 등장하고 발전하는 과정이 어떻게 세계체제적인 변화와 맞물려 이루어지는가를 분석한다. 카자노바에 따르면 민족문학의 등장은 민족국가의 내재적 발전이나 사회경제적 변화과정만으로는 온전하게 설명되지 않는다.[5]

---

4) Pascale Casanova, *The World Republic of Letters* (Cambridge, MA: Harvard UP, 2007). 이하 이 책의 인용은 면수만 병기.

5) 카자노바의 세계문학론에 관한 설명은 졸저 『세계문학공간의 조이스와 한국문학』(서울

두 가지 점을 고려해야 한다. 첫째, 민족문학이나 민족문화의 발전은 사회경제적 변화과정의 영향을 받기는 하지만 나름의 자율성을 지닌 고유한 장을 형성한다. 둘째, 민족문학의 성립과 발전은 독자적으로 이루어지는 것이 아니라 언제나 다른 민족문학들과의 관계 안에서만 성립된다. 카자노바가 주목하는 것은 다양한 민족문학들 사이에 존재하는 경쟁, 투쟁, 불평등의 상호관계이다. 이런 관계를 통해 하나의 민족문학은 자신의 정체성을 형성한다. 카자노바는 다양한 민족문학들의 역동적인 상호관계를 통해 괴테가 구상했던 지식인들의 연대로서의 세계문학의 현실적 가능성이 열린다고 판단한다. 되풀이 말해, 세계문학은 여러 민족문학의 단순한 총합이 아니며 그들 사이에 작동하는 다층적이고 복합적인 상호관계의 산물이다. 이 상호관계는 호혜적이지 않으며 힘의 역학에 따라 형성된다. 문화적 헤게모니가 문제가 된다. 괴테의 세계문학론은 현실을 설명하는 개념이라기보다는 새로운 세계체제의 현실에 부응하는 문학의 필요성을 부각시키고, 이를 촉진하는 국제적 연대운동을 구상하는 규제적 이념에 가깝다.[6] 「공산당 선언」에서 제기된 맑스의 세계문학론 또한 자본주의의 진전에 따른 각 국가의 민족문학의 세계시장 진입을 예견하는 데 머물지 않는다. "민족적 일방성과 편협성은 점점 더 불가능해지고, 수많은 민족 및 지역문학으로부터 세계문학이 일어난다"[7]는 맑스의 언급은 괴테적인 의미의 세계문학의 생산, 운동으로서의

대학교 출판문화원 2013) 1부 2장의 논의를 수정·보완한 것이다.

6) 세계화, 세계문학, 민족문학의 관계에 대한 압축적이고 비판적인 검토로는 백낙청, 「세계화와 문학: 세계문학, 국민/민족문학, 지역문학」, 『안과밖』 29호 (2010 하반기) 참조. 괴테의 세계문학론에 대한 상세한 소개로는 임홍배, 「괴테의 세계문학론과 서구적 근대의 모험」, 『창작과비평』 2000년 봄호; 윤지관·임홍배 대담 「세계문학의 이념은 살아 있다」, 『창작과비평』 2007년 겨울호 등을 참조. 괴테의 세계문학론에 대한 소개로는 David Damrosch, "Goethe Coins a Phrase," What is World Literature? (Princeton: Princeton UP 2003) 1-36면 참조.

7) Marx and Engels, "Manifesto of the Communist Party," The Marx-Engels Reader, ed. Robert C.

세계문학과 일면 상통한다. 카자노바도 비슷한 문제의식을 표명한다.

> 세계문학은 오늘날 실제로 존재한다. 새로운 형태와 효과를 동반하고
> 있는 세계문학은 사실상의 동시적 번역을 통해서 쉽고 빠르게 유통되고
> 그것의 탈민족화된 내용이 일말의 오해의 위험조차 없이 흡수될 수 있
> 다는 사실에 의존하여 특별한 성공을 거두고 있다. 그러나 이러한 환경
> 에서 진정한 문학적 국제주의는 더 이상 가능하지 않고 국제적 사업의
> 물결에 휩쓸려버리는 것이다.(172면)

카자노바는 현재 "쉽고 빠르게 유통"되는 "국제적 사업" 성격의 세계문학
이 "진정한 문학적 국제주의"에 부합하는 성격을 지니는지를 묻는다. 문
제는 "진정한 문학적 국제주의"의 성격이다. 모레티(Franco Moretti)의 설
명은 이에 대한 답변으로 꼽을 만하다.

> 이로부터 세계문학은 정말로 체제, 즉 다양한 변이들의 체제라는 사실
> 에 도달하게 된다. 체제는 하나이지만, 그렇다고 해서 체제를 구성하는
> 모든 부분들이 동일하다는 것, 즉 일률적이거나 획일적이지는 않다는
> 것이다. 영국과 프랑스라는 중심으로부터의 압력은 그것을 일률적이거
> 나 획일적인 것으로 만들려고 하겠지만, 절대로 차이의 현실을 지워버
> 리지는 못한다. 그렇기 때문에 세계문학에 대한 연구는 세계를 가로질
> 러 상징적 헤게모니를 위한 투쟁에 대한 연구라고 할 수 있다. 이를 다
> 음과 같이 말해볼 수 있다. 1750년 이후 소설은 어느 곳에서나 서유럽의
> 패턴들과 지역적 현실들 사이의 타협으로 나타나는데, 지역적 현실이란
> 다양한 지역마다 다르고 서구의 영향이라는 것도 한결같지 않다.[8]

Tucker (New York: Norton 1978) 477면.

8) Franco Moretti, "Conjectures on World Literature," *New Left Review* 1 (2000). 세계문학, 민

모레티는 "세계문학에 대한 연구는 세계를 가로질러 상징적 헤게모니를 위한 투쟁"이라는 것을 지적하면서 카자노바가 제기한 세계체제론에 기반한 세계문학공화국론의 문제의식을 공유한다. 따라서 세계문학공간에서 헤게모니를 행사하는 문학적 중심국가나 도시(런던, 파리, 뉴욕 등)와 주변부 국가나 도시(조이스의 경우는 아일랜드나 더블린, 한국의 서울) 사이에 작동하는 "상징적 헤게모니를 위한 투쟁"의 구체적 분석이 필요하다.

2. 세계체제론과 세계문학

세계문학공간에서 차지하는 중심국가 출판자본이 세계시장에 미치는 영향력은 더욱 강해졌다. 아울러 보편적 문학성의 외양을 지닌 것처럼 홍보되는 국제적인 인기 작가들의 도래를 카자노바가 지적하는 것은 일면 당연하다. 한국의 문학출판시장도 예외는 아닌데, 원작 출간에 맞춰 거의 동시에 소개되고 번역되는 영미권의 베스트셀러나 문학상 수상작들이 좋은 예이다. 특히 카자노바는 미국이 행사하는 문화적 헤게모니를 주목한다. 상업적인 형태의 세계문학의 중심은 이제 미국이 되었다. 조이스를 매혹시켰던 파리나 런던이 아니라 뉴욕이 우리 시대 세계문학공간의 중심이다. 무엇이 위대한 문학인가? 이 질문을 둘러싼 민족문학들의 정전투쟁이 1960년대를 분기점으로 출판시장에서의 경쟁 국면으로 전환되었다. 그 중심에는 뉴욕의 출판자본이 행사하게 된 헤게모니가 있다는 것이 카자노바의 진단이다. 그렇다면 세계문학의 문학적·문화적 중심이었던 파리의 몰락과 새로운 중심도시로서 뉴욕의 등장은 진정한 문

족문학, 비교문학의 관계에 대한 간략한 소개로는 박성창, 「민족문학, 비교문학, 세계문학」, 『안과밖』 28호 (2010년 상반기) 참조.

학적 국제주의의 표현인가? 괴테나 맑스가 기대했던 민족경계를 초월한 진정한 국제주의적 세계문학의 도래가 아니라, 특정 국가의 대중문화와 문학의 영향력이 자본의 헤게모니가 관철되는 세계시장을 통해 파급되어 나가는 착잡한 현실을 우리는 목도한다.

지금 논의되는 세계문학은 각 민족문학의 상징자본과 함께 그런 자본을 가능케 하는 경제적 헤게모니 관계를 동시에 고려해야 한다. 예컨대 한국정부가 국책사업의 하나로 한국문학의 해외번역과 소개를 추진하고, 한국문학의 세계화를 지원하게 된 저간의 사정에는 세계문학공간에서 한국문학의 '국가경쟁력'을 높여보려는 정치적 욕망이 깔려 있다. '한류'에 대한 국가적 홍보작업이나 노벨문학상을 받기 위한 국가적 지원책을 마련하겠다는 방침 등이 좋은 예이다. 세계문학공간에서 한국문학의 우수성을 인정받아야겠다는 심리의 한편에는 이만큼의 경제적 성취를 얻었다는 자부심과 얽혀 있는 문화적 콤플렉스가 자리 잡고 있다.[9] 경제자본의 위계가 곧 문화자본의 위계를 전적으로 규정하지는 않지만 둘 사이에 분명한 연관관계가 있다는 것도 부인하기 힘들다. 20세기 문화자본의 중심지 역할을 했던 런던, 파리, 뉴욕은 그 도시들이 속했던 당대 패권국가로서 영국, 프랑스, 미국이 지닌 경제적 영향력의 문화적 상징 도시들이었다. 지금 유럽에서 주목받고 있는 중국문학의 경우도 대동소이하다. 그 주목의 원인에는 중국문학이 세계문학에 진입할 실력을 갖추게 되었다는 기본적인 이유도 있지만, 중국의 세계적 위상, 특히 경제적 위상이 높아졌다는 점을 동시에 살펴야 한다.[10] 괴테와 맑스가 언급했던 국제적 문학운동으로서의 세계문학론의 배경에는 역설적이게도 그런 발언을 가능케 해준 유럽의 경제적 패권과 식민주의 논리가 깔려 있다.

카자노바에 따르면 세계문학공간의 주변부 문학이 헤게모니를 지닌

---

9) 윤지관, 「한국문학의 세계화를 둘러싼 쟁점들」, 『세계문학론』 194면.

10) 이욱연, 「세계와 만나는 중국소설」, 『세계문학론』 130면.

중심부 문학과 맺는 관계는 대체로 세 가지로 구분된다. 이런 상이한 패턴이 등장하는 배경은 "문학적으로 존재를 인정받기 위한 진입경로들이 이미 불평등하게 존재한다는 기본적인 사실"(355면)이다. 첫째는 동화의 패턴이다. 작가가 활용할 문학적인 자산이 부족할 때 풍부한 문화적 유산을 지닌 다른 문화권으로 편입된다. 두 번째는 반항의 패턴이다. 이것은 일종의 문화적 토착주의로서 지역적이고 특수한 문화로 돌아가려는 경향이다. 19세기말에서 20세기 초에 아일랜드에서 벌어졌던 아일랜드 문예부흥운동(the Irish Revival)이나 지배문화를 거부하고 자신의 토착 언어를 고집하는 아프리카 작가들의 창작활동이 여기 해당한다. 셋째는 혁명의 패턴이다. 이 패턴에 속하는 작가들은 주어진 주류 문화적 코드를 해체하고 새로운 문화적 코드를 생산하면서 세계문학의 지형도를 바꾼다. 조이스와 베케트(Samuel Beckett)가 대표적이다. 카자노바에 따르면 이들 작가들은 당대 유럽문학의 대표적 근대담론이었던 민족주의나 그것과 한 몸을 이루는 식민주의에 거리를 둔다. 그리고 그들은 주류문학이었던 영문학의 규범들도 비판하고 해체한다. 일종의 문화적 이중투쟁을 펼치면서 문학적 자율성을 획득한다. 카자노바는 이런 세 가지 패턴이 복합적으로 나타났던 문학으로 고통스러운 식민경험을 지녔던 아일랜드 문학과 그 대표자 격인 조이스와 베케트를 꼽는다. 아일랜드 패러다임이라 하겠다. 아일랜드 패러다임은 아일랜드와 비슷한 식민주의 경험을 했던 한국문학의 경우에도 원용될 수 있다.

세계문학공화국의 고유한 역사는 곧 투쟁과 경쟁의 역사이기도 하다. 카자노바가 무수한 사례분석을 통해 입증하는 세계문학공화국 안에서 벌어지는 민족문학들 사이의 내적 경쟁은 세계문학공화국 안에서 각 민족문학이 고유한 자신만의 입지를 차지하려는 싸움, 그리고 문학시장의 상징자본을 획득하거나 높이려는 싸움이다. 이것이 근현대문학이 표방하는 세계화가 지닌 성격이다. 이런 세계문학은 괴테가 구상했던 세계문학과 거리가 멀다. 괴테는 민족문학들의 연대로서의 문학의 세계화를 꿈꿨다. 하지만 현실적으로 나타난 모습은 다양한 민족문학들 간에 벌어지는 경쟁과 대립이다. 그 배경에는 각 민족문학 사이의 역학관계가 작동한다. 이와 비슷한 문제의식을 제임슨(Fredric Jameson)도 피력한다. 2008년 홀베르그상 수상 기념 심포지엄에서 제임슨은 「세계문학은 외무부서를 가지는가?」라는 발표를 한다. 이 발표에서 제임슨은 세계문학을 "투쟁의, 경쟁과 적대의 공간과 터"로 보자는 제안과 함께 "작품은 형태적 돌연변이로서 그 자체의 내부적인 문화적 서식처나 생태계에서 살아남으려고 노력하는 동시에 인정과 종족보존에 목말라 하는 다른 나라들의 경쟁자들에 맞서서 세계적인 차원에서 스스로를 주장해야 하는 이중적인 투쟁을 해내야 한다"고 주장한다.[11]

3. 세계문학과 아일랜드 패러다임

세계문학공화국 안에서 벌어지는 중심국가/도시와 주변부 국가/도시 사이의 상징적 헤게모니 투쟁에 초점을 맞추는 이유는 세계문학공화국에서 현실적으로 작동하는 힘의 위계관계를 수동적으로 추수하기 위해서가 아니다. 그런 현실의 분석을 통해 진정한 국제주의 문학의 가능성을 위한 실마리를 찾기 위한 것이다. 이점에서 카자노바의 문제의식은 탈식민주의와 통한다.

역사를 부정하고 무엇보다도 문학공간의 불평등한 구조를 부정하는 일

---

11) Fredric Jameson, "Does World Literature Have a Foreign Office?," A Keynote Speech for Holberg Prize Symposium 2008; 윤지관, 「경쟁하는 문학과 세계문학의 이념」, 『안과밖』 29호 (2010년 하반기) 참조.

은 자산이 상대적으로 빈한한 문학공간들을 구성하는 민족적, 정치적, 민중적 범주들의 이해 및 수용을 저해하며 결과적으로 문학공간의 변두리 지역에서 진행되는 많은 작업의 목적을 파악할 수 없게 만든다. (중략) 그리하여 위계적 구조, 경쟁관계, 문학공간의 불평등성 등을 부인함으로써 [중심부의-인용자] 종족중심주의적 무지의 오만한 시선은 보편주의의 틀에 맞춘 인증 아니면 대대적인 축출선고를 낳는다.(152-153면)

문학적·문화적 헤게모니를 쥐고 있는 국가나 도시는 그들과 주변부 국가나 도시 사이에 존재하는 "위계적 구조, 경쟁관계, 문학공간의 불평등성 등을 부인"한다. 따라서 주변부 출신 작가가 자신의 작가적 입지를 세우고 "인증"을 얻기 위해서는 "종족중심주의적 무지의 오만한 시선"에 굴종해야 한다. 그렇지 않으면 "축출선고"를 받는다. 이런 궁지를 돌파하여 자신만의 문학적 공간을 창조하는 제3의 길은 없는 것인가. 카자노바도 비슷한 고민을 피력한다.

나의 희망은 이 저서가 문학세계 주변부의 모든 빈한하고 지배받는 작가들에게 도움이 될 일종의 비평적 무기가 되었으면 하는 것이다. 뒤벨레이, 카프카, 프루스트, 조이스, 포크너의 텍스트에 대한 나의 읽기가, 문학으로 성립하는 상태에 접근하는 과정 자체의 불평등성이라는 기본적 사실을 무시하는 중심부 비평가들의 주제넘은 가정과 오만과 독단적 판정에 대한 투쟁의 도구가 될 수 있기를 바란다.(354-355면)

카자노바의 주장은 그가 주목하는 유럽의 변방출신 작가들인 조이스나 카프카에게만 해당되는 게 아니다. 예컨대 주변부 아일랜드 출신인 조이스 작품은 어떻게 당대 유럽문학지형에서 "문학으로 성립하는 상태"에 이르게 되었는가? 조이스는 어떤 과정을 통해, "중심부 비평가들의 주제넘은 가정과 오만과 독단적 판정"을 돌파하여 자신만의 문학적 성채를 구축한 거장으로 인정받게 되었는가?

모든 창조적 작가가 그렇듯이 조이스의 창조성은 평지돌출한 것이 아니다. 그는 자신이 물려받은 문학적 전통, 특히 아일랜드 안팎의 작가들에게 지대한 관심을 기울였다. 자신만의 고유한 목소리를 발견하기 위해서는 먼저 어떤 목소리들이 이미 존재하는지, 그들로부터 무엇을 배우고 버릴 것인지를 알아야 했다. 이런 과정은 한국문학의 경우도 마찬가지이다. 세계문학을 논하기 이전에 한국문학의 전통과 다른 나라의 작가들을 먼저 알아야 한다. 민족문학과 세계문학은 대립개념이 아니다. 조이스가 좋은 예이다. 조이스는 편협한 민족문학과 민족성을 넘어선 국제주의자 혹은 세계문학주의자인가. 조이스의 다음과 같은 발언만 읽으면 그렇게 보인다.

더블린 사람들은 엄격히 말해서 나의 동포들이지만 나는 '사랑스럽고 더러운 더블린'에 대해 다른 사람들처럼 얘기할 생각은 없다. 더블린 시민은 섬나라나 대륙에서 내가 만난 사람 중에 가장 무기력하고 쓸모 없고 지조 없는 허풍선이 민족이다. 영국 국회가 세계에서 가장 수다스러운 사람들로 가득찬 것은 바로 이 때문이다. 더블린 사람들은 술집이나 식당이나 매음굴에서 지껄이고 술을 돌리면서 시간을 보내는데 위스키와 아일랜드의 자치라는 두 가지 약에 결코 물리지 않으며, 밤에 더 이상 먹을 수 없게 되면 두꺼비처럼 독으로 부어올라 옆문을 통해 비틀대며 나와서 쭉 늘어선 집들을 따라 안정에 대한 본능적인 욕구에 인도되어 벽이나 구석들에 등을 대고 미끄러지듯 간다. 영어로 말한다면 휘청거리며 간다. 이것이 더블린 사람들이다. 그리고 이 모든 것에도 불구하고 아일랜드는 여전히 연합왕국의 두뇌이다. 현명하게 실질적이고 지루한 영국인들은 배를 꽉 채운 인간들에게 완벽한 고안물인 수세식 화장

실을 제공한다. 자기 고유의 언어가 아닌 다른 언어로 표현하도록 저주
받은 아일랜드인들은 그 위에 그들이 지닌 천재성의 인장을 찍고 신의
영광을 위해 문명화된 국가들과 경합한다. 이것이 이른바 영문학이라고
하는 것이다.[12]

조이스는 그가 떠나온 아일랜드 문화의 편협성에 진력을 낸다. 그가 예
이츠가 주도했던 아일랜드 문예부흥운동이나 어떤 형태의 민족주의적,
혹은 국수주의적 민족문화 혹은 지역문화 옹호에 강하게 반발한 이유도
여기에 있다. 이런 태도는 근본적인 차원에서 조이스가 지녔던 무정부주
의적 태도에서 기인한다.

> 나는 예술가로서 모든 국가에 반대한다. 물론 국가를 인정해야 되겠지.
> 실제로 모든 행위에 있어서 국가의 제도와 관계를 맺고 있기 때문에, 국
> 가는 중심으로 모든 것을 모으려고 하며 인간은 중심에서 벗어나려 한
> 다. 이렇게 해서 끝없는 싸움이 일어난다. 수도사, 독신자, 무정부주의
> 자는 같은 범주에 들어간다. 물론 나로서는 극장에 폭탄을 던지며 왕과
> 그의 자녀들을 살해하려 드는 혁명가의 행위를 인정할 수는 없다. 그러
> 나 세계를 피바다 속에 빠뜨리는 국가가 그보다 낫다고 말할 수 있을
> 까?(Ellmann, 446면)

『젊은 예술가의 초상』이나 『율리시즈』에서 주인공 스티븐을 통해 보여
주듯이, 조이스는 모든 형태의 사회적 억압체계를 거부한다. 그의 거부
대상은 단지 식민지 아일랜드만이 아니다. 그는 아일랜드를 지배했던 영
국식민주의 체제와 로마 가톨릭을 동시에 거부한다. 이런 태도는 유럽으

---

12) Richard Ellmann, *James Joyce*(revised edition) (Oxford UP, 1982) 217면.

로의 자발적 망명 이후에도 변하지 않는다. 그가 어느 한 곳에 정주하지 않는 유목적 삶을 선택한 이유도 "세계를 피바다 속에 빠뜨리는 국가"에 대해 그가 가졌던 불편함에서 기인한다. 조이스는 편협한 국수주의자가 아니었다. 하지만 그는 민족과 국가의 역할을 외면하는 소박한 국제주의자도 아니었다. 조이스는 이렇게 주장한다.

> 그들도 처음에는 민족주의자들이었습니다. 투르게네프의 경우처럼 끝에 가서 그들을 국제적으로 만든 것은 그들의 민족주의의 힘입니다. 투르게네프의 『사냥꾼 일기』를 기억합니까? 얼마나 지방색이 강합니까? 그 바탕 위에서 그는 위대한 국제적 작가가 된 것입니다. 나의 경우에는, 나는 언제나 더블린을 쓰고 있는데, 더블린의 핵심에 도달할 수 있다면 세계 모든 도시의 핵심에 도달할 수 있기 때문이지요. 특수성에는 보편성이 내포되어 있습니다.(Ellmann, 505면)

아일랜드를 대하는 조이스의 양가적 감정이 어디서 비롯되었는지를 이 대목은 잘 짚는다. 그에게 "지방색"과 "국제적 작가"는 양립불가능한 것이 아니다. 모든 탁월한 작가들이 그렇듯이, 조이스 작품에서 보편성과 특수성은 통일되어 있다. 조이스의 세계는 그가 애증의 감정을 지녔던 더블린의 세계였다. 마치 프라하가 카프카에게 그랬듯이. 하지만 프라하를 결국 떠나지 못했던 카프카와는 달리 조이스는 아일랜드를 떠났고, 그런 떠남을 통해 오히려 아일랜드를 제대로 그릴 수 있는 비범한 안목을 얻었다. 조이스나 베케트는 파리를 그들의 문학적 망명지로 선택함으로써, 아일랜드의 문학적 규범에 대한 순응을 거부하고 파리라는 국제적인 문학공간에서 실험적 문학의 가능성을 발견한다. 이런 조이스의 문학적 전략은 세계문학에서 한국문학의 위상을 고민하는 작가들에게도 여전히 유효하다.

4. 한국적 시민문학과 세계문학

소설가 김영하는 세계무대에서 한국문학의 경쟁력을 고민하면서 "보편적인 문제를 다루어야 하고 번역에 견딜 수 있는 작품을 써야 한다"는 생각을 밝혔다고 한다(정홍수, 119면). 일면 민족문학과 세계문학의 역할을 고민하는 문제의식을 읽을 수 있지만, 핵심을 놓친 발언이다. 탈식민주의나 여성론 비평이 밝혔듯이, 엄밀히 말해 작가에게 보편적인 문제는 없다. 항상 개별 작가가 부딪치는 개별적이고 특수한 문제만 있을 뿐이며, 그 특수성을 최대한 깊이 파고들 때 보편적인 영역이 열린다. 이런 맥락에서 "하루키를 비롯하여 대중적인 일본 현대소설가들의 이름은 해외 출판사들의 관심대상이 된 지 오래인데, 이 같은 세계시장에서의 성공은 일본문학에서 1990년대 이후 급격하게 탈민족적인 성향이 짙어지는 추세와도 관련이 있다. 이것은 국가나 민족의 경계를 넘는 대중문화의 확산과 지배, 그리고 획일적인 소비문화의 세계적인 팽창으로 이어지는 지구화의 대세에 문학이 종속되어가는 흐름과도 맺어져 있다"(윤지관, 206면)는 지적도 그다지 정확한 지적은 아니다. 무라카미 하루키의 소설에는 "탈민족적인 성향"이 있다. 그러나 그의 작품을 "지구화의 대세에 문학이 종속되어 가는 흐름"의 예로만 간주하는 것은 지나친 해석이다. 무라카미의 작품이 갖는 세계성은 그가 섣불리 보편적인 문제를 다루었기 때문이 아니라 분명 일본적인 현실과 문제를 다루면서도 그 안에서 다른 문화에도 호소력이 있는 어떤 핵심 사안을 집요하게 천착하기 때문이다.[13] 주목할 만한 소설가 중 한 명인 박민규도 비슷한 지적을 한다.

코즈모폴리턴이라고 하나요. 이제 또 그런 콤플렉스를 가진 것 같아요.

---

13) 이런 분석의 예로는 김홍중, 「무라카미 하루키, 우리시대의 문학적 지진계」, 『마음의 사회학』(문학동네 2009) 참조.

뭘 하든 세계적인 걸 해야만 할 것 같고, 외국을 생각해야 할 것 같고 이러는 거죠. 제가 왜 이런 이야기를 하느냐면, 이를테면 멜빌이든, 고골리든 누구든, 개인의 작업을 했다는 거예요. 본인이 쓰고 싶은 걸 썼지, 이걸 써서 저 어디 들어보지도 못한 한국에서까지 자기 책이 번역돼서 읽히는, 그런 코즈모폴리턴은 환상이죠. (중략) 한 작가가 한 개인으로 독자화할 때, 즉 개인화의 레벨이 어마어마하게 올라가는 것, 그게 곧 세계화라는 거죠.[14]

조이스 문학이 보여주듯이, 작품의 세계화는 그 작품이 보여주는 "개인화의 레벨"이 올라갈 때만 가능하다. 주목받는 한국계 미국작가인 이창래도 비슷한 문제의식을 보여준다. 이창래는 특정한 민족 혹은 국가의 작가로 정체성을 규정하는 시각에 대해 불편한 태도를 취한다.

미국의 흑인 작가 토니 모리슨은 '나는 한 번도 미국인처럼 느껴본 적이 없다'고 고백한 적이 있다. 그녀는 그렇게 '미국인'으로 포섭될 수 없는 자신만의 소수적 감수성으로 독특한 작품세계를 일구어냈다. 어쩌면 우리가 진정 넘어서야 할 경계는 '한국문학'이라는 견고한 레떼르 자체일지도 모른다. 이창래는 자신의 작품이 한국문학도 교포문학도 미국문학도 아닌 그저 '이창래의 문학'으로 읽히기를 바란다고 말했다. 한국문학의 표지를 떼고도 작가의 개별성만으로 소통할 수 있는 분위기를 지향할 때, '한국문학의 세계화'가 이루어질 수 있지 않을까.[15]

박민규나 이창래가 공히 주목하는 작품의 철저한 개인화는 관념적으로

---

14) 황정아, 「박민규라는 문학 발전소」(인터뷰), 『창작과비평』 151호 (2011년 봄) 377면.
15) 정여울, 「해석을 넘어 창조와 해석을 꿈꾸다」, 『창작과비평』 138호 (2007년 겨울) 109면.

세계화를 추구한다거나, 현실적으로 존재하지 않는 인류공통의 보편적인 문제를 다룬다거나, 번역에 견디는 작품을 쓰겠다는 의도 등으로 얻어지지 않는다. 요는 작가가 붙잡고 있는 구체적 현실을 얼마나 깊이 파고드는가에 있다.

분명 지금은 세계화의 시대이다. 전 지구적 자본주의인 우리 시대는 민족국가의 현실과 세계자본주의의 현실이 뒤얽혀 있다. 그런 면에서 한 민족국가와 시민사회의 문제는 세계 전체의 문제를 함축한다. 하지만 어쨌든 작가는 추상적 세계가 아니라 자신이 일상적으로 부딪치는 민족국가의 현실에 철저히 개인으로서 대면한다. 다시 박민규의 말을 들어보자. "이 세계화의 콤플렉스. 아무튼 나는 '나'라는 개인만 생각한다. 또 이것이 다른 무엇도 아닌 개인의 작업이라는 생각이고. 그러니까 충실히, 언제까지고 자신의 내부에 더 연연하고 싶다."[16] 세계주의자가 되기 위해서는 먼저 철저한 개인주의자가 되어야 한다. 박민규나 이창래 문학의 개인주의는 자신의 내부에 연연하고 침잠하는 협소한 내면성의 개인주의가 아니라, 다른 존재들과 현실과 세계로 열린 사회적 개인주의이다. 이 글에서 주로 언급한 조이스를 비롯해서, 내가 아는 모든 훌륭한 작가는 어떤 의미에서든 탁월한 사회적 개인주의자이다.

세계문학 개념이 주목받는 이유 중 하나는 세계시장에서 한국문학의 경쟁력을 높여야 한다는 문제의식도 작용한다. 노벨문학상에 대한 한국문단과 문학계의 과도한 관심도 이 문제와 관련된다. 먼저 이들에게 알려주고 싶은 사실 하나. 20세기 유럽문학계의 판도를 좌우했던 작가 상당수는 노벨문학상과 인연이 없었다. 조이스, 카프카, 프루스트, 로런스, 울프, 콘라드 등. 노벨문학상은 마라톤 경주가 아니며 문학의 가치평가의 유일한 잣대도 아니다. 문학을 포함한 인류의 문화 활동에 등수를 매

---

16) 「박민규-신수정 대담」, 『문학동네』 66호 (2011년 봄) 114면.

길 수는 없다. 노벨상을 비롯한 세계적 권위를 지닌 문학상에도 세계문학공화국에서 작동하는 문학적 상징자본의 역학관계가 작동한다. 그래서 조이스는 비웃듯이, 자신이 받을 상은 노벨문학상이 아니라 노벨평화상이라고 말했던 것이다. 그의 비웃음에는 노벨상으로 대표되는 문학의 경쟁력에 대한 비판이 깔려 있다. 문학의 경쟁력은 무슨 의미인가. 문학의 경쟁력을 가름하는 것이 가능하고 바람직한가. 그 경쟁력의 판단주체는 누구인가. 이런 질문에 구체적으로 답하지 않으면 "한국문학은 다시 한 번 서양문학의 고정된 중심을 향한 욕망의 우울한 경주와 마주칠 수밖에 없지 않겠는가"(정홍수, 121면). 이런 태도는 문화적 식민주의의 전형적인 예이다. 예컨대 중국의 소설을 영화로 각색한 장이머우의 영화가 보여주는 변형된 오리엔털리즘이 그렇다. 장이머우는 소설을 영화로 각색하면서 세계인들, 특히 서구인들의 중국에 대한 기억에 맞게 원작의 내용을 바꾼다. 영화 속의 중국은 유럽인들 기억 속의 중국이었고 영화를 통해 기존의 이미지를 재확인했다(이욱연, 141면). 세계적인 한국문학을 논하기 전에 우리 안에 존재하는 식민주의의 실체를 먼저 밝혀야 한다. 그러므로 한국문학이 해외에 덜 번역 소개된 것이 문제라고 말하기 전에 우리가 알고 있는 나라의 문학이 얼마나 되는지 살펴보는 것이 필요하다.[17]

세계문학공간에서 더 높은 지위를 차지하려는 욕망을 공공연히 표출하는 한국문학에 지금 필요한 것은 섣부르고 공허한 세계문학론이 아니다. 박민규의 지적대로 "한 작가가 한 개인으로 독자화할 때, 즉 개인화의 레벨이 어마어마하게 올라가는 것, 그게 곧 세계화"가 되도록 작가들이 그들만의 숨결을 담은 작품을 쓰는 것이 관건이다. 다시 말해 우리시대의 시민문학을 깊이 사유하는 것이 필요하다. 그런 고민이 깊어질 때

---

17) 방현석, 「서구중심의 세계문학 지형도와 아시아문학」, 『세계문학론』 266면.

한국문학의 세계화는 자연스럽게 이뤄질 것이다. 조이스의 말을 되풀이 하자. "나는 언제나 더블린을 쓰고 있는데, 더블린의 핵심에 도달할 수 있다면 세계 모든 도시의 핵심에 도달할 수 있기 때문이지요. 특수성에는 보편성이 내포되어 있습니다." 세계문학을 고민하는 한국작가들이 깊이 새겨야 할 조언이리라.

5. 몇 가지 제안들

지금까지의 논의를 요약하자.

첫째, 각 민족문학이 세계문학공간에서 차지하는 지위는 단순히 문학적인 가치평가로만 결정되지 않는다. 무엇보다 해당 민족국가가 세계자본주의체제에서 차지하는 위치와 그로부터 비롯되는 정치·군사·문화적 힘의 역학관계가 강하게 작용한다. 근대자본주의 경제체제의 성립 이후에 지금까지의 중심축은 좋든 싫든 유럽과 북미, 언어권으로는 영어, 스페인어, 독일어, 불어, 러시아어의 세력권에 있었다. 이들 국가의 문학이 세계문학을 선도한 것은 단순히 문학적 가치 때문만은 아니었다. 좀 더 구체적인 검증과 사례연구로 뒷받침되어야겠지만, 2차 세계대전 이후 주목받게 된 라틴아메리카 문학의 경우도 언어 문화적으로는 그 식민지 지배국가였던 스페인어와 그에 뿌리박은 유럽문화전통의 힘이 크게 작용한 것이며(물론 그것의 창조적 변용이라는 점도 무시할 수는 없지만), 1960년대 이후 나타난 일본문학의 부상(무라카미 하루키는 그 정점이라고 할 수 있다), 그리고 최근에 주목받는 중국문학(모옌의 노벨문학상 수상으로 분명하게 된)도 공히 이들 국가들이 세계자본주의 체제에서 차지하는 높아진 위상과 관련된다. 만약 경제적 위상이 높지 않다면, 적어도 그 국가가 지배적인 언어 사용의 세력권에 있기를 요구한다. 예컨대 아일랜드 문학의 경우가 그렇다. 20세기 초반 아일랜드가 세계체제에서 차지하는 위상은 미약했지만, 영국의 오랜 식민통치에서 강제적으로 부과된 영어와 영국 문화에 대한 아일랜드 작가들의 비판적 자의식과 창조적 변용이 이들이 세계문학공간을 재편하게 만드는 데 큰 영향을 미쳤다는 것은 부인하기 어렵다. 한국문학의 세계화의 경우에도 한국문학의 내적 자질(그것의 평가기준은 또 어려운 문제이다)만이 아니라 한국 경제와 국가적 위상이 세계체제에서 차지하는 자리가 한국문학의 영향력과 국제적 평가에 중요한 평가요소로 작용할 것이다.

둘째, 세계문학공간에 한국문학이 차지하는 위상은 세계문학과의 피상적 교류, 다른 나라 작가들과의 만남, 번역 활성화를 통해서 높아지기 힘들다. 물론 그런 것도 필요하다. 하지만 관건은 점차 빈번해지는 외국문학과의 국제적 교류의 실상을 정확히 인식하는 것이다. 여기에는 한국문학공간에 이미 들어와 힘을 행사하는 세계문학, 즉 번역 작품들과의 냉정한 비교와 상호교섭, 그리고 역으로 어떻게 다른 나라들의 문학공간에 한국문학의 영역을 만들 것인가라는 이중적 과제가 제기된다. 내 생각에 더 중요한 것은 전자이다. 항상 관건은 '나'를 남에게 알리는 것이 아니라 '내'가 남을 얼마나 아는가이다. 한국영화가 활성화된 이유 가운데 하나는 한국영화시장에서 한국영화가 외국영화와 계속 비교되고 평가를 받으며, 그런 비교와 경쟁의 시스템에서 살아나기 위해 한국영화가 분투했기 때문이다.(그 분투의 구체적 양상과 공과는 별도의 검토를 요구한다) 지금 한국영화와 문학의 관객, 독자의 수준은 이미 국제적이고 세계화되어 있다. 그들은 한국문학을 다른 나라의 외국문학과 자연스럽게 비교하면서 읽는다. 마치 한국의 축구나 야구팬들이 거의 동시간으로 세계 최고 수준의 다른 나라 경기를 보면서 자연스럽게 한국 축구와 야구의 수준을 견주는 것과 비교할 수 있다. 이제 촌스럽게 '우리 것이니까 아껴줘야 한다'는 애국주의는 더 이상 먹히지 않는다.

한국영화나 문학의 사정도 별반 다르지 않다. 찬반이 분분하지만, 최근 다시 확인된 무라카미 하루키 작품이 보여주는 광범위한 대중적 관심과 인기의 원인을 냉정하게 따져볼 필요가 있다. 한국의 적지 않은 독자들이 보기에 무라카미의 작품은 한국문학이 주지 못하는 무엇인가를 지니고 있는 것으로 평가된다. 이들의 감식안을 비판하는 건 쉽다. 하지만 더 중요한 점은 냉정하게 한국 축구나 야구의 국제적 수준을 평가하는 것과 비슷한 양상으로 이제는 한국문학의 국제적 수준을 점검하는 것이 독자들에게는 자연스러운 일이라는 것이다. 무라카미 문학이 거둔 그 나름의 '세계성'은 그가 일본문학의 전통과 좁은 울타리에 갇혀 있지 않고 세계문학, 특히 그가 애호하는 미국문학의 흐름과 생산적인 대화를 했기 때문이다. 여기에는 피츠제럴드 같은 본격문학만이 아니라 챈들러 같은 장르문학의 대가들과의 관계도 큰 역할을 한다. 조심스러운 판단이지만 한국의 작가들은 이런 세계문학의 흐름과 얼마나 열려 있는 배움의 통로를 확보하고 있는지 의문스럽다. 출판계에서는 점점 더 다양한 나라의 작품들이 속속 번역되고 있으며, 최근 붐을 이루는 세계문학전집 발간은 이런 추세를 정확히 반영한 것이며 또 그런 상황을 가속화시키는 동인이다. 따라서 작가나 비평가도 이제 관심의 대상을 좁은 의미의 한국문학작품에만 둘 것이 아니라 한국문학공간에 수용되는 외국문학 번역 작품과의 생산적 대화를 통해 무엇을 배울 것인가, 한국문학의 현재적 위상은 어디인가를 지속적으로 가늠하는 작업을 해야 한다. 여기에는 특히 비평가들의 역할이 중요하다.

셋째, 조심스러운 판단이지만, 현재 한국문학공간에 들어와 있는 다른 나라 문학, 특히 내가 관심을 갖고 있는 영미권 문학의 일급 작품들과 비교하면 한국문학의 현재적 수준은 우월하다고 할 수 없다. 예컨대 한국문학에 대거 소개된 현대미국문학의 거장들인 토머스 핀천, 코맥 맥카시, 필립 로스, 돈 드릴로 등에 견줄 만한 한국소설의 거장은 누가 있는

가. 한 나라 문학의 수준은 양이 아니라 결국에는 그 나라 문학이 도달한 최고 수준의 작가와 작품으로 가늠된다. 그렇다면 그 답은 별로 긍정적이지 않다. 이미 한국문학공간의 독자들은 거의 실시간으로 번역·소개되는 다른 나라 작품을 다양하게 읽고 한국문학과 비교하고 있는데, 한국문학 작가나 비평가들은 오히려 그렇지 못하다는 인상을 받는다. 작가나 비평가들은 자신이 지금 쓰고 있는 작품의 내적 평가에만 치우칠 것이 아니라 지금 다른 나라의 작가들은 무엇을 고민하고 어떤 새로운 내용과 형식과 기법을 실험하는지를 배우고 창조적으로 변용하는 작업에도 힘을 쏟아야 하지 않을까. 여기에는 무라카미의 예에서 지적했듯이, 좁은 의미의 본격문학이나 고급문학(high-brow literature)만이 아니라 각 나라가 축적한 장르문학과의 교섭도 포함된다. 한국문학의 내용과 형식이 풍성하지 못한 원인 중 하나는 본격문학의 비옥한 토양이 되는 다양한 장르문학 전통이 두텁지 못한 것이다. 이런 대화와 교섭이 이뤄질 때 비로소 괴테가 말한 각 민족문학들의 대화로서의 세계문학의 구체적 모습이 우리 앞에 모습을 드러낼 것이라고 믿는다. (2014)

다시, 비평가는 누구인가

1. 비평적 공론장의 붕괴

1939년에 루카치는 작가와 비평가의 위상에 관해 다음과 같이 진단했다.

> 점점 강도가 높아가는 제반 압력과 대다수 비평가 및 문학전문가 자신
> 이 심지어 단순한 미적 판단에서조차 문학에 객관적인 평가를 적용하지
> 않으려는 태도가 낳는 결과는, 한마디로 무정부상태이다. 온갖 견해들
> 의 무정부상태요, 각자가 자기만을 챙기는 전쟁이며, 이념적 혼돈이다.
> 이는 되풀이하건대 자본주의에 의한 수많은 창작자와 비평가들의 전반
> 적 타락의 결과인 것이다.
> 이런 사회적, 이념적 여건에서 작가와 비평가의 관계가 어떻게 정상적일
> 수 있겠는가? 극소수의 다행스러운 예외를 빼고는, 작가와 비평가들은
> 상대방을 별 볼일 없는 적으로 간주하게 마련이다. 작가에게 '좋은' 비
> 평가는 자기를 칭찬하고 자기 이웃을 공격하는 사람이고, '나쁜' 비평가

는 자기를 비판하거나 이웃을 칭찬하는 사람이다. 비평가에게는 문학작품의 대부분은 많은 노력과 고통을 요구하는 지겨운 생계수단을 뜻한다. 진정한 기준이 결여된 이런 분위기, 자본주의적 고용주로부터의 정치적, 경제적 압력과 점증하는 천편일률성, 선정주의, 재정적, 도덕적 파멸을 끊임없이 위협하는 냉혹한 경쟁 등이 판을 치는 이런 분위기에서는, 그 미적, 도덕적 수준을 외부인들은 아무도 존중할 수 없는 무원칙한 패거리들이 나타나게 마련이다.[1]

루카치의 진단을 인용하면서 백낙청은 한국비평계에 대한 상황판단을 이렇게 내린다. 1997년에 발표된 글이다.

> 루카치의 현실진단에 수반되는 그 나름의 처방에 동의하지 않더라도 현상 자체는 우리에게도 낯익은 것임을 수긍할 수 있겠다. 또한 흔히 말하는 문학의 위기라든가 비평의 위기 따위가 결코 한국문학에 국한된 것도, 우리 연대에 갑자기 드러난 것도 아님을 확인하는 수확도 없지 않다. (중략) 동시에 한국 비평의 경우는 루카치가 진단한 일반적 상황보다 더욱 불리한 여건이 있는 것도 사실이다. 근대화 과정의 후발성과 타율성으로 본격적 비평작업을 위한 사회적 공간이 늦게야 형성되기 시작한 반면, 지난 한 세대 동안의 초고속 산업화는 문학의 상품화와 이에 따른 '중개상인으로서의 비평가'에 대한 수요를 걷잡기 힘든 속도로 키워놓은 것이다.(백낙청, 520-521면)

이런 진단에서 "우리는 아직도 비평의 '대가'를 갖기에는 시기상조라는 것이 나의 솔직한 생각"(521면)이라고 백낙청은 판단한다. 그렇다면 비평

---

1) Georg Lukacs, *Writer and Critic and Other Essays*, tr. A. Kahn, (Merlin Press, 1970) 203면; 백낙청, 「비평과 비평가에 관한 단상」, 『문학과사회』 (1997년 여름) 519-520면에서 재인용.

과 비평의 위상에 관한 루카치와 백낙청의 암울한 판단이 내려진 뒤 다시 적지 않은 시간이 흐른 지금의 시점에도 이들의 분석은 여전히 유효한가? 이 글은 이 질문에 대한 답을 찾으려는 하나의 시도이다. 결론을 미리 말하자면 이들의 판단은 여전히 타당하며, 비평과 비평가를 둘러싼 정황은 더욱 나빠졌고, 그런 상황에 대한 주체적 응전의 방도는 여전히 암중모색 중이다.

루카치의 글은 비평가의 위상과 관련해 몇가지 흥미로운 생각거리를 던져준다. 비평가는 어떤 존재인가? 비평은 일반 독자가 텍스트를 읽고 느끼는 소박한 '감상'에서 시작하여 전문적인 분석과 평가로 끝난다. 비평가는 일반 독자보다 더 많이 읽고, 더 많이 생각하고, 그 생각의 결과를 논리정연한 글로 세상에 내놓는 전문독자이다. 다양한 비평가들의 발언들이 비평의 시장에서 경쟁한다. 루카치는 그 비평 중에서 "진정한 기준"을 세울 수 있는 "객관적인 평가를 적용"하는 비평이 가능하고, 그렇지 못할 때 "온갖 견해들의 무정부상태요, 각자가 자기만을 챙기는 전쟁이며, 이념적 혼돈"이 발생한다고 본다. 온갖 견해들의 무정부상태와 이념적 혼돈 자체가 문제는 아니다. 루카치는 비평에서 "객관적인 평가"가 가능하다고 믿지만, 그런 비평은 사실은 존재하지 않는다. 강하게 말하자면 비평의 객관성은 없다. 요는 비평적 공론장이 존재하는가의 여부이며, 그런 공론 장에서 다양한 입장의 비평들이 의견과 논쟁을 나누며 좀더 설득력을 지닌 해석과 평가를 찾아가는 것이다.

루카치의 지적대로 "자본주의에 의한 수많은 창작자와 비평가들의 전반적 타락"은 비평적 공론장의 붕괴로 나타난다. 비평 활동은 자유로운 읽기, 분석, 판단이 아니라 자본주의의 성과주의, 밥벌이의 수단이 된다. 이제 "비평가에게는 문학작품의 대부분은 많은 노력과 고통을 요구하는 지겨운 생계수단을 뜻한다." 혹은 제도권 학계(대학)에 진입하기 위한 경력관리, 아니면 문학계에서의 상징권력을 얻기 위한 수단으로 전락한다.

비평의 상업화, 비평의 제도화이다.[2] 여기서 비평의 자기모순이 발생한다. 비평은 주어진 모든 것들을 의심하고 비판할 때 자신의 존재가치를 증명한다. 그러나 자본주의는 비평에게도 자본에 몸을 팔기를 요구한다. 모든 것을 비판할 수는 있으나, 비평의 현실적 생존 근거인 자본주의와 그것에 기생하는 문화시스템, 문학제도 자체를 공격해서는 안 된다. "자본주의적 고용주로부터의 정치적, 경제적 압력과 점증하는 천편일률성, 선정주의, 재정적, 도덕적 파멸을 끊임없이 위협하는 냉혹한 경쟁 등이 판을 치는 이런 분위기"라는 루카치의 진단은 21세기 초반 한국비평계에도 여전히 적실하다.

2. 비평과 전문적 연구

어떤 비평가는 이렇게 반문할지도 모르겠다. 비평은 주어진 텍스트를 자세히 읽고, 분석하고, 해석하고, 평가하면 그만이지 굳이 이렇게 '문학 외적인'(sic!) 문제들, 비평제도의 문제들을 다룰 필요는 없는 것이라고 말이다. 비평의 본령은 작품의 세밀한 읽기라고 반론을 펼 수도 있겠다. 절반만 맞는 말이다. 이런 비평가들에게는 제임슨의 언급이 좋은 반론이되겠다.

한 개별 작가를 파고드는 전문적 연구는, 그것이 아무리 능숙하게 추구

---

2) 한국비평계에서 이른바 '중견' 혹은 '원로' 비평가가 드문 것도 이와 관련된다. 대학에 자리를 얻기 전까지는 활발하게 '현장비평'을 하다가도 대학에 자리를 얻은 다음부터는 비평 활동과는 멀어지는 비평가들이 많은 것은 지금 한국에서 비평의 위상과 관련해 시사하는 바가 적지 않다. 물론 여기에는 비평을 연구 성과로 제대로 인정하지 않는 대학의 연구업적평가제도도 크게 작용한다. 어쨌든 비평의 위상이 제도권 연구 활동의 권력시스템에 종속되면서 위축되고 있는 것은 분명하다.

된다 하더라도, 바로 그 구조상 피할 수 없게 왜곡을 낳을 수밖에 없는 데, 즉 실제로는 인위적으로 고립시킨 것에 불과한 것을 전체로 투사하는 총체성의 환각을 낳을 수밖에 없다. 현대 작가들이 이런 종류의 고립화를 촉발시킨다는 것, 즉 마치 하나의 '세계'에 귀의하듯이 비평가들이 자기네 작품에 철두철미 '귀의'하도록 촉발한다는 것은 그런 비평을 할 구실이 되기보다는 그 자체로 연구해볼 만한 흥미로운 현상이다.[3]

작금의 비평계, 혹은 학계를 돌아봐도 비평 활동과 문학연구가 점점 "한 개별 작가를 파고드는 전문적 연구"로 협소해지고, 그런 '작품물신주의'만이 비평의 전부인 양 오도되고 있지 않은가. 비평가는 자신이 다루는 작품과 작가만이 마치 절대적인 "세계"인 양 그것에 "귀의"하듯이 시간과 정력을 바친다. 그런데 "한 개별 작가를 파고드는 전문적 연구"가 득세하는 현상이 한국 비평계나 학계의 연구역량이 발전한 증거라고 좋아만 할 일일까? 혹시 제임슨의 지적대로, 이런 현상 자체가 비판적으로 접근해볼 "흥미로운" 연구의 대상은 아닐까? 이런 전문가주의의 득세가 혹시 자기 전공에는 밝으나, 그것이 마치 세상의 전부인 것처럼 생각하는 "총체성의 환각" 때문은 아닐까? 자신이 "귀의"한 작가를 좁고 깊게 파고드는 '전문가'는 차고 넘치나, 그런 전문가주의가 바람직한가라고 묻는 비평가는 드물다. 전문가(specialist)가 아니면 살아남지 못하는 시대는 바람직한가? 이런 질문을 전문가가 되지 못한 일반론자(generalist)의 투정으로밖에 보지 못한다면, 그게 바로 위에서 언급한 "고립화"의 좋은 예이리라.

덧붙여 말하자면, 비평가의 철두철미한 "귀의"는 작품이나 작가 쪽으로만 향하는 게 아니다. 비평가들은 특정한 이론에도 철두철미하게 귀의

---

3) Fredric Jameson, *Marxism and Form* (Princeton: Princeton UP) 315면.

한다. 조심스러운 판단이지만, 최근 한국비평가들의 글에서는 많은 (서구)비평이론들이 해석의 틀로 기능한다. 알튀세르의 통찰대로, 이론 없는 '순수한 읽기(pure reading)'는 없다. '무이론'도 하나의 이론이다. 하지만 훌륭한 작품은 한두 개의 이론적 틀로 설명할 수 없는 잉여를 남긴다. 좋은 비평은 작품 읽기의 이론적 틀을 무시하지 않으면서도 작품의 잉여 앞에 겸허하다. 적어도 비평의 경우에는 좋은 작품이 없다면 좋은 비평도 없다. 이것을 작품에 기생하는 비평이라고 간주하는 것은 단견이다. 작품과 비평은 동반자적 관계를 맺는다. 내가 보기에 최근 한국비평계의 빈곤[4]은 그들 비평가들을 매혹시키는 좋은 작품이 없기 때문이다. '한국문학공화국'의 시민인 작가와 비평가 중 어느 한쪽만 잘 나갈 수는 없는 법이다. 그게 문학공화국의 고유성이다.

3. 텍스트와 컨텍스트

비평은 단지 작품을 세밀히 읽는 것이 아니다. 비평이 다루는 대상과 시야는 더 넓고, 또 그래야 한다. 그런 점에서 문학작품의 안팎을 이분법적으로 나누는 태도도 위험하다. 텍스트는 언제나 그것을 생산하고 소비하는 컨텍스트(맥락)와 얽혀 있다.

---

4) 여기서 '빈곤'이란 양적인 개념이 아니라 질적인 개념이다. 지금 한국문학계는 어떤 시대보다 더 많은 비평가들이 활동하고 있는 걸로 판단된다. 문제는 이들의 활발한 외면적 활동이 어느 정도의 비평적 문제의식의 깊이로 뒷받침되고 있는가이다. 조심스러운 판단이지만, 날카로운 비판이나 독설은 거의 찾아보기 힘들고, 의례적인 찬사와 겸양 어린 조언으로 얼버무린 비평문들의 양산은 이들이 비평활동을 하는 이유가 무엇인지를 되묻게 만든다. 이들은 혹시 비평활동을 자신이 욕망하는 상징권력(그것이 학계든 문학계이든)을 쟁취하려는 수단으로 이용하고 있는 것은 아닌지 의문이 든다.

텍스트와 텍스트성의 관계를 규정할 때 동어 반복적 정의가 나오는 이유는 텍스트를 컨텍스트와 떼어놓고 텍스트 자체로만 접근할 수 있다고 전제하기 때문이다. 그러나 텍스트는 단어를 모아놓은 것이 아니고 책이나 내용도 아니다. 혹은 '말이 작품으로 바뀌는 것'에 그치는 것도 아니다. 텍스트는 텍스트 내적인 것과 외적인 것이 만나는 곳이며 그 경계가 지속적으로 재정의되는 곳이다. 텍스트성은 고정되어 있지 않으며 컨텍스트의 운동에 따라 형성과 해체를 반복한다. 텍스트 해석의 다층성은 컨텍스트의 역동성의 산물이다. 텍스트성은 텍스트의 다양한 의미구조들의 양상이다. 텍스트성은 텍스트의 정체성만을 가리키지 않는다. 텍스트성은 다른 것과 얽혀 있다. 그것은 이미 짜여 있다.[5]

텍스트의 순수한 읽기가 가능하지 않은 이유도 텍스트는 언제나 특정한 생산, 수용, 해석의 컨텍스트를 전제하기 때문이다. 자신의 텍스트 읽기가 순수하며 사회적 가치나 이데올로기로 오염되지 않았다고 독자나 비평가가 믿을 수는 있다. 그러나 그것은 주관적 믿음에 불과하다. 읽기, 분석, 해석 행위는 사회적 가치체계에 뿌리내린 의식, 기호, 감성으로 물들어 있다. 현상학적 비평이나 해석학적 비평들이 설득력 있게 해명한 문제이다. "우리는 결코 텍스트를 가장 순수한 물 자체의 형태로, 결코 '직접적으로' 대면하지 않는다. 텍스트는 우리에게 언제나, 그리고 이미 읽혀진 것으로 다가온다. 우리는 기존의 해석 전통의 축적된 층을 통해, 그리고 그 텍스트가 새로 출판된 것이라면 이미 기존의 해석 전통에 의해 발전되고 축적된 독서습관, 독서범주들을 통해 텍스트를 이해한다."[6] 읽기는 독자가 의식하든 못하든 "기존의 해석 전통에 의해 발전되고 축적된 독서습관, 독서범주들을 통해"서만 이루어진다. 컨텍스트를 초월

---

5) 졸고, 「텍스트의 세속성과 정치성」, 『이론과 이론기계』 (생각의나무 2008) 143-44면.

6) Fredric Jameson, *The Political Unconscious* (London: Methuen, 1981) 9면.

한 '순수'한 읽기는 없다. "텍스트 밖에는 아무것도 없다"[7]는 데리다의 강한 주장은 텍스트와 컨텍스트 사이의 경계를 허물려는 문제의식의 표현이다.

4. 비평제도의 위기

텍스트가 언제나 이미 컨텍스트와 얽혀 있듯이, 비평가는 진공 속에 놓인 존재가 아니다. 비평가는 그가 의식하든 그렇지 않든 특정한 시대의 문학제도나 비평제도 안에서 활동한다. 비평공간이 부여한 비평적 기준과 틀 안에서 작품을 분석하고 평가한다. 부르디외식으로 표현하면 비평제도라는 '장(field)'에서 그것과 길항관계를 맺는 비평가의 고유한 '아비투스(habitus)'를 지니고 비평가는 활동한다. 훌륭한 비평가는 비평 장과 자신의 아비투스와의 관계를 예민하게 의식한다. 그로부터 자신의 아비투스를 발전시킨다. 그렇지 않은 비평가는 문학제도에 종속된다.

어떤 독서방법들이 일반적으로 허용되는가를 강력히 결정하는 학술제도가 존재한다는 것은 분명한 사실이다. 그리고 '문학제도'는 학계(아카데미)뿐만 아니라 발행인들, 문학편집자들, 평론가들을 포함한다. 그러나 이 제도 안에는 피쉬(Stanley Fish)의 모형으로는 설명할 수 있을 것 같지 않은 해석들 간의 싸움—횔덜린에 대한 이런 해석과 저런 해석 간의 단순한 싸움이 아니라 해석 자체의 범주들, 관습들 그리고 전략들을 둘러싸고 벌어지는 싸움이 존재한다. (중략) 문학비평은 보통 '문학비평적'인 것의 테두리를 벗어나지 않는 한에서는 어떤 특별한 해석을 명명

---

7) Jacques Derrida, *Of Grammatology* (Baltimore: The Johns Hopkins UP, 1998) 158-159면.

하지 않으며, 무엇이 문학비평으로 합당한가 하는 것은 문학제도가 결정한다. (중략) 우리들 대부분은 어떤 독서도 순수하지 않다는 것, 다시 말해 전제들이 없지 않다는 걸 알고 있다. (중략) 문학제도와 단절하는 것은 단순히 베케트에 대한 다른 설명을 제시하는 걸 의미하지 않는다. 그것은 문학, 문학비평, 그리고 그것을 지탱하는 사회가치들이 정의되는 방식들과의 단절을 뜻한다.[8]

문학비평은 어떤 작품이 좋은지 나쁜지를 따지지만, 그것은 "이런 해석과 저런 해석 간의 단순한 싸움"에 머물지 않는다. 요는 각 비평가가 내리는 비평적 판단에 깔려 있는 전제들, 혹은 "해석 자체의 범주들, 관습들 그리고 전략들을 둘러싸고 벌어지는 싸움"의 의미를 통찰하는 것이다. 만약에 '내'가 어떤 작품을 읽고 '좋다'거나 '나쁘다'라고 판단한다면 그런 나의 판단은 진공 속에서 이뤄지지 않는다. 그런 판단은 그것을 가능케 하는 해석의 범주에 따라 형성된다. 작품 해석의 범주를 (재)생산하는 것이 문학제도이다. 따라서 비평가가 된다는 것은 만만한 일이 아니다. 단순히 작품을 잘 읽고 분석하고 평가하는 훈련을 받는다고 되는 게 아니다. 물론 그것도 필요하다. 그러나 그런 정도의 자기인식에 머무는 비평가는 자기도 모르게 기존문학제도 혹은 비평 장의 논리에 포획된다. 들뢰즈에 기대 말하면 문학제도에 의해 (재)영토화된다. 비평이 재영토화될 때 비평은 죽는다. 이때의 죽음은 비평문이 더 이상 생산되지 않는다는 양적인 차원을 말하는 게 아니다. 비판정신의 죽음을 뜻한다. 혹자는 현실이 변화했으므로 비평의 위상도 달라질 수밖에 없다고 반론을 펴리라. 그러나 이런 비평가는 비평(critique)의 역사와 의미에 무지한 사람이다. 비평은 균형 잡힌 의견의 섬세한 개진이지만, 그때의 의견은 그

---

8) 테리 이글턴, 『문학이론입문』(창비 1987) 114-115면.

낭 하고 싶은 말을 마음대로 하면 된다는 뜻이 아니다.

비평은 작품이 보여주고 있는 것과 그렇지 않은 것을 동시에 아우르는 시야를 요구하며, 그런 시야는 언제나 (그것이 옳든 그르든) 작품과 작품을 둘러싼 역사적, 사회적 공간을 꿰뚫는 비판적 시야를 요구한다. 따라서 이런 시야가 없는 작품분석을 하길 원한다면 그건 아마 '비평'이 아니라 다른 이름을 필요로 할 것이다. 비평은 자신이 분석하는 작가와 작품의 맹목지점을 논하기 전에 자신의 맹목지점을 먼저 살펴야 한다.

> 아마도 어떤 주제나 혹은 작가에 대한 연구를 시작하려고 책상 앞에 앉은 한 비평가가 갑자기 다음과 같은 곤혹스러운 질문에 사로잡히는 순간을 상정해봄으로써 내가 이 책을 어떤 동기에서 쓰게 되었는가를 가장 잘 설명할 수 있으리라. 그런 연구의 '요점'은 무엇인가? 그 연구는 어떤 이들에게 다가가고 영향을 미치고 감화를 주려는가? 전체 사회적 맥락에서 볼 때 도대체 그런 연구들은 어떤 기능을 지니는가? 비평가는 기존 비평계가 별다른 문제점을 드러내지 않을 때는 자신 있게 평론을 쓸 수 있을지 모른다. 그러나 일단 기존 비평계가 근본적인 물음의 대상이 될 때는 개별적인 비평행위들은 혼란에 빠지게 되고 의문시되는 상황을 우리는 추측해볼 수 있다. 그런 개별적인 비평행위들이 적어도 겉으로는 기존의 전통적인 자신감으로 계속 이루어지고 있다는 사실은 분명하게 다음의 사실을 입증해준다. 그것은 비평제도의 위기가 아직까지 충분히 깊이 있게 지적되지 않았다는 사실, 혹은 그 위기가 적극적으로 회피되고 있다는 사실이다.[9]

지금 한국비평계의 맹목은 기존 비평계를 "근본적인 물음의 대상"으로

---

9) Terry Eagleton, *The Function of Criticism* (London: Verso, 1984) 7면.

삼지 않는 데 있다. 그래서 "기존의 전통적인 자신감"으로 무장한 채 비평을 부지런히 쓴다. 자신이 열심히 비평활동을 하고 있다고 믿는다. 되풀이 말하지만 비평제도의 문제와 "비평제도의 위기"를 내면화하지 않는 비평은 앙상해진다. 비평가를 괴롭히는 "곤혹스러운 질문"들을 회피하기 때문이다. 문제의 회피는 비평가의 마음을 편안하게 해준다. 그러나 그런 편안함은 더 큰 위기를 불러올 뿐이다.

그렇다면 왜 비평가들은 비평제도의 근본적인 문제들, 비평제도의 위기를 직시하기를 회피하는 걸까? 비평가들이 무지해서? 그렇지는 않으리라. 그들은 자신들이 비평 활동을 하기 위해서는 어떤 활동공간이 필요하다는 사실을 잘 안다. 그것이 문학제도이고 비평제도이다. 학계, 출판사, 문학잡지, 신문의 문예란이 그런 공간을 구성한다. 그런데 이 모든 제도들은 자본주의 체제에서 자본의 논리, 루카치의 표현을 빌리면 "자본주의적 고용주로부터의 정치적, 경제적 압력"에 종속된다. 비평의 곤경이 여기서 발생한다. 비평은 곧 비판이다. 따라서 비평은 자신을 먹여 살려주는 자본의 논리를 비판해야 하는 역설에 처한다. 문화권력, 출판자본과 비평의 관계가 문제가 된다. 시장주의와 경쟁주의, 신자유주의가 득세하는 우리 시대의 한국사회는 그런 경향이 더욱 심하다. 상징적 권력관계가 작동하는 비평제도에서 비평가가 비평 활동의 영역을 확보하기 위해서는 자기가 속한 출판사나 잡지사에서 출판하는 작품들을 비판하기 쉽지 않다. 그렇게 되면 그는 비평제도 밖으로 추방될 위험에 처한다. 글을 쓸 지면을 박탈당한다. 비평가의 양식(아비투스)과 문화권력, 자본의 힘이 충돌한다. 그런 충돌을 깊이 사유하지 않고, 비평가의 개별 작품비평에 대해 이러쿵저러쿵 말하는 건 일면적이다.

5. 비평의 표정들

그렇다면 비평가는 무엇을 해야 하는가? 이 어려운 질문에 뾰족한 답은 내게 없다. 그러나 지금까지의 논의에서 비평의 위기를 가져오는 몇 가지 원인은 나름대로 드러났다고 본다. 나는 몇 명의 비평가들의 '표정'을 통해 우리시대가 요구하는 비평가상의 윤곽을 더듬어보려고 한다. 미국의 비평가 미치코 가쿠타니, 독일의 마르셀 라이히-라니츠키, 그리고 한국 비평계의 '원로'인 염무웅과 황현산이 내가 더듬어보려는 비평가들이다.

미국이나 독일의 문예제도는 둘 다 한국의 비평제도와는 사정이 다르다. 과문한 판단이지만, 두 나라 모두 한국비평제도에서처럼 강력한 힘을 행사하는 전문문예잡지는 거의 없다. 이들 나라에서는 비평제도의 한 영토를 아주 전문화된 문학연구 학술잡지가 점유한다. 다른 쪽에는 미치코 가쿠타니(이하 가쿠타니)가 문예비평 담당자로 있는 〈뉴욕타임즈〉나 라이히-라니츠키가 오랫동안 문예담당 책임자로 있었던 〈프랑크푸르트 알게마이네 자이퉁〉 같은 주요일간지의 문예란, 즉 푀에통(Feuilleton)이 있다. 미국의 경우 가끔 비평이나 에세이가 실리는 『뉴요커』 같은 잡지도 있고 독일의 경우에도 비슷한 성격의 『의미와 형식(Sinn und Form)』 같은 잡지가 있다. 그러나 둘 다 발행부수도 매우 적고 문학계에 미치는 영향력도 일간지 문예란에 비교할 바가 못 된다. 미국이나 독일 모두 대학의 문학교수들은 주로 문학전문학술지에 '학술논문'을 쓴다. 개중에는 전국신문이나 지역신문에 '현장비평'을 쓰는 경우도 있으나 그 수는 많지 않다.(이런 경향은 한국에서도 심화되는 중이다.) 미국이나 독일 모두 문예란의 비중이 한국의 신문들에 비해 상당히 크다. 영향력도 한국의 일간지와는 비교할 바가 못 된다. 그리고 문예란을 담당하는 리뷰어나 비평가들의 수준도 높다. 그들이 비평을 담당하는 전업비평가 혹은 서평가들이다. 한국일간지의 문예란은 비평이라고 보기 어렵다.

대개가 단순한 책소개에 머문다. 그리고 그 소개는 대개 칭찬 일색이다.

6. 미치코 가쿠타니의 독설

비평가 가쿠타니 미치코(角谷美智子, 미국명 Michiko Kakutani)가 짓는 비평의 표정을 살펴보자. 그녀는 〈뉴욕타임즈〉 '북리뷰'의 서평 및 문예비평 담당자로 명성 혹은 악명이 높은 저널리스트이다. 예일대의 유명한 수학자인 가쿠타니 시즈오 교수의 외동딸이다. 그녀는 예일대에서 영문학을 공부한 후 〈워싱턴 포스트〉지와 시사주간지 〈타임〉을 거쳐 1979년 뉴욕타임즈지에 입사해 4년 뒤인 1983년부터 지금까지 줄곧 문예란 리뷰를 담당하고 있다. 그녀는 〈워싱턴 포스트〉의 문예비평담당인 마이클 더다(Michael Dirda)와 함께 미국 내에서 큰 영향력을 행사하는 비평가이다. 두 사람은 미국에서 가장 권위 있는 문학상 중 하나인 퓰리처상의 비평부문 수상자들이다. 내가 보기에 두 사람의 문체에는 차이가 있다. 더다가 감성적이며 작품에 공감하는 문체를 구사한다면 가쿠타니의 글은 상대적으로 날카롭고 때로는 매우 신랄하고 공격적이다. 그녀는 칭찬에 인색하다. 이것은 우열의 문제가 아니라 스타일의 차이일 뿐이다.[10] 미국의 저명한 백인소설가인 노먼 메일러는 그녀를 "여성 가미카제"라고 조롱조로 불렀다.[11]

---

10) 사족이지만, 미국에서 태어나고 자란 그녀가 고집스럽게 미국인들은 발음하기 힘든 일본식 이름을 지킨다는 게 눈에 띈다. 그녀가 독신이라는 것도 한 이유겠지만, 어쨌든 미국인들의 취향에 맞춰서 이름도 미국식으로 바꾸는 걸 마다하지 않는 수많은 미국 내 아시아계 지식인들의 모습과는 대비된다. 미국인들이 발음하기 힘든 일본식 이름을 지킴으로써 가쿠타니는 나름의 방식으로 문화적 탈식민주의를 실천한다.

11) Steve Paulson, "Michiko Kakutani: You know when you've been Kakutanied," *The Independent*, Sunday, 3 July 2005.

가쿠타니의 비평은 대체로 냉정하고 단호하다. 적당한 타협은 없다. 여기서 구체적 예를 들지는 못하겠지만, 그녀의 텍스트 읽기는 '전통주의'적이다. 혹은 작품우선주의이다. 작품의 형식과 내용이 얼마나 정연한지, 설득력이 있는지, 독창적인지, 작가의 이전 작품에 비해서 발전과 변화가 있는지 등만을 따진다. 자신의 비평적 판단기준에 견주어 '작품'이 좋으면 좋은 것이다. 하지만 그런 경우는 드물다. 그렇지 않으면 가차 없는 독설을 퍼붓는다. 위의 기사에서 지적하듯이, 대가급 작가라고 예외가 아니다. 그녀의 비평적 평가나 전통주의적 시각에 동의하지 않을 수도 있다. 문제는 그것이 아니다. 비평가는 재판관이 아니다. 가쿠타니를 포함해 모든 비평가는 자신의 미적 판단 기준에 따라 작품을 평가한다. 비평의 객관성은 없다. 단지 가능한 많은 사람들이 동의할 수 있는, 객관성을 탐구하는 끊임없는 객관화의 과정이 있을 뿐이다. 그러니 가쿠타니가 '독설의 비평'을 한다고 탓할 이유가 없다. 그녀는 비평가의 본령에 충실할 뿐이다.

나는 여기서 가쿠타니의 구체적인 작품읽기가 정확한지 아닌지를 논하려는 게 아니다. 독설과 비판을 잃어버린 한국비평가들과는 달리 강력한 비판정신을 잃지 않게 만드는 비평 활동의 동인이 궁금할 뿐이다. 그 이유가 단지 그녀가 〈뉴욕타임즈〉의 1급 문예비평가라는 안정된 물적 토대와 상징자본을 갖고 있기 때문일까? 그래서 출판자본의 논리에 신경쓸 이유가 없기 때문일까? 그런 면도 있겠다. 그녀가 놓인 문학 '장'이 그녀의 고유한 목소리를 보호해주는 역할도 한다. 그러나 더 중요한 건 어떤 경우에도, 외부의 반응이나 비난에도 굴하지 않고 포기하지 않는, 그녀가 지닌 비평적 아비투스가 아닐까. 비평대상이 대가이든 신참작가이든, 오직 눈앞에 놓인 '물건'만을 엄정하게 읽고 분석하고 평가하려는 비평적 태도를 견지하려는 비평의 아비투스가 중요한 게 아닐까.

7. 라이히-라니츠키와 비평의 명료함

독일 비평가인 라이히-라니츠키(Marcel Reich-Ranicki)도 비슷한 사례이다. 하지만 그는 가쿠타니보다 더욱 극단적이다. 내가 그의 이름을 들은 것은 꽤 되었다. 독문학을 전공한 어느 문학평론가의 글에서 '독일문학비평계의 교황(Pope of literature/Literaturpapst)'이라 불리는 그의 활동을 언급한 것을 읽었다.[12] '교황' 운운하는 말이 귀에 거슬리기는 했으나 이런 평가를 받는 라이히-라니츠키에 대해 궁금해졌다. 라이히-라니츠키를 언급했던 평론가는 신문이나 방송 등의 문학 저널리즘을 활용한 문학비평 대중화의 행복한 사례로 그를 언급했다. 그렇게 이름을 기억하고 있다가 그의 문학적 자서전인 『사로잡힌 영혼』을 읽었다. 아우슈비츠에서 살아남은 유대 지식인의 생존기록이자 20세기 독일/유럽 문학 판의 상황일지이기도 한, 500여 쪽에 이르는 자서전은 명료함의 글쓰기를 지향하는 저자의 입장이 잘 드러난다. 특히 이 책은 2차 세계대전 무렵부터 1980년대까지 활동해온 한 문학 저널리스트의 회고를 통해 독일과 유럽의 문예 지형을 이해하는 데 꽤 도움이 된다.

---

12) 라이히-라니츠키의 비평적 이력은 다음과 같다. 1988년에서 2001년까지 진행했던 TV 프로그램 〈문학4중주〉가 폭발적인 인기를 끌었다. 이는 독일에서 가장 성공한 문학관련 프로그램으로 평가된다. 그 최종회는 2001년 12월 14일 베를린의 대통령궁에서 진행될 정도였다. 동시에 최신작에 대한 비평서를 출간하였는데, 귄터 그라스의 신작소설 『광야』(원제 *Ein Weites Feld*)를 찢어버리는 합성사진을 채용한 『슈피겔』 표지는 전국적인 논쟁을 불러일으키기도 했다. 라이히-라니츠키는 유태인으로 1920년 폴란드에서 태어나 1929년에 베를린으로 이주하였으나 나치 시절 다시 폴란드로 추방당했다. 바르샤바 유태인 수용소에서 번역과 통역 일을 하였고, 유태인 투쟁기구에서 활동하였다. 그 후 그는 수용소를 탈출하였으나 그의 부모와 형제들은 살해되었다. 전후 베를린 주재 폴란드 무관, 바르샤바 외무성, 런던 주재 폴란드 대사로 일했다. 1959년 독일로 이주한 후 *FAZ, Die Zeit* 등의 문예지에서 일하면서 문학비평가로서 활동한다. 1976년 하이네 메달을 수상함으로써 문학비평계의 중요 인물로 대중적인 인정을 받게 된다. 그 후 Ricarda-Huch-Preis상(1981년), 토마스 만 상(1987), 바이에른 TV상(1991년) 등을 수상하며 독일문학과 문학비평계에 큰 영향을 미쳤다.

국내에 소개된 그의 비평집 『내가 읽은 책과 그림』은 라니츠키 비평의 고갱이를 보여준다. 독일문학에 대해서는 깜무식이나 다름없는 내가 이 책에서 저자가 시도하는, 40여 명에 이르는 개별 (독일) 작가들의 평가가 얼마나 온당한지를 제대로 판단할 수는 없다. 내가 인상 깊게 읽은 부분은 다른 데 있다. 이 책은 저자가 문학 저널리스트로서 활동하면서 수십 년 동안 수집한 (독일어권) 작가들의 초상화와 함께 개별 작가에 관한 짧지만 예리한 평가를 묶은 책이다. 우선 나는 이 책을 읽으면서 앞서 언급한 문학비평의 역할을 다시 생각하게 되었다. 가쿠타니와 마찬가지로, 라이히-라니츠키는 고전이니 거장이니 하는 온갖 권위에 굴복하지 않고 평이하고도 명쾌한 글로, 때로는 독설과 야유로 진지한 독자들에게 훌륭한 문학을 소개하는 일에 전념한다. 그의 신조는 "문학은 재미있어야 하고, 비평은 명료해야만 한다"는 것이다. "명료"한 비평이란 자신의 문학관, 혹은 자신이 생각하는 작품의 '정답'을 독자에게 강요하는 태도와는 거리가 멀다. 섣부르게 작품의 '객관적' 의미를 운운하기 전에 한 명의 독자로서 자신이 한 작품을 어떤 이유에서 좋아하고 싫어하는지를 자신의 고민을 담아 "명료"하게 제시하면 그만이다. 그것이 객관화를 지향하는 비평가의 주관성이다. 비평의 그런 주관성의 표현이다. 그런 비평가의 판단에 독자가 따르고 안 따르고는 독자의 마음이다. 하지만 작품의 '미덕'과 '한계'를 이리저리 골고루, 혹은 절충주의식으로 논하면서 작품의 의미를 모두 통찰한 듯한 권위적인 태도를 취하는 비평보다는, 명료하고 단호한 라니츠키의 비평이 독자에게 훨씬 친절하고 재미있는 비평이 아닐까.

　『내가 읽은 책과 그림』에 실린 글들은 대체로 단평들이다. 하지만 독자의 정수리를 때리는 매서우면서도 재미있는 분석이 많다. 작품평가에 있어 그는 단호하다. 가령 브레히트의 평가가 그렇다. 아마도 나를 비롯한 많은 사람들이 브레히트에 대해 갖고 있는 인상은 '예술의 정치화' 테제를 누구보다 고민한 사회주의 리얼리스트, 혹은 서사극의 창시자의 이미지다. 브레히트가 생각한 리얼리즘은 루카치류의 고전적 리얼리즘과는 많이 달랐지만 말이다. 이런 지배적 의견을 라이히-라니츠키는 따르지 않는다.

정녕 세계를 변화시키고자 하는 사람들이라면 '세계에 대한 객관적 보고'를 정치가나 역사학자, 사회학자나 혹 철학자들에게 들을지언정, 절대 시인들에게 맡길 리가 없다는 사실을 브레히트처럼 냉철하고 노회한 인간이 몰랐을 리 만무하다. 그가 유독 연극의 실제적 영향력에 관해서만큼은 평생 망상을 품은 것이라고 생각할 수 있을까? 브레히트에게 우직한 순진성이 있었다고 가정한다면 어림없는 일이다. 브레히트주의자들보다 비교할 수 없이 훨씬 더 영리하고 회의적이었던 그는, 때로 정치가 연극판을 흐리는 일은 있어도 절대로 연극이 정치를 개선시킬 수는 없다는 사실을 너무나도 분명히 알고 있었다. 자신이 언급한 '세계 변혁가들의 집단'이란 하나의 허구에 지나지 않는다는 사실을 그는 이미 잘 알고 있었다. 어쩌면 하나의 이상향일지도 몰랐다. 하지만 그는 어떤 경우에도 이를 포기하려고 하지 않았다. 작업의 근본 전제로서 필요했기 때문이다. 그의 열성신봉자들은 이를 곧이곧대로 받아들였고 또 그럴 수밖에 없었지만 그에게 있어서는 하나의 보조수단 그 이상도 이하도 아니어서 이를 실용적으로 또 때로는 냉소적으로 사용했을 뿐이다. 브레히트가 계급투쟁을 중시했던 까닭에 서사극에 대해 끊임없이 썼다기보다는, 자기 작품의 추진력이자 주제로서 필요했기에 계급투쟁을 즐겨 언급했다고 보는 편이 옳다.(303면)

이런 명료하고 단호한 평가는 이 책에서 논의되는 두 명의 영국작가 중 하나인 셰익스피어의 경우에도 나타난다.

나는 종종 역사상 가장 뛰어난 작가를 대라고 하면 누구를 말하겠냐는 질문을 받곤 하는데 그럴 때마다 추호의 망설임도 없이 셰익스피어라고 말한다. 그리고 사람들이 그 이유를 궁금해하면, 나는 희극 『뜻대로 하세요』(1600)에 나오는 인물 쟈크의 말을 인용한다. 그는 '온 세상이 하나의 무대이며, 세상 모든 사람들은 그저 무대 위에 등장했다가는 다시 사라지는 배우일 뿐'이라고 하지 않던가. 이 대답이 다소 미흡하게 느껴질지도 모르겠다. 하지만 셰익스피어의 이 한마디에는 모든 것이 내포되어 있다. 그의 연극관이며 그의 작품의 기본강령, 그의 작업의 목표며 그 성공의 비밀까지도. 온 세상을 하나의 무대로 규정짓는 사람이라면, 그 역도 마찬가지일 테니까. 그는 연극 한편에 그야말로 온 세계를 담아낸 작가였다. 어디 자기 시대의 세계뿐이었으랴?(19면)

라이히-라니츠키는 명확한 찬사와 비판, 심지어는 비난처럼 읽히는 평가를 주저하지 않는다. 그는 고전주의자이다. 예컨대 이런 지적. "나는 괴테의 『친화력』과 토마스 만의 『마의 산』보다 더 나은 독일소설을 본 적이 없다." 그가 가장 좋아하는 작가는 셰익스피어, 괴테, 토마스 만, 하이네 등이다. 이런 평가에 동의하고 않고는 별개 문제이다. 문제는 고전주의자의 시각에서 비판과 독설을 감행하는 비평의 태도이다. 이 역시 그가 독일문학계에서 차지하고 있는 상징권력의 힘만으로 설명할 수 있을까? 그렇다면 지금 한국비평계의 소위 '원로'들은 라이히-라니츠키 같은 비판과 독설의 비평을 하고 있는가? 한국의 문학비평가들은 이런 직설 혹은 독설, 그러나 단지 독설만은 아닌 독설의 비평을 배워야 하는 게 아닐까?

이런 단호함이 극명하게 드러난 예가 노벨문학상 작가인 귄터 그라스와의 논쟁이다. 가쿠타니와 마찬가지로, 라이히-라니츠키는 작품을 비평할 때 중용의 덕을 모른다. 이것은 칭찬이다. 1995년 출간된 귄터 그라스의 신작 장편소설 『광야』를 평하면서 라니츠키는 "가치 없는 산문이다. 첫줄부터 마지막 줄까지 지루해서 읽기 어렵다"는 혹평을 했다. 주간지 『슈피겔』은 그가 그라스의 책을 찢는 사진을 표지에 실었다. 그라스의 작품이 단지히 4부작 이후 발전과 변화를 보여주지 않는 것에 대해 참을 수 없다고 라이히-라니츠키는 비판한다. 또 그라스의 『양철북』은 얼토당토않은 이야기라고 비판한다. 소설가 마르틴 발저와의 불화도 유명하다. 국내에도 번역된 발저의 소설 『어느 비평가의 죽음』의 줄거리는 한 소설가가 악평에 분노한 끝에 평단의 제왕으로 불리는 유대인 문학 평론가를 살해한다는 내용이다. 마왕(魔王)이란 이름의 소설 속 평론가는 수년간 TV의 문학 프로그램을 맡아 막강한 문학권력을 무자비하게 휘두른다. 소설 속의 마왕이 공영방송 ZDF TV의 프로그램 〈문학 사중주〉를 진행해온 라이히-라니츠키를 가리킨다는 것은 한눈에 알 수 있다. 여기에는 반유대주의라는 뜨거운 이슈도 있지만, 무자비한 비판을 서슴지 않는 라이히-라니츠키의 독설이 더 중요하게 작용한다. 한국의 비평가들에게서는 찾기 힘든 모습이다.

8. 염무웅의 인문주의 비평

나는 앞서 한국비평계에 활발히 활동하는 '원로' 비평가가 없다고 말했지만, 염무웅 평론집 『문학과 시대현실』(2010)과 황현산의 『잘 표현된 불행』(2012)은 이런 손쉬운 진단의 무모함을 확인시켜준다. 염무웅은 책의 서문에서 "이 책에 실린 이런 종류의 평론문장이 언제까지 사회적 존속을 보장받을 수 있을지도 확신이 서지 않는다"(7면)고 책을 내는 소회를 밝혔지만, 그의 진단은 날카롭다. 그가 지적하듯이, 이제 염무웅이 선보이는 고전적 풍모의 "평론문장"은 널리 읽히지 않는다. 가벼움과 경쾌

함의 가치만이 숭앙되는 시대가 아닌가. 무겁고, 진중하고, 딱딱하고, 생각을 요하는 글들은 대중성을 얻기 힘들다. 그러나 적어도 소수의 독자들에게 염무웅의 비평은 여전히 무엇인가를 가르쳐준다. '원로'라는 말을 함부로 쓰는 것에 나는 많은 거부감을 갖고 있지만, 적어도 문학비평의 경우에는 염무웅의 지적대로 "흔히 아는 만큼 보인다고 말하는데 글을 읽고 쓰는 일도 각자의 인생이 터득한 깨달음의 한도를 넘지 못하는 것 같다"(288면)는 판단에 나도 동의한다. 시간과 돈을 들여서 비평을 읽었는데 아무런 배우는 바가 없다면 허무하지 않은가.

한때는 문학비평이 '시국진단'이고 '문화분석'이고 동시에 '작품분석'을 겸하는 때도 있었다. 그런 비평문을 읽으면서 나는 어떤 사회과학논문이나 신문기사, 논설에서보다 현실과 문학을 보는 안목을 배웠다. 지금의 비평문들에서 그런 안목과 계몽을 얻기는 쉽지 않다. 그 이유는 비평가들이 열심히 텍스트만 '파기' 때문이다. 하지만 "중요한 것은 객관적 현실의 변화된 의미를 제대로 읽어내는 일이고 또 다양하고 다방면적으로 이루어지는 문학적 모색 속에 그 현실이 얼마나 제 모습대로 그려지는가를 밝히는 일이다. 내 생각에 그것은 작가와 비평가 모두에게 혼신의 집중과 악전고투를 요구하는 힘든 작업이다"(451면). 앞서 말했듯이 비평에서 작품의 안팎은 손쉽게 구분되지 않는다. 작품이 생산되고 수용되는 "정치경제적 조건, 말하자면 물질적 토대에 대한 고려를 배제하고서 예술현상을 설명하는 것이 공허한 관념론으로 되기 쉽듯이 거꾸로 사회현실의 이런저런 형편을 나열하는 것으로 문학현상의 설명을 대신하는 일은 기계적 유물론일 뿐이다"(471면). 이 책은 이런 비평적 안목을 일제강점기 근대문학부터 지금 당대의 문학읽기에 적용하려는 노력이다. 이 비평집은 한국 비평공간에서 거의 찾기 힘들게 된 거시적 비평, 역사적 비평의 탁월한 예이다. "훌륭한 문학작품이 인간다운 삶을 위해 하는 일의 하나는 억압적 세계의 타락과 궁핍에도 불구하고 왜소하게 숨죽이고 살아가는 범인들에게 해방의 환각과 자유의 기쁨을 제 것인 양 누리게 한다는 점"(485면)이라는 발언은 더 이상 문학(비평)의 힘을 믿기 힘들어지는 작금의 현실에서는 시대착오적 발언으로 들릴 수도 있겠지만, 그런 믿음을 지닌 비평가가 너무 적다는 것이 오히려 문제 아닌가.

염무웅 비평을 거시적 비평, 역사적 비평으로 규정했지만, 그렇다고 그가 소위 '섬세한' 작품읽기를 소홀히 하지는 않는다. 그가 작품을 평가하는 잣대는 작품에 그려지는 "삶의 구체성", "상황적 진실"에 의한 "객관적 설득력"(476면), "등장인물 개개인에 대한 면밀하고도 적절한 배려"(503면) 등이다. 그는 이제는 보기 드물게 된 인문주의적 비평가이다. 나는 특히 일제강점기 한국근대문학의 태동과 확립을 설명하는 그의 설명에서 많은 걸 배웠다. 루카치는 탁월한 비평가는 동시에 탁월한 문학사가라고 어디선가 단언했지만, 염무웅 비평의 미덕은 작품을 항상 문학사의 흐름, 세계사적 운동의 시각 속에서 조망하는 시야에 있다. 그는 어떻게 받아들일지 모르지만, 그는 루카치의 한국판 후계자이다. 예컨대 1920년대의 근대문학 성립과정을 해명하는 것이 좋은 예이다. 왜 1920년대에 돌연 한용운의 『님의 침묵』(1926), 김소월의 『진달래꽃』(1925), 김동환의 『국경의 밤』(1926) 같은 시집들. 그리고 이상화, 정지용의 시들이 앞다퉈 등장했는가? 이 질문에 답하면서, 저자는 사회적 배경으로 1919년의 3·1운동에서 압축적으로 표출된 식민지적 근대화의 외재성에 대한 주체적 대응이 비등점에 이르렀던 당대의 상황을 언급한다. 이런 역사적 상황은 한국근대문학의 탄생에서도 결정적인 계기가 되었으며, 그로부터 1920년대에 쏟아져 나온, 내적 완성을 이루고 매우 안정된 시 작품들의 창작이 가능했다는 것이다.

내가 보기에 그간 한국문학사에서 상대적으로 홀대받은 김소월에 대한 높은 평가는 주목할 만하다. "제약하는 힘이자 의존할 모범으로서의 확고한 시적 양식이 불투명한 가운데서도 어떻게 한용운과 김소월 같은 그 나름의 안정적 세계가 가능했는가 하는 점이다"(212면). 한국근대시의 지체현상은 봉건시대의 시형식들이 근대화라는 시대적 변화에 저항 또는 적응하면서 주체적인 자기극복을 통해 근대시로 태어나지 못했다는 데 있다. 이런 열악한 상황에서도 한용운과 김소월의 탁월한 시작품이 나온 이유는 무엇일까? 염무웅은 그 이유에 대해 상세한 설명을 하지는 않으나, 예의 역사적 시각에 근거한 설명을 시도한다. 그가 보기에 게송이나 선시 같은 불교적 전통이 한용운에게, 그리고 민요가 김소월에게 시적 안정성의 개인적 기반이 되었으리라는 것이다. 그는 이런 맥락에서 민요시인으로서 신경림의 중요성과 한계도 평가한다.

이 평론집에는 지금의 비평계에서는 찾기 힘든 논쟁적 태도도 적잖게 발견된다. 임화 연구의 중요한 전거를 마련한 김윤식의 임화연구를 비판하는 것이 좋은 예이다. "임화의 생애와 작품을 일련의 정신분석학적 개념들의 복합체로 환원하는 자의적 해석방식에는 찬성하기 힘들다"(66면)거나 "납득할 수 없는 허다한 논리적 비약과 견강부회가 그의 소중한 실증적 노력에 손상을 입히고 있다"(66면)는 강한 비판을 서슴지 않는다. 역시 비평계의 '원로'가 보여주는 전범이다. 작품평가에 있어서 항상 문학사적 시각을 전제하는 태도는 윤대녕과 최인훈의 문학사적 비교에서도 잘 드러난다. 최인훈의 경우에는 작중 인물의 과거 상실은 전쟁과 폭력이라는 역사적 사건과 관련되어 있으며, 주인공의 무의식 탐색은 역사의 추체험 또는 현재시점에 의한 과거의 재해석으로 나타난다. 반면에 윤대녕의 경우, 주인공의 과거 상실은 역사적 차원을 결여하고 있으며, 매우 독특한 사적인 체험의 형태로 신비화되고 있다. "따라서 '나'에게 연속적으로 일어난 '기이한 일'이라는 것도 주인공의 심리세계에서만 일어난 것이지, 독자들이 돈을 주고 책을 사서 읽는 객관적 현실에서는 따분하고 지루한 일상사의 반복일 뿐이다"(453면). 80년대 문학이 지닌 '사회성'을 폄하하면서 내면의 '외딴 방'으로 침잠해간 90년대 이후의 한국소설의 방향선회에 대한 예리한 비판으로 읽을 만하다. 염무웅은 엄정한 비판이 결여된 작품의 해설, 상업주의적 출판풍토도 비판하지만, 너무 소략한 점이 아쉽다.

9. 황현산의 시 읽기

황현산의 『잘 표현된 불행』은 섬세한 시 비평의 한 경지를 보여준다. 이제는 비평에 '섬세한'이라는 말을 붙이는 것은 거의 상투어가 되었지만, 이 경우에는 다른 표현을 찾기 힘들다. 좋은 비평은 독자가 작품을 읽으면서, 혹은 설령 작품을 읽지 않더라도 가지게 되는 선입견, 편견을 되돌아보게 만든다. 좋은 작품이 독자를 '낯설게 하기'의 세계로 이끌 듯이, 좋은 비평도 그렇다. 황현산이 보기에 "시인은 이성적으로 숙고된 의미와 재현을 양보하고, 글쓰기의 상호 활동 속에 자기 밖 맞은편의 사람을 받아들임으로써 다시 말해서 말과 사물의 물질성에 자기를 던짐으로써 자신과 다른 사람들에게 자신을 드러낸다"(30면). 다시 말해 좋은 시인은 '나'의 고정된 실체를 무너뜨리고 '나'를 밖으로, 타인들에게 개방하게 만드는 존재이다. "부정의 언어, 곧 시의 언어는 늘 다시 말하는 언어이며, 따라서 끝나지 않은 언어이다. 모든 주체가 타자가 되고, 그 모든 타자가 또다시 주체가 된다고 믿는 희망이 이 언어의 기획 속에 들어있다"(75면). 모파상을 인용해 지적하듯이, 황현산이 그리는 시의 세계는 동질화시킬 수 없는 수많은 개인들이 상대방의 공간을 침해하지 않으면서 맺는 그물망의 세계이다. "온 세상에 완전히 똑같은 두 알의 모래나 두 마리 파리나 두 개의 손이나, 두 개의 코가 없다는 진실을 말하고 나서, 그는 나에게, 어떤 인물이나 어떤 사물을 단 몇 줄의 문장으로 뚜렷이 개별화하고, 같은 종족의 다른 모든 인물이나 같은 종류의 다른 모든 사물과 구별될 수 있도록 표현하라고 촉구했다"(45면). 이것이 황현산이 생각하는 시인, 혹은 작가의 역할이다.

그렇다고 문학적 글쓰기가 문학 '밖'의 세계와 절연된 것은 아니다. 문학의 세계는 언제나 문학 밖의 세계를 함축한다. "문학적 글쓰기는 그 구체적 개별성을 통해 복잡한 사회적 구조를 압축하고 있을 뿐만 아니라 플로베르 또는 모파상의 경우가 그렇듯, 그 구조를 새롭게 바라보는 법과 새로운 구조를 발견하는 법을 제시하기도 했다"(47면). 이 책에서 "압축"의 방식을 상세하게 설명하지는 않아서 다소 아쉽지만, 그는 시 읽기가 세상 읽기의 다른 표현임을 정치한 시 분석을 통해 입증한다. 설령 초월성을 내세우는 것처럼 보이는 시의 경우에도 그것이 좋은 시라면 시는 언제나 세속적이다. "물질의 신비도, 역사의 신비도 결국은 현실의 신비이다. 말이 한 자아에게 다른 자아를 보게 하여 두 개의 삶을 연결하는, 논리가 제 장례를 치르면서 논리 너머를 끌어안는 시의 신비도 그와 다르지 않다. 산사와 강마을이, 티베트와 인도가 중요하다면, 그것은 영원히 변하지 않을 삶의 원형과 미래의 평화가 거기 있어서가 아니라, 오히려 삶의 극단을 나타내고, 상상력의 한계를 점찍는 이미지들이 거기 있기 때문이다"(74면).

시의 언어는 논리 너머의 언어를 지향한다. 하지만 시의 언어가 논리의 언어를 배제하는 것은 아니다. 다만, 논리의 언어를 끌어안고 넘어갈 뿐이다. 그러므로 모든 "신비"는 신비주의의 신비가 아니며 "현실의 신비"이다. 그가 김수영의 은유법을 높이 사는 이유도 이 때문이다. 김수영의 은유는 "사물이 제가 아닌 다른 것으로 모양을 바꾸는 것이 아니다. 그의 은유는 차라리 사물이 실패와 좌절의 감정적 앙금을 벗어버리고 우리의 실망스런 기억에서 해방되어 진면목을 내비치는 어떤 순간의 표현이다"(322면). 그의 시에서 자동차가 자동차이되 자동차가 아닌 무엇이며, 풀이 풀이되 동시에 풀이 아닌 무엇이 된다. 시의 언어는 논리의 언어이되 동시에 논리의 언어를 아우르면서 넘어선다. 뛰어난 비평의 언어도 그렇다. "시인은 이 현실 속에 다른 현실을 언어로 만들어낼 뿐만 아니라 그 현실을 스스로 체험한다. 비평이 진정으로 해야 할 일도 그것이다"(141면).

이 비평집은 (시)비평의 위상과 역할에 관해서도 중요한 제언을 한다. "비평가가 어디선가 보고 외워둔 말들을 풀어놓기 좋은 시, 자신의 명민함을 스스로 확인하기 좋을 것처럼 보이는 시, 그래서 결국은 어떤 시론으로 환언하기에 편안한 시만을 주목할 때, 시가 알려진 주제와 어법, 벌써 질서 잡힌 형식의 상징과 은유, 낯익은 이미지의 순열조합에 갇히게 되는 것은 당연한 일이다. 비평가에게 적절한 미끼를 주는 시와 그 미끼를 물고 거창한 시론을 설파하는 비평의 관계는 짜고 치는 고스톱과 다를 바가 없다"(143면). 좋은 시는 비평가에게 미끼를 던져주는 시가 아니다. 혹은 비평가가 이미 알고 있는 어떤 이론 틀을 들이대 이런저런 요설을 풀 수 있도록 유도하는 시도 아니다. 좋은 시는 어떤 "시론"으로도 "환원"되기를 거부한다. 비평가와 독자를 '낯설게 하기'의 세계로 이끈다. 아마도 황현산이 소위 '미래파' 젊은 시인들의 시 세계를 강력히 옹호한데는 이런 비평적 태도가 깔려 있는 것으로 보인다. '창조적 비평' 운운하면서 창작과 동렬에 비평의 자리를 놓으려는 시각에 황현산은 동의하지 않는다. 작품 앞에서, 현실 앞에서 언제나 겸허할 것을 요구한다는 점에서 그도 염무웅과 마찬가지로 이제는 찾기 힘든 인문주의 비평가의 동아리에 속한다. "그러나 비평가가 늘 잊기 쉬운 것은 그가 자기 동시대 작가의 작품을 지식으로 정리할 때도, 그 한계를 지적할 때도, 그가 작가보다 우월하거나 앞선 자리에 있기 때문에 그 일을 하는 것이 아니라는 점이다. 그는 작가와 같은 지적 풍토에 살며 작가와 똑같이 자기 시대의 주관성에 갇혀 있으며, 작가가 문제와 해답을 만날 때 그도 문제와 해답을 만난다. (중략) 작가와 비평가가 다르다면 그것은 문제와 해답을 만나는 방식과 제기하는 방식이 다만 다를 뿐이다"(147면). 비평가의 해석과 평가는 최종적 심판이 아니라 서로 다른 주관적 해석 사이의 대화일 뿐이다. 판단의 종결점은 없다.

이 비평집에서 가장 흥미로운 부분은 탁월한 시 분석과 비평의 예를 '실습'처럼 보여주는 4부 '이 시를 어떻게 읽을까'이다. 소월, 이상, 김수영, 이육사, 한용운, 김종삼, 정지용의 시 작품 한 편씩을 골라 읽으면서 저자는 시 읽기의 정수를 보여준다. 예컨대 김수영의 시 「孔子의 生活難」을 분석하는 대목. 어느 젊은 비평가의 분석을 반박하면서, "이 젊은 비평가가 말하는 것처럼, 열매는 일반적으로 꽃이 지고 난 자리에 열리는 것이 아니라, 많은 경우 '상부'에 꽃을 달고 열린다. (중략) 꽃이 진 다음 열매가 열리는 것이 아니라, 꽃이 진 다음에야 열매가 겉에 드러나고 본격적으로 자라는 것이라고 말해야 할 것이다. 상부에 꽃을 달고 있는 열매는 아직 어린 열매이며, 아름다움과 실질이, 유희와 삶이 분리되지 않은 시절의 열매일 뿐이다"(681면)라고 조곤조곤 반론을 제기한다. 한용운의 「님의 침묵」을 분석하면서, 두 번에 걸친 '에'의 생략이 갖는 의미를 따지면서, "텍스트를 정확히 교열하는 일의 여러 미덕 가운데 가장 중요한 것은 같은 시를 여러 번, 그때마다 생생하게 다시 읽을 수 있는 힘을 거기서밖에는 얻을 수 없다는 것이리라"(709면)고 설파하는 대목, 혹은 이상의 시를 논하면서 "이상은 자기 언술의 힘이 최대한으로 확장되기를 원했지만, 근본적으로 자신감이 결여될 수밖에 없는 이 식민지인은 그나마 확실한 것인 말의 논리와 계산에 절망적으로 매달리지 않을 수 없었다"(780면)고 분석하는 대목은 독자의 고개를 끄덕이게 하는 설득력을 지닌다. 황현산은 탁월한 시 감식가이다. 이런 탁월한 시 감식가가 시를 둘러싼 쟁점들, 예컨대 최근 몇 년간 화두가 된 '시와 정치'의 문제에 대해 그 나름의 식견을 상술하지 않아서 아쉽지만, 적어도 비평집을 읽는 재미와 공감, 설득력을 지닌 비평집을 오랜만에 만난 것은 기쁘다. '원로'

비평가라는 말이 퇴색하지 않은 개념이라는 것을 염무웅과 황현산의 비평집을 읽으며 새삼 실감한다.

10. 비평의 할 일

나는 지금의 비평계에 많은 걸 바라지 않는다. 문학(비평)의 쇠락은 부인할 수 없는 현실이다. 문학은 더 이상 문화의 중심도 아니다. 근대문학의 종언, 근대비평의 종언 등의 언설이 나도는 데는 다 이유가 있는 법이다. 하지만 사라질 때 사라지더라도 비평은 자신이 해야 할 일, 할 수 있는 일과 없는 일을 되묻는 성찰을 게을리할 수 없다. 그리고 남들이 뭐라고 떠들든 '나는 그렇게 생각하지 않는다'라고 말할 수 있는 비판의 정신을 잃어서도 곤란하다. 비평의 죽음이 현실화될지 알 수 없지만, 적어도 비평이 그 이름을 유지할 때까지는 비판정신을 잃지 않은 비평을 나는 더 많이 읽고, 배우고 싶다. 이 글은 그런 욕망의 표현이다. (2013)

미메시스에서 감응으로

―한국문학의 곤궁과 이창래

1. 미메시스와 감응

사적인 이야기를 먼저 하자. 나는 요즘 한국문학작품보다는 한국영화를, 한국문학평론보다는 영화평론을 더 재미있게 읽고, 많이 배운다. 한 이유는 평론이 기댈 수밖에 없는 몸체인 작품의 수준과 관련이 있으리라. 작품이 좋지 않은데 뛰어난 평론이 나올 리 만무하다. 그래서 한국영화든 외국영화든 탁월한 작품과 맞서는 영화평론이 더 눈길을 사로잡는다. 예컨대 정성일의 영화평론집인 『필사의 탐독』이나 『언젠가 세상은 영화가 될 것이다』, 허문영의 『세속적 영화, 세속적 비평』 등. 정한석이 쓴 「슬로모션, 넌 누구냐?」(『씨네21』 901호)도 그런 자극을 주는 평론이다. 이 글은 영화 〈킬링 소프틀리〉와 〈은교〉를 비교하면서 두 영화에 나타난 초고속촬영과 슬로모션의 의미를 영화의 속도, 스피드, 템포, 아우라 등의 문제와 관련하여 깊이 있게 분석한다. 이 글은 비단 영화만이 아니라 문학읽기에도 의미 있는 시사점을 제공한다. 영화에서 사용되는 슬로모션은 통상적 촬영으로는 포착하기 힘든 사실의 이면을 제시한다. 정한석은 라스 폰 트리에 감독의 말을 인용해 슬로모션은 텍스트의 "이면을 비춘다는 점에서 엑스레이(X-ray)와 같은 것"이며, 텍스트의 가독성과 관련된다고 설명한다. 슬로모션은 관객이 볼 수 없는 것을 영화적 장치를 통해 보게 만든다. 슬로모션 장면에서 카메라는 느린 화면을 선택하고 "거기에 다중각도와 반복의 문제를 더하면서, 원래는 순식간에 지나가버린 그 비가시적 순간을 가시적 순간으로 연장하여 가독의 능력을 부여한 뒤 우리의 감흥을 끌어"낸다. 요약하면 "여기, 지금이라는 일회성이라는 아우라를 영화적으로 모사하기 위해 광학적 무의식이 개입하는 예가 바로 슬로모션"이며, "그걸 더 잘 모사하기 위해 등장한 고도의 광학적 무의식이 지금의 초슬로모션"이라는 주장이다.

영화에서 사용되는 기계적 장치와 기법이 영화의 가독성에 지니는 의미를 다루는 이 글이 내 관심을 끈 이유는 무엇일까? 영상예술인 영화의 슬로모션 기법을 서사예술인 문학에 그대로 적용할 수는 없다. 그러나 두 가지 질문이 떠올랐다. 첫째, 슬로모션 같은 영화적 장치와 기법이 텍스트의 이면을 투시하는 엑스레이와 같은 역할을 한다면 문학에서 그런 역할을 하는 장치와 기법은 무엇일까? 문학의 슬로모션 기법은 가능할까? 둘째, 이런 기법을 통해 "비가시적 순간을 가시적 순간으로 연장"하여 보게 만드는 것이 영화에서처럼 문학에서도 가능할까? 정한석의 예리한 평론을 읽으며 나는 감정이나 정서의 미메시스가 아닌 감응(affects)의 미학을 제시한 들뢰즈의 입론이 떠올랐다. "어떤 예술도 모방적이지 않으며, 모방적이거나 형상적일 수 없다. (중략) 화가나 음악가는 동물을 모방하지 않는다. (중략) 생성은 언제나 둘을 통해 진행된다. 생성한 대상도 생성하는 자 못지않게 생성된다."[1] 뛰어난 문학은 인물들의 내면이

---

1) Gilles Deleuze/Felix Guattari, *A Thousand Plateaus* (U of Minnesota P, 1987) 304면.

나 감정을 모방(미메시스)하지 않는다. 조심스러운 판단이지만, 나는 한국문학이 여전히 미메시스의 문학에 갇혀 있다고 판단한다. 문학의 고유성은 작품의 인물이나 사건이 새롭게 생성하는 감응이며, 그것의 감염, 확산에서 나온다. 감정(feeling)과 감응은 다르다. 인물과 인물, 인물과 사건 사이에 작동하는 감응의 운동을 포착하려면 냉철함이 요구된다. 사건의 이면을 투시하는 엑스레이처럼 차가워져야 한다. 그를 통해 예술은 우리에게 지각 불가능한 것(the imperceptible)을 지각하게 한다(들뢰즈 267면). 이것이 감응의 문학이다. 나는 최근의 한국소설을 읽으면서 새로운 감응의 생성을 사유하는 작품을 거의 만나지 못했다.

미국단편소설의 거장인 카버(Raymond Carver)의 작품이 전형적으로 보여주는 '미니멀리즘'의 참뜻도 감응의 문제와 관련된다. 세부적인 진실에 천착하는 미니멀리즘은 단지 사건의 섬세한 묘사에 그치지 않는다. 카버의 대표작인 단편집 『대성당』에 실린 단편들, 예컨대 「별 것 아닌 것 같지만, 도움이 되는」, 「열」 그리고 「대성당」이 독자에게 설득력 있게 예시하는 것은 다루는 대상의 표피적 묘사가 아니다. 작가의 초점은 최대한 감상을 배제하고 작품에서 그려지는 사건과 인물의 속으로 들어가는 것, 눈에 보이는 사실의 뒤에서 작동하는 '지각 불가능한 것'을 독자가 인식하게 하려는 태도이다. 카버의 '깔끔하고 군더더기 없는(clear and hard)' 서술에서 순간의 진실이 드러나며 새로운 감응이 전달된다. 예컨대 단편 「열」의 이런 대목.

노부부는 조심스레 길을 따라 걸어 내려가 트럭에 올라탔다. 짐 웹스터는 대시보드 아래로 몸을 수그렸다. 웹스터 부인은 칼라일을 바라보며 손을 흔들었다. 바로 그때, 그가 창가에 서 있을 때, 그는 뭔가가 완전히 떠나갔다는 사실을 느낄 수 있었다. 아일린과 관계된, 이전의 삶과 관계된 그 뭔가. 그녀를 향해 손을 흔든 적이 있었던가? 물론 그랬을 것이다. 그랬다는 것을 안다. 비록 지금은 기억하지 못하지만. 하지만 그는 이제 모든 게 끝났다는 걸 이해했고 그녀를 보낼 수 있다고 느꼈다.[2]

작가/서술자의 정서는 서술의 표면에 드러나지 않는다. 냉정하고 차분한 서술에서 역설적으로 주인공 칼라일이 느닷없이 자신을 떠난 아내 아일린에게 지녔던 복잡하고 착잡한 감정의 굴곡, 그리고 최종적 정리의 순간이 깊이 있게 전달된다. 이 서술의 관심은 칼라일의 정서가 아니라 칼라일과 웹스터 부부 사이에 작용하는 감응에 있다. 『대성당』의 인물과 사건은 현실의 단순한 재현이 아니라 새로운 현실의 창조이며, 그렇게 창조된 작품의 현실과 인물을 통해 독자가 미처 감지하지 못했던, 지각 불가능한 세계의 감응을 느끼게 된다.

2. 한국문학의 곤궁

지금까지의 소략한 논의는 한국문학에 대해 독자로서 내가 갖고 있는 어떤 불만과 관련된다. 한국문학은 지각 불가능한 것을 드러내는 문학, 감응과 정동의 문학이 아니라 감상의 문학, 내면의 문학에 갇혀 있다. 그런 문학을 문학적 섬세함의 표현이라고 주장한다. 우물 안 개구리 같은 자기위안이다. 세계문학으로 열려 있는 한국문학이 지향해야 할 길은, 번역 등을 통해 한국문학을 세계에 더 많이 알리는 데 있지 않다. 그것도 필요하다. 그러나 한국문학이 우물 안 개구리를 벗어나서 세계문학을 논하려면 우리문학의 문제가 무엇인지를 먼저 살펴야 한다. 한국문학이 해외에 덜 알려진 것이 문제라고 말하기 전에 우리가 알고 있는 나라의 뛰

---

2) 레이먼드 카버, 김연수 옮김, 『대성당』 (문학동네 2007) 287면.

어난 문학이 얼마나 되는지, 그들에게서 무엇을 배울 수 있는지를 살펴보는 것이 필요하다.[3]

과문한 독자의 판단이지만, 나는 현 단계 한국문학이 두 가지 중요한 난관에 봉착해 있다고 판단한다.[4] 첫째, 한국문학은 내면성과 사소함의 외딴방에 갇혀 있다. 내면성의 탐구 자체가 문제는 아니다. 그러나 한 명민한 시인의 말대로 '나'의 내면성을 제대로 알기 위해서는 다른 존재의 내면성에 깊은 관심을 기울여야 한다. 내면성의 사회적 배치가 문제이다. "자기 상처만 정색하고 들여다본다고 병이 낫지는 않아요. 남의 상처나 삶에 한눈 팔고 정신을 빼앗기는 일이 필요해요. 무슨 대단한 대의나 윤리의 실현을 위해서가 아니라 일단은 자신을 위해서 말이에요. 그러면 자기로부터 충분히 멀리 갈 수 있어요."[5] 삶과 문학이 깊어지려면, 그래서 고립된 '나'의 내면성으로부터 충분히 멀리 가려면 "남의 상처나 삶에 한눈팔고 정신을 빼앗"겨야 한다. 좋은 문학에서 내면성과 사회성은 대립되지 않는다. 내면성의 탐구는 깊고 넓은 사회적 상상력을 요구한다. 이 점이 좋은 문학에서 발견되는 "사회적 연대의 철학적 기초"(김우창)이다. 뛰어난 문학은 개별적인 삶의 진실에서 출발하되, 개별적 진실은 궁극적으로 그것을 둘러싼 어떤 외부나 테두리와 맞물려 있다는 복합적 인식, '나'만의 내면을 넘어서려는 인식을 요구한다. 그렇게 '나'와 우리는 결합된다. 비평의 척도로 운위되는 자기성찰이나 진정성의 개념은 협애한 주관성인 섬세함에 한정되지 않으며, '나'와 외부의 배치관계를 구체

3) 방현석, 「서구중심의 세계문학 지형도와 아시아문학」, 김영희 외 지음, 『세계문학론』 (창비 2010) 266면.

4) 한국문학이 처한 곤궁에 대한 이하 서술은 졸고, 「사회적 상상력의 실종」(『한겨레』 2012년 12월 8일), 「한국문학의 '약자주의'」(『한겨레』 2013년 5월 11일)에서 개진한 견해를 보완·상술한 것이다.

5) 함돈균, 「작가조명: 진은영 시집 『훔쳐가는 노래』」(대담), 『창작과비평』 158호 (2012년 겨울).

적으로 파악하고 형상화하려는 관심을 지향한다. 1990년대 이래 한국문학이 빠져 있는 내면성의 질곡은 내면성과 사회성을 도식적으로 나누는 시각에서 비롯된다. 예컨대 한국 독자를 사로잡는 무라카미 하루키 문학의 매력에는 그의 작품이 보여주는 독특한 상상력도 있지만, 언제나 내면의 탐구를 그 내면을 에워싼, 작품이 창조한 사회역사적 현실과의 배치에서 사유하려는 작품의 역사적·사회적 스케일도 중요한 이유로 작용한다.

두 번째 질곡은 나쁜 의미의 '약자주의'(弱者主義)다. 나는 최근에 쿠엔틴 타란티노 감독의 흥미로운 영화인 〈장고: 분노의 추적자〉를 보면서, 문득 한국문학이 사로잡힌 '약자주의'라는 미망을 떠올렸다. 〈장고〉는 약자의 고통과 참상을 고발하고 그에 연민하고 눈물을 흘리는 데 멈추는 약자주의를 비판한다. 〈킬 빌〉의 사적 폭력을 넘어서, 〈바스터즈: 거친 녀석들〉부터 그가 시도한 '대안역사' 만들기, 사적 폭력과 공적 폭력의 관계에 대한 감독의 고민의 연장선상에 있는 작품이다. 〈바스터즈〉에서 현실역사에서 실패로 끝난 히틀러의 역사적 단죄를 영화적으로 완수했다면, 〈장고〉에서는 미국 노예제의 희생자인 흑인, 그리고 노예제 폐지에 공감하는 독일계 백인이 연대하는 폭력으로 노예제를 말 그대로 폭파한다. 타란티노는 현실에서 미완으로 그친 역사적 처벌을 영화적으로 마무리한다. 영화는 그 단죄 앞에 주저하지 않고 끝까지 내달린다. 한국문학은 타란티노 영화의 대척점에 서있다. 해결해야 할 사회적 문제들, 미완으로 끝난 역사적 과제 앞에 머뭇거리고 망설인다. 그래서 적지 않은 작품들은 약자의 고통을 즉자적으로 묘사하고 연민하는데서 그친다.

최근에 읽은 작품인 공선옥 장편 『영란』과 『그 노래는 어디서 왔을까』,

최진영 장편『끝나지 않는 노래』가 좋은 예이다.[6] 이들 작품은 공히 '몫 없는 자들'의 삶, 특히 여성들의 고통을 천착한다. 나름의 미덕이다. 그 러나 두 작가 모두 거기서 멈춘다. 작품에는 일제강점기, 유신시대, 광주 항쟁, 두 대통령의 서거 등의 역사적 사건이 빈번하게 언급되지만, 인물 들의 내면과 세밀하게 결합되지 않고 지나가는 에피소드에 그친다. 역사 적 사건과 인물의 삶이 서사적 균형과 통일 속에 다뤄지지 못한다. 개인 과 개인, 개인과 사건의 배치관계가 깊이 다뤄지지 않는다. 작품은 여성 의 고통을 리얼하게 그리는 데 공을 들이지만 새로운 감응의 생성에는 못 미친다. 고통의 재현이 새로운 감응의 창조로 이어지지 못한다. 사회 적 소수자로서 여성들의 삶을 '리얼'하게 그리는 것은 물론 문학의 소임 이지만, 세태소설적 약자주의가 반복될 때 작품은 갑갑해진다. 작중 인 물들이 겪는 고통을 어떻게 해결할 것인가? 그 고통에 대해 누가 책임질 것인가? 그 고통 앞에 문학의 소임은 무엇인가? 이런 물음 앞에 작품은 주저한다. 이런 머뭇거림을 문학적 섬세함이라고 호도하는 비평적 담론 들도 한국문학이 맞닥뜨린 곤혹스러운 상황을 악화시키는 공범이다.

한국문학은 약자주의, 감상주의에 빠져 있다. 하지만 약자에 대한 연민 의 정서가 감응의 문학은 아니다. 인물과 사건의 정서가 아니라 감응을 제대로 형상화하려면 작가는 냉철해져야 한다. 감상주의는 금물이다. 고 통과 눈물로 작품이 차고 넘친다고 해서 새로운 감응이 생성되지는 않 는다. 문제의 핵심으로 주저하지 않고 돌입할 때 작품의 기운이 독자에 게 전달된다. 박민규의 단편「루디」가 좋은 예이다. 현실의 다양한 문제 들, 특히 신자유주의가 낳은 실업과 경제적 빈곤의 문제를 사회구조의 탓으로 손쉽게 돌리고, 모두를 공범자이자 희생자로 규정짓는 손쉬운 길

---

6) 김애란 단편집『비행운』과 권여선 단편집『비자나무 숲』은 약자들의 고통에 대해 섣불리 연민하는 감상주의에 빠지지 않으면서 나름의 냉철한 시선을 견지하지만, 이들 작품이 얼 마나 시원하게 약자주의의 곤궁에서 벗어났는지는 여전히 아쉬움이 남는다.

을 버리고, 「루디」는 개인적 폭력과 구조적 폭력의 관계를 붙잡고 끝까지 밀어붙인다. 비록 자신이 의도하고 한 행위는 아니지만 누군가는 자신의 결정으로 고통에 빠진 사람들의 삶에 책임을 져야 한다. 사회구조의 탓으로 주체가 져야 할 책임을 회피할 수는 없다. 그것이 주체의 윤리이다. 이 단편에 애매한 감상이나 섣부른 화해는 없다. 냉철한 서사에서 독특한 기운을 지닌 감응의 작품이 탄생한다. 박민규 단편의 미덕이다. 한국문학은 좀 더 강인해져야 한다. 「루디」가 보여주듯이 감상주의와 약자주의를 넘어서 우리의 삶을 피폐하게 만든 실체를 밝히고 문학적으로 단호하게 단죄해야 한다. 문학예술은 언제나 '현실모순의 상상적 해결'(프레드릭 제임슨)에 머문다. 문학의 정치가 지닌 힘이자 한계이다. 그러나 문학이 다양한 방식으로 시도하는 상상적 해결책이 역으로 현실모순의 극복을 위한 새로운 방도의 실마리를 제공한다.

3. 한국문학과 이창래

이런 한국문학이 처한 어려움을 돌파하려는 시도로 한국문학의 세계화가 운위된다. 그리고 이창래를 비롯한 한국계 미국문학 작가들이 한국문학 세계화의 참조틀로 호출된다. 앞서 말했듯이, 한국문학의 현재적 수준을 가늠하려면 다른 나라의 좋은 작가들과의 비교가 필요하며, 이창래를 비롯한 한국계 미국작가들도 생산적 대화와 배움의 상대로 참고할 수 있다. 그러나 잊지 말아야 할 것은 『남아 있는 나날』을 쓴 이시구로(Kazuo Ishiguro)가 일본계 영국작가이듯이 이창래는 엄연히 영어로 글을 쓰는 한국계 미국작가라는 것이다. 작가에게 혈통보다 중요한 것은 그가 사용하는 언어이고, 몸담은 문화이고, 다루는 대상과 세계의 성격이다. 일본의 현실을 거의 작품에서 다루지 않는 이시구로와는 달리 이창래의 작품은 미국사회의 주변인이자 경계인으로 살아가는 한국계 미국인의 삶(『영원한 이방인』(원제 Native Speaker, 1995), 혹은 일본인 가정에 입양된 한국계 일본인이자, 2차 대전 이후 미국으로 이주한 일본계 미국인이라는 착종된 민족적 정체성을 지닌 인물의 삶(『제스처 라이프』, 원제 A Gesture Life, 1999)을 다룬다. 그리고 최근작 『생존자』(원제 The Surrendered, 2010)에서는 좀 더 직접적으로 한국전쟁과 그 전쟁이 끼친 여파를 그린다.[7] 이창래의 작품, 특히 그의 신작인 『생존자』는 한국문학이 참고해야 할 의미 있는 외부의 목소리이다.[8] 한국문학의 현황과 관련하여 외부의 목소리로서 『생존자』가 던져주는 시사점을 찾아보자.

먼저 내면성과 사회성의 관계. 몇몇 신문의 관련 기사 등에서 읽을 수 있는 이 작품에 대한 일반적 오해는 작가가 한국계 미국작가임에도 불구하고 한국전쟁을 정면으로 다뤘다는 점이다. 그러나 이것은 작품을 꼼꼼하게 읽지 않은 성급한 판단이다. 작가의 관심사는 한국전쟁 자체의 사실적 묘사나 평가에 있지 않다. 물론 작품은 한국전쟁을 다룬다. 작품

---

7) 이런 이유로 모 신문에서 주관하는 문학상 수상심사에서 이창래를 검토 대상으로 삼기도 했다. 관련 기사에 따르면 "3월 동인상 독회에서 심사위원들은 재미 작가 이창래의 신작 장편 『생존자』를 별도로 검토했다. 비록 영어로 쓰인 1.5세 작가의 작품이지만, 한국문학의 적극적 확장이라는 차원에서 동인상 후보로 판단해 보자는 취지였다. 심사위원들은 이 작가가 종군위안부, 6·25 등 한국의 역사와 한국인의 삶을 소재로 쓰고 있다는 점에 주목했다. 또 객관적 거리를 확보하고 한국을 성찰할 수 있는 미덕을 갖췄다는 점도 지적했다. 하지만 결정적으로 한국어로 쓰이지 않은 작품을 한국문학으로 인정할 수 있느냐에 대해서 심사위원들의 의견은 엇갈렸다." http://news.chosun.com/site/data/html_dir/2013/03/27/2013032700037.html 참조.

8) 이창래, 나중길 옮김, 『생존자』(알에이치코리아 2013). 이하 작품 인용은 면수만 병기함. 원제는 'the surrendered'이며, '굴복한 사람들' 정도로 옮길 수 있겠다. '생존자'라는 번역본 제목이 딱히 잘못되었다고는 할 수 없으나, 한 개인이 어찌할 수 없는 역사적 폭력과 전쟁, 그 폭력이 끼친 외상과 내면의 상처와 고통, 운명에 굴복하는 인물들의 삶에 초점이 맞춰진 이 작품의 주제를 고려하면 '생존자'라는 제목이 썩 걸맞다고는 할 수 없다. 주인공 준(June Han)과 헥터(Hector Brennan)는 한국전쟁의 참화에서 살아남지만, 준은 결국 병으로 죽음을 맞으며, 헥터의 삶도 생존자의 생기 있는 삶과는 거리가 멀다.

1장에서 약 30면 정도의 길지 않은 분량으로 한국전쟁의 비극을 압축적으로 서술하는 작가의 기량은 돋보인다. 전쟁의 와중에서 학교 교사였던 준의 아버지는 남과 북이 내리는 이념적 재단의 희생자가 된다. "몇 년 뒤에 전쟁이 터지자 그는 부당하게도 공산주의자라는 비난을 받았다"(12면). 전쟁에서 도덕이나 인간다움의 가치는 의미가 없으며, "인간적 도리"(15면)와 "명백하고 실제적이고 현실적인 것들"(42면) 사이의 대립만이 부각된다. "그러자 사내가 자리에서 일어나 [늙고 병든 할머니를 내버려둘 수 없다는—인용자] 일장연설을 했던 일은 애초에 없었던 것처럼 보였다. 그 순간은 이미 지나가버렸고 사라졌다. 사람들은 오래전부터 지치고 굶주려 있었다"(15면). 전쟁의 파괴적 영향을 냉정하게 서술하는 1장만이 아니라 작품 전체에서 작가는 주관적 감상을 거의 드러내지 않으며, 카버의 문체를 연상시키는 건조하고 냉정한 문체를 견지한다.[9] 작가는 한국전쟁의 성격을 이렇게 요약한다. "어쩌면 그것은 그들의 전쟁이 아니라 모택동이나 트루먼의 전쟁, 혹은 다른 누군가의 전쟁이었는지도 모른다. 그것은 처음부터 애국심과 저항, 강경외교정책과 평화주의만 선동하는 전쟁이었다. 극단적인 대립으로 시작된 전쟁으로 미국은 5만 명 이상이 목숨을 잃었고 적은 100만 명 이상 목숨을 잃었다"(142면).[10] 부모와 형제들을 모두 전쟁으로 잃어 고아가 된 준, 그리고 스스로 목숨을 끊는 어린 병사의 일화를 통해 전쟁과 폭력이 사회적 약자들에게 어떤 공포와 상처로 다가오는지를 생생하게 묘사하는 대목들은 뛰어나다. 작가의 관

---

9) 하지만 이런 냉철한 서술이 간혹 견지되지 못하는 경우도 눈에 띄는데 특히 헥터의 내면을 묘사할 때 그렇다는 비판도 제기된 바 있다. 그러나 이런 비판은 헥터의 심리가 불안정하고, 작품에서 헥터의 형상화 자체가 처음부터 사실적인 인물 유형과는 거리가 있다는 점을 고려하면 부당한 비판으로 여겨진다.

10) 이 작품은 작가가 최초로 1인칭 시점이 아니라 전지적 작가 시점을 택한 소설이다. 그 결과 드물지만 작가/서술자의 시점과 인물의 시점이 중첩되거나 애매하게 처리되는 부분도 눈에 띄는데, 인용한 대목도 그런 예이다. 이것은 작가가 3인칭 시점의 서술방법을 완전히 장악하지 못한 탓으로 보인다.

심은 전쟁 자체가 아니라 인물에 있지만, 전쟁과 인물의 삶을 통일적으로 파악하여 서술하는 점이 돋보인다.

이런 건조하고 냉철한 서술은 준이 전쟁 후 머물게 되는 경기도 용인의 고아원을 책임지고 운영하는 미국인 선교사 실비(Sylvie Tanner)에 대해서도 비슷하게 나타난다. 실비는 1934년 일본군 치하 만주에서, 자신의 눈앞에서 양친이 일본군에게 학살되는 끔찍한 일을 겪는데, 그녀의 아편 복용(300면)과 이후의 분열된 삶은 이런 트라우마의 결과이다.

> 성인이 된 그녀의 생활은 끊임없는 노력과 노동, 그리고 포기를 하고픈 충동으로 점철되어 있었다. 자신의 삶이 아무리 비참하고 방탕한 모습이 되었을지라도, 그리고 거기에 타락과 절망을 거듭하는 동안 아무리 불행해졌을지라도 거기에는 그녀가 고마워해야 할 부분도 분명히 있었다. 그녀는 자신을 온전히 헌신할 수 있는 또 다른 길을 발견하게 되면서 일종의 구원을 받은 셈이었다.(558면)

실비의 부모와 남편 에임즈 태너가 힘을 쏟았던 선교와 고아 구호활동이 한편으로는 실비에게는 자신의 트라우마를 치유하는 방편이었지만, 다른 한편으로는 또 다른 비극을 낳는 계기가 된다는 것을 작품은 설득력 있게 보여준다. 또한 평생을 자신의 삶에 만족하지 못한 채 이곳저곳을 떠돌아다니고, 어디에서도 삶의 위안과 행복감을 얻지 못하는 헥터의 불행한 삶도 그가 겪은 한국전쟁의 끔찍한 트라우마에서 비롯된다.

하지만 작품에서 한국전쟁이나 만주에서 어린 시절 실비가 겪은 체험이 차지하는 분량은 적다. 작품은 한국전쟁이 휴전된 뒤 용인의 고아원에서 조우하게 된 준과 헥터와 실비의 착종된 관계, 그로부터 수십 년이 흐른 뒤 1986년 미국과 이탈리아 등지에서 펼쳐지는 인물의 삶과 사건, 특히 준과 헥터의 아들인 니콜라스의 실종을 둘러싼 두 인물의 착잡한 애증 관계를 탐색하는 데 초점을 맞춘다. 작품의 미덕은 한국전쟁이나 일본군의 만주점령 같은 거대한 역사적 격변의 문제를 최근의 한국 소설들처럼 지나가는 외적 사건으로 처리하지 않고, 그로 인해 깊은 내상을 입었던 인물들의 삶과 연결하여 유기적으로 다룬다는 점이다. 이 작품은 잊었다고 믿었던 과거의 기억이 현재의 삶에 여전히 끼치는 파괴적 영향에 대한 탐구이며, 불행한 기억의 서사이다. "하지만 다른 무언가가 그의 기억에 되살아났다. 그것은 연기, 아니 재의 냄새였을까? 그는 그 기억이 아주 오래전에 자신의 머리에서 영원히 지워졌다고 생각하고 있었다. 그런데 그것은 그의 착각이었다"(155-156면). 잊었다고 생각한 것이 억압되어 있다가 되돌아온다. 준의 기억도 그렇다. "니콜라스를 위해서라도 고국에 대한 향수를 떠올려보려고 했지만 그런 것은 오래전에 그녀의 뇌리에서 지워졌고 붙잡고 싶은 과거의 기억 역시 하나도 없기 때문이다"(332면). 준은 "붙잡고 싶은 과거의 기억"은 없다고 믿지만, 그것은 그녀의 주관적 믿음일 뿐이라는 것을 작품은 보여준다. 작가의 관심은 개인의 삶과 내면에 있되 그 내면을 규정하는 외적 사건을 무시하지 않는다.

둘째, 약자주의의 문제에 대해. 이 작품은 타란티노 영화처럼 현실모순을 상상적으로나마 시원스럽게 돌파하는 모습을 보이지는 않는다. 작품의 결론에 이르러서도 인물들이 놓여 있는 착잡한 상황이 만들어낸 관계의 얽힌 실타래는 가지런하게 풀리지 않는다. 하지만 작품의 다른 미덕은 공히 역사의 희생자들이라 할 수 있는 준, 헥터, 실비의 삶을 그 고유성을 존중하며 다루지만 연민의 약자주의에 빠지지 않는다는 점이다. 특히 각 인물들의 시선을 통해 다른 인물들의 삶과 생각을 상호점검하게 만드는 방법을 통해 감상주의를 봉쇄한다. 매우 건조해 보이지만 그 건조함 속에서 전달되는 인물들의 숨은 정서와 슬픔은 주요인물 묘사에서만 나타나는 것은 아니다. 예컨대 준이 아들을 찾기 위해 집을 내놓은 뒤 빌딩관리인인 하비와 헤어지는 장면.

두 사람은 다소 형식적으로 다시금 악수를 나누었다. 그러다가 준은 자기도 모르게 하비를 끌어당겨 가볍게 포옹해 스스로뿐만 아니라 상대도 깜짝 놀라게 만들었다. 하비는 순간적으로 몸이 뻣뻣하게 굳었지만 다음 순간 그녀의 몸을 가볍게 껴안았다. 그의 두 팔은 가늘었으나 힘이 있었다. 준의 몸에서는 기계유와 계피처럼 매운 냄새가 났다. 그녀는 숨을 깊이 들이마셨다. 마치 무거운 공기를 들이마신 것처럼 가슴이 갑자기 축 내려앉았다. 그녀는 울고 싶지 않았다.(58면)

여기에는 작가/서술자의 감상적 개입도 없고, 건조한 행동 묘사만이 있는 듯하지만, 행간에는 두 사람이 느끼는 슬픔과 애잔함의 기운이 깊이 전달된다. "그녀는 울고 싶지 않았다"는 표현은 역설적으로 그녀의 내면에서는 깊은 울음이 있다는 것으로 읽힌다. 이런 묘사는 정서나 감정의 묘사가 아니라 독특한 감응의 전달에 가깝다.

작품의 핵심은 준과 헥터의 관계이다. 두 사람은 여러 면에서 공통점을 지니는데 무엇보다 둘 다 강인하다는 점이다. 그러나 강인함의 내용은 다르다. 헥터는 육체적으로, 준은 정신적으로 강인하다. 실비의 죽음을 초래한 용인 고아원에서의 화재가 두 사람을 갈라놓게 만들었고, 헥터가 준과 '법적 결혼'을 하고 그녀를 미국으로 데리고 온 이유가 된다. 헥터가 준을 마지막으로 보았을 때 그녀는 19살이었고, 준의 존재 자체가 자기에게 얼마나 비참하고 죄책감을 느끼게 만드는지 알면서도 오로지 그녀의 편의를 위해 궁지에 몰린 그녀를 위해 결혼하고 미국으로 데려와 "비록 남편과 아내로서는 아니었지만 그녀가 자신의 길을 걸어갈 수 있다는 확신이 들 때까지 다섯 달 동안 한 집에서 살았다"(134면). 헥터는 준이 "자신의 길을 걸어갈 수 있다는 확신이 들 때까지" 같이 살았다고 회상하지만, 사실 헥터의 염려보다 더 분명하게 자신의 길을 걸어간 이는 준이다. 여기서도 주관적 기억과 진실은 어긋나며, 두 사람도 그렇게 어긋난다. 몇몇 평자들이 지적하듯이, 작품에서 그려지는 헥터의 모습이 사실적인 인물과는 차이가 있는 것은 사실이다. 헥터라는 이름 자체가 트로이의 영웅이었던 헥토르를 자연스럽게 연상시킨다. 헥토르는 비록 영웅이었지만 그리스와의 전쟁에서 패하고 죽었다. 그는 영웅이자 패배자다. 하지만 헥터는 신화의 영웅 헥토르가 아니다.

　헥터는 20세에 한국전쟁에 참전한다. 그에게 전쟁은 "엄격한 선생님" 역할을 한다. "전쟁은 엄격한 선생님이다. 헥터의 아버지는 그리스의 역사가 투키디데스를 인용하면서 그렇게 말했다"(86면). 그의 아버지는 "너는 영원히 살 거야. 눈이 있는 사람은 누구나 그것을 볼 수 있지. 전쟁터에는 절대 나가면 안 된다"라고 경고한다(88면). 그러나 영원히 사는 사람은 없다. 영웅도 죽고 평범한 사람도 죽는다. 전쟁은 삶과 죽음의 극한을 체험하는 계기이자 인간성의 시험대이고, 스펙터클의 공간이 아니라 한 인간의 모든 것이 시험받는 극한적 사건이다. 전쟁의 트라우마를 겪은 헥터가 평범하게 사는 것은 힘들다. "헥터 브레넌의 꿈들은 무엇이었던가? 너무나도 고독하고 쓸쓸한 이 세상에서 그의 꿈은 남들의 그것과 별반 다를 것이 없었다. 어느 정도 사랑이 있는 평범한 안식처를 얻는 게 그의 꿈이었다. 그런데 그게 왜 그렇게 이루기 힘든 꿈이었는지"(129면). 그러나 그런 사랑도 허용되지 않는다. "헥터는 도라와 자신의 관계도 어쩌면 사랑이 아니라 친밀함 속에서 위안을 얻기 위한 것일지도 모른다고 생각했다"(153면). 작가는 전쟁이 파괴한 한 인간의 내면을 그 심층에서 표현한다. 그러나 몇몇 평자들이 지적하듯이, 준과 헥터의 관계가 작품에서 좀 더 깊이 있게 다뤄지지 못했다는 아쉬움도 남는다. 예컨대 이런 대목을 보자.

　　그는 준을 조금도 마음에 담아두지 않으려고 그동안 애썼기 때문에 왜
　　그녀가 자신을 찾고 있는지 정말 모르고 있었다. 준이 그를 찾고 있는

데에는 수많은 이유가 있었다. 그중에서도 가장 큰 이유는 고아원에서 벌어진 일과 실비 태너 때문이었다. 하지만 과거를 다시 더듬어 봐도 거기에는 어둠밖에 없었다. 물론 헥터는 그 뒤에도 준과 함께 생활했다. 돌이켜보면 매우 짧고 이상한 기간이었는데 결국 그는 준을 법률상의 아내로 만들어 미국으로 데려왔다. 하지만 미국에 도착하자마자 두 사람은 금방 헤어졌다. 지난 26년 동안 두 사람 모두 상대의 존재를 까맣게 잊고 지냈다.(385면)

이 대목은 한국전쟁 이후 헥터와 준의 관계가 진전된 경과, 그리고 그들이 어떻게 헤어졌는가를 짧게 요약한다. 그러나 몇 개의 질문들이 작품에서 설득력 있게 설명되지 않고 넘어간다. 왜 두 사람에게 그 시절은 "매우 짧고 이상한 기간"이었을까? "미국에 도착하자마자 두 사람은 금방 헤어졌"고 "지난 26년 동안 두 사람 모두 상대의 존재를 까맣게 잊고 지냈"다면, 그리고 헥터에게 준이 "법률상의 아내"에 불과했다면, 어떻게 준은 니콜라스를 낳을 수 있었을까? 준은 왜 헥터에게 니콜라스의 존재를 감췄을까? 그리고 왜 26년이 지난 뒤 뒤늦게 준은 헥터에게 마지막 삶을 의탁하는 것일까? 이런 질문이 여전히 남는다. 니콜라스의 조금은 어이없는 죽음(522면)도 작품에서 답변되지 못한 질문을 섣불리 봉합하려는 의도의 표현이 아닐까 싶다.

4. 생산적 대화의 모색을 위해

과문한 독자의 판단이지만, 한국문학은 지금 어떤 곤경에 빠져 있다. 양적으로는 풍성할지 모르지만, 작품은 재미가 없으며 새로운 감응을 전달하지도 못한다. 소략하게 살펴본 이창래의 작품과 비교해보면 그런 점을 실감한다. 그렇다면 그 이유를 한국문학의 창작자와 비평가는 공히 고민해야 하지 않을까. 나는 영화평론이 한국영화만이 아니라 국내에서 개봉되는 외국영화도 비평의 대상으로 삼으면서 한국영화와 외국영화의 생산적인 대화를 시도하는 것을 배울 필요가 있다고 판단한다. 문학비평의 경우에도 이제 그 대상을 넓혀서 한국작가의 작품만이 아니라 번역 소개되는 외국작가들의 뛰어난 작품의 공과도 다뤄야 하지 않을까. 그렇게 한국문학 안팎 사이의 생산적 대화를 궁구할 때 한국문학이 처한 곤궁을 넘어설 나름의 실마리를 찾을 수 있지 않을까. 이창래를 비롯한 한국계 미국작가들의 작품은 그런 생산적 대화에서 빼놓아서는 안 되는 소중한 자산이 될 것이라 믿는다. (2013)

문학에서 '교양'은 무엇인가

—유럽교양소설 다시 읽기

1. 교양이란 무엇인가

교수와 연구자들이 주독자인 『교수신문』에 실린, 영문학자이자 문화연구자인 강내희 교수의 말. "인문학의 대학 탈출은 오늘날 대학과 인문학이 그 존립과 발전을 위해 반드시 필요한 자유 즉 경제적 여유와 자유시간이 사회적으로 전례 없이 위축돼 생긴 현상이다."[1] 덧붙여 강 교수는 이렇게 주장한다. "인문학자, 교수가 진리 추구를 위한 학문에 매진할 수 있으려면, 이들이 먹고살아야 하고, 이들이 먹고살려면 학생들이 먹고살아야 하며, 학생들이 먹고살려면 인구 전체가 제대로 먹고살아야 한다. 보편적 복지가 인문학 진흥을 위해서도 반드시 필요한 이유다." 강 교수의 주장은 (유럽)문학과 교양의 관계를 살펴보려는 이 글의 문제의식에

---

1) 〈http://www.kyosu.net/news/articleView.html?idxno=28712〉. 기사의 제목은 "교양학문 취약해지면서 '인문학의 자유' 경고등 켜졌다"이며 '강내희 중앙대 교수, 인문학 진흥 조건으로 '보편적 복지' 주장'이라는 부제가 달려 있다.

시사점을 던져준다. 나는 이 글에서 근대소설 장르의 하부장르이자 "근대의 상징적 형식으로서의 교양소설"[2]의 의미를 재조명하는 작업과 함께 근대자본주의 이후 교양의 의미, 그리고 교양의 함양과 관련된 문학(교육)의 역할 등을 살펴볼 것이다. 강교수의 견해에서 흥미로운 점은 통상적으로 교양의 핵심을 이루는 인문학 교육을 위해서는 "경제적 여유와 자유시간"이 필요하다는 것을 강조한 대목이다. 이런 시각은 모레티가 교양소설을 "근대의 상징적 형식"이라고 규정한 문제의식과도 통한다.

교양소설은 근대 자본주의의 산물이자 자본주의 체제에 대한 문학적 반응이다. 교양소설의 효시로 간주되는 괴테의 『빌헤름 마이스터의 수업시대』(이하 『수업시대』)는 자본주의의 정착과 맞물린 사회적 공간에 대한 불안한 탐색의 산물이다. 세대 간의 연속성이 사라지고 새롭고 불안을 조성하는 자본주의의 힘이 근대인들에게 전대미문의 이동성을 강요한다. 자본주의는 모든 것을 상품과 물질의 기준으로 단순화하며 그 과정에서 근대이전 '귀족주의'[3]가 품고 있는 영혼과 마음의 의미, 고양된 정신에서 발생되는 고귀함의 가치는 손상된다. 교양은 경제적 여유와 자유시간이 있을 때 가능하다. 당장 공동체의 구성원들이 먹고사는 일로 불안해하는 상황에서 정신의 귀족주의와 관련된 교양의 의미는 퇴색될 수밖에 없다. 교양의 문제를 자본주의의 변천과 분리해서 논할 수 없는 까닭이다.

교양의 사전적 의미는 "지식, 정서, 도덕 등을 바탕으로 길러진 고상하고 원만한 품성"이다. 그렇다면 지식, 정서, 도덕은 어디에서, 어떻게 길러지는가. 좁게는 근대자본주의가 만들어낸 근대교육을 통해, 넓게는 그 교육을 받은 후 진입하게 되는 근대자본주의 사회에서 형성된다. 그러

---

2) 프랑코 모레티, 성은애 옮김, 『세상의 이치』 (문학동네 2005) 29면.
3) 여기서 '귀족주의'의 의미는 계층적 위계를 옹호하는 것이 아니라 정신이 지닌 품격을 가리킨다.

나 주지의 사실이지만, 근대자본주의의 교육과 사회가 요구하는 "품성"은 고상하고 원만한 품성이 아니다. 눈에 보이지 않는 가치의 세계를 인정하지 않는 자본주의는 세속적이고 실용적인 지식을 갖춘 근대인, 통상 부르주아적 품성으로 요약되는 가치만을 높이 평가한다. 그렇지만 동시에 자본주의는 자신이 무너뜨린 귀족주의의 쇠락해가는 가치들, 즉 정서와 도덕의 문제를 완전히 버리지는 않는다. 부르주아적 가치와 귀족주의적 가치의 융합을 상징적으로 보여주는 개념이 '신사(gentleman)'이다. 디킨즈의 『위대한 유산』은 이 문제를 깊이 있게 천착하면서, 근대사회에서 교양의 의미가 무엇인지를 되묻는다.[4] 주인공 핍이 신사가 되기 위해서는 제국과 자본의 심장인 런던에서 "고상하고 원만한 품성"을 기르는 교양교육의 '수업시대'를 거쳐야 한다. 그런 교육을 위해서는 경제적 기반, 한마디로 돈이 필요하다. 디킨즈는 이 작품에서 지식과 매너의 문제로 협소해진 근대적 신사 개념을 비판하면서 참된 신사의 의미를 캐묻는다. 신사가 되기 위한 지식과 정서와 도덕은 자본주의 사회에서 손쉽게 등치되거나 융합될 수 없다. 핍이 예증하듯이 참된 신사가 되기가 더욱 어려워진 것이고, 교양의 의미를 되풀이해서 묻게 되는 상황을 자본주의는 만들어낸다. 교양소설은 그런 물음의 산물이다.

---

4) 원제인 'Great Expectations'를 '위대한 유산'이라고 옮기는 것이 타당한가. 이 문제는 한국 영문학계에서도 주목을 모은 흥미로운 쟁점이다. 이에 대해서는 이인규, 「『위대한 유산』 인가 『막대한 유산』인가?」, 『안과밖』 31호 (2011년 하반기) 참조. 나는 다음과 같은 이인규의 입장에 동의하면서 『위대한 유산』이라는 제목을 그대로 사용한다. 여기에는 주인공 핍이 도달하려는 '교양'을 갖춘 '신사'의 개념이 무엇인가라는 이 글의 문제의식도 작용한다. "가령, 소설의 주인공 핍은 물질적인 유산을 받는 데는 실패하지만 그대신 도덕적 각성과 인간성의 회복이라는 훌륭한 정신적 '유산'을 얻는다고 말할 수 있는데, 이런 점에서 '위대한 유산'은 작품해석에 바탕을 두고 주체적으로 붙인 문학적 번역제목으로 인정해줄 수 있는 것이다"(이인규, 336면).

2. 고전교양소설의 의미

모레티의 적절한 지적대로 교양소설은 근대 부르주아 문명에 맞붙어 있는 딜레마인 자기결정과 엄정한 사회화의 요구 사이의 갈등을 조화롭게 해결하려는 방책을 찾아내려고 한다. 근대인은 자기 삶의 주체적 결정권을 갖는 존재가 되길 욕망한다. 어떤 외적 억압에도 굴하지 않고 자신의 욕망에 따른 삶을 살려는 욕망. 하지만 점차 틀을 갖춰가는 자본주의는 주체들의 욕망을 그대로 내버려두지 않는다. 자본주의는 자신의 규율에 적합한 근대인의 형상을 요구하고, 적절한 사회화의 과정을 거쳐 자본주의적 인간형으로 탄생하기를 강요한다. 교양소설의 효시로 간주되는 괴테의『수업시대』는 근대적 주체의 자기결정과 사회화 사이의 길항관계, 그리고 종국적으로는 행복한 사회화의 귀결을 전형적으로 보여준다. 이 작품은 세계로 나아가 세계와 교감하고 세계와 조화를 이루는 일종의 자아형성에 이르는 과정을 다룬다. 1796년에 출간된 이 작품은 1789~1799년에 걸쳐 유럽전체를 뒤흔든 사건이었던 프랑스 혁명과 반(反)혁명, 그리고 19세기 이후 본격화될 자본주의의 정착이 일으키는 변화의 소용돌이와 관련된다. 작품의 구상은 출간시기보다는 한참 전인 1770년대부터 이뤄졌는데, 괴테는 빌헬름의 정신적 편력을 본격자본주의 이전의 사회적 공간으로 설정한다. 빌헬름 '마이스터'의 이름부터가 중세 독일 직인 조합에서 유래한다. 한 분야의 직인이 되려면 그 분야의 거장 밑에서 도제로서 긴 수련의 기간을 거쳐야 한다. 도제의 '수업시대' 이후 직인으로 편력하면서 그에 걸맞은 기술과 인격을 형성할 때 비로소 장인(마이스터)이 된다. 빌헬름이 '마이스터'가 되어가는 과정은 이렇게 삶의 직인이 되는 과정의 표현이다.

그러나 통상적 이해와는 달리, 빌헬름에게, 그리고 작가에게도 빌헬름이 작품의 앞부분에서 거부하는 것으로 그려지는 상인의 길과 연극의 길은 대립되지 않는다. 빌헬름은 예술의 길을 걷기 위해 상업의 길을 포기하지 않는다. 연극과 예술에 대한 빌헬름의 비판적 태도에서 이 점이 잘 드러난다. 빌헬름은 배우들의 자질을 격렬히 비판한다.

> 각자가 모두 제일인자 행세를 하고 싶어할 뿐만 아니라 유일한 존재인 양 행동하려 합니다. 각자가 모두 다른 사람들을 배척하고 싶어하고, 자기가 타인들과 함께 어울려서는 아무 일도 이루어낼 수 없다는 사실을 모르고 있습니다. 모두들 자기가 굉장히 독창적인 인물이라고 생각하지만, 낡은 관습을 벗어나는 것을 소화해낼 능력이 없습니다. 게다가 항상 무엇인가 새로운 것을 찾아 불안하게 서성대지요. 그들이 서로 다투는 것을 보면 격렬하기가 이를 데 없어요! 다만 보잘것없는 자부심, 극히 편협한 이기심이 그들을 간신히 서로 묶어놓을 수 있을 따름입니다. 상호간의 예의라고는 말하기조차 부끄러울 지경이고, 음험한 악의와 비방하는 욕설을 통해 영원한 불신이 조장됩니다. (중략) 그들은 항상 명예에 굶주린 상태이며 항상 남을 신뢰하지 못합니다. 그래서 그들은 마치 이성과 훌륭한 취미를 가장 두려워하는 사람들처럼 보이고, 자기들이 개인적으로 멋대로 부여한 절대권위를 유지하는 데에만 혈안이 되어 있는 사람들처럼 보이는 것입니다."[5]

명예와 이기심과 악의와 비방에 사로잡힌 사람들의 부정적인 모습은 연극인들, 예술가에게서도 발견된다. 빌헬름에게 사회와 예술은 대립항이 아니고, 그가 일방적으로 예술의 편에 서는 것도 아니다. 그에게 예술은 상업의 길과 마찬가지로 성숙한 삶을 위한 '수업시대'의 한 구성요소에 불과하다. 연극과 예술이 특권적인 가치를 부여받지 않는다.

---

5) 요한 볼프강 괴테, 안삼환 옮김, 『빌헬름 마이스터의 수업시대』 2권 (민음사 1999) 142면.

빌헬름에게 연극의 참여, 유랑극단의 경험 등이 그가 욕망했던 정신적 성숙의 계기가 된 것은 사실이다. "그러므로 성숙이라는 결론적인 종합에 이르기 위해서는 그것이 무엇이든간에 객관적인 결과—어떤 직업을 갖거나 가정을 이루는 것—를 이룩하는 것만으로는 충분치 않다. 무엇보다도 빌헬름처럼 인생의 플롯을 이끌어 매 순간이 더 큰 공동체에 대한 소속감을 강화하도록 해야 한다"(모레티, 49면). 예컨대 "자기의 수업시대의 두루마기"를 읽는 빌헬름의 시각이 그렇다.

> 그래서 그는, 비록 그 양피지 두루마리를 다소 조급하게 펼치기는 했지만, 그것을 읽어 내려갈수록 점점 더 마음이 안정되어 갔다. 그는 자기가 지금까지 살아온 이야기가 관대하면서도 날카로운 필치로 상세하게 묘사되어 있는 것을 발견하였다. 사건들이 개별적이었고 감정의 폭이 제한되어 있긴 했지만, 그 때문에 그의 눈이 현혹되지는 않았으며, 애정에 찬 일반적 고찰은 그에게 수치감을 주지 않으면서도 나아갈 방향을 지시해주고 있었다. 그리하여 그는 난생처음으로 자신의 외부에서부터 반영된 자신의 모습을 보았는데, 그것은 거울에서 보는 그런 제2의 자아가 아니라 초상화에서 볼 수 있는 그런 다른 자아였다.(『수업시대』 2권, 258면)

『수업시대』의 가치는 "자신의 외부에서부터 반영된 자신의 모습"을 작가가 그렸다는 데 있다. 빌헬름은 마치 초상화에서 "다른 자아"를 발견하듯이, 그의 '수업시대'를 통해 새로운 자아를 형성하게 되고, 삶의 "나아갈 방향"을 찾게 된다. 여러 어려움에도 불구하고 그가 행복한 근대인인 이유는 그에게는 돌아갈 공동체가 있기 때문이다. 그는 여행의 귀결로 "더 큰 공동체에 대한 소속감"을 확인한다. 그는 프리드리히의 말대로 사회로 행복한 귀환을 한다. "당신이 기스Kis의 아들 사울과 비슷하다는 생각이 들거든요. 아버지의 암나귀들을 찾으러 나갔다가 왕국을 얻게 된 그 사울 말입니다"(2권 424면).『수업시대』에 그려진 삶의 모습은 현실과 예술, 개인과 사회가 대립되지 않고 행복한 조화가 가능했던 시대의 모습이다. 그러나 이 작품의 출간 이후 전개된 정치적 격변과 자본주의의 정착은 그런 조화를 가능하게 했던 토대를 허문다. 화해의 시대는 끝났다. 1790년대부터 1800년대 초반까지 활동했던 워즈워스, 블레이크, 키이츠, 셸리 등의 영국 낭만주의 시인들의 작품이 보여주듯이, 이제 작가들은 프랑스 혁명의 실패와 자본주의의 정착이 가져온 여러 균열과 파장을 온몸으로 앓게 된다.

3. 화해가 깨진 시대의 교양과 문학

빌헬름에게는 가능했던 개인과 공동체의 화해는 19세기 이후 문학에서는 더 이상 쉽지 않게 된다. 프랑스의 경우만 보더라도 스탕달 이후에 개인의 자율성과 사회화가 유기적인 합일을 이루던 고전적 교양소설은 사라졌다. 모순되고 부조리한 세계, 이해관계와 이상, 자유와 행복, 사랑과 직업의 갈등이 첨예해지는 '문제적'인 상황에 대한 불안정한 탐구가 문학의 새로운 과제로 대두된다.

주인공들은 고전적 교양소설에서 제시된 것과 같은 방식으로 성숙해지지 않는다. 다양성과 조화의 종합으로서의 형성, 개인의 자율성과 사회화의 동일성, 그리고 상징적이고 유기적인 형식으로서의 소설의 개념 자체—이 모든 신념들이 이제는 수많은 동화의 환상이 그러했듯이 폐기되고 만다. 고전적 교양소설은 끝났다. (중략) 그들[푸슈킨과 스탕달—인용자]의 주인공은 더 이상 경험을 쌓기 위해서 여행을 떠나지 않는다. (중

략) 여기서 청년은 기존 질서와의 수없이 많은 연관을 만들어내는 데서
가 아니라, 그것을 깨뜨리는 데서 젊음의 의미를 찾는다. (중략) 그러니
이러한 세계에서 성장한다는 것은 무엇인가? 어떻게 마음 깊은 곳에서
멸시하는 세상의 일부가 될 수 있겠는가? 마지막으로, 그 자체로 형성
적이고 사회화하는 과정으로서의 교양소설 읽기는 어떻게 되는가? (모
레티, 147-149면)

이제 주체는 기존 질서와의 화해나 동일시가 아니라 그것에 도전하고 무
너뜨리는 데서 삶의 의미를 찾게 된다. 세계는 주체에게 "멸시"의 대상이
된다. 주체와 세계는 어긋난다. 예술과 현실의 분리가 발생한다. 주체는
세계에서 자기를 의도적으로 분리시키고 자신만의 정신적 성채를 쌓음
으로써 자아를 지킨다.

이 지점에서 20세기 교양소설의 새로운 면모가 나타난다. 이제 교양소
설은 세계와 불화하는 '예술가소설'로 변모한다. 토마스 만의 『토니오
크뢰거』(1903)가 좋은 예다. 토니오는 시민적 이상과 예술 사이에서 화해
의 길을 모색한다.

나는 두 세계 사이에 서 있습니다. 그래서 어느 세계에도 안주할 수 없
습니다. 그 결과 약간 견디기가 어렵지요. 당신들 예술가들은 저를 시민
이라 부르고, 또 시민들은 나를 체포하고 싶은 충동을 느끼게 됩니다.
이 둘 중 어느 쪽이 더 나의 마음에 쓰라린 모욕감을 주는지 모르겠습니
다. (중략) 만약 한 문사를 진정한 시인으로 만들 수 있는 그 무엇이 존
재한다면, 그것은 인간적인 것, 생동하는 것, 일상적인 것에 대한 나의
이러한 시민적 사랑일 것이기 때문입니다.[6]

6) 토마스 만, 안삼환 옮김, 『토니오 크뢰거』 (민음사 1998) 106-107면.

그러나 시민적 사랑에 기반한 예술은 쉽지 않다. 예술가가 편히 "안주"할 수 있는 공동체는 사라져간다. 1차 대전이 종료된 지 얼마 뒤인 1924년에 출간된 『마의 산』은 토니오 크뢰거가 거뒀던 그 나름의 안식조차 어렵게 된 상황을 보여준다. 주인공 한스 카스토르프가 7년 동안 '마의 산'에서 거친 '수업시대'의 귀결은 사회로의 귀환이 아니다. 그는 유럽 공동체의 파국을 알리는 전쟁터에서 생사를 건 싸움을 하게 된다. 한스는 빌헬름이나 토니오의 세계로부터 아주 멀리 왔다.

> 배낭을 메고 검을 꽂은 젊은 피들, 진흙투성이의 외투와 장화를 신은 젊은 피들! 우리는 인문주의적이고 심미적인 방법으로 이들의 다른 모습도 그려볼 수 있다. 만에서 말을 어루만지며 씻겨주는 모습, 애인과 해변을 거니는 모습, 사랑스러운 신부의 귀에 대고 속삭이는 모습, 행복하고 다정하게 활 쏘는 법을 가르치는 모습도 그려볼 수 있다. 그러나 여기선 그렇지가 않다. 그들은 지금 포탄이 쏟아지는 진창에 코를 처박고 쓰러져 있다. 끝없는 불안과 어머니에 대한 절절한 그리움을 뒤로 하고, 이들이 이곳으로 기꺼이 달려온 것은 그 자체로 우리를 부끄럽게 하는 숭고한 행위이다. 그렇다고 해서 이들을 그런 상태에 빠뜨릴 이유는 되지 않을 것이다.[7]

서술자의 지적대로 한스가 이 전쟁에서 살아남을지 여부조차 알 수 없다. 요는 그의 생사와는 별개로 그의 전망, 혹은 교양소설의 핵심적 가치인 '젊음'의 미래가 낙관적이지 않다는 것이다. 이제 젊은이들에게는 돌아갈 안정된 공동체도, 그들이 믿고 따를 단단한 정신의 거처도 존재하지 않는다. 그들은 당장의 생존을 걱정해야 한다. 서술자/작가는 한스

---

7) 토마스 만, 홍성광 옮김, 『마의 산』 하권 (을유문화사 2008) 724면.

카스토르프에게 이렇게 말한다.

> 너의 앞날이 밝지만은 않을거야. 네가 말려들어간 사악한 무도회에서 앞으로 몇 년간은 죄 많은 춤을 출 것이기 때문이지. 네가 살아 돌아오리라고는 크게 기대하지 않겠네. 솔직히 말하면, 우리는 별로 걱정하지 않고 이 질문을 해결하지 않은 상태로 놓아둘 거야. (중략) 온 세상을 뒤덮는 죽음의 축제에서도, 사방에서 비 내리는 저녁 하늘을 불태우는 열병과도 같은 사악한 불길 속에서도, 언젠가 사랑이 샘솟는 날이 올 것인가?(하권, 726–727면)

이제 세계는 평온한 귀환의 장소가 아니라 "사방에서 비 내리는 저녁 하늘을 불태우는 열병과도 같은 사악한 불길"의 전쟁터가 되었다.

4. 식민지 현실과 교양

20세기 전반부 교양소설의 대표작인 조이스의 『젊은 예술가의 초상』(이하 『초상』)의 주인공 스티븐 디덜러스가 처한 상황은 토니오 크뢰거나 한스 카스토르프의 상황과 다르다.[8] 조이스가 『초상』에서 다룬 현실은 개인과 사회의 손쉬운 화해가 가능하지 않은 식민지 아일랜드의 상황이다. 인접 국가인 영국의 오랜 식민 통치를 경험한 아일랜드의 독특한 상황은 근대시민문화가 제시한 새로운 유럽문명의 가능성이 심각한 한계에 이르렀음을 말해준다. 고전 교양소설에서는 주인공이 사회로부터 직접적

---

8) 이하의 『젊은 예술가의 초상』에 대한 서술은 졸저 『세계문학공간의 조이스와 한국문학』(서울대출판부 2013)의 4장 「젊은 예술가와 여성들」에서 교양의 문제를 다룬 대목을 수정·보완한 것이다.

으로 배제되는 반면에 『초상』에서는 주인공과 사회 사이에 존재하는 넘을 수 없는 정신적 거리가 강조된다.[9] 20세기 초에 교양소설이 예술가소설의 형태를 취하는 데는 변화된 현실이 깔려 있다. 그 변화의 배경은 이렇다. 첫째, 교양소설의 토대를 이루었던 시민사회의 역동성이 점차 활력을 잃어간다. 둘째, 시민들은 경직되어 가는 자본주의에 순응한다. 셋째, 현실에 가장 강력하게 저항하는 이들이 시민사회의 주류에서 밀려나는 사람들, 주변적 존재인 예술가들이다. 근대시민사회의 변화는 인물들 욕망과 성숙의 양상에 심대한 영향을 미친다. 이제 스티븐은 빌헬름이 될 수 없다. 그는 아일랜드 현실에서 심한 내적 갈등을 겪는다. 기존 교양소설에서 찾기 힘든 언어에 대한 스티븐의 강한 자의식이 좋은 예이다. 학감과의 대화 중 그는 이런 생각을 한다.

> 우리가 지금 대화하고 있는 이 언어도 내 것이기에 앞서서 우선 그의 것이다. '가정'이니 '그리스도'니 '맥주'니 '선생'이니 하는 영어 낱말들도 그의 입에서 나올 때와 나의 입에서 나올 때 서로 얼마나 다른가! 나는 이런 낱말들을 말하거나 쓸 때마다 으레 정신적 불안을 겪는다. 아주 친숙하면서도 이국적으로 들리는 그의 언어가 내게는 언제까지나 후천적으로 익힌 언어로 남아 있을 것이다. 나는 그 낱말들을 만들어내지 않았고 받아들이지도 않았다. 내 목소리는 그 낱말들을 멀리 경계하고 있다. 그가 쓰는 언어의 그늘에서 내 영혼은 조바심한다.[10]

영어는 스티븐에게 주어진 저들의 언어지만, 동시에 그것을 통해 글을 쓸 수밖에 없는 수단이다. 스티븐은 영어의 "그늘"에서 불안해하고 조바

---

9) Breon Mitchell, "A Portrait and the Bildungsroman Tradition," Approaches to Joyce's Portrait: Ten Essays (Pittsburgh: U of Pittsburgh P) 68면.

10) 제임스 조이스, 이상옥 옮김, 『젊은 예술가의 초상』 (민음사 2001) 292-293면.

심한다. 그에게 현실은 안식의 공간이 아니다. 아일랜드는 탈출해야 할 정신의 감옥이다. "이 나라에서는 한 사람의 영혼이 탄생할 때 그물이 그것을 뒤집어 씌워 날지 못하게 한다고. 너는 나에게 국적이니 국어니 종교니 말하지만, 나는 그 그물을 빠져 도망치려고 노력할 거야"(『초상』 313면). 그에게 "아일랜드는 제 새끼를 잡아먹는 늙은 암퇘지"(314면)로 간주된다. 그에게는 깊은 환멸이 있다.

『초상』에서 드러나는 서술자/작가와 스티븐 사이의 거리, 그 거리에서 생기는 공감과 비판의 미묘한 결합에서 극적 아이러니가 발생한다. 극적 아이러니는 고전 교양소설의 주인공들과는 다른 상황, 더 이상 자신이 놓인 현실과 손쉬운 화해를 하기 어렵게 된 젊은 예술가 지망생의 곤경을 드러낸다. 식민지의 젊은 예술가로서 스티븐은 정신을 옥죄는 현실에 저항한다. 그러나 동시에 서술자/작가는 스티븐의 정신적 항거에 도사린 위험성에도 주의를 기울인다. 사회적 힘들에 맞서는 탈출구로서 종교적 구원의 역할을 맡게 되는 예술. 그렇기 때문에 스티븐이 택한 예술가의 길은 이상화되고 신비화될 가능성이 많다. 『초상』에서 스티븐이 펼치는 예술이론과 작품의 끝 부분에서 사용된 일기형식 사이에서 발생하는 극적 아이러니는 주목할 만하다. 스티븐은 예술적 형식의 3단계 발전론을 제시한다. 예술가가 자기 이미지를 자신과의 직접적 관계에서 제시하는 서정적 형식이 첫 번째 단계이다. 두 번째 단계는 예술가가 자기 이미지를 자신과 남의 관계에 대한 간접적 관계에서 제시하는 서사적 형식이다. 마지막으로 예술가가 자신의 이미지를 타인에 대한 직접적 관계에서 제시하는 극적 형식이 있다. 극적 단계에서 작가는 마치 신과 같이 작품으로부터 초월하여 작품에 존재를 드러내지 않는다.

『초상』에서 스티븐의 예술이론에 대해 서술자/작가가 취하는 유보적 태도와 관련해 작품 끝부분에 삽입된 스티븐의 일기는 시선을 끈다. 조이스는 왜 『초상』에서 줄곧 극적 형식의 요건인 3인칭 서술자 형식을 취하다 결말에 가서 1인칭 시점의 일기 형식을 택하는가. 스티븐의 예술이론에 따르면 작품은 개성적인 서정적 형식에서 시작하여 작가의 존재가 드러나지 않는 비개성적인 극적 양식으로 발전한다. 그렇다면『초상』은 반대의 경로를 취하는 셈이다. 일기를 자신의 작품인『젊은 예술가의 초상』의 일부로 포함시킨 조이스의 작품과 독립된 작품으로서의 스티븐의 일기는 별개의 예술적 성취이다. 스티븐의 일기를『초상』의 일부로 본다면 작가가 사라지게 되는 극적 형식이 된다. 그러나 스티븐에게 일기는 그가 앞으로 걸어갈 예술적 수련의 욕망을 직접적으로 표현하는 서정적 형식이 된다. 스티븐은 삶의 양식을 언급하며 그 안에서 자신을 표현하는 예술을 창조하겠다는 포부를 밝힌다.

> 4월 26일—어머니는 내가 새로 구한 중고 옷가지들을 정돈하고 있다. 내가 고향과 친구들을 떠나 내 자신의 삶을 살면서 심정이란 무엇이며 심정으로 느끼는 바는 또 어떤 것인지를 배우게 되도록 어머니는 기도하겠다고 말한다. 아멘. 그렇게 되어야지. 다가오라, 삶이여! 나는 체험의 현실을 몇 백만 번이고 부닥쳐보기 위해, 그리고 내 영혼의 대장간 속에서 아직 창조되지 않은 내 민족의 양심을 벼리기 위해 떠난다.(『초상』390면)

그러나 스티븐이 유럽대륙으로 예술적 망명을 떠나면서 내세운 명분인 창조적 삶, 자기 해방의 길은 얼마나 깊이 있는 통찰에서 나온 것일까. 새로운 역사로의 회귀를 위한 도피라면 무엇으로부터 해방이며 어떤 역사로의 회귀인가. 현대 예술가 소설에서 주인공들은 수업시대를 거쳐 성숙이라는 종착점에 다다르지 못한다. 오히려 그들은 작품의 끝과 함께 새로운 모색을 시작해야 하는 존재들로 나타난다. 식민지 근대의 현실을 살아야 하는 스티븐 같은 젊은 예술가의 성장은 고전적 교양소설의 주인공들보다 훨씬 어렵고 복잡한 과정을 거쳐야만 가능하게 되었다.

5. 우리시대의 교양

『수업시대』에서 빌헬름의 '구원의 여인'이 되는 나탈리에는 어느 신부의 말을 빌려 이런 견해를 펼친다.

> 우리의 교육은 본능에 활기를 불어넣어 주지는 않고 욕망만 자극하고 있어요. 그리고 진정한 소질이 싹을 틔우도록 도와주지는 않고, 그런 소질을 향해 나아가려고 애쓰는 본성에는 전혀 어울리지도 않는 대상들을 지향하도록 부추기기만 한단 말입니다. 나는 한 아이나 젊은이가 자신의 길 위에서 방황하고 있는 모습이 낯선 길 위에서 바르게 걷고 있는 것보다 훨씬 더 바람직하다고 생각해요. 전자는 자기 혼자서나 남의 안내를 통해 올바른 길, 즉 자기 천성에 알맞는 길을 한번 찾기만 하면, 다시는 그 길을 놓치지 않을 것입니다. 그러나 후자는 낯선 굴레를 떨쳐버리고 절대적 방종의 늪에 빠져버릴 위험에 시시각각으로 봉착하게 된단 말입니다.(2권 284면)

근대사회에서 (고등)교육은 교양을 기르는 유력한 매개체 역할을 해왔다. 빌헬름, 토니오, 한스, 스티븐은 학교가 아니라 그들이 몸담은 현실과 직업의 경험을 통해 교양을 습득하였지만 이제 그런 시대는 거의 끝났다. 지금의 사회는 젊은이들에게 방황의 경험을 할 만한 여유를 주지 않는다. 사회가 요구하는 것은 당장 써먹을 수 있는 지식과 기술을 갖고 자본이 요구하는 노동을 하는 젊은이들이다. 그래서 중고생은 논술을 위해 교양서적과 문학의 핵심내용을 암기하고, 대학생은 취직을 위한 실용지식의 습득에 몰두한다. 이것은 그들의 책임이 아니다. 그들은 살아남기 위해 사회가 요구하는 부름에 충실할 뿐이다. 교양은 한가한 말이 되었다.

교양의 함양은 교육, 특히 대학교육의 문제와 관련된다. 한국사회에서 교양은 이제 케케묵은 한물간 개념으로 치부되거나, 아니면 "교양있는 척한다"는 말처럼 위선의 징표로 전락했다. 대학에서조차 '교양교육'은 찬밥 신세이다. 당장 먹고사는 문제로 전전긍긍해야 하는 살벌한 생존경쟁의 현실에서 근본적으로 생활의 여유에 기반한 정신의 품격과 깊이와 연관된 교양의 문제가 주목받기는 힘들다. 이것은 지금 한국 대학이 처한 한심스러운 몰골에서도 확인된다. 몸이 그렇듯이, 정신의 근육을 단련하려면 그에 필요한 독서와 사유, 삶의 경험이 필요하다. 그를 위한 여유시간과 방황의 기간이 필요하다. 그러나 지금의 대학은 그런 여유를 젊은이들에게 허락하지 않는다. 젊은 시절에 읽어야 할 책을 읽고, 봐야 할 영화를 보고, 자신이 읽고 본 것들에 대해 여유를 갖고 사유할 때에만 지식이 아닌 지성의 차원에서 이룩되는 교양의 온축이 가능해진다. 이런 교양이 민주사회를 지탱하는 근간인 시민의식의 요체다. 그러므로 이 글의 서두에서 인용했듯이, 우리시대의 교양을 위해서는 그것을 가능케 하는 물질적·정신적 여유, 자본의 하수인이 되어가는 대학 정신의 회복이 관건이다. 교양은 교양서적·교양소설을 읽어서 얻게 되는 물건이 아니다. 교양은 문학이나 문화만이 아니라 정치와 경제의 문제이기도 하다. 교양은 삶의 조건의 문제다. 고전적 교양소설의 시대가 끝났다는 말의 의미를 나는 이렇게 이해한다. (2014)

변증법적 비평과 종합적 지성
—『문화적 맑스주의와 제임슨』읽기

1. 종합적 지성의 전범

"비판적 시각이 오래 전에 사라지고 부정의 정신이 소멸"[1]된 시대에 이론과 비평의 역할은 무엇인가. 자본주의의 위세가 무섭고 그 체제의 대안을 상상하는 일은 어렵거나 세상물정 모르는 몽상으로 치부된다. 자본주의가 승리했다는 말에 선뜻 공감하기는 힘들지만 뾰족한 대안이 아직은 떠오르지 않기 때문이다. 탁월한 맑스주의 비평가 중 한 명인 제임슨은 그런 어려움에 굴복하지 않고 이론적 모색을 지속적으로 궁구한다는 점에서 돋보인다. 그가 나눈 대담을 모은『문화적 맑스주의와 제임슨』은 제임슨의 이론적 역정을 생생한 말로 정리해준다.

제임슨의 독자는 엄청난 박식과 사유의 깊이에 압도된다. 제임슨은 그

---

1) 프레드릭 제임슨, 신현욱 옮김,『문화적 맑스주의와 제임슨』(창비 2014) 386면. 앞으로 면수만 병기.

의 이론적 스승 중 한 명인 루카치의 후계자이다.[2] 그의 종합적 지성의 글쓰기는 "분과학문들의 점증하는 전문화·파편화"(83면)에 맞서는 작업이다. 분과학문의 전문성이 득세하는 시대에 총체적 사유를 그가 강조하는 까닭이다. "총체성은 모든 것을 서로 연관 짓고 그것들을 하나의 거대한 과정의 부분으로 바라보는 것인데, 어떤 이의 문화비평과 사회적 분석이 적어도 그와 같은 총체성의 규정적 개념에 의해 통제되지 않는다면 거기에서 단견이나 신문·잡지류의 인상 이상의 무언가가 나올 것 같지는 않습니다"(181면). 하나의 사안을 수많은 관련 쟁점을 참조해 다루기에 때로 무겁게 느껴지는 그의 글은 "인상" 비평을 넘어서 "보편과 구체 사이, 특수하고 구체적인 읽기와 더 일반적인 이론적 접근"(23면)을 아우르려는 지적 고투의 산물이다.

인터뷰는 글과는 다른 성격을 지닌다. "인터뷰는 두 목소리가 이루어낸 작품으로, 최상일 때 [질문자의-인용자] 호기심과 [답변자의-인용자] 언명 사이의 멋진 대비를 드러내며, 이따금 의견을 같이할 때의 열광, 기지 넘치는 변조와 함께 양측의 단호한 입장 피력, 거듭되는 재고, 체계적 정리에서 오는 만족, 그리고 대체로 주고받는 대화에서의 생생한 변화를 제공해준다"(23면). 하지만 인터뷰에는 "구조적 결함"이 있다. 인터뷰에서는 개념이 의견으로 바뀌고, 인식이 억견이 되고, 자칫 "언어 자체의 약화(품질저하)"가 생길 수 있다. 인터뷰의 "의견"으로 치밀한 글의 "개념"이나 "인식"을 대체할 수는 없다. 이 책은 제임슨

---

2) 이 책의 흥미로운 부분은 제임슨의 지적 성장을 진술하는 대목이다. 1950년대 대학(원) 수학 시절 그가 많은 영향을 받은 것은 프랑스의 사르트르와 바르트, 독일철학과 비평의 루카치, 브레히트, 프랑크푸르트학파 등이다. 사르트르에게서는 타자의 문제가 제기된 방식, 정신분석의 관계에서 나타난 독창성을, 루카치에게서는 예술작품의 형식이 사회적 조건의 형성과 그에 따른 사회적 상황을 관찰할 수 있는 특권적 지점이라는 점을 제임슨은 배웠다(255-256면, 294면). "오늘날의 지배적인 실증주의 내지는 일차원적·기술주의적 사고에 맞서 사물을 변증법적으로 생각하는 방식을 보존하고 발전"시키려는 제임슨 사유의 뿌리를 드러내는 부분이다(169면).

의 글을 읽기 위한 유용한 출입구의 역할을 할 뿐이다. 이 책의 미덕이
자 한계다.

2. 전 지구적 자본주의와 유토피아적 충동

다양한 쟁점을 다루는 이 책의 면모를 두루 조명하기는 힘들다. 이 책
에서 가장 많이 다뤄지는, 후기자본주의 문화논리로서 포스트모더니즘
을 분석하는 제임슨의 입론은 관련 논의가 한풀 꺾인 지금도 유효하다
는 견해만 밝혀둔다. 자본주의의 순수형태인 후기자본주의와 포스트모
더니즘의 문제는 "이 공간 내에 우리를 위치 짓고 그것을 인식적으로 지
도화하는 우리의 능력이 상실되었다는 사실"(95면)과 관련된다. 총체성
의 재현이 위기에 처한다. 자본주의 체제는 점점 국제화되고 전 지구적
인 총체성을 획득한다. 반면에 자본주의가 전 지구화될수록 개별담론의
재현은 어려워진다. 현실의 총체화와 인식의 파편화의 괴리. 제임슨의
작업은 이 괴리를 좁히려는 노력이다. "진정한 역사주의자"(58면)로서 제
임슨은 자본주의도 역사적 자본주의로 규정한다. 다른 사회구성체와 마
찬가지로 자본주의도 역사적으로 등장, 발전, 소멸한다. 요는 그 역사적
변천의 과학적 분석이다. 제임슨은 포스트모더니즘도 도덕적으로 비판
하지 않는다. "루카치가 모더니즘에 대해 취한 도덕적 입장은 역사적이
지도 변증법적이지도 않"(100면)았다고 제임슨은 비판하는데, 포스트모
더니즘을 대하는 제임슨의 시각을 잘 보여준다. 루카치와는 달리 제임
슨은 "제국주의 세계체제 내에서 총체성을 재창출하려는 모더니즘의 비
상한 형식적 실험들"(149면)을 높이 평가한다. 관건은 상황의 정확한 분
석이지 섣부른 비판이 아니다. 이런 상황의 전개를 개탄하거나 환호할
대상으로보다는 엄정한 역사적 상황으로 대처하는 태도를 제임슨은 강

조한다.

후기자본주의의 소비이데올로기는 문화, 무의식, 정신의 영역 안으로 철저히 밀고 들어가서 비자본주의적 고립영역을 최종적으로 식민화한다. 하지만 이것이 문화의 종말은 아니다. 문화가 자본에 의해 정복된 상황이 역설적으로 문화 본령의 엄청난 팽창조건이 된다. 문화적 맑스주의, "새로운 혹은 제3의 단계에 걸맞은 맑스주의가 필요"할 뿐이다. 전 지구적 자본주의 세계체제의 위력은 대안적 혹은 유토피아적 공간을 구체적으로 상상하는 작업을 어렵게 한다. 하지만 "다른 미래에 대한 전망이 없다면 어떤 맑스주의도 불가능하듯이 모순 개념이 없다면 (즉 변증법이라는 개념이 없다면) 어떤 맑스주의도 불가능"하다(61면). 자본주의의 지배가 완전해 보이지만 모든 지배는 모순을 지닌다. 문제는 전지구적 자본체제에 맞서는 전 지구적 계급의식은 형성되지 못했다는 것이다. "진정한 집단적 삶의 재창출"(63면)이 요구되지만, 그것은 동질성의 집단이 아니라 차이의 연결로서의 집단이다. "위대한 단일기능의 정치노선이나 전략이라는 신기루"는 매개된 것, 장기적인 것을 참지 못하는 데서 나온다(45면). 그렇다면 맑스주의 사상의 핵심인 계급은 성, 인종, 민족 등의 차이에 우선하는가? 제임슨의 입장은 분명하지 않다. 전통적인 계급정치와 포스트모던한 다원주의 정치의 애매한 절충에 머문다는 인상이다. 우리시대는 자본주의 이후의 새로운 사회를 상상하는 능력을 거의 잃었다. 그러나 현실 너머를 상상하는 유토피아적 충동은 사라지지 않는다. "사물화된 개인주체에게는 유토피아라는 말이 필연적으로 커다란 불안의 계기"가 된다(75면). 그러므로 "삶이 합리화, 기술, 시장현실로 축소된 듯한 상황에서는 세상의 변혁이 무엇을 의미할지에 관한 여타의 유토피아적 특징들을 거듭 주장하는 것이 매우 중요한 우선사항"이 된다(316면).

3. 알레고리와 재현

후기자본주의의 현실은 그저 재현하면 되는 사실주의적인 것이 아니다. "전 지구적 문화의 양식과 구체적 지역이나 국가의 상황이 가진 구체성의 요구 사이에 새로운 관계"(108면)를 파고드는 상상력이 요구된다. "이 새로운 전 지구적 총체성에 대한 새로운 형태의 재현"(150면)의 방도로서 알레고리가 새롭게 제기되는 이유다. "본격 모더니즘처럼 표면상의 차이를 기저의 동질성으로 슬며시 흡수하는 일을 피해야 하고, 이와 동시에 '관계적 차이'를 느슨하게 해서 단순하고 굼뜬 차이와 마구잡이식 이질성으로 만들어버리는 일도 막아야 하기 때문입니다"(65면). 근본적 차이를 없애지 않으면서 파편들을 단일한 정신적 행위 안으로 결합하는 미학적 긴장의 표현인 알레고리. 알레고리는 유기적 통일성을 지닌 '상징'의 미학을 거부하고 수렴불가능한 단절과 차이를 제거하지 않은 채 포착하려는 형식이다. 역자가 지적하듯이 제임슨에게 알레고리는 체계적인 것을 이론화하기 위한 도구이며, 이때 강조점은 예술의 개별적인 경향들 너머 예술경향들 전체로서의 체계에 놓인다.(400면)

총체성의 재현에 관한 위기는 모더니즘에서 이미 나타났다. 위대한 모더니스트들은 그 위기가 해결될 수 없다는 것을 온전히 이해하지는 못했지만, 그 위기를 혁신된 형식으로 재현하려고 노력함으로써 조이스의『율리시스』와 같은 기획을 낳았다. 인간의 심리는 복잡하고 다양하다. 개인의 삶의 바깥에 스스로를 위치시켜 사회의 총체성을 조감할 수 없다. 모더니즘 작품에 표현된 재현의 위기와 실패다. 모더니즘의 성취는 재현의 불가능성을 건너뛰어 그 불가능성을 재현하려는 역설적이고 필사적인 시도의 결과다. 포스트모더니즘은 이런 시도를 포기한다. 포스트모던 시대에서 "사회계급의 문제, 인식의 지도 작성에 관한 문제는 세상이 너무나 복잡하고 사회권력의 모세혈관들은 너무나

미세해서 사람들이 이 총체성 안에서 계급주체로서 스스로의 방향을 찾는 것이 매우 어려워진 상황"이 되었다(245면). 이런 난관에서 예술과 미학은 중요한 돌파구가 된다. "인식의 지도 작성 개념은 예술 자체가 하나의 앎의 양식, 총체성에 대한 앎의 양식으로 기능하는 방식"(261면)을 강조한다.

변화된 현실은 인식의 지도작성법을 새롭게 요구한다. "하나의 체계가 자신의 보편적 요소를 제거하기를 원해서 더 이상 하나의 체계로 인식될 수 없을 때, 그리고 보편적인 것들을 연역하게 해주거나 보편적인 것과 다시 연관되게 해주는 특수한 것들을 그 체계에서 마주칠 때, 그 연관은 언제나 알레고리적으로 이루어져야 한다"(279면). 알레고리는 불완전한 재현 혹은 재현의 실패를 뜻한다.[3] 상징은 완벽한 방식으로 결합해 충만한 재현을 제공하는 특수와 보편을 상상할 수 있다는 것을 전제한다. 알레고리는 충만한 재현이 불가능하다는 것을 뜻한다. 특수와 보편을 결합하려는 충동은 있지만, 특수가 완결되는 것은 존재하지 않는 보편이다. 특수라는 것 자체도 보편이 없으니 실재성을 획득할 수 없다. 모더니스트들은 이런 문제를 예견했다. 자본 일반의 구조가 알레고리적이다. 알레고리는 "파편화된 징후의 상호관계를 이론화"한다(307면). 제임슨이 구상하는 "매우 독특하고 강화된 형태의 알레고리"는 "무엇을 재현할 수 없다는 것을 알면서도 재현하지 않을 수 없을 때 발생"한다(320면). 파편을 그대로 내버려두거나 섣불

---

3) 상세한 비교연구가 필요하지만 제임슨의 독특한 알레고리론은 벤야민과 아도르노의 견해와 통한다. 벤야민에게 예술언어는 표현된 것의 모방이나 재현이 아니다. 그것의 숨겨진 목적은 오히려 표현할 수 없는 것의 표현을 읽어내는 것이다. 아도르노도 예술의 본질을 "표현없는 것의 표현"으로 특징짓는다. 최성만, 「발터 벤야민 사상의 토대: 언어-번역-미메시스」, 『발터 벤야민 선집6』 (길 2008) 53면. 벤야민의 언어관에 대해서는 이 선집에 실린 「유사성론」, 「미메시스 능력에 대하여」, 「언어사회학의 문제들」 등 참조.

리 동질성의 논리로 뭉뚱그리지 않고 차이를 연결하려는 시도. 제임슨
이 모색하는 알레고리론의 요체다.[4] (2014)

---

4) 이 대담집을 읽고 나니 제임슨의 주저인 『정치적 무의식』이나 『포스트모더니즘』 등이 아
직도 번역·소개되지 않은 게 아쉽게 느껴진다. 제임슨이 세운 거대한 이론적 성채의 면모
를 제대로 살피려면 그의 저서들이 더 많이 번역될 필요가 있다.

3부

인문정신의 사회

치유담론의 빛과 그늘

—우리시대의 치유담론 비판

1. 치유의 유행

치유(힐링healing)담론이 유행이다. '아프니까 청춘이다'만이 아니다. 이제
는 '아프니까 어린이이고, 청소년이고, 중년이고, 노년이다.' 내면의 고통
을 위로하기 위한 다양한 처방이 제시된다. 치유는 문화적 유행어가 되
었다.[1] SBS의 버라이어티쇼인 〈힐링캠프, 기쁘지 아니한가〉를 비롯한 다
양한 TV 프로그램, 여행, 음식 기획물이 쏟아져 나온다. 치유는 억압된
마음의 상처를 드러내고 심층 대화를 통해 아픔을 덜거나 고치는 것이

---

1) 최근 문화계에 불고 있는 치유담론의 양상과 공과를 일목요연하게 정리한 기획기사
   로는 「치유가 필요한 사회: 힐링 신드롬」, 「스님들의 베스트셀러 중생치유」, 〈주간경
   향〉 984호(2012년 7월 17일) 참조. 그 밖에도 〈http://news.khan.co.kr/kh_news/art_
   print.html?artid=201207042141185〉, 〈http://news.hankooki.com/lpage/culture/201207/
   h2012070220182684210.htm〉 등의 기사 참조. 이 글에서 주로 살펴볼 출판계를 비롯한
   각 문화 분야의 치유담론 수용양상을 정리한 이하 본문설명은 이들 기사를 요약 정리한
   것이다.

다. 종종 출연자들의 자화자찬적인 태도가 드러나 눈살을 찌푸리게도 하지만, 겉으로 화려해 보이는 유명 인사들의 내면과 그들이 느끼는 심적 고통을 본인의 입을 통해 말하게 하고, 진행자들의 공감 어린 대화가 오가는 〈힐링캠프〉는 치유담론의 기본구조를 압축적으로 보여준다.

군이 정신분석학에 기대지 않더라도 내면적 아픔을 외적으로 표현하는 말하기와 글쓰기는 상당한 치유 효과가 있다. 지금 각 문화 분야에서 시도 중인 '문화테라피(예술치료)'가 좋은 예이다. 미술작품 감상, 공연과 영화 보기 등을 통해 마음의 상처를 아물게 하는 예술치유의 과정은 많은 사람들이 공감할 수 있는 것이다. 문화계의 힐링담론은 여기서 더 나아가 강력한 문화코드로 작동한다. 스트레스와 정신적 피로감을 완화시켜주고 치유해주는 그림만을 모은 기획전이 열리고, 힐링 뮤직, 힐링 댄스 등의 다양한 공연이 기획되는 게 어색하지 않다. 한국영화계에서 〈써니〉, 〈건축학개론〉 등의 복고풍 영화가 큰 인기를 얻는 것도 비슷한 맥락이다. 사람들은 이런 영화들을 보면서 좋았던, 혹은 좋았다고 상상하는 과거의 안온한 기억을 끌어오면서, 팍팍한 지금, 이곳의 현실을 잠시나마 잊고자 한다. 치유담론의 유행 배경에는 이런 대중의 욕망이 깔려 있다.

치유담론은 예술계에서만 유행이 아니다. 자연을 거닐며 심리치료사와 동행하면서 마음의 평정을 얻는 기회를 제공한다는 '힐링여행' 상품도 등장했다. 도심 걷기, 무위도식하기 캠프, 명상 여행 등의 여행상품이 등장한다. 음식업계에서도 힐링을 마케팅 수단으로 활용한다. 식사와 함께 산책공간이나 문화관람 기회를 제공하는 식당들이 생겨난다. 힐링 마케팅의 등장이다. 고통을 겪는 마음의 치유도 모든 것을 이윤의 관점에서 해석하는 자본주의에서는 새로운 마케팅의 대상이 된다. 그러므로 기업체의 고위임원과 노동자들도 힐링의 대상이 된다. 생산성 향상을 위해 정신건강 컨설팅업체를 기업들이 이용한다. 기업체 임원들을 대상으로는 '성찰적 리더십 프로그램', 감정노동자들을 대상으로는 '마음의 상처를 돌보는 심리치유 프로그램' 등이 운영된다. '직원이 행복해야 생산성이 향상된다'는 자본의 냉혹한 논리가 부드러운 힐링 담론과 결합된 씁쓸한 예이다.

2. 출판계의 치유담론

치유담론의 유행이 가장 분명하게 느껴지는 분야는 출판계이다. 한때 자기계발서가 차지했던 베스트셀러 상위순위를 힐링 관련 저서들이 차지한다. 자신을 계발하면 무엇인가를 성취할 수 있으리라는 상승의 욕망이 강고한 사회구조의 벽에 부딪치면서 개인들이 좌절한 후 좌절감을 메우기 위해 자기계발의 또 다른 표현인 힐링 담론이 득세하는 모양새다. 출판계에서 치유관련 저서는 활황기를 맞고 있다. 인터넷 서점에서 '힐링'을 입력하면, 2001년 이후 출간된 책 60여 종이 검색된다. 2000년대 초에 출간된 힐링 저서들이 대체로 종교적인 영성 수련법에 관련한 책이었다면 최근에 나오는 책들은 마음치유, 심리치유와 관련된다. 한국사회 구성원들이 느끼는 심적 고통의 강도가 더 악화되었다는 징후다. 2008년 이후 출간된 책들은 표나게 '치유'를 강조한다. 『서른 살이 심리학에게 묻다: 대한민국 30대를 위한 치유의 심리학』(2008), 『그림에 마음을 놓다: 다정하게 안아주는 심리치유 에세이』(2008), 『이 또한 지나가리라!: 김별아 치유의 산행』(2011), 『치유하는 책읽기』(2012) 등 치유라는 개념은 육아, 여행, 미술, 책읽기 등 다양한 영역으로 확장된다.

2012년 상반기 베스트셀러를 정리한 출판유통업체의 분석을 살펴보면, 경기침체, 취업난, 사회적 갈등이 심화되는 사회현실을 반영하여 위로와 격려를 전해주는 치유 저서들이 두각을 나타냈다. 교보문고의 집계만을 살펴보면 의사소통법 등을 제시한 스튜어트 다이아몬드의 『어떻게 원하는 것을 얻는가』가 1위를 차지했다. 혜민 스님의 『멈추면 비로소 보이는 것들』이 2위, 스테디셀러인 김난도 교수의 『아프니까 청춘이다』가 4위를 차지했다. 김정운 교수와 시골의사 박경철 씨의 치유 관련 저서도 10위권에 들었다. 그 밖에도 『마음 치유를 위한 여행』, 『자가치유 바이블』, 『아픈 영혼, 책을 만나다』, 『중독을 치유하는 영성』 등 올해 나온 치유 관련 서적만 50종이 넘는다. 작년에 출간된 『서른 살이 심리학에 묻다』는 지금까지 40만 부 넘게 팔렸다. 인기작가인 공지영의 『네가 어떤 삶을 살든 나는 너를 응원할 것이다』는 2년 만에 100만 부 이상 판매되었다. 이런 치유담론 저서들이 불경기와 취업난 등을 구조적으로 해결할 수 있는 통로를 찾지 못한 한국사회 구성원들의 지친 마음을 달래주는 긍정적인 역할을 한 것은 부인할 수 없다. 그러나 결론을 당겨 말하면 지금까지 나온 치유담론 책들의 한계도 분명하다. 책을 읽을 때는 나름의 위안을 얻으나 다 읽고 나면 아무것도 변하지 않는 현실에 대한 좌절감, 공허감을 이런 책들은 해결해주지 못한다. 사람들이 느끼는 고통의 원인을 구체적으로 해결해주지 않는 위로는 공허하다.

3. 구조의 억압과 치유

힐링 산업이나 마케팅이 득세하는 이유는? 사람들의 마음이 아프기 때문이다. 엠비 정권 이후 더욱 심화된 경쟁주의, 재벌을 비롯한 소수독점 자본에 봉사하는 기형적인 경제정책, 턱없이 모자란 사회복지 시스템, 입시준비기관으로 전락한 학교 등이 사회 구성원들에게 엄청난 사회적 스트레스를 준다. 보건복지부가 발표한 '2011년 정신질환실태조사'를 보면 18세 이상 성인 중 최근 1년간 한 번 이상 정신질환을 경험한 사람이

519만 명이다. 어느 심리상담 인터넷 카페 운영자의 말에 따르면 한 달 동안 상담하는 사람만 60~100명 정도이다. 한국의 자살률이 부끄럽게도 OECD 국가 중에서 1위를 다투는 배경이다. 하지만 내면의 고통의 원인을 "혹독한 경쟁 속에 살아가는 현대인들이 외로움이나 스트레스로 마음의 병을 앓고 있기 때문"이라는 식으로 두루뭉수리하게 넘겨서는 안 된다. 한국자본주의의 구체적 실상과 그 안에서 사람들이 느끼는 고통의 실체를 정확히 밝히는 것이 중요하다. 유행 중인 치유담론이 놓치고 있는 지점이 여기이다.

어느 라디오 방송에서 들었던 말이 기억에 남는다. "저 같은 자영업자는 쉴 시간도 없어요." 나는 이 발언을 지금 유행 중인 치유담론의 한계를 지적하는 비판으로 듣는다. 쉬고 싶지 않은 사람은 없다. 문제는 어떤 외부적 힘이 우리를 쉬지 못하게 몰아간다는 것이다. 경쟁지상주의, 약육강식의 논리가 지배하는 한국자본주의에서 누군가 한가롭게 쉰다는 것은 곧 경쟁에서 밀리고 도태된다는 뜻이다. 여기에 어떤 고차원적인 이유는 없다. 생존의 논리이다. '내'가 쉬면 경쟁에서 도태된다. 그러니 다음의 발언은 얼마나 생뚱맞은가. "처음에는 초봉도 다소 낮고 안정성이 떨어질지 몰라도 시간이 지나면서 그 차이는 없어진다. 적성에 맞고 즐겁게 할 수 있는 일이 종국에는 오히려 고소득과 안정성을 더 확실하게 보장할 수 있다. 그러므로 결코 당장의 안정성이나 높은 초봉에 현혹되어 직업을 선택하지 말라."[2] 엠비식 '내가 해봤는데' 발언이다. 모르고서 이런 말을 했다면 나이브한 것이고, 만약 알고서 했다면 무지한 발언이다. 대기업과 비교할 때 현격한 급여와 고용안정성의 차이를 보이는 중소기업에 취직해도 "처음에는 초봉도 다소 낮고 안정성이 떨어질지 몰라

---

2) 김난도, 『아프니까 청춘이다』 (쌤앤파커스 2012) 59면. 앞으로 이 책과 류동민, 『마르크스가 내게 아프냐고 물었다』 (위즈덤하우스 2012), 한병철 『피로사회』 (문학과지성사 2012)의 인용은 본문 중에 저자의 성과 면수만을 병기한다.

도 시간이 지나면서 그 차이는 없어"질까? 저자의 분석이 맞는다면, 극소수의 취업준비생들만이 들어갈 수 있는 대기업과 공기업에 목을 매는 청년들의 의식이 문제겠다. 그러나 현실은 다르다. 그러니 "젊은 그대들에게 부족한 것은 스펙이나 학점, 자격요건이 아니라 자신에 대한 성찰이라는 사실을 절감한다"(김 71면)는 식의 발언도 듣기는 좋으나 공허한 말이다. 왜 젊은이들이 스펙이나 학점, 자격요건에 집착하는가? 이런 질문의 해답을 진지하게 밝히는 것이 관건이지, "자신에 대한 성찰" 운운하는 조언은 실질적인 도움은 못 된다. 문제를 개인의 탓으로 돌리는 것 또한 신자유주의 경쟁 이데올로기의 전형적인 효과이다.

사회구조적 문제를 도외시한 채 문제의 해결책을 자기성찰, 태도, 마음가짐으로 돌리는 것은 최근 출간된 치유담론저서들의 공통점이다. 이들 저자들에게 학벌주의 등의 사회구조적 문제는 열심히 개인이 노력하면 해결될 개인적 문제로 축소된다.

> 우리나라에서 '명문대' 효과가 정확히 그렇다. 좋은 대학, 인기 학과의 졸업생이라는 스펙은 취업할 때에만 도움이 될 뿐, 일단 취직하고 나면 얼마나 인간관계가 원만하고 업무를 솜씨 있게 처리하느냐에 성공 여부가 결정된다. (중략) 결론적으로 학벌은 입사할 때는 중요할지 몰라도 그 이후에 미치는 영향은 시간이 갈수록 줄어든다.(김 264면)

사실을 호도하는 주장이다. 학벌 순위가 높은 대학을 나오면 그로 인해 얻는 인맥, 학맥이 졸업 이후의 "인간관계"에도 결정적인 영향을 미친다. 학벌주의 커넥션의 힘이다. 학벌은 입사할 때만이 아니라 "그 이후에 미치는 영향"도 "시간이 갈수록 줄어" 들지 않고 늘어난다. 오해 없기를 바란다. 이것은 가치판단이 아니라 사실판단이다. 학벌주의가 한국사회의 중요한 해결과제라는 것은 분명하다. 하지만 문제를 해결하려면 현실적으로 학벌주의가 어떤 힘을 행사하는가를 사실에 즉해서 정확히 분석해야 한다. 한국의 파워엘리트나 주요기업의 (최고위)경영자들의 출신대학을 살펴본다면 이런 안이한 발언은 하기 어려울 것이다. 학생들이 조금이라도 학벌서열이 높은 곳에 들어가려고 청소년기를 입시준비로 탕진하고, 그게 어려우면 편입이라도 하려고 기를 쓰는 이유가 여기 있다. 직설적으로 말해, 읽을 때는 고개를 끄덕이게 되는 지당한 말들로 채워져 있지만 다 읽고 나면 공허한 『아프니까 청춘이다』가 베스트셀러가 된 주요 이유 중 하나도 저자가 학벌 프리미엄을 한껏 누리는 대학의 교수라는 사실을 쉽게 부인할 수 있을까? 저자가 무명대학 교수였거나 교수가 아니라 일반인이었어도 이 책이 베스트셀러가 되었을까. 냉정하게 자문해볼 일이다.

학벌주의 문제와 연결된 한국사회의 구조적 문제인 정규직, 비정규직 노동자의 분리와 차별 문제도 이런 맥락에서 살펴봐야 한다. "내 생활이 나 자신의 창조물이 아니라면 내 생활은 필연적으로 그러한 근거를 자신의 바깥에서 가진다"(맑스). 어떤 주체도 자기 마음대로, 자율적으로 움직이지 못한다. 주체는 항상 특정한 사회구조적 맥락에 놓여 있다. 우리의 정체성은 우리가 놓인 사회적 맥락과 분리하여 규정될 수 없다. 이런 상식을 치유담론이 망각할 때 이들 담론은 공허한 자기수양론의 변종이 된다. 치유담론에서 종종 말하는 경구, 돈이 전부가 아니라는 경구는 오히려 돈이 전부인 것처럼 받아들여지는 사회에서만 의미를 갖는다. 절대다수의 사람들이 돈이 전부가 아니라고 생각하는 사회에서 돈의 물신성은 깨질 것이기 때문이다(류 68면). 살벌한 경쟁사회에서 마음의 평정을 유지하려는 자기수양과 성찰이 때로 필요하다는 걸 부정할 사람은 없다. 하지만 마음의 수양이 사태를 근본적으로 해결하는 방도는 아니다. 슬픔과 고통에 빠졌을 때 아편을 한 대 맞거나 술에 흠뻑 취하는 것은 현실로부터의 도피는 될지언정 진정한 해결책을 제시하지는 못한다.

문제의 원인을 밝혀줌으로써 현실의 어려움을 분명하게 드러내는 것이 관건이다. 힘들어도 고통의 원인을 정확히 직시해야 해결의 실마리가 주어진다. 그것이 교수, 종교인을 비롯한 지식인의 역할이다. 모든 것이 마음먹는 것에 달려있다는 '일체유심조'의 태도를 견지한다고 해서, 나를 괴롭히는 외부의 문제가 사라지지는 않는다.

> 우리는 간혹 세상 모든 일이 마음먹기에 달렸다. 즉 일체유심조라는 말을 듣습니다. 그러나 마음먹기가 어느 특출한 개인이나 철학자의 마음 속에서 스스로 만들어지는 생각은 아닌 것입니다. 우리의 생각이나 상식조차도 우리가 발 딛고 서 있는 지금 여기의 물질적인 조건들에 의해 영향을 받기 때문이지요.(류 112면)

"돈이 전부가 아니라"는 걸 깨닫는 것은 중요하다. 자기수양의 힘이다. 하지만 더욱 중요한 것은 "돈이 전부가 아니라고 생각하는 사회"를 만들기 위해 개별적으로, 집단적으로 연대하여 노력하는 것이다.

4. 사회관계의 인식

사회적 구조와 주체가 맺는 관계를 하나의 예를 통해 살펴보자. 더 높은 시험점수나 '스펙'은 비정규직 노동자들에 비교해 정규직 노동자가 얻은 이익을 얼마나 정당화할 수 있는가? 비정규직 노동자들이 차별대우를 바로잡기 위해 파업을 할 때 정규직 노동자들이나 심지어 취업준비생들조차 적대적인 감정을 보이는 경우가 종종 있다. 왜 이런 일이 일어날까? 이들은 자본이 강요하는 노동의 분리와 소외, 노동자들의 상호경쟁, 노동의 위계와 차별구조 안에서 자신들만은 벗어날 수 있다고 착각하기 때문이다. 역시 문제를 개인의 탓으로 돌리는 태도다. 그러나 노동의 뒤틀린 위계는 정규직이나 비정규직이나 가릴 것 없이 그 안에 있는 모든 노동자를 소외시킨다. 강하게 표현하면 최대한의 이윤 착취만이 목표인 자본의 노동소외 메커니즘에 연대하여 시민들이 저항하지 않을 때 생기는 결과를 망각한 결과이다. 자본은 노동의 약한 고리인 비정규직 노동부터 착취하여 나중에는 모든 정규직 노동을 비정규직화하려고 시도한다. 이것은 개별 자본가가 선한가, 악한가라는 개별적 심성의 문제가 아니다. 최대한의 이윤착취를 하지 않는 자본가는 도태된다는 것은 자본주의 작동메커니즘의 냉엄한 진실이다. 자본주의의 주인은 개별 자본가가 아니라 총자본이다. 그래서 '자본'주의다.

치유담론의 문제는 자본주의의 작동메커니즘, 사회경제적 관계를 도외시하면서 사회를 단지 개인들의 집합으로 바라본다는 것이다. 그러나 사회는 단순히 개인들의 집합이 아니다. 개인들이 맺고 있는 사회적 관계의 총체이다. 치유를 논하기 위해서는 왜 사람들이 고통받는지를 개별 시민의 차원에서가 아니라 그들이 맺고 있는 사회관계의 분석을 통해서 해명해야 한다. 베스트셀러 저자인 혜민 스님은 자신의 트위터에 "맞벌이하는 경우 아이들과 함께하는 시간이 많지 않아 미안할 때는 엄마가 새벽 6시부터 45분 정도 같이 놀아주라"는 내용의 글을 올렸다가 트위터 사용자들의 강한 반발을 샀다. 스님이 곧바로 사과하고 글을 내렸다지만, 이런 에피소드는 팍팍한 사회·경제적 조건의 문제를 말랑말랑한 좋은 말씀만으로는 풀 수 없다는 사실을 잘 보여준다. 엄마들이 아이들과 놀아주고 싶은 마음이 없어서, 혹은 게을러서 새벽에 일어나지 못해 아이들을 보살피지 못하는 게 아니다. 그럴 수 있는 생활의 물적 조건이 되지 않기 때문이다. 이런 식의 '모든 것이 내 탓이오' 식의 발언은 맞벌이 부부들이 처한 구체적인 생활여건, 그리고 그런 여건을 더욱 악화시키는 열악한 보육환경의 문제에 무지한 소치이다.

몇 년 전 보건복지부에서는 공익광고로 출산을 독려하는 광고를 내보낸 적이 있다. 몇몇 지방자치단체에서는 아이를 많이 낳는 가정의 경우에 이런저런 지원금을 지급하는 정책을 펴겠다고 홍보한 적이 있다. 이런 광고와 홍보에서는 아이를 낳지 않는, 정확히 표현하면 열악한 사회, 경제적 조건 때문에 아이를 낳지 못하는 구조적인 문제는 외면한 채, 출산율 저하의 문제를 여성들의 윤리적 무책임으로 돌리면서 죄의식을 조장한다. 여기에는 좀 더 근본적인 인식구조가 작동한다. 임신, 출산, 육아에 대한 국가의 복지정책을 국가가 시민들에게 베푸는 '시혜조치'로 간주하려는 태도. 이런 태도는 무상급식이나 무상교육에 대한 인식에서도 동일하게 나타난다. 그러나 선진자본주의국가들이 보육과 교육에 막대한 국가예산을 지출하는 이유는 다른 데 있다. 그런 국가들이 한국에 비해 시민들에게 좀 더 다정하거나 구성원들을 위하려는 선한 국가라서 복지정책을 펴는 것이 아니다. 자본주의국가가 내리는 정책의 결정기준은 총자본의 이익에 유리한가 여부이다. 무상급식, 무상교육, 무상의료 등으로 다음 세대의 노동력을 건강하게 재생산하는 구조를 확보하는 것은 해당 자본주의 국가의 재생산과 장기적 존속에 사활적 요소이기에 이들 국가는 복지정책을 실시한다. 이렇게 자본주의에도 등급이 있다. 한국사회도 이왕 자본주의를 하려면 좀 수준 높은 자본주의를 할 때도 이제는 된 것이 아닐까.

5. 맥락과 개념

치유담론의 공과를 검토할 때 주의할 것은 치유담론이 사용하는 개념의 함의를 정확히 가늠하는 것이다. 예컨대 치유담론이 많이 사용하는 개념인 마음, 영혼, 자기성찰, 자유로움 등이 그렇다. 이들 개념들을 추상적으로 다뤄서는 안 된다. 누가, 어떤 맥락에서 이들 개념을 사용하는가? 이 질문에 구체적으로 답해야 한다. 자유나 평등, 효율성 등의 개념이 그렇다. 이들 개념은 중립적이지 않다. 노동자를 고용하는 고용주의 입장이라면 필요할 때 쉽게 노동력을 고용하다가 불필요해지면 마음대로 해고시키는 신자유주의 시스템이 가장 효율적이다. 자본(가)의 자유다. 그러나 고용과 해고의 대상이 되어야 하는 노동자의 입장에서는 전혀 다른 입장에서 이런 개념을 받아들일 수밖에 없다. 말은 곧 힘이고 권력이다. 그러므로 치유, 용서, 관용 등의 듣기 좋은 개념들도 함부로 쓸 게 아니다. "특정한 방식으로 꽃을 설명하는 언어가 다른 방식으로 꽃을 설명하는 언어들을 배제하고 억압할 때, 꽃을 설명하는 언어는 그 자체로 정치적인 힘이 되기 때문입니다. 그러므로 그 언어로부터 배제되어 소외된 이들은 마르크스가 말하듯 유적 대상성, 나아가 자연 그 자체를 빼앗기는 것이라고 할 수 있습니다"(류 58면). 우리시대의 강력한 지배 담론인 경쟁 이데올로기가 전형적인 예이다. 경쟁이나 경쟁주의는 무조건, 모두에게 좋은가?

> 경쟁은 시장에 참가하는 자본들로 하여금 거역할 수 없는, 바깥에서 강제로 부과되는 법칙으로서 작용합니다. 경쟁의 수레바퀴에 올라탄 이상 멈추는 것은 이미 불가능합니다. 끊임없이 더 빠른 속도로 바퀴를 굴리지 않으면 도태될 것이기 때문이지요. 마르크스는 『자본론』에서 자본을 끊임없이 스스로를 증식하는 가치라 정의한 바 있습니다. 경쟁은 자본의 속성에 가장 부합할 뿐만 아니라 자본을 자본이게끔 만드는 중요한 장치인 셈입니다.(류 136면)

경쟁은 좋은 성과를 얻기 위한 수단으로써 필요한 일인데, 거꾸로 경쟁을 거쳤으므로 성과 역시 틀림없이 좋은 것이라는 식의 왜곡된 의식이 생겨난다. 경쟁 자체가 하나의 물신이 된다. 신자유주의 이데올로기는 개인 사이의 공정한 경쟁이 가능하며, 그러므로 경쟁의 결과에 승복해야 한다고 주장한다. 그러나 자본주의의 시작인 원시적 축적도 공정한 경쟁이 아니었다. "자본주의는 탄생할 때부터 피와 오물을 뒤집어쓰고 나타났다"(맑스). 자본주의 성립기에서부터 근검절약과 능력을 통해 부가 축적된 것이 아니라 폭력과 강탈에 의해 축적되었다. 땀 흘려 일하지 않으면 양식을 얻지 못한다는 논리가 원시적 축적의 판타지와 짝을 이룬다. 한정된 자리를 놓고 많은 사람이 동시에 서로 경쟁하는 시스템에서 각자는 타인에게 공감할 수 없다. 경쟁주의의 한계이다. 어떤 이가 다른 이를 지배하며 권력을 행사할 때 지배하는 이가 지배당하는 이에게 공감하는 것도 쉽지 않다. 한국사회가 점점 비인간화되고, 사람들의 마음이 아픈 이유는 경쟁주의 이데올로기를 무비판적으로 내면화했기 때문이다. 경쟁주의가 지배하는 자본주의에서 모든 것의 가치는 시장의 가치로만 계산된다. 시장에서 거래될 수는 없으나 사회적으로 공공적 가치를 갖는 것들은 의미가 없다. 치유담론의 한계는 경쟁주의 이데올로기의 물적 토대는 건드리지 않은 채 경쟁에서 낙오된 사람들의 마음만을 이런저런 좋은 말들로 어루만지는 것에서 그치는 데 있다.

치유담론의 공과를 정확히 해명하는 데에도 그 담론을 둘러싼 맥락을 이해하는 것이 관건이다. 그렇지 않을 때 맹목과 착시현상이 발생한다. 용산참사의 피해자들에게, 혹은 쌍용자동차나 한진중공업의 해직노동자들에게 치유담론이 설파하는 말랑말랑한 위로의 말들은 어떤 효과를 지닐까? 그들에게 부족한 것이 자기성찰과 마음의 수양일까? 예컨대 용산참사의 진짜 가해자는 누구일까? "자본의 게걸스런 욕망('재개발 프리미엄'), 그 욕망을 집행하는 정치('무관용의 원칙'), 그 정치에 충성하는 사욕('경찰청장 내정'), 이것이 참사를 낳은 살인기계의 구조다. 법원은 이 기

계의 원활한 작동을 보장하는 번지르르한 윤활유라 볼 수 있다."³⁾ 자본-
정치-공권력-법원이 맞물려 돌아가는 살인기계. 문제는 이 살인기계를
어떻게 멈출 것인가이다. 치유담론은 (무)의식적으로 "살인기계"의 냉혹
한 작동을 외면하고 있다.

6. 피로사회론과 한국사회

한국사회가 처한 착잡한 현실을 타개하는 돌파구를 제공하는 대안적 시
각으로서 '피로사회론'을 제기한 재독사회학자 한병철의 작업은 치유담
론의 구조적 문제를 제기한다는 점에서 주목할 만하다. 그가 보기에 현
재의 자본주의 사회는 신경성 폭력이 지배한다. "신경성 폭력은 어떤 면
역학적 시각에도 포착되지 않는다. 왜냐하면 여기에는 부정성이 없기 때
문이다. 긍정성의 폭력은 박탈하기보다 포화시키며 배제하는 것이 아니
라 고갈시키는 것이다"(한 21).『피로사회』는 현 단계 자본주의에 대한 엄
밀한 사회경제적 분석은 시도하지 않고, 애매하게 "후기근대"(한 40)라고
규정한다. 후기 근대 이전의 자본주의는 바이러스나 박테리아 같은 외부
자가 침입하는 사회, 그래서 사회의 긍정성을 위협하는 부정성과 외부자
를 색출하고 분리시키는 사회였다. 후기근대의 현재는 내부와 외부의 분
리가 힘든 사회, 부정성이 사라지고 긍정성이 압도하는 사회라고『피로
사회』는 판단한다. 규율사회는 부정성의 사회이다. 접증하는 탈규제가
부정성을 폐기한다. 현단계 자본주의는 박탈과 배제의 사회가 아니다.
이런 규정은 철학적, 사회학적 시각에서의 비유적 분석으로는 나름 타당
성이 있다. 하지만 현 단계 자본주의를 '후기근대'로 뭉뚱그려 규정하는

---

3) 진중권,「무관용의 원칙」.⟨http://www.hani.co.kr/arti/opinion/column/541894.html⟩.

태도는 느슨하다. 이런 규정은 저자가 활동하고 있는 독일 등의 '후기근대' 자본주의 사회에는 타당성을 지닐지 모르겠으나, 한국자본주의에는 그대로 적용하기는 어렵다.[4] 한국사회는 탈규율의 사회인가? 그렇지 않다. 한국은 여전히 규율사회이고, 박탈과 배제의 논리가 강력한 영향력을 행사하는 사회이다. 저자가 말하는 피로사회라는 개념은 주체가 느끼는 심정적인 피로와 고통의 차원에서는 수용할 여지가 있지만, 그 피로의 원인이 무엇인가라는 측면에서는 더 깊은 분석이 필요하다. 한국은 '피로사회'의 전형인 선진자본주의 국가, 혹은 '국민사회국가'(발리바르)가 아직 아니다.[5]

피로사회론이 한국에서 나름의 주목을 끈 이유는 분명하다. 엠비정권 이후 전면화된 친기업적 시장주의, 경쟁지상주의의 득세 속에서 사회 구성원 대다수가 극심한 피로감을 느끼고 있다. 요는 시민들이 느끼는 이 피로감의 정체가 『피로사회』에서 내리는 진단과 일치하는가 여부이다. 한병철은 피로사회의 주체는 성과주체가 되었다고 판단한다. "성과주체는 성과의 극대화를 위해 강제하는 자유 또는 자유로운 강제에 몸을 맡긴다. 과다한 노동과 성과는 자기 착취로까지 치닫는다"(한 29). 후기 근

---

4) 한병철도 어느 정도 이런 문제점을 인정한다. "유럽은 규율사회에서 성과사회로 넘어가는 기간이 길었다. 반면 우리는 이 기간이 아주 짧다. 그래서 압박도 그만큼 더 크다. 유럽은 그 기간이 길었기 때문에 그에 대한 저항도 생길 수 있었다. 속도의 문제라기보다는, 시스템의 변경이 너무 빨리 이뤄졌기 때문에 비판적 목소리가 없었다. 독일은 시스템의 변화가 느리게 진행됐으므로 그에 대한 비판적 이론, 곧 시스템에 비판적인 저항의 사유가 있었다. 하지만 우리는 비판적 사유를 할 틈이 없었다고 생각한다. 스스로가 만족한다면 〈피로사회〉와 같은 비판적 사유가 생겨날 이유가 없다. 한국 사회는 자신에 대한 '비판이론'을 더 깊게 사유해야 한다. 비판적 사유가 부족한 상태에서 갑자기 성과사회로 떨어졌다. 피로사회 담론을 통해 한국 사회가 비판적 사유를 펼치는 동기부여가 됐으면 좋겠다." 〈http://www.hani.co.kr/arti/culture/culture_general/532872.html〉.

5) 사회복지국가 혹은 국민사회국가의 위기와 해체라는 시각에서 유럽을 조명하는 시각으로는 에티엔 발리바르, 진태원 옮김, 『우리, 유럽의 시민들: 세계화와 민주주의의 재발명』 (후마니타스 2010) 참조.

대적 성과주체는 프로이트의 정신분석학이 대상으로 하는 복종적 주체와는 완전히 다른 심리를 갖고 있다. 후기근대의 주체는 의무적인 일에 매달리지 않는다. 복종, 법 의무 이행이 아니라 자유, 쾌락, 선호가 그의 원칙이다. 후기근대주체는 성격 없는 인간이다. 이런 무형성 내지 유연성은 높은 경제적 효용을 가능하게 한다. 하지만 역설적으로 그 주체는 속이 텅 빈, 공허한 자아이다. 그렇다면 앞서 내가 언급했던 어느 자영업자의 발언, "저 같은 자영업자는 쉴 시간도 없어요"라는 발언은 성과주체의 발언일까? 아니다. 그의 발언은 "자유로운 강제"가 아니라 신자유주의 시장주의의 외적 강제가 쥐어짠 발언이다. "성과주체는 오직 자기 자신 외에는 그 누구에게도 예속되지 않는다"(한 109). 그렇지 않다. 성과주체는 자유로워 보이는 강제를 작동시키는 자본에게 종속된다. "착취는 지배 없이 관철된다. 여기에서 자기착취의 효율성이 생겨난다. 자본주의 시스템은 더욱 가속화된 발전을 위해 타자에 의한 착취에서 자기착취로 전환된다"(한 110). 착취는 자본의 지배에 토대를 둔다. 지배 없는 착취는 없다. 착취의 구조가 눈에 띄느냐, 그렇지 않느냐의 차이가 있을 뿐이다. 자영업자를 비롯한 한국사회의 구성원들이 최장노동시간을 기록하며 일하는 이유는 『피로사회』의 주장처럼 사람들이 성과주의를 내면화했기 때문이 아니다. 한국 사회의 열악한 노동 현실은 잘 알려진 사실이다. OECD 회원국 중에서 한국노동자들의 노동시간은 단연 1위로, 다른 선진국 노동자보다 1년에 평균 2달이 넘게 더 일한다. 반대로 노동생산성은 최하위권이고 임금격차는 가장 높은 수준이다. 주어진 구조적 문제를 먼저 인식해야 한다. 물론 이런 상황에서 경쟁주의와 맞물린 성과주의가 사람들의 의식에 내면화될 가능성도 있다. 단지 살아남기 위한 생존본능이 스스로를 다그치는 내적인 억압동인으로 작동할 수 있다.

피로사회에서 지속과 불변은 없다. 한국 사회는 대표적인 속도사회이다. '빨리빨리'의 이데올로기가 지배한다. 속도사회에서 사람들은 초조와 불안에 사로잡힌다. 속도가 지배하는 현실에 적응하려고 자신을 다그친다. 느긋함은 사라진다. 우리 시대에 느긋함은 죄악이다. 하지만 즉각 반응하는 것, 모든 충동을 그대로 따르는 것은 일종의 병이며 몰락이며 탈진이다. 타당한 지적이다. 그러나 내적 동인보다 더욱 큰 자기착취의 동기는 한국자본주의의 냉혹한 경쟁시스템이다. "노동사회는 개별화를 통해 성과사회, 활동사회로 변모했다. 후기근대의 노동하는 동물은 거의 찢어질 정도로 팽팽하게 자아로 무장되어 있다"(한 40). 이런 진단은 한병철이 활동 중인 독일을 비롯한 선진자본주의 국가, 혹은 국민사회국가에는 어느 정도 통하겠다. 그게 『피로사회』가 독일에서 상당한 주목을 받은 이유이리라. 그러나 조심스러운 판단이지만, 한국사회는 여전히 노동사회이다. 한국의 젊은이들은 노동할 권리를 자본과 국가에게 요구하지만, 그런 기회를 얻지 못한다. 사회적 부는 소수의 자본가들, 재벌들에게만 축적될 뿐 고용증대로 이어지지 않는다. 부의 양극화이다. 이런 상황에서 다수 노동자는 "팽팽하게 자아로 무장"될 여유를 갖지 못한다. 사태의 진실에 가까운 것은 자아를 부정당할지언정 밥을 먹고살 수 있는 기회, 역설적으로 자본에게 착취당할 권리를 요구하는 상황이라는 진단이다. 자본으로부터의 해방을 논하기 전에 자본으로의 종속이 먼저 요구되는 사회이다. 『피로사회』에 따르면 각자가 자신의 포로이자 감독관이며 희생자이자 가해자이다. 사람들은 자신을 착취한다. 우울증, 경계성성격장애, 소진증후군으로 고통받는 사람들이 나타난다. 이런 진단은 철학적, 사회학적 진단으로는 나름대로 유효하다. 그러나 내면의 억압을 가능하게 하는 자본주의의 착취구조를 세밀하게 분석하지는 못한다.

7. 구체적 상황의 구체적 분석

결론을 맺자. 사회구조와 주체의 관계를 어떻게 사유할 것인가라는 문제는 인문학, 사회과학의 오랜 화두였다. 여전히 이 관계는 매끈하게 풀리지 못했다. 그러나 적어도 구조와 맥락, 특히 사회구성원들의 삶의 조건을 규정하는 물질적 조건, 자본주의의 사회관계를 사유하지 않는 주체담론이 공허하다는 것에 대해서는 어느 정도 이론적 합의가 이뤄졌다. 엄청난 사회적 스트레스로 고통받고 있는 한국사회에서 치유담론이나 피로사회론이 나름의 호소력을 지니는 것은 당연하다. 그러나 듣기는 좋으나 실질적인 해결책은 내놓지 못하는 자기계발담론의 수준을 치유담론이 넘어서려면 '구체적 상황의 구체적 분석'으로 나아가야 한다. 유행 중인 치유담론의 주요저자들이 승려, 목사, 사제 등 종교인이거나 교수라는 사실은 어떤 사회문화적 징후이다. 이들이 지닌 '상징권력' 때문에 치유담론이 대중에게 호소력을 지니게 된 것은 분명하다. 하지만 동시에 이들이 지닌 상징권력의 한계에도 유념해야 한다. 이제 한국사회도 생활의 논리에 더욱 가닿은, 업그레이드된 치유담론을 필요로 한다. (2012)

영어라는 우상

—리영희의 영어공부

1. 500단어의 유창한 영어 실력?

영어실력이 곧 사회적 성공의 보증수표처럼 여겨지는 시대이다. 그런데 영어를 잘한다는 것은 어떤 것인가? '영어식민주의'라는 말까지 나오는 한국사회에서 이런 질문은 사실 어리석은 질문에 가깝다. 그러나 모두가 다 아는 원론적인 질문일수록 답하기가 쉽지 않은 법이다. 미국인들의 발음에 가깝게 유창하게 '오렌지'를 '아린쥐'라고 발음한다고 영어를 잘하는 걸까? 그렇지는 않으리라. 입장을 바꿔놓고 생각해보면 된다. 한국어가 모국어인 한국인들은 우리말을 대개 잘한다고 여긴다. 알맹이는 전혀 없는 내용이라도 유창한 한국어 발음으로 떠들면 한국어를 잘하는 걸까? 그런 논리라면 발음과 언변이 좋은 사기꾼들이 한국어 교사나 교수가 되는 게 합당하리라. 『영어, 내 마음의 식민주의』라는 도발적인 제목을 단 책이 출간되었다. 이 책에는 영어를 잘한다는 것의 의미를 묻는 두 개의 사례를 다룬 글이 실렸다.[1] 이 글에서 든 첫 번째 사례는 불과 500단어로 원어민 발음에 가까운 유창한 회화실력을 구사하는 사람이다. 그러나 500단어의 유창함은 영어실력과는 거리가 멀다. "1년 동안 그 스페인 친구는 나에게 영어를 유창하게 말하는 테크닉과 자신감은 가르쳐 준 셈이지만 그 친구가 영어숙제를 하는 데는 내 신세를 많이 졌다. 그리고 그 친구와 시시덕거리면서 술잔은 많이 기울였지만 알맹이 있는 대화는 나누기 어려웠다. 그런 대화를 감당할 수 있는 어휘들은 그의 '사전'에 없었으므로"(앞글, 235면). 원어민을 따라하는 발음의 유창함이 "알맹이 있는 대화"를 대신할 수는 없다.

그 반대의 사례도 있다. 프랑스 주재 어느 아랍외교관의 경우이다. 짐작한 대로 그의 발음이나 문법은 서투르다. "필자 같은 외국인에게는 그의 발음은 영어보다 아랍어에 더 가깝게 들렸다. 문법도 시원치 않았다. 더듬거리는 것도 필자의 수준이었다. 게다가 그가 대변해야 하는 후세인 쪽의 논리도 궁색하기 짝이 없었다. 그럼에도 불구하고 영어라면 세계에서 제일 잘하는 영국의 유명정치인들과 언론인들이 그를 한 번도 제대로 이겨내지 못했다. 필자가 보기에 그의 '영어실력'의 요체는 풍부한 어휘력, 그리고 적절한 표현으로 조직해내는 사고력이었다. 필자는 그 사람을 보고 나서 외국인의 영어학습에 관해 완전히 다른 생각을 갖기 시작했다. 그러한 '영어실력'을 어떻게 배양할 것인지는 많은 연구를 필요로 하는 문제지만, 한 가지 확실한 것은 우리가 쌓아야 할 영어실력은 'You know'와 'I mean'으로 인터뷰의 절반을 채운다는 영국의 어느 유명 권투선수의 '유창한' 영어실력이 아니라 바로 그 아랍 외교관의 '사고력'이라는 점이다. 그리고 그러한 사고력은 소위 '원어민'이라고 해서 다 가지고 있는 것이 아니다"(박찬길, 236면). 영어실력의 핵심은 유창한 발음이 아

---

1) 박찬길, 「500단어의 유창한 영어실력과 어느 아랍외교관의 차이」, 『영어, 내 마음의 식민주의』 (당대 2007).

니라 "풍부한 어휘력, 그리고 적절한 표현으로 조직해내는 사고력"이다. 영어를 배우는 데 있어 이점을 명확히 하는 것이 중요하다.

이 사례에 덧붙여 내가 개인적으로 경험한 사례도 꼽을 만하다. 미국에서 유학을 마칠 무렵인 10여 년 전 경험이다. 현재 가장 독창적인 사상가 중 한 명으로 꼽히는 지젝(Slavoj Zizek)이 내가 당시 공부 중이던 대학에서 초청 강연을 했다. 당시 지젝은 이미 대가급의 사상가로 인정받고 있었다. 강연이 열린 학교 강당이 거의 찰 정도로 성황이었다. 강연이 시작되었다. 나는 강연 초반에는 그의 강연을 거의 이해할 수 없었다. 그의 영어발음은 유창한 미국식 영어와는 전혀 거리가 멀었다. 한 걸음 양보해 지젝이 영어를 모국어로 사용하지 않는 외국인이라는 것을 감안하더라도 그의 발음과 표현은 영 어색했다. 그러나 놀랍게도 지젝 자신은 자신의 서투른 발음에 전혀 신경을 쓰거나 주눅 들지 않았다. 그는 그 어색한 영어 발음으로 좌중을 압도하며 자기가 하고 싶은 말을 열정적으로 두 시간에 걸쳐 쏟아냈다. 10여 년 지난 지금도 나는 그가 당시 했던 강연의 내용은 생각이 나지 않지만 그가 보였던 자신만만한 강연의 태도는 또렷이 기억한다. 그만큼 인상적이었다. 내가 느끼기에 당시 강연장을 가득 메운 영어를 모국어로 하는 '원어민'들도 그의 발음에 신경을 쓰지 않았다. 그들이 관심을 기울인 것은 지젝의 어색한 발음이 아니라 강연에서 그가 주장했던 독창적인 사유의 내용이었다. 원어민 발음과는 거리가 먼 영어를 구사하는 지젝은 원어민을 능가하는 유려한 글쓰기 능력으로 자신의 저서를 거의 대부분 직접 영어로 쓴다. 그런 능력은 500단어의 유창한 영어 발음으로 대신할 수 있는 게 아니다.

실용주의와 시장주의가 지배하는 한국 사회나 대학에서 강조하는 '영어실력'은 혹시 500단어의 유창한 발음으로 포장된 영어는 아닐까. 영어의 '실용성' 자체는 문제가 아니다. 모든 언어는 실용적으로 사용된다. 문제는 실용의 수준이다. 어떤 수준의 실용을 목표로 영어를 가르치고 배우는가? 한때 영어몰입교육을 하겠다고 해서 시끄러웠다. 영어몰입교육은 좋은 말이다. 문제는 그런 교육의 목표와 그 목표를 이루기 위한 방법이다. 많은 영어교육학자들이 지적하듯이 영어를 모국어, 최소한 공용어로 쓰지 않는 국가에서 영어몰입교육은 힘들다. 몰입교육을 현실화하려면 막대한 사회적 비용과 배려가 필요하다. 따라서 그런 교육이 가능한 현실적 조건을 먼저 논의해야 한다. 영어몰입수업을 하려면 수업강좌의 규모가 10명을 넘어서는 안 되며, 적정 수업인원은 5~6명이라는 걸 많은 영어교육 통계자료들이 입증한다. 그리고 영어수업시간을 훨씬 늘려야 한다. 언어의 숙달은 얼마나 집중적으로 해당 언어에 노출되는가에 달려 있다. 엄청난 예산을 투입해 영어수업의 규모를 획기적으로 줄이고 필요한 강의실을 대폭 확충한다고 해도 문제는 남는다. 누가 영어몰입교육을 할 것인가? 여러 통계에 따르면 지금 영어 교사 중에서 영어로 수업을 담당할 수 있는 이들은 극소수이다. 대학도 별반 사정은 다르지 않다. 대안으로 원어민강사의 확충, 교사의 재교육, 유학생의 활용, 영어교육(Tesol) 전공자의 활용 등이 나온다. 이런 견해들은 영어몰입교육의 수준을 '관광영어(Tourism English)' 정도로 이해하고 있을 뿐이다. 500단어로 유창하게 영어를 말할 줄 알면 영어를 잘하는 것이라는 견해이다.

여기에는 영어교육의 기본적인 문제가 배경으로 작용한다. 중고등학교에서 어떤 내용을 영어수업에서 가르치는지가 문제이다. 최근 각광받는 전공이 영어교육 분야이다. 영어교사 지망생들에게 설문 조사를 해보면 가장 필요하고 유용한 강의로 영어교수법 강의를 꼽는다. 이유는 간단하다. 교사임용시험에서 영어교수법이나 영어교육이론의 비중이 크기 때문이다. 그 결과 장차 영어 선생이 될 대학생들조차 영미문학이나 문화 강의가 중요하다고 답하는 학생들은 찾기 힘들다. 교사 지망생들이 영어 소설책도 안 읽고, 역사책도 안 읽고, 영어 신문 잡지도 안 읽고, 영미문화도 제대로 공부하지 않는 일이 벌어진다. 오로지 영어 문제 풀이에 골

몰하고 영어교육이론만 달달 외워가며 임용시험을 준비한다. 그렇게 해서 교사가 되면 학생들에게 무슨 내용을 영어 수업에서 가르칠지 궁금하다. 알맹이는 없이 영어를 유창하게 지껄이는 '원어민'도 문제이지만, 텍스트를 제대로 읽고 분석하고 평가하는 능력은 태부족하면서 영어교수법 이론만 암기하는 한국인 교사 지망생을 만드는 시스템도 문제이다. 제대로 영어몰입교육을 하려면 이런 현실적 조건을 먼저 살펴야 한다.

영어몰입교육은 그것을 가능케 하는 조건이 구비되지 않는 한 백일몽에 불과하다. 더 중요한 문제는 영어몰입교육의 목표가 무엇인지가 애매하다는 것이다. 왜 모든 사회구성원이 막대한 사회적 비용을 들여 영어몰입교육을 받아야 하는가? 그것은 단지 언어교육의 문제가 아니라 한국사회에서 영어가 갖는 의미라든지 영어교육의 전반적 목표와 관련되는 쉽지 않은 질문이다. 백보 양보해서 영어몰입교육의 조건이 완비되어 그런 교육이 가능해져도, 어떤 수준의 교육을, 무엇을 위해 할 것인가라는 문제는 여전히 남는다. 자신의 견해를 적절한 표현으로 조리 있게 전달하는 고급영어 수준을 기대하는 게 아니라면, 굳이 영어몰입교육을 하지 않더라도 가능하다. 그러나 그 이상의 영어를 익히는 것은 만만한 일이 아니다. 영어교육학의 여러 자료들은 영어와 한국어는 언어학적으로 가장 거리가 멀며, 그만큼 상대방의 언어를 배우기가 어렵다는 걸 알려준다. 사정이 이렇다면 영어를 배우는 것이 선천적으로 쉽지 않은 한국인들에게 '관광영어' 수준을 넘는 영어를 모두 익히라고, 그렇지 않으면 사회에서 도태 당한다고 겁을 주는 것은 온당하지 않다. 오히려 영어가 한국인들에게 왜, 얼마나 필요한 것인지를 면밀하게 계산해보고, 합당한 영어 교육의 방도를 제시해야 한다. 실용영어에서 강조하는 실용성은 말 그대로 이해하면 된다. 영어는 필요한 분야에서 필요한 정도만큼 필요한 사람들이 익히면 된다. 그것을 잊을 때 '영어울렁증'이 생긴다. 영어를 잘하지 못하면 왠지 불안하고 뒤쳐지는 것 같고 '성공'하지 못할 것 같은 불안감.

그런데 영어울렁증은 왜 쉽게 고쳐지지 않는 것일까? "한국에서 영어를 강조하는 진짜 이유는 국가경쟁력 제고에 필요한 만큼이나, 사회지배세력의 입장에서 볼 때 영어가 사회적 차별을 정당화할 수 있는 효과적 수단이기 때문이다. 그러기에 한국인 모두가 영어를 잘할 필요가 없으며, 그렇게 만들 수도 없다는 근원적 문제는 쉬 가려지고 국가 경쟁력을 키우려면 모든 국민이 영어를 배워야 한다는 '헛소리'가 나온다."[2] 영어공부를 "국가경쟁력"과 연결시키는 빈약한 상상력의 근거에 대해서는 굳이 논박할 필요도 없다. 다만, 영어가 실생활에서 그다지 필요 없는 사람에게도 무조건 영어를 잘해야 한다고 강요를 하고, 대학이나 기업에서는 무조건 어느 수준 이상의 영어시험점수를 요구하고, 온 국민이 유창한 '관광영어'를 구사해야 한다고 윽박지르는 황당한 짓들이 "국가경쟁력"과 전혀 상관이 없다는 것만은 분명하다.

이런 주장이 영어를 듣고 말하는 것의 중요성을 무시하는 것은 아니다. 요는 듣기나 말하기도 그것이 필요한 정도만큼 각자의 필요성에 따라서 익히면 된다는 것이고, 영어에 대한 사회적 스트레스를 줄이려면 각종 자격시험에서 영어시험의 비중을 획기적으로 줄이는 일부터 시작해야 한다는 뜻이다. 그것이 영어를 대하는 '실용적'인 자세이다. 무엇보다 "'실용영어'라는 관념의 핵심은 언어를 정보전달과 의사소통의 수단으로 격하시키는 데, 혹은 생계를 버는 수단으로 격하시키는 데, 그리하여 창조적 사유와 분리하는 데 있다. 이러한 격하와 분리는 인간의 사유와 상상과 욕망을 현재 우세한 자본주의적 관계들에 가두는 데 복무하며, 따라서 자본의 증식을 영속화하는 방향으로 욕망하고 상상하고 행동하는 주체성을 창출하는 데 복무하는 것이다."[3] 실용영어가 문제인 이

---

2) 송승철, 「영어: 근대화, 공동체, 이데올로기」, 『영어, 내 마음의 식민주의』, 144면.

3) 정남영, 「영미문학 교육의 과제와 번역의 문제」, 『안과밖: 영미문학연구』 24호 (2008년

유는 이런 견해가 언어와 사유의 관계를 일면적으로 이해하면서, 언어를 단지 "정보전달과 의사소통의 수준으로 격하"시키기 때문이다. 실용영어에서 "창조적 사유"의 자리는 없다. 얼마 전 신문에는 미국의 이름 있는 대학에 진학한 한국유학생들의 절반가량이 중도 탈락한다는 기사가 실렸다. 짐작건대 그들이 유창한 영어 발음을 못해서 그런 결과가 나온 것은 아니리라. 케케묵은 말처럼 들리지만, 대학은 고차원적 학문, 전문적 기술을 익히는 곳이다. 대학에서 자신의 전공을 제대로 공부하고 공부의 내용을 자신의 글쓰기로 독창적으로 표현하기 위해서는 실용영어에서 강조하는 500단어 회화 수준의 영어로는 어림도 없다. 유창한 발음으로 포장된 영어를 받쳐주는 깊이 있는 지식과 교양, 비판적이고 포괄적인 사고력이 없는 한국의 유학생들이 미국대학에서 살아남지 못하는 것은 그런 면에서 어쩌면 당연하다. 영어는 한국인에게 외국어이다. 따라서 "외국인으로서 영어를 잘한다는 것은 개개인이 영어를 사용하며 수행해야 하는 임무를 잘 수행할 수 있도록 하는 능력이지, 그들과 같은 발음, 그들과 같은 어법, 그들과 같은 관용구, 그들과 같은 욕을 하는 것을 뜻하는 것이 아니다"(박찬길, 234면). 영어는 한국인에게 외국어라는 당연한 사실을 잊지 않을 때, 영어를 왜 배우는지, 그 목적을 분명히 해야 할 필요성이 부각된다. 그리고 영어공부의 목적과 방법을 구분해서 살펴야 한다. 목적이 분명해지면 학습 방법도 구체화된다.

　나는 영어공부의 이런 당연한 상식이 지니는 의미를 우리시대 '사상의 은사'로 불리는 리영희 선생(이하 경칭 생략)의 영어공부를 통해 살펴보겠다. 몇 가지 쟁점이 있다. 첫째, 영어공부의 방법론. 영어를 잘한다는 것이 원어민과 같은 발음, "어법, 그들과 같은 관용구, 그들과 같은 욕을 하는 것을 뜻하는 것"인지를 따져봐야 한다. 둘째, 영어를 잘한다는 것이

　상반기) 166면.

그 자체로 목적일 수 있는가? 이것은 실용영어가 내세우는 '실용성'의 의미를 검토하는 문제이다. 영어를 잘하기 위한 실용적 방법들은 "개개인이 영어를 사용하며 수행해야 하는 임무를 잘 수행할 수 있도록 하는 능력"이다. 따라서 영어를 통해 수행하는 "임무"와 목적을 분명하게 규정해야 한다. 외교관의 영어, 학술영어와 관광영어를 모두 '실용영어'라는 헐거운 틀로 묶을 수는 없다. 셋째, 영어와 다른 외국어의 관계. 영어만이 외국어로서 배워야 할 언어인가? 시장주의가 득세하는 한국대학에서 확인되는 사실이지만, 영어를 제외한 다른 외국어들은 홀대받는다. 그만큼 영어의 '식민주의'가 힘이 세다는 뜻이다. 이 문제는 영어를 배우는 '목적'의 문제와 관련된다. 리영희의 외국어 공부가 단지 영어에만 한정되지 않는 배경과 연결해 살펴볼 문제이다.

2. 어떻게 영어를 공부할까?

리영희의 영어공부를 돌이켜 살피는 일이 그에게서 배워서 써먹을 수 있는 공부 비법을 배워오자는 뜻은 아니다. 리영희의 사례를 언급하는 이유는 지금과는 확연히 다른 시대에 영어를 익혔던 리영희의 모습에서 실용영어의 한계를 넘어선 제대로 된 영어공부의 본령을 확인할 수 있기 때문이다. 듣기와 말하기, 읽기, 쓰기로 나눠서 리영희의 영어공부가 영어물신주의와 실용영어가 득세하는 우리시대에 주는 의미를 살펴보겠다. 먼저 듣기와 말하기에 대해. 한국전쟁 때 유엔군 연락장교를 하면서 영어를 익혔던 리영희와는 달리 지금은 굳이 외국에 가지 않더라도 영어를 접하고, 듣고, 말할 수 있는 기회가 많다. 격세지감이다. 외국어를 배우려는 의지만 있으면 수많은 시청각 자료들을 구할 수 있다. TV에서도 다양한 외국어방송이 그대로 나오고, 인터넷에서는 영어를 비롯한 세계

각국의 외국어 자료들을 거의 실시간으로 이용할 수 있다. 자료나 매체가 없어서 영어를 비롯한 외국어를 익히지 못한다는 것은 변명거리가 못 되는 시절이다. 요는 언어를 배우려는 절박함과 그에 따른 노력이다. 말을 배워야 할 필요성을 절박하게 느끼고, 배움의 목표를 분명히 하고, 그만큼의 노력을 기울일 때 영어실력은 늘게 되어 있다. 리영희처럼 전쟁터에서 '실전'으로 영어를 익혀야 하는 이유를 명확히 하면 영어울렁증의 핵심인 듣기와 말하기에도 대처할 수 있다. 여기서도 각자의 필요에 따라 듣기와 말하기의 수준을 정해서 익히면 된다.

전쟁터에서 필요한 영어와 기업이나 대학에서 사용해야 하는 영어는 다르다. 그러나 무엇보다 꾸준히 영어에 노출되는 것이 중요하며, 말하기보다 듣기가 더 중요하다. 좋은 영어문장을 많이 들으면 그것을 배워서 따라 말할 수 있다. 아이들이 말을 하기 전에 수많은 표현을 반복적으로 듣는 것과 같은 이치이다. 그럴 때 도움이 되는 것이 인터넷 방송이다. 그리고 이왕 방송을 들으려면 균형 잡힌 의견을 전달하는 뉴스방송을 꾸준히, 반복적으로 듣는 것이 좋다. 다양한 미디어 매체를 활용할 수 있지만 나는 미국 공영라디오 방송(www.npr.org)을 듣기를 권한다. 영어듣기나 읽기 공부만을 위해서가 아니라 미국사회의 다양한 문제를 비판적 시각에서 분석하는 내용들을 접할 수 있다.

앞서 지적을 들어 언급했지만 말하기의 핵심은 유려한 발음에 있지 않다. 굳이 말하자면 발음에 신경을 쓰기보다는 강세(accent)에 신경을 쓰는 것이 낫다. 우리가 듣기에는 아주 어색한 영어로 외국인들이 말해도 '원어민'들이 알아듣는 이유는 강세를 지켜 발음하기 때문이다. 발음이 아무리 좋아도 강세가 틀리면 알아듣지 못한다. 더 중요한 것은 전달하려는 내용이다. 500단어의 유창한 발음에 원어민들은 별로 감동받지 않는다. 내 경험을 돌이켜 봐도 그렇다. 미국의 영문과 대학원 수업에서 교수나 미국인 학생들이 나 같은 외국 학생들의 발언에 귀를 기울일 때는 원어민 같은 발음으로 알맹이 없는 내용을 말할 때가 아니었다. 발음이 조금 어눌해도, 유려하지 못한 문장을 구사해도, 말하려는 내용이 신선하고 사유를 자극하면 그들은 귀 기울여 들었다. 알맹이 없는 내용을 유창한 발음으로 포장하는 사람을 보통 사기꾼 같다고 말한다. 영어의 경우도 마찬가지이다. 내가 말하고 싶은 내용을 조리 있게 말할 수 있으면 겁먹지 말고 적극적으로 말해야 한다. 영어울렁증의 좋은 치료제는 어떤 경우에도 주눅 들지 않는 적극성(aggressiveness)이다. 앞서 언급한 지적의 경우가 좋은 예이다.

그렇다면 한국대학에서 '세계화'의 지표인 양 강조하는 영어강의는 어떻게 봐야 할까? 대학교육에서 영어는 교수와 학생들이 가르치고 배우는 전공능력을 강화시켜주기 위해 필요한 수단에 불과하다. 여러 연구에 의해 밝혀진 사실이고 내 경험으로도 느낀 사실이지만 동일한 강의내용을 우리말이 아니라 영어로 강의할 때 전달되는 내용의 양과 질은 현격하게 떨어진다. 그런데 아직 자신의 모국어로도 전공과목을 제대로 이해하지 못하는 학생들에게 영어강의는 대외적으로 보여주기 위한 요식 행위이거나 국제화를 하고 있다는 그럴듯한 포장일 뿐이다. 영어강의에서도 영어공부의 목적과 방법이 전도되어 있다. 내가 경험했던 영어강의 경험을 돌아봐도 그렇다. 유학을 마치고 돌아와 어느 대학에서 한 학기동안 영어몰입수업을 했다. 영어에 관심이 많은 학생들이 수강했다. 강의시작부터 끝까지 영어로만 수업하고 토론하는 수업이었다. 그런데 학기가 끝날 때까지 나름대로 자기 생각을 영어로 활기 있게 표현하려고 하는 학생은 서넛이었다.

사정이 이런데도 왜 대학에서는 너도나도 영어강의를 강조하는 걸까? 신문에 보도된 기사에서 어느 대학 학장이 본심을 드러낸다. "같은 수업이라도 전 강의를 영어로 하므로 그 대학의 글로벌 랭킹이 상승하는 데 기여할 것"이라는 말씀. 영어강의는 강의의 내실이 아니라 정체를 알 수 없는 "글로벌 랭킹"을 올리기 위한 광고 수단이다. 오히려 학생들이 문제의 핵심을 제대로 짚는다. "같은 수업이라도 준비되지 않은 교수가 영어로 강의를 하면 수업의 깊이도 얕고 진도도 더 느리다"며 "우리는 한국어를 써도 수준 높은 강의를 원한다"고 말했다. 언어보다 수업의 질적 수준이 국제화의 척도가 돼야 한다는 것이다.

여기저기서 내세우는 국제화를 대학이 따라해야 하는지 나는 회의적이다. 백보 양보해서 국제화를 한다고 해도 무엇이 "국제화의 척도"인지를 차분히 따져보지 않은 채 그저 강의실에서 알맹이 없는 영어를 떠들면 국제화가 저절로 이뤄진다고 믿는 천박한 인식은 곤란하다. 이런 인식 때문에 '원어민' 숭배가 나타난다. 어느 신문에서 읽은 영어교육 전공 교수의 지적이다. "한국말을 한다고 해서 국어를 잘 가르치는 것이 아니듯, 외국에 살았고 영어를 할 줄 안다고 해서 영어를 잘 가르치는 것은 아니라는 사실을 명심해야 합니다." 이런 당연한 상식이 통하지 않는 게 '영어물신주의'와 '원어민 숭배사상'이 지배하는 한국사회의 실상이다. 그 결과 수준이 안 되는 원어민들이 한국의 여러 교육기관에서 영어를 가르치며 밥벌이를 한다. 학교에서 영어를 오래 배웠으면서도 입도 뻥긋 못한다는 세간의 비판 때문인지 지금 학생들이 영어로 말하는 능력은 전보다 나아졌다. 젊은 세대는 기성세대보다 영어울렁증이 덜하다. 그러나 이런 관찰도 어떤 면에서는 피상적이다. 10년 가까이 대학에서 영어를 가르치면서 내가 느낀 것은 학생들의 읽기, 독해 능력은 현저히 떨어졌다는 점이다. 한마디로 내용(컨텐츠)은 없이 포장하는 기술만 발달한 꼴이다.

이 점에서 리영희의 영어공부 방법은 많은 시사점을 던져준다. 리영희는 인터뷰에서 자신이 영어, 일어, 중국어, 불어는 읽고, 쓰고, 말하고를 다 할 수 있고, 영어, 일어는 현지에 가서도 거의 자유로운 편이라고 밝힌다.[4] 중국어는 중학교 때, 그리고 프랑스어는 대학에서 제2외국어로서 배웠으며, 개인적으로 이들 언어를 익히기 위해 많은 노력을 했다고 리영희는 회고한다. 리영희의 영어공부에서도 확인되는 일이지만 문학작품이 외국어 학습의 핵심 자료로 이용된다. 리영희의 회상에 따르면 영어를 배울 때 그는 "주로 영어작품들을 탐독했다. 지하실에 개설된 도서관에 상당한 분량의 도서가 들어와, 문화와 교양에 메말랐던 나의 생활에 큰 낙이 되어주었다. 영문학의 명작들을 접한 것이 이때부터다. 이 기간 동안에 상당한 분량의 작품들을 섭렵함으로써 서양의 문화, 사상, 종교, 생활관습, 역사 등에 대해서 비로소 이해가 트이기 시작했다."[5] 실용영어가 득세하고 문학작품이나 고전읽기를 통한 영어공부는 귀신 씨나락 까먹는 소리로 여겨지는 지금 시대에 문학작품 읽기를 통해 영어실력을 쌓은 리영희의 경험은 시대착오적인 발언처럼 들린다.

그러나 리영희의 지적은 지금도 새겨들을 가치가 있다. 상식적인 말이지만 좋은 글을 읽는 것은 언어공부의 요체이다. 좋은 글을 읽어야 좋은 글을 쓸 수 있고, 좋은 표현을 들어야 그런 표현을 유려한 말이나 문장으로 표현할 수 있다. 읽기와 듣기가 쓰기와 말하기의 토대이다. 읽기와 듣기의 오랜 훈련이 받쳐주지 않으면 얻을 수 있는 영어실력은 기껏 '500단어의 유창한 영어'이다. 각 나라의 해당언어로 쓴 문학작품은 그 언어가 도달할 수 있는 최고수준의 표현이 담긴 텍스트이다. 그런 점에서 문학작품과 고전을 통해 외국어를 익힌 리영희의 사례는 지금도 유효하다. 문학작품은 각 나라 사람들의 삶과 문화를 그 어떤 매체보다도 총체적이고 구체적으로 보여준다. 좋은 문학작품을 많이 읽고 익히는 것이 고급영어를 익히는 첩경인 셈이다. 또한 리영희는 외국어 공부의 목표와 방법을 명확히 구분한다. 그가 일본어, 프랑스어, 중국어를 익힌 이유도

4) 리영희, 『새는 좌우의 날개로 난다: 리영희 저작집 8』 (한길사 2006) 566면.
5) 리영희, 『역정-나의 청년시대: 리영희 저작집 6』 (한길사 2006) 137면.

영어에만 의존한 정보나 가치판단의 한계를 벗어나기 위해서였다. 영어 외의 다른 외국어들은 찬밥신세로 만들면서 '영어만능주의'를 내세우는 이들이 새겨들을 조언이다.

통상 언어교육의 영역을 말하기, 듣기, 읽기, 쓰기라고 정리할 때 가장 어렵고 그만큼 중요한 영역이 글쓰기이다. 어떻게 해야 영어로 좋은 글을 쓸 수 있을까? 답은 간단하다. 좋은 글을 읽고 표현을 익혀야만 좋은 글을 쓴다. 리영희의 사례를 봐도 그렇다. 그는 영문학 작품 읽기를 영어 글쓰기를 연습하는 기회로 이용했다. 대학을 마치고 리영희가 기자로서 활동할 때도 문학작품 읽기를 통해 닦은 영어실력은 중요한 역할을 한다. 그는 「워싱턴포스트」에 영어로 쓴 기사를 정기적으로 송고할 정도의 실력을 갖춘다. 그 경우에도 영어실력보다 더 중요했던 것은 그가 쓴 기사에서 드러나는 태도이고 정신이다. 공정한 상황분석능력과 정확한 관점, 그리고 한국 국민 대중의 생생한 반응을 담은 글을 리영희는 썼다. 좋은 글을 쓰려면 좋은 글을 많이 읽어야 하지만 거기에 그쳐서는 안 된다.

좋은 글을 읽는다고 저절로 그런 글을 쓸 수는 없다. 그런 글을 쓰고 싶으면, 자신이 읽는 좋은 글쓰기의 느낌, 문체, 질감을 눈이나 머리가 아니라 몸으로 익혀야 한다. 그런 글들을 베껴 써야 한다. 어느 소설가는 작가가 되기 전 자신이 좋아하는 선배작가의 작품을 손으로 100번이나 필사했다고 한다. 좋은 글을 필사하면서 몸으로 읽히는 과정이 있어야 자기만의 문체를 가질 수 있다. 영어로 글을 쓰는 경우도 마찬가지이다. 좋은 영어문장을 발견했으면 눈으로 보는 데서 그쳐서는 안 된다. 독해를 넘어 영어로 그런 글을 쓰고 싶으면 그 글을 여러 번 따라 쓰면서 글쓰기의 감을 익혀야 한다. 좋은 영어 표현을 발견하면 항상 메모하고 반복해서 연습하고 익혀야 한다. 영어 글쓰기에도 다른 왕도는 없다. 리영희가 보여주었듯이 오직 부단한 노력만이 좋은 글쓰기를 낳는다.

3. 영어를 왜 공부하는가?

리영희의 경우에서도 확인되는 진실이지만 영어공부에 특별한 방법은 없다. 인터넷도 없고 외국어 방송도 나오지 않던 시절에 리영희가 영어를 비롯한 외국어를 익힌 유일한 방법은 각고의 노력뿐이었다. 그는 특히 영문학 작품을 찾아 읽으면서 서구문화의 모습을 동시에 학습하게 된다. 그러나 리영희에게서 지금 우리가 배워야 할 것은 영어공부의 방법이 아니라 목적이다. 왜 영어를 배우는가? 왜 유창한 영어를 해야 하는가? 목적이 분명해지면 방법은 자연스럽게 발견된다. 리영희에게 영어공부의 목적은 글쓰기의 목적과 다르지 않다. 글쓰기의 전범으로 여겼던 루쉰의 말을 빌려 리영희는 이렇게 묻는다. "어떤 목적으로 글을 써야 하는가? 글을 어떻게 써야 하느냐? 누구를 위하여 쓰느냐?"[6] 기자, 교수, 무엇보다 한국사회를 대표하는 비판적 지성으로서 리영희의 글쓰기를 관통해온 질문이다.

이 질문을 고쳐 물을 수 있다. 영어를 비롯한 외국어는 왜 배우는가? 어떻게 영어를 배우고 누구를 위하여 영어를 쓰는가? 리영희에게 영어를 비롯한 외국어는 진실을 추구하려는 지식인으로서 글을 쓰려는 목적을 이루기 위한 수단이었다. 다양한 언어를 구사한다는 것은 세계를 조망하는 창을 더 많이 확보한다는 뜻이다. 리영희가 누구보다 날카롭게 당대의 문제를 파악하고 분석하고 대안을 제시할 수 있었던 데는 세계를 향해 열린 외국어의 창을 많이 확보했고, 그 창들을 통해 무엇을 봐야 할지를 명확히 알고 있었기 때문이다. 다시 말해 리영희에게는 영어 공부

---

6) 리영희, 『대화: 한 지식인의 삶과 사상』 (한길사 2005) 383면.

의 '정신'이 있었다. 영어공부의 목적과 방법을 분명히 구분하는 날카로운 비판 정신이 없으면 영어는 입신양명의 방편으로 이용되거나 영어사대주의의 추악한 표현이 된다. '정신'은 잃어버린 채 유창한 영어발음을 구사하는 한국인은 파농(Franz Fanon)의 표현을 빌리면, '검은 피, 하얀 가면'의 정신적 식민지인이 된다. 우리가 지금 리영희에게 배워야 할 것은 그런 정신이다. (2010)

대학의 몰락과 교양교육

1. 한국대학의 불편한 '실재'

한국의 대학들은 자본과 시장논리에 의해 지난 몇 년간 그 위상이 크게 훼손되어왔다. 나는 한국대학이 '위기'를 넘어 '몰락'의 단계로 진입한 것이 아닌가라는 위기의식을 느낀다. 물론 현 단계 한국대학의 사회적 역할을 어떻게 정하느냐에 따라 다른 해석도 가능하겠다. 대학은 케케묵은 학문탐구의 전당이 아니며 기업에서 요구하는, 당장 졸업 후 이용 가능한 '실용지식'을 배우는 곳에 불과하다는 인식을 지닌 사람들, 아마도 대학사회의 권력자인 소유자나 경영자, 총장, 보직교수, 그리고 교육관료의 입장에서는 철저히 자본의 논리에 충실하게 따라가는 한국대학의 친기업화, 친시장화가 대학의 몰락이 아니라 무궁한 대학발전의 모습으로 비치리라. 그들의 눈에 지금 한국대학은 세계화와 국제화의 물결을 타고 순항 중이다. 그런 이들에게 학문탐구의 전당이라는 한물 간 대학관을 견지하는 나 같은 사람은 고루한 인문학자거나 세상물정 모르는 이상론자로 여겨질 것이다. 이런 입장들 사이에 '소통'이나 '이해'는 쉽지 않다. 줍히기 힘든 현격한 입장차가 존재하기 때문이고, 대학의 권력자들은 자신들의 '실용주의적'(sic!) 대학관만이 옳다고 믿기 때문이다. 그리고 세상은 대개 힘 있는 자들의 시각에 맞춰 굴러간다.[1]

시대와 현실의 변화에 따라 대학의 역할과 위상도 바뀌고 또 그래야 한다. 대학도 사회의 주요 구성기관이기 때문이다. 그러나 민주적 정치의식과 자신이 살아가는 현실에 깊은 관심을 갖고 비판하는 능력을 갖추고 문화적 교양을 겸비한 시민을 양성하는 역할을 대학이 버릴 수는 없다. 전통적으로 대학이 당장 써먹을 수는 없는 인문학과 교양과목도 핵심 과목으로 개설해온 이유이다. 하지만 세상은 변했다. 나로서는 이해할 수 없는 일이지만, 회계학을 필수 교양과목으로 정하는 대학도 나타났다. 그 대학 보직교수의 말로는 그 이유가 "사회와 기업이 선호하는 인재, 기업에서 재교육이 필요 없는 인재를 육성"하기 위해서란다.[2] 지금 한국사회에서 대학의 위상을 어떻게 보고 있는가를 잘 보여주는 발언이다. 대학은 학문을 연구하고 가르치는 곳이 아니라 "기업이 선호하는 인재, 기업에서 재교육이 필요 없는 인재"를 차질 없이 공급하는 취업자 양성기관이 되어야 한다는 것이다. 국가도 덩달아 춤을 춘다. 교육부가 취업률을 대학 평가의 중요 지표로 삼아 '대학 구조조정'을 강행하는 황당

---

1) 한국대학의 '몰락'과 관련해 대학의 권력자들이 떠받드는 미국대학의 교양교육과정을 소략하게 살펴보려는 이 글의 입장은 중립적이지 않다. 이 글을 관류하는 정조는 분노, 냉소, 체념이 뒤섞인 착잡한 감정이다. 그런 점에서 이 글의 한계는 분명하다. (고등)교육 전문가도 아니고, 비교교육학자도 아닌 한 인문학자이자 대학선생으로서, 지난 몇 년간 대학정신과 이념이 시장주의의 흐름 속에 무너져가는 참담한 현실에서 내가 느낀 좌절감의 실체를 파악하려는 실존적인 고민이 앞서는 글이다. 한국과 미국대학의 교양교육을 총체적으로 비교분석하는 일은 오랜 기간에 걸쳐 집단적으로 이뤄져야 하는 중대하고 현실성이 큰 연구과제이다. 이 글은 본격적인 연구를 위한 시론이다.

2) 아래 인터뷰 기사를 참조. 〈http://news.naver.com/main/read.nhn?mode=LSD&mid=sec&sid1=102&oid=003&aid=0004684355〉.

한 일도 벌어졌다. 멀쩡한 대학을 취업률과 재학생 충원률이 낮다는 기이한 이유로 '부실대학'으로 지정하여 사회적으로 불명예를 안겨주는 일도 벌어졌다. 내가 알기로, 대학의 권력자들이 열심히 따라 배울 것을 홍보하는 선진국 중에서 취업률이나 재학생 충원률을 구조조정이나 대학평가의 주요 지표로 삼거나, 회계학을 필수 교양과목으로 정한 나라는 없다. 한국에서 대학은 아무런 부끄러움이나 수치심도 없이 취업자 양성소로 변모될 것을 강요받는다. 그러나 굳이 따지자면 청년실업에 일차적으로 책임을 질 곳은 대학이 아니라 국가, 정치, 기업이다. 자신들의 책임을 대학에 떠넘기는 셈이다. 이런 황당한 현실을 마주하면서 나온 어느 인문학자의 발언은 문제의 핵심을 찌른다. 조금 길지만 인용한다.

교육과학기술부에서는 최근 대학을 선진화한다, 평가한다 하면서 대학에 평가 자료를 내어 놓으란다. 그 중 빼놓을 수 없는 중요한 평가 항목 하나가 취업률이다. 취업률이 낮으면 저질 학과, 저질 대학이 되고 퇴출의 대상이 된다. 그런데 물어보자. 지금 대한민국 사회에서 대학 졸업생들의 취업률이 이루 말할 수 없이 낮은 것이 대학의 책임인가, 전공학과의 책임인가? 문제는 양질의 일자리가 풍부하지 않다는 데 있는 것이 아닌가. 이미 대학은 서열화 되어 있고, 또 전공에 따라 취업이 쉽게 가능한 분야가 있는가 하면, 아닌 분야도 있다. 일자리가 많은 서울 소재 대학이 있는가 하면, 일자리가 태부족한 지방 소재 대학도 있다. 따라서 취업률을 결코 대학이나 전공학과, 그리고 개인에게 책임 지울 수 없는 것이다. 대학 졸업자의 취업률이 낮은 것은, 전적으로 국가와 정치, 기업의 책임이다. 토지의 공유를 통해 완전 고용을 말했던 다산은 「전론」에서 이렇게 말하고 있다. "하늘이 백성을 내고는 그들에게 농토를 마련해서 주어 갈아먹고 살아가게 하였다. 거기에 더해 백성을 위해 임금을 세우고 목민관을 세웠다. 그들이 백성의 부모가 되어, 백성들에게 생업을 챙겨서 다 함께 살아갈 수 있게 해 준 것이다. 하지만 임금과 목민관은 그 자식들이 서로 공격하고 빼앗고 삼키고 하는 것을 팔짱을 끼고 빤히 바라보면서도 금하지 않는다. 억센 놈이 더 많이 빼앗고, 약한 놈은 떼밀려 땅에 자빠져 죽게도 만든다. 이럴 경우 임금과 목민관은 정말 임금과 목민관 노릇을 잘 하고 있는 것일까?" 다산에 의하면 백성이 토지를 빼앗긴 것은 임금과 목민관 책임이다. 다산은 덧붙여 이렇게 말한다. "곡식 수천 석을 수확하는 높은 벼슬아치나 부자는 1백 결(結)이 넘는 토지를 소유하는데, 이것은 9백 90명의 생명을 해쳐 한 집안만을 살찌게 하는 것이고, 곡식 1만 석을 수확하는 조선 최고의 부자인 영남의 최씨와 호남의 왕씨는 4백 결 이상의 토지를 소유하는데, 이것은 3천 9백 90인의 생명을 해쳐서 한 집안만을 살찌게 한 것이다." 다산의 말을 곱씹어 보면, 오늘날 좋은 일자리가 태부족하고 청년 실업자가 넘쳐나는 이유를 짐작할 수 있을 것이다. 대학 도서관에는 스펙을 쌓기 위해 밤낮을 잊은 학생들로 빼곡하다. 그들은 만주 땅에서 개간하던 농민들처럼 열심히 일할 의지가 충만하다. 그런데 왜 일자리는 주지 않는가. 책임을 져야 할 곳은 국가와 정치, 기업인데, 왜 대학이 마치 학생들의 취업에 가장 큰 책임이 있는 것처럼 닦달을 하는 것인가? 물론 대학은 학생 취업을 위해 노력해야 하겠지만, 취업의 궁극적 책임은 취업률을 높이라고 닦달하는 쪽에 있다.[3]

취업률을 높이기 위해, 그리고 기업이 요구하는 인력을 순조롭게 생산하기 위해, 수요자인 학생에게 인기가 없는 교양과목, 기초과목은 사라지고, 비인기학과는 가차 없이 폐과되거나 통합된다. 문학, 역사, 철학, (영어를 제외한) 외국어 과목은 찬밥 신세가 되고, 회계학이 필수과목이 된

---

3) 강명관, 「취업의 책임은 어디에 있는가」, 〈실학산책 256호〉(2011년 10월 7일).

다. 문제는 지난 몇 년간 귀에 닳도록 들어온 대학개혁의 실체가 무엇인가이다. 미국에서도 대학교육의 위기에 대한 문제제기가 나온다. 그런데 그 시각은 우리의 그것과는 많이 다르다. 2005년 4월 1일자 〈고등교육신문〉(Chronicle of Higher Education)에서 프린스턴대학 예술문화정책연구센터 관장이자 미국학회 평의회(American Council of Learned Societies) 명예의장인 스탠리 카츠 박사는 연구중심대학(research university)에서는 교양교육(liberal education) 프로젝트가 실패했고, 교양교육이 부실해서 민주주의의 생명력이 위협받고 있다고 토로한다.[4] 한국 대학에서는 쓸모없는 교양교육을 없애거나 축소하고, 실용과목을 강화하는 것을 대학개혁이라고 말하는 반면, 미국에서는 교양교육의 부실을 걱정한다. 작지만 강한 인문교양대학(liberal arts colleges)의 미덕을 소개하는 책인 『내 인생을 바꾸는 대학』의 저자는 "이 책에서 소개하는 대학들은 새로운 지식을 활용하는 자질, 과감하고 상상력이 넘치는 사고방식, 지식을 활용하고 관계를 이해하는 능력, 위험을 감수하고 개척자가 될 수 있는 자질을 길러"준다면서, 이들 대학의 매력을 이렇게 설명한다. "이들 대학의 진정한 마력은 대학의 운영방법에 있다. 교수가 아니라 학생이 대학의 중심이며, 학생들은 자신의 교육과정에 깊이 관여한다. 정해지는 대로 움직이는 수동성은 없다. 학생과 교수는 긴밀하게 협력하며, 때로는 공동 명의로 저서를 출간한다. 이곳에서 가르침은 사랑의 행위다. 교수들은 학생들의 멘토이고, 하이킹 동료이자, 스포츠 동아리의 팀원이며, 저녁 식사의 동반자이고 친구다. 배움은 경쟁이 아닌 협력작업이다. 가치를 중심에 두고 있으며 공동체의식이 살아 있다."[5]

한국에서 이런 대학은 찾기 힘들다. 위의 설명을 거꾸로 풀이하면 얼추 한국대학의 실상에 들어맞는다. 한국대학에서 교수나 학생은 "대학의

---

4) 로렌 포프, 『내 인생을 바꾸는 대학』(한겨레출판 2008) 13면.
5) 포프, 같은 책, 20면.

중심"과는 거리가 멀며, 대학의 권력자들이 "중심"이다. 학생들은 자신의 교육과정에 거의 "관여"하지 못하며, 그다지 관심도 없다. 취업난에 시달리는 학생들에게 중요한 일은 고상한 학문이나 케케묵은 진리를 탐구하는 것이 아니다. 전공과목은 대충 학점 따기 편한 과목으로 채우고, 취업에 도움이 되는 '실용과목'을 듣거나 취업준비에 몰두하는 게 중요하고 현실적이다. 한국대학에서 "능동성"과 "적극성"은 찾기 힘들며, 교수나 학생이나 "정해지는 대로 움직이는 수동성"만이 지배한다. 학생과 교수 사이에 긴밀한 "협력"은 없다. 학생은 취업준비로, 교수는 승진, 재임용, 정년보장을 받기 위한 논문 편수 늘리기로 각자 바쁘다. 논문편수로 연구역량을 평가하는 상황에서 교수는 깊이 있는 연구나 학술저서를 쓸 엄두를 못 낸다. 그래서 본인과 심사위원 몇 명만 읽는 전공논문을 생산하는 데 매진한다. 가르침은 "사랑의 행위"와는 거리가 멀며, 대학은 교수에게는 밥벌이, 학생에게는 졸업장을 얻고 취업준비를 하는 공간이다. 교수는 "학생들의 멘토, 하이킹 동료이자, 스포츠 동아리의 팀원이며, 저녁 식사의 동반자이고 친구"가 될 수 없는데, 그렇게 지내다가는 업적평가에서 낙제점을 받아 대학을 떠날 각오를 해야 한다. 대학에서의 배움은 "경쟁"의 훈련장이며 "협력작업"과는 거리가 멀다. 대학은 "가치"가 아니라 실용지식을 습득하는 곳이다. 그 결과 대학의 "공동체의식"은 해체 일보직전이다. 이런 조금은 냉소적인 한국대학현실의 분석이 마땅치 않다면, 라캉에 기대어 나는 이것이 한국대학의 '실재'라는 것, 그리고 원래 실재는 대면하기 곤혹스러운 것이라고 덧붙이고 싶다.

2. 미국 대학의 인문교양교육

한국대학사회에서 시도된 대학개혁의 모델처럼 여겨져온 것이 미국대학의 사례이다. 그래서 학부제, 법학전문대학원, 의학전문대학원 등이 획기적 대학개혁안으로 수입되었다. 그리고 미국대학의 한인 교수들을 총장으로 초빙했다. 하지만 학부제, 의학전문대학원은 실패로 판명되었고, 법학전문대학원은 여러 가지 문제점을 드러내었으며, 수입해 온 총장들은 무리하고 독선적인 대학운영으로 해당 대학에 분란을 일으켰다. 섣불리 미국식 경쟁주의를 대학국제화의 이름으로 도입하려던 시도들은 많은 희생과 부작용을 낳았다. 다른 문화적 배경을 지닌 나라의 제도를 사회문화적 맥락의 차이에 대한 신중한 분석과 검토 없이 껍데기만 들여왔을 때 생기는 부작용을 여실히 보여준다. 그렇다면 한국대학의 권력자들이 숭상하는 미국대학에서 이뤄지는 교양교육의 실상은 어떨까. 미국대학에서도 한국처럼 돈벌이에 도움이 안 되고 인기가 없고, 당장 기업에서 써먹을 수 없는 기초교양과목은 찬밥 신세인가. 이 글에서는 한국대학에 시장주의와 경쟁논리가 본격적으로 침투한 1990년대 말부터 현재까지의 미국대학 교양과정운영을 소략히 분석하고 그 의미를 따져보고자 한다.[6]

한국처럼 미국대학에서도 대학의 사회적 역할, 대학에서 교양교육의 위상에 대한 많은 논의가 있었다. 미국에서는 대학의 역할에 대한 논쟁이 19세기 초중엽에 집중적으로 벌어진다. 한쪽에서는 대학의 목적을 보편적 진리탐구로 전제하고 전통학문의 가치를 중시하면서 고전적 교육과정에 초점을 맞춘다. 그에 맞서는 쪽에서는 순수학문의 무용성을 비판하면서 국가와 기업이 요구하는 실용적 학문을 적극적으로 수용하자는 주장을 내세웠다. 한 사례가 1862년의 모릴법(Morrill Act)이다. 이 법안은 미국연방정부가 각 주에 토지를 무상으로 증여하고 그를 기반으로 주립

---

6) 1990년대 이후의 하버드 대학, 컬럼비아 대학, 시카고 대학 등의 교양교육실태연구와 미국대학 교양교육의 역사에 대한 이하의 서술은 주로 최미리 『미국과 한국대학의 교양교육비교』(양서원 2001)에 의존하며 따로 인용면수를 병기하지 않는다.

대학을 설립하는 안이다. 그 조건은 주립대학은 기초학문이 아니라 농업, 공업, 교육 등 실용학문분야를 반드시 포함해야 한다는 것이었다. 좋은 예가 19세기 말~20세기 초엽에 이뤄진 위스컨신 대학의 새로운 교육모델이다. 위스컨신 대학은 사회적 실용주의에 부응하여 교육의 목적을 직업지향 전문교육에 맞췄다. 대학은 교수들이 주정부를 위하여 해당분야의 전문가로서 봉사하고, 주의 주민들에게 대학의 실용성을 확산시키는 프로그램을 운영할 것을 강하게 요구했다. 이런 변화를 통해 순수학문이 아닌 직업교육과 세분화된 전문교육이 강조되었으며, 학부교육의 목적은 대학원에서 본격적으로 이뤄지는 의학, 경영학, 법학 등의 전문 직업교육을 준비하기 위한 예비전문교육으로 설정된다. 이들 주립대학들의 새로운 교육목표 설정은 19세기 중엽 이후에 증기기관, 대륙횡단철도, 생산의 공업화 등으로 기술 인력의 양산이 국가적 차원의 과제로 제기된 것과 관련된다.[7]

　실용주의의 득세는 19세기 미국대학에 크게 영향을 미친 독일 대학에서 영향 받은 것이다. 19세기에 약 9,000명에 달하는 미국인들이 독일 대학에 유학을 했고, 이들 중 상당수가 전문교육을 강조하는 독일대학의 모델을 미국대학의 학부교육과정에 이식하는 데 영향을 줬다.[8] 그래서 채택된 것이 학생들이 자유롭게 자신이 원하는 과목을 골라 들을 수 있는 '자유선택제'였다. 학생들은 기초교양과정과목을 이수하지 않고도 대학을 졸업할 수 있게 되었다. 1869년 하버드 대학이 자유선택제를 택한 것을 계기로 다수의 대학들이 공통된 기초학문분야를 폭넓게 수강해야 하는 필수교양제도 대신에 자유선택제를 받아들인다. 하지만 자유선

---

7) 서보명, 『대학의 몰락』(동연 2011) 109면.

8) 특히 베를린대학에서 시작된, 근대적 학문연구의 강조가 큰 영향을 미쳤다. 그로 인해 고전 중심의 교육과정에서 벗어나 미국대학도 다양한 자연과학 분야를 가르치게 되었다(서보명, 같은 책 109면).

택제는 학생들로 하여금 어려운 과목 대신 손쉬운 과목만을 골라 듣게 만들었고, 실용적인 요구에만 부응하는 협소한 학문분야에만 학생들이 치중하는 부작용을 낳았다. 지금 한국대학에서 유사하게 목도하는 현상이다.

미국대학에서 교양교육의 의미가 본격적으로 논의된 것은 20세기 초에 이르러서다. 미국대학에서 실용주의로 인해 지나치게 세분되고 심화된 전문교육을 강조함으로써, 학생들이 교양인으로서의 기본적 소양을 갖추지 못하고 있다는 우려가 본격적으로 제기된다. 그 결과 자유선택제 대신에 새로운 교양교육 시스템을 모색하려는 움직임이 일어났다. 1901년 예일 대학은 기초순수학문과 직업교육분야 사이의 불균형하게 편성된 교육과정을 바꾸기 위해 학생들의 주전공 분야에 관련된 집중이수제도(concentration requirement)와 필수교양과목의 이수를 위한 배분이수제도(distribution requirement)를 도입한다. 집중이수제는 학생이 관심을 갖고 있는 특정학문과목을 집중해서 듣는 주전공을 가리킨다. 하지만 3학년 이후에 이수하는 집중이수제의 경우에도 전문적으로 훈련된 전문가를 육성하는 게 초점은 아니다. 주전공과 관련된 기초 지식을 습득하고 스스로 사고하고 탐구할 수 있는 보편적인 지적 능력을 높이는 것이 주요 목표로 설정된다. 주어지는 정보와 방법을 기계적으로 습득하는 게 아니라 문제를 제기하고 비판적이고 반성적인 사유를 할 수 있는 기본적 사유능력을 키우는 것이 집중이수과정에서도 요구된다. 배분이수제, 중핵이수제(core curriculum, integrated curriculum), 집중이수제에는 공통적으로 이런 학부교육의 목표가 제시된다. 배분이수제는 주로 1학년, 2학년 때 주전공과 상관없이 인문학, 사회과학, 자연과학 등을 포괄하는 다양한 기초학문분야에 걸쳐 일정 학점을 필수적으로 이수하게 한 제도이다. 한국의 대부분 대학에서도 채택하고 있는 방법이다. 중핵이수제는 교양목표의 달성과 관련되는 핵심 과목(core courses)을 엄선하여 몇 개의 관련

분야별로 모아놓고 공통적으로 이수시키는 구성체계이다. 중핵과목으로는 주로 학제적인 접근을 시도하는 과목(interdisciplinary courses)을 개설한다.[9] 1학년, 2학년 대상의 기초학문교육이 '교양교육(liberal education)'으로 알려지게 된다.[10]

교양교육을 강조하면서 코넬 대학은 1905년 자유선택제를 폐지하였고, 1909년 하버드 대학은 집중이수제와 배분이수제를 채택하였다. 교양교육을 강화하려는 움직임은 1920년대에 일어난 '교양교육운동'을 통해 전환점을 맞는데, 실증과학과 전문화의 경향에 반발하면서 배분이수제보다 강화된 중핵이수제가 본격적으로 도입된다. 이런 변화에는 현대사회에서 대학은 무엇을 가르치고 배워야 하는가라는 근본적 고민이 깔려있다. 학생들이 알아야 할 지식과 정보의 양은 급속히 증가하고 있으며 대학 4년의 교육으로는 감당하기 어렵게 되었다. 따라서 대학졸업 이후에도 지속적으로 새로운 지식과 정보를 학습하고 활용할 수 있는 학습능력을 기르는 '평생교육'의 필요성이 제기된다. 과학과 정보기술의 급속한 발전은 새로운 기술과 현실의 변화에 능동적으로 대응하는 능력을 요구하게 되었고, 이런 능력과 소양은 교양교육에서 육성될 수 있다는 합의가 이뤄졌다. 대학교육의 목적은 그 유효성이 오래가지 않을 특정한 직업학문을 배우는 것이 아니라 졸업 후 학생이 갖게 될 다양한 직업과

---

9) 한신일 외, 「미국대학의 교양교육과정 비교분석: 2002년 미국 Top 10 National Universities를 중심으로」, 『비교교육연구』 13권 1호 (2003) 96면.

10) 일반적으로 '교양교육'을 나타내는 용어로 'liberal education'과 'general education'을 사용한다. 이 두 개념은 종종 동일어로 사용되지만 구별도 가능하다. 교육목적 면에서 'liberal education'은 미국에서 대규모 종합대학교(university)와 대비되는 개념으로서 소규모 인문교양대학(liberal arts colleges)이 지향하는, 통합적 인격을 지닌 교양인, 혹은 사회지도자가 갖춰야 할 인간적 가치나 품성교육을 가리킨다. 반면에 'general education'은 학문 및 학과, 전공의 세분화가 이뤄진 종합대학교에서 전공에 관계없이 대학교육을 받은 모든 사람들이 공통적으로 알아야 하는 기초교양과목을 지칭한다. 김명랑 · 박혜영 · 장선영, 「미국의 공과대학 교양교육과정에 대한 비교연구」, 『공학교육연구』 10권 1호 (2007) 7면.

현실에 잘 적응할 수 있는 기본능력을 배우는 것이 된다.[11] 중핵과정에서는 학문분야를 나누던 경계를 가로지르고 학과적 편협성을 극복하는 것을 목표로, 한 과목의 내용을 다른 과목과 관련지어 통합된 관점을 획득할 수 있도록 하는 학제 간 연구를 강조한다. 예컨대 1999년 하버드 대학의 중핵과정을 살펴보면, 언어영역에서는 '기호와 의사소통', 미술 분야의 '예술과 사회', '1800년 이후의 예술은 무엇을 말해왔나?' 역사학 분야의 '서구문명의 세 가지 위기', 제도분야의 '미국의 대통령', 과학 분야의 '지구의 생명과 역사', '현대과학의 번영', '과학의 위대한 사상들', 그리고 철학분야의 '심리학과 종교', '윤리학', '삶과 일' 등의 학제적 과목을 개설하였다.

1999년을 기준으로 미국대학들의 교양이수학점 비율은 졸업학점의 36~40% 정도를 차지하는데, 이것은 한국대학들의 26~28%에 비해 약 10%가량 높다. 미국대학에서 1990년대 이후 교양과정은 꾸준히 40% 내외의 비율을 유지한다. 기초교양교육을 홀대하는 추세가 강해진 한국대학과는 비교되는 양상이다.

3. 인문교양교육의 실례들

좀 더 세부적으로 주요 미국대학의 교양교육운영을 살펴보자. 하버드 대학 같은 연구중심대학의 학부대학(university college, Harvard college)은 대학 졸업 후 많은 학생들이 전문화된 대학원 교육(의학, 법학, 경영학, 행정학 등)을 받게 되므로, 학부에서는 통합교양교육에 초점을 맞춘다. 하버드, 시카고, 컬럼비아 대학 등은 학부교양교육의 핵심으로 중핵교육과

---

11) 이와 관련하여 인문학 전공자를 대거 채용하겠다는 구글의 방침은 화제가 된 바 있다. ⟨http://www.hani.co.kr/arti/economy/it/480411.html⟩.

정을 채택한다.[12] 이들 대학에서는 명확한 교육목적과 과목 개설의 일관된 원칙을 토대로 중핵이수과정을 구성하며, 전공과 상관없이 학생들이 역사와 철학, 문학과 예술, 외국문화, 사회과학, 자연과학에 걸친 분야를 균형 있게 이수하도록 필수로 부과한다. 하버드의 중핵과정은 우주와 사회와 우리 자신에 대한 지식과 이해를 얻는 것을 목적으로 학제적 접근에 입각하여 설계된다. 하버드 학생요강에서는 교양교육의 목적을 구체적으로 제시한다. 첫째, 교양인은 명확하고 효과적으로 사고하며 이를 글로 표현할 수 있어야 한다. 둘째, 교양인은 우주와 사회와 인간을 이해하는 안목을 지녀야 한다. 셋째, 교양인은 다른 문화와 역사에 무지해서는 안 된다. 넷째, 교양인은 윤리적 도덕적 문제에 대한 이해와 고찰의 경험을 가져야 한다. 끝으로 교양인은 특정 학문분야에 대한 깊이 있는 지식을 가져야 한다.

1999년 하버드 학생요강에 따르면 학사학위를 받으려면 32과목(각 4학점), 128학점을 이수해야 한다. 전공분야에서 약 40학점, 교양과정으로 필수과목 16학점, 중핵교육과정 32학점, 그리고 전공과 교양을 제외한 약 40학점은 자유롭게 선택하여 이수한다. 교양필수는 1학년에 부과되는데 외국어 8학점, 수학 4학점, 작문 4학점을 따야 한다. 중핵이수과정은 10개의 세부영역으로 구성된다. 외국문화, 거시적 역사연구, 미시적 역사연구, 문학, 미술과 음악, 문학사, 도덕적 추론, 자연과학, 사회적 분석으로 구성된다.[13] 중핵교육과정은 졸업이수학점의 1/4 정도에 해당하

---

12) 이공계 대학인 캘리포니아 공과대학(Caltech)도 중핵이수제를 채택한다. 이들 대학이 채택하는 중핵과목에 대한 세부적인 소개로는 한신일, 앞의 글, 101-108면 참조.

13) 하버드 대학의 2012~2013학년도 중핵이수과정에는 1개 분야가 추가되어 11개 분야의 중핵과목이 개설되었는데, Foreign Cultures, Historical Study A, Historical Study B, Literature and Arts A, Literature and Arts B, Literature and Arts C, Moral Reasoning, Quantitative Reasoning, Science A, Science B, Social Analysis로 구성된다. 1999년 요강과 마찬가지로 여전히 역사와 문학예술 분야를 강조한다. 〈http://handbook.fas.harvard.edu/icb/icb.do?keyword=k88702&pageid=icb.page516335〉.

는 30여 학점이며, 이수학년의 제한 없이 졸업 전에 이수하면 된다. 하버드 대학은 교양필수로 부과하는 작문, 외국어, 수학 과목의 필요성을 이렇게 요약한다. 교양인은 명확하고 효과적으로 자신의 생각을 글로 표현해야 하므로 작문교육은 필수적이며, 다른 나라의 문화에 대해 무지해서는 안 되므로 상당한 외국어 구사능력을 갖춰야 하며 외국문화의 내용을 알아야 한다. 교양인은 급격히 변화하는 사회의 흐름과 과학기술의 발전을 이해하기 위해서 자연과학과 사회과학에서 사용되는 수학적, 양적 처리 기법을 숙지하고 기초적 통계에 관련된 기법을 익혀 양적 추론 능력을 길러야 한다. 특히 글쓰기와 토론에 많은 비중을 할애하는데, 명확하고 효과적으로 사고하며 이를 글로 표현할 수 있는 능력을 개발하는 것을 주요한 교양교육 목표로 명시한다. 학사 학위자는 정확하고 설득력 있게 의사전달을 할 수 있어야 하며, 글쓰기만이 아니라 구두 표현을 통한 의사소통의 능력도 갖춰야 한다. 이런 글쓰기, 말하기 능력을 기르기 위해 대규모 강좌가 아니라 소규모의 토론식 수업을 집중적으로 제공한다. 강의교육비를 줄이고 교육부의 평가지표에서 좋은 점수를 얻기 위해 소규모 강좌는 폐강하고 대규모 강좌를 늘리는 한국대학의 추세와는 대조를 이룬다.

외국어와 외국문화를 강조하는 것도 눈에 띈다. 1999년 교육과정에 따르면 하버드 재학생은 필수로 외국어를 8학점 이수해야 하고, 중핵교육 프로그램에서 외국문화영역을 필수로 이수해야 한다. 외국문화 교과목은 세계 각지의 구체적인 외국문화를 다양하게 포함하고, 일반적인 개론 과목이 아니라 실제 원전을 발췌하여 집중적으로 연구한다. 이 과목에서는 해당 문화의 역사적 배경과 현대적 측면을 다루는데, 종교적, 윤리적 가치, 사회제도, 지적 경향, 문화적, 예술적 업적에 관심을 기울인다. 각 과목에서는 주요 원전, 예술작품, 역사적 기원과 전망, 개인적 혹은 사회적 생활의 토대 등 다양한 주제에 관심을 둔다. 미국과 다른 주요 문화권의 역사와 현실을 영어 혹은 해당 국가의 언어로 한 학기 동안 다루는 과목이 개설된다. 중급 수준에서는 중요한 문화적 내용을 해당 외국어로 두 학기 동안 강의한다. 중핵교육과정의 문학과 예술분야에서는 문학, 미술, 음악, 문화사 분야를 학습한다. 이 분야의 목적은 학생들의 예술적 표현력과 비판적 이해력을 높이는 것이다. 학생들은 다양한 예술작품을 감상하고 비평하면서 예술향수의 능력을 계발한다. 예술가의 개인적 재능과 분야, 예술가가 활동했던 역사적 맥락의 이해를 도모한다. 문학예술 영역은 세 개의 세부영역으로 나뉘는데, 각 세부영역에서 한 과목씩 선택하여 이수해야 한다. 첫 번째 세부영역은 문학적 원전과 문학적 분석방법이다. 두 번째 영역은 비언어적 표현의 형태를 다루는데, 시각과 청각을 통한 감상의 훈련을 한다. 세 번째 영역에서는 특정 시기의 문화사를 탐구하고, 예술작품이 그 사회 속에서 어떻게 기능하였는지를 다룬다. 각 영역의 주제는 다르지만 예술에 지적으로 접근하는 방법을 공통적으로 제시하고, 깊이 있는 감상능력과 비판력을 기르는 것을 교육목표로 제시한다.

시카고 대학은 학부교육전체를 자유교육(liberal education)으로 칭한다. 1999년도의 학부교육과정에 따르면 졸업이수학점은 126학점이다. 중핵과정으로 약 45학점, 전공과정 약 30학점, 선택과정 51학점을 할당한다. 중핵이수과정은 하버드 대학과 유사하게 역사, 문학, 철학 원전의 해석, 음악, 미술, 무대 예술 분야, 사회과학 분야, 문명연구 분야, 자연과학 분야를 아우른다.[14] 영어를 제외한 외국어 9~12학점, 수학 6학점, 체육 9학점을 동시에 필수로 이수해야 한다. 작문이 필수과목은 아니지만 중핵이

---

14) 시카고 대학의 2012~2013년도 중핵이수과정도 크게 다르지 않다. 인문학, 사회과학, 문명, 예술/음악/드라마, 수학, 생명과학, 물리학, 외국어, 체육 등이 중핵이수분야로 제공되며 각 분야에서 2-3 과목을 이수해야 한다. 〈https://collegeadmissions.uchicago.edu/academics/core.shtml〉.

수과목에는 반드시 작문훈련과정을 포함하도록 되어 있다. 시카고대학은 외국어 지식과 능력의 함양을 강조한다. 모든 학생이 졸업 이전에 학사학위자의 수준에 적합한 외국어 능력을 갖추는 것을 요구한다. 외국어 학습능력평가 시험이 연중 시행되는데, 시험은 30개 이상의 언어가 제공된다. 대학은 학생들이 이런 요건을 갖춘 뒤에 외국어 능력 자격증을 취득하도록 권장하며, 이런 자격증은 최소한 2년간의 외국어 학습이나 대학이 인정하는 해외대학의 외국어집중프로그램을 한 학기 동안 이수할 때 주어진다.

1999년 컬럼비아 대학의 학부요강에 따르면 124학점이 졸업이수학점이며, 모든 학생이 48~51학점을 중핵과목으로 수강해야 한다. 전체 학점의 1/3 이상을 중핵과정에 할당하는 것이 눈에 띈다. 중핵이수과정은 2학년까지 이수하도록 권장된다. 전공이수학점은 약 30학점이다. 전공과 교양을 제외한 선택과정은 46학점이다. 중핵교육과정은 인문학, 미술 인문학, 음악 인문학, 현대문명, 주요문화, 과학 등으로 구성되며, 20명씩 소규모로 구성된 인문학과 현대문명 프로그램을 2개 학기 동안 필수로 이수해야 한다.[15] 또한 졸업 전에 외국어 12학점, 작문 3~6학점, 체육 4학점을 취득해야 한다. 눈에 띄는 것은 외국어 능력의 강조인데, 35개의 외국어 중에서 하나를 선정하여 12학점을 필수로 이수하도록 규정했다. 중핵과정으로 주요문화 영역을 설치하여 필수로 정하였는데, 이 과정에서는 아시아, 아프리카, 라틴 아메리카 등의 주요문화를 학습한다. '논리학과 수사학'이라는 작문세미나를 필수과목으로 제공하는데, 이 과목에서는 비판적 분석 기법이 사고와 말에 미치는 영향을 배운다. 수업규모

---

15) 컬럼비아 대학의 2012~2013년도 중핵이수과정은 Contemporary Civilization, Literature Humanities, University Writing, Art Humanities, Music Humanities, Frontiers of Science 등으로 구성되며, 이와 별도로 Science, Global Core, Foreign Language, Physical Education 영역에서 필수로 지정된 몇 개의 과목을 이수하거나 대학이 설정한 일정 수준 이상의 성취도를 졸업 전에 입증할 것을 요구한다. 〈http://www.college.columbia.edu/core/〉.

는 12명을 넘지 않는다. 논리학과 수사학의 원리에 토대를 둔 설명적 글쓰기(explanatory writing)를 집중적으로 훈련한다. 학생에 따라서는 '논리학과 수사학' 과목을 이수하기 전에 '논리학과 수사학 개론' 과목을 이수해야 한다. 이 과목은 세부 단위의 사고와 글쓰기(문장과 문단 구성)에 초점을 둔다. 상위단계의 글쓰기 과목으로는 '표현적 글쓰기'가 제공되는데, 이 과목에서는 수사학과 표현법에 초점을 맞추며 논지를 정확하게 전달하는 에세이 쓰기에 집중한다. 컬럼비아 대학에서도 글쓰기 교육을 강조하는 것을 알 수 있다.

4. '무지한 전문가'와 교양교육

인문학, 사회과학, 자연과학을 아우르는 기초교양교육은 비단 종합대학의 인문사회과학 전공 학생들에게만 부과되는 것은 아니다. 공과대학의 경우에도 상당 정도의 교양학점 이수가 요구된다.[16) 스탠포드 공과대학의 경우 졸업을 위한 총 이수학점은 180학점인데, 중핵과목으로 인류학 입문, 학문의 깊이, 시민교육 등의 일반교양(general education) 과목에서 10학점, 3가지 수준으로 편성된 작문과 수사학(writing and rhetoric)에서 2과목, 외국어 영역에서 4~5과목을 반드시 이수해야 하며, 공과대학 자체 교양교육 프로그램으로 수학, 자연과학, 사회 속의 기술, 공학기초 등을 수강한다. 공과대학임에도 불구하고 작문과 수사학, 특히 외국어 영역의 이수학점 비중이 높다는 것, 졸업이수학점에서 인문사회과학(글쓰기 포함)의 비중이 54학점(30%)에 달한다는 것이 주목할 만하다. 매서

---

16) 이하 미국 주요공과대학의 교양과정 운영에 대한 소개로는 김명랑 외, 앞의 글; 이희원·민혜리·이경우, 「공과대학 교양교육 개선방안 연구」, 『공학교육연구』 11권 3호 (2008)를 주로 참고하였으며 따로 인용면수를 병기하지 않는다.

추시츠 공과대학(MIT)의 경우 공통교육과정을 GIRs(the General Institute Requirements) 프로그램으로 운영한다. 중핵과목으로 미적분학, 물리학, 화학, 생물학을 반드시 이수해야 하고, 배분이수과목으로 인문사회과학 분야에서 8과목, 커뮤니케이션 영역에서는 4과목을 이수해야 한다. 커뮤니케이션 영역은 기초작문, 현장에서의 전문적이고 학문적인 내용에 적합한 쓰기, 말하기, 대화의 형식을 다룬다. 졸업이수학점 중에서 전공과목의 비중은 50% 내외이며, 기초과학과 수학이 30% 내외를 차지한다. 인문사회영역(글쓰기 포함)에서 20% 비중의 과목을 수강해야 하는 것이 눈에 띈다. 펜실베이니아 주립대 공대의 경우 배분과목과 중핵과목을 섞어서 운영하는데, 인문학, 사회과학 영역의 필수과목이 많다. 배분영역에서 작문/말하기(최소 9시간 이수), 수량화(6), 건강과 신체활동(3), 자연과학(9), 예술(6), 인문과학(6), 사회 및 행동과학(6), 미국문화(3), 국제문화(3) 등의 학점을 취득해야 하고, 중핵과목으로 1학년이 공통으로 수강하는 세미나, 전공공통작문을 이수해야 한다. 작문에 최소 12시간을 부과하는 것이 특징이다.

　미국대학 시스템의 특징 중 하나는 다양한 학문분야를 아우른 대규모 종합대학 말고도 주로 인문학, 사회과학, 자연과학 등의 기초학문을 가르치는 소규모 인문교양대학(Liberal Arts College)이 존재한다는 것이다. 이들 대학은 앞에서 언급한 대규모 대학들보다 더 강하게 기초교양교육을 강조한다.[17] 앨리게니 대학(Allegheny College)에서는 학생들이 담당 교수의 개별 지도를 받으며 개인연구를 많이 수행하는데, 쌍방향 교육이 특징이다. 필수 수강과목이 있지만 특별한 분야에 관심을 가진 학생들이 자율적으로 개인 전공을 설계할 수 있다. 클라크 대학(Clark University)의 경우, 스스로 문제를 해결할 수 있는 시민의 양성을 대학의 주요 교육

---

17) 이하 미국 인문교양대학의 교양과정 소개는 『나를 바꾸는 대학』을 참조하며, 따로 인용 면수를 병기하지 않는다.

목표로 설정한다. 시민권 교육은 대학의 기본적인 관심사이며 사회적 가치에도 관심을 쏟는다. 가치관을 필수과목으로 다루고 책임감 있고 유능한 시민을 양성하는 데 힘을 쏟는다. 이 대학에서는 교양교육프로그램 (Program of Liberal studies)을 운영하는데, 독자적인 연구능력을 갖추기 위해 필요한 비판적 사고와 인식 능력을 습득하도록 학생들에게 요구한다. 비판적 사고(critical thinking)의 함양을 위해 모든 학생은 2개 과정을 이수해야 한다. 하나는 언어표현강좌로 개개 학문 분야에서의 글쓰기와 비판적 사고의 결합에 중점을 둔다. 다른 하나는 논리적이고 수학적인 사유를 강조하는 형식적 분석과정이다. 또한 다양한 관점의 이해(perspective courses)를 배우는 과목을 개설하여, 여러 학문분야에서 사유와 학습, 인식을 규정하는 다양한 방식을 소개한다. 구체적으로 문화, 예술, 역사, 언어, 과학 연구, 가치관에 관한 강의가 열린다.

가우처 대학(Goucher College)에서는 학생들이 무지한 전문가(specialist ignoramus)로 대학을 마치는 일이 없도록 1학년의 '프론티어' 과목과 함께 특정 필수과목을 운영한다. 현대사회를 살면서 가장 중요한 능력으로 꼽히는 비판적인 시각과 논리적인 사고 능력을 가르친다. 햄프셔 대학(Hampshire College)에는 학과와 학년 구분이 없다. 학생 각자가 직접 설계한 교양 프로그램에 몰입할 수 있도록 하기 위해서다. 1학년 과정에서는 졸업 때까지의 학습 계획을 잘 세우도록 여러 분야의 학문을 경험하도록 유도한다. 학생들은 전통적인 학과를 대체한 5개의 통합연구학문 (five interdisciplinary schools) 강좌를 한 학기 동안 하나 이상 수강한다. 5개 분야는 인문학 및 문화연구, 사회과학, 자연과학, 인지과학, 통합예술 (interdisciplinary arts)이다. 주니아타 대학(Juniata College) 학생들은 자유롭게 전공을 정한다. 교양의 뼈대를 이루는 핵심과목은 반드시 들어야 한다. 필수과목 중에는 '인도의 정수(heart of India)' 같은 비교문화강좌도 있다. 4학년 학생들은 두 학기 동안 연구 프로젝트를 준비해 학생과 교수 앞에서 발표한다.

어시너스 대학(Ursinus College)에서는 생물학이나 수학까지 포함해 모든 과목에서 글쓰기를 강조한다. 4학년 학생은 전공 분야에서 전문가 수준의 글쓰기 능력을 갖출 것을 요구받는다. 센터 대학(Center College)에서는 글쓰기 능력을 함양하기 위한 집중교육을 4년 내내 실시하며, 에모리 앤드 헨리대학(Emory & Henry College)에서는 모든 학생은 서구 전통, 고전, 종교, 가치관 탐구, 글로벌 연구 등을 반드시 수강해야 하며, 글쓰기 능력을 갖추는 것도 필수이다. 이 대학에서 토론과 글쓰기 수업을 중시하는 두 가지 이유가 있다. 첫째는 학생이 자신의 교육내용에 적극적으로 관여하게 하는 것이다. 둘째는 토론 수업에서는 논지를 포괄하는 하나의 질문을 만들어야 하기에 학생들이 강의 수업에 비해 더 많은 수업준비를 하게 된다. 학생들은 토론 자료를 읽어야 할 뿐 아니라 그것을 소화해서 자신만의 견해를 발표해야 한다. 밀샙스 대학(Milsaps College)에서는 학생들에게 지식을 기계적으로 집어넣는 것이 아니라 대학을 졸업한 이후의 삶에 필요한 능력을 개발하는 것을 교육목표로 삼는다. 한 학기 동안 4개의 학문통합 강좌를 팀 단위로 운영한다. 1학년과 2학년은 고대사회와 전근대사회, 근대사회 그리고 현대사회를 다룬 과목을 들어야 한다. 종교, 역사, 예술 등에서 강좌를 선택하여 팀 방식으로 수업을 진행한다. 고대사회의 과제로 연극학을 선택했다면 종교와 철학, 예술전공 교수들이 팀에 합류한다. 와바시 대학(Wabash College)의 학생들은 자국어와 하나의 외국어에 능통해야 하며 과학이나 수학에서 3개 이상 강좌를 수강해야 한다. 다른 나라의 문화와 전통을 이해해야 하며, 자신의 가치관을 돌아보고 토론 대상으로 삼아야 한다. 전공과 부전공을 정하고 종합시험을 치러야 한다. 수학을 포함한 모든 과목에서 글쓰기를 다룬다. 오스틴 대학(Austen College)에서 학생들은 자신의 교과과정에 능동적으로 참여해야 한다. 1학년은 14명이 팀을 이뤄 시사 문제를 주제로 글쓰기와 말하기 및 연구방법을 배우는 신입생 세미나를 수강한다. 세미나를 담당하는 교수는 학생들의 멘토가 되며 학생들은 담당 교수와 함께 수강 계획을 짜고 학기마다 한 차례 이상 개별적으로 보고한다. 또 다른 필수과목은 3학기 동안 이어지는 '서구의 유산' 과목으로 예술과 과학, 사회과학, 철학, 종교 등을 배운다. 학생들 스스로 전공과정을 짜고 개별지도를 받거나 학생이 구상한 프로젝트를 개인적으로 연구하는 기회를 얻을 수 있다.

이들 인문교양대학에서 가장 눈에 띄는 대학은 세인트존스 대학(St. John's College)이다. 이 대학의 핵심프로그램은 4년 동안 100권의 고전을 읽고 토론하는 과정을 통해 서구 문명의 위대한 지성들을 만나는 '그레이트 북스' 프로그램이다. 이 프로그램은 1930년대에 도입되었는데 현재까지도 그 전통을 고수한다. 과학과 수학, 언어 영역의 프로그램은 4년 동안 이어지고, 음악 쪽은 2년 안에 마무리된다. 시험이 없는 대신에 수업시간의 토론 기여도 등 전반적인 수행 능력을 평가한다. 평가에서 가장 중요한 것은 '돈 래그(Don Rag)'라고 불리는 튜터들과의 학기말 미팅인데, 학생들은 그 자리에서 자기 자신과 학업 문제에 대해 격의 없는 대화를 튜터와 갖게 된다. 스티브 잡스가 중퇴한 학교로 알려진 리드 대학(Reed College)의 경우, 학위나 직업이 아니라 지적 수련을 위한 대학임을 표방한다. 에머스트, 브라운, 오벌린 등의 명문대학들이 학생들의 '현실적합성' 요구를 충족시킨다는 명분으로 필수 과정을 포기했던 1960년대에도 리드 대학은 교양 교육의 가치를 지켰다. 모든 학생은 교양 교육의 뼈대를 이루는 필수 강좌를 수강해야 한다. 학생들은 4학년의 핵심과제인 논문 작업에 들어가기 전에 학과나 학부에서 실시하는 3학년 수료시험을 치러야 한다. 논문은 단순히 긴 분량의 글이 아니라 해당교수의 지도를 받아 1년의 시간을 들여 완성한다. 4학년 말에 문제를 기술하고 해결 방안을 담은 논문을 제출해야 한다.

5. 미국대학에서 배워야 할 것

대학의 규모나 성격과 관계없이 미국대학에서 운영되는 교양교육의 공통적 특징을 다음과 같이 요약할 수 있다.

첫째, 학부과정 전체 이수학점의 40~50%에 달하는 강의를 배분이수제나 중핵이수과정 같은 교양과목에 할애한다. 이 과목들에서는 인문학, 사회과학, 자연과학 등의 핵심과목을 학생의 전공과 상관없이 필수로 듣게 한다. 이런 교양과정운영은 최근 한국대학에서도 제기되는 융복합과정의 제대로 된 운영을 위해서도 주목할 만하다. 자연과학의 기초지식을 전혀 모르는 인문사회과학 전공 학생, 혹은 인간과 사회에 대한 교양을 갖추지 못한 자연과학도, 공학도가 학사학위를 받는 것은 앞서 살펴본 미국대학에서는 상상하기 힘들다.

둘째, 학생들에게 상당한 외국어 능력과 외국문화에 대한 소양을 갖출 것을 요구한다. 물론 영어가 모국어인 미국대학에서 요구하는 외국어와 외국문화 교육의 목표를 영어가 제1외국어로 강조되는 한국 대학과 단순하게 비교할 수는 없다. 그러나 영어가 아닌 외국어 과목을 반드시 3~4과목에 걸쳐 이수하게 하고, 중핵이수과정을 통해 해당 나라의 문화에 대한 폭넓은 이해를 도모할 것을 강조하는 교육방침은, 인기가 없다는 이유로 영어 이외의 외국어를 홀대하고 시장논리에 따라 해당 학과들의 통폐합을 일삼는 한국대학과는 선명하게 비교된다.

셋째, 전공을 불문하고 글쓰기 교육을 강조한다. 지난 10여 년에 걸친 내 개인적 강의 경험에 근거해 조심스럽게 판단하자면, 한국대학생의 글읽기, 글쓰기 능력은 현저하게 떨어졌다. 그리고 두 능력은 밀접히 연결되어 있다. 좋은 글을 많이 읽어야만 좋은 글을 쓸 수 있다. 이것은 한국어나 외국어에 공히 해당된다. 그런데 지금 한국의 대학생들은 취업준비에 쫓겨 좋은 글, 작품, 고전, 영화, 예술작품을 읽거나 감상할 여유가 없다. 그런 것들을 읽고 보고 자신의 견해를 가다듬고 조리 있게 표현하는 능력을 기르는 과목은 한국 대학에서 천대받고 있으니, 학생들은 논리적인 글쓰기 능력을 기를 기회도 제대로 갖지 못한다. 위에서 살펴본 미국 대학에서는 자연과학이나 공학 분야에서도 글쓰기 능력을 표 나게 강조한다. 가장 뼈아프게 느껴지는 대목이다.

넷째, 지금 한국대학에서 교양과목의 뼈대로 운영 중인 배분이수제만 아니라 미국의 주요대학에서 채택 중인 중핵이수제의 도입을 적극적으로 고민할 필요가 있다. 한국의 몇몇 사립대학에서 중핵이수제를 실험적으로 운영하고 있는데,[18] 한국대학 전체의 교양교육의 발전적 재편을 위해 좀 더 폭넓고 깊이 있게 논의할 필요가 있다.

그러나 미국대학의 교양교육이 알려주는 시사점들은 대학의 현재적 위상과 역할이 무엇인가라는 근본적 질문에 답하려는 한국대학 구성원들의 깊은 고민과 논의가 없다면 공염불이다. 학문을 가르치고 배우는 사회적 공간이라는 대학의 역할이 지금처럼 심하게 훼손되고 대학이 '실용지식'을 습득하는 취업준비기관으로 간주되는 한 한국대학에서 의미 있는 교양교육의 재편은 기대하기 힘들다. 한국에서 대학을 비롯한 고등교육문제는 곧 사회적 의제인 까닭이다. (2013)

---

18) 예컨대 경희대학교의 경우 미국대학의 중점이수제를 근간으로 한 교양교육 프로그램으로 '후마니타스 칼리지'를 설립하였는데, 그 운영의 공과는 좀 더 시간을 두고 판단할 일이다.

심미적 이성과 자유의 한계

—김우창의 『자유와 인간적인 삶』 읽기

1. 네 멋대로 해라?

몇 년 전에 「네 멋대로 해라」라는 드라마가 방송되었다. 드라마를 챙겨
보지는 못했지만 제목은 인상 깊었다. 세상의 억압에 맞서 자신의 삶을
'자유'롭게 살려는 욕망을 담은 제목이다. 꽤나 선동적인 '네 멋대로 해
라'는 자유의 구호를 되짚어보자. '네 멋대로 해라'고 할 때 그렇게 할
수 있는 조건은 무엇인가? 내 멋대로 하고 싶은 것은 주체의 욕망이겠
다. 하지만 욕망을 현실화할 능력과 조건이 없으면 '자유의 욕망'은 몽
상에 불과하다. 자유의 욕망을 품는 것만으로도 가치 있다는 반론도 가
능하다.

'네 멋대로 해라'는 자유의 선동에서 그렇게 하고 싶은 욕망의 대상들
은 온전히 '나'의 것일까? 혹시 '나'의 고유한 욕망이라기보다는 사회문
화적으로 주입된 사회적 욕망, 라캉에 기대 표현하면 (무)의식을 조건짓
는 대타자의 욕망이 아닐까. 우리는 타자의 욕망을 내 고유한 욕망이라

고 착각하는 것은 아닐까. '네 멋대로 해라'는 멋진 선동에 선뜻 동의하기가 힘들다. 당연한 가치로 받아들이는 '자유'의 뜻을 새기기가 어렵다는 뜻이다. 김우창의 『자유와 인간적인 삶』(생각의나무, 2007)은 상투화된 자유의 본뜻을 사유한다. 두껍지 않은 책이지만 다루는 내용은 깊고 넓다. 김우창 사유의 핵심적 면모가 잘 드러난다.

2. 자유의 조건

자유를 둘러싼 쟁점은 자유의 주체와 조건의 문제이다. 자유로운 주체란 무슨 뜻인가? 그것은 주체의 욕망인가? 혹은 자유로울 수 있는 조건의 문제인가? 김우창은 답한다. "자유로워진다는 것은 마음대로 한다는 것이다. 거꾸로 그것은 구속으로부터의 해방에 대한 요구이다. 이 해방은 두 가지 면에서 말할 수 있다. 우선 내 마음은 그것을 제약하는 일체의 구속으로부터 자유로워야 한다. 이것은 대체로 내 마음 밖에서 오는, 내가 동의하는 것이 아닌, 윤리, 도덕의 의무로부터 자유로워지는 것을 말한다. 조금 더 적극적으로는 내 마음이 현실적으로 어떤 목적을 자유롭게 추구한다는 것은 그 실현을 위한 수단이 있어야 한다는 것을 말한다. 삶의 현실적 목적을 실현하기 위해서는 여러 가지 수단과 자료가 필요하다. 삶의 목적, 또는 그중 하나로서 행복을 위하여서는 얼마나 많은 물질적 수단과 사회적 자원의 동원이 필요한가"(59면). 김우창은 '내 멋대로 해라'는 자유의 구호가 던지는 문제를 예리하게 천착한다. 자유는 "내 마음 밖에서 오는, 내가 동의하는 것이 아닌, 윤리, 도덕의 의무로부터 자유로워지는 것"이다. 이것이 소극적 자유이다. 소극적 자유를 얻는 것조차 만만치 않다. 나의 것이라고 믿는 것들이 자유로운 "동의"에서가 아니라 사회문화적으로 심어진 "윤리, 도덕"의 가치들인지 아닌지를 성찰해야 한다. 나의 욕망은 온전히 나의 것인가? 아니면 "내 마음 밖에서" 주어진 타자의 욕망인가? 타자의 욕망에 맞서 내 욕망의 진지를 지키는 것은 만만치 않다.

　그 점에서 칸트가 말한 자발성이 중요하다. "이 시작할 수 있는 자유라는 것은, 단순히 외부 세계에 자의적 의지를 부과하는 것을 말하는 것이 아니라, 스스로 자기 안의 일정한 법칙적 관계를 인지하고 이것을 능동적으로 표현하고 활용하는 것을 말한다. (중략) 그러니까 실천적 관점에서 자유는 보편적, 법칙적 성격을 갖는 윤리에 따라서 살 수 있는 조건을 말하는 것이다"(65-66면). 자유는 개인의 개별적 욕망이나 자기를 "능동적으로 표현하고 활용"하는 문제만이 아니다. 그것은 주체를 넘어선 "보편적, 법칙적 성격을 갖는 윤리"와 연결된다. 자유로운 주체는 보편적 윤리에 따라 사는 주체이다. 그렇다면 윤리의 보편성은 어떻게 확보되는가? 그것은 자유로운 주체들의 대화를 통해 가능하다. 하지만 참된 자유는 그것만으로 얻어지지 않는다. 나의 자유를 실현하려면 "물질적 수단과 사회적 자원의 동원"이 필요하다. 이 점이 중요하다. 자유는 단지 주관적 의지만의 문제가 아니다. "개인의 자유가 있다고 하더라도 그것을 현실화할 수 있는 수단을 갖지 못한다면, 즉 '경제적 자유'가 없다면, 그것은 무의미하다"(72면). 이것이 자유의 추상적 가치만을 강조하는 '자유주의'의 한계이다. '네 멋대로 해라'는 자유의 구호는 "경제적 자유"를 전제한다. 강하게 표현하면, 자유를 실현할 수 있는 물질적 수단이 없는 자유의 욕망은 공허하다.

3. 심미적 감성과 자유

김우창에게 자유의 토대는 "심미적 감성"이다. 이 책에서 돋보이는 대목은 자유의 의미를 정치 이데올로기의 시각에서 사유하지 않고 "삶의 토대로서의 감각"과 연결해 사유한다는 점이다. "인간의 자기 형성 노력에서 중요한 것이 심미적 감성의 발달이라는 것을 생각한다. 그것은 감각이 인간 현실의 확실한 토대라는 데에서 시작한다. 도덕적이든 아니든, 어떤 추상적인 원리가 의심할 수 없는 삶의 토대로서의 감각 또는 지각 현실을 절제하는 것을 허용하는 것은 삶을 단편화하는 일이다"(14면). 자유는 우선 '나'의 자유이다. '내'가 느끼고 판단하는 감성의 교육이 자유의 의미를 되새기는 데 긴요하다. 저자는 현대 정치에서 확인되는 "추상적인 원리"로서의 자유론에 반대한다.

근대정치 이데올로기의 "추상적인 원리"는 "삶을 단편화"한다. "이러한 상황에서 '진실 안에서 산다'는 것은 무엇을 말하는가? 그것은 거창한 이데올로기 체제 속에서 사는 것이 아니라 구체적인 삶의 필요와 진실 속에서 사는 것을 말한다"(48면). 자유의 근거로서 개인들의 "구체적인 삶의 필요와 진실"은 무엇인가? 나의 "구체적인 삶의 필요와 진실"이 다른 이들의 그것과 어긋난다면, 나의 자유는 어떻게 구현되는가? 개별성과 보편성의 관계가 문제다. 자유는 공적인 공간에서 필연적으로 "추상적인 공식"과 제도화를 필요로 한다. 김우창은 "정치 기획의 초시간적 추상성"(113면)이나 "감각적 일체성과 정치 기획 사이에는 일단 건너뛸 수 없는 모순이 있다"(114)고 주장한다. "추상적인 공식"들이 어떻게 각자의 "삶의 구체적인 경험"과 얽혀 있는가? 내가 보기에 김우창은 "감각적 일체성"과 "정치 기획"이 맺는 접합과 배치의 관계보다는 본성으로서의 자유를 강조한다. "그러나 동시에 학문의 자유, 가치의 독자성 또는 인간의 자유는, 에너지 장으로서의 자유 영역이 성립되기 이전에 사람 본성의 표현으로 언제 어디에서나 존재한다"(32면). 문제는 자유를 향한 인간의 본성조차 포획하는 체제의 힘이다. 신자유주의는 그 대표적 예이다. 그렇지만 자유의 미래에 비관적이면서도 자유를 향한 인간의 본래적 욕망에 대한 믿음을 김우창은 거두지 않는다.

4. 정치와 자유

자유의 심미적 이해를 강조하면서도 개인을 넘어선 공적 대화와 판단 영
역으로서의 정치에 김우창은 주목한다. "자유의 공동체"는 "사회관계에
서는 내면적 자기 완성만을 의미하는 것이 아니다. 그것은 사회적으로
일반화된 형식이 되어야 한다"(175면). 자유의 공적 가치는 그것이 "사회
적으로 일반화된 형식"이 될 때 유효하다. 김우창이 모델로 삼고 있는 국
가 모델이 쉴러의 "심미적 국가"이다. 심미적 국가는 "감각과 규범을 조
화한 심미적 원리에 기초한 국가"(119-120면)이다. 이상적 국가 모델인
심미적 국가에 견주어 저자는 현실정치를 비판한다. "자유로움 가운데
자기를 실현하고 세계와 일치하고자 하는 갈망은 삶의 보람이면서 정치
의 목적이다. 정치는 그것을 삶의 정상적 조건으로서 고르게 확보하자
는 것이다"(117면). 참된 정치는 "개인의 위엄에 대한 존중과 동정, 선의
와 높은 인격 또는 맑은 사고, 풍부한 감정, 상냥하고 예의 바른 행동 등
의 인간적 품성의 가치"(121면)를 고양해야 한다. 이런 가치들이 존중되
지 않으면 "진정한 자유의 질서"(121면)와 정치는 없다. 결론적으로 "삶의
자유로운 실현이 가능한 것은 오로지 심미적 국가에서이다"(123면). 현실
정치와 심미적 국가 사이에는 깊은 심연이 놓여 있다. 심미적 국가론은
정치와 국가의 의미에 깊은 질문을 던진다. 그만큼 심연이 깊기에 저자
가 그리는 심미적 국가론이 아름답지만 현실화되기는 어려운 꿈에 불과
한 것은 아닐까? 현실이 척박할수록 대안을 꿈꾸는 것은 가치 있다.
　요는 꿈의 현실성이다. 이점에서 김우창은 현실감각을 잃지 않는다.
"사실, 소수에 의한 심미적 공동체가 존재할 수 있다고 하여도, 그것이

인간의 사회적 삶의 일반적 원리가 될 수 있다고 생각하기는 쉽지 않다" (137면). 쉴러의 심미적 국가론은 "물질적 제약, 경제의 제약을 지나치게 간단히 해결했다"(138면). 이런 비판에도 불구하고 심미적 국가론의 가치는 저자에게 여전히 유효하다. 심미적 국가론이 부딪친 이론적 아포리아이다. 심미적 국가는 열려 있는 공적 공간에서 세워진다. "공적인 공간에서의 자유롭고 다원적인 대화에 의하여 구성되는 목적이나 가치"(55면)가 정치의 본령이다. 저자는 자유의 토대로서 열려 있는 공적 공간의 가치를 누누이 강조한다. 하지만 "공적인 공간에서의 자유롭고 다원적인 대화에 의하여 구성되는 목적이나 가치"로서 자유가 정의될 수 있을까? "자유롭고 다원적인 대화"는 얼마나 가능할까? 김우창이 비판적으로 평가하는 맑스에 기대면, 자유라는 개념조차 사회적으로 굴절된다. 왜냐하면 지금의 현실 사회는 "자유롭고 다원적인 대화"에 뿌리를 둔 평등한 주체들의 연합체가 아니라 엄연히 서로 다른 힘과 권력, 이해관계를 지닌 주체들이 불평등한 관계를 맺고 있는 공간이기 때문이다. 그럴 때 '자유'의 개념도 각 주체의 입장과 시각에 따라 다르게 해석된다. 이것이 개념의 운명이다. 불평등한 사회적 역학에서 자유의 언설은 내포가 같지 않다.

우리 시대 자유의 적으로 호명되는 것은 신자유주의이다. 신자유주의는 자유의 가치를 다시 사유하는 학문의 자유조차 억압한다. "궁극적으로 논문 가치의 타율적 규제는 가장 천박한 의미에서 학문을 개인적인 또는 국가적인 이익으로 환원할 것을 강요하는 데에서 온다. 이러한 추세를 만든 것은 신자유주의 체제이다. 그것은 경쟁을 통하여 생산성을 강화하고자 한다. 그리하여 거기에 해당되는 것이든 아니든 모든 것을 그 체제에 편입한다. 급기야는 경쟁 그 자체가 가치가 되어 그것이 어떤 것을 기준으로 한 것이든지 무조건적인 경쟁-단순화된 외면적인 경쟁의 규칙이 강화된다"(28면). 신자유주의에서는 "수단으로서의 경제가 무반성적으로 목적이 된다"(51면). 자유의 의미는 시장의 논리에 따라 물건을 사고파는 자유만으로 쪼그라든다. 물신의 욕망은 자신의 욕망일까? 신자유주의는 이런 질문조차 봉쇄한다. 자유의 가치를 묻는 일조차 사치스럽게 여겨진다. 상품과 시장경쟁의 물신논리에서 눈에 보이지 않는 가치는 가치가 없다. 자유의 가치도 그렇다.

5. 페렐만의 경우

신자유주의의 시대에 자유가 설 자리는 좁다. "이 세계는 한없이 부풀은 자본주의 체제와 매스미디어의 체제로 인하여, 이제는 단순히 전통적 의미의 부귀라는 개념으로 파악될 수 없는, 사람의 감정과 심리를 송두리째 사로잡는 추상적이고 내용 없는 커다란 허영의 시장이 되었다"(178면). 우리 시대는 "허영의 시장"이다. 그렇다고 자유의 욕망을 내버릴 수는 없다. 시대의 난관이다. 김우창은 인간이 본래 지닌 "목적 영역의 자유"에 대한 욕망을 타개책으로 제시한다. "그러나 다시 한번 모든 것을 물질적 사회적 구조의 문제로 돌리는 것은 목적 영역의 자유를 부정하는 것이 될 수 있다"(74면). 주어진 "물질적 사회적 구조"가 아무리 억압적이더라도 우리는 자유로운 판단을 할 수 있고 해야 한다. 그것은 자기수양에서 길러진다. "사물에 대한 명징한 인식 그리고 보편적 규범에 따른 행동의 수련으로서만 실천적 윤리를 따르는 삶이 가능하다"(91면). 아무리 상황이 힘들어도 자유의 근거는 개인의 자발적 판단이되 그 판단은 "명징한 인식"과 "행동의 수련"에 따른다. 자유의 감정은 주어진 것이 아니라 엄격하게 다시 사유되고 훈련되어야 한다. "자유로운 감정은 타고난 것이 아니라 자아수련의 소득이다. 그것은 많은 경우 일정한 방향의 이성에 의하여 뒷받침되는 것이다. 이 이성의 재수련─관조적 수련만이 이

정해진 방향을 비판적으로 의식화하면서 그것에서 벗어날 수 있게 한다"
(158-159면). 우리 시대에 자유로운 사람은 "이성의 재수련"을 거친 존재
이다. 김우창에게 (인)문학은 그런 수양의 유력한 통로이다.

사회적 가치들을 버리고 자신만의 공간을 찾아간 수학자 페렐만은 "관
조적 수련"의 가치를 증언하는 희귀한 사례이다. 이 책은 페렐만을 화두
로 삼는다. "중요한 것은 우리의 마음과 몸을 사로잡는 유혹과 압박들의
여러 조건에도 불구하고 이러한 후퇴를 결단할 수 있었다는 사실이다.
이 점에서 우리는 복잡하게 얽힌 세계 속에서도 많은 것이 개인의 결단
에 달려 있다는 것을 새삼 깨닫는다"(179면). 그러나 결단할 수 있는 이
들은 소수이다. 페렐만 같은 자유로운 존재가 되기는 쉽지 않다. 그렇다
면 우리 시대의 부자유는 넘어설 수 없는가? 이 책을 감싸고 있는 자유
의 비판적 전망에 공감하면서도 여전히 마음에 남는 질문이다. (2007)

영상시대의 철학

—영화 〈데리다〉 읽기

1. 철학과 철학자

이 글은 데리다의 삶과 사유를 기록한 다큐멘터리 〈데리다〉의 영화비평
이 아니다. 한 철학자의 일상과 주요 개념들을 소략히 설명하는 이런 영
화를 분석하는 통상적인 영화비평은 별로 생산적이지 않다. 이 영화에서
도 데리다가 지적하듯이, 철학자는 그의 사상과 개념으로 말할 뿐이다.
철학자의 일상과 생활을 안다고 그의 철학을 깊이 이해하는 것은 아니
다. 데리다의 철학세계를 이해하고 싶으면 그의 저서를 꼼꼼하게 읽어야
한다. 이렇게 말하면서도 나는 20세기의 가장 탁월하고 도발적인 철학자
의 삶을 기록한 이 영화를 재미있게 봤다. 내가 이 글에서 다뤄보고 싶은
것은 내가 느낀 재미의 이유에 관한 것이다. 결론을 미리 말하면 데리다
는 이 영화의 제작과 관련한 그의 대응을 통해, 그리고 영화에서의 발언
을 통해 그 나름의 철학을 수행한다. 이 영화에서는 특히 두 쟁점이 문제
가 된다. 첫째, 철학자와 철학의 관계. 둘째, 영상매체와 철학의 관계. 나

는 이 두 개의 쟁점이 이 흥미로운 영화에서 어떻게 드러나는지를 살펴보겠다. 그 전에 먼저 영화에 대한 간단한 소개.

2. 영화 〈데리다〉 소개

영화 〈데리다〉는 약 1시간 반 정도의 분량에 데리다의 일상과 발언, 그리고 몇 가지 철학적 개념의 소략한 설명을 담은 기록물이다. 제작자는 딕(Kirby Dickz)과 코프만(Ziering Kofman)이다. 나는 이 영화를 미국에서 잠시 체류 중일 때 DVD로 봤는데, 표지의 광고 문안을 보니 "선댄스 필름 페스티벌의 공식선택상영작; 샌프란시스코 필름 페스티벌 골든게이트상 수상작(Official Selection at Sundance Film Festival; Winner of Golden Gate Award, San Francisco Film Festival)"이라고 표기되어 있다. 제작년도는 2002년이다. 데리다가 죽기 2년 전에 완성된 기록물이다. 데리다는 2004년 10월에 74세로 사망했다.[1] 2002년에 완성된 기록물이지만, 그때 찍은 것

---

1) 2004년 데리다의 죽음을 전후로 해서 20세기를 풍미했던 주요한 사상가나 이론가들이 세상을 떴다. 들뢰즈, 레비-스트로스, 부르디외, 보드리야르, 사이드 등이 그들이다. 다른 사상가나 이론가가 그랬듯이 데리다 또한 그가 제기했던 '해체'의 사상을 단지 추상적이고 난해한 사상으로서만이 아니라 그의 삶 속에서, 그가 살아간 현실 속에서 실천하려고 했다. 영화 〈데리다〉는 그것을 보여주는 하나의 흥미로운 증거이다. 데리다가 시도한 '해체의 정치'는 미국으로 수입되어 미국산 포장품으로 한국에 수입된 '해체주의'와는 구별되어야 한다. 그렇지 않은 경우도 있겠지만, 뛰어난 사상가나 비평가의 죽음이 마음에 와 닿는 이유는 단지 그들이 개척한 사상의 세련됨이나 독창성 때문만은 아니다. 그보다는 그렇게 펼쳐진 사상의 궤적과 사상가의 구체적 삶이 실천 속에서 만나는 모습이 더 인상적이다. 이들 사상가들이 각자 걸어간 사상의 길은 달랐지만, 데리다의 '해체'가 그렇듯이, 그 사상은 결국 억압 없는 삶의 희망에서 나온 것이기 때문이다. 데리다가 말년에 『맑스의 유령들』 등을 통해 현실의 문제들에 좀 더 직접적으로 개입한 것도 이런 맥락에서 이해할 수 있다. 데리다에게 해체는 정치의 다른 이름이다. 다른 이론가들의 경우도 그렇듯이, 데리다의 사상 또한 한국에서 급하게 수용되었다가 제대로 뿌리를 내리지도 못한 채 잊혀졌다. 데리다도 말년에 그가 강력하게 비판한 자본주의, 이론의 '시장주의'의 희생

은 아니다. 몇 년에 걸쳐 촬영되고 편집되었다. 영화에서 데리다가 움직이는 장소도 파리의 데리다 자택, 그가 재직했던 학교만이 아니라 뉴욕, 남아프리카공화국에 걸쳐 있다. 데리다 자신은 이 기록물을 찍자는 제안을 처음에는 반대했다. 하지만 기록물로 만들어진 결과에 대해서는 만족스러워한 것으로 보인다. 뉴욕에서 상영된 어느 영화제에서 이 기록물에 관한 청중의 질의에 데리다가 답하는 모습이 부록(supplement)으로 들어 있다. 그는 유머러스하게 이 기록물을 찍기로 결정한 배경을 설명한다.

3. 철학으로 살아가기

데리다 자신도 조심스럽게 말하고 있지만, 철학과는 거리가 먼 것처럼 보이는 영상매체, 그것도 다큐멘터리에 철학자의 일상과 그의 저작에서 뽑은 인용문들의 내레이션, 그리고 인터뷰를 담는 것은 어떤 의미가 있을까. 하이데거가 아리스토텔레스에 대해 언급했다는 말을 데리다도 인용한다. 철학자의 삶에 대해 말해달라고? 답은 이렇다. "아리스토텔레스는 태어났다. 그는 사유했다. 그리고 죽었다." 철학자의 삶에 대해, '전기(biography)'로 무엇을 더 표현할 수 있을까? 니체가 정신병을 앓았다고 해서, 혹은 알튀세르가 아내를 목 졸라 살해했다고 해서, 그들이 세운 사유의 가치가 훼손되지는 않는다. 철학을 한다는 것은 철학자의 삶을 이해하는 것이 아니라 그의 사유를 이해하는 것이다. 철학자는 사유가 삶이다. 하지만, 철학자도 특정한 시공간을 점유하고 살아가는 '인간'인 이상 그의 삶의 실존적 행적은 어떤 형태로든 그의 사유에 영향을 미치기 마련이다. 물론 그렇지 않은 철학자도 있다. 철학자에는 두 종류가 있다.

자가 된 셈이다.

어떤 철학자들은 단지 자신의 철학을 주장한다. 그들은 논의를 마치고 나면 사용했던 장사도구를 벽에 걸어놓고 집으로 돌아가 자신이 당연히 누릴 사생활의 쾌락 속으로 빠져든다. 다른 철학자들은 자신의 철학으로 살아간다. 그들은 일상의 생활양식을 결정짓지 않는 모든 철학은 쓸모없는 것으로 간주한다. 철학이 담겨 있지 않은 인생의 모든 부분은 전부 무의미하다고 생각한다. 그들은 결코 집으로 돌아가지 못한다. 두 말할 것도 없이 스피노자는 바로 후자의 무리에 속했다.[2]

데리다는 어느 철학자의 부류에 속할까? 데리다의 경우에도, 철학은 "단지 자신의 철학을 주장"하는 것에 멈추지 않는다. 철학자의 삶과 철학의 관계를 고민하는 철학, "일상의 생활양식"과 연결된 철학, 철학적 발언이 표현되는 매체에 대한 고민을 멈추지 않는 철학. 이런 철학을 데리다는 고민한다. 그런 점에서 데리다는 스피노자의 계보를 잇는다. 영화 〈데리다〉는 이런 데리다의 면모를 부각시킨다.

4. 철학(자)의 개성

먼저 철학자의 삶과 철학의 관계. 이 문제에 대한 데리다의 입장은 이중적이다. 그는 한편으로 하이데거에 공감한다. 사상가의 삶, 혹은 문자매체든 아니면 이 기록물처럼 영상매체든 '전기를 쓰는 것에 대해 회의적이다. 사상가는 사상으로만 말한다. 하지만 다른 한편으로 데리다는 왜 철학은 비개성적이어야 하는가라는 질문을 던진다. 16개의 장(Chapters)으

---

2) 매튜 스튜어트, 『스피노자는 왜 라이프니츠를 몰래 만났나』 (교양인 2011) 95면.

로 구성된 이 기록물의 본편에서 데리다는 "철학자들의 성생활(The Sex Lives of Philosophers)"을 언급한다. 질문자가 데리다에게 묻는다. '헤겔이나 하이데거 같은 과거의 거장들을 직접 만나 질문을 던질 수 있다면 무엇을 묻고 싶은가?' 데리다의 답변. '나는 그들의 성생활을 알고 싶다.' 데리다가 이런 답변을 통해 선정적인 호기심을 표현한 것은 아니다. 그가 제기하는 질문들은 이렇다. 왜 철학자의 사유에서 그의 사적인 생활, 그의 사적인 욕망, 그의 사적인 삶은 탈색되어야 하는가? 왜 철학책은 무미건조하고 중립적이고 딱딱하고 비인격적이어야 하는가? 왜 철학책에서 철학자의 삶과 고유성은 사라져야 하는가? 왜 철학책에서 우리는 철학자의 개념이 아니라 일상의 목소리와 감성을 느껴서는 안 되는가? 아마도 〈데리다〉는 철학자의 삶과 사유의 관계에 대한 데리다 나름의 새로운 탐색을 시도하는 것이라고 평가할 수 있다. 데리다가 처음에는 거부했던 촬영을 받아들인 이유가 조금은 이해된다. 철학자와 철학의 관계에 대한 데리다의 양가적 태도는 문학의 경우에서도 비슷하게 발견된다. 20세기 초를 풍미했던 '신비평'(New Criticism)의 득세 이후로 작가와 문학작품은 분리되었다. 텍스트만이 중요하다. 문학을 공부하는 사람으로서 종종 듣는 금언 중 하나가 작가를 믿지 말고 작품을 믿으라는 말이다. 신비평에 따르면 의미는 텍스트 안에 객관적으로 존재한다. 작가의 삶, 작가의 견해, 작가가 살았던 당대 세계 등의 요소들은 텍스트의 의미와는 관계없는 것으로 제외된다.

현대비평에서 작품의 이해를 위해 작가의 삶을 연결하는 것은 금기가 되었다. 작품의 세계는 작가와는 별개로 존재한다. 이런 관점은 신비평이 강력하게 비판했던 전통적인 전기비평(biographical criticism)의 문제점을 드러내는 데는 효과적이었다. 전기비평은 작품의 세계를 작가의 삶의 내력에 비추어 환원시키면서 작가의 신화를 만들어냈다. 작가는 작가신화의 해체를 통해 전기비평을 비평계에서 축출한다. 이글턴이 비꼬면서 언급했듯이, 신비평에서는 '텍스트의 물신주의'가 확립된다. 그러나 신비평 이후에 다시 작가와 작품의 고리를 찾는 입장이 나타난다. 하지만 이것이 종래의 케케묵은 전기비평의 부활은 아니다. 예컨대 부르디외는 아비투스(habitus)와 장(field) 등의 개념을 통해 작가와 작품의 관계를 새롭게 연결 짓는 '예술의 과학'을 도모하지만, 이때 부르디외의 관심은 작가의 전기적 삶 자체가 아니다. 작가의 삶이 어떻게 작가의 아비투스 형성에 영향을 미쳤으며 작품의 세계를 만드는 데 관여하는가를 밝히는 데 있다. 여기서 작가를 철학자로 바꿔놓아도 크게 무리는 없다.

5. 철학적 개념의 운명

물론 철학자와 철학의 관계는 작가와 문학작품의 관계와 꼭 같지는 않다. 문학은 형상으로 세계의 이치를 드러낼 수밖에 없다. 따라서 작가의 삶과 작가가 직간접적으로 경험한, 혹은 상상한 인간과 세계가 어떤 차원에서든 작품에 표현될 수밖에 없다. 철학은 형상이 아니라 개념으로 세계의 이치를 드러낸다. 다시 말해 추상의 수준이 높다. 따라서 철학자의 삶과 철학자가 구사하는 개념과 사상의 거리는 멀어진다. 철학자의 삶을 몰라도 우리는 그의 철학을 논할 수 있다. 철학의 경우, 문학보다 더 강하게 신비평이 내세우는 '텍스트의 물신주의'가 위력을 발휘한다. 하지만 〈데리다〉에서 '철학자들의 성생활'이라는 쇼킹한 표현을 통해 데리다가 도발적으로 문제제기하듯이, 어떤 철학자도 중립적으로, 객관적으로, 보편적으로 발언할 수 없다. 철학적 개념의 운명이다. 개념도 어떤 방식으로든 철학자의 삶과 경험에서 우러나온다. 물론 이 말이 개념을 철학자의 삶으로 환원할 수 있다는 뜻은 아니다. 부록으로 실린 몇 개의 인터뷰 중 하나에서 데리다는 '존재(being)' 문제에 답한다.

데리다가 보기에 고대 그리스 철학 이래로 존재의 문제는 철학의 근본 문제였다. 존재한다는 것은 무엇인가? 지금도 '철학한다'고 할 때 가장 먼저, 그리고 마지막까지 되묻는 질문이다. 존재의 문제는 철학적 입장의 차이에도 불구하고 의심할 수 없는 근본 질문으로 간주된다. 데리다는 묻는다. 왜 그래야 할까? 데리다는 존재를 묻는다는 것은 이미 어떤 '긍정(affirmation)'을 전제한다고 말한다. 무슨 뜻일까? 데리다가 보기에, 모든 철학행위는, 사유행위는, 반드시 그런 행위의 주체인 철학자의 고유한 전제들, 어떤 것을 이미 '긍정'한 뒤에 이루어진다. 사유는 진공 속에서 이뤄지지 않는다. 사유에는 그것이 의식하지 못하는 무의식적 전제가 긍정된 채 작동한다. 중립적이며 객관적이며 보편적인 사유는 없다. 우리가 어떤 것을 사유한다는 것은 그것이 의미 있는 행위라고 이미 '긍정'했기 때문이다. 데리다가 서구철학의 뿌리인 '현전(presence)'의 형이상학을 맹렬히 비판한 이유가 조금은 분명해진다. '현전'을 자명한 것으로 보는 입장은 어떤 '초월적 기의'의 "긍정"에 뿌리내린다. 그 초월적 기의가 진리든, 존재든, 역사든 간에 상관없다. 해체는 모든 "긍정"의 근거를 되묻고 허무는 실천이다.[3]

---

3) 이 점에서 데리다의 해체는 뜻밖에도 김수영의 시론과 연결된다. 김수영은 이렇게 적는다. "모든 실험적 문학은 필연적으로 완전한 세계의 구현을 목표로 하는 진보의 편에 서지 않을 수 없게 되는 것이다. 모든 전위 문학은 불온하다. 그리고 모든 살아 있는 문화는 본질적으로 불온한 것이다. 그것은 두말할 것도 없이 문화의 본질이 꿈을 추구하는 것이고 불가능을 추구하는 것이기 때문이다." 전위문학은 불온하다. 표현을 조금 바꾸면 전위 철학은 불온하다. 해체론은 불온하다. 해체는 주어진 것의 토대를 문제 삼기 때문이다.

6. 해체와 해체주의

〈데리다〉에서 제작자는 몇 개의 질문을 데리다에게 던진다. 아래가 질문에 따라 구분한 본편의 장(chapter)이다. 데리다가 질문에 간단히 답한다. 때로는 질문을 회피한다. 그리고 간간이 데리다의 저작에서 관련되는 대목들을 내레이터가 읽어준다. 주요한 장들의 핵심어들은 "미래, 일화, 해체, 나르시시즘, 사랑, 그의 아내인 마그리트, 남아프리카공화국과 용서, 에코와 나르시스, 계보학, 아카이브" 등이다. 이런 제목들을 통해 드러나듯이, 그리고 말년의 그의 관심사가 분명하게 표현된 『맑스의 유령』 등을 통해 드러나듯이, 데리다는 일각의 오해와는 달리 사변적인 철학자가 아니다. 그는 사랑의 문제, 혹은 그 불가능성을 깊이 사유한다. 유대인으로서 그 자신이 유년기에 겪었던 인종주의가 극단적으로 표출되었던 남아공의 인종차별정책을 공개적으로 반대한다. 데리다는 넬슨 만델라가 갇혔던 남아공의 감옥을 직접 찾아간다. 그는 현재 세계를 지배하는 '미국화'의 문제를 날카롭게 지적한다.

데리다가 보기에, 미국적인 것은 즉각적인 답과 만족을 요구한다. 할리우드 영화가 좋은 예이다. 프랑스보다 미국에서 데리다의 해체론은 더욱 대중적인 성가를 얻었지만, 데리다는 자신의 이론이 '미국화'되는 것에 불편해한다. 해체론은 '미국화'가 상징하는 사유와 욕망의 즉각성을 해체하고, 끈질기게 사유의 근거를 되묻는 철학이다. 그 점에서 해체론이 미국에서 '해체주의'로 변모한 것은 어쩌면 쓸쓸한 아이러니겠다. 의도된 편집인지는 모르겠지만, 이 기록물에는 마치 팝스타를 대하듯이, 데리다의 강연장에 찾아와 엉뚱한 질문을 던지는 미국인들이 등장한다. 이런 식이다. "나는 지금까지 당신이 쓴 소설(novel)을 다 읽었어요. 당신의 팬이어서 보고 싶어 왔어요." 헤겔이나 맑스, 니체, 그리고 데리다가 가장 많이 언급하는 하이데거는 아마도 겪지 못했을 코믹한 장면이다. 다른 거장들과는 달리 이미지와 대중문화의 시대를 살아야 하는 철학자의 '운명'이다.

7. 영상매체와 철학

이런 코믹한 장면들, 그리고 데리다가 애초에 이 영화의 제작에 반대했던 이유 등에는 영상매체와 철학의 관계에 대한 데리다의 깊은 고민이 나타난다. 국내에서는 많이 다뤄지지 못했지만 '텔레비전에 관하여'라는 부제를 달고 있는 『에코그라피』에서 데리다는 이 문제를 본격적으로 분석한다.[4] 데리다의 사상에서 매체 및 기술의 문제는 중요한 위치를 차지한다. 앞서 언급했듯이, 해체론은 현전의 형이상학을 주요 타깃으로 삼는다. 순수한 현전은 없다. 매체의 개입 없이 날것으로 드러나는 현전은 없다. 그렇다면 재현되는 것의 진실성이 문제이다. 재현의 밖은 없다. 예컨대 데리다가 보기에 대담이라는 연극적인 장르는 이와 같은 직접적이고 생생한 현전이라는 우상을 적어도 허구적으로는 추종한다. 생생한 통신의 새로운 자원들(비디오카메라, 혹은 영화 등)의 신비화를 비판하면서도 그것들을 포기하지 않는 방법은 무엇인가를 데리다는 묻는다. 데리다의 답변이다. "우선 '생생한' 통신과 '실시간'이 결코 순수하지 않다는 것, 즉 그것들은 우리에게 해석이나 기술적 개입이 들어 있지 않은 어떤 직관이나 투명성, 지각도 제공해주지 않는다는 것을 환기시키고 증명함으로써 그렇게 할 수 있을 것입니다. 그리고 이러한 증명은 이미 그 자체로 철학을 필요로 하고 있습니다"(22-23면). 영상매체의 이미지는 권력과 정치가 작동하는 공간이다. 그러므로 현대 철학자는 영상매체의 의미를

---

4) 자크 데리다 · 베르나르 스티글러, 김재희 · 진태원 옮김, 『에코그라피』(민음사 2002). 원저는 1996년에 출간되었다. 앞으로 이 책에서의 인용은 본문에 면수만 병기한다.

외면할 수 없다. 영상매체가 생산하는 이미지는 공적이거나 사적인 공간 속으로 침투할 수 있는 매체의 권리, 타자의 집 안으로 눈 및 카메라와 촬영장비 등과 같은 모든 시각적 보결물들을 들이게 할 수 있는 권리의 문제를 제기한다. 그리고 이미지들을 누가 소유하고, 누가 전유할 수 있고 선별할 수 있으며 보여줄 수 있는지를 알 권리가 문제가 된다. 오늘날의 공적 공간에서, 현실적이거나 가상적인 이미지들 및 시선들과 눈들, 시각적 보결물 등의 생산과 유통에 의해 조절되는 모든 것이 문제가 된다. 따라서 "텔레비전 채널에 생생하게 중계되는 것은 중계되기 이전에 생산됩니다. 이미지는 그것이 재생한다고 간주되는 것에 대한 충실하고 온전한 재생물이 아닙니다. (중략) 생생함을 결코 온전하지 않게 만드는 이 모든 종류의 개입 방식들을 무한히 기술해볼 수 있을 겁니다. 아무리 제한되고 순화된 것이라 하더라도, 아무리 허구적인 것이라고 하더라도, 이러한 기술적 가능성이 존재한다는 것은 분명 모든 분야에서 사태파악을 변화시키기에 충분합니다"(88-89면).

이미지는 언제나 조작될 수 있다. 신문이나 라디오, 텔레비전에서 몽타주와 잘라내기, 재편집, 부분적 인용이 존재하는 곳이면 어디에서든 위조가 실행된다. 이미지는 삶을 분할한다. 따라서 이미지의 생산 속에서 생생한 현재는 분할된다. "생생한 현재 자체가 스스로 분할되는 것이지요. 지금 이 순간부터 이 현재는 자기 자신 안에 죽음을 포함하게 되고, 자신의 직접성 속에 어떤 식으로든 자신의 사후까지 살아남게 될 어떤 것을 재기입하게 됩니다. 이 현재는 자신의 삶 속에서 현재의 삶과 사후의 삶 사이에서 분할됩니다. 이러한 분할이 없이는 어떠한 이미지도 존재하지 않을 것이며 촬영도 존재하지 않을 것입니다"(104면). 그러므로 영화를 비롯한 다양한 영상매체의 기록보관 도구들은 상반되는 효과를 동시에 지닌다. 한편으로 이 도구들은 그 어느 때보다 더 진실하게, 더 충실하게 있었던 것으로서의 현재를 재현한다. 그러나 다른 한편으로 바로 이 도구들, 이 동일한 능력이 합성이미지들을 조작하고 잘라 재구성하고 만들어내는 것과 같은 더욱 세련된 가능성들을 제공한다. 여기서 합성은 더 많은 인증의 여지와 기회를 주면서 동시에 바로 이 인증에 대한 더 커다란 위협도 준다. 이 진실성의 가치는 기술에 의해 가능하지만 동시에 바로 이 기술에 의해 위협받는다.

영상매체의 시대에 철학자는 무엇을 해야 하는가? 데리다는 왜 이미지의 왜곡과 생생한 현재의 분할을 감수하면서도 결국 〈데리다〉의 촬영을 허용했는가? "텔레비전 자체에 반대해서가 아니라, 오늘날의 텔레비전 상태에 반대해서, 예를 들어 『존재와 시간』 같은 텍스트는 텔레비전에서 토론할 수 없다고 말해야만 하는 것입니다. (중략) 이것은 텔레비전을 거부하는 것이 아니라, 텔레비전을 변화시켜야만 한다고, 그 시공간들을 모두 변화시켜야만 한다고—이는 천천히 도래합니다. 이는 차츰차츰 이루어지고 있습니다—말하는 것입니다. 아마도 언젠가는 훨씬 더 많은 것을 텔레비전에서 할 수 있으리라고 기대합니다"(198면). 여기서 텔레비전을 영화로 바꿔놓으면 영화 〈데리다〉와 철학자 데리다의 관계를 조금은 이해할 수 있으리라. 이 기록물에서 해체철학의 몇 가지 개념을 설명했지만, 그런 "텍스트는 영화에서 토론할 수 없다." 이미지로 생산된 데리다의 말이 데리다 철학 자체를 대체할 수는 없다. 하지만 언젠가는 영상매체에서 철학을 논할 수 있는 시대가 올 수 있으리라는 기대도 데리다는 갖고 있다. 그러기 위해서는 "텔레비전을 거부하는 것이 아니라, 텔레비전을 변화시켜야만 한다고, 그 시공간들을 모두 변화시켜야만 한다." 〈데리다〉는 이런 변화를 모색하기 위한 하나의 시도로 볼 수 있다.

8. 데리다와 〈데리다〉

여러 가지 남는 문제가 있지만, 어쨌든 영상을 통해, 글로만 보던 철학자의 생생한 실제 모습을 보고 목소리를 듣는 것은 흥미로운 경험이다. 데리다 자신도 되풀이 경계하듯이, 영상매체는 그 자신의 모습을 '그대로' 보여주지 못한다. 〈데리다〉의 데리다는 '현전'이 아니다. 그는 몇 가지 질문에 답하기를 거부한다. 하지만 동시에 그는 '공인'으로서 자신의 삶과 모습이 대중적으로 소비될 수밖에 없다는 것도 이해한다.[5] 해체론의 창시자로서 데리다는 자신의 삶과 사유를 성찰한다. 이 기록물에서 엿보이는 그의 겸손함과 유머는 그런 성찰의 결과이리라. 역설적인 일이지만, 영상매체가 주도권을 쥐고 있는 덕으로 우리는 20세기의 가장 독창적인 철학자의 삶, 모습, 목소리를 영원히 소유하게 되었다. 데리다의 말대로, 이제 이 영상매체는 그보다 더 오래 살아남아 그의 모습과 말을 영원히 후대에 전할 것이다. 표지에 실린 다음과 같은 감독의 말처럼. "만약 오늘날 생존했을 때의 플라톤과 니체를 기록한 영상물을 볼 수 있다면 흥미롭지 않겠는가? 지금으로부터 백 년의 시간이 지나면 데리다의 기록물이 있다는 것은 그만큼이나 놀랍고 중요한 일이 될 것이다."

푸코는 20세기가 들뢰즈의 시대가 될 거라고 했지만, 그리고 누가 한 시대를 대표하는 철학자인지를 따지는 일은 별무소득이지만, 나는 들뢰즈와 더불어 데리다가 20세기 전체, 아니 서구철학사 전체를 통틀어 가장 혁신적이고 독창적인 철학자 중의 한 명이라고 생각한다. 루카치는 인류의 역사에는 단지 세 명의 철학자의 이름만이 영원히 기록될 거라고 말했다. 그들은 아리스토텔레스, 헤겔, 맑스이다. 나는 거기에 데리다의

---

5) 1969년 이전까지 데리다는 자기 사진이 공적으로 공개되는 것을 거부했다. 그 뒤 그는 그것을 용인한다. 아니, 용인할 수밖에 없다는 상황을 이해하게 되었다고 자신의 입장을 수정한다.

이름을 더하고 싶다. 그리고 철학자의 이름을 기억한다는 것은, 들뢰즈 식으로 표현하면, 그가 남긴 몇 개의 개념들을 갖다 쓰는 것이 아니라 그의 사유를 최대한 새롭게 이용하는 것이다. 차이를 반복하는 것이다. 영화 〈데리다〉는 그렇게 관객에게 권한다. 이 기록물에 기록된 내용을 그대로 믿지 말고, 해체철학을 비롯한 철학의 저서들을 읽으라고. 사유하고 행동하라고. 그리고 차이를 반복하라고.[6] (2012)

---

6) 유감스럽게도 〈데리다〉는 한국에서 공식 상영된 적도 없고, DVD도 구해 볼 수 없다. 하지만 〈데리다〉의 몇몇 클립은 유튜브 등을 통해 볼 수 있다.

기술융합시대의 영화

1. 이미지와 현실

플라톤 이래 서구예술의 강력한 '인식틀'(푸코)은 잃어버린 근원과 원본에 대한 동경, 그것의 예술적 재현이 맺는 관계의 탐구이다. 여기에는 단지 예술만이 아니라 철학적 문제의식이 개입된다. 철학의 세 영토인 존재론, 인식론, 그리고 윤리론의 문제의식과 예술적 재현의 관계가 문제다. 예술의 존재론은 예술 자체의 의미, 그리고 예술이 다루는 현실의 '존재성'은 무엇인가라는 물음과 관련된다. 예술은 무엇인가. 현실은 무엇인가라는 질문들. 그리고 예술이 던지는 인식론적 질문. 예술이 현실과 맺는 관계, 그리고 만약에 현실이 어떤 형태로든 예술에 그 흔적을 새긴다면 그때 예술적 형상화를 어떤 틀로 이해할 수 있을 것인가. 여기서 예술적 재현이 쟁점이 된다. 근대미학은 이런 예술적 존재론과 인식론의 정해진 사유틀 안에서 작업해왔다. 근대미학에 따르면 예술은 어떤 형태로든 현실을 반영, 재현, 혹은 복제한다. 이렇게 되면 예술은 언제나 현실을 뒤

따르는 이차적인, 종속적인, 부차적인 복제물에 불과하게 된다. 그 앞에 여러 다양한 형용어들(변증법적, 총체적, 창조적 등)을 붙여도 기본 문제의식은 달라지지 않는다. 재현미학, 복제미학의 한계다. 그러나 문학과 영화로 한정해서 살펴보더라도 종래의 재현미학이나 복제미학은 더 이상 설 자리가 없다. 언어와 상징을 예술적 장치로 사용하는 문학의 경우, 문학이 현실과 맺는 양상의 변모를 기술미학과 직접 연결시키기는 어렵다. 그러나 언어가 살아 움직이는 현실과 그 현실을 규정하는 기술시대의 양상들을 품을 수밖에 없다면, 그리고 그 현실이 기술과 과학의 위력에 영향을 받는 것이라면, 문학이 다루는 '현실'의 내포와 외연 또한 변화될 수밖에 없다. 이런 태도를 굳이 '과학소설(Science Fiction)'의 협소한 영토에 한정해서 단정할 이유는 없다. 주지의 사실이지만, 현대인들의 일상은 다양한 기술과 이미지들(예컨대 인터넷의 가상현실)에 규정되고 있으며(컴퓨터와 인터넷이 없는 삶을 상상해보라), 그런 이미지들은 현실과 별개로 존재하지 않는다. 범박하게 말해, 이미지가 곧 현실이다. 기술미학의 시대에서 현실(원본)과 이미지(복제물)의 이분법은 붕괴된다. 문학이 다루는 '현실'의 의미가 이제 새롭게 이해될 수밖에 없다. 예술매체이자 동시에 대중적 기술매체의 성격을 동시에 지니고 있는 영화예술의 경우는 이런 이분법의 해체가 더 확연하다.

2. 대중영화와 기술미학

주지의 사실이지만 이제 우리가 상상하는 모든 것들은 괄목하게 발전한 컴퓨터영상 제작기술의 영향으로 영화 이미지로 만들어진다. 우리시대의 영화는 말한다. '작가와 감독들이여, 무엇이든 상상하라, 우리가 보여주겠다!' 그것이 미래의 모습이든 혹은 과거의 모습이든. 그리고 관객들은 컴퓨터 기술로 만들어진 가상의 이미지들을 현실적인 것으로 수용한다. 여기서 현실적인 것이란 그것이 진짜로 있었던 '현실'[1]이라는 뜻이 아니다. 오히려 관객은 그런 창조된 이미지들을 통해서만 현실에 접근할 수 있다. 단순화해서 말하면 이미지가 곧 현실이라는 뜻이다. 여기서 기술과 예술이 맺는 관계가 중요하게 제기된다. 이제는 정보통신과 컴퓨터를 응용한 다채로운 이미지의 창출이 가능해진 시대이며, 그런 이미지들을 다루는 기술미학의 문제를 도외시하고 예술적 존재론과 인식론을 말할 수 없게 되었다. 결론을 당겨 말하면 기술미학과 이미지의 시대에 예술적 재현과 복제의 의미는 재고되어야 한다.[2] 원본과 복제물의 우열을 논하고, 그 관계를 따지는 예술론은 설 자리를 잃게 되었다.

전 세계적으로 막강한 영향력을 행사하는 할리우드 영화의 특징, 그리고 점차적으로 그를 따라가는 한국영화의 특징은 컴퓨터 기술을 이용한 새로운 기술미학을 전면에 내세운다는 점이다. 벤야민의 표현을 비틀어 표현하면, 이들 영화는 '기술복제'를 넘어선 '기술융합'시대의 영화이다. 〈트랜스포머〉 시리즈에서 현란한 기술미학이 그 일단을 드러

---

1) 예컨대 엄청난 흥행성적을 거둔 〈아바타〉나 〈명량〉에서 보이는 전투장면들은 거의 대부분 컴퓨터영상기술로 만들어진 것이다. 허구적 세계를 다룬 〈아바타〉는 당연히 그렇지만, 특정한 역사적 '사실'을 배경으로 하는 〈명량〉에서 보이는 전투장면은 실제 현실의 재현이 아니다. 당대의 전쟁에 대해 우리가 알 수 있는 것은 몇 가지 역사적 사료에 남겨진 기록을 통해서일 뿐이다. 그리고 이런 기록들도 역시 현실의 정확한 재현이라고 말할 수 없다. 현상학적 비평이 밝혔듯이, 인간의 모든 인식과 언술행위에는 가치평가와 굴절이 개입되기 때문이다. 현실의 참모습은 언제나 베일에 가려져 있다. 따라서 영화 〈명량〉의 전투장면은 수백 년 전 전투의 재현이 아니다. 그것은 당대의 전쟁을 배경으로 삼고 있는 별개의 영화적 창조물이다. 영화의 전투장면은 가상의 이미지지만, 관객에게는 그런 가상의 이미지가 당대현실의 모습으로 인식된다. 여기에 긍정적이든 부정적이든 영화를 비롯한 이미지 예술의 힘이 있다.

2) 오해를 피하기 위해 말하면, 이런 주장이 현실의 존재를 부인한다는 의미는 아니다. 다만, 우리가 알고 있는 현실의 함의를 이제 달리 이해해야 한다는 뜻이다. 우리시대의 현실은 근대미학이 마주했던 현실이 아니다. 그 변화에 (정보통신)기술의 발전이 관건으로 작용한다.

냈고, 〈아바타〉는 그 정점을 보여준다. 그리고 최근 한국영화 흥행기록을 경신한 〈명량〉에서도 확인된다. 〈명량〉의 힘은 전통적 서사가 아니라 컴퓨터 기술로 창조된 전투장면의 생생함에서 나온다. 이들 영화는 우선 그 발상법이 눈길을 끈다. 예컨대 〈트랜스포머〉 시리즈의 변신로봇이라는 발상 자체가 흥미롭지 않은가. 우리가 어린 시절 만화책으로만 상상하던 변신로봇이 눈앞에 입체적으로 생생하게 살아 움직이는 시각적 표현으로 만들어졌다는 것은 놀랍다.[3] 그리고 놀라운 풍경과 동식물들이 바로 관객의 눈앞에 생생한 3D 화면으로 펼쳐지는 〈아바타〉를 보면 영화가 보여주는 기술융합의 수준이 어디까지 다다랐는지를 확인할 수 있다. 한국의 영화 제작자들이나 감독들이 〈아바타〉를 보고 10년 후에 나올 영화가 벌써 나왔다고, 그 기술적 수준, 혹은 그 기술이 만들어낼 수 있는 새로운 현실의 영화적 창조력에 한숨을 내쉬었다는데, 그 마음을 이해하겠다.

내가 이들 영화를 보면서 떠올린 것은 독일의 미학자 발터 벤야민의 견해이다. 벤야민은 그의 유명한 에세이 〈기술복제시대의 예술작품〉에서 이렇게 말한다. 중요한 대목이므로 조금 길지만 인용한다.

대중은 예술작품을 대하는 모든 익숙한 태도가 현재 다시 태어나 생겨나고 있는 모태이다. 양이 질로 바뀌었다. 예술에 참여하는 대중들의 규모가 훨씬 더 커지자 참여 방식이 변하게 된 것이다. (중략) 대중들은 산만함을 추구하지만 예술은 보는 사람에게 집중을 요구한다는 말은 근본적으로 오래된 개탄임을 우리는 알고 있다. 그런 말은 상투적인 말이

---

3) 다시 오해를 피하기 위해 지적해두면, 이 시리즈의 제작과 흥행에서 작동하는 기술미학의 함의는 이 영화의 빈약한 내용과 주제의식과는 별개로 살펴볼 부분이다. 대중이 이런 종류의 시리즈에 열광하는 이유는 이 영화들이 감동적이기 때문이 아니다. 이 영화가 어떤 새로운 '볼거리'를 제공해주기 때문이고, 그 볼거리가 관객에게는 또 다른 의미의 현실로 다가오기 때문이다.

다. 다만 문제는, 이 상투적인 말이 영화를 연구하는 데 하나의 입지점을 제공하고 있는 것은 아닌지 하는 것이다. (중략) 산만함과 집중은 다음과 같이 정식화될 수 있는 대립관계 속에 있다. 예술작품 앞에서 집중하는 사람은 그 작품 속으로 빠져 들어간다. 그는 자기가 완성한 그림을 보고 그 속으로 들어간 어느 중국 화가에 관한 전설처럼 그 작품 속으로 들어간다. 이에 반해 산만한 대중은 예술작품이 자신들 속으로 빠져 들게 한다. (중략) 예술은 이 일을 현재 영화에서 수행하고 있다. 예술의 전(全) 영역에서 점점 더 두드러지게 나타나고 있으며 또 통각의 심각한 변화를 보여주는 징후이기도 한, 산만한 상태에서 이뤄지는 수용은, 영화에서 그 고유한 연습수단을 갖고 있다. 그 충격효과에 있어서 영화는 이러한 수용형식과 잘 들어맞는다. 관객으로 하여금 감정인(鑑定人)의 태도를 갖게 함으로써뿐만 아니라 영화관에서 이 감정인적 태도가 주의 집중을 포함하지 않음으로써 영화는 제의가치를 뒷전으로 밀어낸다. 관객은 시험관(試驗官)이되, 산만한 시험관이다.

벤야민이 이런 언급을 한 것은 무려 70년 전에 무성영화, 초기 유성영화가 출현한 때였다. 하지만 나는 벤야민의 문제의식이 우리시대의 영화에 더 잘 적용된다고 판단한다. 이들 영화들은 기술복제가 아니라 기술융합에 기반을 둔 새로운 영화의 위상을 드러낸다. 새로운 기술융합의 영화에 대중들은 매혹된다. 이제 "예술에 참여하는 대중들의 규모가 훨씬 더 커지자 참여 방식이 변하게 된 것이다." 벤야민은 주로 회화와 영화의 미적 수용 방식이 어떻게 다른가를 설명하면서 이런 언급을 한다.

하지만 위의 언급은 〈트랜스포머〉나 〈아바타〉와 같이 엄청난 물량과 자본, 기술력이 투입된 영화를 설명할 때 더 설득력 있다. 대중과 대중영화는 상호 작용한다. 그 뒤에는 자본과 영화 기술의 발전이 깔려 있다. 블럭버스터 영화산업은 말 그대로—블럭버스터의 원뜻은 초대형 폭탄이다—초대형의 상업적 대박을 위해 초대형 폭탄만큼의 자본과 기술, 물량을 투입해 영화를 제작한다. 말 그대로 영화는 산업이고 전쟁이다. 그리고 전쟁에서는 대개 물량과 기술력이 승패를 좌우한다. 역으로 대중이 그런 블럭버스터 영화에 기꺼이 돈을 지불하고, 이익이 생기기에 할리우드는 더 많은 자본과 물량을 영화에 투자한다. 이런 양상은 이제 점점 할리우드 영화의 제작 시스템을 모방하고 있는 한국영화계에서도 발견된다. 그렇게 예술을 수용하는 "대중의 규모"와 참여, 영화 수용양식이 상호작동하며 변화한다. 블럭버스터 영화의 제작과 전 세계적 성공의 배경에는 이런 대중의 "참여방식"의 변화가 있다.

3. 감각의 충격과 기술미학

놀라운 기술력과 영상미학을 보여주는 이들 영화는 대중들을 빠져들게 한다. 이들 영화들이 보여주는 다채로운 이미지들의 폭격은 관객이 지니고 있는 현실과 가상의 경계를 흔든다. "이에 반해 산만한 대중은 예술작품이 자신들 속으로 빠져들게 한다." 벤야민은 영화를 볼 때 대중의 정신은 산만해진다고 말한다. "주의집중"이 아니라 어떤 산만함이 영화의 수용에서 작용한다. "영화관에서 이 감정인적 태도가 주의 집중을 포함하지 않음으로써 영화는 제의가치를 뒷전으로 밀어낸다. 관객은 시험관(試驗官)이되, 정신이 산만한 시험관이다." 흥미로운 지적이다. 현대사회의 대중은 "정신이 분산된 시험관"이다. 그러나 대중이 언제나 이런 모습을 보여주는 것만은 아니다. 〈트랜스포머〉나 〈아바타〉는 긴 상영시간동안 대중에게 다른 데 정신을 팔지 못하게 한다. 말 그대로 온몸의 감각을 영화의 이미지가 자극한다. 벤야민은 주로 영화의 "촉각적 효과"를 지적했지만 이들 영화는 관객의 전 감각에 충격을 준다. 정신을 차릴 수가 없을 정도이다. 이것은 산만함으로만 단정할 수는 없다. 여기서 서사나 플롯, 인물들은 그다지 중요하지 않다.[4] 특히 〈아바타〉의 경우 이 영화가 기존 영화들의 주제나 내용을 교묘히 '혼성모방'하고 있음은 금방 알 수 있다. 그러나 관객들은 이 영화에서 새로운 주제의식을 기대하고 영화를 보러 가지는 않는다. 그들은 '감각의 충격'을 기대하고 영화를 보러 간다. 그리고 만족하고 매혹된다. 이런 감각의 충격이 주는 의미를 재현과 모방의 근대미학적 개념으로는 온전히 이해할 수 없다.

관객들은 마치 2시간 넘게 고난도 충격의 롤러코스터를 탄 기분을 느낀다. 그렇게 기술융합미학의 영화는 이제 관객에게 정신의 산만함이 아니라 몰입을 요구한다. 그런 몰입을 위한 강력한 수단이 이제 표현 못할 것이 없어 보이는 놀라운 기술력에 기반을 둔 특수효과와 물량공세이다. 적어도 이 점에서 할리우드 영화를 따라갈 자는 없어 보인다. 그러나 벤야민의 말을 다르게 이해할 수도 있지 않을까. 영화는 "제의가치를 뒷전으로 밀어낸다." 대신에 영화는 "물리적인 충격효과"를 주는 걸 목표로 한다. "영화는 그 기술적 구조의 힘으로, 다다이즘이 이를테면 도덕적인 충격효과 속에 아직 포장해 두었던 물리적인 충격효과를 그 포장으로부터 해방시켰다." 특히 블럭버스터 영화에서는 "물리적인 충격효과"가 절대적으로 중요하다. 〈트랜스포머〉나 〈아바타〉, 그리고 지금도 수없이 상영되는 가상이미지들의 영화들이 좋은 예이다. 이들 영화를 보는 동안 영화는 관객에게 산만함이 아니라 정신의 집중을 요구한다. 하지만 그것은 영화와 영화 밖의 현실을 연결시키는 어떤 "제의적" 인식을 위한 것이 아니라 오직 순간적인 "물리적인 충격"을 위한 것이다. 이때 물리적인 충격효과는 영화에서 제시되는 이미지들이 현실을 반영하거나 복제하

---

4) 영화에서 서사와 이미지가 맺는 관계에 대한 천착은 영화학, 혹은 영화비평의 핵심쟁점 중 하나다. 이에 대해서는 자크 오몽, 이정하 옮김, 『영화와 모더니티』(열화당 2010)를 참조.

기 때문이 아니다. 그런 점을 아주 배제할 수는 없지만, 그런 이미지의 충격은 그 이미지들만의 세계가 보여주는 새로움과 창의성에서 발생한다. '저 스크린에 내가 알지 못했던 새로운 세계가 존재한다!' 영화의 세계는 문학작품의 세계와 마찬가지로 자신만의 고유성을 지닌다. 굳이 이들 세계의 의미를 논하기 위해서 영화나 문학 밖의 세계를 연결 지을 이유가 없다.

강력한 영화의 이미지 충격을 관객이 견딜 수 있게 하기 위해서 영화는 대중의 산만함을 요구한다고 말할 수 있다. 그렇게 역설적으로 관객의 산만함과 집중은 하나가 된다. 영화의 물리적 충격에 집중하는 만큼 관객의 정신은 역설적으로 산만해진다. 이 점에서 벤야민은 옳다. 이들 영화가 지닌 서사의 빈곤함을 지적하기는 쉽다. 그러나 안이한 비판이다. 그런 비판에도 불구하고 사람들은 이런 영화를 보러 가기 때문이다. 왜 그럴까. 관객은 서사의 충격이 아니라 "물리적인 충격"을 경험하기 위해서 이들 영화를 본다. 그렇다면 벤야민식으로 표현하자면, 지금 우리가 물어야 할 것은 이런 질문이리라. 왜 대중은 감각의 충격을 욕망하는가? 그런 충격의 경험에서 정신의 산만함과 집중은 어떻게 결합되는가? 그 결합 뒤에는 어떤 기술력이 작용하는가? 영화는 어느 정도까지 기술에 의존하는가? 그런 결합을 깨뜨리고 벤야민이 말한 "제의가치"를 회복할 수 있는 방도는 없는가? 아니면 그런 회복 자체를 기대하는 게 문제인가? 기술융합시대의 예술작품과 미학의 위상은 무엇인가? 그리고 마지막 질문. 근대미학의 강력한 지배소였던 재현과 반영과 복제의 미학은 지금도 유효한가?

4. 서사와 이미지

나는 이들 영화를 보면서 앞으로 적어도 블럭버스터 영화에서는 인간-배우는 설 자리는 없는 게 아닐까라는 의문이 들었다. 특수효과가 만들어낸 새로운 캐릭터들이 영화를 지배한다. 그런 기계적 캐릭터들은 일면 우리가 살고 있는 '현실'의 면모를 상기시킬 수도 있지만, 그렇지 않을 가능성이 더 높다. 어느 쪽이든 그런 캐릭터들의 등장은 종래 영화론, 배우론의 의미를 해체할 것이다. 기술미학시대의 영화에서 서사의 중요성이 점차 약화된다면 이런 경향은 더 강해질 것이다. 아니, 어쩌면 앞으로는 서사가 중요한 영화에서조차 이제 인간-배우들을 기용할 필요가 없어질지 모른다. 컴퓨터 그래픽으로 배우들을 기계적으로, 하지만 실제 인간과 아주 방불하게 만들어낼 수 있기 때문이다. 예컨대 〈트랜스포머〉에서 인간보다 훨씬 우월한 존재인 옵티머스 프라임은 인간과 비인간(로봇들)의 평화적 공존을 말한다. 그게 가능할까. 실제 현실에서는 어떨지 모르겠지만, 적어도 영화의 세계에서는, 이 영화가 잘 보여주듯이, 그런 공존은 쉽지 않다. 그런 점에서는 '악당'인 디셉티콘이 상황을 제대로 진단한다. 영화에서 인간의 시대는 끝났다. 이제는 기계와 기계미학의 시대이다. 여기서 문학의 운명도 예외는 아닐 것이다.

영화는 인간이 이성적 존재라기보다는 감각적 존재라는 걸 잘 보여주는 장르이다. 머리로는, 이성적으로는 비판하면서도, 몸과 감각의 충격을 즐기기 위해 우리는 〈트랜스포머〉나 〈아바타〉를 본다. 알튀세르의 이데올로기론을 비틀어 말하면 "우리는 무엇이 문제인지를 몰라서가 아니라 그것이 무엇인지를 잘 알면서도, 혹은 잘 알기에 그 짓을 한다." 인식보다 힘이 센 것이 감각이다. 세계관보다 강한 것이 정서다. 그리고 정서와 감각의 집약체가 이미지다. 그때 이미지는 단지 현실의 복제가 아니라 이미 현실의 한 구성요소가 된다. 블럭버스터 영화 보기는 지젝이 말하는 '그 짓'의 좋은 예이다. 영화는 문학이나 기타의 서사예술이 줄 수 없는 강력하고 직접적인 "물리적이며 신체적인 충격"을 제공한다. 물론 훌륭한 문학작품들도 때로 그런 역할을 한다. 들뢰즈를 따라 나는 그런 "물리적 충격"을 주는 문학작품이 훌륭하다고 믿는다. 문학에서도 때로 물리적, 신체적 충격을 경험할 수 있지만, 영화가 제공하는 시각적 혹은 촉각적 효과와는 비교가 안 된다. 되풀이 묻는다. 우리는 〈트랜스포머〉나 〈아바타〉를 어떻게 수용해야 하는 걸까. 그냥 아무 생각 없이 즐기면 되는 걸까? 나는 블럭버스터 영화 보기와 롤러코스터 타기가 거의 같은 물리적 충격을 준다는 비유를 사용했다. 그러나 그건 비유일 뿐이다. 영화는 롤러코스터가 아니다. 왜냐하면 물리적 충격이 압도하는 이들 영화에서도 서사가 아주 배제될 수는 없기 때문이다. 롤러코스터에는 서사가 없다. (어쩌면 롤러코스터 매니어는 롤러코스터 타기도 하나의 서사라고 주장할 수도 있으리라.)

그렇다면 이런 서사의 빈곤과 압도적인 감각적 충격의 관계는 어떻게 이해해야 할까. 혹은 서사의 빈곤이라는 주장의 근거는 무엇인가. 서사의 중요성을 굳이 강조하려는 이런 태도 또한 굳어진 관념의 산물은 아닐까. 서사를 사건의 구성적 연쇄라는 시각에서만이 아니라 이미지의 조합, 이미지의 구성이라는 시각에서 다시 살펴봐야 하는 것은 아닐까. 긴 시간 온몸을 두들겨 맞는 듯한 감각의 충격을 주는, 하지만 서사는 그리 새롭지 못한 이들 영화들은 이렇게 여러 질문을 하게 만든다. 우리시대의 (할리우드)영화들은 이제 관객에게 통상적인 인문학적 질문들, 재현과 복제의 틀에 갇힌 근대미학의 문제의식을 넘어서 기술융합, 기술미학의 함의를 고민하게 만드는 질문들을 던진다.[5] (2015)

---

5) 이와 관련된 주목할 만한 최근 연구로는 진중권, 『이미지 인문학』(전2권) (천년의상상 2014)을 참조.

4부

문학과 영화의 표정들

타자를 그리는 법

—조해진의 『로기완을 만났다』

한국문학 작품의 외연이 넓어지고 있다는 말이 나온다. 작가들이 다루는 대상이 한국사회만이 아니라 북한과 그 밖의 나라들로 확장된다는 뜻이겠다. 특히 북한의 탈북자 문제를 다루는 작품들이 나오고 있다. 탈북자 문제는 한반도 남북의 정권 당국자들에게도 첨예한 현안이지만, 한국의 작가들에게도 어렵고도 흥미로운 제재이다. '한민족'이지만 이미 많은 점에서 딱히 같은 민족으로 묶기 어렵게 되었다고 할 정도로 여러 면에서 이질성이 심화되고 있는 북한의 탈북자들을 한반도 남쪽의 시민들은 어떻게 받아들일 것인가. 그들은 탈북의 원래 동기대로 한국사회에 순조롭게 융화될 수 있을 것인가. 그렇지 않다면 그것은 누구의 책임인가. 이런 쉽지 않은 문제들이 작가들에게 제기된다. 물론 작가는 이런 질문들의 답을 찾는 이는 아니다. 하지만 좋은 작가는 이들 물음의 의미를 정확히 제시하고, 그 물음의 답을 어떻게 찾을 수 있을지를 독자와 함께 궁구한다.

그렇다면 젊은 작가 조해진의 『로기완을 만났다』는 '탈북자 소설'인가. 절반만 그렇다. 탈북자 로기완의 고통스러운 삶의 묘사는 이런 규정에 맞는다. 그러나 소설의 미덕은 유럽을 떠도는 젊은 탈북자의 신산스러운 삶을 그리는 데 있지 않다. 미덕은 오히려 다층적인 이야기의 구조에 있다. "이니셜 L에 지나지 않았던 낯선 사람"(47면)이었던 로의 삶의 여정을 찾아 "그의 일기를 읽으면서 그 삶을 배워가고 있는 사람"(91면)인 화자 '나'(김작가)와 로의 관계, '나'와 암에 걸린 고아소녀 윤주, 그리고 '나'의 애인이었던 재이의 관계, 그리고 '나'와 의사 박윤철의 관계가 중층적으로 서술된다.

이 소설은 재현의 (불)가능성을 천착해온 김연수의 소설과 궤를 같이한다. "섣불리 연민하지 않기 위해서, 텍스트 외부에서 서성이는 것이 아니라 텍스트 내부로 스며들어가 스스로에 대한 가혹한 고통과 뒤섞인 진짜 연민이란 감정을 느껴보기 위한"(57면) 탐구가 돋보인다. 그리고 그런 탐구의 노력은 "누군가의 참담하고도 구체적인 경험까지는 끝내 공유하지 못하는 이 모습이 바로 나의 가엾은 자아"(104면)라는 걸 깨닫는 결론으로 이어진다.

그러나 로의 삶에 대한 '나'의 탐색은 그다지 설득력 있지 않다. "내가 로의 인생을 알기 위해 여기까지 온 것은 나 또한 살아야 한다는 그 절대적인 명제를 수긍하고 받아들이기 위해서였다"(128면)는 '나'의 동기가 우선 잘 다가오지 않는다. 그보다는 오히려 아내의 안락사를 도운 죄책감으로 괴로워하는 박에게 공감하게 되는 '나'의 내면(183-188면)이 더 실감난다. 로기완의 슬픔과 굴욕을 제대로 그리려면 차라리 중층서술이 아니라 직접적으로 그의 삶에 다가가는 방법이 낫지 않았을까. 하지만 전체적으로 좋은 소설이다. 앞날이 기대되는 젊은 작가의 작품을 읽을 수 있어 기쁘다. (2011)

'말년문학'의 의미

—황석영의 『낯익은 세상』

황석영 소설 『낯익은 세상』을 읽고 문득 떠오른, 저명한 문예비평가·문화이론가인 에드워드 사이드의 발언. "차분함과 성숙함이 기대되는 곳에서 우리는 털을 곤두서게 하고 까다롭고 가차없는, 심지어 비인간적이기까지 한 도전을 발견한다."(『말년의 양식에 관하여』) 사이드에 따르면 뛰어난 예술가들은, 우리의 오해와는 달리, 원로가 되었다고 해서 "차분함과 성숙함"의 세계로 도피·초월하지 않는다. 이들은 세상을 달관하는 도사의 길을 걷지 않는다. '세속적 비평(secular criticism)'의 주창자답게 사이드는 이들 예술가들이 펼친 말년의 예술세계에서 안주하지 않는, 그래서 심지어 "비인간적"으로 느껴지는 끝없는 "도전"을 발견한다. 이런 사이드의 분석을 한국의 원로작가나 시인들에게 적용하면 어떤 답이 나올까 궁금해진다.

황석영의 이 소설은 작가 자신의 "말년"문학을 시작하는 작품으로 간주한다고 밝혔다는 점에서 사이드의 분석과 연결해 생각해볼 만한 작품이다. 작가는 "지금의 세계는 우리와 더불어 살아온 도깨비를 끝없이 살해한 과정이었다"고 판단한다. 그런 시각으로 소년들(딱부리와 땜통)의 시점으로 문명의 추한 이면을 고찰한다. 그 문명은 단지 한국사회만이 아니라 인류사회전반을 아우르는 공통문명이다.

작가가 굳이 작품의 배경을 쓰레기장으로 삼은 것도 그래서 어느 정도는 이해가 된다.

> 수많은 도시의 변두리에서 중심가까지의 집과 건물과 자동차들과 강변
> 도로와 철교와 조명 불빛과 귀청을 찢는 듯한 소음과 주정꾼이 토해낸
> 오물과 쓰레기장과 버려진 물건들과 먼지와 연기와 썩는 냄새와 모든 독
> 극물에 이르기까지, 이런 엄청난 것들을 지금 살고 있는 세상 사람 모두
> 가 지어냈다는 것을. 하지만 또한 언제나 그랬듯이 들판의 타버린 잿더미
> 를 뚫고 온갖 풀꽃들이 솟아나 바람에 한들거리고, 그을린 나뭇가지 위의
> 여린 새잎도 짙푸른 억새의 새싹도 다시 돋아나게 될 것이다.(228면)

위의 구절에서 작가의 의도는 분명하게 표현된다. "이런 엄청난 것들을
지금 살고 있는 세상 사람 모두가 지어냈다는 것"을 밝히고, 사람들을
"성취에 길들이려고"하는 문명의 비인간적 면모를 드러내는 것. 그 의도
에서 문명과 자연의 선명한 대립구도와 그 대립을 매개하는 '다른 존재'
들의 묘사가 나온다. 선명한 만큼 새롭지 않은 이분법이다. 위의 인용문
의 묘사가 상투적으로 느껴지는 것도, 타락한 문명-영원한 생명력의 자
연이라는 손쉬운 이분법을 작가가 벗어나지 못하기 때문이다. 말년에 자
연예찬자가 되는 건 쉽다. 말년에 성숙을 말하는 것도 쉽다. 어려운 건
사이드의 말대로 말년이 될수록 "털을 곤두서게 하고 까다롭고 가차없
는, 심지어 비인간적이기까지한 도전"을 멈추지 않는 전위의 정신을 벼
리는 것이다.

이 소설은 도전의 감응으로 충만한 말년문학에 미치지 못한다. 굳이 말
하면 "차분함과 성숙함"의 문학이다. 칭찬이 아니라 비판이다. 작가도 그
급에 따라 쓸 수 있는, 써야 하는 작품이 다르다. 황석영 정도의 작가라
면 그에 걸맞은 작품을 써야 한다. 섣부른 해결과 완성이 아니라 모순과
파국의 '말년문학'을 황석영에게 기대한다. (2011)

자연주의의 뚝심

—김이설의 『환영』

자본주의가 '자본'주의인 이유는 자본이 주인행세를 하는 시스템이기 때문이다. 쉽게 말해 돈이 최고인 세상. 그러니 돈이 없으면 사람답게 살지 못한다. 돈이 없어, 돈을 벌기 위해 어떤 일이든 해야 하는 사람들, 심지어는 몸을 팔아야 하는 사람들에게 우리는 도덕과 윤리를 들먹일 수 있을까. 자본주의에서는 윤리도, 가족 간의 정도, 우애도, 돈이 있어야 가능하다. 정신적 여유는 부르주아의 특권이라는 말이 그래서 가능하다.

김이설 소설 『환영』은 돈을 벌기 위해 몸까지 팔아야 하는 윤영의 이야기이다. 그녀의 상황은 이렇다.

아이를 낳은 지 보름 뒤부터 일을 했다. 남편은 차마 말리지 못했다. 딱히 다른 방법이 없었다. 몸이 성하지 않았으니 오래 할 수 있는 일은 못했다. 지하철역 출구 앞에서 전단지를 나눠주거나, 상가 주차장의 자동차에 광고 명함을 꽂았다. 아파트 우편함에는 대출 안내 광고지를 넣기도 했다. 학원, 식당, 찜질방, 술집, 키스방, 모텔 등 가지각색의 광고지를 뿌리고 다녔다. 두어 시간 일하고 돌아와 젖을 물리는 일은 어렵지 않았지만, 돈이 되지 못했다. 결단을 내려야 했다.(13면)

윤영은 "서른 넷이라는 나이, 애딸린 아줌마, 기술도 없"는 여성이다. 한국사회에서 하층노동을 담당하는, 우리가 식당에서 '아줌마'라고 불러 음식서비스를 시키는 여성이다. 이런 처지의 윤영이 "할 수 있는 일은 좀 처럼 없었다"(26면).

소설은 그녀가 돈을 벌기 위해, 그래서 공무원 시험을 준비한다는 핑계로 밥벌이를 못하는 무능한 남편을 뒷바라지하고, 갓 태어난 아이를 먹여 살리고, 기회만 있으면 그녀에게서 돈을 뺏어가려는 가족을 위해 점점 더 삶의 막다른 골목으로 내몰리는 몰락의 과정을 냉철하게 그린다. 물론 그녀에게도 "희망"은 있었다.

> 아이를 씻기고 온 방에 튄 물을 닦을 때마다 조금만 더 컸으면 좋겠다고 생각했다. 많이는 아니고, 조금만, 그건 욕심이 아니라 희망이라고 생각했다. 시험에 붙을 때까지는 공부를 해야 했고, 공부를 하는 동안은 내가 돈을 벌어야 했다. 일이라면 이골이 난 몸이었다. 무슨 일이라도 할수 있었다. 나는 남편이 허드렛일을 하는 게 아니라 그래도 상 앞에 앉아 책을 펼쳐드는 사람이어서 좋았다. 우리에게도 희망이 있다. 희망이 있다는 사실이 희망이었다.(30면)

그러나 소설은 "희망이 있다는 사실이 희망"인 것조차 점점 사그러져가는 끔찍한 상황을 보여준다. 소설의 결말에서 윤영은 이렇게 다짐한다. "나는 누구보다 참는 건 잘했다. 누구보다도 질길 수 있었다. 다시 시작이었다"(193면). 그러나 그녀의 새로운 "시작"을 전혀 낙관할 수 없다는 것을 이 소설이 다양하게 보여주는 냉혹한 현실이 반박한다.

이 소설은 '몫 없는 자들'(아감벤)의 이야기이다. 작가는 지금도 이런 '사회비판소설'을 쓰는 것이 가능하다는 것을 보여준다. 하고 싶은 이야기를 주저하지 않고 '날것' 그대로 독자에게 들이댄다. 지금 한국사회에는 이런 사람들도 있다는 것을. 그리고 그것이 단지 허구가 아니라는 것을. 현실은 소설보다 더 끔찍하다는 것을. 나는 이 소설이 많이, 오래 읽힐 것이라고는 보지 않는다. 그것이 사회비판소설의 운명이다. 하지만 시간이 흘러 2011년의 한국사회가 어떤 곳인가를 알기 위해 반드시 읽어야 할 작품 중의 하나는 될 것이라고 나는 판단한다. 그것도 좋은 사회비판소설의 운명이다.

한국소설사에서 자연주의, 혹은 좁은 의미의 사실주의는 그리 좋은 대접을 받지 못했다. 하물며 21세기의 현실에서 자연주의 소설이 차지할 자리는 없어 보인다. 이른바 '포스트모던'의 시대가 아닌가. 온갖 종류의 다양한 문학형식과 기법이 운위되는 시대가 아닌가. 그러나 김이설은 그런 것들이 무슨 상관이냐는 듯이 몰락해가는 하층계급 여성의 삶을 자연주의적으로, 최대한 감상을 배제한 채 제시한다. 가능한 감상과 수사를 배제한 간결한 문체가 돋보이는 이유이다. '오래된 것'이 주는 충격이다. 때로는 작품분석을 하기 이전에, 장단점을 논하기 이전에, 소설 자체가 주는 정서적 '감응'을 일단 그대로 느껴보라고 얘기할 수밖에 없는 소설이 있다. 김이설의 이 작품이 좋은 예다.

나는 아마도 앞으로『환영』을 되풀이 읽지는 않을 것이다. 읽는 내내 마음이 불편하기 때문이다. 그러나 불편한 이야기를 불편하게 하는 소설이 드문 한국소설판에서 이런 불편한 소설이 나왔다는 것이 반갑다. 모든 작가가 "운다고 해서 해결될 일은 세상에 아무 것도 없었다"(78면)고 단호하게 얘기하는 주인공을 내세우는 작가가 될 필요는 없다. 그러나 드물지만 그렇게 말할 줄 아는, 그런 뚝심을 가진 작가도 필요하지 않은가. 다만, 이 소설 이후에 김이설이 어떤 소설을 쓸지는 궁금하다. 자연주의 소설의 문제는 그것이 지향하는 사회고발과 비판의 강도가, 비슷한 소설쓰기를 되풀이할수록 점점 약해질 수밖에 없다는 것이다. 못 없는 자들의 고통을 가능한 한 있는 그대로 보여주는 것은(그것은 또 얼마나 가능할까?) 분명 의미 있는 작업이다. 그리고 작가에게 그런 고통을 해결할 방도를 요구할 수도 없다. 작가는 문제를 정확히 제시하면 그뿐이다. 문제의 해결책은 정치가나 사회운동가들이 고민할 일이다. 그래도 어떤 미련은 남는다. "나는 누구보다 참는 건 잘했다. 누구보다도 질길 수 있었다. 다시 시작이었다"라는 주관적 의지만이 아닌, 윤영 같은 사회적 약자들의 고통을 풀 수 있는 경로를 이제 작가들도 고민할 때가 된 것이 아닌가라는 미련과 기대가 남는다. 그것은 단지 김이설만이 아니라 이 시대 모든 한국작가들의 과제이리라. 오랜만에 힘 있는 작가를 만나서 반갑다. (2011)

재미의 급

―김중혁의 『미스터 모노레일』

좋은 소설의 요건은 무엇인가? 재미있는 이야기, 생생한 인물묘사, 날카로운 주제의식 등을 꼽을 수 있으리라. 거기에 좋은 문체가 더해지면 금상첨화겠다. 이걸 다 갖춘 소설이 걸작이다. 그런 소설은 드물다. 그러니 작가들은 그중 자신이 잘하는 걸 선택한다. 김중혁의 『미스터 모노레일』은 어떤가?

김중혁의 장점은 이야기의 재미이다. 거기에 유머와 위트와 풍자가 덤으로 번뜩인다. 예컨대 이런 대목들.

> 고우창은 아버지처럼 되지 않기 위해 열심히 공부하고 일하고 성취하고 싶었지만 조금만 방심하면 한없이 게으른 상태로 변해 있는 자신을 발견하곤 했다. 스무살이 넘어서 고우창은 자신이 게으르다는 것을 인정했지만 아버지의 게으름과는 전혀 다른 것이라고 주장했다. 아버지의 게으름이 무능력의 공황상태에서 비롯된 것이라면, 자신의 게으름은 관조의 진공상태에서 비롯됐다는 것이다. 그게 어떤 차이인지는 아무도 몰랐다.(39면)

혹은 볼(ball)교의 선교를 우유팩 차기와 연결시키는 기발한 대목은 독자의 눈길을 끈다. 보드게임과 사이비종교에 얽힌 젊은이들의 이야기는 현실풍자로, 미스테리로, 혹은 성장소설로도 읽힌다. 어쨌든 끝까지 읽게 만드는 소설인 건 미덕이다. 이 소설이 얕은 재미만 추구하는 것은 아니다. 볼(ball)을 믿는 볼교의 추종자들은 "자신만의 판단 같은 건 절대 하지 않을 얼굴"(337면), "눈과 코와 입술과 얼굴 근육 곳곳에 나사를 박아놓은 게 아니라면 불가능할 듯싶을 정도로 무표정한 얼굴들"(336면)을 지녔다. 생명력이 사라진 얼굴들이다. 개체의 고유성을 잃어버린 존재들이다. 인간이 게임의 캐릭터를 조종하듯이, 사이비종교에서는 권력자가 신도들을 조종한다. "모노는 처음부터 자신의 선택이란 별로 중요한 게 아닐지도 모른다는 생각이 들었다. 누군가 주사위를 던지고, 자신은 던져진 주사위의 말일지도 모른다는 생각이 들었다"(167면). 그렇게 게임 '헬로 모노레일'은 현실에서 작동하는 권력/힘의 축도가 된다.

때로 이런 통찰이 빛나지만 통찰의 깊이가 문제이다. 물론 등장인물들도 나름의 고민을 한다. 이렇게. "고우인은 지금 자신이 누리고 있는 삶은 확률이 적은 사건들이 연속해서 일어난 기적의 순간일지도 모른다는 생각을 자주 했다. 스무 살이 넘을 때까지 살아남는 것은, 둥근 공에다 아주 작은 점을 찍은 다음 그 공을 굴렸을 때 점이 맨 위로 보이도록 서는 확률보다 낮을지도 모른다고 생각했다"(117면). 혹은 주인공 "모노는 누군가에게 상처를 입히는 건 죽도록 싫었지만, 그렇다고 모서리 하나 없이 둥글둥글해지는 것도 마음에 들지 않았다"(190)는 현실주의적 태도를 드러내기도 한다. 그런데 그런 고민이 소설에서 더 깊이, 구체적으로 확산되지 않는다. 그래서 주인공 모노를 비롯한 주요 인물의 형상화는 대체로 입체성이 없고 평면적이다. 캐리커처에 그친다. 그러니 그들의 말과 생각도 피상적으로 느껴진다.

작가는 그냥 재미있는 소설을 쓴 거라고 말하리라. 하지만 재미에도 급이 있다. 뒤로 갈수록 읽는 재미가 떨어지는 이유가 거기 있다. 소설의 재미는 중요하지만, 그게 좋은 소설을 규정하는 절대적 척도가 될 수는 없다. 아마도 작가는 이것도 고루한 비평적 잣대라고 반론을 펼지 모르겠지만. (2011)

의도와 효과의 거리

—한창훈의 『꽃의 나라』

한국사회에서 이른바 '남성성'이 만들어지는 대표적 공간은 학교와 군대이다. 이때 '남성성'이란 긍정적인 뜻이 아니다. 학교와 군대에서 남자들은 좋게 말하면 규율을, 정확하게 말하면 '폭력의 위계질서'를 배운다. 한국소설에 앞서서 한국영화는 이미 학교폭력과 사회폭력이 어떻게 연결되어 있는지를 날카롭게 제시한 바 있다. 예컨대 〈말죽거리 잔혹사〉나 〈친구〉 같은 영화들이 그렇다. 한국사회에서 남자아이나 청소년은 폭력의 불세례를 통과해서 나쁜 의미의 남성성을 획득한다.

한창훈 장편소설 『꽃의 나라』는 고등학생인 '나'의 성장소설이다. 그러나 헤세의 『데미안』류가 보여주는 성장소설은 아니다. 폭력의 성장소설이다. 소설을 지배하는 정조는 폭력이다. 가족, 학교, 군대, 국가의 폭력이 '나'의 눈을 통해 간결한 문체로 서술된다. 그러나 '나'의 말과 행동은 예컨대 소설 『완득이』의 그것과는 많이 다르다. 그리고 이 소설에는 『완득이』에서 발견되는 희망에 대한 어떤 낙관을 찾기 힘들다. 작가는 '나'의 주위에 만연한 폭력의 편재성을 통해 이들 사이의 관계를 드러내려고 한다. 1부에서 보이는 가정폭력(아버지의 폭력)과 학교폭력의 묘사는 나름 실감난다. 이때의 실감은 폭력 자체의 끔찍함에 대한 세밀한 묘사 때문이 아니라 그 폭력이 빚은 마음의 상처를 그리는 데 있다.

그래서 우리는 꼭 말을 해야 할 때는 웃기거나 적당히 둘러대거나 거짓말을 했고 나머지는 침묵했다. 그는 거짓의 성곽 위에서 편하게 잠들었다. 그러면 비로소 하루가 마감되곤 했는데 그렇다고 긴장이 끝나는 것은 아니었다. 집안이 평안하면 공연히 불안했다. 파란이 잠재된 평온. 파탄이 보장되어 있는 일상 같은 기분이었다.(17면)

'나'의 마음에 폭력이 미친 파괴적 효과는 항시적인 불안감이다. '나'는 언제든 아버지에게 맞을 수 있다는 불안감에 시달린다. 어른이 된다는 건 그런 불안감에서 해방되는 것이라고 '나'는 믿는다. "나는 고개를 흔들었다. 내가 어른이 되고 싶은 건 누구를 때리고 싶어서가 아니었다. 이제는 맞지 않아도 된다는 게 중요했다"(54면). 그러나 그런 일은 벌어지지 않는다. 2부에서 그려지는, 명백히 광주항쟁을 연상시키는 국가폭력의 양상은 어른세계의 폭력의 실체를 드러낸다.

작가가 보기에, 적어도 이 작품의 배경인 1980년대 한국사회에서 학교는 군대와 같다. "내가 맞은 이유는 단 하나. 멀고 낯선 곳이기 때문이다. 군대처럼"(21면). 한국에서 '남성성'이 형성되는 거의 유일한 시스템이 군대이며, 학교도 군대를 본따서 만들어졌다. 체벌과 훈육의 시스템은 그렇게 모방된다. "누군가 매를 들면 우리는 어른들의 군대경험을 떠올렸다. 그들의 증언 속에 항거했다는 말이 없듯이, 우리도 굳건하게 매질을 견뎌내야 했다"(23면). 학교에서 행해진 교련수업은 전형적인 예이다. "스무 살도 되기 전에 남자는 사람 죽이는 방법을, 여자는 죽어가는 사람 살리는 방법을 배우는 것은 대통령이 군인 출신이기 때문이었다. 그의 주변을 둘러싸고 있는 사람들도 모두 군인출신이라고 했다"(114면). 매질에 저항하는 게 아니라 잘 견뎌대는 게 "최고의 덕목"(23면)으로 칭송받는 뒤틀린 학교와 사회의 모습을 작가는 실감나게 그린다. "나는 맞기만 하고 때리지는 않는 첫 번째 사람이 될 것이다. 최소한 자식을 때리지는 않을 것이다"(55면)라고 다짐하는 '나'의 맹세는 그래서 공감이 간다. '나' 의 내면묘사가 독자에게 나름의 호소력을 지닌다는 뜻이다.

2부 국가폭력의 묘사에서 1부에서 보였던 유머가 거의 사라지는 이유 는 국가폭력의 끔찍함에 대한 작가의 비판적 시선과 관련된다. 김현은 "욕망은 폭력을 낳고, 폭력은 종교를 낳는다. 폭력은 어디까지 합리화될 수 있는가?"(『폭력의 구조』)라고 물은 바 있다. 이 소설의 답은 분명하다. 합리화될 수 있는 폭력은 없다. 2부에서 국가폭력이 군대의 이름으로 자 행되는 것도 그래서 자연스럽다. 군대는 맹목적인 집단주의, 국가주의가 작동하는 가장 좋은 예가 된다. 작가에 따르면 웃고, 생각할 줄 아는 게 인간의 고유성이다. 세상을 바라보는 '나'의 시각에 큰 영향을 끼치는 생 물교사의 말은 작가의 견해를 그대로 전해주는 걸로 읽힌다.

생물교사는 인간의 특징을, 아버지가 있다, 웃음이 있다. 그리고 생각을 한다, 라고 했다. 다른 사람에게 죽을 때까지 지워지지 않는 상처를 주 는 것도 인간의 특징인데 그것은 너무 비참해서 또 다른 특징을 찾고 있 다고도 했다. 나는 생물교사를 만나게 되면 이렇게 말하겠다고 생각했 다. '또 하나의 특징은 군대와 병원을 만든다는 거예요. 그러니까 무기 와 꿰맬 때 쓰는 바늘인 거죠.'(229면)

폭력은 인간을 인간답게 만드는 것들을 파괴한다. 인간을 짐승의 수준 으로 낮춘다. 그러므로 "맞는 것도, 때리는 것도 사람을 우울하게 만들었 다"(69면). 작품을 지배하는 폭력의 묘사가 독자를 불편하게 하지만, 지 금도 한국사회 곳곳에서 자행되는 폭력의 실태를 연상시키는 작품의 강 렬함은 돋보인다.

하지만 1부와 2부 사이에는 서사의 균열이 존재한다. 가정폭력과 학교 폭력을, 군대를 내세운 국가폭력과 무리하게 연결하려는 작가의 의도가 빚은 결과이다. 폭력은 편재한다고 주장할 수 있다. 하지만 그런 폭력들이 작동하는 방식에는 공통점도 있지만 차이점도 적지 않다. 그걸 더 파고들어야 하는데, 작가는 폭력의 편재성을 지적하는 데서 멈춘다. 2부에서 작가는 생물교사의 입을 빌어 "그 사령관은 그게 필요한 거야. 공포와, 그것을 만들어내는 혼란이"(204면)라고 말하지만, 국가폭력의 기원이 단지 "공포"와 "혼란"이라는 추상적인 개념으로 해명될 수는 없다. 차라리 이런 추상적인 개념의 나열이 아니라 1부와 마찬가지로 국가폭력이 '나'의 마음에 끼친 파괴력을 탐색하는 게 좀 더 설득력이 있겠다. 1부에서 그려졌던 폭력을 둘러싼 청소년들의 내면에 대한 흥미로운 탐구가 국가폭력을 묘사하는 2부에서는 약해지고 국가폭력이라는 사건 자체의 묘사에 머문 것이 아쉽다. 그런데 그런 묘사들은 예컨대 임철우의 광주항쟁소설에서 묘사된 것과 별반 다르지 않다. 이제 점점 희미한 '역사'가 되어가는 '광주'의 이면을 다시 드러내려는 작가의 의도는 높이 평가할 만하다. 문제는 그 의도가 구체화된 작품의 효과이다. 이 소설은 임철우가 열어놓은 광주항쟁 소설의 지평을 확연히 넘어서지 못했다. 좀 더 새로운 목소리와 시각이 필요해 보인다. (2011)

한국사회의 음울한 축도

―김경욱의 『신에게는 손자가 없다』

『창작과비평』에 실린 김영찬의 글 「공감과 연대: 21세기 소설의 운명」에서 인상 깊게 읽은 한 대목. "지금 젊은 작가들이 대체로 공유하는 듯 보이는, 이를테면 '재현에 대한 공포'도 바로 이와 밀착되어 있는 증상 중하나다. 특정형식이나 기법 같은 모종의 미학적 필터의 가공을 거치지않은 현실의 재현이 '문학적인 것'과 거리가 먼 낡은 수법(그럴 리가 있겠는가!)이라 생각하는 오해가 그것인데, 김이설의 『환영』은 바로 이 오해의 지점을 단신으로 돌파해나간 중요한 성취다"(307면). 내가 보기에 김영찬의 분석은 한국소설계에서 재현의 문제를 우습게 아는 (젊은) 작가들에게 던지는 고언이다. 김경욱 소설집 『신에게는 손자가 없다』는 김영찬이 제기한 '재현'의 가치가 무엇인지를 되새기게 해준다. 김이설의 『환영』이 보여주는, 무자비할 정도의 자연주의적이고 냉혹한 재현의 힘을 보여주는 작품은 아니지만, 그래도 재현의 가치가 무엇인지를 새삼 느끼게 하는 소설집이라는 뜻이다. 한마디로 괜찮다.

김경욱의 『신에게는 손자가 없다』는 한국사회의 음울한 축도를 그린다. 예컨대 성폭행을 당한 손녀를 둔 노인을 묘사한 표제작 「신에게는 손자가 없다」는 그가 보여주는 개인적 복수가, 아무리 치밀하게 준비되고 사무친 것일지라도, 이미 강고하게 짜여진 사회적 힘의 관계를 흔들지 못한다는 걸 냉철하게 보여준다. "사내는 아주 오래 기다려야 하는지도 몰랐다. 나무처럼. 한그루 나무처럼. 말을 잃은 계집애를 등에 업은 채"(33면). 서술자의 개입이 거의 없이 노인의 심리와 행동묘사로만 구성된 이 단편이 전해주는 냉정함 때문에 오히려 독자가 느끼는 쓸쓸함, 그리고 거기에서 생기는 분노의 정조가 더 강해진다. 절제의 미학이다. 이런 절제된 묘사는 거의 모든 단편들에서 발견된다. 「하인리히의 심장」의 다음 대목도 한 예이다. "버림받은 아이들은 제가 버림받았다는 사실을 안다. 가만히 귀 기울이면 아이들의 몸에서 새어나오는 쉭쉭거리는 소리를 들을 수 있다. 영혼이 쪼그라드는 소리다. 사람은 죽으면 체중이 21그램 줄어든다고 한다. 버림받은 순간부터 아이들의 영혼은 조금씩 쪼그라든다. (중략) 보호자를 찾지 못하는 아이들이 가장 많은 날은 어린이날이었다"(154면). 부모를 잃어버린 아이의 마음이 무엇인가를 깊이 생각해보지 않은 작가라면 쓸 수 없는 묘사이다. 이런 묘사를 읽다 보면 소설의 진실은 세부묘사, 디테일에 있다는 말을 실감하게 된다.

한국사회의 음울함을 보여주는 단편은 「러닝맨」이다. 이 작품은 도시 삶의 삭막함과 익명의 폭력에 대한 공포를 보여준다. 사건의 전개와 서술에는 조금 뜬금없는 느낌도 있으나 역시 한국사회를 지배하는 폭력의 정조를 생생하게 전한다. 인간관계가 단절된 한국사회에서 누구든 '나'를 공격하는 '적'이 될 수 있다. 그것이 설령 화자 '나'의 망상일지라도 그런 망상을 이 사회가 만들어낸다. 작가는 "난공의 요새"나 "해자"로 비유되는 한국사회의 다양한 분열양상을 보여준다. "강 건너에는 찍어낸 듯 엇비슷한 아파트가 성벽처럼 죽 늘어서 있었다. 그것은 난공의 요새처럼 보였다. 그렇다면 강은 성벽으로의 접근을 차단하는 해자일 테지. 저 깊고 넓은 해자 건너, 저 단단하고 높은 성벽에 은재의 집이 있다"(52면).

소설집의 인물들은 대체로 "난공의 요새"에서 배제된 주변인들이다. 전직 권투선수, 대필작가, 취업사수생, 주유소 아르바이트생 등. 작가는 이들을 주변인으로 만드는 권력의 억압양상에도 관심을 기울이지만, 그보다는 권력에 편입되기 위한 욕망으로 분열된 인물들의 내면에 더 초점을 맞춘다. 저들만이 문제가 아니라 우리가 문제라는 전언인 셈이다. 「99%」가 좋은 예이다. "1퍼센트를 슬로건으로 내세우면서 99퍼센트를 공략하는 거죠. 1퍼센트를 질시하면서도 거기 끼고 싶어 안달인 99퍼센트 말입니다. 우리는 그 이율배반적인 욕망의 뇌관을 건드려주는 겁니다"(95면). 신자유주의적 자본주의의 키워드는 무한경쟁, 승자독식이다. 무한경쟁은 반드시 극소수의 승자와 대다수의 패자를 낳는다. 99퍼센트에 속하는 사람들도 자신만은 1퍼센트에 속하기를 희망한다. 거의 불가능한 희망이다. 이 단편에서도 묘사되는 학교에서의 경쟁(한국에서 교실투쟁class struggle은 계급투쟁class struggle이다)과 직장 내 경쟁은 좋은 예이다. 그러나 99퍼센트의 저항이 이미 주어진 "욕망"의 구조를 다시 사유하지 않는 한 근본적인 한계를 지닌다. 주어진 게임의 룰은 변하지 않기 때문이다. 이 단편이 이런 문제를 깊이있게 다룬다고 할 수는 없지만, 그래도 심각하다면 심각할 수 있는 문제를 유머, 해학, 아이러니를 적절히 구사하면서 제기한다. 언급한 단편 말고도 딱히 빠지는 작품이 거의 없이(「연애의 여왕」 정도가 좀 처진다.) 고른 질을 유지하는 소설집이다. 작가의 다음 작품이 기대된다. (2011)

이상문학상 유감

—김영하의 「옥수수와 나」

올해 이상문학상 수상작인 김영하의 단편 「옥수수와 나」의 주제는 둘이
다. 첫째, '내'가 보는 '나'와 남이 보는 '나' 사이의 거리. 라캉식으로 표
현하면, '나'의 정체성은 타자들이 규정한다. 작품의 앞뒤에 인용된 "철석
같이 스스로를 옥수수라 믿는 남자"인 환자와 의사의 대화는 이 주제를
요약한다. 의사의 물음. "선생님은 옥수수가 아니라 사람이라는 거, 이제
아시잖아요?" 환자의 답변. "글쎄, 저야 알지요. 하지만 닭들은 그걸 모르
잖아요." 지젝이 즐겨 인용하는 동유럽의 농담인데, 여기에는 믿음과 오
인의 관계가 간명하게 드러난다. '나'는 스스로를 인간이라고 생각하지
만 타자들, 닭들은 '나'를 옥수수라고 여긴다면 '나'는 누구인가? 작가는
이 문제를 각자 바람피우면서도 그 관계의 숨겨진 진실은 모르는 등장
인물들의 관계를 통해 탐색한다. 그러니 이 작품이 "인간의 정신과 그것
을 파괴하고자 하는 욕망을 생태학적 상상력으로 서사화함으로써 환상
소설의 새로운 가능성을 제시"했다는 심사평은 터무니없다. 작품에서 빛
을 발하는 것은 "생태학적 상상력"이 아니라 인간관계의 어긋남에 대한
나름의 탐구이다. 그 탐구의 깊이가 문제지만.

둘째, 물신시대 소설가의 운명. 작품은 글쟁이들의 생활과 관념 사이의
거리를 코믹하게, 혹은 풍자적으로 드러내면서, 우리시대 문학의 위상,
문학과 독자의 관계를 사유한다. '나'는 소설을 쓰고, 친구 중 "한 녀석은

대학에서 철학을 가르치면서 시를 쓰고 다른 녀석은 시를 쓰면서 카페를 운영한다"(21면). 모두 육체보다 관념이 앞서는 글쟁이들이다. '나'의 친구인 철학자의 말. "너는 관념에서 출발해 거기에 사실의 살을 붙여가는 일을 하잖아. 아이디어에서 출발해 거기에 육체를 더하는. 그러니까 네가 뭐라고 떠들든 너 역시 관념을 먼저 처리해야 할 거야"(23면).

작가는 글쓰기는 관념의 처리가 아니라 몸과 삶의 문제라고 말한다. 작가의 삶을 옥죄는 건 돈이다. "사장이 도저히 제정신으로는 출판할 수 없는 난해하고 어지러운 소설을 쓰는 거야. 제임스 조이스의 『율리시즈』 같은 걸 써버려. 한 천 페이지쯤 되고 이렇다 할 줄거리도 없고 주제도 알기 힘든 소설 말이야"(39면). 상품화의 논리에 맞서려면 "난해하고 어지러운" 소설을 써야 한다. 이런 주장도 상투적이다. '나'는『율리시즈』의 주제를 "찌질한 중년남자의 어지러운 성적 몽상"(39면)이라고 단정한다. 『율리시즈』의 저항정신은 우리 시대에는 기껏 "어지러운 성적 몽상"으로 치부된다. '나'의 오독이다. 그러므로『율리시즈』의 "성적 몽상"에서 연상된 작품 후반부 '나'의 성적 몽상, 사장이 소설을 쓰라고 빌려준 뉴욕의 아파트에서 벌어지는 나-사장-사장 전처 사이의 에피소드는 뜬금없다.

나름의 문제의식과 김영하 고유의 경쾌한 문체도 여전하지만, 이 작품은 걸작은 아니다. 심사위원들도 그걸 안다. "금년도 이상문학상 후보작들뿐만 아니라, 한국소설에서 작가 혼이 담겨 있는 작품을 만나기가 점점 어려워진다"(373면). 혹은 "요즘의 어느 상이든 후보로 올라온 작품들이 해당 작가들의 수준에 미달하고 있음은 주지의 사실이다. 그 많던 작가들은 다 어디로 갔을까. 치열하고 날카로운 정신은 어디로 갔을까"(376면)라고 묻는다. 내가 알기에 이상문학상은 '작품'의 질을 평가해 주는 상이다. 작가의 창작이력을 총체적으로 평가해주는 '작가'상이라면 김영하의 수상에 나도 별 이견 없다.

하지만 '작품'만을 평가한 상이라면 나로서는 선뜻 동의하기 어렵다.

굳이 이번 『36회 이상문학상 작품집』에서 한 편을 뽑으라면 나는 김숨의
단편 「국수」를 대상으로 뽑겠다. 이번 이상문학상은 주인을 잘못 찾았
다. 문제는 이상문학상이 이렇게 주인을 잘못 찾는 경우가 종종 있다는
것이다. 지난해 수상작인 공지영의 경우도 그런 예라고 나는 판단한다.

(2012)

'돈의 맛'과 한국 문학

—임상수의 〈돈의 맛〉

영화 "〈돈의 맛〉은 임상수판 『자본론』"(『씨네21』). 조금 과장되었지만 예리한 지적이다. 영화는 한국 천민자본주의의 내면을 예리하게 조명한다. 돈의 맛에 길들여진 최상류층 '왕족'들이 펼치는 권력, 애욕, 집착, 파멸, 구원의 스펙터클. 각 인물들은 돈에 매혹되고, 압도되고, 결국에는 돈에 모욕당한다. 모두가 돈의 노예이고 하녀이다. 돈에 매수된 권력도 예외는 아니다. 하지만 영화의 결말이 암시하듯 누군가는 돈의 모욕을 벗어나길 꿈꾼다. 인물들은 한국 자본주의 최상류층의 삶을 입체적으로 드러내는 개인들이자 동시에 각 계급의 속성을 드러내는 전형성을 지닌다. 각 인물의 개성이 좀 더 생생하게 부각되었으면 좋겠다는 아쉬움은 남는다. 특히 주영작의 경우가 그렇다.

하지만 장편소설이 아닌 영화에서 이 정도의 '전형성'을 표현하기도 쉽지 않다. 돈의 주인이자 노예인 백금옥(윤여정 분)과 돈의 맛에 휘둘리다가 파멸하는 윤 회장(백윤식 분)의 형상화는 인상적이다. 미장센도 뛰어나다. 카메라는 고가의 미술작품과 세련된 복식으로 치장된 돈의 왕국 사람들의 화려하지만 공허하고 외로운 내면을 유려하게 포착한다. 영화의 주인공은 특정 인물이 아니다. 자본이다. 돈이다. 자본은 모든 것을 자기 앞에 무릎 꿇린다. 그래서 '자본'주의이다. 재벌 3세 윤철은 영작에게 자기 앞에 경의를 표하고 무릎 꿇으라고 비웃지만, 그 역시 자본의 노예다.

이 영화는 내가 한국 문학에 대해 품고 있는 어떤 불만을 상기시켰다. 조심스러운 진단이지만, 한국 문학은 한국 사회의 리얼리티를 그리는 재현 경쟁에서 영화에 패배했다. 어떤 평자들은 몇몇 작품의 성취를 상찬한다. 그러나 그런 작품들조차 모성, 폭력, 가진 자들, 몫 없는 자들, 이주자들 등 한국 사회의 면모를 포착하는 데 있어서 한국 영화의 깊이에는 못 미친다. 소설 등의 서사문학은 인물과 인물의 관계를 탐색하면서 세계의 리얼리티를 드러낸다. 그러나 인물의 관계는 언제나 계급적, 인종적, 성적, 세대적 관계이다.

언제부턴가 한국 문학은 전형성을 잃고 협소한 내면성의 외딴 방에, 지금, 이곳의 현실이 아닌 후일담의 세계에, 관념과 언어조작의 세계에 갇혀 있다. 그러나 문학적 "기념비는 과거에 일어난 어떤 사건을 기념하거나 축하하는 것이 아니다. 그것은 사건에 신체성을 부여하는 지속적인 감각들을 미래의 귀에 들려주는 것이다. 끊임없이 되살아나는 인간의 고통, 다시 시작되는 인간의 항거, 가차 없이 재개되는 투쟁을"(들뢰즈).

지금 한국 문학에는 고통과 항거와 투쟁의 사건에 신체성을 부여하는 생생한 감각이 태부족하다. 작가들은 당대와의 정면승부를 회피한다. 황정은의 『백의 그림자』나 김이설의 『환영』 같은 예외가 있지만, 극히 드물다. 『객지』와 『난장이가 쏘아 올린 작은 공』을 읽으면서 한 시대를 온몸의 감각으로 느끼던 때가 있었다. 지금은 그런 시대가 아니다. 달라진 현실은 달라진 재현의 방법을 요구한다. 어떤 대상을 택하고, 기법을 사용하든, 그건 작가의 자유이다. 요는 작가들이 그들만의 문학적 『자본론』을 쓰는 것. 부탁한다. 작가들이여, 당대로 돌아오라! (2012)

『레가토』와 괴물의 시대

―권여선의 『레가토』

치유담론이 유행이다. '아프니까 청춘이다'를 넘어서 '아프니까 어린이이고, 청소년이고, 중년이고, 노년이다.' 무엇인가 크게 어긋난 시대이다. 아픔을 달래기 위한 다양한 처방이 제시된다. 치유담론의 시대에 문학은 어떤 역할을 할까. 위안으로서의 문학과 비판으로서의 문학. 이 둘은 문학이 존재한 이래 수행해온 사회적 기능이다. 둘은 깊은 차원에서 연결된다. 훌륭한 문학이 지금 유행하는 달콤하지만 공허한 치유담론과 구분되는 이유이다.

문학의 윤리가 여기 있다. 윤리는 나와 남이 어울려 살아가기에 제기되는 삶의 테두리이다. '나'는 '너'가 아니다. 그렇기에 '나'는 타인의 고통·슬픔·좌절을 이해하지 못한다. '동병상련'이라는 말의 속뜻은 같은 병을 앓지 않는 '내'가 그들의 고통에 동참하기는 거의 불가능하다는 뜻이다. 재현의 한계이다. 문학은 사람 사이에 이뤄지는 이해와 공감의 (불)가능성을 되묻는다. 이 시대의 비극은 우리들이, 특히 권력자들이 '동병상련'과 '역지사지'의 윤리를 철저히 망각한 데 있지 않을까. 그럴 때 시민들은 단지 통치와 행정의 대상이 된다. '용산참사'가 좋은 예다. 해고와 생활고, 살벌한 입시경쟁으로 제 목숨을 끊는 노동자와 청소년을 우리는 그러려니 무덤덤하게 바라본다. 맜 없는 이들의 고통은 외면한 채 온통 당권에만 눈이 먼 좌파도 예외는 아니다. 사람들이 인간다움을 잃고 괴물로 변해가는 시대다.

　한국문학은 괴물의 시대를 어떤 '동병상련'의 감각으로 '재현'할 것인가. 예술적 재현은 실은 불가능하다. 하지만 훌륭한 예술작품은 이런 불가능성을 외면하지 않고 냉철하게 직시한다. 이런 냉철함이 '동병상련'의 감각과 결합할 때 '재현'의 한계를 돌파하는 작품이 탄생한다. 그런 느낌을 주는 작품인 『레가토』를 읽었다. 이 작품을 통상적인 후일담 문학으로 치부하는 건 피상적이다. 열정과 맹목의 20대의 기억, 그리고 위선·자학·죄의식으로 괴로워하는 현재를 대립시키는 손쉬운 이분법을 이 작품은 깬다. 작가는 과거와 현재 모두를 관통하는 문제들, 즉 재현의 한계, 이해와 공감의 근거, 위안과 비판의 관계를 묻는다. 둘 이상의 음을 부드럽게 이어서 연주하는 음악기법인 레가토를 제목으로 택한 게 그래서 이해된다. 작품의 묘미는 운동권의 일상 묘사에 있지 않다. 그 부분은 별로 새롭지 않다. 작품의 힘은 오정연의 가족관계, 특히 정연의 고통을 동병상련의 감각으로 이해하는 데 실패한 주변사람들의 내면에 대한 탐구에서 나온다. 그들의 부끄러움이 우리를 부끄럽게 한다.

　이 작품은 어쨌든 후일담이다. 지금, 이곳의 평균적이고 세속적인, 현실을 지배하는 담론이나 인식에는 못 미친다. 작가도 그걸 안다. "지금까지는 저 혼자만의 리그 속에서 들입다 깊이 파기만 했다면, 이제는 좌로 우로 산지사방으로 움직이면서 새롭게 현실의 넓이에 대해 고민해야 할 때라고 봐요."(『창작과비평』 156호) 즉, 개별화된 인간을 넘어서 현시대의 사회적 관계 속에 놓인 개인의 삶을 더 깊고 넓게 탐색하는 것, 권여선과 더불어 우리 시대 작가들에게 기대하는 덕목이다. (2012)

'폭풍의 언덕'의 사랑론

—앤드리아 아널드의 〈폭풍의 언덕〉

현대비평이론이 작품읽기에 기여한 공로는 손쉬운 '인간주의'를 들먹이기가 어렵게 만들었다는 것이다. 시공간을 초월한 감성의 보편성 운운하는 비평도 여전히 있다. 하지만 서사장르를 읽을 때 등장인물이 처한 상황이나 직업, 경력, 배경(교육·가족관계), 정체성의 의미를 숙고하지 않는 인간주의는 무엇일까? 사랑을 비롯한 인간적 정념? 사랑도 구체적인 '성적' 관계인 이상 삶의 조건을 배제한 사랑의 묘사는 대부분 맥이 빠진다. 조심스러운 판단이고, 그들 사이에 만리장성은 없지만, 사랑을 다루는 이런 시각의 차이가 대중문학과 본격문학을 갈라놓는다. 티브이, 영화, 대중문학에서도 수없이 사랑을 다룬다. 본격문학보다도 날카롭게 사랑의 본질을 파고드는 대중문화작품도 있다. 그러나 대체로 다음 두 가지 점이 없거나 미흡하다.

첫째, 성적 관계는 계급적, 신분적, 인종적, 세대적 관계와 얽혀 있다. 물론 사랑은 관계의 차이를 종종 넘어선다. 하지만 고전은 사랑의 초월성을 보여주는 동시에 성적 관계에 작동하는 계급적, 신분적, 인종적, 세대적 갈등의 양상을 입체적으로 표현한다. 티브이 드라마에 나오는 사랑 이야기가 종종 사랑 '놀음'에 그치는 이유는 거기에 생활의 문제가 빠져 있기 때문이다. 드라마의 인물들은 '밥벌이의 지겨움'에서 대개 면제된다. 그들은 대개 매우 부유해서 사랑을 방해하는 핵심 요소인 돈 걱정을 할 필요가 없다. 아니면 철이 없어서 생활의 문제를 모른다. 그러니 연애 문제로만 힘들고 눈물을 짠다. 현실의 우리는 그럴 수 없다. 사랑보다 긴급한 게 밥벌이의 문제다.

둘째, 사랑의 양면성. 눈에 콩깍지가 씌는 낭만적 달콤함이 사랑에는 존재한다. 라캉에 기대어 설명하면, 사랑은 어머니와 맺었던, '나'와 세상이 하나였던 잃어버린 상상계의 불가능한 반복이다. 에로스적 사랑은 달콤하다. 그러나 우리는 주체가 되기 위해서 (상징적) 거세의 과정을 겪어야 하고, 상징계, 법과 문화의 세계에 진입한다. 주체가 되기 위해 우리는 절대적 사랑을 잃었다. 현실의 사랑이 씁쓸한 어긋남이고 실패인 이유이다. 우리들은 어긋남의 현실 속에서 잃어버린 상상계적 사랑을 꿈꾼다. 사랑의 뛰어난 서사가 대체로 희극이 아니라 비극인 까닭이다. 『오만과 편견』, 『보바리 부인』, 『안나 카레니나』, 『테스』, 『폭풍의 언덕』 등이 고전으로 남은 이유는 사랑의 착잡함을 심층적으로 표현했기 때문이다.

최근 개봉한 앤드리아 아널드 감독의 영화 〈폭풍의 언덕〉(2011)은 사랑이 지닌 극한성과 폭력성을 담은 원작이 지닌 문제의식의 한쪽에 초점을 맞춘다. 영화에서는 원작과는 달리 언쇼 가와 린튼 가의 계급적, 세대적 갈등은 설핏 다룬다. 대신 감독은 히스클리프와 캐서린이 죽음 앞에서도 버리지 못하는 상상계적 사랑의 양면성을 부각시킨다. 그들의 극한적 사랑은 다른 모든 것, 현실의 논리를 단호히 부정하기에 전율을 불러일으킨다. 동시에 그 맹목성 때문에 끔찍하다. "내가 바로 히스클리프"라는 캐서린의 유명한 발언은 현실에 진입하지 못하는 사랑의 맹목으로 죽음을 재촉하는 그들의 운명을 요약한다. 황량하기 그지없는 풍광묘사의 효과도 여기 있다. 이사벨라의 말대로 히스클리프가 돌아왔기에 캐서린은 죽는다. 극단적 사랑이 죽음을 부른다. 사랑이 지닌 파괴성이다. 『폭풍의 언덕』은 30살에 요절한 에밀리 브론테가 28살에 쓴 단 한 권의 소설이다. 작가의 강렬한 정념이 흘러넘치는 작품이다. 말랑말랑한 사랑이야기는 이제 그만. 사랑의 본성을 냉철하게 파고드는 한국 문학과 영화를 더 많이 보고 싶다. (2012)

'황금시대'라는 환상

—우디 앨런의 〈미드나잇 인 파리〉

모든 인간은 자기 시대를 과도기로 여긴다는 말이 있다. 우리는 자신의 시대에 만족하지 않는다. 깊은 환멸감이 지배하는 '엠비 시대'는 더욱 그렇다. 그럴 때 우리는 좋았던 과거를 불러낸다. 그때, 그곳에 살았더라면 훨씬 행복했으리라는 환상을 품는다. 우디 앨런의 〈미드나잇 인 파리〉는 환상과 현실의 관계를 예의 그만의 방식으로 탐구한다.

주인공 길(오언 윌슨)은 1920년대 파리를 동경한다. 잘나가는 할리우드 시나리오 작가인 길은 본격소설을 쓰고 싶어 하지만, 약혼자조차 그의 욕망을 비웃는다. 본격문학은 가치를 인정받지 못한다는 뜻이다. 그는 어긋난 시대를 산다. 그래서 탈출의 꿈을 꾼다. 이 영화는 헤밍웨이의 표현대로 '영원한 도시'인 파리에 대한 찬가이자, '황금시대'였던 1920년대에 대한 찬가이다. 1920년대로의 환상 여행을 통해 길이 만나는 아드리아나라는 멋진 여인은 길이 품은 동경의 상징이다.

왜 1920년대인가? 미국과 유럽의 경우, 이 시대는 짧은 경제적 번영의 시대, 물질주의가 팽배한 시대였다. 격동의 20년대, 황금의 20년대였다. 이 시대는 "사상 초유의 두 세계대전을 축으로 하여 파괴와 신생의 길항 위에 성립한다"(염무웅). 짧은 평온기는 1929년 대공황으로 산산이 깨진다. 정치적 격동의 시대를 열어젖힌 1917년 러시아혁명은 이 시대를 표현하는 또 다른 얼굴이다. 문화사적으로 이 시대는 유례를 찾기 힘든 걸작의 시대였다. 영화에도 등장하는 헤밍웨이, 피츠제럴드, 스타인, 그리고 로런스, 울프, 파운드의 걸작이 한꺼번에 쏟아져 나온 '본격모더니즘'의 시대였다. 카프카와 루카치의 이름도 빼놓을 수 없다. 1922년 나란히 발표된 조이스의 『율리시스』와 엘리엇의 「황무지」는 20세기 문학이 바라보는 이정표가 된다.

영화는 이런 작가들과 더불어 피카소, 달리, 부뉴엘, 레이 등의 예술가들도 소개한다. 유럽 현대예술사의 별들이 앞다퉈 등장한 거장들의 시대지만, 동시에 이 시대는 라디오·영화 등이 본격적으로 대중화된 시대였고, 영화 〈아티스트〉에서 슬프게 그려진 무성영화에서 유성영화로의 전환기였다. 길이 그리고 감독이 이 시대에 매혹된 것은 충분히 그럴 만하다. 영화는 이런 매혹을 유려하게 표현한다.

한국문학의 경우에도 이 시대는 매혹적이다. 1919년 3·1운동, 임시정부 수립에 잇따른 사회주의 사상 전파, 카프 결성, 다양한 대중운동이 등장했고, 한국문학이 본격적으로 근대문학으로 진입한 때였다. 한용운의 『님의 침묵』, 김소월의 『진달래꽃』, 김동환의 『국경의 밤』 등의 탁월한 시집이 출간되고, 이상화, 정지용, 김동인, 염상섭, 현진건 등이 얼굴을 내민 시대이자 근대문학의 토대가 놓인 시대였다. 이런 토대 위에서 임화, 백석, 이상, 박태원 등이 30년대에 활동하며 한국 근대문학의 기틀을 잡는다.

길처럼 본격문학과 예술의 쇠락에 환멸을 느끼는 이들에게 1920년대는 '황금시대'로 매혹될 만하다. 그러나 매혹은 달콤하지만 위험하다. 영화에 등장하는 예술가들은 각기 다른 시대를 동경한다. 벨 에포크, 르네상스 시대가 그들에게 또다른 동경의 대상이 된다. 다들 어긋난 시대를 산다고 느낀다. 근대문학의 종언, (장편)소설의 불가능성이 운위되는 우리 시대는 본격문학의 황금기였던 1920년대에 비해 분명 초라하다. 문학은 이제 문화의 중심도 아니다.

그러나 각 시대는 그 시대가 필요로 하는 예술만을 갖는 법이다. 그들은 그들의 '황금시대'를, 우리는 우리의 '나쁜 시대'를 산다. 영화의 엔딩에서 길이 환멸스러운 현실을 담담히 받아들이고 그의 길을 경쾌하게 걸어가듯이, 우리도 주어진 문학의 행로를 뚜벅뚜벅 걸어갈 뿐이다. 그러니 다시 "나쁜 현실에서 출발하라"(브레히트). (2012)

정치의 언어, 시의 언어

—비스와바 심보르스카의 『끝과 시작』

'안철수 협박' 사건은 정치언어의 한계를 잘 보여준다. 첫째, 정치의 언어는 확신에 차 있다. 국가, 통합, 화합 따위의 '큰 말'을 좋아한다. '나'는 선이고 상대방은 악이다. 추호의 의심도 없다. 그런 강퍅한 의식에서 "건강한 사회를 위해 그 안의 악은 어떤 방법으로든 제거되어야 한다"(히틀러)는 파시즘적 발상이 나타난다. 파시즘의 뿌리는 나만이 옳다고 믿는 뻔뻔한 의식과 언어이다. 파시즘은 "우리를 중요시한다는 점에서 집단적이며, 반성이 없다는 점에서 전체주의적이고, 혼자 말한다는 점에서 독재적"(김현)이다. 독재자(dictator)는 혼자 말하고 시민들에게 받아쓰기(dictation)만을 시킨다.

둘째, 언어의 "의미는 곧 오해"(라캉)라는 걸 정치인들은 모른다. 정신분석비평이 밝혔듯이, 말의 의미를 규정하는 건 '내'가 아니라 타인들이다. 내가 '대화'라고 의도하고 말했든 않든 상관없이, 다른 이들이 그 말을 '협박'이라고 해석했다면, 그 말의 의미는 협박으로 규정된다. 정치가들은 곤란한 지경에 처하면 자신이 내뱉은 말의 '본뜻'을 시민들이 오해한다고 탓한다. 하지만 말의 본뜻은 애초부터 존재하지 않는다.

말과 텍스트의 '의미'는 주관적인 '의도'가 아니다. 내 머릿속의 의도는 오직 나와 신만이 알 뿐이다. 그걸 남이 몰라준다고 징징댈 이유가 없다. 내가 무슨 의도를 갖고 말을 하고 글을 쓰든 그것들이 내 입과 손에서 떠나는 순간, 그 의미를 결정하는 건 내가 아니라 내 말과 글을 듣고 읽는 타자이다. 의미는 언제나 사후에 타자들이 결정한다. 본뜻을 남에게 말과 글로 온전히 전달할 방도는 없다. 말과 글이 지닌 오해의 숙명이다. 문학의 언어, 시의 언어는 이런 말과 글의 숙명을 껴안는다.

최근 문학계에서 논란이 된 '문학의 정치'는 곧 말의 정치이다. 우리 시대의 한 탁월한 시인이 갈파했듯이, 시의 언어는 딱딱해진 통치의 언어를 녹여 여백과 틈을 창조한다. "독재자들, 정치가들 역시 자신의 일을 사랑하고 또 열광적인 아이디어로 그 일을 수행하고 있지 않냐고요? 네, 그렇습니다. 하지만 문제는 그들이 '알고 있다'는 사실입니다. 그들은 '모른다'는 말을 하지 않습니다. 그들은 자신이 알고 있는 유일한 것, 오로지 그 하나만으로 영원히 만족합니다. 그 밖의 다른 것들은 철저히 관심 밖에 있습니다."(비스와바 심보르스카, 「노벨문학상 수상 연설문」) 하지만 시인은 '나는 모르겠다'고 되풀이 말한다. 시인은 자신의 작품에 마침표를 찍을 때마다 망설이고 흔들린다. 거기에서 새로운 시적 영감과 언어가 솟아난다.

시의 언어는 힘이 없어 보인다. "우리들이 내뱉는 말에는 힘이 없다/ 그 어떤 소리도 하찮은 신음에 불과하다/ 온 힘을 다해 찾는다/ 적절한 단어를 찾아 헤맨다/ 그러나 찾을 수가 없다/ 도무지 찾을 수가 없다"(심보르스카, 「단어를 찾아서」 부분) 확신에 차 있는 정치의 언어에 비하면 시의 언어는 "하찮은 신음에 불과하다." 그러나 탐색을 멈추지 않는 시어들은 새로운 사유의 가능성을 열어준다. 이렇게. "미소 짓고, 어깨동무하며/ 우리 함께 일치점을 찾아보자/ 비록 우리가 두 개의 투명한 물방울처럼/ 서로 다를지라도"(「두 번은 없다」 부분)

대권을 꿈꾸는 정치인들에게 심보르스카 시 선집 『끝과 시작』의 일독을 권한다. 이런 시집을 읽고 말과 소통의 의미와 한계를 성찰할 줄 아는 지도자를 만나고 싶다. 우리도 이런 지도자를 가질 때도 되지 않았는가.
(2012)

어느 에세이스트의 절필
—고종석의 에세이

인생에서 중요한 것이 무엇인가라는 질문에 대한 어느 교육평론가의 답변. "잘 먹는 것, 잘 자는 것, 잘 읽는 것." 앞의 둘은 많이 하는 이야기다. 그런데 "잘 읽는 것"은 조금 뜻밖이다. 곰곰이 따져보니 말뜻을 얼추 짐작하겠다. 잘 먹고 잘 자는 것은 건강에 긴요하다. 하지만 인간은 그것만으로는 '인간다움'의 경지에 이르지 못한다. 인류의 정신적 유산들을 "잘 읽는" 수련의 과정을 거칠 때 양식 있는 시민이 탄생하고, 활력 있는 시민사회가 형성된다. 글 읽기의 힘이다. 미국 어느 대학에서는 4년 교과과정 전부를 고전읽기로 채운다는데, 나는 그런 대학이 부럽다. 한국에서는 고전읽기조차 입시를 위한 요점정리의 대상이 되고 있으니 말이다.

잘 읽기 위해서는 읽을 만한 좋은 글이 많아야 한다. 케케묵은 말처럼 들리지만 (인)문학의 고전을 읽어야 하는 이유도 그런 고전들이 긴 시간의 시험을 통과해 살아남았기 때문이다. 근대문학의 총아인 (장편)소설을 비롯해 서정시, 희곡을 살펴봐도 그 나름대로 합의된 고전의 윤곽을 그릴 수 있다. 그들은 '한국문학공화국'의 '적자'들이다. 그러나 에세이는 합당한 대우를 못 받는 '서자'이다. 잡다한 신변잡기를 풀어놓은 가벼운 수필(미셀러니)은 많지만, 삶에 대한 통찰을 그만의 문체로 표현하는 '에세이'는 매우 적다. 고독하지만 독립적인 정신의 표현을 가능케 하는 건강한 개인주의의 뿌리가 깊지 못한 한국 문화의 척박한 토양도 한 이유이리라.

　고종석이 우리 시대의 탁월한 에세이스트라고 평소 생각해왔다. 고종석이 펼쳐온 다양한 글쓰기의 알짜는 에세이이다. 그가 앞으로 '직업적 글쓰기'는 하지 않겠다고 절필 선언을 했다. "소수의 독자들이 내 글에 호의적이긴 했지만, 내 책이 독자들에게 큰 메아리를 불러일으켜 많이 팔려나간 적은 없다. 설령 내 책이 꽤 팔려나가고 운 좋게 거기 권위가 곁들여졌다 해서, 그것이 세상을 바꿀 수 있을 것 같지는 않다. (중략) 미심쩍었다. 글은, 예외적 경우가 있긴 하겠으나, 세상을 바꾸는 데 무력해 보였다."(《한겨레》 9월 24일) 정확한 이유는 모르겠지만, 그는 글쓰기의 영향력에 큰 회의를 갖게 된 듯하다. 안타깝다. 내 생각에 글은 세상을 크게 바꿀 수 없다. 글쓰기는 힘이 없다. 글쟁이 자신, 혹은 글을 읽어주는 "소수의 독자들"의 마음을 아주 조금 바꿀 수 있을 뿐이다. 그게 '문학의 정치' 혹은 '글쓰기의 정치'의 한계이지만, 그런 미약한 글쓰기들이 모여 아주 가끔은 의미 있는 세상의 변화를 이끌 수도 있다고 나는 믿는다.

　아니, 어쩌면 이런 기대 자체가 잘못 설정된 게 아닐까? 글쓰기는 결국 그 누구도 아닌 글쟁이 자신을 위한 것이기 때문이다. 사회운동이 그렇듯이. 평화운동가 에이브러햄 머스트(1885~1967)의 일화. 그는 베트남전쟁 당시 백악관 앞에서 밤마다 촛불을 들었다. 어느 비 오는 날 저녁, 한 방송 기자가 물었다. '혼자서 이런다고 세상이 변하고 나라 정책이 바뀌리라고 생각하십니까?' '난 이 나라의 정책을 변화시키겠다고 여기 있는 게 아닙니다. 이 나라가 나를 변질시키지 못하도록 하기 위해서 이 일을 하고 있는 겁니다.' 글쓰기의 소임도 그렇지 않을까. 거창하게 남들을 변화시키기 위해서가 아니라 잘못된 국가와 비틀어진 현실이 "나를 변질시키지 못하도록" 하기 위한, 가냘프지만 의미 있는 행위. 에세이스트 고종석이 조만간 '한국문학공화국'의 시민으로 귀환하기를 한 애독자로서 희망한다. (2012)

밀크초콜릿과 다크초콜릿

―진은영의 『훔쳐가는 노래』

구조와 주체의 관계를 어떻게 사유할 것인가. 이 난제를 현대사상과 비평이론은 아직 말끔하게 해명하지 못했다. 그러나 구조주의의 등장 이후 주체의 삶을 조건짓는 시스템, 특히 자본주의 사회관계를 사유하지 않는 주체담론이 공허하다는 것은 이구동성으로 지적한다. 예컨대 치유담론의 주장과는 달리 학벌주의는 개인의 노력으로 쉽게 해결되기 힘든 구조의 문제이다. 엠비 정권에서 엄청난 사회적 스트레스로 고통받고 있는 한국 사회 구성원들에게 치유(healing) 담론이 호소력을 지니는 건 일면 당연하다.

시민들은 지금 아프다. 종교인이나 교수가 내놓는 치유 관련 저서가 베스트셀러의 상당수를 점유하는 현실은 역설적으로 우리 시대의 고통지수를 드러낸다. 그러나 다수의 치유담론서들은 시스템의 문제는 외면한 채 모든 걸 주체의 탓, 개인의 탓으로 돌리는 나이브한 조언에 그치고 있다. '내 탓이로소이다'라는 말은 종교담론으로서는 의미가 있다. 하지만 고통과 상처의 원인을 구체적으로 분석하지 않은 채, 듣기는 좋으나 실질적인 해결책은 내놓지 못하는 '말씀'은 비유컨대 입에는 다나 몸에는 해로운 밀크초콜릿이다. 우리에게는 '구체적 상황의 구체적 분석'으로 나아가는, 입에는 쓰나 몸에는 이로운 다크초콜릿의 치유담론이 필요하다.

'아프니까 청춘이다' 식의 말랑말랑한, 듣기 좋으나 공허한 위로가 아니라, 개인들이 놓여 있는 상황의 엄혹함, 그 안에서 고통받는 젊은이들의 상황을 직시하면서 '현실은 시궁창'('현시창')이라고 일갈하는 태도가 오히려 문제를 해결하는 출발점이 아닐까. "너무 많은 이들이 청춘을 위로하고 치유한다고 나서는 세상이다. 나는 스물네 건의 사연을 내보이며 이래도 세상이 이들에게 '힘내라'는 말을 건넬 수 있겠냐고 반문하려 한다. 이것은 철수와 영희, 개인의 문제가 아니다. 나 혼자 잘살면 해결되는 문제가 아니다. 청년이 미래에 대한 절망 속에서 허우적거리게 만드는 사회는 '나쁜 사회'라는 인식에서 출발해야 한다. 변화를 모색해야 한다. 그러기 위해 현실을 직시해야 한다."(임지선, 『현시창』)

좋은 문학에서 현실의 직시와 비판, 그리고 위로와 치유는 깊은 차원에서 연결된다. 현실을 냉철하게 인식하고, 무엇이 우리를 아프게 하는지 그 원인을 깊이 천착할 때만이 제대로 된 치유의 길이 열린다는 진실을 본격문학은 독자에게 상기시킨다. 명쾌하게 대중문학과 본격문학을 나눌 수는 없지만, 굳이 나눔의 기준을 말하라면 밀크초콜릿과 다크초콜릿의 비유를 다시 들겠다. 대중문학은 대중이 좋아할 만한 달콤한 이야기만을 한다. 본격문학은 대중이 들어야 하는 씁쓸하고 불편한 이야기를 쓴다. 이런 시처럼.

"구름이 물방울들, 발 없는 영혼들의 몽유병이라는 거/ 청춘의 고통이 끝나지 않았다는 거/ 청춘이 끝난 뒤에도 고통이 끝나지 않았다는 거/ 어떤 싸움이 끝난 뒤에도 끝나지 않았다는 거."(진은영, 「지난해의 비밀」 부분) 본격문학은 현실을 호도하지 않는다. 사랑도 달콤하지만은 않다. 사랑은 "로맨스 영화"가 아니다. "너와 나 사이/ 무사영화에 나오는 장검처럼/ 길고 빛나는/ 연애담은 없었다. 단 한번도/ 로맨스 영화에서/ 여주인공이 살구나무숲에 무심코 떨어뜨린/ 에메랄드 반지처럼/ 어떤 이웃 청년도 우리가 분실한 손가락을 찾아주지 않았다."(진은영, 「영화처럼」 부

분) 이 시대의 고통받는 사람들에게, 제대로 된 치유의 방도를 고민하는
이들에게 진은영 시집『훔쳐가는 노래』와 임지선의『현시창』이 현실적인
위로가 되리라 믿는다. (2012)

정의 없는 힘, 힘없는 정의

—뮤지컬 영화 〈레 미제라블〉

절반의 시민들에게 깊은 허탈감을 안겨준 대선 결과를 보면서 뜬금없이 구로사와 아키라 감독의 〈라쇼몽〉이 생각났다. 〈라쇼몽〉은 인간은 이성적이지 않으며 욕망과 이해관계에 휘둘리는 존재이고, '진실'이 각 등장인물이 처한 이해관계의 함수에 따라 어떻게 굴절되는지를 보여준다. 각세대와 계급의 이익과 욕망에 따라 투표하였고, 더 강하게 결집한 쪽의 욕망이 그렇지 못한 쪽을 누른 이번 선거에서 보듯이 '진실'의 여부는 중요하지 않다.

'우리'가 옳다는 도덕적 우월감은 현실정치에서는 별 쓸모가 없다. 관건은 힘이다. "힘없는 정의는 무기력하다. 정의 없는 힘은 전제적이다. 힘없는 정의는 반격을 받는데, 왜냐하면 항상 사악한 자들이 있기 때문이다. 정의 없는 힘은 비난을 받는다. 따라서 정의와 힘을 결합해야 한다. 그리고 이를 위해서는 정당한 것이 강해지거나 강한 것이 정당해져야 한다."(자크 데리다, 『법의 힘』) 수많은 차이와 갈등이 존재하는 현실에서 각자에게는 그들이 주관적으로 옳다고 믿는 '진실'이 있을 뿐이고 그들 사이에 대화는 쉽지 않다는 걸 〈라쇼몽〉은 보여준다. '내'가 옳다고 믿는게 '진실'이다. 그렇다면 '나'와 당신 사이의 대화는 어떻게 가능한가. 민주주의의 딜레마는 강한 자들의 욕망과 51%의 이익이 '객관적 진실'의 이름으로 강요되고, "강한 것이 정당"해지는 일은 쉽지 않다는 것이다.

지난 5년간 뼈저리게 겪었듯이 강하지만 정당하지 않은 권력은 반드시 타락한다. 그렇다면 필요한 건 자신의 정당성을 항상 성찰하는 것이고, "정당한 것이 강해지"려는 노력뿐이다.

〈라쇼몽〉은 냉혹한 현실(추수)주의를 대변하는 인물인 행인을 통해 현실주의와 이상주의의 관계를 다룬다. 가난, 폭동, 전쟁 등으로 그야말로 먹고 살아남는 것만이 전부인 세상, 인간이 짐승의 수준으로 타락해버린 현실에서 버림받은 아기의 옷가지와 패물을 훔치는 일은 행인 같은 현실주의자에게는 아무런 문제가 아니다. 자신이 훔치지 않으면 다른 사람이 그렇게 할 것이라고 그는 뻔뻔하게 주장한다. 수치심이나 죄의식은 없다. 짐승의 수준으로 떨어진 인간의 모습이다. 이런 현실주의자들의 주장처럼 밥과 땅값만이 중요하고 자유, 정의, 평등, 연대 같은 말들은 현실을 모르는 이상론자의 꿈에 불과할까. 물론 밥은 중요하다. 하지만 인간에게 밥이 전부가 아니기에 존재하는 게 정치·윤리·예술이다.

최근 개봉한 뮤지컬 영화 〈레 미제라블〉도 현실주의와 이상주의의 관계를 다룬다. 독자들에게는 어린 시절 읽었던 축약본으로만 주로 기억될 빅토르 위고의 이 대작은 완역본으로 5권에 달하는 방대한 분량으로 19세기 프랑스 사회의 격변기를 다룬다. 먹고살기 위해 몸을 팔고 자존심을 버려야 하는 '몫 없는 자들'의 고단한 삶, 사랑과 혁명, 종교와 구원, 윤리의 문제가 장대한 스케일로 조명된다. 탁월한 사회소설이다. 영화는 현실의 팍팍함에도 불구하고 자유, 평등, 연대, 정의의 문제를 왜 버릴 수 없는지를 보여준다. 때로 영화가 드러내는 '혁명적 낭만주의'가 불편하지만, 지금 우리에게 필요한 건 영화의 대미를 장식하는 노래인 '민중의 노랫소리가 들리는가'가 외치는 새로운 세상에 대한 저버릴 수 없는 꿈이 아닐까. 그것이 밥과 땅값만이 중요하다고 믿는 현실주의자에게는 철없는 이상주의로 비칠지라도 말이다. 아니, 정확히 말하면 필요한 건 현실주의와 이상주의, 정의와 힘을 결합하려는 멈출 수 없는 노력이겠다. 노력해서 실패했다면 그건 우리의 노력이 잘못되었기 때문이 아니라 단지 부족했기 때문이니까 말이다. (2012)

그렇지만 이해하라

—리안의 〈라이프 오브 파이〉

이해니, 통합이니, 용서니 하는 말은 듣기에는 좋은 말이다. 그러나 차이나는 힘의 역학관계가 작동하는 현실에서 이런 말들은 대개 힘 가진 쪽의 자기변명이거나 위선의 치장에 불과하다. '셀프 사면'이 좋은 예이다. 듣기 좋은 말들이 현실화되려면 이런 말들의 한계를 유념해야 한다. 좋은 문학이나 영화가 우리에게 보여주듯이, 공감과 화해가 얼마나 어려운가를 끊임없이 되물어야 한다. 한국 사회는 이해와 공감의 능력을 거의 잃었다. 교사-학생, 정규직-비정규직, 그리고 이번 대선에서도 드러났듯이 세대 사이에는 넘기 힘든 벽이 세워졌다. 서로 자기 하고 싶은 말만을 하며, 그게 이해이고 통합이라고 우긴다. 소통의 어려움이다.

호소다 마모루 감독의 〈늑대아이〉는 이해와 재현의 (불)가능성을 묻는다. 늑대인간과 사랑을 하고 홀로 늑대/인간아이들을 키우는 엄마의 이야기인 이 영화의 미덕은 목가적 자연찬미나 모성예찬이 아니라, 부모와 자식 간의 소통의 한계, 그에서 비롯되는 깊은 존중의 표현에 있다. 엄마 하나는 인간의 길을 택하는 누나 유키와 늑대가 되려는 동생 아메의 선택을 힘들지만 존중하고 떠나보낸다. 섣부른 이해나 공감, 값싼 감상은 없다. 영화의 말미에서 하나는 아메의 늑대 울음소리를 들으며 그저 이렇게 말할 뿐이다. '건강하게 행복하게 살아야 해.' 때가 되면 부모와 자식은 각자의 행복을 찾아간다. 서로의 삶은 간섭할 수 있는 게 아니다.

아프리카 세렝게티 초원의 치타는 자식이 먹이사냥을 배우는 순간 안녕이란 인사도 없이 떠나버린다고 한다. 각자는 슬픔을 안고, 딛고 살아간다. 폭우 속에 하나를 구해서 주차장에 내려두고 작별인사도 없이 떠나는 아메의 모습은 인간의 시선으로 늑대를 재단하지 않으려는 감독의 통찰을 보여준다.

리안 감독의 〈라이프 오브 파이〉의 매력도 비슷하다. 영국의 저명한 문학상인 맨부커상 2002년 수상작을 영화로 옮긴 이 영화의 고갱이는 호랑이와 바다를 표류하는 소년 파이의 모험담이 아니다. 파이와 동물들, 특히 호랑이 리처드 파커는 서로를 이해할 수 없다. 영화는 재현의 (불)가능성에 대해 날카로운 질문을 던진다. 구조보트에서 얼룩말과 원숭이를 잡아먹으려는 하이에나의 모습이나 파이를 두려움에 떨게 만드는 호랑이의 행동에 대해 '잔인하다'고 말하는 것은 타당할까. 그것은 인간의 시각에서나 나올 수 있는 평가이다. 하이에나와 호랑이와 상어는 타고난 본성대로 사냥을 해야만 생존한다. 할리우드 애니메이션에서 그려지는, 채식주의자가 되고 싶어 하는 상어의 모습은 그들에 대한 모독이다. 표류가 끝나고 구조된 뒤 파이는 자신과 생사고락을 같이한 호랑이가 뒤도 돌아보지 않고 숲속으로 들어간 것 때문에 눈물이 나왔다고 토로한다. 관객들도 비슷한 감정을 느낄 수 있다.

감독은 바로 그것이 파이와 우리들이 지닌 인식과 욕망의 한계라는 걸 냉철하게 표현한다. 파이의 아버지가 파이에게 경고했듯이 호랑이는 호랑이일 뿐, 인간의 친구가 될 수 없다. 호랑이는 인간이 아니다. 진정한 이해는 여기에서 출발한다. 소년 파이와 호랑이 리처드 파커 사이에는, '나'와 당신, 그들 사이에는 쉽게 넘을 수 없는 재현과 공감의 깊은 바다가 놓여 있다. 두 영화는 "웃지 말고, 개탄하지 말며, 혐오하지 말라. 그렇지만 이해하라"(스피노자)는 경구의 의미를 되새기게 한다. 이해나 공감은 쉽지 않다는 것. 그게 소통의 출발점이다. (2013)

우리의 주어캄프는?

—『문학과사회』100호를 읽고

외국 출판계 동향을 자세히 꿰고 있지는 못하지만, 한국에도 있었으면 싶은 출판사가 눈에 띌 때가 가끔 있다. 예컨대 '신좌파'의 보금자리가 되었던 영국의 버소(Verso)나 전후 독일 지성의 산실이었던 주어캄프(Suhrkamp) 같은 출판사들이 그렇다. 이들은 분명한 정치적, 문학적 입장을 갖고 당대 유럽 지성계의 풍경을 바꾸는 데 기여했다. 날카로운 지성의 목소리를 지속적으로 표현할 때 나타나는 문화적 반향이 어떤 것인가를 보여주는 예들이다.

1950년대 이후 주어캄프는 전후 독일의 황폐한 정신적 상황을 바꾸는 중요한 구실을 해왔다. 브레히트, 한트케, 엔첸스베르거와 같은 현실 비판적 작가들의 실험적 문학을 소개했고, 아도르노, 벤야민 등 당시로서는 낯선 유대계 사상가들의 책을 냈다. 그 결과 하버마스나 루만을 비롯한 당대의 지성들이 책을 내는 지성의 산실이 되었다. 국내 소개된 독일 지식인의 저서 상당수가 이 출판사에서 나왔다. 그런데 주어캄프가 법적 소송에 휘말려 존립이 위태롭게 되자 얼마 전 하버마스, 버틀러, 발리바르, 프레이저 등의 저명한 지식인과 작가들이 주어캄프의 가치를 지키자는 연대 성명을 냈다. 연대 성명을 낸 이들은 주어캄프를 지켜야 하는 이유로 이 출판사가 "이익 창출을 최고 지표로 삼지 않고, 사고의 경계를 넘나드는 비판적 담론을 가능하게 했다"는 것을 표 나게 강조했다.

주어캄프 관련 기사를 읽으면서 우리의 출판문화 상황을 돌아보게 된다. 한때 몇몇 출판사와 문예잡지가 "이익 창출을 최고 지표로 삼지 않고, 사고의 경계를 넘나드는 비판적 담론을 가능하게 했"던 시대가 있었다. 자본주의 사회에서는 출판사도 이윤창출의 논리를 마냥 무시할 수 없고 어떻게든 생존해야 하는 건 당연하다. 버소나 주어캄프인들 왜 그런 고민을 안 했겠는가. 자본주의 체제에서 자본과 권력을 비판하고 대안을 사유하는 출판인과 지식인에게 공통된 고민이다. 조심스러운 판단이지만, 지금 한국의 출판계와 잡지계에서는 이런 비판적 목소리는 거의 종적을 감췄다. 비판적 목소리를 논하기 이전에 각 출판사나 잡지의 고유한 목소리를 찾기조차 힘들다. 그래서 이름 있는 작가나 지식인들은 출판사를 가리지 않고 여기저기서 책을 낸다. '명망' 있고 '돈 되는' 작가라면 문학적 이념이나 성향은 아무런 문제가 안 된다는 뜻이리라. 이런 출판상업주의를 '문학진영논리' 극복 운운하며 호도해서는 곤란하다.

1970년대 한국 문학·지성계의 한 축을 이뤘던『문학과지성』의 계보를 잇는 계간『문학과사회』가 100호를 냈다. 이런 잡지가 20여 년을 버텨왔다는 건 축하할 일이지만, 100호 기념 좌담을 읽으면 한국 문학·지성계의 암울한 현실이 아프게 다가온다. "우리나라의 문학잡지들의 문제는 잡지들이 본래의 기능을 거의 상실하고 출판사를 보조하는 역할로 축소되어버린 것인데, 잡지들이 본래의 기능을 상실했다는 이야기는 소위 제도 바깥에서 제도를 비판적으로 성찰하는 기능을 상실했다는 뜻이다. 여기서 벗어나기 위해서는 비판적으로 성찰하는 장으로서의 고유한 정치적, 사회적, 문학적 이념을 스스로 형성하고 있거나 형성해 가는 고유한 집단이 있어야 한다."(정과리) 한마디로 문예잡지가 옛날과 같은 성격을 상실했고, 비판적 문학과 지성이 상업주의와 이윤창출 논리에 포획되었다는 뜻이다. 우울한 진단이다. 한국에서 버소나 주어캄프 같은 출판사의 출현과 생존은 정녕 기대난망인가. (2013)

마키아벨리와 링컨

—스티븐 스필버그의 〈링컨〉

고전은 널리 알려졌지만 읽히지 않는 책이라는 말이 있다. 그래서 고전은 곡해되기 쉽다. 근대정치학의 원리를 체계적으로 정식화한 저서로 평가받는 마키아벨리의 『군주론』도 그렇다. 마키아벨리즘의 본령에는 관심이 없고, 『군주론』에서 제시된 통치전략과 정치공학을 진수인 양 받아들인다. 도의나 명분은 개의치 않고 권모술수와 정치기술만이 정치의 전부라고 곡해한다. 곁가지에 치우친 읽기다. 『군주론』이 여러 군주제를 분석하고 참된 군주상을 제시한 주된 목적은 마키아벨리가 활동했던 피렌체 등의 도시국가가 지닌 문제였던 과두정치와 외부 침략으로부터 주권과 인민을 지킬 수 있는 유력한 방도로서 통일 이탈리아의 건설과 그 과업을 달성할 군주상의 모색이었다. 그러나 『군주론』은 절대 군주권력만으로는 미흡하다는 통찰도 동시에 제시한다. 그래서 『군주론』의 문제의식은 군주제만이 아니라 민주공화정에도 설득력을 지닌다. 민주공화정도 지도자를 필요로 하기 때문이다. 누군가 지적했듯이, 인류는 그동안 온갖 정치체제를 생각해냈지만, 지도자 없는 정치체제는 아직 고안하지 못했다. 우리 시대의 군주로서 정당과 정치지도자의 역할은 여전히 중요하다.

『군주론』은 정치지도자의 공적 덕목을 제시한다. 이 책이 근대정치학의 효시가 된 이유는 정치에서 요구되는 지도자의 담대한 능력인 비르투

(virtu)가 사적 영역의 덕목과는 구별된다는 걸 명료하게 해명했기 때문이다. 공적 존재로서 지도자는 용맹하고, 단호하고, 군사적으로 탁월해야 한다. 지도자는 인민의 동의를 얻어야 하고, 낡은 제도를 개혁하며, 엄격하면서도 너그러운 통치술과 동맹의 기술을 갖춰야 한다. 지도자는 사자의 용기와 여우의 교활함이라는 동물적 역량도 겸비해야 한다. 그러나 사악함으로는 진정한 영광을 얻을 수 없다. 현명한 지도자는 때로는 차선과 차악을 받아들이며, 좋은 참모의 조언을 구하고, 현명한 정책을 따른다.

스필버그 감독의 〈링컨〉을 보면서 정치지도자의 역량을 생각했다. 한 위대한 인물의 삶을 그리는 영화가 그렇듯이 이 영화에서도 링컨을 미화하는 경향이 없지 않지만, 가정사와 정치의 문제로 격심한 고통을 겪으면서도 냉철하고 균형 잡힌 현실감각을 잃지 않는 링컨의 모습이 더 생생하게 다가온다. 영화의 배경인 1865년은 남북전쟁으로 자칫 연방국가 미국이 두 쪽으로 나뉠 수 있는 절체절명의 국면이었다. 영화에서는 노예제를 법적으로 금지하는 수정헌법 13조의 통과를 둘러싼 정치의 풍경을 생동감 있게 그리지만, 심층에는 미국의 분열을 저지하려는 링컨의 깊은 고뇌가 깔려 있다. 링컨은 인민의 지지를 뒷심으로 수정헌법의 통과를 추진하고, 노예해방과 미국의 통합을 이룬다. 링컨은 정치적 목적을 위해 대화하고, 소통하고, 타협하는 걸 두려워하지 않는다. 그게 정치의 요체라는 걸 〈링컨〉은 설득력 있게 그린다.

모든 정치가는 나름의 정치적 비전, 욕망, 야심을 지닌다. 그것들은 머릿속 관념으로는 멋지고 이상적이다. 그러나 정치는 냉혹한 현실이기에, 상대방의 동의를 구하고, 이견을 좁히고, 타협안을 이끌어내는 담대한 역량을 필요로 한다. 지도자가 그런 정치의 논리를 경멸할 때, 자신만은 고고한 관념의 영역에서 이상적 정치를 할 수 있다고 자임할 때 국가의 위기가 찾아온다는 걸 『군주론』과 영화 〈링컨〉은 경고한다. 고매한 정치적 이상을 잃지 않되, 그 이상을 실현하기 위해서는 언제나 현실의 땀과 피와 눈물이 따라온다는 것. 이런 정치의 진리를 깨친 진짜 마키아벨리스트를 한국 정치에서도 만나고 싶다. (2013)

〈안나 카레니나〉라는 낯선 기호

―조 라이트의 〈안나 카레니나〉

들뢰즈를 비롯한 탈근대철학이 제기한 중요로운 문제의식 중 하나는 '나'에 집착하는 존재론을 깨는 것이다. 관건은 '나'라는 고정된 존재가 아니라 '나'를 아우른 세계에서 벌어지는 '사건'이고 '생성'이다. 그러므로 "너 자신을 알라고 한 소크라테스의 유명한 말은 의미 없는 명령이다. 우리는 창문을 열고 문밖으로 나설 때 비로소 영감을 얻게 된다."(미셸 투르니에) '나'를 알려면 "문밖"의 '낯선 기호'(들뢰즈)와 부딪쳐야 한다. 그 때 비로소 사유가 발생한다. 외부와의 마주침이 없으면 사유와 생성과 변화는 없다. 한국 사회의 힘 가진 자들이 씁쓸하게 보여주듯이, 아집에 사로잡힌 '나'만 남는다.

정신분석학에서 밝혔듯이, 인간은 원래 보수적이고 변화를 싫어한다. 새로운 몸과 마음을 만들려는 야무진 결심이 대개 작심삼일이 되는 건 자연스럽다. 익숙한 '내' 몸과 마음과 결별하려는 실천은 고통스럽지만, 고통 없는 변화는 없다. 변화의 계기는 낯선 기호인 다른 사람과의 마주침에서 온다. 우리는 단 한순간도 '나'를 벗어나 외부의 입장에 설 수가 없다. 재현의 한계이다. 그러나 역설적으로 '내'가 남이 될 수 없다는 한계로 인해 변화의 계기가 주어진다. '내'가 생각하는 세계가 다른 이들의 그것과는 다를 수 있다는 것. 이런 자기객관화의 능력을 지닌 이가 성숙한 존재이다. 이것이 모자랄 때 독선이 생긴다.

카프카의 통찰에 따르면, 성숙한 이는 '나'와 세계의 투쟁에서 언제나 후자를 지지한다. '나'라는 좁은 우물 밖의 세계가 언제나 더 풍요롭기 때문이다. 다양하고 풍부한 사람들의 세계에서 '나'라는 존재의 왜소함과 한계를 독자나 관객이 절실히 되돌아보게 만드는 것이 걸작이다. 걸작의 캐릭터들은 독자에게 낯선 기호이고 미지의 대상이다. 걸작을 읽거나 보면서 우리는 그런 캐릭터들의 말과 행동의 의미를 성찰하게 되고, 그 성찰은 자신으로 이어진다.

톨스토이 원작을 각색한 조 라이트 감독의 〈안나 카레니나〉가 좋은 예이다. 영화는 '낯선 기호'인 안나, 카레닌, 브론스키, 레빈이라는 미지의 대상을 어떻게 해독할 것인가를 관객에게 묻는다. 안나가 남편과 아들을 버리고 브론스키를 선택한 것은 단지 욕정의 산물인가, 아니면 인습에 대한 저항인가? 안나를 대하는 브론스키의 마음은 한결같은가, 아니면 변화하는가? 변한다면 그 이유는 무엇인가? 연극적 세계로 묘사된 귀족들의 삶에 대조되어 자연과 대지의 풍요로운 세계로 제시되는 레빈과 키티가 맺는 대안적 관계는 아무런 문제가 없는가?

이런 질문에 명쾌한 답은 없다. 낯선 기호를 해석해도 항상 잉여는 남는다. 그게 걸작의 세계이고, 우리의 삶이다. 관객은 이 영화를 보면서 이런 질문을 곱씹으며 자신의 생각과 삶을 성찰하게 된다. 특히 흥미로운 건 카레닌의 형상화이다. 영화는 유능한 정치가이지만 고루한 성적 인습과 종교적 관념에 사로잡힌 카레닌의 분열된 내면을 섬세하게 다룬다. 카레닌은 출세를 위해 사랑과 가정을 무시하는 속물만은 아니다. 안나의 자살 이후 자신의 아들과 안나와 브론스키가 낳은 딸이 어울려 노는 모습을 카레닌이 쓸쓸히 바라보는 엔딩은 인상적이다. 감독은 이 장면을 연극적 배치로 제시하면서 카레닌이 속한 세계의 한계, 혹은 우리가 살아가는 연극적 삶의 작위성을 드러낸다. 영화는 묻는다. 당신이 생각하는 사랑과 욕망과 삶의 의미는 무엇인가? 우리는 그 물음을 품고 계속 답을 찾을 뿐이다. 그것이 걸작의 역할이다.

(2013)

부끄러움을 모르는 시대

―백석과 브레히트

신자유주의를 '철의 원칙'으로 밀어붙였던 대처가 남긴 어두운 유산은 정치·경제만이 아니라 나쁜 방향으로 바뀐 영국인들의 기질에서도 드러난다는 기사를 읽었다. 대처리즘의 득세 이후 영국인들은 모든 것을 자기 본위로만 생각하고, 경쟁에서 살아남는 것만을 중시하고, 돈만을 미덕의 기준으로 삼게 되었다. 그 결과 영국인들은 같이 있기 불쾌한 사람들로 변했다고 한다. 지난 '잃어버린 5년'이 남긴 한국 사회의 모습도 별반 다르지 않다. 갑은 뻔뻔스럽게 힘을 과시하고, 을은 생존을 위해 굴욕과 모멸감을 견뎌야 하는 '갑을사회'가 되었다. 권력에 취해 벌어진 '그 손' 사건이 좋은 예이다.

문학의 소임 하나는 작품의 인물과 사건을 독자가 간접적으로 체험하고, 동일시 혹은 거리두기를 하면서 자신의 생각과 삶을 되돌아보게 만드는 것이다. 문학의 체험을 통해 우리의 사유와 마음은 깊고 넓어진다. 문학은 간접체험과 자기성찰의 의미를 다양한 내용과 형식으로 실험해왔다. 문학예술에서의 전위는 이런 실험의 급진성을 일컫는 것이다. 전위주의는 인간과 세계에 대한 발본적 성찰을 토대로 하되, 그 출발은 언제나 '나'부터다. 문학에서 성찰과 비판의 일차적 대상은 남들이나 세상이 아니라 '나'이다.

김현의 『행복한 책읽기』에는 어느 시인과 나누는 흥미로운 대화가 있다. 일상의 자잘한 즐거움을 털어놓는 제자이자 시인의 말을 듣고 김현은 이렇게 적는다. "그는 갈수록 깔끔해지고, 선생다워진다. 나는 그런 그가 좋기도 하고 싫기도 하다. 남들이 다 병들어 있으면, 아프지 않더라도, 아프지 않다는 것을 널리 알리는 것은 좋지 않은 것이 아닐까? 그러나 여하튼 아픈 것보다는 아프지 않은 것이 더 낫다." 당연히 아픈 것보다는 아프지 않은 게 좋고, 그래서 행복해할 수 있지만, 동시에 "남들이 다 병들어 있으면" '나'의 행복을 주저 없이 드러내는 것도 때로 삼가야 한다는 배려심의 가치를 이 대화는 담담히 전한다. 그런 가치가 사라진 시대, 마음이 궁핍해진 시대이다. 그래서 자기 집이 얼마나 멋지고 살기 좋은지를 자의식 없이 자랑하는 프로그램도 버젓이 방송된다.

뛰어난 문학은 곧 성찰과 배려의 문학이다. 살아남은 자의 부끄러움을 가르친다. "물론 나는 알고 있다. 오직 운이 좋았던 덕택에/ 나는 그 많은 친구들보다 오래 살아남았다./ 그러나 지난 밤 꿈속에서/ 이 친구들이 나에 대하여 이야기하는 소리가 들려왔다./ '강한 자는 살아남는다.'/ 그러자 나는 자신이 미워졌다."(브레히트, 「살아남은 자의 슬픔」) 우리 시대의 "강한 자"들은 살아남은 "자신을 미워"하기는커녕 그 사실을 후안무치하게 과시한다. 우리가 누리는 민주주의를 위해 죽어간 이들을 근거 없이 비웃고 막말을 퍼붓는다. 사람이 부끄러움을 모르는 짐승이 되어간다. 자기성찰이 사라진 뻔뻔함의 시대이다.

문득 "나의 부끄러움을 알지 못했다"고 수줍게 토로했던 시인의 시대가 그리워진다. "나는 그때/ 아모 이기지 못한 슬픔도 시름도 없이/ 다만 게을리 먼 앞대로 떠나 나왔다./ 그리하여 따사한 햇귀에서 하이얀 옷을 입고/ 매끄러운 밥을 먹고 단샘을 마시고 낮잠을 잤다./ 밤에는 먼 개소리에 놀라나고/ 아츰에는 지나가는 사람마다에게 절을 하면서도/ 나는 나의 부끄러움을 알지 못했다."(백석, 「북방에서」) (2013)

힘의 포획

—김남주 20주기

자주는 아니지만 가끔 여러 생각을 하게 하는 좋은 비평을 만난다. 비평은 사유의 훈련이라는 말을 상기시키는 글. 『씨네21』(944호)에 실린 「그는 힘이 있었다」(정한석)가 그런 글이다. 최근 작고한 배우 필립 시모어 호프먼을 논하는 이 글은 단순한 배우론이 아니라 날카로운 영화론이고 예술론이다. 문학이나 영화는 무엇을 표현하고 재현하는가. 오래된 질문이고 그중 유력한 답변은 모방론이다. 예술은 세계를 모방한다. 그렇다면 우리는 단지 세계의 모방품을 감상하기 위해 문학을 읽고 영화를 보는가. 영화의 감동은 연기의 아름다움이나 생김새에서 오는가. 아니면 연출과 "연기의 힘"이 관건인가.

　김훈 원작의 〈화장〉을 찍고 있는 임권택 감독의 말. "이 영화 하면서 가장 힘들었던 건 김훈 작가의 엄청난 힘이었어요. 문장으로 이루어진 힘은 있는데 영상으로 잡아내기는 너무 힘든 이야기였어요."(『씨네21』 947호) 뛰어난 문학과 영화는 각자의 방식으로 "엄청난 힘"을 드러낸다. 그 힘은 재현되지 않는다. 뛰어난 문학·영화는 눈에 보이는 것을 재현하는 데 관심을 기울이는 게 아니라 미처 알지 못하는, 지각하지 못하는, 그러나 세계에 존재하는 미지의 힘들, 우리의 삶과 세계를 움직이는 힘을 붙잡는 데 힘을 쏟는다. 영화의 경우 감독이 구현하려는 사유를 연기로 실현하는 배우의 힘이 중요하다. "이른바 '연기력'이라고 불리는 것의 기초에는 힘의 포획이라는 능력이 요구된다. 그러니 연기력이란 '힘을 포획하는 힘'이다."(정한석) 좋은 배우는 그의 힘으로 "압력, 팽창력, 수축력과 같은 물리력을 넘어서 연기만이 할 수 있는 방식으로 추상적 차원의 힘들, 정신력, 친화력, 영향력 등"을 드러낸다. 배우라는 힘의 매개체를 요구하는 영화와는 달리 문학의 경우는 글의 힘으로만 그런 힘들을 포착해야 한다.

20주기에 출간된 『김남주 시 전집』과 『김남주 문학의 세계』, 『실천문학』 봄호에 실린 김남주 특집을 읽으면서 품었던 생각이다. 70~80년대 '불의 시대'에 김남주가 그 누구보다도 당대의 모순에 전력으로 맞섰다는 것은 주지의 사실이다. 그러나 그의 시가 지닌 '힘'이 어떤 것인지는 여전히 많은 생각거리를 남긴다. 그의 시가 격한 구호의 전달에 만족하는 정치적 선동시가 아니며 형식적 측면에서 빼어난 성취를 보였다는 분석도 타당하다. "시의 언어적 호흡, 반복과 비유, 단검으로 찌르듯이 육박하는 직선적 묘사와 파동치듯 핵심에 다가서는 파상적인 시의 진행 방식. 절묘한 행과 연의 구분, 정치와 도치, 점강법과 점증법 등 다양한 기법을 능숙하게 구사"(염무웅)했다는 것. 그렇지만 단호한 선악의 이분법과 민중에 대한 소박한 찬미와 실망감의 교차 등의 문제가 '옥중시'를 창작할 수밖에 없었던 신산한 삶, 그로 인해 생활의 풍성한 결을 깊이 느낄 계기를 갖지 못한 시인의 곤경과 관련된다는 지적도 새겨들을 만하다.

남는 질문. 김남주 시는 우리가 아는 세계의 전복이나 비판을 넘어 그 세계를 구성하는 힘들의 복잡한 관계와 감응의 역학을 얼마나 드러냈던가. 시간의 풍파를 견디고 살아남는 작품은 표면적 사건의 재현이나 그 사건 뒤의 진실을 재현하는 데 만족하는 게 아니라 인물과 사건을 움직이는 힘, 입자들 사이의 운동과 정지, 빠름과 느림의 관계, 유동하는 감응의 관계를 포획한다. 그래서 우리에게 지각 불가능한 것을 지각하게 한다. 어쩌면 여기에 김남주와 그 시대 문학의 한계가 있지 않았을까. 이런 불만은 세계의 얇은 표면을 만지는 데 만족한 듯 보이는 시인의 후배들로 향한다. 우리 시대는 새로워진 그만의 김남주를 요구한다. (2014)

'위대한 개츠비'와 한국문학

—배즈 루어먼의 〈위대한 개츠비〉

배즈 루어먼 감독의 〈위대한 개츠비〉는 기대에 못 미친다. 1920년대 미국 상류층 사회의 화려함을 표현한 것은 돋보이지만 원작과는 달리 닉 캐러웨이와 개츠비의 내면을 찬찬히 살피지 못한 게 아쉽다. 영화 〈개츠비〉에서는 미국 상류층의 전형적 캐릭터인 데이지와 톰 뷰캐넌의 공허한 내면이 새삼 눈길을 끈다. 영화에는 안 나오지만, 개츠비가 피살된 뒤 이들에 대한 캐러웨이의 판단은 이렇다. "나는 그를 용서할 수도 좋아할 수도 없었지만 그는 자기가 한 일이 완벽하게 정당한 것이었다고 생각했다. 모든 것이 뒤죽박죽, 되는 대로였다. 톰과 데이지 그들은 경솔한 인간들이었다. 물건이든 사람이든 부숴버리고 난 뒤 돈이나 엄청난 무관심 (중략) 뒤로 물러나서는 자기들이 만들어낸 쓰레기를 다른 사람들이 치우도록 하는 족속이었다." 캐러웨이는 이들이 "어린아이" 같다고 결론짓는다.

개츠비에게 매혹된 캐러웨이가 미처 보지 못한 것은 개츠비의 '위대성'이 지닌 양면성이다. 인간다움의 깊이를 찾기 힘든 데이지에 대한 맹목적 사랑을 포기하지 않는 개츠비의 일관성이 독자를 매료하지만, 그 추구의 대상이 지닌 천박함을 알게 되면 허망해진다. 개츠비는 양날의 칼을 지닌 사랑의 맹목성에 사로잡힌 『폭풍의 언덕』의 히스클리프의 후계자고, 상상계적 사랑과 복수가 끝난 뒤 자살하는 〈올드보이〉의 이우진의 선배다.

〈개츠비〉를 보기 전후로 김애란의 『비행운』과 권여선의 『비자나무 숲』을 읽었다. 이들은 한국문학이 빠져 있는 감상적 약자주의에 거리를 두고 냉철하고 균형 잡힌 서사를 견지한다는 점이 돋보인다. 특히 약한 자가 약한 자를 착취하는 악순환의 구조를 분석하는 김애란 단편 「서른」은 인상적이다. 그리고 자기애와 타자의 시선 사이의 거리에서 생기는 미묘한 관계의 균열과 그 균열을 "양손으로 귀를 틀어막"아 봉쇄하려는 은밀한 욕망을 다룬 권여선 단편 「은반지」나, 멜빌의 「바틀비」를 연상시키면서도 독특한 유머감각과 아이러니를 적절히 배합한 「팔도기획」도 기억에 남는다. 두 소설집은 못 없는 이들, 뭔가를 빼앗긴 이들의 삶에 대한 곡진한 탐구라는 점에서 주목할 만한 성취지만 아쉬움도 남는다.

작가가 시도한 것을 잘했는가를 따져야지, 하지 않은 것을 두고 왜 안 했느냐고 탓해서는 안 된다는 것이 비평의 기본이다. 그렇지만 몇 마디 제안한다. 역량 있는 두 작가가 한국의 뷰캐넌들의 세계를 탐구해줄 것을 부탁한다. 한국 사회의 힘센 자들은 어떻게 세계를 바라보는가? 그들의 일상은 어떻게 짜이는가? 그들만의 고유한 일상이 의식에 미치는 효과는 무엇인가? 지금 한국문학이 관심을 쏟고 있는 약자들에 대해 그들은 어떤 생각을 갖고 있는가? 그들이 지닌 힘의 원천과 한계는 무엇인가? 이런 질문을 깊이 파고드는 한국판 〈개츠비〉를 읽고 싶다.

한국문학은 세계를 폭넓게 조감하는 문학적 시야를 잃었다. 현실의 편린을 포착한 단편은 눈에 띄지만 뛰어난 장편소설은 찾기 힘들다. 비교컨대 〈개츠비〉의 영향을 받은 무라카미 하루키 문학의 매력은 독특한 상상력, 비현실적이고 환상적으로 보이는 세계의 이면에서 작동하는 감응을 다루는 생생한 현실감각도 있지만, 그런 감응이 표현되는 작품의 역사적, 사회적 스케일도 빼놓을 수 없다. 한국문학이 그런 감응능력과 사회적 스케일을 회복하기를 바란다. (2013)

그의 색채

―무라카미 하루키의 『색채가 없는 다자키 쓰쿠루』

작가에게 대중성과 예술성의 완미한 결합은 포기할 수 없는 욕망이다. 하지만 19세기 낭만주의, 특히 20세기 모더니즘 시대 이후 그런 작가는 쉽게 등장하기 어렵게 되었다. 본격문학과 대중문학의 분리다. 이런 분리도 자본주의 시장경제의 심화와 관련이 있으니 탓할 게 아니다. 따라서 자신의 작품이 많이 팔렸다고 대중에게 예술성을 인정받은 걸로 착각해서는 곤란하다. 그건 단지 대중의 현재적 욕망을 건드렸다는 뜻이다. 대중문학의 역할이다. 걸작은 대중의 주어진 감수성을 추종하는 게 아니라 "새로운 민중을 창조"(들뢰즈)한다. 대중이 듣기 원하는 입에 발린 이야기가 아니라 새로운 감응을 창조하고 현실 안에 잠재된 어떤 '힘'을 드러내는 이야기를 쓴다.

대중성과 예술성의 드문 결합처럼 보이는 작가 중 한 명이 무라카미 하루키이다. 신작 『색채가 없는 다자키 쓰쿠루와 그가 순례를 떠난 해』의 국역본 발간 전후를 둘러싼 '소란'이 좋은 예이다. 이런 소동을 어떤 시각에서 바라보든 무라카미의 작품은 한국문학이 처한 대중성과 예술성의 괴리를 짚어보는 참조항이 된다. 그 '인기'의 원인에 대해서는 그간 이런저런 논의가 이뤄졌다. 한국보다 먼저 거쳤던 일본 사회의 경제화·산업화와 사회운동의 경험과 환멸. 그 환멸의 경험이 한국에서도 반복된다는 사회문화적 징후. 그런 징후와 대중의 욕망이 맺는 관계를 다루는 방식. 점점 강해지는 개인주의와 내면성의 경향. 민족(국가)적 감수성을 넘어선 새로운 감수성의 표현 등.

두 가지만 덧붙이고 싶다. 첫째, 무라카미의 말에 기대면 그의 작품은 "환상의 실재와 실재의 환상은 어딘가에서 교차한다"는 걸 입체적으로 보여준다. 무라카미는 협애한 '리얼리즘'이 주도권을 행사해온 한국문학 전통에 색다른 울림을 준다. 장르문학의 판타지적 요소들을 효과적으로 활용한다는 차원의 문제가 아니다. 카프카의 작품에서 그려지는 비현실적인 이야기들이 어떤 '사실적'인 이야기보다 더 '리얼'하게 느껴지듯이, 무라카미의 작품도 그렇다. 내 판단으로는 그의 대표작 『해변의 카프카』나 『태엽 감는 새』가 두드러진 예이다. 둘째, 지속적 탐구의 주제. 무라카미의 작품에 종결은 없다. 사건과 인물을 다루면서 작품의 서사는 그들을 장악하려고 애쓰지만, 손쉬운 결론으로 이어지지는 않는다. 중요한 건 결과를 예측할 수 없는 탐구의 과정이다. 그의 작품이 대개 다수 서술자의 교차서술로 짜인 것도 이런 까닭이다.

신작 『색채가…』는 기존 작품보다 무엇이 달라지고 나아졌는가? 기대에 못 미친다. "색채가 선명하고 자극적인 네 남녀"와 대조적으로 자신을 "텅 빈 그릇"이라고 생각해온 주인공 다자키의 내면을 탐색하고 깊은 마음의 상처를 치유해가는 과정을 다룬 이 작품은 무라카미가 그간 해온 작업의 평이한 변주에 그친 인상이다. 작품은 한 개인이 지닌 고유한 색채의 의미를 찾는다. "다자키 쓰쿠루는 인생을 순조롭게 별문제 없이 살아간다. 많은 사람들이 그렇게 생각했다." 그러나 진실은 그렇지 않다는 걸 작품은 보여주지만, 이전 작품에 비해 그런 탐구가 더 깊어지고 예리해졌는지는 의문이다. 전작의 익숙한 이야기가 반복된다는 인상이 짙다.

하지만 만만치 않은 주제를 다루면서 독자의 몰입을 유도하는 능력은 여전히 무라카미답다. 짐작건대 거기에는 탄탄한 일본 장르문학의 전통이 깔려 있으리라. 장르문학의 전통이 두텁지 못하고 장르문학과 본격문학의 생산적 대화가 없는 한국문학이 고민할 지점이다. (2013)

문학의 기억술

—황현산의『밤이 선생이다』

최근에 읽은 애니메이션의 거장 미야자키 하야오 감독의 말. "내면으로 바라본 세계. 그 시선에서 마음이 동하는 것에 대한 기억은 오랫동안 지속되지만, 그렇지 않은 것은 쉽게 잊힙니다. 그런 과정을 거쳐서 기억 속 풍경들을 잘라내어 그림을 그리면, 스스로 어디선가 본 기억의 세계가 그림 속에 펼쳐집니다." 작품의 이미지는 현실의 재현이 아니라 기억 속에 남은 선택된 풍경의 표현이다. 예술의 이런 기억력이 새로운 세계를 창조한다. 문학예술의 독특한 기억술이 우리를 매혹하는 이유이다. 기억의 창고에는 축적된 고통과 행복의 기억, 나이를 먹어도 우리 마음 깊은 곳에 새겨져 망각되지 않는 원초적 기억이 쌓여 있다. 기억은 문학의 뮤즈이다.

　한국문학에서 이야기나 서사의 힘이 약해진 이유? 이야기를 짜는 능력 부족 탓만은 아니다. 벤야민이 지적했듯이, 이야기가 전달하는 집단적 지혜가 점차 사멸해가기 때문이다. 지식은 늘어가지만 지혜는 쇠약해진다. 이야기는 지혜의 전달과 관련되며, 그런 지혜는 소설이 전달하는 고독한 개인의 내면이 아니라 지혜와 조언의 공동체를 전제로 한다. 지혜가 아니라 재미만이 소설의 가치로 평가받는다면 그 이유는 경험의 전달가능성이 쇠퇴했기 때문이다. 우리 시대의 문학은 어떻게 지혜의 이야기를 되살릴 수 있을까. 뛰어난 문학은 복고주의나 감상적 향수와는 거리가 멀다. 고독한 근대적 개인의 매체인 소설은 지혜의 소산인 고향을 선험적으로 잃어버린 형식이기에 소설에서 이야기의 복원은 손쉬운 과제가 아니다.

황현산 산문집 『밤이 선생이다』는 이야기의 복원, 잃어버린 지혜와 경험의 가치, 시와 기억의 의미를 세심하게 성찰한다. 그의 목소리는 복고주의자의 설교가 아니라 '오래된 미래'의 말이고, "내 고향 섬과 저 구보의 고갯길에서 만났던 그 이상한 마법의 시간"의 현재적 가치를 세심히 살피는 현자의 가르침이다. 그래서 "산과 물이라도 남아 있을진대 산새와 물새의 기억도 함께 남아야 한다는 것", "경제에서건 정치에서건 문화에서건, 이 땅에서 무엇이든 커온 것이 있다면, 그것은 저 이삭 줍는 들비둘기와 함께 컸고, 빈 들길의 바람소리와 함께 컸기 때문"이라는 간곡한 믿음에 독자도 자연스럽게 설득된다.

물질과 권력 만능의 시대지만 "어렸을 적 외할머니 댁 뒤란에서 보았던 뱀, 미술 숙제를 다 끝내지 못하고 자던 밤 어둠 속에 떨어지던 싸락눈 소리, 어느 골목에서 맡았던 음식냄새, 제사상을 밝히던 은성한 촛불과 얼룩진 병풍, 쥐구멍에서 꺼낸 반쪽자리 곶감"의 가치를 새삼 떠올리게 된다. 우리도 "이런 것들을 애써 외워둔 적이 없지만 그 기억들은 몸 어딘가에 새겨져 있다가 어떤 계기를 얻어 오늘 아침에 일어난 일처럼 눈앞에 선히 떠오"르는 경험을 한번쯤은 해봤기 때문이다. 좋은 글의 힘이다.

날은 무덥고 세상살이는 팍팍하고 들려오는 세간의 소식들은 얼굴을 찌푸리게 만드는 일밖에 없지만, 잠시나마 소란스러움과 소음이 휘몰아가는 바쁜 시간을 붙들어두는 건 어떨까. 이제는 사라진 것들을 불러내는 백석의 시나 어떤 창작품보다도 더 시적으로 기억의 가치를 전해주는 황현산의 산문, "그 조용한 어린 날의 놀이들"을 어린아이다운 경탄을 품고 돌아보는 이야기를 담은 나카 간스케의 『은수저』, 혹은 젊은 시절의 미숙한 작품이기에 오히려 더 마음에 와 닿는 독특한 매력을 지닌 헤르만 헤세의 『페터 카멘친트』를 읽으며 '오래된 미래'의 가치를 음미해보는 건 어떨까. (2013)

웅크린 펜

—셰이머스 히니 시전집

고통이 반가울 수는 없지만 개인이나 사회나 고통을 겪지 않고 성숙해지는 경우는 없다. 문학이 성숙한 정신의 표현이라면 고통은 문학의 좋은 자양분이 된다. 고통을 겪지 않고 탁월한 예술을 낳은 개인, 국가, 시대를 나는 알지 못한다. 영문학의 경우만 봐도, 그 융성기는 역사적 격변기였다. 셰익스피어를 낳은 튜더왕조기는 자본주의의 정착기였고, 시운동의 한 정점인 낭만주의는 프랑스혁명과 산업혁명의 역사적 격변기에 나타났다. 20세기 초 모더니즘은 세계전쟁과 대공황을 배경으로 탄생했다. 평온한 시대는 평범한 문학을 낳는다는 것. 문학과 현실의 변증법이다.

좋은 예가 아일랜드(문학)이다. '세계제국'이었던 영국 옆에 위치한 아일랜드는 한국과 유사점이 많다. 이웃국가의 식민지배를 경험했고, 분단의 슬픔을 겪는다. 1949년 아일랜드 남부 26개 주가 아일랜드공화국으로 독립했지만, 북부 6개 주는 영국 통치령으로 남았다. 그 뒤 오랜 정치적, 종교적 갈등을 거쳐 1998년에 극적인 평화협정에 이른다. 북아일랜드 분쟁이다. 영국식민주의가 아일랜드에 준 뜻밖의 선물이 영어라는 말이 있듯이, 아일랜드는 유럽의 변방에 속했지만 유럽과 세계문학의 지형을 재편한 작가들을 배출했다.

노벨문학상이 한 국가 문학의 수준을 가늠하는 척도는 결코 될 수 없지만, 어쨌든 아일랜드는 예이츠, 쇼, 베케트 등 다양한 장르에 걸쳐 노벨상 작가를 배출했다. 예이츠 이후 두 번째로 노벨상을 받은 "가장 위대한 아일랜드 시인"이며, "서정적 아름다움과 윤리적 깊이를 갖추어 일상의 기적과 살아 있는 과거를 고양시키는 작품을 썼다"(노벨위원회)는 평가를 받았던 시인 셰이머스 히니가 얼마 전 작고했다. 국내에서도 몇 년 전에 그의 시전집이 번역·출간되었지만 합당한 주목을 받지 못했다.

위대한 시인을 평가하는 기준은 다양하겠지만, 내가 꼽는 한 기준은 현재에 안주하지 않는 갱신과 변모의 정신이다. 시인에게 물리적 나이는 중요하지 않다. 그러므로 시인에게 '원로'라는 말은 가당치 않다. 나이 들수록 "털을 곤두서게 하고 까다롭고 가차 없는, 심지어 비인간적이기까지 한 도전"(에드워드 사이드)을 감행하는 성취를 보여주지 못한다면 그는 시인으로서는 죽은 것이다. 시인은 오직 자기 자신과만 경쟁한다. 식민주의 시대를 살았던 예이츠와 독립 후 북아일랜드 분쟁을 목격했던 히니의 시에서 공통적으로 발견하는 점은 자기갱신의 노력이다. 그 분투가 위대한 시인을 만든다.

예이츠와 히니는 자연주의 시에서 출발하여 아일랜드의 착잡한 현실을 고뇌하는 정치시를 거쳐 예술과 삶은 분리될 수 없다는 진실, 손쉬운 달관은 없다는 통찰을 말년의 시적 성취로 보여준다. "어떤 협약도/ 내 예견컨대 고약으로 완전히 치유할 수 없다 너의 밟아 다져진/ 그리고 임신선 새겨진 몸을, 그 커다란 고통/ 너를 다시, 열려진 땅처럼, 날것으로 방치하는 그것을"(「아일랜드 통합령」) 히니의 시는 드러낸다. 역사에 편재해온 폭력을, 그리고 폭력 앞의 부끄러움을 토로한다. "나는 교활한 관음자, 훔쳐본다."(「형벌」) 그리고 문학과 노동의 관계를 천착한다. "내 손가락과 엄지 사이/ 웅크린 펜 하나 놓여 있다./ 나는 이걸로 땅을 파겠다." (「땅파기」) 문학은 섣부른 초월이 아니라 "웅크린 펜"을 연장으로 삼은

현실과 삶의 "땅파기"이다. 위대한 시인은 달관하지 않는다. '원로'가 될
수록 너무 쉽게 달관하고, 초월을 말하고, 용서를 설파하는 '도인'이 되
는 시인들에게 히니의 시를 찬찬히 읽어볼 것을 권한다. (2013)

'악'을 그리는 법

—김영하의 『살인자의 기억법』과 정유정의 『28』

소설과 영화의 공통점은 무엇일까. 둘은 혼종성의 장르다. 자본주의 정착과 맞물린 시민계급의 삶과 욕망을 담아내는 장르로 새롭게 등장한 소설은 기존 문학장르인 서사시, 희비극, 로맨스 등을 아우르면서 시민사회의 다채로운 모습을 포착했다. 소설이 근대문학의 적자 지위를 유지하는 까닭에는 변화하는 현실을 따라잡기 위해 이용 가능한 이야기 유형을 가리지 않고 섭취해온 소설의 포식성이 작용한다. 영화의 경우도 마찬가지다. '활동사진'으로 폄하되기도 했던 영화는 문학, 음악, 미술, 연극 등 기댈 수 있는 모든 예술의 요소를 끌어들이면서 현대세계의 모습을 그려왔다. 그런 점에서 예술비평에서 종종 운위되는 대중예술과 본격예술의 구분은 조심스럽게 다뤄져야 한다. 둘을 나누는 기준은 현대문학과 영화에서 또렷하지 않다. 'B급 장르'인 모험소설, 추리소설, 서스펜스 문학의 틀을 가져오되 그것을 창조적으로 변용하는 뛰어난 문학작품이 창작된다. 현대영화도 비슷한 양상이다.

예컨대 왕자웨이(왕가위) 감독의 〈일대종사〉는 하위 장르를 변형하여 자신의 목소리를 어떻게 담는지를 보여준다. 무협영화의 B급 장르 틀에 감독은 선과 악, 사적 욕망과 공적 책무, 그리고 시간의 흐름 속에서 허물어져가는 삶의 의미를 새긴다. 때로 그런 작가적 의도가 너무 힘을 줘서 표현된 느낌도 주지만, 이 영화는 리안 감독의 〈와호장룡〉이 그렇듯이 장르영화의 창조적 변용의 예로 꼽을 만하다. 이제는 대중문학만이 아니라 본격문학의 걸작으로도 평가되는 움베르토 에코의 『장미의 이름』도 좋은 사례다. 연쇄살인의 비밀을 파헤치는 추리문학의 형식을 빌려 작가는 어떤 본격문학보다도 설득력 있게 선과 악, 위선과 진실, 욕망과 현실, 종교와 정치의 관계를 탐구한다. 특히 연쇄살인으로 표현되는 인간이 지닌 '악'의 근거에 대한 천착은 날카롭다.

최근 한국문학을 읽으면서 내가 느꼈던 불만 하나는 악의 문제를 깊이 있게 천착하는 작품이 드물다는 것이다. 악의 실체를 탐구하는 유효한 장치인 장르문학의 틀을 창조적으로 활용하는 데 작가들이 관심이 없다는 것이 핵심 이유라고 나는 판단한다. 한국문학이 내면화되고 나약해지는 이유? 현실에서 발견되는 악의 문제들과 정면으로 부딪치면서 그 실체를 파헤치려는 도전정신과 그를 위한 다양한 장르와 형식과 기법의 혼종성 실험이 부족하기 때문이다.

그런 점에서 정유정의 『7년의 밤』과 『28』, 김영하의 『살인자의 기억법』은 주목할 만하다. 혹자는 한국문학이 위축되어가는 상황에서 이들 작품이 보여주는 '대중성' 확보의 노력을 높이 사지만, 나는 장르문학의 틀을 활용하는 태도에 더욱 눈길이 간다. 살인과 죽음은 독자의 궁금증을 유발하는 강력한 서사적 장치다. 서스펜스 문학의 매력이다. 하지만 그 매력에만 초점을 맞추면 작품은 '누가 죽였는가(Whodunit)'라는 물음에만 사로잡히게 되고, 사건에서 드러나는 인물들의 내면과 욕망의 탐색은 소홀해진다. 충격적 사건이 인물을 압도하게 된다. 하지만 이들 작품에서 그려지는 악의 생생한 묘사를 최근 본격문학에서는 발견하지 못했다. 한국문학과 외국문학의 단순한 비교는 경계해야 하지만, 한국문학에서도 장르문학과 본격문학을 창조적으로 융합하여 삶과 세계의 다양한 문제, 특히 악의 실체와 근거를 입체적으로 조명하는 한국판 『장미의 이름』들을 더 많이 만나고 싶다. 두 작가에게 기대를 건다. (2013)

소설은 르포가 아니다

—조정래의 『정글만리』

내게 조정래는 『태백산맥』의 작가다. 여순사건에서 휴전협정에 이르는 현대사를 거대한 벽화로 그린 이 '대하소설(roman-fleuve)'은 "사건의 연면한 지속과 시간의 장구한 흐름"(권영민)의 형식만이 아니라 인물, 사건, 주제의 폭과 깊이, 풍부한 어휘의 구사 등이 재미와 감동을 준다. 대하소설의 종언이라는 판단도 나오지만 이런 때일수록 『장길산』, 『임꺽정』, 『토지』 등을 찬찬히 읽고 싶다는 욕망도 생긴다. 우리 시대가 잃어버린 목소리들이 이들 작품에서 웅성거리고 있기 때문이다.

조정래의 『정글만리』를 기대를 품고 읽었다. 대하소설은 아니고 중국의 현재를 배경으로 한 장편이지만 작가가 그간 보여준 '원로'로서의 기량을 확인하고 싶었다. 유감스럽게도 기대에 못 미친다. 소설의 평가기준은 인물, 사건, 주제, 표현력 등이다. 소설미학의 모든 면에서 대체로 실망스럽다. 첫째, 인물 형상화. 『태백산맥』의 성취는 등장인물에게 개성을 입체적으로 부여하면서 동시에 해방공간이 각 인물에게 부과했던 역사적 보편성을 포착하여 인물의 사회적 전형성을 표현한 것이다. 『정글만리』에도 비즈니스맨, 유학생, 농민공 등 다양한 인물 군상이 나온다. 모든 인물을 밀도 있게 다루긴 무리지만 종합상사 부장 전대광, 성형외과 의사 서하원, 유학생 송재형 같은 주요 인물 형상화도 상투형에 갇혀 있다. 개성이 두드러지지 않으며 '거대한 정글시장' 중국의 면모를 제시하려는 작가적 의도를 전달하는 밋밋한 인형에 머문다.

둘째, 사건의 서사. 소설의 사건은 곧 인물과 인물의 관계에서 비롯된다. 각 등장인물이 살아 있지 못할 때 그들의 관계도 빈곤해진다. 이 작품에는 거대 중국시장의 이해관계를 둘러싼 에피소드들이 나름 다채롭게 서술되지만 산만한 나열에 그친다. 사건을 모으는 서사의 집중성과 균형감이 부족하다. 사건이 인물을 압도한 형국이다. 비교컨대 화제작 영화인 〈그래비티〉와 〈올 이즈 로스트〉는 별다른 사건이 없더라도 한두 명의 인물을 제대로 파고들 때 우러나는 삶의 통찰을 전해준다.『정글만리』에는 그런 뭉클함이 없다.

셋째, 주제의 깊이. 작가의 집필 의도는 이렇다. "중국이 14억 인구의 내수시장으로 돌아섰는데, 우리가 어떻게 대응하느냐에 한국의 생존이 걸렸습니다. 똑같은 물건을 수출해도 미국에 가는 것보다 중국에 가는 운송비는 3분의 1도 안 되죠. 지금 광화문 사거리가 온통 중국인 관광버스로 가득 차 있어요."(『주간경향』인터뷰) 짐작건대 이 작품의 인기는 약육강식이 지배하는 비즈니스 현장의 사실적 묘사에서 나오는 것이다. 하지만 소설은 르포가 아니다. 작품이 전해주는 중국 경제의 실상은 그다지 새롭지 않다. 독자가 소설을 읽는 핵심 이유는 경제 분석이나 정보의 습득이 아니다. 소설만이 보여주는 미적 통찰이 관건이다. 정치, 경제, 문화, 이데올로기 등에서 복잡다단한 면모를 지닌 중국 사회를 돈벌이의 '정글'로만 단순화시킨 인상이 짙다. 위험한 소설적 접근법이다.

넷째, 『태백산맥』의 재미는 200명이 넘는 등장인물에게 그들만의 언어와 표현을 적절하게 부여한 데 있다. 특히 인물들이 나누는 대화의 활기가 돋보였다. 『정글만리』는 그렇지 않다. 소설이 르포와 갈라지는 결정적인 지점이 언어와 표현의 생기라는 점에서 특히 아쉽다. 작가의 언어감각이 쇠퇴한 것이 아닌가 의문이 든다. 기우이길 바란다. 원로라고 늘 좋은 작품만 쓰는 게 아니라는 걸 잘 안다. 하지만 이런 범작이 작가의 새 대표작인 양 홍보되고 상당한 인기를 얻는 현상이 나로서는 씁쓸할 뿐이다. (2013)

청년문학의 정념

—김사과의『천국에서』

남아공 출신 노벨문학상 작가인 쿳시의『추락』에서 주인공 데이비드는 딸 루시에 대해 이런 마음을 털어놓는다. "루시 세대와 나의 세대 사이에 커튼이 내려와버린 것 같소. 나는 그것이 내려올 때 눈치도 채지 못했는데." 세대의 감각 차이가 유독 강하게 느껴지는 게 한국 사회다. 주로 4학년을 대상으로 문학을 강의하면서 내가 실감하는 점이다. 학생들은 항상 그 나이 또래의 젊은 학생이지만 나와 그들 사이의 정서적 거리는 점점 멀어진다. 문학은 그 거리를 사유케 한다. '나'는 다른 이들의 삶과 고통을 얼마나 이해하는가. 타자의 윤리학이다. 계급, 성, 민족, 세대 등 수많은 차이가 문제가 된다. 다른 차이와 마찬가지로 세대가 맺는 관계는 대칭적이지 않다. 힘의 불균형이 작동한다. 지금 한국 정치가 여실히 보여주듯이 청년세대는 과소 대표된다. 반면에 기성세대는 과잉 대표되며 그들 마음대로 정치, 경제, 정책을 좌지우지한다. 선거 때마다 청년세대 몫의 국회의원을 할당한다지만 생색내기에 그친다. 젊은이들의 목소리는 들리지 않고 기성세대의 시각에 따라 자의적으로 해석된다. 시대적 탈정치화 경향은 그런 경향을 더 가속화한다.

그렇다면 제대로 대변되지 못하는 청년을 포함한 "종속된 자들은 말할 수 있는가."(스피벅) 물론 그들은 말한다. 다만 우리가 그들이 하는 말을 찬찬히 새겨듣는 태도를 갖추지 못했고 그 방법을 모를 뿐이다. 언제나 문제는 그들이 아니라 우리다. 그래서 부모와 자식, 선생과 학생 사이의 골이 깊이 새겨진다. 우리 시대 청춘들은 좌절과 분노를 격렬히 표출하는 '무서운 아이들'로, 때로는 무기력과 체념에 사로잡힌 '루저'들로 표상된다. 이런 표상은 일말의 진실을 품고 있겠지만 그 세대의 삶을 제대로 아우르기에는 역부족이다. 재현의 한계다.

자신이 속하지 않은 성, 계급, 세대의 쟁점을 다루는 어려움을 작가는 감당해야 한다. 아무래도 자신이 속한 동세대의 삶을 그리는 것이 좀더 수월하리라. 고시원과 편의점으로 대표되는 청춘들의 삶을 실감나게 다뤄온 박민규나 김애란 등의 작품이 좋은 예다. 김사과의 최근작 『천국에서』는 그 계보를 잇고 또 끊는다. 몸과 마음을 옥죄는 꽉 막힌 장벽 같은 한국 사회의 닫힌 현실과 그 안에서 좌절하고, 자기를 파괴하고 남을 죽이는 청년들의 신산한 삶을 이 작가는 지속적으로 그려왔다. 김사과는 그녀가 속한 청년세대의 악몽 같은 삶을 그만의 언어로 표현한다. "우리는 우리들이 속한 꿈에서, 점차 악몽으로 변해갈 우리들만의 꿈에서 깨어날 수 없다."(김사과) 작가는 어떤 섣부른 희망도 경계한다.

나는 이전 작품들, 예컨대 『테러의 시』가 뽑아내는 강렬한 분노의 정념에 공감하면서도, 그것들이 다소 추상적이라는 인상을 받았다. 이런 판단이 조심스러운 이유는 내가 이 작품이 다루는 작가 세대의 삶을 잘 모르기 때문이다. 매끈하게 구성되고 잘 짜인 작품이지만 아무런 감흥을 주지 못하는 작품이 있다. 반면에 어딘가 허술하고 짜임새도 어긋나 있는 듯 보이지만 작품의 독특한 기운이 생생하게 느껴지는 작품도 있다. 『천국에서』는 후자에 속한다. 주인공 케이가 겪는 미국과 한국에서의 다양한 경험, 좌절, 갈등의 묘사가 느슨하게 구성된 인상도 받고, 등장인물들이 펼치는 한국 사회를 향한 날선 비판이 때로 다중 복화술의 결과물로 여겨질 때도 있다. 이런 아쉬움이 이 작품이 전달하는 그 세대의 착잡한 정념을 가리지는 못한다. 작가의 다음 작품을 기대하게 된다. (2013)

국가주의와 문학
—조갑상의 『밤의 눈』

화제작 〈변호인〉에서 기억에 남는 장면은 송우석 변호사와 고문경찰 차동영이 맞서는 '국가론' 법정 논쟁이다. 송변에게 국가는 주권자인 시민이다. 차동영에게 국가는 정권이다. 이 영화가 주목을 끄는 이유는 국가와 시민의 관계를 묻는 시선의 현재성 때문이다. 대의민주주의에서 종종 시민은 주권을 위임받은 국가권력에 지배당한다. 대의의 한계다. 차 경감이 사로잡힌 뒤틀린 국가주의의 탄생이다. 뛰어난 문학과 영화는 다른 애국주의를 말한다. 국가나 정권에 충성하는 것이 아니라 민주헌법에 충성하는 "헌법적 애국주의"(하버마스). 민주공화국의 헌법보다 앞서는 국가나 정권은 존재하지 않는다.

한국전쟁의 파멸적 결과는 매카시즘을 낳았다. 매카시즘은 그 피해자만이 아니라 가해자도 파멸의 구렁텅이로 빠뜨렸다. 필립 로스의 『나는 공산주의자와 결혼했다』가 생생히 문학적으로 증언하는 전후 현대사의 교훈이다. '종북몰이'의 원천인 매카시즘의 문제는 선의 편인 '나'와 악의 편인 타자를 선명히 나누는 이분법이다. 권위주의 특성은, 자기는 옳고 다른 사람은 그르다는 믿음에서 연유하는 오만과 뻔뻔함에 있다. "나는 옳으니까 너는 내 말을 들어야 한다는 뻔뻔함과 나는 옳으니까 내가 틀릴 리가 없다는 오만함은 동어반복에 기초하고 있다."(김현) 권력이 뻔뻔하고 오만할 때 국가폭력이 발생한다. 문학과 영화는 그 폭력의 실상을 구체적으로 다룬다.

천운영의 『생강』은 고문기술자 '안'과 딸 선이의 내면을 번갈아 파고들지만, 고문의 세세한 실상이나 '적'에게는 잔인한 고문을 하면서도 자신의 가족에게는 자상한 '안'의 이중성에 초점을 맞추지는 않는다. 작품은 '안' 같은 자칭 '애국주의자'가 드러내는 빈곤한 자기성찰의 모습을 강조한다. "그것들이 악이고 내가 선이다"라고 믿는 오만함과 "악을 처단"하는 것에 추호의 주저함이 없는 단호함으로 무장하고, "그냥 딱 보면 빨갱이"인 줄 아는 신통력을 지닌 국가폭력의 탄생.

'국민보도연맹 민간인 학살 사건'을 다룬 조갑상의 『밤의 눈』도 유사한 문제의식을 보여준다. 이 작품의 가치는 제대로 조명되지 못한 비극적 사건을 문학적으로 형상화한 데만 있지 않다. 작가는 절제된 스타일과 어조로 국가의 이름으로 포장된 폭력이 희생시키는 사람들의 모습을 담는다. "사람 하나가 별거 아니라니? 난세니까 사람 목숨 하나가 더 중한 기다! 그리고 삼라만상에 끝이 없는 시작이 없는 건데 사람이 나중 생각도 해야지!"(『밤의 눈』) 중한 것은 국가가 아니라 사람이다. 시민을 위해 국가가 있지, 그 역이 아니다. 인물의 묘사와 서사의 전개가 아주 새롭다고 할 수는 없지만 이 작품에는 그런 상투성을 뛰어넘는 독특한 기운이 있다. 애국주의자에게 국가는 신성한 숭배의 대상이다. 〈변호인〉이나 『밤의 눈』이 보여주듯이 시민은 국가의 이름으로 언제라도 희생시킬 수 있는 존재일 뿐이다.

사회적 개인주의에 기반을 둔 문학과 영화는 다른 길을 걷는다. 애국주의는 진리를 독점하려 한다. 문학과 영화는 확정될 수 없는 진리의 가치를 밝힌다. "모든 사람에게 각자 진리라 생각하는 것을 말하게 하라. 그리고 진리 자체는 신에게 맡겨라."(한나 아렌트) 어떤 권력도 진리를 독점할 수 없다. 문학은 거창한 정치이념이 포착하지 못하는 개별적 삶의 가치를 새기고, 개인들의 모둠살이로서 사회나 국가의 관계를 되묻는다. 〈변호인〉, 『생강』, 『밤의 눈』을 보고 읽어야 할 이유가 여기 있다.
(2014)

사유와 문체
—황정은의 『야만적인 앨리스씨』

영화 〈변호인〉의 양우석 감독의 말. "그 어떤 사람도 고문당한 진우의 모습을 맞닥뜨리면 당장 피가 끓을 것이다. 화를 주체하지 못해 소란을 피우고 난리법석을 떠는 건 누구나 할 수 있다. 하지만 지속적으로 밤새워 책을 읽고 날이 밝자마자 선배를 찾아가 질문하는 사람은 드물 것이다. 똑같이 흥분한다고 해도 그 '성찰'의 모습이 차이를 만든다." 세상을 움직이는 건 단지 분노와 열정만이 아니다. 물론 그것들도 필요하다. 상식인이라면 세상의 모순과 불합리를 목격하면 대개는 그런 분노를 느낀다. 지금은 그런 분노조차 느끼지 못하게 만드는 '피로사회'가 된 느낌이지만. 그러나 즉자적 분노는 오래 못 간다. 분노를 뒷받침하는 냉철한 이성과 철저한 자료조사와 분석, 치밀한 대응이 없었다면 송변은 부당한 국가권력에 맞서지 못했을 것이다. 무식하면 용감하다는 말이 있지만, 무지가 도움이 된 적은 한 번도 없다는 말도 있다. 무지의 용감함은 독단을 낳는다. 우리가 송변 같은 '변호인'에게 감응을 받는다면 그건 역설적으로 지금 우리 시대에 깊이 "성찰"하는 법조인이 드물기 때문이리라.

세상의 이면을 파고드는 작가의 경우에도 분노는 양날의 칼과 같다. 세속의 면모들에 둔감하고 사람들의 삶과 고통에 무감하고 분노할 줄 모르는 작가가 좋은 작품을 쓸 리는 만무하다. 그러나 분노가 바로 일급의 작품을 낳는 것도 아니다. 뛰어난 작가는 분노를 날것으로 표현하지 않는다. 분노는 차가운 이성과 성찰의 단계를 거쳐 구체화되어야 하고, 그 분노를 표현하는 가장 적절한 형식과 문체(스타일)를 찾아야 한다. 걸작의 최종 근거는 내용이 아니라 형식과 문체다. 수많은 작품들이 남녀의 사랑을 대동소이하게 다루지만 『안나 카레니나』나 『보바리 부인』을 돋보이게 하는 건 이들 작품만이 지닌 고유한 형식과 문체다.

근대문학의 분기점이었던 낭만주의 이래 작가들은 자신만의 '독창성'을 새길 형식과 문체를 고민해왔다. 문체는 단지 글의 화려한 장식이 아니다. 문체는 사유의 표현이다. 세상을 대하는 사유가 독창적이지 못할 때 고유한 문체가 나올 리 없다. 범상한 작가가 택하는 쉬운 길이 감상주의다. 감상주의 문체의 작품은 쉽게 슬퍼하고 연민한다. 그러나 우리는 아무리 가까운 관계일지라도 그렇게 쉽게 타자를 이해할 수 없다. 감상주의 문체를 경계해야 할 이유다.

이 점에서 황정은의 『야만적인 앨리스씨』는 돋보인다. 이미 『백의 그림자』에서 젊은 작가로서는 드물게 고유한 안목과 형식, 문체를 겸비한 작가임을 입증한 이 작가는 『앨리스씨』에서는 그런 고유성을 더 깊게 멀리 밀고 나간다. 그 문체를 단지 '시적 문체'라고 규정짓는 건 온당치 않다. 황정은의 문체는 매우 간결하고 압축적이되 그렇다고 시적 문체처럼 다층적 의미를 인위적으로 응축하는 것과도 다르다. 『앨리스씨』는 "여장 부랑자" 앨리시어의 고통스런 이야기를, 감상주의를 철저히 경계하면서, 하지만 사이비 객관성을 참칭한 하드보일드 스타일과도 다르게 그린다. "벼들이 새파랗게 흔들리던 논도 사라졌고 은행나무도 사라졌다. 고모리는 이제 없다. 더는 그것에 관해 말하는 사람도 없고 그곳의 구덩이에 묻혀 죽은 소년에 관해 말하는 사람도 없다. (중략) 그대는 얼굴을 찡그린다. 불쾌해지는 것이다. 앨리시어는 이 불쾌함이 사랑스럽다. 그대의 무방비한 점막에 앨리시어는 달라붙는다." 이 작품에 편재한 폭력은 감상주의 문학이 내세우는 말랑말랑한 화해와 용서와 이해의 포장을 찢고 그 뒤의 어두운 실재를 드러내는 서사장치다. 작품 곳곳에서 마주치는 "그대는 어디까지 왔나"는 말은 '나'와 '그대' 사이의 메울 수 없는 거리를 역설적으로 드러낸다. 그만의 형식과 문체를 갖춘 젊은 작가를 만나서 반갑다. (2014)

법과 시적 정의

—마사 누스바움의 『시적 정의』

민주주의의 지배원리는 법치주의다. 그러나 법은 초월적, 객관적 진리의 표현이 아니다. 최고법인 헌법의 '법적' 근거는 없다. 헌법 제정·개정 논의가 '블랙홀'이 되는 이유? 헌법의 최종 근거는 법이 아니라 정치·경제·사회적 역학이기 때문이다. 법은 힘과 폭력의 문제다.(데리다) 이 점을 잊으면 법의 내적 형식과 협애한 논리에 갇힌 '법형식주의'가 탄생한다. 최근의 국정원 사건 무죄 판결이 좋은 예다. 문학작품이 그렇듯이 법도 다양한 해석에 열려 있다. "악마가 언제나 자신의 목적을 위해 성서를 인용할 수 있는 것과 마찬가지로 모든 사안에서 양쪽 변호사는 자신의 목적을 위해 항상 법을 인용할 수 있다."(로렐, 『저주받으리라, 너희 법률가들이여』) 관건은 법적 인용의 맥락에 대한 깊은 숙고와 성찰이다. 법은 민주사회의 버팀목이지만, 법의 시각에서만 세상을 보면 '법만능주의'를 낳게 된다. 타협과 대화의 정치로 해결할 문제들을 선출되지 않은 권력인 법률가들에게 맡긴다. 정치의 사망은 곧 법의 형식적 지배, 민주주의의 위기로 귀결된다.

저명한 법철학자 누스바움의 『시적 정의』는 법과 문학적 사유의 관계를 설득력 있게 탐구한다. 법적 판단에서도 "감정이 좋은 추론의 필수적인 요소라는 점을 인정해야 한다. 따라서 감정에 영향을 받지 않는 재판관이나 배심원은 세계를 온전하게 보기 위한 필수적인 방식을 부인하는 것이다. 이런 식으로 생각하는 것을 합리적이라고 보기는 어렵다. 심지어 경제학에서조차도." 법은 합리성과 논리의 영역이지만 그 울타리를 넘어 인문학적 감성과 사유에 기반한 실천적 추론과도 관련된다. "문학적 재판관"은 형식적 법 이해를 넘어서 역사적 변화, 실천적 맥락이 갖는 복잡성, 사건들의 다양성을 두루 고려하며, 변화하는 사회문화적 조건과 가치를 받아들인다. 법률기술자와 갈라지는 지점이다.

문학이 가르치는 감정과 사유의 훈련은 법의 공적 합리성과 배치되지 않는다. 스토리텔링과 문학적 상상력은 법이 강조하는 합리적 논증의 핵심적 구성요소다. 상상력은 타인의 삶에 관심을 갖는 공감과 윤리적 태도의 토대다. 인간을 살아있는 단독자로 보지 않고 추상적인 법적·경제적 대상으로만 간주할 때, 디킨스 소설 『어려운 시절』의 빗쩌 같은 '괴물'이 나타난다. 그는 삶을 정답이 있는 수학문제로만 간주하며 삶의 신비와 복잡성을 외면한다. 공감과 성찰의 능력이 빠진 메마른 도구적 합리성과 법은 "영혼이 빈곤한 삶"과 판결로 이어진다. 〈변호인〉을 비롯한 한국영화에서 자주 발견되는 법률기술자들이 좋은 예다.

문학을 통해 길러진 공감과 두려움 등의 감정은 "합리적 감정"을 아우른 고양된 이성을 형성한다. 누스바움이 강조하는 "분별 있는 관찰자"인 법률가의 덕목이다. 예컨대 소설 등의 서사장르는 개별성과 단독자의 시각에서 인간을 대하는 태도를 강조한다. 소설은 기계부품의 움직임이나 동작 같은 논리의 영역으로만 삶을 다루지 않는다. 삶에는 논리와 합리성만으로는 미처 설명할 수 없는 미지의 무엇인가가 있다는 걸 좋은 소설은 드러낸다. 작품의 다양한 인물과 사건을 통해 입체적 시각으로 세상을 보는 법을 배우게 되고, 독자로서 '내'가 본 것에 대해 되풀이해서 성찰하는 경험을 쌓게 해준다. 문학이 가르치는 겸손함이다. 시인 휘트먼이 우리 시대의 법률가들에게 던지는 질문. "당신은 성숙함을 위해 담금질을 하는 이들에 대한 사랑을 갖고 있는가? 갓 태어난 아이에 대해서는? 작고 또 큰 이들에 대해서는? 잘못을 저지른 이에 대해서는?" 이런 질문을 숙고할 줄 알고 문학적 사유 능력을 갖춘 법률가와 정치인을 더 많이 만나고 싶다. (2014)

그렇게 가족이 된다

—김숨의 『국수』와 『여인들과 진화하는 적들』

생활고 때문에 가족이 함께 목숨을 끊는 비극이 계속 벌어진다. 사회안전망과 복지정책이 미흡할 때 가족은 존재의 최후 보루가 된다. 국가가 그 구성원에게 주거, 의료, 교육 등의 인간다운 삶의 최소 조건을 보장해 주지 못한다면 국가는 왜 존재하는가. 개인과 가족과 국가의 관계를 되묻게 된다. 경쟁주의나 학벌주의의 폐해를 다 알면서도 어쩌지 못하는 이유는? 개인 삶의 제도적 울타리로서의 국가가 '나'와 가족의 삶을 지켜주지 못할 거라는 불신 때문이다. 불신에서 공포와 두려움의 정념이 탄생하고 전염병처럼 퍼진다. 끔찍한 입시경쟁은 자식의 불안한 미래와 연동된 부모들 마음 깊은 곳의 두려움을 애써 가리려는 안간힘의 결과다.

좋은 영화와 문학은 가족 개념의 내포와 외연을 새롭게 궁구한다. 고레에다 히로카즈 감독의 〈그렇게 아버지가 된다〉가 한 예다. 병원에서 자신들의 아이가 뒤바뀐 사실을 뒤늦게 알게 된 부모, 특히 아버지의 모습을 통해 '아버지가 된다는 것'의 의미를 영화는 천착한다. 영화는 '기른 정, 낳은 정' 같은 안이한 이분법을 벗어난다. 부모-자식 관계는 '피'나 '사랑'이라는 상투어로 규정될 수 없다. 부모의 시각이 규정하는 '사랑'과 '보살핌'의 그럴싸한 말들이 아이에게는 다른 뜻으로 다가온다. 가족의 거리다. 가족은 '탄생'하는 게 아니라 끝없는 이해와 배려의 노력을 통해서만 사후적으로 구성된다. 그 구성의 과정 속에서 아버지, 어머니, 아이는 '그렇게 가족이 된다'. 영화가 던지는 생각거리다.

김숨 소설집 『국수』와 장편 『여인들과 진화하는 적들』은 가족의 이름으로 강요되는 사랑과 보살핌의 이면을 드러낸다. 특정 가족구성원의 시점을 택해 그 시점이 부딪치는 편견의 문제를 예리하게 파고든다. 작가는 한 캐릭터의 시점과 의식에 초점을 맞추면서 다른 가족 캐릭터들은 주변화시키는 서술 전략을 취한다. 거의 전적으로 며느리의 시점에서 서술되는 『여인들』의 경우에도 여러 인물의 관계를 폭넓게 다루는 장편소설의 일반적인 구성형식과는 달리 며느리 '그녀'의 시점에서만 작품이 전개된다. 애증의 대상인 시어머니와 남편의 관점은 배제된다. 그들의 생각은 단편적인 대화를 통해서만 짐작될 뿐이다. '그녀'는 시어머니의 생각을 짐작하려 애쓰지만 분명하게 잡히는 것은 없다. '그녀'는 주변의 여러 일들이 잘못될 때마다 심한 구강건조증으로 힘들어하는 시어머니 때문이라고 원망의 마음을 품지만, 그 원망에는 시어머니의 병이 자기 때문은 아닌가 하는 내밀한 죄의식이 얽혀 있다. 한 여성 캐릭터의 분열증적 의식을 이 정도로 집요하게 파고든 작품은 오랜만에 읽는다.

소설집 『국수』의 단편들도 쉽게 메워지지 않는 가족 간의 거리를 냉정하게 확인한다. 『여인들』과 유사한 방식으로 그 거리를 확인하는 단편인 「막차」, 「아무도 돌아오지 않는 밤」, 「그 밤의 경숙」처럼 냉정한 묘사가 돋보이는 작품도 좋다. 「막차」는 『여인들』의 서술시점을 뒤집어 시어머니의 시각에서 암투병 중인 며느리를 대하는 분열적 의식을 보여준다. 특히 표제작 「국수」에 눈길이 간다. "육십억에 달하는 사람이 모여 살고 있다는 이 지구상에 어디에도 자신의 피와 살을 나누어준 존재가 없이 살아간다는 게" 무엇인가? 이 쉽지 않은 물음의 의미를 두 여자의 삶을 통해 그리는 솜씨가 돋보인다. 이야기의 구성이나 서술방식이 아주 새롭다는 느낌을 주지는 않는다. 하지만 정성을 다해 자신을 키워준 의붓어머니를 대하는 딸의 착잡한 심경 밑에 흐르는 연민의 정서를 감성적으로 표현하면서도 뻔한 감상주의의 덫에 빠지지 않은 게 미덕이다. 불안과 두려움의 산물인 가족주의의 이면을 끈기 있게 분석하는 작가를 만나서 반갑다. (2014)

우리 안의 '그들'

—김금희의 「옥화」

한국문학의 외연과 경계는 어떻게 정해지는가. 한국처럼 식민지 경험을 했던 많은 국가들에서 독립 이후 자국 문학의 경계를 어떻게 정할 것인지는 치열한 논쟁의 대상이었다. 작가들은 어떤 언어로 작품을 쓸 것인가. 지배자들의 언어지만 이제는 다수가 사용하는 일상어가 된 '제국의 언어'를 계속 사용할 것인가. 아니면 식민 상황 속에서 소수언어로 전락한 토착어를 사용할 것인가. 그중에는 이런 이분법적 선택이 아니라 영어를 사용하면서도 그 언어를 폭파·재구성하는 선택을 했던 제임스 조이스 같은 식민지 아일랜드 작가도 있다.

일제식민통치 기간 많은 조선인들이 한반도를 떠나 타국으로 이주해 갔다. 이제 그 후손들이 한국어로 그들의 상황과 한반도 남북의 관계를 다루는 작품을 쓴다. 『창작과비평』 봄호에 실린 김금희의 단편 「옥화」가 좋은 예이다. 중국 지린성 출신의 작가는 더 이상 남의 일로만 치부하기 어렵게 된 탈북 이주민들의 이야기를 그 외부의 시선, 중국 거주 조선인과의 관계를 통해 드러낸다. 작가는 자칫 뻔한 탈출기가 될 수 있는 수월치 않은 소재를 붙들고 남북한과 중국 조선인들의 구체적인 몰이해와 갈등의 양상을 그리면서, 동시에 그 관계를 좀 더 보편적인 쟁점인 이해와 관용의 한계에 대한 천착으로 확장한다.

작품에서 재중 조선인들은 "동정과 이해보다는 짜증과 미움이 날로 커겨가서" 탈북 여성을 "성도로서의 믿음은커녕 인간으로서 기본적인 도덕이나 정직한 양심 따위마저 있는지 여부가 의심스러운 사람"으로 규정한다. 종교적 사랑을 말하기는 쉽지만 그 사랑이 실질적인 이해관계와 생활의 불편과 부딪칠 때 어려움에 처한 사람을 계속 도와주기는 쉽지 않다. 언제나 생활이 관념을 앞서는 법이다. 충돌의 결과는 "짜증과 미움"이다. 이해와 관용을 말하기는 쉽지만 사람살이는 그렇게만 굴러가지 않는다. 관계에서 그 사람의 실체가 어떤가는 중요하지 않다. 사람들의 시선이 그녀의 사람됨을 규정한다. 이런 차가운 시선에 대한 탈북자 '그녀'의 항변. "기래도 이거는 압네다. 한 사람이 어떻다는 거이는 하느님만 아시디, 딴 사람들으는 다 모른다는 거이요." 작품을 읽는 독자도 뜨끔하게 만드는 바늘 같은 말이다.

이런 오해를 딛고 탈북자들이 찾아간 한국의 현실도 만만치 않다. "눈만 뜨면 일, 일하는 것 외에 그 나라 일반 국민이 누릴 수 있는 어떤 것도 누릴 수 없는 돈벌이 기계 같은 생활들, 그곳에서 시형네는 몸뚱아리 하나와 불법체류자의 신분 외에 아무것도 가진 것이 없는 사람들이었다." 2만 6000여 명에 달한다는 탈북이주민들은 그들이 살았던 정치·경제 체제와는 판이한 한국 사회에 안착하고 있는가. 우리들은 이들을 동료 시민으로 받아들일 준비가 되어 있는가. 이 질문은 듣기에는 그럴싸한 '통일은 대박이다'라는 말이 막상 현실화되었을 때 생길 수 있는 문제들을 예고한다. 어느 탈북자는 그 미래가 어떨지를 앞서 진단한다. "북한 사회는 사람을 정치적으로 죽이지만 남한 사회는 경제적으로 죽여요. 그런데 겪어보니깐 경제적으로 죽이는 게 더 힘들어요. 길이 안 보이니까요."(『한겨레21』 1007호) 이제 한국문학은 시야를 넓혀 우리 안의 '그들'의 삶에도 관심을 가질 때가 되었다. (2014)

아이들의 기도

지금은 조금 시들하지만, 얼마 전까지 '문학과 정치'의 관계를 둘러싸고 한국문학 공간에서 이런저런 말들이 나왔다. 그 논의의 뿌리는 모든 것이 정치로 환원되고, 또 그래야만 어떤 해결책이 잡히는 '정치과잉'의 독특한 한국사회에 있다. 문학도 말과 글을 통한 '정치'를 할 수 있고 해야 한다는 자기반성 혹은 자기합리화의 표현. 오만한 권력과 뻔뻔한 자본의 힘 앞에 문학은 너무나 힘이 약하다는 걸 절감한다. 그리고 말과 글의 한계를 절감하는 끔찍한 사태 앞에서도 문학은 종종 할 말과 쓸 글을 상실한다. 침묵이 말이나 글보다 사태의 진실을 전하는 때가 있다. 지금이 그런 순간이다. 그럼에도 말과 글을 중단할 수 없기에 뭔가를 뱉어내고 적는다. 이렇게.

"아우슈비츠 이후 시를 쓰는 것은 야만이다."(아도르노) 이 말이 지금만큼 절절한 울림을 갖게 된 적도 흔치 않다. 과장이 아니다. 눈앞에서 생중계로 죽어간 생명들은 그냥 죽음이 아니다. 국가와 자본, '가만히 있어라'고 윽박질러온 기성세대가 함께 만들어낸 '살인기계'의 학살이다. 우리가 지금 집단적 트라우마와 죄책감을 느끼고 있다면, 그리고 어쩌면 이 비극도 지난 숱한 비극들이 그랬듯이 시간이 지나면 다시 잊힐 거라는 우울한 판단을 마음 깊은 곳에서 하고 있다면, 하지만 그럼에도 지금 당장은 깊은 슬픔을 나누고 있다면, 왜 그럴까. 아마도 착종된 고통스러운 마음 깊은 곳에서 우리 모두가 그 학살의 공범자라는 죄책감이 도사리고 있기 때문이 아닐까. 이 죽음들, 이 학살 뒤에도 시를, 글을 쓴다는 것은 무슨 의미일까.

어쩌면 이런 질문조차 시간의 흐름 속에서 묻히고, 각자의 생업으로 돌아가 바삐 먹고사느라고, 혹은 우리가 목도한 참혹한 죽음의 기억이 고통스러워 그냥 망각하려고, 아무 일도 없었다는 듯이 살고, 글을 쓰게 될지도 모른다. 그렇게 한국사회라는 '살인기계'는 그 구성원들이 비극 앞에, 죽음 앞에 둔감해지도록, 그렇게라도 살아남도록 훈육해왔다. 잊지 않으면 고통스럽기에 우리는 되풀이해서 잊어왔다. 그런 망각 속에서 새로운 비극이 잉태되었다. 앞으로도 그럴 것이다(라고 나는 우울하게 예견한다).

반복되는 죽음과 학살은 한국사회에서 낯선 일이 아니다. 강고한 가족주의, 연고주의, 지역주의는 피와 연줄이 아닌 사회적 계약으로서의 공동체나 국가가 '나'와 '우리'의 삶을 지켜주지 못할 거라는 뼈저린 역사적 경험의 산물이다. 한반도의 시민들은 국가의 보살핌을 받아본 적이 없다. 왕조시대만이 아니라 해방 이후의 '공화국' 체제 또한 시민사회의 역량으로 만들어지지 않았다. 한반도의 (분단)국가에게 시민은 감시·처벌·학살의 대상이었다.(신기철, 『국민은 적이 아니다』)

아이들은 기도한다. "집이 불타지 않게 해주세요/ 폭격기가 뭔지 모르게 해주세요/ 밤에는 잘 수 있게 해주세요/ 삶이 형벌이 아니게 해주세요/ 엄마들이 울지 않게 해주세요/ 아무도 누군가를 죽이지 않게 해주세요/ 누구나 뭔가를 완성시키게 해주세요/ 그럼 누군가를 믿을 수 있겠죠/ 젊은 사람들이 뭔가를 이루게 해주세요/ 늙은 사람들도 그렇게 하게 해주세요."(브레히트, 「아이들의 기도」) "엄마들이 울지 않게 해주세요"라는 간절한 기도를 외면하는 국가는 존재할 가치가 없다. 경쟁으로 아이들을 자살로 몰아가고, 권력과 돈을 앞세워 아이들을 죽이는 사회는 실패했다. 그들의 죽음을 외면하고 망각하는 공동체는 허물어진다. 그리고 그래야 마땅하다. 그때, 문학의 자리는 어디인가.
(2014)

정치적 애도

―한강의 『소년이 온다』

억울한 죽음은 문학의 애도를 시험한다. 애도는 "사랑하는 사람을 잃거나 국가, 자유, 이상 등 우리 안에 자리잡은 추상적인 것을 상실한 것에 대한 반응"(프로이트)이다. 애도의 강도는 애정의 깊이에 비례한다. "우리는 죽어가는 자들과 함께 죽는다./ 보라. 그들이 떠나고 우리는 그들과 같이 간다."(엘리엇, 「사중주」) 죽은 이들과 같이 갈 수 없지만, 애도의 슬픔은 죽음의 고통만큼 크다. 한 맺힌 죽음은 개인적 애도를 넘어선 정치적 애도의 대상이 된다. 잇따르는 참사에 따른 죽음이 그렇다.

지금의 죽음을 빨리 잊고 생업으로 돌아가라고, '경제'를 살리자는 목소리들이 있다. 이런 비윤리적인 주장은 모른다. 삶에는 급히 처리해서는 안 되는 일도 있다는 사실을. 애도가 성공하려면 합당한 시간을 요구한다. 억울한 죽음에서 비롯되는 정치적 애도의 경우는 더욱 그렇다. "그들의 몸을 찾아줬어야 했다. 그것이 아무리 불가능한 것이라 하더라도, 불가능한 것을 가능한 것으로 만들려고 하는 몸짓 자체가 윤리다. 그러나 사회는 우리에게 적당한 곳에서 적당히 멈추라고 하며, 무엇이 어디까지 허용될지를 정한다."(왕은철, 『애도예찬』)

영화 〈역린〉을 보면서 뜬금없이 『햄릿』을 떠올렸다. 정조와 햄릿은 아버지의 죽음 앞에 편하게 애도할 수 없다. 그들의 아버지들은 살해되었다. 그때 애도는 개인적 차원의 층위를 벗어난다. 억울한 죽음은 이승을 떠나지 못한다. 그래서 유령이 출몰한다. 아버지가 죽은 지 몇 달이 지났어도 "내 아버지는 돌아가신 지 두 시간밖에 안 됐다"는 햄릿의 말, 혹은 "나는 사도세자의 아들이다"라는 정조의 선언은 정치적 애도의 표현이다. 아버지들은 자신들이 품은 원한을 바로잡을 것을 요구한다. 햄릿 앞에 등장하는 아버지의 유령이나 정조의 기억 속에 강박적으로 나타나는 사도세자의 비참한 죽음의 이미지들은 그런 요구의 목소리다. 산 자가 죽은 이의 부름에 응답할 때, 어긋난 것을 바로잡을 때 죽은 이들은 평안을 얻는다. 억울한 죽음들은 해원(解冤)을 요구한다. 그때 정치적 애도도 비로소 끝난다. 지금 이 사회의 죽음들이 그렇다.

  '광주'를 다룬 한강의 장편『소년이 온다』를 나는 정치적 애도의 한 표현으로 읽었다. 특히 학살된 중학생 정대의 시점에서 그려진 2장은 독자를 전율하게 만드는 힘이 있다. "내가 아직 몸을 가지고 있었던 그 밤의 모든 것. 늦은 밤 창문으로 불어 들어오던 습기 찬 바람. 그게 벗은 발등에 부드럽게 닿던 감촉. (중략) 네 부엌머리 방 맞은편 블록담을 타고 오르는 흐드러진 들장미들의 기척." 학살은 이런 아름다운 것들을 더 이상 보지 못하게 한다. 억울한 죽음 앞에 섣부른 망각과 애도는 불가능하다. 사람들은 이제 빨리 잊으라고, 그래야 산다고 말하지만, 이런 죽음 앞에 그런 말들은 모욕이 된다. "서울 거리는 며칠 전의 꿈속처럼 황량하고 차가웠다. 예식장의 샹들리에는 화려했다. 사람들은 화사하고 태연하고 낯설어 보였다. 믿을 수 없었다. 사람이 얼마나 많이 죽었는데."

  이것이 살아남은 자의 슬픔이고 윤리다. 사람들이, 아이들이 그렇게 죽었는데, 이제 그만 잊고 일상으로 돌아가자고 말할 수 있을까. 윤리는 죽은 자의 목소리에 응답하는 것이다. 그렇게 '광주'는, 세월호는 "고립된 것, 힘으로 짓밟힌 것, 훼손된 것, 훼손되지 말았어야 했던 것의 이름"이 된다. (2014)

찾아보기